SUSAN DENNARD

Das Zeichen der Wahrheit

SUSAN DENNARD

DAS ZEICHEN DER WAHRHEIT

ROMAN

Deutsch von
Vanessa Lamatsch

penhaligon

Die Originalausgabe erschien 2016 unter dem Titel
»Truthwitch« bei Tor Teen, New York.

»Das Zeichen der Wahrheit« ist 2016 unter dem Titel
»Schwestern der Wahrheit« bei Penhaligon erschienen.

MIX
Papier aus verantwortungsvollen Quellen
FSC® C083411
www.fsc.org

Verlagsgruppe Random House FSC® N001967

1. Auflage

Dieses Werk wurde vermittelt durch die
Literarische Agentur Thomas Schlück GmbH, 30827 Garbsen.

Redaktion: Catherine Beck
Umschlaggestaltung und Artwork: Isabelle Hirtz, Inkcraft
in Zusammenarbeit mit Oswin Neumann, oswinart.com
Karte: Maxime Plasse
BL · Herstellung: sam
Satz: Uhl + Massopust, Aalen
Druck und Bindung: CPI books GmbH, Leck
Printed in the Czech Republic
ISBN 978-3-7645-3192-8

www.penhaligon.de

Für meine Strangschwester Sarah

1

Alles lief schief.

Safiya fon Hasstrels hastig entworfener Plan für diesen Überfall entwickelte sich nicht so wie gewünscht. Zum Ersten war diese schwarze Kutsche mit der goldenen Standarte *nicht* das Angriffsziel, auf das Safi und Iseult gewartet hatten. Und noch schlimmer – diese verdammte Kutsche wurde von acht Reihen Stadtwachen begleitet, die gegen die Mittagssonne anblinzelten.

Zum Zweiten gab es keinen Ort, an den Safi und Iseult fliehen konnten. Die staubige Straße, die sich unter ihrer Felszunge aus Sandstein entlangzog, war der einzige Weg in die Stadt Veñaza. Und so wie ihr Felsen die Straße überblickte, überblickte die Straße nichts als die unendliche Weite des türkisen Meeres. Sie befanden sich auf einer zwanzig Meter hohen Klippe, die von rauen Wellen und noch raueren Winden umtost wurde.

Und zum Dritten – das war der endgültige Tiefschlag – würden die Wachen, sobald sie auf die versteckten Fallen traten und die Feuertöpfe darin explodierten … nun, ab dann würden diese Wachen jede Spalte der Klippen durchsuchen.

»Höllentore, Iz.« Safi schob ihr Fernrohr zusammen. »Es

sind vier Wachen in jeder Reihe. Acht mal vier macht …« Sie runzelte die Stirn. *Fünfzehn, sechszehn, siebzehn …*

»Zweiunddreißig«, erklärte Iseult ausdruckslos.

»Zweiunddreißig dreimal verdammte Wachen mit zweiunddreißig dreimal verdammten Armbrüsten.«

Iseult nickte nur und schob die Kapuze ihres braunen Umhangs nach hinten. Die Sonne beleuchtete ihr Gesicht, das den perfekten Gegensatz zu Safi bildete: mitternachtsschwarzes Haar im Kontrast zu Safis Weizenblond, mondblasse Haut im Kontrast zu Safis Bräune, und grünbraune im Kontrast zu Safis blauen Augen.

Grünbraune Augen, die jetzt zu Safi glitten, als Iseult gleichzeitig nach dem Fernrohr griff. »Ich will ja nicht ›Ich habe es dir gesagt‹ sagen …«

»Dann tu es nicht.«

»… aber alles, was er dir gestern Abend erzählt hat, war eine Lüge. Er war sicherlich nicht an einem einfachen Kartenspiel interessiert.« Iseult zählte die Punkte an ihren behandschuhten Fingern ab. »Er hatte nicht vor, die Stadt heute Morgen über die nördliche Landstraße zu verlassen. Und ich wette« – ein dritter Finger hob sich – »er hieß nicht mal Caden.«

Caden. Falls … nein, *wenn* Safi diesen charmanten Schwindler fand, würde sie ihm jeden Knochen in seinem attraktiven Gesicht brechen.

Safi stöhnte und schlug ihren Kopf gegen den Fels. Sie hatte ihr gesamtes Geld an ihn verloren. Nicht nur einen Teil, sondern alles. Letzte Nacht hatte Safi nicht zum ersten Mal ihre – und Iseults – Ersparnisse bei einem Kartenspiel als Einsatz verwendet. Es war ja nicht so, als würde sie jemals verlieren, denn wie das Sprichwort schon sagte: *Man kann eine Wahrmagis nicht täuschen*.

Und die Gewinne einer einzigen Runde Taro mit den

höchsten Einsätzen von ganz Veñaza hätten Safi und Iseult eine eigene Wohnung verschafft. Iseult hätte nicht mehr auf einem Dachboden leben müssen und Safi nicht mehr im stickigen Gästezimmer des Gildemeisters.

Doch wie die Laune des Schicksals es gewollt hatte, war es Iseult nicht gelungen, sich Safi beim Spiel anzuschließen – ihre Herkunft hatte ihr den Zugang zu dem kostspieligen Gasthaus verwehrt, in dem es stattfand. Und ohne ihre Strangschwester an ihrer Seite war Safi anfällig für … *Fehler*.

Besonders für Fehler der attraktiven, glattzüngigen Art, die Safi mit Komplimenten bedachten, die irgendwie ihre Wahrmagie unterlaufen hatten. Tatsächlich hatte sie nicht einen verlogenen Knochen im Leib des charmanten Schwindlers gespürt, als sie ihre Gewinne von der hauseigenen Bank abgeholt hatte … Oder als der charmante Schwindler sie untergehakt und in die warme Nacht geführt hatte … Oder als er sich zu einem keuschen, aber trotzdem *unglaublich* berauschenden Kuss auf die Wange vorgelehnt hatte.

Ich werde nie wieder spielen, schwor sich Safi, während sie mit den Fersen auf den Sandstein trommelte. *Und auch nie wieder flirten.*

»Wenn wir uns aus dem Staub machen wollen«, begann Iseult und unterbrach damit Safis Gedanken, »sollten wir das vielleicht tun, bevor die Wachen unsere Falle erreichen.«

»Sag bloß.« Böse starrte Safi ihre Strangschwester an, die damit beschäftigt war, die sich nähernden Wachen durch das Fernrohr zu beobachten. Wind umspielte Iseults Haare und hob die dünnen Strähnen an, die ihrem Zopf entkommen waren. In der Ferne stieß eine Möwe ihren widerwärtigen Schrei aus.

Safi hasste Möwen; sie kackten ihr immer auf den Kopf.

»Noch mehr Wachen«, murmelte Iseult, und fast hätten

die Wellen ihre Worte übertönt. Doch dann sagte sie lauter: »Weitere zwanzig Wachen kommen von Norden.«

Safi stockte der Atem. Selbst wenn sie und Iseult sich irgendwie den zweiunddreißig Wachen um die Kutsche hätten stellen können, würden diese zwanzig Wachen sie erwischen, bevor sie entkommen konnten. Dann schnappte Safi wieder nach Luft, und alle ihr bekannten Flüche entschlüpften ihrem Mund.

»Uns bleiben nur noch zwei Möglichkeiten«, unterbrach Iseult sie, während sie an Safis Seite zurückglitt. »Wir können uns entweder selbst stellen …«

»Nur über die verwesende Leiche meiner Großmutter«, blaffte Safi.

»… oder wir versuchen, die Wachen zu erreichen, bevor sie die Falle auslösen. Dann müssen wir nur noch so dreist wie möglich tricksen.«

Safi warf einen kurzen Blick zu Iseult. Wie immer wirkte das Gesicht ihrer Strangschwester ungerührt und ausdruckslos. Nur ihre lange Nase verriet ihre Anspannung, denn sie zuckte alle paar Sekunden.

»Sobald wir das geschafft haben«, fügte Iseult hinzu und zog sich ihre Kapuze wieder über den Kopf, sodass ihr Gesicht im Schatten lag, »folgen wir dem üblichen Plan. Und jetzt beeil dich.«

Safi brauchte keinen zusätzlichen Ansporn – *natürlich* würde sie sich beeilen –, doch sie schluckte ihre Antwort hinunter. Iseult rettete ihnen wieder einmal die Haut.

Außerdem, wenn Safi noch ein einziges *Ich habe es dir doch gesagt* hören müsste, würde sie ihre Strangschwester erwürgen und ihre Leiche an die Einsiedlerkrebse verfüttern.

Iseults Füße fanden die sandige Straße, und Safi kletterte geschickt neben sie. Staub erhob sich um ihre Stiefel, und Safi hatte eine Eingebung. »Warte, Iz.« Safi löste ihren Umhang, bevor sie mit schnellen Bewegungen ihres Parierdolchs die Kapuze abtrennte. »Rock und Kopftuch. Als Bäuerinnen wirken wir weniger bedrohlich.«

Iseult kniff die Augen zusammen, dann sank sie auf der Straße auf die Knie. »Aber unsere Gesichter sind dann noch deutlicher zu erkennen. Schmier dir so viel Dreck ins Gesicht wie nur möglich.«

Während Iseult ihr Gesicht bearbeitete und ihm eine schlammig braune Färbung verlieh, band sich Safi die Kapuze wie ein Kopftuch um die Haare und schlang sich den Umhang um die Hüfte. Sie befestigte den braunen Mantel so an ihrem Gürtel, dass er die Scheiden daran zuverlässig verbarg, dann schmierte auch sie sich Schlamm auf die Wangen.

In weniger als einer Minute waren beide Mädchen bereit. Safi bedachte Iseult mit einem prüfenden Blick – aber die Verkleidung war gut. Gut *genug*. Ihre Strangschwester sah aus wie eine Bäuerin, die dringend ein Bad nötig hatte.

Mit angehaltenem Atem und Iseult auf den Fersen trat Safi um die Sandsteinklippe … Dann atmete sie auf, ohne langsamer zu werden. Die Wachen befanden sich immer noch dreißig Schritte von den vergrabenen Feuertöpfen entfernt.

Safi winkte dem schnurrbartbewehrten Wachmann an der Spitze der Kolonne zu. Er hob die Hand, und alle Wachen hielten abrupt an. Dann richteten sie einer nach dem anderen ihre Armbrüste auf die Mädchen.

Safi gab vor, es nicht zu bemerken. Als sie den kleinen Haufen Kieselsteine erreichte, der die Falle markierte, hüpfte sie unauffällig darüber hinweg. Hinter ihr vollführte Iseult denselben fast unmerklichen Sprung.

Jetzt hob der Mann mit dem Schnurrbart – offensichtlich der Anführer – ebenfalls seine Armbrust. »Halt.«

Safi gehorchte und kam schlurfend zum Stehen, wobei sie noch so viel Straße hinter sich brachte wie möglich. »*Onga?*«, fragte sie, das arithuanische Wort für *Ja*. Wenn sie schon Bäuerinnen waren, konnten sie auch *eingewanderte* Bäuerinnen sein.

»Sprecht ihr Dalmotti?«, fragte der Anführer, wobei er erst Safi, dann Iseult ansah.

Ungeschickt hielt Iseult neben Safiya an. »Wir sprechen. Wenig.« Das war der schlimmste Ansatz eines arithuanischen Akzents, den Safiya jemals aus Iseults Mund gehört hatte.

»Habe wir … Schwierigkeiten?« Safi hob die Hände in einer allgemeinen Unterwerfungsgeste. »Wir nur wollen nach Veñaza.«

Iseult hustete übertrieben, und Safi hätte sie am liebsten erwürgt. Kein Wunder, dass Iz immer die Taschendiebin spielte, während Safi für Ablenkung sorgen musste. Ihre Strangschwester war eine *schreckliche* Schauspielerin.

»Wir wollen Stadtheiler«, erklärte Safi eilig, bevor Iseult noch einmal unglaubwürdig keuchte. »Für Fall, dass sie Pest hat. Unsere Mutter daran gestorben, wisst Ihr, und *oooooh*, wie sie in diesen letzten Tagen gehustet. So viel Blut …«

»Pest?«, unterbrach sie der Wachmann.

»Oh, ja.« Safi nickte wissend. »Meine Schwester sehr krank.«

Iseult presste ein weiteres Husten hervor, und diesmal war das Geräusch so überzeugend, dass Safi tatsächlich zusammenzuckte und dann zu ihr hinkte. »Oh, du brauchst Heiler. Komm, komm. Lass von deiner Schwester helfen.«

Der Wachmann drehte sich zu seinen Männern um, die Mädchen schon halb vergessen. Er brüllte bereits Befehle. »Zurück ins Glied! Vorwärts marsch!«

Kiesel knirschten, Schritte donnerten auf den Boden. Die

Mädchen schlurften weiter, vorbei an Wachen mit gerümpfter Nase. Anscheinend wollte sich niemand Iseults »Pest« einfangen.

Safi zerrte Iseult gerade an der schwarzen Kutsche vorbei, als sich die Tür plötzlich öffnete. Ein runzliger alter Mann lehnte seinen in scharlachrote Seide gekleideten Oberkörper aus der Öffnung. Seine schlaffe Haut schlackerte im Wind.

Es war der Vorsteher der Gold-Gilde, ein Mann namens Yotiluzzi, den Safi schon aus der Ferne gesehen hatte. Und zwar ausgerechnet gestern Abend im Gasthof.

Der alte Gildemeister erkannte Safi offensichtlich nicht. Nach einem flüchtigen Blick hob er seine näselnde Stimme. »Aeduan! Schaff mir diesen fremden Dreck vom Hals!«

Eine weiß gekleidete Gestalt umrundete mit wehendem Umhang die hinteren Räder der Kutsche. Auch wenn sein Gesicht vom Schatten einer Kapuze verborgen wurde, war es unmöglich, das Wehrgehänge voller Messer vor seiner Brust oder das Schwert an seiner Hüfte zu übersehen.

Er war ein Carawen-Mönch, ein Söldner, der von Kindesbeinen an zum Töten ausgebildet worden war.

Safi erstarrte. Ohne nachzudenken ließ sie Iseult los, die sich unauffällig hinter sie schob. Die Wachen würden jeden Moment die Falle der Mädchen erreichen, und das war ihre Angriffsstellung: *Verbunden. Vereint.*

»Arithuanier«, sagte der Mönch. Seine Stimme war rau, aber nicht wegen seines Alters, sondern wegen mangelnder Nutzung. »Aus welchem Dorf?« Er trat einen Schritt auf Safi zu, und sie musste den Drang unterdrücken zurückzuweichen. Ihre Wahrmagie explodierte förmlich vor Unbehagen – ein raues Gefühl, so als würde ihr jemand die Haut vom Nacken kratzen.

Und es waren nicht seine Worte, die Safis Magie zum Aufflackern brachten. Es war seine bloße Gegenwart. Dieser Mönch war jung, doch irgendetwas an ihm war falsch und skrupellos und zu gefährlich, um ihm jemals zu vertrauen.

Er schob seine Kapuze zurück und enthüllte ein fahles Gesicht und sehr kurze braune Haare. Dann, als der Mönch nah an Safis Kopf die Luft einsog, wirbelte plötzlich Rot in seinen Augen.

Blutmagis.

Dieser Mönch war ein verdammter Blutmagis. Eine Kreatur aus den Mythen; ein Wesen, das das Blut eines anderen wittern, seine Magie riechen konnte – und seiner Zielperson so über ganze Kontinente folgen. Wenn er Safis oder Iseults Witterung aufnahm, steckten sie in tiefen, tiefen …

Bumm-bumm-bumm.

Das Schießpulver in den Feuertöpfen explodierte. Die Wachen hatten die Falle erreicht.

Safi reagierte sofort, genau wie der Mönch. Sein Schwert sauste aus der Scheide, ihr Messer schoss nach oben. Sie traf die Kante seiner Waffe und schlug seine Klinge zur Seite, doch er erholte sich sofort und stürzte sich auf sie. Safi wich zurück. Ihre Unterschenkel stießen gegen Iseult, aber die kniete sich in einer geschmeidigen Bewegung hin, und Safi rollte seitwärts über ihren Rücken.

Verbunden. Vereint. So kämpften die Mädchen. So lebten sie. Nach ihrer Rolle kam Safi wieder auf die Beine und zog das Schwert in dem Moment zurück, in dem sich Iseults Halbmondsicheln hoben. Ein Stück entfernt ertönten weitere Explosionen. Schreie erklangen, die Pferde traten aus und wieherten. Iseult zielte auf die Brust des Mönchs, er sprang nach hinten und auf das Wagenrad. Doch statt des Moments der Ablenkung, mit dem Safi gerechnet hatte, stürzte sich der Mönch nun von oben auf sie.

Er war gut. Der beste Kämpfer, dem sie sich je gestellt hatten.

Aber Safi und Iseult waren besser.

Safi wich zurück, während Iseult in den Weg des Mönchs sprang. In einem Wirbel aus Stahl trafen ihre Sicheln seine Arme, seine Brust, seinen Bauch. Dann zog sie wie ein Tornado an ihm vorbei.

Darauf hatte Safi nur gewartet. Sie hielt nach dem Ausschau, was nicht wahr sein konnte und offenbar doch stimmte: Alle Wunden am Körper des Mönchs heilten vor ihren Augen.

Nun bestand kein Zweifel mehr: Dieser Mönch war ein dreimal verdammter Blutmagis, der direkt Safis dunkelsten Albträumen entsprungen schien. Also tat sie das Einzige, was ihr einfiel: Sie warf ihren Parierdolch direkt auf seine Brust.

Die Klinge durchstieß seinen Rippenbogen und grub sich tief in sein Herz. Er stolperte nach vorne, fiel auf die Knie, und seine roten Augen suchten Safis. Mit gefletschten Zähnen zog er sich knurrend den Dolch aus der Brust. Blut spritzte aus der Wunde …

Und dann begann auch diese Verletzung zu heilen.

Doch Safi blieb keine Zeit für einen weiteren Schlag. Die Wachen machten kehrt. Der Gildemeister schrie in seiner Kutsche, und die Pferde setzten zu einem panischen Galopp an.

Iseult sprang vor Safi. Ihre Sicheln bewegten sich mit unglaublicher Geschwindigkeit, um zwei Armbrustbolzen aus der Luft zu schlagen. Dann verbarg die fahrende Kutsche die Mädchen für einen Moment vor den Blicken der Wachen. Nur der Blutmagis konnte sie sehen, und auch wenn er nach seinen Messern griff, war er doch zu langsam. Zu erschöpft von der heilenden Magie.

Und trotzdem lächelte er – *er lächelte* –, als wüsste er etwas, das Safi nicht wusste. Als könnte und *würde* er sie zur Strecke bringen und zur Rechenschaft ziehen.

»Komm schon!« Iseult riss an Safis Arm und drängte sie zu einem schnellen Sprint in Richtung Klippe.

Zumindest war das hier Teil ihres Plans, und sie hatten das so oft geübt, dass sie es mit geschlossenen Augen konnten.

Gerade als der erste Armbrustbolzen hinter ihnen in die Straße einschlug, erreichten die Mädchen einen hüfthohen Findling auf der Seeseite der Straße.

Sie schoben ihre Klingen in die Scheiden, dann überwand Safi mit zwei schnellen Sprüngen den Felsen, und dasselbe galt für Iseult. Auf der anderen Seite brach die Klippe fast senkrecht zu den donnernden weißen Wellen ab.

Zwei Seile warteten dort auf sie, befestigt an einem Pflock, der tief in die Erde getrieben war. Viel schneller und schwungvoller, als sie es für ihre Flucht je geplant hatten, schnappte sich Safi ihr Seil, schob den Fuß in eine Schlaufe, umklammerte den Knoten auf Kopfhöhe …

Und sprang.

2

Die Luft sauste in Safis Ohren und drängte in ihre Nase, als sie weit nach vorne sprang … auf die weißen Wellen zu und weg von der zwanzig Meter hohen Klippe …

Bis sie das Ende des Seils erreichte. Mit einem scharfen Ruck, der ihren Körper erschütterte und ihre Hände zum Brennen brachte, schwang sie auf die mit Seepocken überzogene steile Felswand zu.

Das würde wehtun.

Mit einem Knall traf sie auf den Stein und biss sich dabei auf die Zunge. Schmerzen durchfuhren ihren Körper. Der Kalkstein schnitt in Arme, Gesicht, Beine. Sie streckte die Hände aus, um sich am Felsen festzuklammern, genau in dem Moment, in dem Iseult neben ihr gegen die Klippe knallte.

»Brenne«, grunzte Safi. Das Wort, das die Magie des Seils auslöste, ging im Dröhnen der Wellen unter, doch der Befehl tat seine Wirkung. In einem weißen Blitz, der schneller nach oben davonsauste, als ihre Augen ihm folgen konnten, entzündeten sich ihre Seile …

Und zerfielen. Feine Asche wurde im Wind verweht. Ein paar Flocken landeten auf den Kopftüchern und Schultern der Mädchen.

»Armbrustbolzen!«, brüllte Iseult und presste sich so eng wie möglich gegen den Stein, als die Geschosse an ihnen vorbeisausten. Einige trafen die Felsen, andere versanken in den Wellen, einer durchschlug Safis Rock. Dann schaffte sie es, auch ihre Zehenspitzen in zwei Spalten zu vergraben, sich einen besseren Halt zu suchen und seitwärts zu klettern. Ihre Muskeln zitterten, bis sie und Iseult es endlich schafften, sich unter einen kleinen Vorsprung zu ducken. Bis sie *endlich* innehalten konnte, während die Geschosse harmlos an ihnen vorbeisausten.

Die Felsen waren feucht, die Seepocken scharf, und Wasser schwappte über die Knöchel der Mädchen. Salzige Tropfen, die sie wieder und wieder trafen, bis der Pfeilhagel schließlich endete.

»Kommen sie?«, keuchte Safi in Iseults Richtung.

Iseult schüttelte den Kopf. »Aber sie sind noch da. Ich kann ihre Stränge warten fühlen.«

Safi blinzelte, um das Salz aus ihren Augen zu vertreiben. »Wir werden schwimmen müssen, oder?« Sie rieb sich das Gesicht an der Schulter, doch das half auch nichts. »Glaubst du, du schaffst es bis zum Leuchtturm?«

Beide Mädchen waren gute Schwimmerinnen, aber das spielte bei diesen Wellen, die sogar einen Delfin ertränken konnten, keine große Rolle.

»Uns bleibt keine andere Wahl«, antwortete Iseult. Sie sah Safi an, und in ihren Augen stand diese Wildheit, aus der Safi immer so viel Kraft zog. »Hier können sie uns nicht treffen, aber wenn wir im Wasser sind, sieht es anders aus. Wir können unsere Röcke nach links werfen, und während die Wachen darauf zielen, tauchen wir rechts ab.«

Safi nickte, dann drehte sie mit einer Grimasse ihren Körper so, dass sie den Rock ausziehen konnte. Sobald beide Mädchen ihre braunen Röcke gelöst hatten, riss Iseult einen Arm zurück.

»Bereit?«

»Bereit.« Safi warf. Der Rock flog unter dem Vorsprung heraus, dicht gefolgt von Iseults.

Dann ließen beide Mädchen die Felsen los und tauchten in die Wellen.

Während Iseult det Midenzi sich von ihrer durchweichten Tunika, den Stiefeln und schließlich ihrer Unterwäsche befreite, tat ihr gesamter Körper weh. Jede Kleidungsschicht, die sie ablegte, enthüllte zehn neue Kratzer von Kalksteinsplittern und Seepocken, und jede Gischtwolke, die durch zerstörte Fenster hereindrang, ließ sie zehn weitere spüren.

Dieser uralte, verfallene Leuchtturm war ein perfektes Versteck, doch bis zur Ebbe konnten sie nicht von hier entkommen. Im Moment ging das Wasser draußen Iseult mindestens bis zur Brust, und diese Tatsache würde gemeinsam mit den tosenden Wellen zwischen hier und der sumpfigen Küste den Blutmagis hoffentlich davon abhalten, ihnen zu folgen.

Der Innenraum des Leuchtturms war kaum geräumiger als Iseults Speicherzimmer über Mathews Kaffeestube. Sonnenlicht drang durch die mit Algen verklebten Fenster, und der Wind trieb die aufgepeitschte Gischt durch die offene Tür.

»Es tut mir leid«, sagte Safi. Ihre Stimme klang gedämpft, weil sie sich gerade ihre nasse Tunika über den Kopf zog. Dann hatte sie sich von dem Kleidungsstück befreit und warf es über eine Fensterbank. Trotz ihrer Sommersprossen und der gebräunten Haut wirkte sie bleich.

»Entschuldige dich nicht.« Iseult sammelte ihre eigene Kleidung ein. »Ich bin schließlich diejenige, die dir überhaupt von diesem Kartenspiel erzählt hat.«

»Das ist wahr«, antwortete Safi mit zitternder Stimme. Sie sprang auf einem Fuß durchs Zimmer und versuchte, sich die Hose auszuziehen, während sie ihre Stiefel noch trug. Das tat sie immer. Iseult war jedes Mal wieder fassungslos, dass eine Achtzehnjährige immer noch zu ungeduldig sein konnte, um sich ordentlich auszuziehen. »Aber«, fügte Safi hinzu, »ich bin diejenige, die eine bessere Unterkunft wollte. Hätten wir einfach vor zwei Wochen diese Wohnung gekauft …«

»Würden wir jetzt mit Ratten zusammenleben«, unterbrach sie Iseult. Sie schlurfte zu einer trockenen, sonnenbeschienen Stelle des Bodens. »Du hattest recht damit, etwas anderes zu wollen. So etwas kostet mehr, aber das wäre es wert gewesen.«

»*Wäre gewesen* dürften hier die Schlüsselwörter sein.« Mit einem lauten Grunzen gelang es Safi endlich, sich von ihrer Hose zu befreien. »Jetzt wird es keine eigene Wohnung mehr geben, Iz. Ich wette, jeder Wachmann in Veñaza sucht nach uns. Gar nicht zu reden von …« Für einen Moment starrte Safi auf ihre Stiefel. Dann riss sie sich in einer schnellen Bewegung den ersten Schuh vom Fuß. »Genauso wie der Blutmagis.«

Blut. Magis. Blut. Magis. Die Worte pulsierten im Takt ihres Herzens durch Iseults Körper, im Rhythmus ihres Bluts.

Iseult hatte noch nie einen Blutmagis gesehen, oder irgendwen, dessen Magie der Finsternis entsprang. Finstermagi gab es schließlich nur in unheimlichen Geschichten. Sie waren nicht real. Sie bewachten keine Gildemeister und versuchten auch nicht, einen mit Schwertern aufzuschlitzen.

Iseult wrang ihre Hose aus und legte sie über ein Fensterbrett, bevor sie zu einer Ledertasche im hinteren Teil des Leuchtturms schlurfte. Sie und Safi versteckten hier vor jedem Beutezug eine Notfalltasche, nur für den Fall, dass es zum Schlimmsten kam.

Nicht dass sie schon viele Beutezüge durchgezogen hätten. Nur hin und wieder. Und natürlich ging es immer gegen zwielichtige Gestalten, die es nicht anders verdient hatten.

Wie diese zwei Lehrlinge, die eine von Gildemeister Alix' Seidenlieferungen ruiniert und dann versucht hatten, die Sache Safi in die Schuhe zu schieben.

Oder diese Schlägertypen, die in Mathews Abwesenheit seinen Laden aufgebrochen und das Silberbesteck gestohlen hatten.

Und dann hatte es da die vier Gelegenheiten gegeben, als Safis Taro-Spiele in Schlägereien und verschwundenen Münzen geendet hatten. Natürlich hatte das nach Gerechtigkeit verlangt, ganz abgesehen von der Rückgewinnung gestohlenen Eigentums.

Die heutige Begegnung war allerdings der erste Anlass, zu dem die Freundinnen diese Notfalltasche tatsächlich brauchten.

Iseult grub sich durch die Wechselkleidung und fand unter einer Wasserflasche schließlich zwei Lappen und eine Dose Fettcreme. Sie griff nach den Waffen, die sie zur Seite gelegt hatten, und stampfte mit allem im Arm zurück zu Safi. »Lass uns unsere Klingen säubern und einen Plan zurechtlegen. Irgendwie müssen wir ja wieder in die Stadt kommen.«

Safi zog auch noch den zweiten Stiefel aus, bevor sie ihr Schwert und das Pariermesser entgegennahm. Beide Mädchen setzten sich im Schneidersitz auf den rauen Boden, und Iseult versank im vertrauten Geruch des Schmierfetts und in den sorgfältigen Bewegungen, mit denen sie ihre Sicheln reinigten.

»Wie haben die Stränge des Blutmagis ausgesehen?«, fragte Safi leise.

»Ist mir nicht aufgefallen«, murmelte Iseult. »Alles ging so schnell.« Sie rieb ihr Tuch fester über den Stahl, um die wunderschönen Marstoki-Klingen – Geschenke von Mathews Herzstrang Habim – vor Rost zu schützen.

Schweigen breitete sich in der steinernen Ruine aus. Die einzigen Geräusche waren das Quietschen von Stoff auf Stahl und das unendliche Rauschen der Wellen der Jadansi-See.

Iseult wusste, dass sie ungerührt wirkte, während sie ihre Waffen säuberte, doch gleichzeitig war sie sich vollkommen sicher, dass sich ihre Stränge in denselben verängstigten Farben wanden wie die von Safi.

Iseult war allerdings eine Strangmagis, was bedeutete, dass sie ihre eigenen Stränge nicht sehen konnte, und auch nicht die anderer Strangmagi. Als ihre Magie im Alter von neun Jahren erwacht war, hatte sich Iseults Herz angefühlt, als müsste es zu Staub zerfallen. Als würde es unter dem Gewicht von Millionen Strängen zerquetscht, von denen kein einziger ihr gehörte. Überall, wo sie hinsah, erkannte sie die Stränge der Menschen. Sie sah, wie sie sich zwischen Leuten bildeten und wie sie brachen. Sah die Bildestränge, Bindestränge und Bruchstränge, die zum Leben gehörten. Und doch konnte sie niemals ihre eigenen Stränge sehen oder erkennen, wie *sie* sich ins Gewebe der Welt einfügte.

Und so hatte Iseult wie jede Nomatsi-Strangmagis gelernt, ihren Körper kühl zu halten, wenn er heiß sein sollte. Ihre Finger still zu halten, wenn sie zittern wollten. Die Gefühle zu ignorieren, die alle anderen antrieben.

»Ich glaube«, sagte Safi und durchbrach damit Iseults Gedanken, »dass der Blutmagis weiß, dass ich eine Wahrmagis bin.«

Iseult stoppte für einen Moment ihre Polierbewegung. »Wieso solltest du das glauben?« Ihre Stimme war so ausdruckslos wie der Stahl unter ihren Fingern.

»Wegen der Art, wie er mich angelächelt hat.« Safi schüttelte sich. »Er hat meine Magie gewittert, genau wie es in den Geschichten beschrieben wird. Und jetzt kann er mich jagen.«

»Was bedeutet, dass er uns schon jetzt im Moment verfolgen könnte.« Iseult lief ein kalter Schauder über den Rücken, und ihre Schultern verspannten sich, doch sie schrubbte ihre Klingen nur umso fester.

Normalerweise half ihr das Reinigen ihrer Waffen dabei, ihr Gleichgewicht zu finden. Half ihren Gedanken, sich zu beruhigen. Half ihrer praktischen Veranlagung, wieder die Kontrolle zu übernehmen. Sie war die Taktikerin, während Safi diejenige war, die als Erste die Ideen hatte.

Verbunden. Vereint.

Nur dass Iseult im Moment keine Lösung für ihr Problem einfiel. Sie und Safi konnten sich ein paar Wochen lang verstecken und den Stadtwachen aus dem Weg gehen … doch vor einem Blutmagis gab es kein Verbergen.

Besonders, wenn dieser Blutmagis wusste, was Safi war und sie an den höchsten Bieter verkaufen konnte.

Wenn eine Person direkt vor Safi stand, konnte die junge Frau Wahrheit von Lüge unterscheiden, Ehrlichkeit von Täuschung. Und soweit Iseult es in ihren Unterrichtsstunden bei Mathew gelernt hatte, war die letzte bekannte Wahrmagis vor mehr als einem Jahrhundert gestorben – geköpft von einem marstokischen Kaiser, weil sie sich mit einer cartorrischen Königin verbündet hatte.

Falls Safis Magie jemals öffentlich bekannt wurde, würde man sie als politisches Werkzeug einsetzen …

Oder als politische Bedrohung eliminieren: *So* wertvoll und selten war Safis Macht. Und deswegen hatte Safi ihre Magie ihr gesamtes Leben über geheim gehalten. Wie Iseult war auch sie eine Ketzerin: eine unregistrierte Magis. Ihr rechter Handrücken war makellos; kein eintätowiertes Magismal verkündete die Art ihrer Begabung. Und doch würde eines Tages jemand anders als Safis engste Freunde herausfinden, welche Magie sie besaß. Und wenn dieser Tag kam, würden Soldaten das Gästezimmer des Gildemeisters stürmen und Safi in Ketten wegschleppen.

Kurz darauf steckten die Klingen der Mädchen wieder gereinigt in ihren Scheiden, und Safi bedachte Iseult mit einem ihrer härteren, nachdenklicheren Blicke.

»Spuck es aus«, befahl Iseult.

»Wir müssen vielleicht aus der Stadt fliehen, Iz. Das Dalmottische Reich ganz verlassen.«

Iseult presste die salzverkrusteten Lippen aufeinander und bemühte sich, nicht die Stirn zu runzeln. Bemühte sich, nichts zu empfinden.

Der Gedanke, Veñaza zu verlassen … Iseult konnte sich das einfach nicht vorstellen. Die Hauptstadt des Dalmottischen Reiches war ihr *Zuhause*. Die Leute im nördlichen Hafenviertel bemerkten ihre fahle Nomatsi-Haut oder ihre schmalen Nomatsi-Augen nicht mehr.

Und es hatte sie sechseinhalb Jahre gekostet, sich diese Ruhe zu erkämpfen.

»Für den Moment«, sagte Iseult leise, »sollten wir uns darüber Gedanken machen, wie wir ungesehen in die Stadt zurückkehren können. Und lass uns außerdem beten, dass der Blutmagis nicht wirklich dein Blut gewittert hat.« *Oder deine Magie.*

Safi stieß ein erschöpftes Seufzen aus und kauerte sich in einen Sonnenfleck. Das Licht brachte ihre Haut zum Glühen und ließ ihre Haare fast durchsichtig erscheinen. »Zu wem soll ich beten?«

Iseult kratzte sich an der Nase, dankbar über den Themenwechsel. »Wir wären fast von einem Carawen-Mönch umgebracht worden, also warum betest du nicht zu den Ursprungsquellen?«

Safi schüttelte sich. »Wenn dieser Kerl die Ursprungsquellen anruft, dann will ich das auf keinen Fall tun. Wie wäre es mit diesem nubrevnanischen Gott? Wie hieß er noch mal?«

»Noden.«

»Den meine ich.« Safi verschränkte die Finger vor der Brust und starrte zur Decke. »Noden, Gott der nubrevnanischen Wellen …«

»Ich glaube, er herrscht über *alle* Wellen, Safi. Und auch über alles andere.«

Safi verdrehte die Augen. »Gott aller Wellen und auch des Rests der Welt, könntest du bitte dafür sorgen, dass niemand uns verfolgt? Besonders nicht … *er*. Halte ihn einfach weit entfernt. Und falls du auch die Stadtwachen von Veñaza fernhalten könntest, wäre das sehr nett.«

»Das ist mit Abstand das schlechteste Gebet, das ich je gehört habe«, verkündete Iseult.

»Sollen doch Wiesel auf dich pinkeln, Iz. Ich bin noch nicht fertig.« Safi seufzte tief und nahm ihr Gebet wieder auf. »Bitte bring mir mein gesamtes Geld zurück, bevor Mathew oder Habim von ihrer Reise zurückkehren. Und … das wäre alles. Vielen Dank, o heiliger Noden.« Dann fügte sie hastig hinzu. »Oh, und bitte sorg dafür, dass der charmante Schwindler genau das bekommt, was er verdient hat.«

Bei dieser letzten Bitte hätte Iseult fast laut aufgelacht, nur dass genau in diesem Moment eine heftige Welle den Leuchtturm traf. Wasser spritzte Iseult ins Gesicht, und aufgewühlt wischte sie die Tropfen weg. Sie war erhitzt und durcheinander statt kühl und kontrolliert.

»Bitte, Noden«, flüsterte sie, während sie sich die Gischt von der Stirn rieb. »Bitte, lass uns diese Geschichte überleben.«

3

Die Kaffeestube von Mathew zu erreichen, wo Iseult lebte, entpuppte sich als schwerer, als Safi erwartet hatte. Sie waren erschöpft, hungrig und zerkratzt bis zu den Höllenflammen, also sorgte schon das bloße Gehen dafür, dass Safi am liebsten aufgestöhnt hätte. Oder sich zumindest danach sehnte, ihre Schmerzen mit einem heißen Bad und Gebäck zu mildern.

Aber es würde in nächster Zeit keine Bäder und kein Gebäck geben. Wachen drängten sich überall in Veñaza, und als die Mädchen schließlich das nördliche Hafenviertel erreichten, stand der Sonnenaufgang kurz bevor. Sie hatten die halbe Nacht damit verbracht, mit trübem Blick vom Leuchtturm zur Hauptstadt zu wandern, und dann die andere Hälfte damit, durch Gassen zu schleichen und über Mauern in Küchengärten zu klettern.

Jedes Aufblitzen von Weiß – jedes aufgehängte Stück Wäsche, jedes zerrissene Stück Segeltuch und jeder flatternde Vorhang – hatte Safi das Herz in die Hose rutschen lassen. Doch es war nie der Blutmagis gewesen, den Göttern sei gedankt. Und gerade als die Sonne über den Horizont stieg, tauchte das Schild von Mathews Kaffeestube vor ihnen auf.

Es ragte aus einer schmalen Straße heraus, die von der breiten Hauptstraße zum Hafen abging.

ECHTER MARSTOKISCHER KAFFEE
DER BESTE IN VEÑAZA

In Wahrheit war es kein echter marstokischer Kaffee, denn Mathew stammte nicht einmal aus dem Marstokischen Reich. Stattdessen war der Kaffee gefiltert und nichtssagend, um sich an die, wie Habim es immer nannte, »abgestumpften westlichen Gaumen« anzupassen.

Außerdem war Mathews Kaffee nicht der beste in der Stadt. Selbst Mathew hätte zugegeben, dass der heruntergekommene Laden im südlichen Hafenviertel viel besseren Kaffee verkaufte. Doch hier in der nördlichen Ecke der Hauptstadt kamen die Leute nicht wegen des Kaffees. Sie kamen, um Geschäfte zu machen, und zwar die Art von Geschäften, in denen sich Wortmagi wie Mathew hervortaten. Es ging um den Handel mit Gerüchten und Geheimnissen, die Planung von Raubzügen und Betrügereien. Er führte Kaffeestuben überall in den Magislanden, und Neuigkeiten über *irgendwas* drangen immer zuerst an Mathews Ohren.

Es war seine Wortmagie, die Mathew zur besten Wahl als Safis Lehrer gemacht hatte – nachdem sie ihm erlaubt hatte, in allen Sprachen zu sprechen.

Noch wichtiger war allerdings, dass Mathews Herzstrang Habim sein gesamtes Leben lang für Safis Onkel gearbeitet hatte, sowohl als Soldat als auch als ständig unzufriedener Ausbilder. Als Safi also nach Süden geschickt worden war, erschien es einfach sinnvoll, dass Mathew dort weitermachte, wo Habim aufgehört hatte.

Nicht dass Habim Safis Training vollkommen aufgegeben

hätte. Er besuchte seinen Herzstrang oft in Veñaza und beschäftigte sich dann damit, Safi das Leben mit zusätzlichen Stunden Geschwindigkeitstraining oder der Lehre alter Kriegstaktiken schwer zu machen.

Safi erreichte die Kaffeestube als Erste. Nachdem sie über eine dreckige Pfütze gesprungen war, die eine beängstigend orange Färbung aufwies, begann sie, auf den Schlosszauber an der Eingangstür zu tippen: neu installiert nach dem Vorfall mit dem gestohlenen Besteck. Habim konnte sich bei Mathew noch so sehr über die Kosten des aethermagischen Schlosszaubers beschweren, soweit es Safi anging, war er das Geld wert. Veñaza hatte eine üble Verbrechensrate. Zum einen, weil es eine Hafenstadt war, und zum anderen, weil reiche Gildemeister einfach eine unglaubliche Anziehung auf piestrahungriges Gesindel ausübten.

Natürlich waren es genau dieselben gewählten Gildemeister, die für eine scheinbar endlose Anzahl von Stadtwachen bezahlten – von denen eine gerade am Ende der Nebenstraße anhielt. Er stand mit dem Rücken zu ihnen und ließ seinen Blick über die vertäuten Schiffe des nördlichen Hafens gleiten.

»Schneller«, murmelte Iseult. Sie pikte Safi in den Rücken. »Der Wachmann dreht sich … dreht sich …«

Die Tür flog auf, Iseult schubste, und Safi flog in den dunklen Laden.

»Was zum liebestollen Frettchen?«, zischte sie und wirbelte zu Iseult herum. »Die Wachen in dieser Gegend kennen uns!«

»Genau«, hielt Iseult dagegen, wobei sie die Tür schloss und verriegelte. »Aber aus der Ferne sehen wir aus wie zwei Bäuerinnen, die in eine verschlossene Kaffeestube einbrechen.«

Unwillig murmelte Safi: »Stimmt«, während Iseult einen Schritt vortrat und murmelte: »Licht.«

Sofort flammten sechsundzwanzig verzauberte Dochte auf und enthüllten farbenfrohe, gewundene Marstoki-Muster an Wänden, Decke und Boden. Es wirkte übertrieben – zu viele Teppiche mit verschiedenen Mustern – aber wie beim Kaffee hatten Westländler eine bestimmte Vorstellung davon, wie ein marstokischer Laden aussehen sollte.

Mit dem Seufzen von jemandem, der endlich wieder frei atmen kann, stiefelte Iseult zu der Wendeltreppe in der hintersten Ecke der Stube. Safi folgte ihr. Sie stiegen nach oben, zuerst vom Erdgeschoss in den ersten Stock, wo Mathew und Habim lebten, dann auf den Speicher unter den Dachschrägen, den Iseult ihr Zuhause nannte. Der enge Raum wirkte mit zwei Feldbetten und einem Schrank überfüllt.

Schon seit sechseinhalb Jahren hatte Iseult hier gelebt, gelernt und gearbeitet. Nachdem sie aus ihrem Stamm geflohen war, war Mathew der einzige Arbeitgeber gewesen, der bereit war, eine Nomatsi anzustellen und zu beherbergen. Seitdem war Iseult nicht ausgezogen – allerdings nicht, weil sie es nicht gewollt hätte.

Ein Ort ganz für mich.

Safi musste ihre Strangschwester das tausend Mal sagen gehört haben. Hunderttausend Male. Und vielleicht hätte sich Safi, wenn sie damit aufgewachsen wäre, ein Bett in einer Hütte mit nur einem Raum mit ihrer Mutter teilen zu müssen, ebenfalls eine größere, abgeschiedenere, persönlichere Unterkunft gewünscht.

Und doch hatte Safi Iseults gesamte Pläne ruiniert. Jede gesparte Piestra war weg, und alle Stadtwachen von Veñaza befanden sich auf der Jagd nach ihnen. Das war das schlimmste Katastrophenszenario, das man sich nur vorstellen konnte, und kein Notfallbündel oder Versteck in einem Leuchtturm würde ihnen aus diesem Schlamassel heraushelfen.

Safi bemühte sich, ihre Übelkeit zu unterdrücken, stolperte zu einem Fenster am anderen Ende des schmalen Raums und schob es auf. Heiße, nach Fisch riechende Luft drang herein, vertraut und beruhigend. Die Sonne, die im Osten aufging, ließ die Lehmdächer von Veñaza leuchten wie orangefarbene Flammen.

Es war wunderschön und friedlich. Götter, Safi liebte diesen Anblick. Aufgewachsen in zugigen Ruinen mitten in den Orhin-Bergen und eingesperrt im östlichen Flügel, wann immer Onkel Eron sich seinen Launen hingab, hatte Safis Leben in der Hasstrel-Burg aus zerbrochenen Fenstern und eindringendem Schnee bestanden, aus eiskalten Winden und dunklem, schleimigem Schimmel. Überall, wo sie hinsah, landete ihr Blick immer auf Schnitzereien oder Gemälden oder Teppichen, auf denen die Hasstrel-Bergfledermaus abgebildet war. Eine groteske, drachenartige Kreatur, die ein Banner mit dem Motto »Liebe und Furcht« in den Krallen hielt.

Aber die Brücken und Kanäle von Veñaza brannten immer in der Sonne und rochen wunderbar nach verfaultem Fisch. Mathews Kaffeestube war immer hell und voller Leben, die Docks immer erfüllt von den wunderbar anstößigen Flüchen der Matrosen.

Hier empfand Safi Wärme. Hier fühlte sie sich willkommen und manchmal sogar erwünscht.

Safi räusperte sich. Sie löste ihre Hand vom Riegel, und als sie sich umdrehte, stellte sie fest, dass Iseult gerade ein olivgrünes Kleid anzog.

Ihre Strangschwester steckte den Kopf tiefer in den Schrank. »Du kannst mein zweites Tageskleid tragen.«

»Dann sieht man allerdings die hier.« Safi rollte einen salzverkrusteten Ärmel nach oben, um den Blick auf die Kratzer und blauen Flecken freizugeben, die ihren Arm überzogen.

Unter den kurzen, der aktuellen Mode entsprechenden Ärmeln wären sie gut zu sehen.

»Dann hast du ja Glück, dass ich immer noch …« Iseult zog zwei kurze schwarze Jacken aus dem Schrank, »die hier habe!«

Safis Mundwinkel zuckten. Diese Jacken gehörten zur Standardausrüstung aller Gildenlehrlinge, und diese beiden speziellen Jacken waren Trophäen vom ersten Überfall der Mädchen.

»Ich vertrete immer noch die Meinung«, verkündete Safi, »dass wir ihnen mehr hätten abnehmen sollen als nur ihre Jacken, als wir sie gefesselt in diesem Lagerraum zurückgelassen haben.«

»Ja, nun. Wenn jemand das nächste Mal eine ganze Schiffsladung Seide ruiniert und dir die Schuld in die Schuhe schieben will, Saf, verspreche ich, dass wir ihnen mehr nehmen als nur ihre Jacken.« Iseult warf Safi den schwarzen Wollstoff zu, und sie fing das Kleidungsstück aus der Luft.

Während sie sich hastig die Kleidung vom Körper riss, setzte sich Iseult mit schiefer Miene auf den Rand ihres Bettes. »Ich habe nachgedacht«, setzte sie ruhig an. »Wenn dieser Blutmagis wirklich hinter uns her ist, dann könnte dich der Seiden-Gildemeister vielleicht beschützen. Schließlich ist er technisch gesehen dein Vormund, und du lebst in seinem Gästezimmer.«

»Ich glaube nicht, dass er einem Flüchtling Unterschlupf gewähren wird.« Safi zog eine angespannte Grimasse. »Außerdem wäre es nicht richtig, Gildemeister Alix mit in diese Sache hineinzuziehen. Er war immer nett zu mir. Ich würde ihm das nur ungern mit Ärger vergelten.«

»In Ordnung«, sagte Iseult, die Miene unbewegt. »Mein nächster Plan hat mit den Höllebarden zu tun. Die Gardisten sind für den Waffenstillstandskongress in der Stadt, nicht wahr? Um das Cartorrische Reich zu beschützen? Vielleicht könntest du dich an sie wenden, nachdem dein Onkel schließlich einmal ein Höllebarde war … und ich davon ausgehe, das nicht mal Dalmotti-Wachen dumm genug wären, sich mit einem Höllebarden anzulegen.«

Bei diesem Vorschlag verzog Safi das Gesicht nur noch mehr. »Onkel Eron wurde unehrenhaft aus den Höllebarden entlassen, Iz. Die gesamte Höllebarden-Brigade hasst ihn jetzt, und Kaiser Henrick sogar noch mehr.« Sie schnaubte abfällig, und das Geräusch schien von den Wänden und in ihrem Bauch widerzuhallen. »Und um alles noch schlimmer zu machen, sucht der Kaiser nur nach einer Ausrede, meinen Titel auf einen seiner schleimigen Speichellecker zu übertragen. Ich bin mir sicher, der Überfall auf einen Gildemeister reicht ihm als Grund.«

Den Großteil von Safis Kindheit über hatte ihr Onkel sie ausgebildet wie einen Soldaten, und er hatte sie auch so behandelt – zumindest, wenn er nüchtern genug gewesen war, um sie überhaupt zu beachten. Doch als Safi zwölf geworden war, hatte Kaiser Henrick beschlossen, dass es Zeit wurde, dass sie für ihre Erziehung in die cartorrische Hauptstadt kam. *Was weiß sie davon, wie man Bauern Anweisungen erteilt oder eine Ernte organisiert?*, hatte Henrick ihren Onkel Eron angeschrien, während Safi klein und stumm hinter ihm gestanden hatte. *Welche Erfahrung hat Safiya darin, einen Haushalt zu führen oder den Zehnten zu zahlen?*

Es war dieser letzte Punkt – die Zahlung der unverschämten cartorrischen Steuern –, der Kaiser Henrick am meisten Sorge bereitete. Nachdem er den gesamten Adel um seine vor Ringen starrenden Finger gewickelt hatte, wollte er sichergehen, dass auch Safi gefangen war.

Aber Henricks Versuch, sich eine weitere loyale Domna zu sichern, war in die Binsen gegangen. Denn Onkel Eron hatte Safi nicht in die Hauptstadt gebracht, um mit allen anderen jungen Adligen in Praga ausgebildet zu werden. Stattdessen hatte Eron sie nach Süden geschickt, zu den Gildemeistern und Ausbildern von Veñaza.

Das war das erste und letzte Mal gewesen, dass Safi ihrem Onkel gegenüber je so etwas wie Dankbarkeit empfunden hatte.

»In diesem Fall«, erklärte Iseult entschlossen, obwohl gleichzeitig ihre Schultern nach unten sanken, »werden wir die Stadt verlassen müssen. Wir können uns … irgendwo verstecken, bis der Sturm vorübergezogen ist.«

Safi biss sich auf die Lippen. Bei Iseult klang es so einfach, sich »irgendwo zu verstecken«. Aber in der Realität machte Iseults klar erkenntliche Nomatsi-Abstammung sie überall zu einem Angriffsziel.

Das einzige Mal, als die Mädchen versucht hatten, Veñaza zu verlassen, um eine Freundin in der Nähe zu besuchen, hatten sie es kaum zurück nach Hause geschafft.

Natürlich hatten die drei Männer in der Taverne, die beschlossen hatten, Iseult anzugreifen, ihr Zuhause nicht so schnell wiedergesehen. Zumindest nicht mit intakten Oberschenkelknochen.

Safi stampfte zum Schrank und riss die Tür auf, wobei sie sich einredete, der Griff wäre die Nase des charmanten Schwindlers. Wenn sie diesen Mistkerl jemals wiedersah, würde sie ihm jeden Knochen in seinem verdorbenen Körper brechen.

»Die beste Chance«, fuhr Iseult fort, »dürften wir im südlichen Hafenviertel haben. Dort ankern die dalmottischen Handelsschiffe. Vielleicht gelingt es uns, eine Überfahrt gegen unsere Arbeitskraft zu tauschen. Brauchst du noch was aus dem Haus von Gildemeister Alix?«

Nach Safis Kopfschütteln sprach Iseult weiter. »Gut. Dann lassen wir Nachrichten für Habim und Mathew zurück, in denen wir alles erklären. Und dann, nehme ich an, werden wir … verschwinden.«

Safi zog schweigend ein goldenes Kleid aus dem Schrank. Ihre Kehle war zu eng, um etwas zu sagen, ihr Magen zu verkrampft.

Und als Safi gerade damit beschäftigt war, zehn Millionen hölzerne Knöpfe zu schließen und Iseult sich gerade ein hellgraues Tuch um den Kopf band, hallte ein hartes Klopfen durchs Haus.

»Stadtwache von Veñaza!«, erklang eine gedämpfte Stimme. »Öffnet! Wir haben euch einbrechen sehen!«

Iseult seufzte – ein leidvolles Geräusch.

»Ich weiß«, knurrte Safi, als sie den letzten Knopf in die Öse schob. »Du hast es mir gesagt.«

»Solange du dir dessen nur bewusst bist.«

»Als würdest du mich das je vergessen lassen?«

Iseults Lippen verzogen sich zu einem Lächeln, doch es war ein jämmerlicher Versuch, und Safi brauchte ihre Wahrmagie nicht, um das zu erkennen.

Als sich die Mädchen ihre kratzenden Lehrlingsjacken überzogen, schrie der Wachmann wieder. »Öffnet! Es gibt nur einen Weg aus dieser Stube heraus!«

»Stimmt nicht«, befand Safi.

»Wir werden nicht zögern, Gewalt anzuwenden!«

»Genauso wenig wie *wir*.« Auf ein Nicken ihrer Strangschwester hin kam Safi zu Iseults Bett. Zusammen schoben sie die Liege zur Tür. Hölzerne Beine ächzten, und schon bald hatten sie es auf die Seite gelegt, um eine Barrikade zu bilden, von der sie wussten, dass sie funktionierte – es war nicht das erste Mal, dass Safi und Iseult gezwungen waren, sich aus dem Haus zu stehlen.

Allerdings waren es immer Mathew oder Habim gewesen, die auf der anderen Seite der Tür geschrien hatten. Keine bewaffneten Wachen.

Augenblicke später standen Safi und Iseult schnell atmend am Fenster und lauschten, als die Eingangstür nach innen aufgedrückt wurde. Der gesamte Laden erzitterte, Glas zersprang.

Safi zuckte zusammen, bevor sie aufs Dach kletterte. Zuerst hatte sie all ihr Geld verloren, und jetzt hatte sie auch noch Mathews Kaffeestube zerstört. Vielleicht … vielleicht war es sogar *gut*, dass ihre Ausbilder momentan geschäftlich die Stadt verlassen hatten. Zumindest würden sie sich in nächster Zeit weder Mathew noch Habim stellen müssen.

Iseult kletterte neben Safi aufs Dach, und das Notfallbündel auf ihrem Rücken beulte sich vor Vorräten. Iseults Waffen passten in die Schenkelscheiden unter ihrem Kleid, aber Safi konnte nur ihr Pariermesser in den Stiefel stecken. Ihr Schwert – ihr wunderschönes Schwert aus gefälteltem Stahl – musste zurückbleiben.

»Wohin?«, fragte Safi, weil sie wusste, dass hinter den glitzernden Augen ihrer Strangschwester bereits eine Route existierte.

»Wir werden uns zuerst landeinwärts bewegen, als hielten wir auf das Haus von Gildemeister Alix zu, dann biegen wir nach Süden ab.«

»Über die Dächer?«

»So lange wir können. Du führst.«

Safi nickte kurz, bevor sie losrannte, nach Westen, auf das Herz von Veñaza zu. Als sie den Rand von Mathews Dach erreichte, sprang sie auf das nächste schräge, schindelgedeckte Dach.

Sie *knallte* auf die Oberfläche. Tauben stiegen auf, schlugen wild mit den Flügeln, um ihr auszuweichen, dann landete Iseult hinter ihr.

Aber Safi bewegte sich bereits wieder, flog auch schon auf das nächste Dach zu. Und dann aufs nächste, und auf nächste, und so weiter, Iseult immer hinter sich.

Iseult schlich durch die gepflasterten Straßen, Safi zwei Schritte vor sich. Die Mädchen hatten sich erst landeinwärts gehalten, hatten Kanäle überquert und Haken über Brücken geschlagen, um den Stadtwachen auszuweichen. Glücklicherweise hatte inzwischen der Morgenverkehr eingesetzt, eine wimmelnde Masse aus mit Früchten beladenen Karren, Eseln, Ziegen und Leuten aller Rassen und Nationalitäten. Stränge, die farblich genauso vielfältig waren wie die Hautfarben ihrer Besitzer, wanden sich träge in der Hitze.

Safi sprang vor einen Schweinekarren, sodass Iseult sich beeilen musste, ihr zu folgen. Dann ging es um einen Bettler herum, vorbei an einer Gruppe Puristen, die etwas über die Sünden der Magie schrien, und dann direkt durch eine Herde unzufriedener Schafe. Schließlich stießen die Mädchen auf eine verstopfte Straße, in der sich nichts mehr bewegte. Vor ihnen wirbelten Stränge in hellem, genervtem Rot. Iseult stellte sich vor, dass ihre eigenen Stränge dasselbe Rot zeigten. Die Mädchen waren dem südlichen Hafenviertel bereits so nah, dass Iseult sogar schon die vielen vertäuten Schiffe mit weißen Segeln vor sich sehen konnte.

Doch sie hieß die Frustration willkommen. Andere Gefühle, die sie nicht benennen wollte und die keine anständige Strangmagis je an die Oberfläche dringen lassen würde, zitterten in ihrer Brust. *Ruhe*, erklärte sie sich, genau wie ihre Mutter es sie vor Jahren gelehrt hatte, *Ruhe in Fingerspitzen und Zehen.*

Bald schon flackerten die Stränge im Verkehr vor ihnen in blaugrünem Verständnis. Die Farbe verbreitete sich nach hinten, wie eine Schlange über einen Tümpel glitt. So als ob die Menge nach und nach verstünde, was der Grund für den Stau war.

Weiter und weiter schob sich die Farbe nach hinten, bis eine alte Vettel in der Nähe der Mädchen krächzte: »Was? Eine Straßensperre vor uns? Aber dann bekomme ich keine frischen Krabben mehr!«

Iseult wurde eiskalt, und Safis Stränge glänzten in angsterfülltem Dunkelgrau.

»Höllentore«, zischte sie. »Was jetzt, Iz?«

»Noch mehr Dreistigkeit, denke ich.« Mit einem Grunzen und einer Gewichtsverlagerung fischte Iseult ein dickes graues Buch aus ihrem Bündel. »Mit zwei Büchern in den Händen werden wir aussehen wie zwei sehr wissbegierige Lehrlinge. Du kannst *Eine kurze Geschichte der Autonomie von Dalmotti* haben.«

»*Kurze Geschichte* am Kamelhintern«, murmelte Safi, als sie das riesige Buch entgegennahm. Als Nächstes zog Iseult ein in blaues Leder gebundenes Buch mit dem Titel *Ein Leitfaden über das Carawen-Kloster* heraus.

»Oh, jetzt verstehe ich, warum du das dabeihast.« Safi zog die Augenbrauen hoch, als wolle sie Iseult herausfordern, ihr zu widersprechen. »Die dienen überhaupt nicht der Verkleidung. Du wollest nur einfach deine Lieblingsbücher nicht zurücklassen.«

»Und?« Iseult schnaubte herablassend. »Bedeutete das, dass du kein Buch willst?«

»Nein, nein. Ich behalte es schon.« Safi hob das Kinn.

»Versprich mir nur, dass du mir die Schauspielerei überlässt, sobald wir die Straßensperre erreicht haben.«

»Schauspielere, so gut du kannst.« Mit einem verschmitzten Grinsen zog Iseult das Kopftuch tiefer. Es war bereits mit Schweiß durchtränkt, beschattete aber trotzdem ihr Gesicht und verbarg ihren bleichen Teint. Dann rückte sie ihre Handschuhe zurecht, bis kein Zentimeter Haut mehr sichtbar war. Alle würden sich ganz auf Safi konzentrieren, und so sollte es auch bleiben.

Denn wie Mathew immer sagte: *Gib einer Person mit der Rechten, was sie erwartet – und schneide ihr mit der Linken die Börse auf*. Safi spielte immer die ablenkende rechte Hand (und sie war gut darin), während Iseult in den Schatten lauerte, bereit, jede Börse aufzuschneiden, die es eben nötig hatte.

Iseult richtete sich auf die heiße Wartezeit ein, indem sie den dicken Deckel ihres Buchs hob. Seitdem ein weiblicher Carawen-Mönch Iseult geholfen hatte, als sie noch ein kleines Mädchen war, war sie ein wenig … nun, *besessen* war das Wort, das Safi immer verwendete. Aber es war nicht nur Dankbarkeit, wegen der Iseult so sehr von den Caraweni fasziniert war. Es lag auch an ihren reinweißen Roben und glänzenden Opalohrringen, an ihrer tödlichen Ausbildung und ihrem heiligen Gelöbnis.

Das Leben im Carawen-Kloster erschien Iseult so einfach. So voller Geborgenheit. Egal, woher man auch stammte, man konnte sich ihnen anschließen und wurde sofort akzeptiert. Sofort respektiert.

Das war ein Gefühl, das Iseult sich kaum vorstellen konnte, doch wann immer sie daran dachte, pochte ihr Herz vor Sehnsucht.

Das Buch öffnete sich raschelnd auf Seite siebenunddreißig, wo eine Piestra aus Bronze zu ihr aufglänzte. Sie hatte die

Münze dort hineingeschoben, um als Lesezeichen zu dienen, und der geflügelte Löwe darauf schien sie zu verhöhnen.

Die erste Piestra auf dem Weg in ein neues Leben, dachte Iseult. Dann glitt ihr Blick zu der Dalmotti-Schrift. Beschreibungen und Bilder der Carawen-Mönche füllten das Blatt. Als Erstes wurde der Söldnermönch beschrieben, mit einem Wehrgehänge voller Messer, einem Schwert und versteinerter Miene.

Das Bild sah genauso aus wie der Blutmagis.

Blut. Magis. Blut. Magis.

Eisige Kälte erfüllte Iseult bei der Erinnerung an seine roten Augen, seine gefletschten Zähne. Kälte … und ein leeres Gefühl. Ein schweres Gefühl.

Enttäuschung, darauf legte sie sich schließlich fest. Denn es erschien ihr vollkommen falsch, dass ein solches Monster in die Gemeinschaft der Mönche aufgenommen worden war.

Iseult las den Satz unter dem Bild, als könnte sie darin eine Erklärung finden. Doch dort stand nur: *Ausgebildet, um im Namen der Cahr Awen in der Fremde zu kämpfen.*

Iseults Atem stockte bei diesem Begriff – Cahr Awen –, und ihre Brust wurde eng. Als Mädchen hatte sie Stunden damit verbracht, auf Bäume zu klettern und sich einzubilden, sie wäre eine der Cahr Awen; sie hatte vorgegeben, sie wäre eine der zwei Magi, die aus den Ursprungsquellen geboren worden waren und sogar das finsterste Übel reinigen konnten.

Doch so, wie viele der Ursprungsquellen seit Jahrhunderten versiegt waren, waren in den letzten fast fünfhundert Jahren keine neuen Cahr Awen geboren worden, und Iseults Fantasien hatten ihr unvermeidliches Ende in bösartigen Gruppen von Dorfkindern gefunden. Sie schwärmten um jeden Baum, auf den sie geklettert war, und riefen Flüche und Hassparolen nach oben, die sie von ihren Eltern gelernt hatten. *Eine Strangmagis, die keine Strangsteine anfertigen kann, gehört hier nicht her!*

In diesen Momenten – während sie einen Ast umklammerte und darum betete, dass ihre Mutter sie bald fand – hatte Iseult immer gewusst, dass die Cahr Awen nicht mehr waren als eine schöne Geschichte.

Schwer schluckend drängte Iseult diese Erinnerungen zurück. Der Tag war schon schlimm genug; es gab keine Veranlassung, auch noch altes Leid heraufzubeschwören. Außerdem hatten sie und Safi die Wachen inzwischen fast erreicht, und Habims älteste Lektion erklang flüsternd in ihrem Kopf.

Schätz deine Gegner ab, sagte er immer. *Analysiere die Umgebung und das Terrain. Wähle dein Schlachtfeld selbst, wenn es möglich ist.*

»In einer Reihe aufstellen!«, riefen die Wachen. »Alle Waffen müssen so gehalten werden, dass wir sie sehen können!«

Iseult schlug ihr Buch mit einem *Poff* voll staubiger Luft zu. *Zehn Wachen*, zählte sie. *Über die Straße verteilt mit Wagen hinter sich, um die Menge zurückzuhalten. Armbrüste. Entermesser.* Wenn diese kleine Unterredung nicht gut lief, wäre es unmöglich, sich den Weg freizukämpfen.

»In Ordnung«, murmelte Safi. »Wir sind dran. Halte dein Gesicht versteckt.«

Iseult tat wie ihr geheißen und nahm ihre Position hinter Safi ein, die gebieterisch auf den ersten schlecht gelaunten Wachmann zumarschierte.

»Was hat das zu bedeuten?« Safis Worte waren selbst über das ständige Hintergrundgeräusch des Verkehrs deutlich zu vernehmen. »Jetzt werden wir zu *spät* zu unserem Treffen mit dem Meister der Weizengilde kommen. Wisst Ihr eigentlich, wie jähzornig er ist?«

Das Gesicht des Wachmanns verzog sich gelangweilt, aber seine Stränge blitzten vor intensivem Interesse auf. »Namen.«

»Safiya. Und dies ist meine Zofe, Iseult.«

Die Miene des Wachmanns blieb unbeeindruckt, doch das interessierte Leuchten seiner Stränge verstärkte sich. Er wandte sich halb ab und winkte einen zweiten Wachmann heran, der in der Nähe aufragte. Iseult musste sich auf die Zunge beißen, um Safi nicht zu warnen.

»Ich verlange zu wissen, welchem Zweck diese Straßensperre dient!«, rief Safi in Richtung des neuen Wachmanns, der ein wahrer Riese war.

»Wir suchen nach zwei Mädchen«, grollte er. »Sie werden wegen Wegelagerei gesucht. Ich nehme nicht an, dass Ihr Waffen bei Euch tragt?«

»Sehe ich aus wie die Art von Mädchen, die Waffen trägt?«

»Dann wird es Euch sicherlich nichts ausmachen, wenn wir Euch durchsuchen.«

Zu Safis Ehre musste man sagen, dass sich die Angst in ihren Strängen keinen Moment lang auf ihrem Gesicht zeigte. Stattdessen hob sie das Kinn nur höher. »Es macht mir mit absoluter Sicherheit etwas aus. Und wenn Ihr es wagt, mich auch nur zu berühren, werde ich sofort dafür sorgen, dass Ihr Eure Posten verliert. Ihr alle!« Sie wedelte mit ihrem Buch, und der erste Wachmann zuckte leicht zusammen. »Morgen um diese Zeit werdet Ihr alle auf der Straße stehen und Euch wünschen, ihr hättet Euch nicht mit dem Lehrling eines Gildemeisters angelegt …«

Safi konnte ihre Drohung nicht weiter ausführen, denn in diesem Moment schrie eine Möwe über ihrem Kopf … und ein klebriger weißer Fleck blühte auf ihrer Schulter auf.

Ihre Stränge wechselten zu einem überraschten Türkis. »Nein«, hauchte sie mit weit aufgerissenen Augen. »*Nein.*«

Auch die Augen der Wachen traten fast aus ihren Höhlen, und ihre Stränge wechselten zu einem fröhlichen Pink.

Sie fingen an zu lachen, wobei sie auf Safi deuteten. Selbst Iseult musste sich eine Hand vor den Mund schlagen. *Nicht lachen, nicht lachen …*

Das Gelächter brach aus ihr heraus, und Safis Stränge flackerten in wütendem Dunkelrot. »Warum?«, quietschte sie in Iseults Richtung. Dann sagte sie zu den Wachen: »Warum immer *ich*? Es gibt Tausende Schultern, auf die Möwen kacken könnten, aber sie suchen sich immer *mich* aus!«

Die Wachen bogen sich inzwischen vor Lachen, und der zweite Wachmann hob schwach eine Hand. »Geht. Geht … einfach.« Tränen rannen ihm aus den Augen, was Safi dazu brachte, die Zähne zu fletschen, als sie an ihm vorbeistampfte. »Wieso fangt Ihr nicht etwas Sinnvolleres mit Eurer Zeit an? Statt über Mädchen in Not zu lachen, zieht doch los und kämpft gegen Verbrecher oder irgendwas!«

Dann hatte Safi den Kontrollpunkt hinter sich gelassen und eilte auf das nächstgelegene Handelsschiff mit breitem Rumpf zu, die unablässig kichernde Iseult auf den Fersen.

4

Merik Nihars Finger schlossen sich fester um das Buttermesser. Die cartorrische Domna auf der anderen Seite des breiten Esstischs hatte ein haariges Kinn, über das Fetttropfen nach unten rannen.

Als hätte sie Meriks Blick gespürt, hob die Domna eine braune Serviette und tupfte sich die faltigen Lippen und das runzlige Kinn ab.

Merik hasste sie, genauso wie jeden anderen Diplomaten hier im Raum. Er mochte ja Jahre damit verbracht haben, den Jähzorn kontrollieren zu lernen, für den seine Familie berühmt war, doch inzwischen brauchte es nur noch ein einziges Körnchen. Noch ein einziges Korn Salz und der Ozean würde das Land fluten.

Im gesamten langen Speisezimmer brummten Stimmen in mindestens zehn verschiedenen Sprachen. Der kontinentale Waffenstillstandskongress würde morgen beginnen. Dort wollte man über den Großen Krieg und das herannahende Ende des Zwanzigjährigen Waffenstillstands sprechen. Der Kongress hatte Hunderte Diplomaten aus den gesamten Magislanden nach Veñaza gebracht.

Dalmotti mochte das kleinste der drei Reiche gewesen sein,

doch im Handel war es am mächtigsten. Und nachdem es mitten zwischen dem Marstokischen Reich im Osten und dem Cartorrischen Reich im Westen lag, war es der perfekte Ort für diese internationalen Verhandlungen.

Merik war hier, um Nubrevna zu vertreten, sein Heimatland. Genau genommen war er schon vor drei Wochen angekommen in der Hoffnung, neue Handelsverbindungen aufzutun oder vielleicht an alte Beziehungen mit den Gilden anzuknüpfen. Aber das war vollkommene Zeitverschwendung gewesen.

Meriks Blick huschte von der alten Adligen zu der riesigen Glasfläche hinter ihr. Dahinter erstreckten sich die Gärten des Dogenpalasts. Die Vegetation vor dem Fenster erfüllte den Raum mit einem grünlichen Glühen und dem Duft von hängendem Jasmin. Als gewähltes Oberhaupt des Dalmotti-Rats besaß der Doge keine Familie, ebenso wie alle anderen Gildemeister in Dalmotti. Es hieß, Familie würde sie von ihrer Hingabe an die Gilden ablenken, also war es nicht so, als bräuchte er einen Garten, in dem man mühelos zwölf von Meriks Schiffen hätte unterbringen können.

»Bewundert Ihr die Glaswand?«, fragte der rotblonde Meister der Seidengilde, der zu Meriks Rechter saß. »Eine ziemliche Leistung unserer Erdmagi. Es ist eine einzige große Scheibe, wisst Ihr?«

»Unbedingt eine Leistung«, erklärte Merik, obwohl sein Ton etwas anderes sagte. »Obwohl ich mich frage, Gildemeister Alix, ob Ihr je darüber nachgedacht habt, Eure Erdmagi für sinnvollere Aufgaben einzusetzen.«

Der Gildemeister hüstelte. »Unsere Magi sind hoch spezialisiert. Wieso sollte man darauf bestehen, dass ein Erdmagis, der gut mit Erdreich umgehen kann, nur auf einer Farm arbeitet?«

»Aber es gibt einen Unterschied zwischen einem Humusmagis, der nur mit Erde arbeiten kann, und einem universalen Erdmagis, der sich entscheidet, nur mit Humus zu arbeiten. Oder damit, Sand zu Glas zu schmelzen.« Merik lehnte sich in seinem Stuhl zurück. »Nehmt Euch selbst, Gildemeister Alix. Ihr seid ein Erdmagis, nehme ich an? Wahrscheinlich erstreckt sich Eure Magie auch auf Tiere, aber doch sicherlich nicht exklusiv und *ausschließlich* auf Seidenraupen.«

»Ach, ich bin gar kein Erdmagis.« Alix drehte seine Hand ein wenig und gab damit den Blick frei auf sein Magismal: ein Kreis für Aether und eine gestrichelte Linie, die bedeutete, dass er sich auf die Künste spezialisiert hatte. »Mein eigentlicher Beruf ist Schneider. Meine Magie liegt darin, den Geist einer Person in ihrer Kleidung zum Leben zu erwecken.«

»Natürlich«, antwortete Merik ausdruckslos. Der Seiden-Gildemeister hatte Meriks Argument gerade bestätigt – nicht dass der Mann das bemerkt zu haben schien. Wieso verschwendete man ein magisches Talent für Kunst auf Mode? Auf eine einzige Art von Stoff? Meriks eigener Schneider hatte mit dem Leinenanzug, den er gerade trug, ebenfalls wunderbare Arbeit geleistet, ganz ohne Magie.

Ein langer, silbergrauer Gehrock lag über einem cremefarbenen Hemd, und obwohl beide Kleidungsstücke mehr Knöpfe aufwiesen, als gesetzlich erlaubt sein sollten, mochte Merik diesen Anzug. Seine eng geschnittene schwarzen Hose steckte in Stiefeln, die so neu waren, dass sie noch knarrten, und der breite Gürtel um seine Hüften war mehr als nur Zierde. Sobald Merik sich wieder auf seinem Schiff befand, würde er erneut sein Entermesser und seine Pistolen daran befestigen.

Gildemeister Alix, der Meriks Missstimmung offensichtlich gespürt hatte, wandte sich der Adligen zu seiner Rechten zu. »Was sagt Ihr zu Kaiser Henricks anstehender Hochzeit, meine Dame?«

Meriks Stirnrunzeln vertiefte sich. Die Leute bei diesem Mittagessen schienen nur daran interessiert, über Gerüchte und Oberflächlichkeiten zu reden. Es gab einen Mann in der ehemaligen Republik von Arithuanien – diesem wilden, anarchischen Land im Norden –, der konkurrierende Splittergruppen vereinte und sich selbst »König« nannte. Aber interessierte das diese kaiserlichen Diplomaten?

Nicht im Geringsten.

Es gab Gerüchte, dass die Höllebarden-Brigade Magi gewaltsam anwarb, doch niemand von allen hier versammelten Doms und Domnas schien diese Nachricht beunruhigend zu finden. Allerdings ging Merik auch davon aus, dass es nicht ihre Söhne oder Tochter waren, die zwangsverpflichtet wurden.

Meriks wütender Blick fiel auf seinen Teller. Er war sauber gekratzt. Selbst die Knochen hatte er in seine Serviette geschoben. Knochenbrühe war schließlich einfach zu kochen und konnte Matrosen tagelang ernähren. Mehrere der anderen Gäste hatten es bemerkt, denn Merik hatte nicht unbedingt versucht, seine Handlung zu verbergen, als er die beige Seidenserviette verwendet hatte, um die Knochen von seinem Teller zu sammeln.

Merik war sogar in Versuchung, seine Sitznachbarn zu fragen, ob er auch ihre Hühnerknochen haben konnte, von denen die meisten unberührt in kleinen Haufen grüner Bohnen lagen. Seeleute verschwendeten keine Nahrung, da sie nie wussten, ob sie jemals wieder einen Fisch fangen oder Land sehen würden.

Und besonders nicht, wenn ihr Heimatland hungerte.

»Admiral«, sagte der fette Adlige zu Meriks Linker. »Wie

steht es um König Serafins Gesundheit? Ich habe gehört, seine auszehrende Krankheit befindet sich in der letzten Phase.«

»Dann habt Ihr etwas Falsches gehört«, antwortete Merik. Für jemanden, der mit dem Jähzorn der Nihar-Familie vertraut war, klang seine Stimme gefährlich kühl. »Mein Vater erholt sich langsam. Danke ... wie heißt Ihr noch mal?«

Die Wangen des Mannes wabbelten. »Dom Phillip fon Grieg.« Er kleisterte sich ein aufgesetztes Lächeln ins Gesicht. »Grieg gehört zu den größten Ländereien des Cartorrischen Reichs – sicherlich habt Ihr davon gehört. Oder ... nun, habt Ihr? Ich nehme an, ein Nubrevnaner hat keine große Verwendung für cartorrische Geografie.«

Darüber lächelte Merik nur. Natürlich wusste er, wo die Grieg-Ländereien lagen, aber sollte der Dom doch glauben, dass er keine genaue Ahnung von Einzelheiten über Cartorra hatte.

»Ich habe drei Söhne in der Höllebarden-Brigade«, fuhr der Dom fort, während er mit dicken Wurstfingern nach dem Weinkelch griff. »Der Kaiser hat jedem von Ihnen in naher Zukunft eigene Ländereien versprochen.«

»Was Ihr nicht sagt.« Merik achtete sorgfältig darauf, sein Gesicht ausdruckslos zu halten, aber in ihm kochte die Wut. Die Höllebarden-Brigade – diese Eliteeinheit aus skrupellosen Kämpfern, die mit der Aufgabe betraut waren, Cartorra von unregistrierten Elementarmagi und Ketzern zu »säubern« – waren einer der Hauptgründe dafür, dass Merik Cartorrer hasste.

Schließlich war Merik ein Elementarmagis, so wie so ungefähr jede Person in den Magislanden, die ihm etwas bedeutete.

Als Dom fon Grieg aus seinem Kelch trank, floss ein Rinnsal teuren Dalmotti-Weins aus seinen Mundwinkeln. Das war

Verschwendung. Widerlich. Meriks Wut kochte höher … und höher … und *höher*.

Bis das letzte Körnchen Salz fiel und Merik sich der Flut ergab.

In einem scharfen, schnellen Atemzug sog er die Luft des Raums ein und stieß sie wieder aus.

Wind traf den Dom. Der Kelch des Mannes kippte; Wein ergoss sich über sein Gesicht, sein Haar, seine Kleidung. Die Flüssigkeit spritzte sogar bis zum Fenster und besudelte das Glas mit roten Tropfen.

Schweigen breitete sich aus. Eine halbe Sekunde lang dachte Merik darüber nach, was er jetzt tun sollte. Eine Entschuldigung stand außer Frage, und eine Drohung erschien ihm übermäßig dramatisch. Dann fiel Meriks Blick auf Gildemeister Alix' halbvollen Teller. Ohne einen weiteren Gedanken stand Merik auf und ließ einen hitzigen Blick über die Gesichter der Adligen gleiten, die ihn anstarrten, und über die Diener, die mit weit aufgerissenen Augen in den Türrahmen und Schatten standen.

Dann zog Merik die Serviette vom Schoß des Gildemeisters. »Ihr werdet das nicht mehr essen, nehme ich an?« Merik wartete nicht auf eine Antwort. Stattdessen murmelte er nur: »Gut, gut – weil meine Mannschaft es sicherlich tun wird«, und machte sich daran, die Knochen, die grünen Bohnen und sogar die letzten Reste gedämpften Kohls einzusammeln. Nachdem er alles fest in die Seidenserviette gewickelt hatte, schob er sie zu seinen eigenen Knochen in eine Tasche seines Gehrocks. Dann wandte er sich an den hektisch blinzelnden Dalmotti-Dogen und verkündete: »Ich danke Euch für Eure Gastfreundschaft, mein Herr.«

Und begleitet von einem spöttischen Salut verließ Merik Nihar, Prinz von Nubrevna und Admiral der nubrevnanischen

Flotte, das Speisezimmer des Dogen und kurz darauf auch den Palast.

Noch auf seinem Weg begann er, Pläne zu schmieden.

Als Merik den südlichsten Punkt des südlichen Hafenviertels erreichte, schlugen entfernte Glocken die fünfzehnte Stunde. Es herrschte Ebbe. Die Hitze des Tages war in die Pflastersteine eingezogen, sodass unangenehme Wärme von den Straßen aufstieg.

Merik versuchte, über eine Pfütze von Noden-weiß-was hinwegzuspringen, und verfehlte. Seine neuen Stiefel trafen den Rand der Pfütze. Schwärzliches Wasser spritzte hoch, ließ den Gestank von altem Fisch aufsteigen, und Merik musste gegen den Drang ankämpfen, seine Faust gegen das nächstgelegene Ladenfenster zu rammen. Die Stadt konnte ja nichts dafür, dass ihre Gildemeister Hanswurste waren.

Seit der Zwanzigjährige Waffenstillstand vor neunzehn Jahren und vier Monaten alle Kriege in den Magislanden gestoppt hatte, hatten die drei Reiche Cartorra, Marstok und Dalmotti Meriks Heimatland erfolgreich durch Diplomatie zerstört. Jedes Jahr war eine Handelskarawane weniger durch sein Land gezogen, und nubrevnanische Exporte hatten einen Käufer weniger gefunden.

Nubrevna war nicht der einzige kleine Staat, der gelitten hatte. Angeblich hatte der Große Krieg damals, vor all diesen Jahrhunderten, als Konflikt darüber begonnen, wem die fünf Ursprungsquellen gehörten. In diesen Tagen waren es die Quellen gewesen, welche die Herrscher wählten, und das hatte irgendwas mit den Zwölf Paladinen zu tun … Doch wie zwölf Ritter oder eine unbelebte Quelle einen König auswählen konnten, hatte Merik nie so richtig verstanden.

Jetzt gehörte das sowieso alles ins Reich der Legenden, und

über die Dekaden und schließlich Jahrhunderte waren aus dem Chaos des Großen Kriegs drei Reiche erstanden, und jedes Reich wollte dasselbe: mehr.

Mehr Magi, mehr Ernten, mehr Häfen.

Und dann standen drei riesige Reiche gegen eine Handvoll winziger wilder Nationen – winzige wilde Nationen, die langsam die Oberhand gewannen, weil Kriege Geld kosten und selbst große Reiche bankrottgehen konnten.

Frieden, hatte der cartorrische Kaiser schließlich verkündet. Frieden für zwanzig Jahre und dann Neuverhandlungen. Es hatte wunderbar geklungen.

Zu wunderbar.

Was Leute wie Meriks Mutter nicht verstanden hatten, als sie ihre Namen unter den Zwanzigjährigen Waffenstillstand gesetzt hatten, war, dass Kaiser Henrick mit *Frieden* eigentlich nur *Pause* meinte. Und wenn er von Neuverhandlungen sprach, meinte er eigentlich *sichergehen, dass diese anderen Nationen fallen, wenn unsere Armeen ihren Marsch wieder aufnehmen.*

Und jetzt, während Merik beobachtete, wie die Armeen von Dalmotti aus dem Westen heranrollten, die marstokischen Feuermagi sich im Osten sammelten und die drei kaiserlichen Flotten langsam auf die Küste seines Heimatlands zuhielten, fühlte er sich, als würden er und das gesamte Land Nubrevna langsam ertrinken. Sie versanken in den Wellen und mussten beobachten, wie die Sonne verschwand, bis schließlich nichts mehr übrig blieb als Nodens Hexenfische und eine letzte Lunge voller Wasser.

Aber die Nubrevnaner waren noch nicht besiegt.

Merik erwartete noch ein Treffen, diesmal mit der Goldgilde. Merik war davon überzeugt, wenn es ihm nur gelänge, eine einzige Handelsbeziehung zu etablieren, würden andere Gilden dem Beispiel folgen.

Schließlich erreichte Merik sein Kriegsschiff, eine dreimastige Fregatte mit dem schmalen, schnabelartigen Bug, der typisch war für die Schiffe der nubrevnanischen Flotte. Sie lag ruhig auf den niedrigen Wellen. Ihre Segel waren gerefft, die Ruder verstaut und die schwarze nubrevnanische Flagge mit der leuchtend blauen Schwertlilie in der Mitte flatterte schwach in der nachmittäglichen Brise.

Als Merik das Fallreep zur *Jana* hinaufstieg, ließ seine Wut ein wenig nach – nur um von einer Sorge ersetzt zu werden, die ihm die Schultern versteifte. Und plötzlich fühlte er den Drang zu kontrollieren, ob sein Hemd auch ordentlich in der Hose steckte.

Dies war das Schiff seines Vaters; die Hälfte der Männer gehörte zur Mannschaft von König Serafin. Und trotz der drei Monate, die Merik inzwischen das Kommando führte, waren diese Männer nicht besonders begeistert von Meriks Anwesenheit.

Ein großer Mann mit aschblonden Haaren sprang über das Hauptdeck auf Merik zu. Er wich mehreren schrubbenden Matrosen aus, schwang seine langen Beine über eine Kiste und vollführte dann eine steife Verbeugung vor seinem Prinzen. Es war Meriks Strangbruder Kullen Ikray, Erster Offizier auf der *Jana*.

»Du bist früh zurück«, sagte Kullen. Als er sich wieder aufrichtete, erkannte Merik rote Flecken auf Kullens fahlen Wangen und bemerkte das leichte Stocken seines Atems. Das konnten erste Anzeichen für einen Atmungsanfall sein.

»Bist du krank?«, fragte Merik, wobei er sorgfältig darauf achtete, leise zu sprechen.

Kullen tat so, als hätte er ihn nicht gehört, auch wenn die Luft um sie herum plötzlich kühler wurde. Ein klares Zeichen dafür, dass Kullen nicht über dieses Thema sprechen wollte.

Auf den ersten Blick schien Meriks Strangbruder für ein Leben auf See nicht besonders geeignet: Er war zu groß, um sich unter Deck wohlfühlen zu können, seine helle Haut rötete sich fast beschämend schnell, und er hatte keine große Freude am Schwertkampf. Ganz abgesehen davon, dass seine dichten, hellen Augenbrauen für einen respektabel stoischen Seemann viel zu viel Ausdruck zeigten.

Aber, bei Noden, wenn Kullen nicht die Winde kontrollieren konnte.

Anders als bei Merik war Kullens Elementarmagie nicht ausschließlich auf Luftströmungen beschränkt. Er war ein universaler Luftmagis, fähig, die Lunge eines Mannes zu kontrollieren, genauso wie die Hitze und die Stürme. Einmal hatte er sogar einen ausgewachsenen Hurrikan gestoppt. Magi wie Merik waren durchaus häufig und besaßen variierende Kunstfertigkeit darin, den Wind zu kontrollieren; aber soweit Merik wusste, war Kullen der einzige lebende Mensch, der volle Kontrolle über alle Aspekte des Elements Luft besaß.

Und doch war es nicht Kullens Magie, die Merik am meisten schätzte. Es war sein Geist, scharf wie Nägel, und seine Beständigkeit, die ihn so verlässlich machte wie die Gezeiten im Meer.

»Wie war das Mittagessen?«, fragte Kullen, und die Luft um ihn herum erwärmte sich, als er sein gewöhnlich angsteinflößendes Lächeln zeigte. Er war nicht besonders gut darin zu lächeln.

»Vollkommene Zeitverschwendung«, antwortete Merik. Er stiefelte über das Deck, seine Absätze klapperten auf dem Eichenholz. Matrosen salutierten, indem sie die Fäuste aufs Herz schlugen. Merik nickte jedem geistesabwesend zu.

Dann erinnerte er sich an den Inhalt seiner Tasche. Er zog die Servietten heraus und drückte sie Kullen in die Hand.

Mehrere Augenblicke vergingen, dann fragte er: »Reste?«

»Ich wollte etwas klarmachen«, murmelte Merik, und seine Schritte wurden schwerer. »Es war dumm, und ich habe mein Ziel vollkommen verfehlt. Gibt es irgendwelche Nachrichten aus Lovats?«

»Ja – aber«, antwortete Kullen schnell und hob die Hände, »es hat nichts mit der Gesundheit des Königs zu tun. Ich habe nur gehört, dass er immer noch ans Bett gefesselt ist.«

Frustration zerrte an Meriks Schultern. Er hatte seit Wochen keine genauen Informationen mehr über die Krankheit seines Vaters gehört. »Und meine Tante? Ist sie vom Heiler zurückgekehrt?«

»Aye.«

»Gut.« Merik nickte. Zumindest damit war er zufrieden. »Schick Tante Evrane in meine Kabine. Ich will mich bei ihr nach der Goldgilde erkundigen …« Seine Stimme verklang, er blieb stehen. »Was ist los? Du kneifst die Augen nur so zusammen, wenn etwas nicht stimmt.«

»Aye«, stimmte Kullen zu und kratzte sich im Nacken. Seine Augen glitten zu der riesigen Windtrommel auf dem Achterdeck. Ein neuer Rekrut, an dessen Namen sich Merik nie erinnern konnte, säuberte die zwei Schlegel der Trommel. Den magischen Schlegel, dazu geschaffen, kanonenartige Windstöße zu erzeugen, und den normalen für Nachrichten und zur Taktgebung.

»Wir sollten unter vier Augen darüber sprechen«, meinte Kullen schließlich. »Es geht um deine Schwester. Etwas … ist für sie *geliefert* worden.«

Merik verkniff sich einen Fluch, und seine Schultern verspannten sich noch mehr. Seitdem Serafin Merik als nubrevnanischen Gesandten für den Waffenstillstandskongress ernannt hatte – was automatisch bedeutete, dass er vorübergehend den

Titel »Admiral der königlichen Flotte« trug – hatte Vivia auf tausend verschiedenen Arten aus der Ferne versucht, die Kontrolle über die Mission an sich zu reißen.

Merik stampfte in seine Kabine. Seine Schritte hallten von den geweißelten Deckenbalken wider, als er auf sein festgeschraubtes Bett in der Ecke zuhielt.

Kullen trat in der Zwischenzeit an den langen Tisch in der Mitte des Raums, der für Karten und die Buchhaltung gedacht war. Auch dieses Möbelstück war am Boden festgeschraubt. Ein fast zehn Zentimeter hoher Rand verhinderte, dass die Papiere bei rauer See herunterrutschten.

Sonnenlicht fiel durch Fenster, die sich um den Raum zogen, und ließ König Serafins Schwertsammlung glänzen. Sie war ordentlich an der hinteren Wand ausgestellt, sodass Merik jederzeit eines davon im Schlaf aus Versehen berühren und dauerhafte Fingerabdrückte hinterlassen konnte.

Im Moment mochte das Schiff Merik gehören, doch der Prinz gab sich keinen Illusionen darüber hin, dass es so bleiben würde. In Kriegszeiten regierte die Königin das Land und der König die Meere. Damit war die *Jana* das Schiff von Meriks Vater, benannt nach der toten Königin, und würde auch wieder Serafins Schiff werden, sobald der König geheilt war.

Falls er geheilt wurde – aber das musste er. Sonst stünde Vivia als Nächste in der Thronfolge, und das wollte sich Merik einfach noch nicht ausmalen. Er wollte sich auch nicht mit dieser Vorstellung auseinandersetzen. Vivia war nicht die Sorte, die sich damit zufriedengab, entweder Land oder Meer zu beherrschen. Sie wollte beides kontrollieren und noch mehr, und sie versuchte nicht mal, ihren Ehrgeiz zu verbergen.

Merik kniete sich neben den einzigen persönlichen Gegenstand auf dem Schiff: eine Truhe, die mit dicken Seilen an der Wand befestigt war. Nach einer kurzen Suche fand er ein sauberes Hemd und seine sturmblaue Admiralsuniform. Er wollte den Anzug so schnell wie möglich loswerden, denn es gab nichts, was das Ego eines Mannes so beschädigte wie Spitze am Kragen.

Noch während Meriks Finger mit den zehn Millionen Knöpfen an seinem Hemd beschäftigt waren, schloss er sich Kullen am Tisch an.

Kullen hatte eine Karte der Jadansi-See geöffnet – des Meeresarms, der das Dalmottische Reich quasi in zwei Hälften teilte. »Hier ist das, was für Vivia gekommen ist.« Er legte die Miniatur eines Schiffs ab, das genauso aussah wie die dalmottischen Handelsschiffe, die draußen verankert lagen. Das kleine Schiff glitt über die Karte, bis es in Veñaza stoppte. »Offensichtlich ist es mit Aethermagie verzaubert und bewegt sich immer dorthin, wo das dazugehörige Schiff hinsegelt.« Kullen hob den Blick zu Merik. »Laut dem Drecksack, der es geliefert hat, gehört das korrespondierende Schiff der Weizengilde.«

»Und warum«, setzte Merik an, bevor er das Gefummel mit den Knöpfen aufgab und sich das Hemd einfach über den Kopf zog, »interessiert sich Vivia für ein Handelsschiff?« Er warf das Hemd in Richtung seiner Truhe und stemmte die Hände auf den Tisch. Sein verblasstes Magismal verzog sich, bis die Raute schief stand. »Was sollen wir ihrer Meinung nach damit anfangen?«

»Füchse«, sagte Kullen, und der Raum wurde eiskalt.

»Füchse«, wiederholte Merik. Das Wort schoss eine Weile lang vollkommen bedeutungslos in seinem Kopf hin und her. Dann, plötzlich, fand es seinen Platz, und Merik wirbelte zu seiner Truhe herum. »Das ist das Dämlichste, was ich je von ihr gehört habe, und sie hat in ihrem Leben schon eine Menge dämliche Sachen gesagt. Sag Hermin, er soll Vivias Sprachmagis kontaktieren. Jetzt. Ich will noch vor dem nächsten Glockenschlag mit ihr sprechen.«

»Aye.« Kullens Schritte erklangen bereits, als Merik das frische Hemd aus der Truhe riss. Er glitt in die Ärmel, als die Tür weit aufschwang … und sich dann mit einem Klicken schloss.

Bei diesem Geräusch biss Merik die Zähne zusammen, kämpfte darum, sich zu beherrschen, und drängte die aufsteigende Wut zurück.

Das war so typisch Vivia, also warum zur Hölle sollte Merik überrascht oder wütend sein?

Vor langer Zeit einmal waren die Füchse die nubrevnanischen Piraten gewesen. Ihre Taktik hatte ganz auf kleinen Halb-Galeeren beruht. Diese Schiffe besaßen weniger Tiefgang als die *Jana*, zwei Masten und Ruder, die es ihnen erlaubten, mühelos zwischen Sandbänken und Düneninseln hindurchzugleiten und auf diese Art größeren Schiffen aufzulauern.

Aber die Flagge der Füchse, ein verschlungener Seefuchs, der sich um die Schwertlilie wand, hatte seit Jahrhunderten nicht mehr an einem Mast geweht. Sie war nicht mehr nötig gewesen, seitdem Nubrevna seine eigene, echte Flotte besaß.

Während Merik dortstand und versuchte, irgendein Argument zu finden, das seine Schwester vielleicht beeinflussen könnte, glitzerte etwas vor dem Fenster. Doch außer den Wellen, die sich gegen die Hochwassermarke drängten, und dem Handelsschiff, das sich nebenan auf dem Wasser wiegte, gab es nichts Ungewöhnliches zu sehen.

Nur … dass momentan Ebbe herrschte.

Und es gab nur einen Grund, warum ein Magis Wellen in einen Hafen rufen würde.

Bersten.

Merik rannte zur Tür. »Kullen!«, brüllte er, sobald seine Füße das Hauptdeck berührten. Die Wellen schlugen höher, und die *Jana* krängte bereits.

Zwei Schiffe Richtung Norden stolperte ein breit gebauter Matrose den Landungssteg eines Handelsschiffs nach unten, in Richtung der gepflasterten Straße. Er kratzte sich wild an Armen und Hals, und selbst aus dieser Entfernung konnte Merik die schwarzen Pusteln erkennen, die auf der Haut des Mannes aufbrachen. Bald schon würde seine Magie die Belastungsgrenze erreicht haben und sich vom Leben der nächststehenden Menschen nähren.

Die Wellen schlugen höher, wurden rauer, beschworen von dem berstenden Magis. Obwohl mehrere Leute den Mann sahen und ihr Entsetzen herausschrien, bemerkten die meisten doch weder die Wellen noch die Schreie. Sie waren vollkommen ahnungs- und schutzlos.

Also tat Merik das Einzige, was ihm einfiel. Er schrie wieder einmal nach Kullen, dann sammelte er seine Magie, um sich von ihr hochheben und tragen zu lassen.

Momente später, in einem heftigen Windstoß, hob Merik ab.

5

Safi stand kurz vor der Explosion, wegen der Möwenkacke auf ihrer Schulter, der drückenden Nachmittagshitze und der Tatsache, dass kein einziges der sechs Schiffe, die vor Anker lagen, neue Matrosen brauchte (besonders keine, die als Gildenlehrlinge gekleidet waren).

Iseult ging vor ihr. Sie hatte bereits das Ende des Docks erreicht und reihte sich wieder in die Menschenmenge ein. Selbst aus dieser Entfernung konnte Safi sehen, dass Iseult an ihrem Kopftuch und den Handschuhen herumspielte, während sie etwas im trüben Wasser musterte.

Mit hochgezogenen Augenbrauen richtete auch Safi den Blick auf das Brackwasser im Hafen. Sie spürte eine Veränderung in der Luft. Was es auch war, es sorgte dafür, dass sich ihre Nackenhaare aufstellten und ein eisiger Schauder über ihren Rücken glitt …

Dann explodierte ihre Wahrmagie förmlich – ein drängendes, kratzendes Gefühl in ihrem Nacken, das von Falschheit sprach. *Riesige, allumfassende Falschheit.*

Irgendwessen Magie barst.

Safi hatte so etwas schon einmal gespürt, hatte gefühlt, wie ihre eigene Macht als Reaktion aufwallte, als wolle sie ebenfalls bersten. Jeder Magiebegabte konnte es kommen fühlen. Konnte spüren, wie die Welt aus dem magischen Gleichgewicht geriet. Wenn man natürlich keine Magie besaß, wie die meisten Leute, die sich hier am Hafen tummelten, dann war man eigentlich schon so gut wie tot.

Ein Schrei traf Safis Ohren wie Donnergrollen. Iseult. Safi schrie: »Zur Seite!«, dann warf sie sich nach vorne, zog das Kinn an die Brust und rollte sich ab. Während ihr Körper über das Holz wirbelte, schnappte sie sich den Parierdolch aus ihrem Stiefel. Er war eigentlich dafür gedacht, sich gegen ein Schwert zu verteidigen, aber trotzdem war die Klinge scharf.

Und sollte es nötig sein, konnte man auch damit einem Mann die Eingeweide herausschneiden.

Durch den Schwung kam Safi wieder auf die Beine. Sofort ließ sie das Messer nach unten sausen, um mit einer schnellen Bewegung ihre Röcke zu zerschneiden. Dann rannte sie wieder, wobei sie jetzt die Beine so hoch reißen konnte, wie sie nur wollte, das Messer in der Hand.

Die Wellen wallten höher auf und wurden rauer. Macht brandete gegen Safis Haut wie tausend Lügen, die gleichzeitig erzählt wurden.

Die berstende Magie des Mannes musste mit Wasser in Verbindung stehen. Jetzt hoben sich die Handelsschiffe, höher und höher ... knirschten und knackten ... und dann schlugen sie gegen den Pier.

Safi erreichte den steinernen Kai. Mit einem schnellen Blick nahm sie alles in sich auf: ein berstender Gezeitenmagis, dessen Haut vom Öl seiner nässenden Magie glänzte. Blut, schwarz wie Pech, das aus einer Wunde an seiner Brust sickerte.

Nur wenige Schritte entfernt stand Iseult tief geduckt in

Angriffsstellung – auch ihre Röcke zertrennt. *Das ist mein Mädchen*, dachte Safi.

Und zu ihrer Linken, durch die Luft fliegend mit der Grazie einer jungen Fledermaus mit gebrochenem Flügel, war irgendein Luftmagis. Er hatte die Hände ausgestreckt, während er den Wind anrief, ihn zu tragen.

Safi dachte nur: *Wer zum liebestollen Frettchen ist dieser nubrevnanische Windmagis?* Und: *Er sollte lernen, wie man ein Hemd zuknöpft.*

Und dann landete der Mann mit dem offen stehenden Hemd direkt in ihrem Weg.

Sie kreischte, so laut sie konnte, doch das brachte ihr nur einen alarmierten Blick ein. Sie riss das Messer zur Seite, bevor sie gegen seinen Körper knallte. Sie fielen zu Boden, und der junge Mann stieß sie mit den Worten »Zurück! Ich kümmere mich darum!« von sich.

Safi ignorierte ihn – er war offensichtlich ein Idiot. Es kostete sie mehr Zeit, als weise war, sich von dem Nubrevnaner zu lösen und ihren Dolch aufzuheben.

Sie wirbelte zu dem berstenden Gezeitenmagis herum, gerade, als Iseult in einem Sturm aus Stahl näher rückte, der darauf ausgelegt war, Aufmerksamkeit auf sich zu ziehen. Aber ihre Aktion blieb wirkungslos. Der Gezeitenmagis wich nicht aus. Iseults Sicheln gruben sich in seinen Bauch, und noch mehr schwarzes Blut spritzte auf.

Geschwärzte Organe fielen heraus.

Dann schoss Wasser auf die Straße. Schiffe rammten begleitet von lautem Knirschen gegen den Kai. Eine zweite Welle schoss heran, und direkt dahinter eine dritte.

»*Kullen!*«, schrie der Nubrevnaner hinter Safi. »*Halt das Wasser zurück!*«

In einer Explosion von Magie, die sich über Safis Körper ergoss, schoss Luft auf die andrängenden Wellen zu.

Der magische Wind traf das Wasser; Wellen brachen und wichen schäumend zurück.

Doch dem berstenden Gezeitenmagis war das egal. Seine schwarz gefärbten Augen trafen Safi. Er hob die blutverschmierten Hände wie Klauen und raste wie eine Sturmbö auf sie zu.

Safi warf sich in einen Sprungtritt. Ihre Ferse traf seine Rippen; er fiel genau in dem Moment um, als auch Iseult mit hochgerissenem Bein herumwirbelte. Ihr Stiefel traf das Kinn des Mannes und veränderte den Winkel seines Sturzes.

Er knallte aufs Pflaster. Schwarze Pusteln überall auf seiner Haut brachen auf und bespritzten die Straße mit Blut.

Aber er lebte noch, war noch bei Bewusstsein. Mit einem Brüllen, das an einen Hurrikan erinnerte, kämpfte er darum, wieder auf die Beine zu kommen.

Und in diesem Moment beschloss der Nubrevnaner, wieder aufzutauchen. Er schob sich an den Geborstenen heran, und Safi spürte Panik in sich aufsteigen. »Was *tut* Ihr?«

»Ich habe Euch gesagt, dass ich mich darum kümmere!«, brüllte er. Dann riss er die Arme zurück, und mit einem Aufwallen von Magie, das Safis Lunge zusammenpresste, trafen seine Handflächen die Ohren des berstenden Matrosen. Luft ergoss sich in das Hirn des Geborstenen. Seine schwarz verfärbten Augen rollten nach hinten.

Der Gezeitenmagis brach in sich zusammen. Tot.

Iseult schob die Reste ihres Rocks nach hinten und steckte ihre Mondsicheln wieder in die versteckten Halbscheiden. Überall in der Nähe zogen Dalmotti panisch zwei Finger über die Augen. Das war ein Zeichen, um Böses abzuwehren, eine Bitte an ihre Götter, ihre Seele zu beschützen. Manche richteten die Bewegung in Richtung des toten Geborstenen, aber mehr als nur einer sah dabei in Iseults Richtung.

Als hätte sie irgendein Interesse daran, den Leuten ihre Seelen zu stehlen.

Aber sie hatte ein Interesse daran, heute nicht von einem Mob zusammengeschlagen zu werden, also drehte sie sich in Richtung des toten Gezeitenmagis, rückte ihr Kopftuch zurecht und dankte der Mondmutter, dass sie es im Kampf nicht verloren hatte.

Außerdem dankte sie der Göttin dafür, dass sonst niemand geborsten war. Ein solch heftiger Magiestoß konnte mühelos noch andere Magi in den Abgrund reißen, ohne Wiederkehr.

Auch wenn niemand wirklich wusste, was eine Person bersten ließ, hatte Iseult Theorien darüber gelesen, die das Bersten mit den fünf Ursprungsquellen in Verbindung brachte, die sich über die gesamten Magislande verteilten. Jede Quelle war mit einem der fünf Elemente verbunden: Aether, Erde, Wasser, Luft oder Feuer. Und obwohl die Leute auch von einem Element der Finsternis sprachen – und von Finstermagi wie dem Blutmagis – gab es keine Aufzeichnungen über eine tatsächliche Ursprungsquelle der Finsternis.

Vielleicht lag die Finsternis-Quelle irgendwo dort draußen, war aber schon lange vergessen worden. Der Brunnen versiegt. Die Bäume, die einmal das ganze Jahr über geblüht hatten, vertrocknet zu ausgedörrten Hüllen. Dasselbe war mit den Quellen für Erde, Luft und Wasser geschehen – und vielleicht würden auch sie irgendwann vergessen werden.

Egal, welches Schicksal die Ursprungsquellen auch ereilt hatte, Gelehrte hielten es nicht für einen Zufall, dass die einzigen Magi, die barsten, diejenigen waren, die eine Begabung für Erde, Luft oder Wasser besaßen. Und wenn man den Carawen-Mönchen glauben wollte, konnte nur die Rückkehr der Cahr Awen jemals die toten Quellen oder die Geborstenen heilen.

Nun, Iseult ging nicht davon aus, dass das allzu bald passieren würde. Nicht die Rückkehr der Cahr Awen und auch nicht die Flucht vor all diesen hasserfüllten Blicken.

Sobald Iseult sicher war, dass ihr Gesicht im Schatten lag, ihre Haare angemessen bedeckt und ihre Ärmel weit genug heruntergezogen waren, um ihre fahle Haut zu verbergen, griff sich nach Safis Strängen, um ihre Strangschwester in der Menge zu finden.

Aber ihre Augen und ihre Magie entdeckten etwas, das falsch wirkte. Stränge, wie sie sie noch nie gesehen hatte. Direkt neben ihr … auf der Leiche.

Ihr Blick huschte zu dem Körper des geborstenen Mannes. Geschwärztes Blut und vielleicht noch etwas anderes drang aus seinen Ohren und sickerte zwischen den Pflastersteinen in die Erde. Die Pusteln an seinem Körper waren aufgebrochen, und ein Teil der daraus stammenden öligen Flüssigkeit klebte auf Iseults zerschnittenem Rock und ihrem verschwitzten Mieder.

Und doch, obwohl der Mann fraglos tot war, wanden sich immer noch drei Stränge auf seiner Brust. Wie Maden zuckten und ringelten sie sich. Kurze Stränge. *Bruch*stränge.

Es hätte nicht möglich sein dürfen – Iseults Mutter hatte ihr immer erklärt, dass die Toten keine Stränge besaßen. Und bei keiner der Nomatsi-Verbrennungszeremonien, an denen Iseult als Kind teilgenommen hatte, hatte sie jemals Stränge an einer Leiche gesehen.

Je länger Iseult starrte, desto näher drängte sich die Menge heran. Überall waren Schaulustige, die sich die Leiche ansehen wollten, und Iseult musste die Augen zusammenkneifen, um durch ihre Stränge etwas zu sehen und all die Gefühle um sich herum zurückzudrängen.

Dann blitzte ein scharlachroter, wütender Strang in ihrer

Nähe auf, und gleichzeitig hörte sie ein bissiges Knurren. »Wer zu den *Höllenflammen* glaubt Ihr, dass Ihr seid? Wir hatten alles unter Kontrolle.«

»Unter Kontrolle?«, gab eine männliche Stimme mit scharfem Akzent zurück. »Ich habe gerade Euer Leben gerettet!«

»Ist euer Hirn geborsten?«, schrie Safi, und Iseult verzog wegen der schlechten Wortwahl das Gesicht. Aber natürlich suchte Safi nur ein Ventil für ihre Angst. Ihr Entsetzen. Ihre explosiven Stränge. So benahm sie sich immer, wenn etwas Schlimmes – etwas wirklich Schlimmes – geschehen war. Entweder floh sie vor ihren Gefühlen, so schnell ihre Beine sie trugen, oder sie prügelte darauf ein.

Als es Iseult endlich gelang, sich neben ihre Strangschwester zu schieben, kam sie gerade rechtzeitig, um zu sehen, wie Safi eine Seite des offen stehenden Hemdes des jungen Mannes packte.

»Ziehen sich alle Nubrevnaner so an?« Safi packte auch die andere Hemdseite. »Die hier gehören *hier* rein.«

Eines musste man dem Nubrevnaner lassen, er bewegte sich nicht. Stattdessen lief sein Gesicht rot an, genauso wie seine Stränge, und er presste die Lippen zusammen.

»Ich weiß«, stieß er hervor, »wie man mit Knöpfen umgeht.« Er schlug Safis Hände zur Seite. »Und ich brauche keinen Rat von einer Frau mit Vogelkacke auf der Schulter.«

O nein, dachte Iseult und öffnete den Mund, um eine Warnung …

Finger schlossen sich um Iseults Arm. Bevor sie die Hand heben und demjenigen, der sie gepackt hatte, das Handgelenk brechen konnte, schob diese Person ihr den Arm auf ihrem Rücken nach oben.

Ein Strang in lehmigem Braun pulsierte in Iseults Augenwinkeln. Das war eine vertraute, verärgerte Farbe, die davon sprach, dass jemand jahrelang Safis Wutanfälle ertragen hatte – was bedeutete, dass Habim angekommen war.

Der Marstoker schob Iseults Handgelenk höher auf ihren Rücken und knurrte: »Geh, Iseult. Zu der kleinen Gasse dort drüben.«

»Du kannst mich loslassen«, erklärte sie fast tonlos. Sie konnte Habim aus den Augenwinkeln sehen. Er trug die graublaue Livree der Hasstrel-Familie.

»Finstermagis?! *Ihr nennt mich eine Finstermagis?!* Ich spreche Nubrevnanisch, Pferdehintern!« Der Rest von Safis blutdürstigen Schreien erfolgten in dieser Sprache und ging im Lärm der Menge unter.

Iseult hasste es, wenn Safis Stränge so hell leuchteten, dass sie alles andere überstrahlten. So hell, dass sie in Iseults Augen und ihrem Herzen brannten. Aber Habim wurde nicht langsamer, als er Iseult um einen einbeinigen Bettler herumführte, der »Eridysis Wehklage« sang. Dann erreichten sie die schmale Gasse zwischen einer heruntergekommenen Taverne und einem noch schäbigeren Gebrauchtkleiderladen. Iseult stolperte hinein. Ihre Stiefel patschten durch unsichtbare Pfützen, und der Gestank von Katzenpisse brannte in ihrer Nase.

Sie schüttelte ihr Handgelenk aus und wirbelte zu ihrem Mentor herum. Dieses Verhalten sah dem sanften Habim gar nicht ähnlich. Sicher, er konnte todbringend sein. Er hatte zwei Jahre lang unter Eron fon Hasstrel als Krieger gedient, aber außerdem war Habim ein Mann der leisen Töne. Kühl kalkulierend. Und er hatte seine Gefühle immer unter Kontrolle.

Zumindest normalerweise.

»Was«, fragte er, als er auf Iseult zumarschierte, »hast du da getrieben? Was hast du dir dabei gedacht, deine Waffen auf diese Art zu ziehen? Höllentore, Iseult, du hättest weglaufen müssen.«

»Dieser berstende Gezeitenmagis«, setzte sie an, aber Habim trat nur noch näher. Er war kein großer Mann, und schon seit drei Jahren konnte Iseult ihm direkt in die Augen sehen.

Im Moment glühten die von kleinen Fältchen umgebenen Augen förmlich vor Wut, und auch seine Stränge glitzerten in zornentbranntem Rot. »Jegliche Geborstenen in dieser Stadt sind das Problem der Stadtwache, und die Stadtwache ist jetzt dein Problem. Wegelagerei, Iseult?«

Ihr Atem stockte. »Wie hast du es herausgefunden?«

»Überall sind Straßensperren errichtet. Mathew und ich mussten auf unserem Weg in die Stadt an einer davon vorbei, nur um zu erfahren, dass die Stadtwache nach zwei Mädchen sucht, eines bewaffnet mit einem Schwert, eines mit Mondsicheln. Was glaubst du, wie viele Leute mit Mondsicheln kämpfen, Iseult? Die da« – Habim zeigte auf ihre Scheiden – »sind sehr auffällig. Und als Nomatsi besitzt du keinerlei rechtlichen Schutz in diesem Land. Allein schon das Tragen einer Waffe in der Öffentlichkeit kann dich an den Galgen bringen.« Habim wirbelte auf dem Absatz herum und stiefelte drei Schritte in die andere Richtung. Dann wieder drei Schritte zurück. »Denk nach, Iseult! *Denk!*«

Iseult presste die Lippen aufeinander. *Ruhe. Ruhe in Fingerspitzen und Zehen.*

In der Ferne konnte sie das Dröhnen der Trommeln hören, was bedeutete, dass die Veñaza-Stadtwache unterwegs war. Sie würden die Leiche des Gezeitenmagis köpfen, wie es vom Gesetz für alle Leichen von Geborstenen vorgeschrieben war.

»B-Bist du fertig damit, mich anzuschreien?«, fragte Iseult schließlich, wobei sich das alte Stottern ihrer Zunge bemächtigte und ihre Worte verzerrte. »Weil ich zurück zu Safi muss, damit wir d-die Stadt verlassen können.«

Habims Nasenlöcher weiteten sich in einem tiefen Atemzug, und Iseult beobachtete, wie er seine Gefühle zurückdrängte. Die Linien in seinem Gesicht verschwanden, und seine Stränge wurden ruhig. »Du kannst nicht zurück zu Safi. Tatsächlich wirst du nicht einmal diese Gasse auf dem Weg verlassen, auf dem du sie betreten hast. Gildemeister Yotiluzzi hat einen Blutmagis in seinen Diensten. Diese Kreatur entspringt direkt der Finsternis, ohne Gnade oder Angst.« Habim schüttelte den Kopf, und die ersten Hinweise auf graue Angst erschienen in seinen Strängen.

Was nur dafür sorgte, dass sich Iseults Kehle noch enger zusammenschnürte. Habim hatte niemals Angst.

Blut. Magis. Blut. Magis.

»Safis Onkel ist in der Stadt«, fuhr Habim fort, »für den Waffenstillstandskongress, also …«

»Dom fon Hasstrel ist hier?« Iseult fiel die Kinnlade nach unten. Habim hätte tausend Dinge sagen können, aber nichts hätte sie mehr überrascht. Sie hatte den von Kämpfen gezeichneten Eron in der Vergangenheit nur zwei Mal getroffen, und seine nachlässige Trunkenheit hatte sofort Safis gesammelte Geschichten und Klagen bestätigt.

»Der gesamte cartorrische Adel ist aufgefordert, hier zu erscheinen«, erklärte Habim und nahm seine Drei-Schritte-Wanderung wieder auf. »Henrick hat irgendeine große Nachricht zu verkünden, und wie es so seine Art ist, nutzt er den Kongress als Bühne dafür.«

Iseult hörte ihm kaum zu. »B-Beinhaltet der gesamte Adel auch S-Safi?«

Habims Miene wurde weich. Seine Stränge wechselten zu einem sanften, zärtlichen Pfirsichton. »Das beinhaltet in der

Tat auch Safi. Was bedeutet, dass sie im Moment ihren Onkel – und einen ganzen Hof von Doms und Domnas – hat, der sie vor Yotiluzzis Blutmagis beschützt. Aber du …«

Den Rest musste Habim nicht aussprechen. Safi hatte ihren Titel, der sie beschützte, Iseult dagegen ihre Abstammung, die sie verdammte.

Iseult hob die Hände und rieb sich die Schläfen. Aber sie nahm den Druck ihrer Finger kaum wahr, genauso, wie die Menge vor der Gasse nur ein tiefes Brummen war, die Trommeln der Stadtwache nur ein leises Pochen.

»Und was kann ich tun?«, fragte sie schließlich. »Ich kann mir keine Überfahrt auf einem Schiff leisten, und selbst wenn, kann ich nirgendwohin.«

Habim wedelte mit der Hand in Richtung Gassenende. »Ein paar Häuserblocks entfernt gibt es ein Gasthaus namens *Weißdorn-Kanal*. Ich habe dort ein Zimmer und ein Pferd gemietet. Du wirst über Nacht dort bleiben, und morgen, bei Sonnenuntergang, kannst du zu dem zweiten *Weißdorn-Kanal*-Gasthaus im Norden der Stadt reisen. Mathew und ich werden dort auf dich warten. In der Zwischenzeit werden wir uns um den Blutmagis kümmern.«

»Wieso nur eine Nacht? Was k-kann in einer Nacht geschehen?«

Für einen Augenblick starrte Habim sie so intensiv an, als könne *er* Iseults Stränge lesen. Als könne *er* Wahrheit von Lüge unterscheiden. »Safi wurde als Domna geboren. Das darfst du nie vergessen, Iseult. Ihre gesamte Ausbildung hat darauf abgezielt. Heute Nacht wird sie auf dem Waffenstillstandskongress gebraucht. Henrick hat ihre Gegenwart ausdrücklich verlangt, was bedeutet, dass sie sich nicht weigern kann, und das wiederum bedeutet, dass du ihr nicht im Weg stehen kannst.«

Bei diesen einfachen Worten – *nicht im Weg stehen* – verhärtete sich die Luft in Iseults Lunge. Auch wenn Safi ihre gesamten Ersparnisse verloren hatte, und obwohl ein Blutmagis sich auf ihre Fährte gesetzt haben mochte, hatte Iseult immer noch geglaubt, dass alles vorbeigehen würde. Dass dieser Knoten im Gewebe der Welt sich irgendwie lösen, und ihr Leben in ein paar Wochen zur Normalität zurückkehren konnte.

Aber das hier ... es fühlte sich an wie das Ende. Safi würde eine Domna sein müssen. So einfach war das, und in diesem Leben gab es keinen Platz für Iseult.

Verlustgefühle, dachte sie, als sie versuchte, das Gefühl in ihrer Brust zu identifizieren. *Das müssen Verlustgefühle sein.*

»Ich habe dir das schon früher gesagt«, erklärte Habim barsch. Sein Blick glitt an ihr auf und ab, wie der eines Generals, der einen Soldaten inspizierte. »Hundert Mal habe ich dir das gesagt, Iseult, aber du hast nie auf mich gehört. Du hast es mir nie geglaubt. Wieso haben Mathew und ich die Freundschaft zwischen dir und Safi gefördert? Wieso haben wir entschieden, dich an ihrer Seite auszubilden?«

Iseult atmete tief aus und versuchte, gleichzeitig auch die Gedanken und die Scham zu verdrängen. »Weil«, rezitierte sie, »niemand Safi so gut beschützen kann wie ihre Strangfamilie.«

»Genau. Die Bindungen der Strangfamilie sind unzerstörbar, das weißt du besser als jeder andere. An dem Tag, als du vor sechs Jahren Safis Leben gerettet hast, wurden du und sie als Strangschwestern verbunden. Bis heute würdest du für Safi sterben, so wie sie für dich sterben würde. Also tu auch das für sie, Iseult. Versteck dich für eine Nacht. Lass zu, dass Mathew und ich uns um den Blutmagis kümmern, und dann kehre morgen an Safis Seite zurück.«

Ein kurzes Innehalten, dann nickte Iseult ernst. *Hör auf, dich wie eine versponnene Närrin aufzuführen*, schalt sie sich selbst, genau, wie ihre Mutter es immer getan hatte. Dies war nicht das Ende, und Iseult hätte klug genug sein müssen, um das von Anfang an zu erkennen.

»Gib mir deine Sicheln«, befahl Habim. »Ich werde sie dir morgen zurückgeben.«

»Das sind meine einzigen Waffen.«

»Ja, aber du bist eine Nomatsi. Wenn du noch einmal an einer Straßensperre aufgehalten wirst ... Das können wir nicht riskieren.«

Iseult rieb sich heftig die Nase, dann murmelte sie: »Schön«, bevor sie ihre geliebten Klingen vom Gürtel löste. In einer fast kindisch trotzigen Geste streckte sie sie Habim entgegen. Seine Stränge flackerten in traurigem Blau, als er tiefer in die Gasse trat und eine Ölzeugtasche aus den Schatten holte. Daraus zog er eine raue, schwarze Decke.

»Das ist Salamanderstoff.« Er warf die Decke über Iseults Kopf und Schultern und befestigte sie mit einer einfachen Anstecknadel. »Solange du sie als Umhang trägst, kann der Blutmagis dich nicht wittern. Nimm sie nicht ab, bis wir uns morgen Abend wiedersehen.«

Iseult nickte; der steife Stoff widersetzte sich der Bewegung. Und die Mondmutter mochte ihr beistehen, darunter war es heiß.

Habim griff in seine Tasche und zog einen Beutel voller klimpernder Münzen heraus. »Das sollte die Kosten für das Gasthaus und ein Pferd decken.«

Nachdem sie die Piestra entgegengenommen hatte, wandte sich Iseult einer verwitterten Tür zu. Die Geräusche klappernder Messer und kochender Töpfe drangen durch das Holz, und doch zögerte ihre Hand auf dem verrosteten Türknauf.

Das fühlte sich … falsch an.

Was für eine Art Strangschwester wäre Iseult, wenn sie Safi ohne Verabschiedung zurückließ, und auch ohne Notfallplan für die unabwendbaren Katastrophenfälle?

»Könntest du Safi eine Nachricht überbringen?«, fragte Iseult möglichst ruhig. Als Habim nickte, fuhr sie fort. »Sag ihr, dass es mir leidtut, dass ich gehen musste, und dass sie besser mein Lieblingsbuch nicht verlieren soll. Und … oh.« Iseult zog die Augenbrauen hoch, als wäre ihr der Gedanke gerade erst gekommen. »Bitte sag ihr, sie soll dir nicht die Kehle aufschlitzen. Denn ich bin mir sicher, das wird sie versuchen, sobald sie herausfindet, dass du mich weggeschickt hast.«

»Ich werde es ihr ausrichten«, erklärte Habim, Stimme und Stränge ernst. »Und jetzt beeil dich. Der Blutmagis ist zweifellos bereits unterwegs.«

Iseult beugte kurz den Kopf wie ein Soldat gegenüber seinem General, bevor sie die Tür aufriss und in die dampfige, überfüllte Küche marschierte.

6

Die Paradetrommeln kamen näher, und Safis Wut kochte immer höher. Der einzige Grund, warum sie nicht hinter diesem verfluchten Nubrevnaner herjagte, als er zu seinem Schiff stiefelte (mit einem immer noch offenen Hemd) war die Tatsache, dass der hellhäutigste, größte Mann, den sie je gesehen hatte, neben dem Kerl herging … Und weil Safi Iseult aus den Augen verloren hatte.

Aber ihre panische Suche nach ihrer Strangschwester endete, als die Schritte und Trommelschläge der nahenden Stadtwache verstummten. Und dann auch die Menge am Pier.

Ein Zischen, ein dumpfer Knall … ein spritzendes Geräusch.

Dann durchschnitt ein unterdrücktes Schluchzen – vielleicht jemand, der den Toten gekannt hatte – die Stille wie ein gezacktes Messer. Das Geräusch hallte in Safis Ohren wider. Erschütterte ihren Rippenbogen. Ein Mollakkord, der ein Loch füllte, das sich im Gewebe der Welt aufgetan hatte.

Eine Hand landete auf Safis Oberarm. Habim. »Hier entlang, Safi. Dort steht eine Kutsche …«

»Ich muss Iseult finden«, sagte sie, ohne sich zu bewegen. Ohne zu blinzeln.

»Sie ist unterwegs zu einem sicheren Ort.« Habims Miene war grimmig, aber das war nicht ungewöhnlich. »Ich verspreche es«, fügte er hinzu, und Safis Magie flüsterte: *Wahr*. Ein warmes Schnurren in ihrer Brust.

Also folgte Safi Habim steif wie ein Schiffsmast zu einer unauffälligen, geschlossenen Kutsche. Sobald sie darin saß, schloss ihr Lehrer die Tür und zog einen schweren schwarzen Vorhang vor das Fenster. Dann erklärte er ihr kurz angebunden, wie er und Mathew die Mädchen anhand der Beschreibung ihrer Waffen erkannt und kurz darauf Mathews Kaffeestube zerstört vorgefunden hatten.

Scham stieg in Safi auf, als sie zuhörte. Mathew war mehr als nur ihr Lehrer. Er gehörte zur Familie, und jetzt hatten Safis Fehler sein Zuhause zerstört.

Doch als Habim erwähnte, dass er Iseult in ein Gasthaus geschickt hatte, allein und ungeschützt, wurde der gesamte Horror des Nachmittags von kochender Wut verdrängt. Safi sprang auf die Tür zu …

Habim nahm sie in den Schwitzkasten, bevor sie den Knauf auch nur drehen konnte. »Wenn du diese Tür öffnest«, knurrte er, »wird der Blutmagis dich wittern. Wenn du sie allerdings geschlossen hältst, kann der Mönch dich nicht verfolgen. Dieser Vorhang besteht aus Salamanderstoff, Safi, und Iseult trägt jetzt gerade einen Mantel aus demselben Gewebe.«

Safi erstarrte. Ihr Blick wurde trüb, weil sie kaum atmen konnte, und das Bild von Habims rechtem Handrücken vor ihren Augen verschwamm. Sie konnte nicht glauben, dass Iseult einfach kampflos verschwunden war. Ohne Safi …

Es ergab keinen Sinn, doch Safis Magie schrie in ihrer Brust, dass es stimmte.

Also nickte sie, Habim gab sie frei, und sie kämpfte sich zurück auf ihren Sitz. Habim war immer der angespanntere ihrer zwei Mentoren gewesen. Ein Uhrwerk, das fester aufgezogen war als der Rest der Welt. Daher besaß er einfach keine Geduld für Safis Impulsivität.

»Ich weiß, dass dieser Überfall deine Idee war, Safi.« Habims leise Stimme schaffte es irgendwie, den gesamten Innenraum der Kutsche zu erfüllen. »Nur du bist so leichtsinnig. Und Iseult ist dir gefolgt, wie sie es immer tut.«

Safi widersprach nicht, denn das stimmte zweifellos. Das Kartenspiel selbst mochte Iseults Idee gewesen sein, doch für jede schlechte Entscheidung, die seitdem getroffen worden war, war Safi verantwortlich.

»Dieser Fehler«, fuhr Habim fort, »hat zwanzig Jahre Planung in Gefahr gebracht und vielleicht sogar ruiniert. Jetzt, da Eron hier ist, tun wir unser Möglichstes, um die Situation zu retten.«

Safi versteifte sich. »Onkel Eron«, wiederholte sie. »Hier.«

Während Habim ihr irgendeine Geschichte darüber erzählte, dass Henrick den gesamten Adel von Cartorra wegen einer großen Ankündigung zur Konferenz befohlen hatte, zwang sich Safi dazu, Habims Haltung nachzuahmen. Sich zurückzulehnen und zu entspannen. Sie musste alles durchdenken, wie Iseult es immer tat. Sie musste ihre Gegner und das Terrain abschätzen …

Aber Analyse und Strategie waren nicht ihre Stärken. Jedes Mal, wenn sie versuchte, die Teile ihres Tages zu organisieren, schienen sie in alle Richtungen auseinanderzudriften und waren hinterher viel schwerer wieder zusammenzusetzen. Der einzige Gedanke, den sie klar fassen konnte, war: *Onkel Eron ist hier. In Veñaza*. Sie hatte ihn seit zwei Jahren nicht gesehen; hatte gehofft, ihn nie wieder sehen zu müssen. Allein an Eron zu *denken*, erinnerte sie daran, dass sie sich vielleicht ein Leben in Veñaza aufgebaut haben mochte, dass aber zu Hause in Hasstrel ein ganz anderes Leben auf sie wartete.

Safi brauchte jetzt Iseult. Sie war darauf angewiesen, dass Iseult immer klar und konzentriert dachte. Schauspielern und rennen und kämpfen, das waren die einzigen Dinge, die Safi gut konnte.

Ihre Finger kribbelten von dem Verlangen, nach der Tür zu greifen. Ihre Zehen spannten sich erwartungsvoll an, und ihre Beine zitterten, als sie ihre Hand mit schmerzhafter Langsamkeit in Richtung Türknauf schob.

»Berühr das nicht«, befahl Habim. »Was willst du überhaupt tun, Safi? Weglaufen?«

»Iseult finden«, sagte sie leise. Ihre Finger schwebten immer noch über der Klinke. »Und *dann* weglaufen.«

»Was dem Blutmagis erlauben würde, dich aufzuspüren«, gab er zurück. »Solange du bei deinem Onkel bleibst, wirst du in Sicherheit sein.«

»Weil er ja so gute Arbeit dabei geleistet hat, meine Eltern zu beschützen.« Die Worte kamen ihr über die Lippen, bevor Safi etwas dagegen tun konnte. Doch wo sie mit einem schnellem Gegenschlag von Habim rechnete, folgte nur Schweigen und dann ein hartes: »Höllebarden beschützen ihre Familie, sicher. Aber zuerst kommt das Reich. In diesem speziellen Fall, vor achtzehn Jahren, musste das Reich an erster Stelle stehen.«

»Und deswegen hat Kaiser Henrick ihn auch unehrenhaft entlassen, ja? Er hat Onkel Eron aus purer *Dankbarkeit* die schamvolle Aufgabe, mein Regent und Kindermädchen zu sein, übertragen?«

Habim ließ sich nicht auf den Streit ein. Tatsächlich blieb seine Miene vollkommen unbeweglich. Dies war kaum das erste Mal, dass Safi Habim in Bezug auf die Vergangenheit ihres Onkels bedrängte, und es war auch nicht das erste Mal, dass ihre Fragen mit eisigem Schweigen quittiert wurden.

»Du gehst jetzt nach Hause zu Gildemeister Alix«, erklärte Habim irgendwann, schob den Vorhang zur Seite und spähte nach draußen. »Du hättest von Anfang an zu ihm gehen sollen. Er kann dich vor dem Blutmagis schützen.«

»Und woher sollte ich das wissen?« Endlich zog Safi ihre Finger vom Türknauf und richtete sich im Sitz zu voller Höhe auf. »Ich dachte, ich täte das Richtige, indem ich Alix keinen Ärger ins Haus trage.«

»Wie unglaublich rücksichtsvoll von dir. Aber nächstes Mal versuch doch bitte, den Männern zu vertrauen, die für deine Sicherheit verantwortlich sind.«

»Iseult ist essentiell für meine Sicherheit«, sagte Safi. »Und doch ist auffällig, dass du *sie* weggeschickt hast.«

Wieder ignorierte Habim Safis Köder. Stattdessen senkte er leicht den Kopf und musterte sie von unten. »Wo wir gerade von Iseult sprechen: Sie lässt dich bitten, mir nicht die Kehle aufzuschlitzen. Außerdem entschuldigt sie sich dafür, dass sie gegangen ist, und bittet dich, ihr Buch nicht zu verlieren.«

»Iseult … hat sich entschuldigt?« Das sah Iseult gar nicht ähnlich, zumindest nicht, wenn Safi so offensichtlich an allem schuld war.

Was bedeutete, dass in der Nachricht eine geheime Botschaft versteckt lag.

Das war ein Spiel, das die Mädchen über die Jahre immer wieder gespielt hatten. Ein Spiel, das Mathew ihnen beigebracht hatte: *Sagt das eine, meint etwas anderes*. Und es hatte ihnen viel Spaß bereitet, sich damit die langweiligen Stunden von Mathews Geschichtsunterricht zu vertreiben.

Diesmal war es nicht nur Spaß.

Schneide Habim nicht die Kehle durch – das bedeutete, dass Safi warten sollte. Tun sollte, was Habim ihr befahl. Schön. Für den Moment würde Safi gehorchen, aber das Buch … Diesen Teil der Botschaft konnte sie nicht enträtseln.

»Iseults und meine Sachen«, sagte Safi langsam, »stehen noch in einem Sack am Hafen.«

»Ich habe ihn mitgenommen. Der Fahrer hat ihn.« Es folgte ein weiterer heimlicher Blick hinter den Vorhängen hervor, bevor Habim an die Decke der Kutsche schlug.

Die Kutsche kam klappernd zum Stehen, und Habim sagte ausdruckslos: »Halt dich aus Schwierigkeiten heraus, bitte.« Damit glitt er durch die Tür und verschwand im Chaos des nachmittäglichen Verkehrs.

Safi trat ebenfalls auf die Straße, wobei sie sich fühlte, als wäre es unmöglich, ihre Fäuste fest genug zu ballen. Pferdehufe, Wagenräder und klappernde Stiefelabsätze übertönten ihr frustriertes Zähneknirschen. Alix' Heim war ein Herrenhaus mit unzähligen Säulen, das von einem Dschungel aus Rosen und Jasmin umgeben war. Wie die anderen dalmottischen Gildemeister lebte er im reichsten Teil der Stadt: dem östlichen Kanalviertel.

Safi hatte hier ein Schlafzimmer, und der junge, hellhaarige Alix war immer freundlich zu ihr gewesen. Doch dieses luxuriöse labyrinthische Anwesen hatte ihr nie das Gefühl von einem Zuhause vermittelt. Nicht auf dieselbe Art, wie es Iseults Dachzimmer immer gelungen war.

Nicht so, wie es der neuen Wohnung der Mädchen gelingen würde.

Mehrere lange Sekunden stand Safi vor dem eisernen Tor und dachte über Flucht nach. Aber sie wusste, dass sie Iseult nicht finden konnte – nicht, ohne eine Begegnung mit dem Blutmagis zu riskieren.

Götter in der Tiefe, alles zerfiel, und das war Safis Schuld.

Safi war dem charmanten Schwindler auf den Leim gegangen, und dann hatte Safi den Überfall vorgeschlagen.

So lief es immer: Safi stürzte sich in irgendeine Unternehmung, und jemand anderes musste den Dreck wegräumen. In den letzten sechs Jahren war dieser Jemand Iseult gewesen … aber wie viel Chaos konnte Safi noch anrichten, bevor Iseult genug von ihr hatte? Eines Tages würde Iseult Safi abschreiben, so wie jeder andere es bisher auch getan hatte. Safi betete nur darum, betete verzweifelt und inbrünstig, dass dieser Tag nicht heute war.

Das ist er nicht, meldete sich ihr logisches Denken zu Wort. *Sonst hätte Iseult dir keine Nachricht hinterlassen oder dich angewiesen, das Buch zu finden*. Nun, Safi würde Iseults verschlüsselte Botschaft nur verstehen können, wenn sie wie befohlen in Alix' Herrenhaus ging.

Also presste sie die Fäuste fast schmerzhaft gegen ihre Oberschenkel, stiefelte zum Tor und zog am Glockenseil.

Trotz der Blumen und der Dufttöpfe, die im Heim des Seiden-Gildemeisters aufgestellt waren, dominierte für Safis Nase immer der Gestank des Kanals. Man konnte dieser speziellen Duftnote einfach nicht entkommen. Safi warf einen Blick aus ihrem Schlafzimmer im ersten Stock und trommelte mit dem Fuß auf den himmelblauen Teppich. Ein verzweifeltes Gegengewicht zu ihrem rasenden Herzen.

Kostbare Seidengewänder lagen auf dem großen Himmelbett ausgebreitet, in dem sie kaum je schlief. Dies war nicht das erste Mal, dass Gildemeister Alix Kleider für Safi gefertigt hatte, doch diese hier waren viel feiner als alles, was sie bis jetzt erhalten hatte.

Schritte erklangen hinter ihr. Mathew. Safi kannte diesen trabenden Gang, und als sie sich zu ihrem Lehrer umdrehte, stellte sie fest, dass sein dünnes, mit Sommersprossen übersätes Gesicht unter dem in der Nachmittagssonne glühenden roten Haar hart wirkte.

Mathew und Habim hätten nicht unterschiedlicher sein können, sowohl im Aussehen als auch von der Persönlichkeit. Safi zog Mathew Habim vor. Vielleicht, weil sie wusste, dass Mathew sie höher achtete, als Habim es tat. Sie und Mathew waren verwandte Geister. Beide neigten sie eher dazu zu handeln, als nachzudenken, und sie lachten lieber, als die Stirn zu runzeln.

Selbst ohne seine Wortmagie war Mathew ein meisterhafter Verbrecher und ein hochbegabter Betrüger. Habim hatte Safi beigebracht, ihren Körper als Waffe einzusetzen, doch es war Mathew, der sie gelehrt hatte, ihr Hirn zu benutzen. Ihre Worte. Und obwohl Safi nie verstanden hatte, warum Mathew darauf bestand, dass sie seine Vertrauenstricks lernte, hatte sie sich doch immer davor gefürchtet, ihn danach zu fragen – von der Angst getrieben, dass er seine Lektionen dann einstellte.

Wie Habim trug Mathew im Moment die graublaue Livree der fon Hasstrels, aber *anders* als Habim war Mathew kein Diener ihres Onkels.

»Deine Sachen.« Mathew warf eine vertraute Tasche auf das Bett, aber Safi machte keine Anstalten, danach zu greifen. Allerdings sah sie in die Richtung, kontrollierte, ob sie die Form von Iseults Büchern erkennen konnte …

Sie waren da; eine blaue Ecke stand aus dem Bündel.

»Mein Laden ist zerstört.« Mathews schlaksiger Körper schob sich in Safis Blickfeld und nahm ihr die Sicht auf die Bücher. Eigentlich auf alles außer seinen grün blitzenden Augen. »Eine zerbrochenen Tür, zerbrochene Fenster. Was bei den Höllenflammen hat dich geritten, einen Überfall auf einen Gildemeister zu planen?«

Safi leckte sich die Lippen. »Es ... es war ein Versehen. Uns ist die falsche Zielperson in die Falle gelaufen.«

»Ah.« Mathews Schultern entspannten sich. Dann trat er plötzlich vor und packte Safis Kinn, wie er es in den letzten sechs Jahren Tausende Male getan hatte. Er schob ihren Kopf nach links und rechts, um nach Schnitten oder Prellungen zu suchen und nach Anzeichen Ausschau zu halten, dass sie kurz davorstand, in Tränen auszubrechen. Aber sie war unverletzt, und der Gedanke an Tränen weit, *weit* entfernt.

Mathew senkte seine Hand, dann trat er einen Schritt zurück. »Ich bin froh, dass du nicht verletzt wurdest.«

Dieser eine Satz sorgte dafür, dass Safi die Luft ausstieß und die Arme um seinen Hals warf. »Es tut mir leid«, murmelte sie in seinen Hemdkragen hinein, einen Kragen, auf dem diese elende Hasstrel-Bergfledermaus eingestickt war. »Das mit deinem Laden tut mir so leid.«

»Zumindest bist du am Leben und in Sicherheit.«

Safi löste sich von Mathew, während sie sich gleichzeitig wünschte, Habim würde das genauso sehen.

»Dein Onkel braucht dich heute Abend«, fuhr Mathew fort und ging mit großen Schritten zum Bett. Er riss eines der Kleider von der Tagesdecke, pistaziengrüne Seide glänzte im Licht.

Safi bedachte das Kleid mit einem bösen Blick. Zu ihrer Verärgerung war es sehr schön und entsprach genau dem Stil, den sie auch selbst für sich gewählt hätte. »Braucht er mich oder meine Magie?«

»Er braucht dich«, antwortete Mathew. »Heute Abend wird zur Eröffnung des Waffenstillstandskongresses ein Ball veranstaltet. Henrick hat ausdrücklich deine Anwesenheit gefordert.«

Safis Magen machte einen Sprung. »Aber warum? Ich bin

nicht bereit, eine volle Domna zu sein oder die Ländereien von Hasstrel zu führen …«

»Darum geht es nicht«, unterbrach Mathew sie, wobei er seine Aufmerksamkeit wieder auf das Kleid in seiner Hand richtete, um dann ablehnend den Kopf zu schütteln und es wieder aufs Bett zu legen. »In dieser Funktion wirst du nicht gebraucht.«

Wahr.

»Tatsächlich wissen wir nicht, warum Henrick dich dort haben will. Aber Eron kann sich dem Befehl nicht widersetzen.«

Magie glitt zitternd über Safis Körper. *Falsch.* »Lüg mich nicht an«, sagte sie leise und drohend.

Mathew antwortete nicht, sondern hob stattdessen ein zweites Kleid hoch. Es war aus einem dickeren Stoff in fahlem Pink gefertigt. Safi fletschte die Zähne. »Du kannst nicht meine Strangschwester fortschicken und mir die Gründe dafür nicht erklären, Mathew.«

Mathew hielt eine Atemzüge lang Safis Blick fest, wobei er ausnahmsweise so unnachgiebig wirkte wie sein Herzstrang. Dann lockerte sich seine unerbittliche Haltung, und der Winkel seiner Schultern wirkte plötzlich entschuldigend. Er ließ das Kleid in einem Haufen zu Boden sinken. »Große Räder sind in Bewegung, Safi. Räder, die dein Onkel und viele andere in zwanzig Jahren harter Arbeit in die richtigen Positionen gebracht haben. Der Waffenstillstand endet in acht Monaten, und der Große Krieg wird wieder aufflammen. Wir … können das nicht zulassen.«

Safi riss den Kopf zurück. Das war nicht die Erklärung, mit der sie gerechnet hatte. »Wie können du oder mein Onkel den Großen Krieg beeinflussen?«

»Das wirst du früh genug erfahren«, antwortete Mathew.

»Jetzt wasch dich und trag heute Abend dieses Kleid.« In Mathews Worten lag ein Anflug von Macht, und als er ihr ein silberweißes Kleid entgegenstreckte, schien das Magismal auf seinem Handrücken – ein leerer Kreis für Aether und ein kursives W für Wortmagie – förmlich zu glühen.

Safi blähte die Nasenlöcher. Sie riss ihm das hauchdünne Kleid aus den Fingern, wobei der Stoff so weich durch ihre Finger glitt wie Gischt. »Verschwende deine Magie nicht auf mich.« Irgendetwas an ihrer Wahrmagie neutralisierte Mathews Überzeugungskraft.

Aber Mathew antwortete nur mit einem »Hmmm«, als wüsste er mehr, als sie sich je vorstellen konnte. Dann wirbelte er elegant zur Tür herum. »Bald schon wird eine Zofe kommen, um dir bei deinem Bad zu helfen. Vergiss nicht, dich auch hinter den Ohren zu waschen und deine Fingernägel sauber zu kratzen.«

Safi biss hinter Mathews Rücken in den Daumen, aber die Trotzreaktion hinterließ ein leeres Gefühl. Ausdruckslos wie Asche. Die Wut, die in der Kutsche aufgeflammt war, sank bereits in sich zusammen und versickerte in den Bodendielen wie das schwarze Öl, zu dem das Blut des geborstenen Mannes geworden war.

Safi warf das Kleid aufs Bett, und ihr Blick fiel auf die Ecke des Carawen-Buchs. Sie würde dieses Chaos klären, das sie angerichtet hatte. Sobald sie Iseults Nachricht entschlüsselt hatte, würde Safi ihre Gegner analysieren – ihren Onkel, den Blutmagis, die Stadtwachen. Und sie würde das Terrain abschätzen – Veñaza, den Ball des Waffenstillstandskongresses.

Und dann würde Safi alles in Ordnung bringen.

7

Iseult huschte in die Straße hinter dem Hafen, wie Habim es ihr befohlen hatte. Tief unter die kratzige Kapuze geduckt, bahnte sie sich ihren Weg zwischen Pferden und Karren, Händlern, Gildenlakaien und Strängen in allen vorstellbaren Farben hindurch. Schließlich entdeckte sie das hölzerne Schild des Gasthauses *Der Weißdorn-Kanal*.

Jetzt erkannte Iseult das Haus. Safi hatte hier vor ein paar Monaten Taro gespielt. Doch anders als am letzten Abend hatte sie tatsächlich *gewonnen*.

Ein weißer Fleck unter dem Schild, hell und auffällig in der farbenfrohen Pracht einer Hauptstraße von Veñaza, zog Iseults Blick auf sich.

Es war ein Carawen-Mönch ohne Stränge. Ohne einen einzigen Strang.

Iseults Eingeweide schienen zu gefrieren. Sie erstarrte und beobachtete, wie der Mönch die Straße entlangschritt, von ihr weg. Es war offensichtlich, dass er sich auf der Jagd befand. Alle paar Schritte hielt er inne, und seine Kapuze bewegte sich, als wittere er die Luft.

Doch es war das Fehlen von Strängen, das Iseult unbeweglich hielt. Sie hatte gedacht, sie hätte im wilden Kampf gestern die Stränge des Blutmagis einfach übersehen, aber nein. Er besaß auch jetzt noch keine.

Was unmöglich war.

Jeder besaß Stränge. Ende der Geschichte.

»Wollt Ihr einen Teppich?«, fragte ein Händler und schob sich nah an Iseult heran, schwer atmend und mit schweißdurchtränkter Kleidung. »Meine Ware kommt direkt aus Azmir, aber ich werde Euch einen guten Preis machen.«

Iseult zeigte ihm die offene Handfläche. »Zurück, oder ich schneide dir die Ohren ab und verfüttere sie an die Ratten.«

Normalerweise leistete diese Drohung Iseult gute Dienste. Normalerweise hielt sie sich allerdings auch im nördlichen Hafenviertel auf, wo ihre Nomatsi-Haut überwiegend ignoriert wurde. Und *normalerweise* befand sich Safi an ihrer Seite, um die Zähne zu fletschen und angemessen bedrohlich zu wirken.

Heute war allerdings alles anders, und im Gegensatz zu Safi – die sofort reagiert hätte und schon beim ersten Anblick des Mönchs geflohen wäre – verschwendete Iseult noch mehr Zeit darauf, das Terrain abzuschätzen.

Es war dieser kurze Moment, der es dem Teppichhändler ermöglichte, sich näher an sie heranzuschieben und unter die Kapuze zu spähen.

Seine Stränge schlugen um zu grauer Angst und schwarzem Hass. »Matsi-Dreck«, zischte er und zog sich zwei Finger über die Augen. Dann stürzte er vorwärts, riss Iseults Kapuze zurück und hob die Stimme. »Verschwinde, Matsi-Dreck! Verschwinde!«

Diese Wiederholung seines Befehl hatte Iseult kaum nötig. Endlich tat sie, was Safi von Anfang an getan hätte: Sie floh.

Oder versuchte es zumindest. Aber die Leute im Verkehrsfluss stoppten, um sie anzustarren. Um sich näher heranzuschieben. Egal, wohin sie sich auch drehte, sie fand Augen, die auf ihr Gesicht, ihre Haut, ihre Haare gerichtet waren. Sie zuckte vor Strängen grauer Angst oder stählerner Gewalttätigkeit zurück.

Der Tumult erregte die Aufmerksamkeit des Carawen-Mönchs. Er hielt an. Wandte sich in Richtung der Rufe …

Und sah Iseult direkt an.

Die Zeit schien sich zu dehnen, und die Menge verblasste zu einem bloßen Hintergrund aus Strängen und Tönen. Für einen Augenblick, der ihr vorkam wie eine Ewigkeit, sah Iseult nur die Augen des jungen Mönchs. Rot wirbelte darin, in dem fahlsten Blau, das sie je gesehen hatte. Wie Blut, das durch Eis schmolz. Wie ein Herzstrang, der sich um die blauen Stränge von Verständnis schlang. Unbestimmt fragte sich Iseult, wie sie diese strahlende blaue Farbe beim Überfall hatte übersehen können.

Während all diese Gedanken mit der Geschwindigkeit von tausend Ligen in der Sekunde durch ihr Hirn rasten, fragte sie sich, ob dieser Mönch sie wirklich verletzen würde, wie alle fürchteten …

Dann hoben sich die Lippen des Mönchs. Er fletschte die Zähne, und die Welt nahm ihren Lauf wieder auf. Die Zeit kehrte zurück und floss wieder mit normaler Geschwindigkeit.

Und endlich rannte Iseult, sprang hinter ein graues Pferd. Sie rammte dem Tier ihren Ellbogen in den Bauch, so fest sie nur konnte. Die junge Frau im Sattel schrie, und bei diesem hohen Schrei und einem plötzlichen, lauten Wiehern des Pferds zogen sich fast alle von der Straße zurück.

Orange, panikerfüllte Stränge blitzten um Iseult auf, aber sie nahm sie kaum wahr, schob sich bereits durch die Menge und rannte auf eine Kreuzung zu, die ein Stück hinter ihr lag. Dort gab es eine Brücke über den nächstgelegenen Kanal.

Vielleicht konnte sie den Blutmagis abhängen, wenn sie den Kanal überquerte.

Ihre Füße stampften durch Schlamm, sprangen über Bettler hinweg, schlitterten um Karren herum, doch auf dem halben Weg zur Brücke sah sie zurück und wünschte sich, sie hätte es nicht getan. Der Blutmagis verfolgte sie, und er war schnell. Dieselben Leute, die sich alle Mühe gegeben hatten, Iseult aufzuhalten, sprangen aus seinem Weg.

»Weg!«, kreischte Iseult einen Puristen mit seinem *Bereuet!*-Schild an. Er bewegte sich nicht, also rammte sie seine Schulter.

Er und sein Schild drehten sich wie eine Windmühle, aber das kam Iseult zu Abwechslung einmal zugute, denn auch wenn sie an Geschwindigkeit verlor, weil sie unter einer Sänfte hindurchtauchen musste, die von vier Männern getragen wurde, sah es jetzt so aus, als würde sie nach links laufen, Richtung Brücke. Und sie hörte, wie der Purist brüllte, man solle ihr *über den Kanal* folgen.

Also bog sie nicht wie geplant ab. Stattdessen wirbelte sie auf dem Stiefelabsatz nach rechts und stürzte sich wieder in den Verkehr, wobei sie inständig betete, dass der Mönch auf den Puristen hörte und die andere Richtung einschlug. Und sie betete, betete inständig darum, dass er ihre Blutwitterung unter diesem Salamanderstoffmantel nicht aufnehmen konnte.

Sie zog ihre Kapuze wieder nach oben und rannte weiter. Vor ihr erschien die nächste Kreuzung, ein dichter Verkehrsstrom, der von Osten nach Westen auf eine zweite Brücke zuhielt. Sie würde geradeaus weiterlaufen müssen, musste den Verkehr irgendwie durchdringen.

Oder auch nicht. Gerade, als sie hinter den Wagen eines Holzfällers gesprungen war und den Stand eines Käsehändlers umrundet hatte, trat sie plötzlich in die Luft.

Mit wedelnden Armen kippte Iseult langsam einem sich unerwartet auftuenden Kanal voll grünem, schleimigem Wasser entgegen, der fast so dicht befahren war wie die Straßen.

Dann schob sich ein Boot unter Iseult, und sie nahm die Szene unter sich in einem Augenblick in sich auf: *flaches Deck voller Netze. Fischer, der zu mir hochstarrt.*

Iseult gab es auf, gegen ihren Sturz anzukämpfen. Stattdessen lehnte sie sich dem Kanal entgegen.

Luft pfiff an ihren Ohren vorbei. Weiße Netze, die aussahen wie aus Spitzenstoff, kamen schnell näher. Dann landete sie auf dem Deck, beugte die Knie und stützte sich mit den Händen ab.

Etwas durchstieß ihre Handfläche. Ein verrosteter Haken, begriff sie, bevor sie sich wieder auf die Beine kämpfte. Das Boot schwankte heftig. Der Fischer brüllte, aber Iseult rannte bereits auf das nächste Boot zu, das vorbeiglitt: ein niedriges Fährschiff mit einem rüschenbesetzen roten Sonnensegel.

»Vorsicht!«, schrie Iseult, dann warf sie sich hoch in die Luft und packte das Geländer. Sie zog sich nach oben, während die Passagiere sich mit weit aufgerissenen Augen zurückzogen. Blut verschmierte die Stangen des Geländers. Sie konnte nur hoffen, dass dieser brennende Schnitt es dem Blutmagis nicht noch einfacher machte, ihr zu folgen.

Mit vier großen Sprüngen eilte sie über die Fähre. Anscheinend wollten die Passagiere Iseult genauso schnell vom Boot verschwinden sehen, wie sie fliehen wollte. Sie kletterte auf das Geländer auf der anderen Seite und holte tief Luft, als ein weiteres Boot heranglitt, gefüllt mit frisch gefangenen Makrelen.

Sie sprang. Ihre Füße sanken ein, und plötzlich lag sie mit weit ausgebreiteten Armen auf silbernen Schuppen, das Gesicht verschmiert mit Fischaugen. Der Fischer selbst schrie sie an, eher wütend als überrascht, und als sich Iseult aufrichtete, sah sie seinen schwarzen Bart auf sich zukommen.

Sie schob sich an ihm vorbei und rammte ihm den Ellbogen genau in dem Moment in den Magen, als das Boot an einer Treppe vorbeiglitt, die mit Anglern verstopft war.

Einen weiten Sprung später landete Iseult auf den gepflasterten Stufen. Keiner der Angler bot ihr Hilfe an, sie wichen nur zurück. Einer stach sogar mit seiner Angel nach ihr, seine Stränge ein verängstigtes Grau.

Iseult packte das Ende der Angelrute. Die Stränge des Mannes glühten heller, und er versuchte, die Rute zurückzureißen, wobei er Iseult mit nach oben zog. *Danke*, dachte sie, als sie sich die Stufen nach oben kämpfte. Sie warf einen kurzen Blick zurück und entdeckte Blut auf den Steinen. Ihre Handfläche blutete um einiges heftiger, als der entfernte Schmerz vermuten ließ.

Sie erreichte die Straße. Verkehr glitt an ihr vorbei, und sie kämpfte verzweifelt darum, sich eine Strategie zurechtzulegen. All ihre Pläne fielen durch die Höllentore, aber sicherlich konnte Iseult sich einen Moment des Nachdenkens gönnen. Sie war schrecklich schlecht in Hauruckaktionen, weswegen Safi in solchen Momenten die Führung übernahm. Ohne die Zeit, sich eine Strategie zurechtzulegen, manövrierte sich Iseult immer in Sackgassen.

Breite Straße, dachte sie. *Eine Hauptschlagader der Stadt, die wahrscheinlich die ganze Zeit über am Kanal entlangführt. Verkehr in zwei Richtungen, und ein Mann, der eine gescheckte, gesattelte Stute führt. Wenn ich sie in meinen Besitz bringen kann, kann ich ganz aus der Stadt fliehen und mich über Nacht beim Stamm verstecken.*

Obwohl die Idee, sich in einem Zuhause zu verstecken, das sie einen Großteil ihres Lebens lang gemieden hatte, ihr kaum als perfekte Lösung erschien, war die Midenzi-Siedlung der einzige Ort, wo man sie beim Anblick ihrer Haut nicht sofort hinauswerfen würde.

Außerdem war es der einzige Ort, an den ihr der Blutmagis nicht folgen konnte, egal, ob er sie nun auf Sicht und über ihr Blut jagte. Da war sie sich sicher. Das Land um die Siedlung herum war mit Fallen gespickt, denen kein Nicht-Midenzi ausweichen konnte.

Also lief Iseult noch mal schneller, ließ ihren Mantel von den Schultern gleiten, warf ihn dem Mann über den Kopf und sprang in den Sattel der Stute, wobei sie inständig betete, dass die angelegten Ohren ein Zeichen dafür waren, dass sie bereit war für einen flotten Ritt.

»Es tut mir so leid«, schrie sie, als der Mann unter dem Salamanderstoffmantel mit den Armen wedelte. »Ich werde sie zurückschicken!« Dann grub sie ihre Fersen in die Seiten des Pferds und ließ den Mann hinter sich.

Als die Stute in einen schnellen Trott verfiel und sich ihren Weg durch den Verkehr bahnte, warf Iseult einen Blick über den Kanal. Da war der Blutmagis, der sie beobachtete. Inzwischen fuhren die Boote nicht mehr so dicht nebeneinander; er konnte das Wasser nicht auf demselben Weg überqueren wie sie.

Aber er konnte sie angrinsen und auch winken. Eine kurze Bewegung seiner rechten Hand, dann tippte er sich auf die Handfläche.

Er wusste, dass ihre Hand blutete, und sagte ihr damit, dass er ihr folgen konnte. Dass er ihr folgen *würde* – und dabei wahrscheinlich die ganze Zeit auf diese beängstigende Art lächeln.

Iseult riss den Blick von seinem Gesicht los und zwang sich, auf die Straße zu achten. Dann beugte sie sich tief über den Hals der Stute und trieb sie an, wobei sie zur Mondmutter oder Noden oder jedem anderen Gott, der gerade zusah, betete, dass ihr die Flucht aus der Stadt gelang.

Merik starrte das winzige dalmottische Schiff an, das über die Karte der Jadansi-See glitt. Es zeigte ihm, dass das dazugehörige Handelsschiff gerade mit dem Wind aus dem Hafen von Veñaza glitt, und Merik hätte dieses verfluchte Modell am liebsten aus dem Fenster geworfen.

Der Sprachmagis der *Jana*, Hermin, saß am Kopf des Tischs. Auch wenn sie wirklich nicht zahlreich waren, waren Sprachmagi doch die häufigste Art von Aethermagi, und nachdem sie mit anderen Sprachmagi über weite Entfernungen kommunizieren konnten, hatte jedes Schiff in der königlichen Flotte von Nubrevna einen Sprachmagis an Bord – auch Vivia, mit deren Sprachmagis Hermin im Moment verbunden war.

Hermins Augen leuchteten rosa – ein Zeichen, dass er mit den Strängen der Sprachmagi verbunden war –, und die Nachmittagssonne beleuchtete sein faltiges Gesicht. Durch die offenen Fenster drangen entfernte Rufe und das Geräusch von klappernden Karren und Hufen.

Merik wusste, dass er die Fenster schließen sollte, aber ohne die Brise war es in der Kabine einfach zu heiß und stickig. Außerdem rauchte und stank der Talg in den Laternen, stank sogar noch schlimmer als der Dreck in den Kanälen von Veñaza.

Aber Merik hielt es für angebracht, mit übel riechendem Tierfett Geld zu sparen, statt eine Menge für rauchlose Feuermagis-Laternen auszugeben. Auch ein Punkt, in dem er und Vivia keineswegs einer Meinung waren.

Einer von vielen.

»Ich glaube nicht, dass du wirklich verstehst, *Merry*.« Obwohl Hermin mit seiner eigenen rauen Stimme sprach, folgten seine Worte genau der Sprachmelodie von Vivia: langgezogene Worte und herablassende Betonungen. »Die Füchse haben bei den Flotten anderer Länder Angst verbreitet. *Jetzt* diese Flagge zu hissen, wird uns einen großen Vorteil verschaffen, wenn der Große Krieg erneut aufflammt.«

»Nur«, sagte Merik ausdrucklos, »dass wir hier sind, um über Frieden zu verhandeln. Und auch wenn ich zugestehe, dass die Fuchs-Flaggen einst ein geeignetes Mittel zur Einschüchterung waren, ist das doch schon Jahrhunderte her. Bevor die Reiche Flotten besaßen, mit denen sie unsere Schiffe vernichten konnten.«

Auf den ersten Blick wirkte die Idee so ritterlich: Handelsschiffe überfallen, um die Armen zu ernähren. Und Geschichten von den alten Fuchs-Flotten wurden zu Hause immer noch gern erzählt, aber Merik wusste es besser. Von den Reichen stehlen war immer noch Diebstahl, und es war leichter, das *Versprechen* abzugeben, keine Gewalt anzuwenden, als sich tatsächlich jeder Gewalt zu enthalten.

»Ich habe noch ein Treffen«, beharrte Merik. »Mit der Goldgilde.«

»Das genauso ergebnislos enden wird wie jedes andere deiner Treffen. Ich dachte, du willst dein Volk ernähren, Merry.«

Funken entzündeten sich in seiner Brust. »Bezweifle nie«, knurrte er, »mein Verlangen, Nubrevna zu ernähren.«

»Du behauptest, du würdest es wollen. Doch wenn ich dir einen Weg eröffne, Nahrung zu liefern, einen Weg, den Reichen eine Lektion zu erteilen, scheint dich dieser Vorschlag kaltzulassen.«

»Weil dein Vorschlag auf Piraterie hinausläuft.« Merik stellte fest, dass es ihm schwerfiel, Hermin anzusehen, als der Sprachmagis weiter Vivias Worte flötete.

»Mein Vorschlag läuft darauf hinaus, Chancengleichheit

herzustellen. Und ich möchte dich daran erinnern, Merry, dass ich anders als du bereits an Kongresstreffen teilgenommen habe. Ich habe gesehen, wie uns die Reiche unter ihren Absätzen zerquetschen. Diese aethermagische Schiffsminiatur ist ein Weg, sich zu wehren. Du musst mir nur sagen, wann das Handelsschiff die Küste von Nubrevna erreicht, und die ganze Drecksarbeit mache dann ich.«

Du übernimmst das Töten, meinst du. Es kostete Merik seine gesamte brüchige Selbstkontrolle, Vivia nicht anzuschreien. Aber das wäre sinnlos gewesen. Nicht, wenn zwei Sprachmagi und hundert Ligen zwischen ihnen lagen.

Er lockerte die Schultern. Einmal, zweimal. »Was?«, fuhr er schließlich fort, »hat Vater dazu zu sagen?«

»*Nichts*.« Hermin zog das Wort in die Länge, genau wie Vivia es getan hätte. »Vater steht kurz vor dem Tod, und er ist so stumm wie zu der Zeit, als du aufgebrochen bist. Ich werde nie verstehen, warum er aufgewacht ist, um dich als Gesandten und Admiral zu benennen. Aber anscheinend spielt uns diese Tatsache nun in die Hände, denn wir haben hier eine gute Gelegenheit, Merry.«

»Eine Gelegenheit, die wunderbar zu deiner Strategie passt, dein eigenes Reich zu errichten, meinst du wohl.«

Es folgte eine kurze Pause. »Der Gerechtigkeit muss Genüge getan werden, *kleiner Bruder*.« Eine gewisse Schärfe schlich sich in Vivias Worte. »Oder hast du vergessen, was die Reiche unserem Heimatland angetan haben? Für sie hat der Große Krieg ein Ende gefunden, aber nicht für uns. Das Mindeste, was wir tun können, ist, es den drei Reichen mit gleicher Münze heimzuzahlen, angefangen mit einem noblen Akt der Piraterie.«

Bei diesen Worten schoss die Hitze in Meriks Brust nach außen und sammelte sich in seinen Fäusten. Wäre Vivia hier gewesen, hätte er seinen Sturm freigelassen. Schließlich kochte in ihren Adern dieselbe Wut.

In Meriks Kindheit war sein Vater davon überzeugt gewesen, dass Merik ein genauso mächtiger Magis war wie seine Schwester; dass seine Wutanfälle eine Manifestation großer Macht sein mussten. Also hatte König Serafin Merik mit sieben Jahren in die Magieprüfung gezwungen.

Doch Meriks Wutanfälle waren kein Zeichen von Macht. Merik hatte gerade genug Magie besessen, um ein Magismal zu erhalten, und König Serafin war es kaum gelungen, seine Abscheu vor dem Prüfungsgremium zu verbergen.

Am selben Morgen, in der Kutsche, die sie zurückbrachte zum königlichen Palast, während Meriks neue Rautentätowierung auf seinem Handrücken brannte, hatte er eindringlich erfahren, wie tief die Abscheu seines Vaters reichte. Ihm war erklärt worden, dass ein schwacher Prinz in der Familie keinem Zweck diente. Und dass er sich seiner Tante, der Nihar-Ausgestoßenen, auf den Familienländereien im Südwesten anschließen würde.

»Du vergisst«, sagte Hermin, immer noch in Vivias Sprachduktus, »wer nach Vaters Tod das Land führen wird. Im Moment magst du die nötige Autorität besitzen, aber du bist nur vorübergehend Admiral. Ich werde Königin und Admiral, wenn der nasse Schlaf Vater schließlich übermannt.«

»Ich weiß, was du werden wirst«, sagte Merik leise, und seine Wut verpuffte im Angesicht kalter Angst.

Vivia als Königin. Vivia als Admiral. Vivia, die Nubrevnaner wie Lämmer auf die Schlachtbank schickte. Die Farmer und die Soldaten, die Händler und Minenarbeiter, die Schäfer und Bäcker – sie würden auf cartorrischen Schwertern oder in marstokischen Flammen sterben. Während Vivia dabei zusah.

Und Meriks einzige Lösung, nämlich neue Handelsbeziehungen aufzubauen und Vivia zu beweisen, dass es friedliche Wege gab, Nubrevna zu ernähren ... Dieser Plan war fehlgeschlagen.

Und das Schlimmste war, dass Merik genau wusste, dass Vivia einfach einen anderen Weg finden würde, selbst wenn er sich weigerte, seiner Schwester bei ihrer Piraterie zu helfen. Irgendwie würde sie die Fuchsflagge hissen, und irgendwie würde sie ihr gesamtes Heimatland in Nodens Hölle jagen.

Ryber, das Schiffsmädchen und Kullens Herzstrang, schob ihren Kopf in den Raum. »Admiral? Es tut mir leid, Euch zu unterbrechen, Sir, aber es ist dringend. Hier ist ein Mann, der mit Euch sprechen will. Er sagt, sein Name wäre fon ...« Ihr dunkles Gesicht verzog sich vor Konzentration. »Fon *Hasstrel*, das war es. Aus Cartorra. Und er möchte mit Euch über eine mögliche Handelsbeziehung sprechen.«

Merik fühlte, wie sein Mund offen stehen blieb. Handel ... mit Cartorra. Es schien unmöglich, doch Rybers Miene wirkte vollkommen ernst.

Noden selbst nahm in Meriks Interesse Einfluss, und er tat es genau in dem Moment, in dem Merik es am dringendsten brauchte.

Ein solches Geschenk konnte Merik nicht ignorieren, also drehte er sich wieder zu Hermin um. »Vivia«, blaffte er. »Ich werde dir helfen, aber nur unter einer Bedingung.«

»Ich höre.«

»Wenn ich auch nur eine einzige Handelsbeziehung für Nubrevna auftun kann, dann wirst du deine Piraterie stoppen. Sofort.«

Ein Zögern. Dann ein langsames: »Vielleicht, Merry. Wenn du es tatsächlich schaffst, Handelsbeziehungen aufzubauen, dann werde ich ... darüber nachdenken, die Fuchsflagge zu streichen. Und jetzt sag mir: Wo ist die Dalmotti-Miniatur im Moment?«

Als Merik auf die Karte sah, konnte er ein Lächeln nicht unterdrücken – ein verschlagenes Lächeln. Das winzige Schiff verließ gerade die schlammige Bucht des Hafens von Veñaza.

»Es hat die Segel noch nicht gesetzt«, verkündete er, während sich ein heiteres, hoffnungsvolles Gefühl in seiner Brust ausbreitete. »Aber ich werde dich sofort informieren, wenn es dazu kommt. Hermin« – Merik schlug dem Sprachmagis eine Hand auf die Schulter, und der alte Matrose zuckte zusammen – »du kannst die Verbindung jetzt beenden. Und Ryber?« Merik richtete den Blick auf die Tür und lächelte noch breiter. »Bring diesen fon-Hasstrel-Kerl sofort herein.«

* * *

Nach dem Bad folgte Safi einer ihr unbekannten Zofe mit kaffeefarbenem Haar zurück in ihr Zimmer, wo die Frau ihr das silberweiße Kleid anzog, das Mathew ausgesucht hatte. Dann frisierte die Zofe Safis Haare mühevoll in eine Reihe von hängenden Locken, die im Licht des Sonnenuntergangs tanzten und glänzten.

Es war seltsam, angezogen und umsorgt zu werden. Safi hatte das seit sieben Jahren nicht mehr erlebt. Onkel Eron hatte sich auf Hasstrel-Land nie mehr als eine Handvoll Diener leisten können, also war Safi nur auf den jährlichen Reisen nach Praga von einer Zofe bedient worden.

Onkel Eron mochte ein in Ungnade gefallener Höllebarde sein, seines Rangs enthoben aus Gründen, die nur die Götter kannten, und dann zum vorläufigen Dom ernannt, bis Safi den Eindruck erweckte, ihren Pflichten gewachsen zu sein. Aber trotzdem zahlte er seinen Zehnten in genau der Höhe, die Henrick verlangte. Jedes Jahr waren Eron und Safi in die cartorrische Hauptstadt gereist, um ihre kärglichen Abgaben zu entrichten und ihren Lehenseid gegenüber Kaiser Henrick zu erneuern.

Und jedes Jahr war die Reise eine einzige Qual.

Safi war immer größer gewesen als die Jungs, immer stärker, während die anderen Mädchen ständig über Safis betrunkenen Onkel geflüstert und sich über Safis altmodische Kleider amüsiert hatten.

Doch es war nicht die Scham, die dafür gesorgt hatte, dass diese Reisen so schrecklich waren. Es war die Angst.

Angst vor den Höllebarden. Angst, dass sie Safi als die Ketzerin erkennen würden, die sie war. Als die *Wahrmagis*, die sie war.

Und hätte nicht Prinz Leopold – oder Polly, wie Safi ihn immer genannt hatte – sie bei jedem Besuch unter die Fittiche genommen, hätten die Höllebarden sie wahrscheinlich erwischt. Schließlich war es die Aufgabe der Höllebarden-Brigade, Ketzer ohne Magismal aufzuspüren. Laut Verfügung der Krone war es den Kriegern auch erlaubt, diese Ketzer zu köpfen, wenn sie gefährlich zu sein schienen oder nicht kooperieren wollten.

Polly wird heute Abend wahrscheinlich auch da sein, dachte Safi, während sie sich in einem schmalen Spiegel neben dem Bett musterte. Es war acht Jahre her, dass sie das letzte Mal mit dem Prinzen davongeschlichen war, um die weitläufige kaiserliche Bibliothek zu erkunden. Sie konnte sich einfach nicht vorstellen, wie seine langen, fahlen Wimpern und wippenden goldenen Locken an einem zwanzigjährigen Mann aussehen sollten.

Safi hatte sich seitdem definitiv verändert, und dieses fahle Abendkleid betonte diese Veränderungen noch. Die geschnürte Korsage hob die Stärke in Safis Bauch und Oberkörper hervor. Die eng anliegenden, langen Ärmel betonten die Muskeln an ihren Armen, das Oberteil die wenigen Kurven, die sie besaß. Und den weit fallenden Röcken gelang es, ihren Hüften weibliche Rundungen zu verleihen. Die wippenden Locken unterstrichen die Kurven ihres Kinns und die Strahlkraft ihrer Augen.

Gildemeister Alix und seine Angestellten hatten sich diesmal wirklich selbst übertroffen.

Sobald die Zofe verschwunden war – nachdem sie noch ein strahlend weißes Cape auf dem Bett ausgebreitet hatte –, sprang Safi zu ihrem Bündel und riss Iseults Carawen-Buch heraus. Dann marschierte sie zum Fenster, hinter dem die Kanäle im Licht der Abendsonne brannten wie Feuer.

Rosafarbenes Licht fiel auf den blauen Einband des Buchs, und als Safi es aufklappte, öffnete sich der Foliant automatisch auf Seite siebenunddreißig. Ein geflügelter Löwe auf einer Bronzemünze glänzte auf und markierte die letzte Seite, die Iseult gelesen hatte.

Safi überflog eilig den Text. Es war eine Auflistung verschiedener Arten von Carawen-Mönchen.

Die Tür zum Schlafzimmer wurde aufgerissen. Safi blieb gerade noch genug Zeit, das Buch zurück in das Bündel zu stopfen, bevor ihr Onkel in den Raum stiefelte.

Dom Eron fon Hasstrel war ein großer Mann, muskulös und mit starken Knochen, so wie Safi auch. Doch anders als bei Safi ging sein weizenblondes Haar langsam in silbriges Grau über, und purpurne Tränensäcke hingen unter seinen blutunterlaufenen Augen. Auch wenn er früher ein Soldat gewesen sein mochte, heute war er einfach nur noch ein Trinker.

Eron hielt mehrere Schritte vor Safi an und rieb sich den

Kopf, sodass seine Haare in alle Richtungen abstanden. »Bei den Zwölfen«, sagte er langsam, »wieso bist du so bleich? Du siehst aus, als hätte die Finsternis dich verschlungen.« Eron schob das Kinn vor, und Safi bemerkte, dass er leicht schwankte. »Du musst nervös sein wegen des Balls heute Abend.«

»Genau wie du«, antwortete sie. »Denn warum sonst solltest du schon vor dem Abendessen betrunken sein?«

Erons Lippen verzogen sich zu einem Lächeln, das erstaunlich munter ausfiel. »Das ist die Nichte, an die ich mich erinnere.« Er ging zum Fenster, richtete den Blick nach draußen und fing an, mit der dünnen Goldkette zu spielen, die er immer um den Hals trug.

Safi biss sich auf die Lippen. Sie hasste es, dass sich beim Anblick von Onkel Eron wie üblich ein Loch in ihrer Brust aufzutun schien. Obwohl in ihren Adern dasselbe blaue Hasstrel-Blut floss wie in seinen, waren sie und ihr Onkel eigentlich Fremde.

Und wenn Eron betrunken war, was öfter der Fall war als das Gegenteil, spürte Safis Magie gar nichts. Keine Wahrheit, keine Lügen, keine irgendwie geartete Reaktion – als würde die Person, die er sein könnte, hinweggewaschen, sobald der Alkohol zu fließen anfing.

Zwischen ihr und ihrem Onkel hatte immer eine Wand aus Stein und Schweigen gestanden, und die würde auch immer bleiben.

Safi senkte die Schultern und stiefelte an Erons Seite. »Warum also bin ich hier, Onkel? Mathew hat gesagt, du hättest vor, den Großen Krieg zu beeinflussen. Wie genau willst du das erreichen?«

Eron stieß ein heiseres Lachen aus. »Also hat Mathew so viel verraten, ja?«

»Brauchst du meine Magie?«, drängte Safi. »Ist es *das*, worum es hier geht? Irgendeine betrügerische Mauschelei, um deine Höllebarden-Ehre zurückzugewinnen …«

»*Nein.*« Das Wort brach heraus. Stark. Unnachgiebig. »Dies ist keine betrügerische Mauschelei, Safiya. Es ist alle andere als das.« Eron presste die Hände gegen die Glasscheibe, und die alten Brandnarben auf seinen Fingern spannten sich.

Safi hasste diese Narben. Sie hatte diese weißen Pocken als Heranwachsende Millionen Male angestarrt. Vor dem Metall eines Weinkelchs oder damit beschäftigt, eine Hure in den Hintern zu zwicken. Diese Narben waren alles, was Safiya eigentlich von ihrem Onkel kannte, der einzige Einblick, den sie in seine Vergangenheit hatte. Und wann immer sie diese weißen Male sah, stieg die Angst in ihr auf, dass dies die Zukunft war, die sie erwartete; ein unstillbarer Durst nach etwas, das niemals sein konnte.

Eron wollte seine Ehre.

Safi wollte ihre Freiheit.

Freiheit von ihrem Titel und ihrem Onkel und den eisigen Hasstrel-Hallen. Freiheit von ihrer Angst vor den Höllebarden und einer Enthauptung. Freiheit von ihrer Magie und dem gesamten Reich von Cartorra.

»Du hast keine Ahnung, wie Krieg ist«, sagte Eron, sein Ton geistesabwesend, als wäre auch er in Gedanken bei den alten Narben. »Armeen machen Dörfer dem Erdboden gleich, Flotten versenken Schiffe, Magi lassen dich mit einem einzigen Gedanken in Flammen aufgehen. Alles, was du liebst, wird dir genommen, Safiya … und dahingemetzelt. Aber du wirst es bald kennenlernen. In aller Ausführlichkeit wirst du es durchleben – es sei denn, du tust, worum ich dich bitte. Nach heute Abend kannst du für immer verschwinden.«

Stille breitete sich im Raum aus, dann fiel Safi die Kinnlade nach unten. »Warte … Ich kann gehen?«

»Ja.« Eron schenkte ihr ein fast trauriges Grinsen, wobei er erneut an seiner Kette herumspielte. Als er weitersprach, erblühten die ersten Anflüge von Wahrheit und glücklicher Wärme in Safis Brust.

»Nachdem du deine Rolle als tanzende, trinkende Domna gespielt hast«, setzte er an, »und du sie für das gesamte Reich gespielt hast … Nun, danach steht es dir frei zu gehen.«

Frei zu gehen. Die Worte hallten durch die Luft wie die letzte Note einer lebhaften Symphonie.

Safi wich einen Schritt zurück. Das war mehr, als ihr Geist verarbeiten konnte – mehr, als ihre Magie verarbeiten konnte. Erons Worte zitterten und *brannten* vor Wahrheit.

»Warum«, setzte Safi vorsichtig an, weil sie Angst hatte, ein falsches Wort könnte dafür sorgen, dass sich die Worte ihres Onkels in Wohlgefallen auflösten, »solltest du mich gehen lassen? Ich soll die Domna der Hasstrel-Ländereien sein.«

»Nicht ganz«. Er hob einen Arm über den Kopf und lehnte sich gegen das Fenster. Alles an seiner Haltung wirkte seltsam nachgiebig, und die Kette, die er abgenommen hatte, hing jetzt zwischen seinen Fingern. »Bald schon werden Titel keine Rolle mehr spielen, Safiya. Und lass uns ehrlich sein: Weder du noch ich haben je damit gerechnet, dass du jemals die Ländereien führst. Du bist nicht gerade für die Herrschaft geschaffen.«

»Aber du schon?«, fragte Safi gereizt. »Warum musste ich mein ganzes Leben lang studieren, wenn das von Anfang an dein Plan war? Ich hätte einfach verschwinden können …«

»Es war nicht mein Plan«, unterbrach er sie, und seine Schultern verspannten sich. »Aber Dinge ändern sich, wenn Krieg am Horizont lauert. Außerdem – bedauerst du all den Unterricht und das Training, das dir zuteilwurde?« Er legte den Kopf schräg. »Deine Begegnung mit dem Gold-Gildemeister hat fast all meine Pläne ruiniert, aber ich habe es geschafft, den Abend zu retten. Jetzt musst du dich nur eine Nacht lang benehmen wie eine frivole Domna, und dann sind deine Pflichten erfüllt. Für immer.«

Safi entwich ein Lachen. »Das ist es? Das ist alles, was du von mir willst? Alles, was du je von mir gewollt hast? Vergib mir, wenn ich dir nicht glaube.«

Er zuckte mit den Achseln. »Du musst mir nicht glauben. Aber was sagt deine Magie?«

Safis Magie brummte vor Wahrheit, warm unter ihren Rippen. Und doch war es ihr fast unmöglich, diese Geschichte zu schlucken. Alles, was sie je gewollt hatte, wurde ihr plötzlich auf dem Silbertablett serviert. Das erschien ihr einfach *viel* zu gut, um wahr zu sein.

Eron zog eine helle Augenbraue hoch, offensichtlich amüsiert von Safis Verwirrung. »Wenn die Glocken Mitternacht schlagen, Safiya, wird der Blutmagis nicht länger ein Problem darstellen. Dann kannst du tun und lassen, was immer du willst, und dieselbe anspruchslose Existenz führen, die du immer genossen hast. Obwohl …« Er hielt inne, und sein Blick wurde scharf. Jetzt zeigte er keinerlei Anzeichen von Trunkenheit mehr. »Wenn du wolltest, Safiya, könntest du die Welt beugen und formen. Du hast die nötige Ausbildung, dafür habe ich gesorgt. Unglücklicherweise«, er breitete seine vernarbten Hände aus, sodass sich die Kette zwischen seinen Fingern spannte, »scheint es dir am nötigen Ehrgeiz zu mangeln.«

»Wenn es mir an Ehrgeiz mangelt«, flüsterte Safi, und die Worte drangen über ihre Lippen, bevor sie etwas dagegen tun konnte, »dann nur, weil *du* dafür gesorgt hast.«

»Zu wahr.« Eron lächelte auf sie herunter, ein betrübtes Lächeln, das vor Ehrlichkeit kribbelte. »Aber hasse mich nicht dafür, Safiya. Liebe mich …« Träge öffnete er die Arme. »Und *fürchte* dich vor mir. Das ist schließlich die Art der Hasstrels. Und jetzt zieh dich fertig an. Beim nächsten Glockenschlag brechen wir auf.«

Ohne ein weiteres Wort stiefelte Eron an Safi vorbei und verließ den Raum. Sie beobachtete seinen Abgang, zwang sich, seine schnellen Schritte und seinen breiten Rücken zu beobachten.

Mehrere *brennende* Sekunden lang vertiefte sich Safi in die Ungerechtigkeit seiner Worte. Mangelnder Ehrgeiz? Anspruchslose Existenz? Vielleicht stimmte das sogar, wenn es darum ging, in einer gefrorenen Burg in einer Welt aus machtgierigen Adligen und ständig wachsamer Höllebarden zu leben. Aber nicht, wenn es um ein Leben mit Iseult ging.

Safi zog erneut das Carawen-Buch heraus und öffnete es. Die Piestra strahlte zu ihr auf, leuchtend wie eine Rose im Sonnenuntergang. Diese besondere Seite war wichtig, und Safi musste nur herausfinden, wieso …

Sie ließ ihre Finger über die Arten und Gruppen von Mönchen gleiten. Söldnermönch, Lehrermönch, Hütermönch, Handwerksmönch … Ihre Finger stoppten bei dem Heilermönch. Eine Carawen-Heilerin hatte Iseult gefunden, als sie aus ihrem Stamm geflohen war. Iseult hatte sich an einer Kreuzung nördlich von Veñaza verlaufen, und eine freundliche Carawen hatte ihr geholfen, ihren Weg zu finden.

Und diese alte Kreuzung lag in der Nähe des Leuchtturms, den die Mädchen inzwischen nutzten. Iseult musste vorhaben, Veñaza ganz zu verlassen und zu ihrem üblichen Versteck zurückzukehren.

Safi ließ das Buch sinken und legte den Kopf in den Nacken. Sie konnte noch nicht aufbrechen, denn zuerst musste sie den heutigen Abend durchstehen. Sie mussten diesen Blutmagis abschütteln und sich ein für alle Mal um ihren Onkel kümmern. Dann – ohne sich jemals wieder Sorgen um Verfolgung machen zu müssen – konnte sie aus der Stadt nach Norden aufbrechen und ihre Strangschwester finden.

Safi atmete scharf aus, senkte den Kopf und drehte sich zum Spiegel um. Eron wollte eine pflichtbewusste Domna, ja? Nun, das konnte Safi ihm geben. Ihre gesamte Kindheit über hatte der cartorrische Adel sie nur als ruhiges, verlegenes Mädchen gesehen, dass sich hinter den Beinen ihres Onkels verbarg, während ihre Beine nervös zuckten und ihre Fußspitzen auf den Boden trommelten.

Aber Safi war nicht länger dieses Mädchen, und die Höllebarden besaßen im Reich von Dalmotti keine Macht. Also hob Safi den Kopf und schob die Brust vor, angetan von der Art, wie das Kleid ihre Schultern betonte. Wie ihre Ärmel so an den Handgelenken endeten, dass ihre Handflächen sichtbar wurden, die mit genauso vielen Schwielen übersät waren wie die jedes Soldaten.

Safi war stolz auf ihre Hände, und sie konnte es kaum erwarten zu beobachten, wie die Doms und Domnas ihre Handflächen angewidert anstarrten. Konnte kaum erwarten, die Adligen ihre Finger, rau wie Sandstein, spüren zu lassen, wenn sie mit ihnen tanzte.

Für einen Abend konnte Safi die Domna von Cartorra sein. Zur Hölle, sie hätte sogar eine verranzte Kaiserin gespielt, wenn es sie von dem Blutmagis weg und zu Iseult zurückbrachte.

Und nach dem heutigen Abend wäre Safiya fon Hasstrel frei.

8

Iseult starrte auf die dunkle Mähne ihrer gescheckten Stute, eine Hand an den Zügeln und die andere hoch erhoben in dem jämmerlichen Versuch, die Blutung ihrer Wunde zu stoppen.

Der Kanal neben ihr glühte im Abendlicht orangefarben, und der Gestank von Veñaza ließ langsam nach, ebenso wie die Hitze des Tages. Bald schon würde Iseult dieses feuchte Marschland hinter sich lassen und die wilden Auen erreichen, die ihr Nomatsi-Zuhause umgaben. Moskitos würden sie umschwärmen, und die Pferdebremsen sich ein Festmahl gönnen.

Der Verkehr am östlichen Kontrollpunkt war dicht genug gewesen, dass Iseult unbemerkt mit ihrem Pferd am Zügel aus der Hauptstadt hatte entkommen können. Dann, sobald die Straßen leerer wurden, war sie wieder auf ihr neu erworbenes Reittier gesprungen und hatte die Stute in einen schnellen Galopp getrieben.

Die Blutung aus dem Schnitt in ihrer Hand hatte nicht nachgelassen, also hatte sie den olivgrünen Rand ihres Rocks abgerissen und sich um die Hand gewickelt. Jedes Mal, wenn der Verband blutdurchtränkt war, hatte sie mehr Stoff abgerissen und die Wunde fester verbunden. Und ihre Hand noch höher gehalten.

Nur eine Nacht, erklärte sie sich selbst immer wieder, ein Refrain zum Donnern der Hufe im Viervierteltakt, dann zum Dreivierteltakt des Trabs. Schließlich, zwei Ligen hinter den Stadtgrenzen, als das Fell der Stute dunkel vom Schweiß war, hatte Iseult sie zum Schritt verlangsamt. *Eine Nacht, eine Nacht.*

Unter dieser ständigen Ermahnung pulsierte die verzweifelte Hoffnung, dass Iseult Safi nicht irgendwie in Gefahr gebracht hatte, indem sie sie zum alten Leuchtturm geschickt hatte. Überhastete Entscheidungen waren nicht gerade Iseults Stärke, und genau das war ihre Nachricht an Habim gewesen. Spontan. Übereilt.

Irgendwann erreichte Iseult ein auffälliges kleines Erlenwäldchen, stoppte ihre Stute und glitt aus dem Sattel. Ihre Oberschenkel brannten, ihr Kreuz schmerzte. Sie war seit Wochen nicht geritten, und seit Monaten nicht in einem solchen Tempo. Ihre Zähne klapperten immer noch von dem Galopp. Oder vielleicht lag es auch nur am Nachhall der Zikaden in den Weißdornbüschen.

Auch wenn es aussah, als würde Iseult nur einem Wildwechsel durch das Gras folgen, erkannte sie ihren Weg doch als das, was er war: eine Nomatsi-Straße.

Sie ging jetzt langsamer, achtete sorgfältig darauf, die Nomatsi-Zeichen zu erkennen, die den Weg markierten. Ein Stab, der in den Boden gesteckt war, fast wie zufällig – er bedeutete, dass hinter der nächsten Kurve eine scharfzahnige Bärenfalle versteckt lag. Ein Büschel von »wilder« Ackerwinde links bedeutete eine Gabelung des Wegs, die östliche Gabel führte in einen Giftmagis-Nebel, der westliche Pfad Richtung Siedlung.

Diesem Pfad zu folgen, würde den Blutmagis auf jeden Fall

von Iseults Spur abschütteln. Dann, nach ein paar Stunden hinter den sicheren Mauern, konnte Iseult erneut losziehen, um sich mit Safi zu treffen.

Obwohl das Dalmottische Reich den Nomatsi theoretisch zu leben erlaubte, wie es ihnen gefiel – solange sich ihre Wohnwagen mindestens zwanzig Meilen von den Städten entfernt hielten –, galten sie doch gleichzeitig als »Tiere«. Es gab keinerlei rechtlichen Schutz, aber jede Menge Hass in Dalmotti. Also wäre es noch schwach zu behaupten, dass die Siedler von Midenzi Außenstehenden nicht freundlich gegenüberstanden. Als einer der wenigen Nomatsi-Stämme, die sich niedergelassen und ihre nomadische Lebensweise aufgegeben hatten, hatten die Midenzis hier eine sichere Nische gefunden und klammerten sich daran.

Die Mauern waren dick, die Bogenschützen wachsam, und wenn der Blutmagis es tatsächlich so weit schaffen sollte, würde er feststellen müssen, dass ihn eine Brust voller widerhakenbesetzter Pfeile erwartete.

Und doch: Genau wie die Midenzis darum kämpften, Außenseiter fernzuhalten, kämpften sie auch darum, ihre eigenen Leute bei sich zu behalten. Wenn man die Siedlung verließ, wurde man als *anders* angesehen, und *anders* war etwas, das ein Nomatsi niemals sein wollte. Nicht mal Iseult.

Als die verräterischen Eichenbäume vor den Mauern der Siedlung endlich erschienen, schwarz und bedrohlich in der Dunkelheit der Nacht, hielt Iseult an. Dies war ihre letzte Chance zur Flucht. Sie konnte einfach umdrehen und den Rest ihres Lebens verbringen, ohne ihren Stamm jemals wiederzusehen – auch wenn es mit einem Blutmagis auf den Fersen wahrscheinlich ein kurzes Leben sein würde.

Der Mond ging östlich von Iseult auf und beleuchtete sie, sodass jeder sie sehen konnte. Sie hatte ihren langen Zopf zusammengerollt und unter dem Kopftuch versteckt. Nomatsi-Frauen trugen ihr Haar nie länger als bis zum Kinn; Iseults Haare fielen ihr bis auf den Rücken. Das musste sie unbedingt verbergen.

»Name«, rief eine Stimme in der kehligen Sprache der Nomatsi. Ein feindlich grau gefärberter Strang flackerte links von Iseult auf, zusammen mit den verschwommenen Umrissen von Bogenschützen in den Bäumen.

Sie hob in einer unterwerfenden Geste die Hände, wobei sie hoffte, dass der Verband an ihrer Handfläche nicht zu offensichtlich erschien. »Iseult«, rief sie. »Iseult det Midenzi.«

Eichenblätter raschelten, Äste knarrten. Weitere Stränge schimmerten und bewegten sich, als die Wachen in den Bäumen zusammenrutschten, um sich zu besprechen und eine Entscheidung zu treffen. Die Zeit verging schmerzhaft langsam. Iseults Herz schlug gegen ihre Brust, die Herzschläge hallten in ihren Ohren wider, während die Stute den Kopf hochwarf und mit den Hufen stampfte. Sie musste dringend abgerieben werden.

Ein Schrei durchschnitt die Nacht.

Zwei Spatzen flogen auf.

Dann erklang ein weiterer Schrei aus einer Kehle, die Iseult kannte, und sofort fühlte sie sich, als würde sie fallen. Von irgendeiner Bergspitze stürzen, von Übelkeit erfüllt, während sich der Erdboden immer schneller näherte.

Ruhe, schrie sie innerlich. *Ruhe in Fingerspitzen und Zehen!*

Aber sie fand keine Ruhe. Nicht, bevor sie nicht das Kratzen des großen Tors hörte. Dann trommelten Schritte über den Boden, und eine Gestalt im schwarzen Gewand einer Strangmagis rannte auf sie zu.

»Iseult!«, rief ihre Mutter, während Tränen über ein Gesicht rannen, das fast genauso aussah wie Iseults. Vorgetäuschte Tränen natürlich, denn eine wahre Strangmagis weinte nicht, und Gretchya war auf jeden Fall eine wahre Strangmagis.

Iseult blieb gerade genug Zeit, um zu bemerken, wie klein ihre Mutter wirkte – sie reichte Iseult gerade bis an die Nasenspitze –, bevor ihre Mutter sie in eine rippenzerquetschende Umarmung zog, und nur noch ein einziger Gedanke Platz in Iseults Kopf hatte. Eigentlich war es ein Gebet: dass der Blutmagis sich weit, weit fernhalten würde.

Iseult musste feststellen, dass es ihr gleichzeitig leichter und schwerer fiel, als sie erwartet hatte, durch die mondbeschienene Midenzi-Siedlung zu gehen.

Es war einfacher, denn auch wenn sich in den drei Jahren, die seit ihrem letzten Besuch beim Stamm vergangen waren, wenig verändert hatte, schien alles kleiner zu sein als in ihrer Erinnerung. Die Holzmauern um das Dorf zeigten das verwitterte Grau, an das sie sich erinnerte, aber inzwischen wirkten sie nicht mehr unüberwindlich. Nur … hoch. Hätte es nicht den Nomatsi-Pfad und die Bogenschützen in den Bäumen gegeben, wäre diese Mauer für den Blutmagis nicht mehr gewesen als eine Unannehmlichkeit.

Die runden Hütten, die aus Steinen erbaut waren – so braun wie der Lehm, auf dem sie standen –, wirkten wie Modelle ihrer selbst. Spielzeughäuser mit schmalen, niedrigen Türen und mit Läden verschlossenen Fenstern.

Selbst die Eichen, die wie zufällig in der fünfzehn Morgen großen Siedlung verstreut standen, erschienen Iseult dürrer als in ihrer Erinnerung. Weder groß noch stark genug, um in ihre Äste zu klettern, wie sie es früher getan hatte.

Was den Weg durch den Stamm schwerer machte, als Iseult erwartet hatte, waren die Leute. Oder besser gesagt: ihre Stränge. Als sie ihrer Mutter zu deren Hütte in der Mitte der Siedlung folgte, öffneten sich Fensterläden und gaben den Blick frei auf neugierige Gesichter. Doch die Stränge der Bewohner wirkten seltsam gedämpft, ausgewrungen wie alte Handtücher.

Iseult zuckte jedes Mal zusammen, wenn eine Gestalt um eine Ecke bog oder sich eine Tür schwungvoll öffnete. Und doch stellte Iseult jedes Mal fest, dass sie das Gesicht, das sie im Mondlicht musterte, nicht kannte.

Das ergab keinen Sinn. Neue Leute im Stamm? Stränge, so verblasst, dass sie fast unsichtbar waren?

Als Iseult endlich das runde Heim ihrer Mutter erreichte, empfand sie es als genauso seltsam klein wie alle anderen Häuser. Obwohl in Gretchyas Hütte dieselben orangefarbenen Teppiche aus Iseults Kindheit über denselben breiten Holzbohlen lagen, schien alles so *winzig*.

Der Arbeitstisch, der Iseult einst bis zur Hüfte gereicht hatte, ging ihr jetzt nur bis zur Mitte des Oberschenkels, genauso wie der Esstisch neben dem Fenster an der östlichen Wand. Hinter dem Herd befand sich eine Luke, die in einen aus der Erde gegrabenen Keller führte. Die Öffnung wirkte so schmal, dass sich Iseult nicht sicher war, ob sie sich getraut hätte, dort hinunterzusteigen.

Die zwei Mal, die sie zurückgekehrt war – bei jedem Besuch nur für eine Nacht –, war dieser Keller im Vergleich zu Mathews luftigem Speicher beängstigend und beengt gewesen. Und nachdem sie längere Zeit in einem eigenen Bett geschlafen hatte, wirkte die einzelne Pritsche, die Iseult sich immer mit ihrer Mutter geteilt hatte, unglaublich eng. Unentrinnbar.

»Komm.« Gretchya packte Iseults Handgelenk und zog sie zu den vier niedrigen Hockern vor dem Herd, die traditionell im Heim einer Strangmagis zu finden waren. Iseult musste gegen den Drang ankämpfen, sich dem Griff ihrer Mutter zu entwinden. Gretchyas Berührung fühlte sich sogar noch kälter an als in ihrer Erinnerung.

Und natürlich bemerkte ihre Mutter den blutigen Verband um die Handfläche ihrer Tochter nicht. Oder sie nahm ihn zur Kenntnis, interessierte sich aber nicht dafür. Iseult konnte die Gefühle ihrer Mutter nicht einschätzen, weil Strangmagi weder ihre eigenen Stränge noch die von anderen Strangmagi sehen konnte. Und Gretchya war um einiges besser darin, ihre Gefühle zu verbergen, als Iseult es je gewesen war.

Im flackernden Laternenlicht konnte Iseult zumindest erkennen, dass sich das Gesicht ihrer Mutter in den letzten drei Jahren kaum verändert hatte. Vielleicht erschien sie ein wenig dünner, und vielleicht hatten sich ein paar Linien mehr um ihren ständig missbilligend verzogenen Mund gebildet, aber sonst war alles gleich.

Gretchya gab endlich Iseults Handgelenk frei, schnappte sich den nächsten Hocker und stellte ihn vor den Kamin. »Setz dich, während ich dir ein paar Löffel Borgsha hole. Heute ist es mit Ziegenfleisch, ich hoffe, du magst es noch. Schlupp! Komm! Schlupp!«

Iseults Atem stockte. Schlupp. Ihr alter Hund.

Ein Poltern erklang auf den Stufen zum Haus, und dann war er da, alt und angeschlagen und sein Gang ein wenig schief.

Iseult glitt vom Stuhl. Ihre Knie trafen auf den Teppich, und glückliche Wärme stieg in ihrer Brust auf. Sie öffnete die Arme, und der uralte, rostbraune Hund galoppierte auf sie zu … bis er schwanzwedelnd vor ihr stand und seine grau gewordenen Schnauze in Iseults Haar vergrub.

Schlupp, dachte Iseult, wobei sie sich davor fürchtete, seinen Namen laut auszusprechen. Weil sie fürchtete, das Stottern wäre zurück, ausgelöst von der unerwarteten Gefühlsaufwallung. Einer Welle aus widersprüchlichen Gefühlen, die sie im

Moment weder ordnen noch interpretieren konnte. Wäre Safi hier gewesen, hätte sie gewusst, was Iseult fühlte.

Iseult kraulte Schlupps lange Ohren. Die Enden waren mit Flecken besudelt, die ein wenig aussahen wie Petersilie. »Hast d-du Borgsha gefressen?« Iseult setzte sich wieder auf den Hocker, kraulte Schlupp weiter den Hals und versuchte, nicht darauf zu achten, wie trüb seine Augen wirkten. Und wie grau seine Schnauze geworden war.

Eine melodische Stimme erklang. »Oh. Du *bist* zu Hause!«

Iseults Finger erstarrten an Schlupps Hals. Ihr Blick verschwamm, bis sie den Raum und den Kopf des Hunds kaum noch wahrnahm. Wenn sie so tat, als würde sie Alma nicht bemerken, würde das andere Mädchen vielleicht einfach wieder in der Finsternis verschwinden.

Aber dieses Glück blieb ihr verwehrt. Alma hüpfte fröhlich von der Tür auf Iseult zu. Wie Gretchya trug sie das traditionelle schwarze Gewand einer Strangmagis, das eng am Oberkörper anlag, aber über Armen, Hüfte und Beinen locker fiel. »Die Mondmutter möge mich retten, Iseult!« Alma starrte auf sie herunter, die grünen Augen mit den langen Wimpern überrascht aufgerissen. »Du siehst aus wie Gretchya!«

Iseult antwortete nicht. Ihre Kehle war wie zugeschnürt vor … vor irgendwas. Wut, nahm sie an. Sie wollte nicht aussehen wie Gretchya – eine *wahre* Strangmagis, wie Iseult es niemals werden konnte. Außerdem traf es Iseult, dass Schlupp mit dem Schwanz wedelte, seinen Kopf gegen *Almas* Knie drängte und sich von Iseult ab- und *Alma* zuwandte.

»Du bist jetzt eine Frau«, fügte Alma hinzu, als sie sich auf einen Hocker sinken ließ.

Iseult antwortete mit einem kurzen Nicken und musterte die andere Strangmagis mit schnellem Blick. Auch Alma war inzwischen eine Frau. Und noch dazu eine schöne, was kaum überraschend war. Ihr kinnlanges, kohlschwarzes Haar war dicht und glänzend … perfekt. Ihre Taille war schmal, ihre Hüften sanft gerundet, und ihre gesamte Gestalt feminin und … *makellos*.

Alma war, wie sie es immer gewesen war, die perfekte Strangmagis. Die perfekte Nomatsi-Frau. Doch als Iseults Blick auf Almas Hände fiel, entdeckte sie dort dicke Schwielen.

Iseult griff nach Almas Hand. »Du hast mit einem Schwert trainiert.«

Alma warf einen verstohlenen Blick zu Gretchya, die langsam nickte. »Einem Entermesser«, gab Alma zu. »Ich trainiere schon seit ein paar Jahren damit.«

Iseult gab Almas Arm frei. Natürlich hatte Alma gelernt zu kämpfen. Natürlich wäre sie auch darin perfekt. Es konnte einfach nichts geben, in dem Iseult besser war – es war, als hätte die Mondmutter dafür gesorgt, dass Alma jede Fähigkeit, die sich Iseult angeeignet hatte, ebenfalls lernte … und perfektionierte.

Als klar geworden war, dass es Iseult niemals gelingen würde, Strangsteine anzufertigen oder ihre Gefühle ausreichend zu kontrollieren, war Alma von einer Strangmagis aus einem vorbeiziehenden Stamm, der die Siedlung besuchte, zu dem Strangmagis-Lehrling der Midenzi-Siedlung aufgestiegen. Wenn Gretchya zu alt wurde, um den Stamm zu führen, würde Alma übernehmen.

In den Karawanen der Nomatsi war es die Aufgabe der Strangmagis, Strangfamilien zu vereinen, Ehen und Freundschaften zu arrangieren, und das Gewebe auf dem Webstuhl der verschiedenen Leben zu entwirren. Eines Tages würde Alma, genau wie Gretchya heute, ihre Magie dazu einsetzen, die Midenzis zu führen.

»Deine Hand«, sagte Alma. »Du bist verletzt!«

»Es ist in Ordnung«, log Iseult und versteckte die Hand in ihren Röcken. »Es hat aufgehört zu bluten.«

»Reinige die Wunde trotzdem«, sagte Gretchya, ihr Tonfall unmöglich zu deuten.

Iseults Nase zuckte. Dies waren zwei Frauen, deren Stränge sie nicht sehen konnte. Doch bevor Iseult um einen Augenblick für sich selbst bitten konnte, um alles zu ordnen – die Rückkehr nach Hause, die Blutmagis auf ihren Fersen, Almas *Perfektion* –, schob ein Mann mit schwarzen Haaren den Kopf durch die Tür. »Willkommen zu Hause, Iseult.«

Spinnen schienen über Iseults Wirbelsäule zu schwärmen. Almas Finger vergruben sich in Schlupps Nackenfell, und Gretchya wurde bleich.

»Corlant«, setzte sie an, doch der Mann ignorierte sie und schob stattdessen den Rest seines langen Körpers in den Raum.

Corlant det Midenzi hatte sich fast überhaupt nicht verändert, seit Iseult ihn zuletzt gesehen hatte. Vielleicht war sein Haar ein wenig dünner und an den Seiten mit Grau durchsetzt, aber die Falten über seinen Augenbrauen waren genauso tief wie in Iseults Erinnerung: parallele Gräben, die seiner Eigenart entsprangen, immer leicht schockiert dreinzublicken.

Auch jetzt wirkte er leicht erschrocken, die Brauen hochgezogen. Als er Iseults Gesicht musterte, glitzerten seine Augen. Er kam näher, und Gretchya machte keine Anstalten, ihn aufzuhalten. Stattdessen schoss Alma auf die Füße und zischte Iseult zu: »Steh auf.«

Iseult stand auf, obwohl sie nicht verstand, wieso sie das tun musste. Gretchya war die Anführerin des Stamms, nicht dieser schmeichlerische Purist, der Iseults gesamte Kindheit über Zwietracht gesät hatte. Corlant sollte derjenige sein, der sich hinsetzte.

Er hielt vor ihr an. Seine Stränge glänzten in grüner Neugier und hellbraunem Misstrauen. »Erinnerst du dich an mich?«

»Aber natürlich«, antwortete Iseult, verschränkte die Hände vor ihrem Rock und legte den Kopf in den Nacken, um ihn anzusehen. Anders als der Rest des Stamms war er immer noch so groß wie in ihrer Erinnerung, und er trug sogar dieselbe schmutzig braune Robe und dieselbe fleckige Goldkette um den Hals.

Es war der misslungene Versuch, auszusehen wie ein Puristen-Priester. Inzwischen hatte Iseult genug echte Priester gesehen, die in echten Puristenhäusern ausgebildet worden waren, um zu erkennen, wie offensichtlich Corlant sein Ziel verfehlte.

Doch das schien nichts an der Tatsache zu ändern, dass Alma und Gretchya Corlant Achtung erwiesen und hinter seinem Rücken panische Blicke wechselten, während er Iseult musterte.

Er stiefelte um sie herum und ließ den Blick über ihren gesamten Körper gleiten, bis sich ihre Nackenhaare aufstellten. »Du trägst den Makel der Außenwelt auf dir, Iseult. Wieso bist du zurückgekehrt?«

»Diesmal hat sie vor zu bleiben«, warf Gretchya ein. »Sie wird ihre Stellung als mein Lehrling wieder einnehmen.«

»Also hast du mit ihr gerechnet?« Corlants Stränge nahmen eine dunkle, feindselige Färbung an. »Das hast du mir gegenüber nicht erwähnt, *Gretchya*.«

»Es war noch nicht sicher«, meldete sich Alma zu Wort und strahlte Corlant dabei an. »Du weißt, wie sehr Gretchya es hasst, das Gewebe der Siedlung zu verknoten, wenn es nicht sein muss.«

Corlant stieß ein Brummen aus und richtete seine Aufmerksamkeit auf Alma. Seine Stränge wanden sich wieder in hellbraunem Misstrauen, und tief darunter glänzte fliederfarbene Lust. Dann fiel sein Blick auf Gretchya, und die Lust trat in den Vordergrund.

Iseults Magen verkrampfte sich. Dies war nicht die Dynamik, die bei ihrem Weggang geherrscht hatte. In ihrer Kindheit war Corlant ein Ärgernis gewesen, ein Verwirrter, der ständig von den Gefahren und der Sünde der Magie faselte und immer behauptete, dass wahre Hingabe an die Mondmutter im Leugnen der eigenen Magie lag. In ihrer Auslöschung.

Aber genau wie der Rest des Stamms hatte Iseult ihn ignoriert. Sicher, Corlant hatte in der Nähe ihres Zuhauses herumgelungert und um Gretchyas Aufmerksamkeit gebettelt. Er hatte sie sogar gefragt, ob sie seine Frau werden wolle – nicht, dass Gretchya hätte heiraten können. In einem Nomatsi-Stamm konnten nur Herzstränge heiraten, und Strangmagis besaßen keine Herzstränge.

Zuerst hatte Gretchya Corlants Annäherungsversuche ignoriert, dann hatte sie es mit Argumenten versucht. Sie hatte genauso auf die Stammesgesetze der Nomatsi hingewiesen wie auf die Regeln der Mondmutter. Zu der Zeit allerdings, als Iseult aus dem Stamm geflohen war, war Gretchya dazu übergegangen, die Türen nachts mit eisernen Riegeln zu verbarrikadieren und zwei Männer mit Silber dafür zu bezahlen, dass sie den heimtückischen Corlant fernhielten.

Als Iseult zuletzt zu Besuch gewesen war, hatte Corlant die Siedlung verlassen, und Iseult war davon ausgegangen, dass er für immer verschwunden war. Doch das war offensichtlich nicht der Fall, und offensichtlich hatte sich einiges verändert. Irgendwie war es Corlant gelungen, die Oberhand zu gewinnen.

»Ich habe den Stamm über Iseults Rückkehr informiert«, erklärte Corlant und richtete sich langsam zu seiner vollen

Höhe auf. Dabei stieß sein Kopf fast gegen die Decke. »Die Begrüßung sollte bald beginnen.«

»Wie klug von dir«, sagte Gretchya, aber Iseult entging nicht, dass ein Muskel am Kinn ihrer Mutter zuckte.

Gretchya fürchtete sich. Empfand echte *Angst*.

»Ich war so abgelenkt von Iseults Rückkehr«, fuhr Gretchya fort, »dass ich die Begrüßung vollkommen vergessen habe. Wir werden ihr etwas anderes anziehen müssen …«

»Nein.« Corlants Stimme war wie ein Peitschenschlag. Er wirbelte wieder zu Iseult herum, Blick und Stränge erneut voller Feindseligkeit. »Lasst den Stamm sie genau so sehen, wie sie jetzt ist, besudelt von der Außenwelt.« Er zog am Ärmel von Iseults Lehrlingsjacke, und Iseult zwang sich dazu, den Kopf zu senken.

Sie mochte nicht fähig sein, ihre Mutter oder Alma zu lesen, aber sie konnte Corlant lesen. Er wollte Kontrolle. Er wollte Iseults Unterwerfung, also beugte sie die Knie mühsam zu einem ungeschickten Knicks, stieß aber gleichzeitig ein Stöhnen aus. Sie stöhnte tief aus der Brust und schlug sich die Hände vor den Unterleib.

Es klang schrecklich übertrieben, und einen Herzschlag lang wünschte sich Iseult erneut, dass Safi bei ihr wäre. Safi könnte diese Situation problemlos meistern.

Aber falls Alma hörte, wie falsch Iseults Stöhnen klang, ließ sie es sich nicht anmerken. Sie eilte nur auf Iseult zu. »Bist du krank?«

»Es ist mein Mondzyklus«, stieß Iseult hervor. Sie suchte Corlants Blick, erfreut zu sehen, dass seine Stränge vor Ekel verblassten. »Ich brauche neue Blutbinden.«

»Oh, du Arme!«, rief Alma. »Ich habe eine Himbeerblatttinktur gegen die Schmerzen.«

»Wir müssen deine Binden verbrennen und dir unbesudelte

Kleidung besorgen«, warf Gretchya ein und drehte sich dabei zu Corlant um, der sich zu Iseults Überraschung und Befriedigung langsam zurückzog. »Wenn du bitte die Tür auf dem Weg nach draußen schließen könntest, Priester Corlant. Wir werden bald mit der Begrüßung beginnen. Danke noch mal, dass du den Stamm über Iseults Rückkehr informiert hast.«

Corlants Augenbrauen schossen nach oben, aber er diskutierte nicht. Er sprach überhaupt kein weiteres Wort, als er nach draußen glitt und die Tür schloss. Eine Tür ohne Riegel, aber mit Abdrücken in hellem, angeschlagenem Holz, wo die eisernen Schlösser einst befestigt gewesen war.

»Gut mitgedacht«, zischte Alma Iseult zu. Ihr frohes Strahlen war vollkommen verschwunden. »Du bist nicht wirklich im Zyklus, oder?«

Iseult schüttelte den Kopf, und in diesem Moment packte Gretchya ihren Oberarm. »Wir müssen uns beeilen«, flüsterte sie. »Alma, hol Iseult eins deiner Kleider und finde die Erdmagis-Heilersalbe für ihre Hand. Iseult, nimm das Kopftuch ab. Wir müssen uns um deine Haare kümmern.«

»Was geht hier vor?« Iseult achtete sorgfältig darauf, ihre Stimme ausdruckslos zu halten, obwohl ihr Herz wie wild gegen ihre Rippen hämmerte. »Wieso hat Corlant das Sagen? Und wieso hast du ihn Priester Corlant genannt?«

»Shhh«, sagte Alma. »Niemand darf dich hören.« Dann eilte sie zu der Luke in den Keller und verschwand unter den Bodendielen.

Gretchya zerrte Iseult zu ihrem Arbeitstisch. »Alles hat sich verändert. Corlant führt jetzt den Stamm. Er setzt seine Magie ein, um …«

»Magie?«, fiel Iseult ihr ins Wort. »Er ist ein Purist.«

»Nicht ganz.« Ihre Mutter wandte sich dem Tisch zu, schob Steine und Spulen voller Fäden in allen Farben zur Seite, auf der Suche nach wussten die Götter allein was. »Die Regeln sind viel strenger geworden, seit du gegangen bist«, fuhr Gretchya fort. »Seitdem die Gerüchte über die Puppenspielerin aufgekommen sind und das Bersten häufiger wurde, ist es Corlant gelungen, sich tiefer und tiefer in den Stamm zu drängen. Er nährt sich von ihrer Angst und facht sie zu Flammen an.«

Iseult blinzelte verwirrt. »Wer ist die Puppenspielerin?«

Ihre Mutter antwortete nicht, und ihr Blick fand endlich, wonach sie gesucht hatte: eine Schere. Sie schnappte sich das Werkzeug. »Wir müssen dir die Haare schneiden. Es ist … du siehst zu sehr aus wie eine Außenstehende, und wenn wir Corlant glauben wollen, zu sehr wie die Puppenspielerin. Der Mondmutter sei gedankt, dass du klug genug warst, deinen Kopf zu bedecken – so können wir vorgeben, du hättest die Haare die ganze Zeit über kurz getragen.« Gretchya bedeutete Iseult, sich zu setzen. »Wir müssen den Stamm davon überzeugen, dass du harmlos bist. Dass du nicht *anders* bist.« Gretchya hielt Iseults Blick; Schweigen breitete sich aus.

Dann nickte Iseult und erklärte sich selbst, es wäre ihr egal. Es waren nur Haare, und sie konnte sie jederzeit wieder wachsen lassen. Das bedeutete nichts. Ihr Leben in Veñaza war vorbei; sie musste die Vergangenheit loslassen.

Dann setzte sie sich, die Schere durchtrennte die erste Haarsträhne, und es war vollbracht. Es gab keinen Weg mehr zurück.

»Obwohl Corlant vorgibt, ein Purist zu sein«, begann Gretchya und verfiel in denselben ausdruckslosen Ton, den Iseult ihre gesamte Kindheit über gehört hatte, »ist er außerdem ein Finstermagis. Ein Fluchmagis. Ich habe es kurz nach deinem letzten Besuch begriffen. Mir fiel auf, dass die Stränge der Welt trüber wurden, wenn er in meiner Nähe war. Vielleicht hast du es auch bemerkt?«

Iseult nickte, Kälte breitet sich über ihren Nacken aus. All die verblassten Stränge des Stamms waren Corlants Werk. Sie hatte nicht einmal geahnt, dass so etwas überhaupt möglich war.

»Sobald ich verstanden hatte, was er war«, fuhr Gretchya fort, »und sobald ich erkannte, wie seine Macht meine neutralisierte, dachte ich, ich könnte es als Druckmittel gegen ihn einsetzen. Ich habe damit gedroht, dem Stamm zu verraten, was er ist … Aber im Gegenzug drohte er mir damit, mir meine Magie ganz zu nehmen. Es endete damit, dass ich mir die Schlinge selbst um den Hals gelegt habe, Iseult, denn nach diesem Gespräch hat Corlant mir jedes Mal, wenn er etwas wollte, damit gedroht, mir meine Magie zu stehlen.«

Gretchya sprach so nüchtern, als ginge es bei dem, was Corlant wollte, nur um einfache Dinge wie eine Schüssel Borgsha oder darum, sich Schlupp für einen Tag auszuleihen. Aber Iseult wusste es besser. Sie erinnerte sich daran, wie Corlant in den Schatten hinter dem Hühnerstall gelauert und Gretchya durchs Fenster beobachtet hatte. Wie seine pulsierenden, purpurnen Stränge Iseult schon viel zu früh im Leben gelehrt hatten, was »Lust« bedeutete.

Die Göttin möge sie retten. Was wäre passiert, wenn Iseult zu diesem Zeitpunkt nicht aus der Siedlung entkommen wäre? Hatte sie kurz davorgestanden, dieselbe Schlinge um den Hals zu tragen wie ihre Mutter?

Trotz der sechseinhalb Jahre Abscheu, die Iseult so sorgsam und absichtlich kultiviert hatte, fühlte sie sich jetzt, als würde sich ein Messer in ihre Brust bohren. *Schuldgefühle*, analysierte ihr Hirn. *Und Mitleid mit deiner Mutter.*

Der Gedanke, dass Corlant die ganze Zeit über ein Fluchmagis gewesen war, entsetzte sie. Fähig, die Magie einer Person so mühelos zu vernichten, wie Iseult die Stränge einer Person sehen konnte. Dies war eine weitere Magie, die mit der Finsternis verbunden war – und ein weiterer Mythos, der sich als nur zu wahr entpuppt hatte.

Iseult atmete tief durch, wobei sie darauf achtete, den Kopf still zu halten, während Gretchya *schnipp-schnipp*-schnippelte. »W-Was …«, setzte sie an, erschüttert von dem Zittern ihrer Stimme. Sie konnte das Stirnrunzeln, mit dem ihre Mutter sie bedachte, förmlich sehen … konnte förmlich die Ermahnung hören: *Kontrolliere deine Zunge. Kontrolliere deinen Geist. Eine Strangmagis stottert nicht.*

»Was«, stieß Iseult schließlich hervor, »ist diese Puppenspielerin?«

»Sie ist eine junge Strangmagis.« Die Schere grub sich in Iseults Haar, schneller und fester. Strähnen rieselten zu Boden wie Sand. »Jede vorbeiziehende Nomatsi-Karawane erzählt die Geschichte ein wenig anders, aber das Grundgerüst bleibt gleich. Sie kann keine Strangsteine anfertigen, kann ihre Gefühle nicht kontrollieren, und … und sie hat ihren Stamm verlassen.«

Iseult schluckte. Diese Puppenspielerin klang irgendwie vertraut.

»Sie sagen, dass, anders als bei unserer Verbindung zu den Strängen über den Aether«, fuhr Gretchya fort, »die Macht dieses Mädchens aus der Finsternis stammt. Man sagt, sie kann die Geborstenen kontrollieren. Dass sie riesige Armeen von ihnen unter ihrem Kommando hat. In den dunkelsten Versionen der Geschichte kann sie sogar die Toten wieder zum Leben erwecken.«

Eisige Kälte ergriff von Iseult Besitz. »Wie?«

»Die durchtrennten Stränge«, antwortete Gretchya leise. »Sie behauptet, sie könne die Stränge der Geborstenen kontrollieren. Sie ihrem Willen beugen, obwohl sie tot sind.«

»Die drei schwarzen Stränge der Geborstenen«, flüsterte Iseult, und mit einem Schlag verklang das Klappern der Schere. Im selben Moment tauchte Alma wieder aus dem Keller auf, ein schwarzes Kleid in einer und weiße Blutbinden in der anderen Hand. Sie eilte zum Ofen und öffnete die schwere Eisentür.

Gretchya drehte sich, um Iseult ins Gesicht zu sehen. »Du weißt von den durchtrennten Strängen?«

»Ich habe sie gesehen.«

Gretchya riss die Augen auf, und jegliches Blut schien aus ihrem Gesicht zu weichen. »Das darfst du niemanden erzählen, Iseult. Niemandem. Alma und ich dachten, es wäre nur eine Lüge. Ein Weg, wie diese Puppenspielerin und auch Corlant den Leuten Angst einjagen kann.«

Iseults Mund wurde trocken. »Ihr könnt diese Stränge nicht erkennen?«

»Nein. Und wir haben schon Geborstene gesehen.«

»I-Ich kann keine S-Strangsteine anfertigen«, stieß Iseult hervor, »also wieso s-sollte ich diejenige sein, die diese durchtrennten Stränge sehen kann?«

Gretchya schwieg, aber dann zog sie an Iseults Haar, und das *Schnipp-Schnipp* der Schere setzte wieder ein. Momente später drang Rauch aus dem Ofen. Alma kehrte an den Arbeitstisch zurück und streckte Iseult das traditionelle schwarze Kleid einer Strangmagis entgegen. Schwarz war die Farbe aller Stränge vereint, und über den Kragen, das Ende der Ärmel und den Saum des Rocks zogen sich drei farbige Linien: eine gerade magentafarbene Linie für die Stränge, die binden, eine gewundene graugrüne Linie für die Stränge, die sich bilden, und eine gezackte graue Linie für die Stränge, die brechen.

»Wie lang hast du vor zu bleiben?« Almas Frage war ein raues Flüstern, kaum lauter als das Knistern des Feuers.

»Nur eine Nacht«, sagte Iseult und zwang sich, nicht über den Blutmagis nachzudenken. Sie hatte genug Sorgen.

Geistesabwesend griff sich nach einem ungeschliffenen roten Stein auf dem Tisch. Ein Rubin, vermutete Iseult. Ein Faden im Pink eines Sonnenuntergangs war um ihn gewickelt, gekonnt befestigt mit Schlingen und Knoten.

Nur im Haus einer Strangmagis konnte man solche kostbaren Juwelen unbewacht vorfinden. Aber eine Strangmagis kannte ihre eigenen Steine. Sie konnte ihnen sogar folgen, und kein Nomatsi wäre jemals dumm genug, das Risiko einzugehen, von einer Strangmagis zu stehlen.

»Gefällt dir dein Strangstein?«, fragte Alma. Sie lehnte sich gegen den Tisch, wobei sie ständig ihre Hände an den Oberschenkeln rieb, als wären ihre Handflächen verschwitzt.

Doch nicht ein einziges Mal sagte Gretchya zu Alma: *Halt die Hände still. Eine Strangmagis zappelt nicht.*

»Alma hat ihn geschaffen«, sagte Gretchya.

Aber natürlich hast du das. Iseult war nie fähig gewesen, einen funktionierenden Strangstein zu schaffen, und hier war Alma, mit einem Stück, das alle anderen überstrahlte.

»Das habe ich«, sagte Alma, doch ihre Worte klangen fast wie eine Frage: *Das habe ich?*

Iseult sah sie scharf an. »Wieso solltest du einen Strangstein für mich anfertigen?« Sie fühlte, wie sich ihre Stirn runzelte, spürte, wie sie die Zähne fletschte. Es war eine so angewiderte Miene, so unkontrolliert und einer Strangmagis unwürdig, dass sie sich sofort wünschte, sie hätte es nicht getan.

Alma zuckte zusammen, doch dann wurde ihr Gesicht sofort wieder ausdruckslos, bevor sie nach dem zweiten Rubin griff, der mit pinkfarbenem Faden umwickelt war. »Es ist ein …« Ihre Stimme verklang, und sie warf einen Blick zu Gretchya, als wüsste sie nicht, was sie sagen sollte.

»Es ist ein Geschenk«, erklärte Gretchya. »Sei nicht scheu. Iseult runzelt nur die Stirn, weil sie verwirrt ist und ihre Mienen nicht beherrschen kann.«

Hitze stieg in Iseults Gesicht. Wütende Hitze. Oder vielleicht auch schamerfüllte Hitze. »Aber wie hast du ihn geschaffen?«, stieß sie hervor. »Ich bin eine Strangmagis – du kannst meine Stränge nicht sehen, also kannst du sie auch nicht mit einem Stein verbinden.«

»Deine … deine Mutter«, setzte Alma an.

»Ich habe ihr gezeigt, wie es geht«, beendete Gretchya die Erklärung. Sie ließ die Schere auf den Arbeitstisch fallen und stiefelte zum Ofen. »Die Binden werden bald verbrannt sein, und Corlant wird zurückkehren. Beeil dich.«

Iseult presste die Lippen aufeinander. Die Antwort ihrer Mutter war überhaupt keine.

»Du solltest dankbar sein«, fuhr Gretchya fort, als sie im Feuer des Ofens herumstocherte. »Diese Rubine in deiner Hand werden glühen, wenn Safiya in Gefahr ist … und auch, wenn du in Gefahr bist. Sie werden euch sogar erlauben, euch gegenseitig zu finden. Solch ein Geschenk sollte nicht auf die leichte Schulter genommen werden.«

Iseult *nahm* das Geschenk nicht auf die leichte Schulter, aber sie würde auch keine Dankbarkeit gegenüber Alma empfinden. Niemals. Alma hatte diese Steine aus Schuldgefühlen geschaffen. Schließlich war sie der Grund dafür, dass Iseult ihr Platz als Strangmagis-Lehrling versagt worden war, und auch für ihre Zurückweisung als Gretchyas Nachfolgerin.

»Zieh dich an«, befahl Gretchya Iseult. »Und zwar schnell, während Alma deine abgeschnittenen Haare aufkehrt. Wir müssen Corlant und dem Stamm erklären, dass du deine Meinung geändert hast und als Strangmagis zum Stamm zurückkehren willst.«

Iseult öffnete den Mund, um ihre Mutter darauf hinzuweisen, dass sie nicht zwei Lehrlinge haben konnte und dass der Stamm sich Iseults magischer Schwächen durchaus bewusst war, aber dann schloss sie ihn wieder. Alma hatte bereits den Besen gegriffen und befolgte die Befehle, wie es einer Strangmagis angemessen war. Strangmagi diskutierten nicht; sie folgten dem kühlen Kurs der Logik, wo auch immer er sie hinführte.

Logik hatte Iseult hierher geführt, also würde sie ihren Schmerz und ihre Angst ignorieren, und sie würde der Logik folgen, wie man es sie gelehrt hatte. So wie sie es in Veñaza immer getan hatte, mit Safi an ihrer Seite.

9

Niemals – nicht in zehn Millionen Leben – hätte Safi damit gerechnet, so mühelos in ihre Rolle als Domna zu schlüpfen. Nicht, wenn so viele Leute um sie herum waren, deren Körperwärme den Ballsaal mit der gewölbten Decke aufheizte und deren ständige Lügen rau über ihre Haut glitten. Aber die Kinder aus ihrer Vergangenheit waren erwachsen geworden, während ihre Eltern den Schritt ins Alter getan hatten.

Und mit all dem Perlwein und dem Licht der Lüster an der Decke, mit der Wand aus glitzerndem Glas, die den Blick auf die sumpfige Küste der Jadansi-See freigab, fiel es Safi schwer, sich nicht zu amüsieren.

Tatsächlich war es fast, als würde sie mit Iseult einen Plan ausführen. Sie spielte die rechte Hand, während ihr Onkel eine ihr unbekannte Börse stahl. Wenn das alles war, was Onkel Eron von ihr wollte, dann konnte sich Safi beinahe fröhlich darin fügen. Besonders mit Prinz Leopold fon Cartorra an ihrer Seite.

Er war zu einem strammen Mann herangewachsen, wenn er auch immer noch viel zu hübsch wirkte, um wirklich ernst genommen zu werden. Tatsächlich war der Prinz die attraktivste Person im Raum, ob man nun die Männer oder die Frauen betrachtete. Seine Locken zeigten ein glänzendes Rotblond, seine goldene Haut strahlte, und diese langen, blonden Wimpern, an die Safi sich so genau erinnerte, umrahmten immer noch seine seegrünen Augen.

Doch unter all der äußerlichen Veränderung war er immer noch der spitzzüngige, lustige Junge, an den sie sich erinnerte.

Er legte den Kopf in den Nacken, um einen tiefen Schluck Wein zu nehmen. Das ließ seine Locken wippen und entriss mehreren nahe stehenden Domnas sehnsüchtige Seufzer.

»Weißt du«, sagte er gedehnt, »dem blauen Samt an meinem Anzug fehlt die Farbtiefe, auf die ich gehofft hatte. Ich hatte speziell nach Kaisersaphirblau verlangt.« Seine Stimme war ein volltönender Bariton, und die Art, wie er formulierte, mit regelmäßigen Pausen, hatte fast etwas Melodiöses. »Aber das hier würde ich eher als langweiliges Marineblau bezeichnen, du nicht auch?«

Safi schnaubte. »Ich bin froh zu sehen, dass du dich nicht verändert hast, Polly. Trotz deines Scharfsinns bleibst du so besessen von deinem Aussehen wie immer.«

Bei der Anrede Polly wurde er rot, wie jedes Mal, wenn sie ihn heute Abend so angesprochen hatte. Was nur dafür gesorgt hatte, dass Safi es noch öfter sagen wollte.

»Natürlich habe ich mich nicht verändert.« Leopold zuckte elegant mit den Achseln. »Mein perfektes Gesicht ist alles, was ich besitze, und intensives Studium hilft einem in Cartorra nur bis zu einem gewissen Punkt weiter.« Er wedelte mit einer magismalfreien Hand in ihre Richtung. »Aber du, Safiya« – Pause – »hast dich durchaus verändert, nicht wahr? Das war ein sehr dramatischer Auftritt vorhin.«

Sie wandte den Blick ab, und jetzt wurden ihre Wangen rot, aber nicht vor Scham, sondern vor Wut.

Sie war eine volle Stunde zu spät zum Ball gekommen. Die Dämmerung war bereits in Mondschein übergegangen, weil Onkel Eron darauf bestanden hatte, einen gesamten Krug Wein zu leeren, bevor sie aufbrachen. Als sie im Dogenpalast angekommen waren, verstand Safi auch, warum: Erons ehemalige Höllebarden-Brüder taten Dienst.

Vier der gepanzerten Ritter standen Wache im Garten des Dogen, wo die Äste von Zypressen im Wind flüsterten und Laubfrösche das Konzert komplettierten. Zwei zusätzliche Höllebarden bewachten den Eingang zum Palast, und sechs weitere standen mit steinernen Mienen hinter Kaiser Henrick.

Jedes Mal, wenn Safi noch einen der riesigen axtschwingenden Ritter entdeckte, sank ihr das Herz in die Hose, und sie ballte die Hände zu Fäusten. Und doch hielt sie jedes Mal das Kinn hoch erhoben und den Rücken gerade.

Nicht dass einer der Höllebarden Safi oder ihren Onkel bemerkt hätte. Tatsächlich reagierte nur einer überhaupt, als sie an ihm vorbeigingen, und soweit Safi es unter dem Stahlhelm erkennen konnte, den alle Höllebarden trugen, war er jung gewesen. Zu jung, um mit Onkel Eron gedient zu haben.

Wenn Safi jetzt so darüber nachdachte, hatte das Zwinkern des Höllebarden im Garten vielleicht gar nicht Onkel Eron gegolten, sondern *ihr*.

Sie sah heute Abend aber auch verranzt schön aus.

Als Safi und Eron schließlich die Eingangshalle erreicht hatten, waren die anderen Doms und Domnas schon vor langer Zeit im Ballsaal verschwunden. Der Kaiser jedoch hatte darauf bestanden, dass er und Prinz Leopold warteten, bis auch der letzte Dom erschienen war.

Als Polly Safi entdeckte, die mit großen Schritten auf ihn zukam, war er vor den Thron seines Onkels geeilt, als wolle er sie vor den Blicken der Höllebarden abschirmen, wie er es in ihrer Kindheit immer getan hatte. Er vollführte eine charmante Verbeugung und schritt sogar ein, als Henrick Safis Hand ein wenig zu lange festhielt, nachdem sie als Zeichen ihrer Lehnstreue niedergekniet war. (Götter in den Tiefen, sie hatte vergessen, wie krötenähnlich der cartorrische Kaiser aussah und wie verschwitzt seine Hände waren.)

Leopold ging sogar so weit, Safi persönlich auf den Ball zu geleiten. Und oh, wenn das den Lästermäulern nicht Nahrung gab. Safi hätte der ersten Domna, die sie entgeistert anstarrte, fast ins Gesicht gelacht. Es war, als hätten alle vergessen, wie sie und Leopold als Kinder immer Streiche miteinander ausgeheckt hatten.

Nachdem der Prinz Safi in Richtung eines Dieners mit einem Tablett Perlwein dirigiert hatte, drückte er ihr eine Glasflöte in die Hand und schnappte sich selbst ebenfalls ein Glas, bevor er sie zum Büfett führte.

Dieses Essen!

Tisch um Tisch stand neben dem Fenster aufgereiht, beladen mit Tausenden Köstlichkeiten aus allen drei Reichen. Safi war entschlossen, jede Delikatesse zu kosten, bevor der Ball ein Ende fand.

»Ein Schokoladenvulkan«, sagte Leopold und zeigte auf eine silberne Schüssel, in der Schokolade zu brodeln schien. »Der eine Nachteil daran, dass Feuermagi in Cartorra verboten sind, liegt darin, dass« – Pause – »wir solche Tricks missen müssen.« Er machte eine auffordernde Geste zu einem Diener in beigem Satin. Der Mann löffelte Schokolade aus dem Becken und goss sie über eine Schale voller frischer Erdbeeren.

Safis Augen traten fast aus den Höhlen, und sie griff eilig nach der Schale. Leopold kam ihr geschickt zuvor und lächelte. »Erlaube mir, dir aufzudecken, Safiya. Wir haben zu viele Jahre getrennt verbracht.«

»Und ich habe zu viele Stunden ohne Essen verbracht.« Ein böses Starren. »Gib mir die Schale, Polly, oder ich kastriere dich mit einer Gabel.«

Jetzt wurden *seine* Augen groß. »Bei den Zwölfen, hast du dir eigentlich mal selbst zugehört?« Aber er übergab ihr die Schale mit Erdbeeren, und nachdem sie in die erste Frucht gebissen hatte, stöhnte Safi glücklich auf.

»Die sind göttlich«, verkündete sie mit vollem Mund. »Sie erinnern mich an die Erdbeeren …« Sie brach ab, und plötzlich war ihr ganz seltsam zumute. Sie hatte sagen wollen, dass die Erdbeeren sie an diejenigen zu Hause erinnerten. Zu Hause! Als wären die Berge und Täler um das Gut der Hasstrels jemals ein Zuhause gewesen … oder die Erdbeeren dort jemals so köstlich.

Leopold schien Safis plötzliches Schweigen allerdings nicht zu bemerken. Er ließ den Blick über die farbenfroh gekleideten Diplomaten gleiten. Die Domnas in ihren schmalen schwarzen Röcken und den spitzenbesetzten, hochgeschlossenen Miedern in tausend verschiedenen warmen Erdtönen. Die Doms in ihren schwarzen Wämsern und den bauschigen Samthosen, die nur dafür sorgten, dass ihre Beine unförmig und lächerlich wirkten.

Tatsächlich schien Leopold der einzige Mann zu sein, an dem die Kniehosen mit den darunter getragenen Strumpfhosen attraktiv wirkten. Und das wusste er auch genau, wenn man danach ging, wie er herumstolzierte. Die Strumpfhosen betonten seine überraschend muskulösen Beine, und der blaue Samt betonte die winzigen Flecken derselben Farbe in seinen Augen.

Safi war erfreut zu bemerken, dass ihr eigenes Kleid neidische Blicke anzog. Das einzige Kleid im Raum, das Safi für schöner hielt als ihr eigenes, war das von Vaness, der Kaiserin von Marstok. Weiße Stoffstreifen zogen sich in tausend Richtungen über die bronzefarbenen Haut der Frau, und ihre dunklen Haare fielen in Wellen über die kühn freiliegenden Schultern. Goldenes Metall zog sich über ihr Magismal – ein Quadrat für Erde und eine einzelne, vertikale Linie für Eisen –, während zwei fast handschellenartige Armbänder ihre Handgelenke umschlossen. (Es hieß, sie wären das Symbol für ihre Knechtschaft gegenüber ihrem Volk.) Sie trug keine Krone und repräsentierte Safis Meinung nach den Inbegriff von Schlichtheit und Eleganz.

Obwohl Safi Vaness nur aus der Ferne gesehen hatte, war ihr sofort die desinteressierte Schulterhaltung der Kaiserin aufgefallen. Der gelangweilte Ausdruck einer Person, die an wichtigeren Orten zu sein und wichtigere Dinge zu tun hatte.

Safi hatte prompt versucht, diese Pose zu kopieren, hatte sie aber genauso schnell nach dem ersten mit Sahne gefüllten Gebäckstück wieder verloren.

Als hätte er ihre Gedanken gelesen, fragte Leopold: »Hast du das gewagte Kleid der Kaiserin gesehen? Allen Männer im Saal steht der Mund offen.«

»Aber dir nicht?«, fragte Safi mit zusammengekniffenen Augen.

»Nein. Mir nicht.«

Die Lüge kroch über ihre Haut, aber es war ihr einfach nicht wichtig genug, um nachzuhaken. Wenn Leopold darauf erpicht war, sein Interesse an den perfekten Schultern der Kaiserin zu verbergen, was ging es Safi an?

»Willst du die Kaiserin kennenlernen?«, fragte er plötzlich.

Safi starrte ihn überrascht an. »Wirklich?«

»Natürlich.«

»Dann ja, bitte.« Sie schob die Schale mit den Erdbeeren einem wartenden Diener in die Hand, während Leopold bereits in die Menge trat. Sie folgte ihm in Richtung einer niedrigen Bühne im hinteren Teil des Saals, auf der ein kleines Orchester seine Instrumente stimmte.

Doch es war seltsam, denn während sich Safi und Leopold zwischen den neugierigen Adligen aller Altersgruppen und Nationalitäten bewegten, entdeckte sie auf allen Lippen eine helle Frage. Sie konnte genauso wenig hören, was die Leute murmelten, wie sie ihre Gedanken lesen konnte, doch worüber auch immer sie nachdachten, ihre Frage brannte im strahlenden Licht der Wahrheit. Das Gefühl ließ Safis Nacken kribbeln, drang in ihre Kehle und sorgte dafür, dass sie *tiefe* Neugier empfand zu erfahren, worum es ging.

Leopold erreichte einen Schwarm farbenfroh gekleideter Frauen, deren Abendkleider aus denselben verhüllenden Stoffstreifen bestanden wie das der Kaiserin und daneben stehender Männer. *Nubrevnanischer Männer*, dachte Safi, als sie ihre frei fallenden schwarzen Haare und die von der Seeluft gegerbte Haut bemerkte. Ihre Gehröcke fielen ihnen bis auf die Knie, und die meisten zeigten ein stürmisches Blau, auch wenn ein Mann, der ihr in den Weg geriet, Silbergrau trug.

»*Verzeiht*«, murmelte sie, als sie versuchte, um ihn herumzugehen.

Aber der Mann hielt an und schnitt Safi den Weg ab, bevor er einen Blick nach hinten warf.

Safi keuchte. Es war der Nubrevnaner vom Hafen, herausgeputzt, dass er im Kerzenschein förmlich leuchtete.

»Nein, *Ihr* seid das«, sagte sie mit süßlicher Stimme auf Nubrevnanisch. »Was in aller Welt treibt Ihr hier?«

»Dasselbe könnte ich Euch fragen.« Er wirkte wenig beeindruckt, als er sich ihr zuwandte.

»Ich bin eine Domna von Cartorra.«

»Irgendwie überrascht mich das nicht.«

»Ich sehe«, sagte sie gedehnt, »dass Ihr gelernt habt, wie man Knöpfe benutzt. Ich gratuliere zu dieser zweifellos lebensverändernden Heldentat.«

Er lachte – ein überraschtes Geräusch – und beugte den Kopf. »Und ich sehe, Ihr habt den Vogelmist von Eurer Schulter geputzt.«

Ihre Nasenflügel weiteten sich. »Entschuldigt mich, aber Prinz Leopold fon Cartorra erwartet mich, und ich bin mir sicher, Euer Prinz braucht Euch ebenfalls.« Ihr war wichtig, schnippisch zu klingen, ohne groß darauf zu achten, was sie sagte.

Doch das Ergebnis war extrem, denn der junge Mann lächelte. Ein echtes, wunderschönes Lächeln, das dafür sorgte, dass der gesamte Raum im Hintergrund versank. Für einen atemlosen Moment sah Safi nur, wie sich seine dunklen Augen fast vollkommen schlossen und seine Stirn sich glättete. Wie er leicht das Kinn hob, sodass die Muskeln an seinem Nacken hervortraten.

»Ich muss nirgendwo sein«, sagte er sanft. »Nirgendwo außer hier.« Dann, als wäre sie noch nicht verblüfft genug, vollführte der Mann eine halbe Verbeugung vor ihr und fragte: »Werdet ihr mir die Ehre eines Tanzes gewähren?«

Und einfach so brachen Safis Schutzschilde zusammen. Sie vergaß, wie sich eine Domna benahm. Sie verlor ihre höfliche Ruhe. Selbst die nubrevnanische Sprache schien sich plötzlich ihrer Kontrolle zu entziehen.

Denn dieser Mann schien sie zu verspotten, genau wie die Doms und Domnas in ihrer Kindheit, genau wie Onkel Eron. Er hatte vor, sie zu beschämen. »Es gibt keine Musik«, beeilte sie sich zu sagen, bevor sie sich an dem Mann vorbeidrängte.

Aber er fing sie mit dem Arm eines Kämpfers ein. »Es wird Musik geben«, versprach er, bevor er rief: »Kullen?«

Der riesige Mann vom Pier erschien neben ihnen.

»Würdest du das Orchester bitten, einen Vierango zu spielen?« Der Nubrevnaner wandte den Blick keine Sekunde von Safis Gesicht ab, aber sein Lächeln wurde hinterhältig. »Wenn ihr den nubrevnanischen Vierango nicht kennt, Domna, kann ich natürlich auch einen anderen Tanz wählen.«

Safi wahrte strategisches Schweigen. Sie kannte den Vierango, und wenn dieser Mann vorhatte, sie auf der Tanzfläche zu beschämen, würde er schon bald eine Überraschung erleben.

»Ich kenne den Tanz«, murmelte sie. »Geht voran.«

»Tatsächlich«, antwortete er, und in seiner Stimme klang Befriedigung mit, »muss nicht ich mich bewegen, Domna. Die Leute bewegen sich für mich.« Er hob eine Hand, und plötzlich zogen sich alle Nubrevnaner zurück.

Dann drangen die Worte nahe stehender Beobachter an Safis Ohr: »Siehst du, mit wem Prinz Merik tanzt?«

»Prinz Merik tanzt mit diesem fon-Hasstrel-Mädchen.«

»Ist das Prinz Merik?«

Prinz Merik. Der Name schien über die Tanzfläche zu hallen, um erneut auf Safis Ohren zu treffen, wo er mit der Reinheit leuchtete, die nur der Wahrheit zu eigen war.

Zu den Höllentoren, kein Wunder, dass der Mann so selbstgefällig wirkte. Er war der verranzte Prinz von Nubrevna.

Der Tanz begann, und es dauerte nicht lange, bis Merik verstand, dass er einen Fehler gemacht hatte. Wo er gehofft hatte, dem Mädchen ein paar Manieren beizubringen – sie sollte schließlich eine Domna sein, nicht irgendein Straßenkind – und vielleicht ein Ventil für die immer weiter ansteigende Wut in seiner Brust zu finden, hatte Merik es nur geschafft, sich selbst in Verlegenheit zu bringen.

Denn diese unflätig fluchende Domna war eine viel bessere Tänzerin, als er erwartet hatte. Nicht nur kannte sie den Vierango, einen nubrevnanischen Tanz, der bei Liebenden hoch im Kurs stand und sonst gern getanzt wurde, um athletisches Können unter Beweis zu stellen. Sie war sogar gut darin.

Jeden dreifachen Stampfer, den Merik mit Ferse und Zehen vollführte, wiederholte sie genau im Takt. Jede Doppeldrehung und jedes Zucken des Handgelenks schleuderte sie zurück.

Und sie befanden sich erst im ersten Viertel des nubrevnanischen Vierango. Er bezweifelte keinen Moment, dass er schwitzen und nach Luft schnappen würde, sobald sie sich Körper an Körper bewegten.

Natürlich hätte Merik die Demütigung kommen sehen können, wenn er über die Wahl des Tanzes nachgedacht hätte, bevor er sie aussprach. Schließlich hatte er dieses Mädchen im Kampf beobachtet und war beeindruckt gewesen, wie sie Geschwindigkeit und List eingesetzt hatte, um einen Mann zu besiegen, der größer und stärker war als sie.

Die Musik wechselte vom einfachen Zupfen der Saiten zum fließenden Klang von Bögen auf Violinen. Mit einem stillen Gebet zu Noden auf seinem Korallenthron marschierte Merik nach vorne. Der Marsch der beherrschenden See, so wurde dieser Teil genannt. Dann hielt er inne, eine Hand ausgestreckt, die Handfläche nach vorne gerichtet.

Die junge Domna rauschte auf ihn zu. Nach zwei Schritten zwinkerte sie Merik zu und vollführte eine fast mühelose Pirouette, bevor auch sie die Handfläche hob. Der Walzer der unbeständigen See, in der Tat.

Ihre anderen Hände hoben sich, Handfläche an Handfläche, und Meriks einzige Beruhigung, als er und die Domna in den nächsten Teil des Tanzes glitten, war die, dass sich ihre Brust genauso angestrengt hob und senkte wie seine.

Meriks rechte Hand umklammerte die des Mädchens, und mit einem gerüttelten Maß Wildheit wirbelte sie herum, bis sie in dieselbe Richtung sah wie er, bevor er sie an seine Brust zog. Seine Hand glitt mit gespreizten Fingern über ihren Bauch. Ihre linke Hand schoss nach oben, und er fing sie ein.

Dann begann der wirklich schwierige Teil des Tanzes: die hüpfenden Füße in einer Flut aus Richtungswechseln und Sprüngen. Die Bewegungen der Hüfte, die damit einhergingen, dass ihre Füße sich bewegten wie ein Schiff auf stürmischer See. Das tröpfelnde Klopfen von Meriks Fingern, das an den Armen des Mädchens nach unten glitt, über ihre Rippen, ihre Hüfte – wie der Regen auf den Segeln eines Schiffs.

Weiter und weiter bewegten sie sich zur Musik, bis sie beide schwitzten und der dritte Teil des Tanzes anstand.

Merik wirbelte das Mädchen erneut herum, sodass sie ihn ansah. Ihre Brust knallte gegen seine, und bei den Ursprungsquellen, sie war groß. Erst in diesem Moment, als sie ihm direkt in die Augen starrte und ihr keuchender Atem sich mit seinem vermischte, ging ihm auf, wie groß.

Dann schwoll die Musik wieder an, ihre Beine schoben sich zwischen seine, und er vergaß vollkommen, wer oder was sie war, oder warum er diesen Tanz in erster Linie vorgeschlagen hatte.

Ihre Augen hatten die Farbe des Himmels nach einem Sturm. Ohne sich bewusst zu sein, was geschah, erwachte seine Windmagie. Irgendetwas an diesem Moment erweckte die wilderen Teile seiner Macht zum Leben. Jedes Weiten seiner Lunge sog eine Brise heran, die die Haare des Mädchens hob und ihre Röcke zum Wirbeln brachte.

Sie zeigte keinerlei Reaktion. Tatsächlich wandte sie den

Blick nicht von Merik ab, und er erkannte Wildheit in diesen Augen – eine Herausforderung, die Merik noch tiefer in den Wogen des Tanzes versinken ließ. In der Musik. In diesen Augen.

Jeder Rückwärtssprung ihres Körpers – eine Bewegung, die das Zerren der Ebbe am Wasser eines Flusses symbolisierte – führte zu einem heftigen Knall, als Merik sie wieder an sich riss. Bei jedem Sprung und Schlag fügte das Mädchen einen schnellen Zusatzschritt ihrer Füße ein, und das war eine weitere Herausforderung, die Merik noch nie gesehen hatte, über die er sich aber erhob, weit erhob. Wind peitschte um sie herum wie ein Hurrikan, in dessen Auge sich er und das Mädchen befanden.

Und das Mädchen wandte den Blick nicht ab. Gab kein Stück nach.

Nicht einmal, als der letzte Teil der Musik einsetzte – diese plötzliche Wandlung vom gefiedelten Zyklon zum einfachen Zupfen der Basssaiten; zur Ruhe, wie sie jedem Sturm folgte –, lockerte Merik den wilden Griff, mit dem er sich gegen das Mädchen drückte. Im übertragenen Sinn. Im wörtlichen Sinn.

Ihre Körper berührten sich auf voller Länge, ihre Herzen hämmerten gegen den Brustkorb des anderen. Seine Finger tanzten über ihren Rücken, ihre Schultern und weiter zu ihren Händen. Die letzten Tropfen eines heftigen Regengusses.

Die Musik wurde langsamer. Seine Tanzpartnerin zog sich zuerst von ihm zurück und glitt die vorgeschriebenen vier Schritte nach hinten. Merik wandte den Blick nicht von ihrem Gesicht ab und bemerkte nur entfernt, dass sich seine Windmagie zu beruhigen schien, kaum dass sie sich von ihm löste. Ihre Röcke hörten auf zu schwanken, ihre Haare legten sich wieder auf ihre Schultern.

Dann glitt auch er vier Schritte nach hinten und verschränkte die Arme vor der Brust. Die Musik verklang, und Merik wurde sich seiner selbst wieder bewusst, erfüllt von dem sicheren Wissen, dass Noden und seine Hexenfische ihn vom Grund der See auslachten.

10

Einer nach dem anderen kamen die Siedler des Midenzi-Stamms, um Iseult zu begrüßen. Um sich das eine Mädchen genau anzusehen, das die Gemeinschaft verlassen hatte und nun zurückkehren wollte.

Iseult fühlte sich ein wenig benebelt, und die abgeschnittenen Haare kratzten in ihrem Nacken. Aber wie die gute Strangmagis, die sie sein sollte, kratzte sie sich nicht, und sie zappelte auch nicht auf ihrem Hocker vor dem Herd herum oder zeigte irgendeinen anderen Gesichtsausdruck außer dem gebotenen Lächeln.

Die Stränge der Nomatsi waren beängstigend fahl. Nur Corlants Stränge, die hinter Iseult pulsierten, weil er neben dem Herd stand und die Begrüßung beobachtete, brannten in normaler Helligkeit. Vielleicht sogar ein wenig zu hell.

Beim dreißigsten Besucher war Iseult vollkommen erschöpft davon vorzugeben, Corlant würde sie nicht beobachten wie ein Raubtier. Almas Miene blieb die ganze Zeit über ruhig – natürlich –, und das Lächeln, das sie den Besuchern schenkte, schien echt. Ganz zu schweigen von unermüdlich.

Beim sechzigsten Besucher hatte Iseult Schlupp so gründlich durchgekrault, dass er tatsächlich aussah, als würde ihm langsam unwohl zumute. Beim achtzigsten Besucher stand er auf und ging.

Ruhe. Ruhe in Fingerspitzen und Zehen.

»Das waren nur einhunderteinundneunzig«, verkündete Corlant, als der letzte Besucher gegangen war. »Wo ist der Rest des Stamms, frage ich mich?« Nichts in Corlants Tonfall klang fragend, und als er Richtung Tür wanderte, leuchteten seine Stränge rosa vor Aufregung. »Ich werde dafür sorgen, dass der gesamte Stamm von der Begrüßung erfährt.« Er richtete seinen durchdringenden Blick auf Gretchya und sagte mit der Unerbittlichkeit einer Lawine: »Geht. Nicht. Weg.«

»Natürlich nicht«, antwortete Gretchya und setzte sich neben Iseult auf einen Hocker.

Dann verließ Corlant die Hütte, und sofort sprang Gretchya wieder auf die Füße. Sie riss Iseult hoch, während Alma bereits auf die Luke zum Keller zusprang. »Wir müssen uns beeilen«, flüsterte Gretchya. »Corlant weiß offensichtlich, was Alma und ich geplant haben. Er wird versuchen, uns aufzuhalten.«

»Geplant?«, fragt Iseult, aber in diesem Moment spürte sie ein plötzliches Schnapp, wie die Schere, die sich durch ihr Haar geschnitten hatte. In einer explosiven Spirale traf alles, was die drei Magi an das Dorf gebunden hatte, ihre Brust.

Die Stränge, die banden, waren gebrochen.

Iseult konnte es nicht sehen, aber fühlen. Es war ein plötzliches Heben ihres Herzens, das sie fast umgeworfen hätte.

Alma schubste Iseult auf die Tür zu. »Lauf!«, zischte sie. »Zum Tor – lauf!«

Irgendetwas in Almas panischen grünen Augen drang direkt in Iseults Hirn. Sie rannte durch die Tür, nur um zu stolpern, sodass sie mit den Armen wedeln musste, um auf den Beinen zu bleiben.

Draußen wartete ein Mob auf sie, mit Laternen und Fackeln und Armbrüsten. Die vierhundert Nomatsis, die die Begrüßung verpasst hatten, hatten sich lautlos versammelt, ihre Stränge durch Corlants Magie verborgen.

Und da war Corlant selbst. Er schob sich durch die Menge, einen Kopf größer als alle anderen, seine Stränge ein hungriges Purpur.

Die Leute wichen ihm aus. Bösartige Mienen lauerten in den Schatten, auf Gesichtern, die Iseult erkannte; hasserfüllte Gesichter aus ihrer Kindheit, die dafür sorgten, dass ihre Knie weich wurden und ihre Brust eng.

Iseult wartete mit angehaltenem Atem, während Corlant sie mit einem gierigen Blick musterte, der noch mehr Purpur durch seine Stränge schickte. Dann überkreuzte er betont langsam seine Daumen in Iseults Richtung. Das Zeichen gegen das Böse.

»Anders«, sagte er leise vor dem Hintergrundgeräusch der abendlichen Grillen, das Atmen der Menge fast unhörbar. »Hängt die andere.« Dann wieder, lauter. »Anders, anders. *Hängt* die andere.«

Der Stamm nahm den Sprechchor auf. *Anders. Anders. Hängt die andere.* Die Worte glitten giftig über Zungen und gewannen an Kraft. Die Leute drängten nach vorne. Iseult bewegte sich nicht. Sie versuchte, sich tief in der Logik einer Strangmagis zu versenken. Es gab eine Lösung für diese Situation. Es musste eine geben, aber sie konnte sie nicht finden. Nicht ohne Safi neben sich. Nicht ohne Zeit, um innezuhalten und zu planen.

Die Leute umringten sie. Ihre Stränge erwachten zum Leben, als wären sie plötzlich freigesetzt worden. Tausende Schattierungen von terrorerfülltem Weiß und blutrünstigem Purpur drangen auf Iseult ein. Dann wurde sie von Händen gepackt. Finger gruben sich in ihr Fleisch und pikten sie. Ihr Kopf wurde nach hinten gerissen, als jemand an ihren Haaren zog. Tränen stiegen ihr in die Augen.

Anders, anders. Hängt die andere.

Niemand sprach die Worte noch aus. Sie waren zu sehr damit beschäftigt, blutrünstig in die Nacht zu schreien und Iseult anzukreischen, dass sie sterben sollte. Aber ihre Stränge pulsierten im selben Rhythmus, in dem sie schubsten und traten und grabschten. Als die Menge Iseult einen qualvollen Schritt nach dem nächsten zu der größten Eiche in der Siedlung zwangen.

Und unter diesem pulsierenden neunteiligen Rhythmus – *Anders, anders, hängt die andere* – lag noch ein fünfteiliger Schlag. *Puppenspielerin. Puppenspielerin.* Ein verängstigter Bass unter der bereits von Gewalt getriebenen Oberstimme.

Corlant hatte den Stamm davon überzeugt, dass Iseult die Puppenspielerin war, und jetzt würde sie deswegen sterben.

Dann ragte die Eiche vor Iseult auf, eine Masse aus gezackten Linien vor dem von hellem Mondlicht erleuchteten Himmel. Ein Mann griff nach Iseults Brüsten, seine Stränge unstet zitternd. Eine Frau zog ihre Fingernägel über Iseults Wange, ihre Stränge erfüllt von der Gier nach Gewalt.

Schmerzerfüllte Sterne tanzten vor Iseults Augen, und ihr Herz verhärtete sich endlich zu dem Stein, das es sein sollte. Ihr Pulsschlag verlangsamte sich; ihre Körpertemperatur fiel; und alles, was sie sah und hörte, der gesamte Schmerz des Augenblicks, verschwand hinter einer Mauer aus objektiver Logik.

Dieser Angriff war von Corlant angestiftet worden. Durch Angst. Die Leute fürchteten sich vor den Geborstenen und der unbekannten Puppenspielerin, und daher hatten sie auch Angst vor Iseult.

Gib einer Person mit der Rechten, was sie erwartet, und schneide ihr mit der Linken die Börse auf.

»Trennen.« Das Wort drängte sich in Iseults Kehle, zischte in einem Spuckeregen aus Iseults Mund. »Trennen«, wiederholte sie das Zischen, das Gesicht nach wie vor vollkommen ausdruckslos. »Verdrehen und trennen.«

Dann wieder: »Trennen, trennen. Verdrehen und trennen.« Sie passte den Rhythmus dem Wogen der Stränge vor sich an, der pulsierenden Angst der Menge. Iseult klammerte sich an diesen neunteiligen Gesang und den fünfteiligen Bass …

Und lieferte ihnen, was sie sehen wollten.

Sie zeigte ihnen eine Puppenspielerin.

»Trennen, trennen. Verdrehen und trennen. Stränge, die brechen; Stränge, die *sterben*.« Die Worte, die sie schrie, waren reiner Unsinn. Iseult konnte die Stränge dieser Leute nicht berühren, und auf keinen Fall konnte sie sie kontrollieren. Aber das wussten die Nomatsis nicht, also intonierte sie weiter: »Trennen, trennen. Verdrehen und trennen. Stränge, die brechen. Stränge, die *sterben*.«

Lauter und lauter kreischte Iseult die Worte, bis sich genug Platz um sie herum gebildet hatte, um sich aufzurichten. Um tief einzuatmen und noch lauter zu schreien, bis noch das letzte blutrünstige Purpur unter dem gleißenden hellen Weiß der Angst verschwand. Corlant war nirgendwo zu sehen.

Dann tauchte eine neue Ablenkung auf. Ein Feuertopf flog durch die Luft, und Gretchyas Stimme erklang: »Brenne!«

Der Behälter explodierte. Iseult warf sich zu Boden, als heiße Flammen durch die Luft pfiffen. Ihre Mutter hatte sie nicht im Stich gelassen.

Leute rannten davon, auch Iseult floh. Auf die Stimme ihrer Mutter zu. Auf das Haus ihrer Mutter zu. Doch noch während ihre Füße über den Boden trommelten, explodierende Feuertöpfe die Strohdächer anderer Hütten entzündeten und die Nomatsis in panikerfüllte Flucht trieben, spürte Iseult, wie sich die Stränge um sie herum erneut verlagerten.

Es geschah immer – der Moment, in dem die Leute herausfanden, dass man sie betrogen hatte. Und es passierte jetzt. Die Leute bemerkten, dass sie ihre Puppenspielerin verloren hatten, doch ihr Blutdurst war noch nicht gestillt, sondern eher gewachsen.

Iseult erreichte die Ecke der Hütte ihrer Mutter, aber Gretchya war nirgendwo zu sehen.

»*Iseult!*«

Sie riss den Kopf nach links. Alma ritt auf einer ungesattelten Stute auf sie zu. Das braune Tier mit den schwarzen Beinen war in der Dunkelheit fast unsichtbar, genauso wie Almas schwarzes Kleid.

Alma zügelte das Pferd und zog Iseult vor sich auf die Stute. Alma hatte sich ein traditionelles Nomatsi-Schild auf den Rücken gebunden, eine runde, hölzerne Scheibe, die dafür gemacht war, einen Nomatsi auf der Flucht zu schützen.

Alma trieb die Stute im Galopp auf das Tor zu. Der Eifer in den Strängen der Leute leuchtete heller und pulsierte schneller. Sie wussten, dass sie betrogen worden waren, und deswegen flogen die ersten Steine in Richtung der Mädchen, deswegen hörte man das unverwechselbare *Twang!* von gelösten Bogensehen, begleitet von Corlants Schreien: »Stoppt sie! *Tötet sie!*«

Aber Iseult und Alma hatten inzwischen die Eichen vor der Mauer erreicht. Die Steine knallten gegen Baumstämme. Pfeile klapperten durch die Äste und trafen mit dumpfem Knall Almas Schild.

»Wo ist meine Mutter?«, schrie Iseult.

Das Tor schwang schnell zu, dann war es geschlossen.

Nein … nicht geschlossen. Angelehnt. Es hing einen Spalt offen.

Alma trieb das Pferd auf die Öffnung zu. Die Stute änderte die Richtung ihres Galopps, sodass die rechte Seite der Mädchen für einen Moment ungeschützt war. Irgendetwas traf Iseults rechten Oberarm.

Die Kraft des Aufpralls warf sie zur Seite, in den Halt von Almas Armen. Sie wusste nicht, was sie getroffen hatte. Ein Stein vielleicht … Aber der Schmerz pulsierte. Beunruhigt sah sie nach unten und entdeckte eine Pfeilspitze, die aus der Haut über ihrem Ellbogen ragte. Ein langer Schaft aus Zedernholz mit schwarzweißen Hühnerfedern stand am anderen Ende heraus.

Sie warf einen schnellen Blick nach hinten und sah Corlant, der gerade seinen Bogen senkte, ein befriedigtes Lächeln auf dem mondbeschienenen Gesicht. Dann kreischte Alma ihr ins Ohr: »Halt dich fest!«

Also wandte sich Iseult ab und hielt sich fest, als sie auf die im Mondlicht liegende Wiese galoppierten, die Schreie der Dorfbewohner kurzzeitig abgeschnitten durch die Barriere des Tors. Iseult presste die Beine an den Pferdebauch und zog die Zehenspitzen nach oben, wie ihre Mutter es ihr beigebracht hatte.

Mutter.

Iseult kniff die Augen zusammen und meinte, eine Figur auf einem Pferd zu erkennen, hinter der eine kleine Gestalt lag. Schlupp. Gretchya musste das Tor geöffnet haben und geflohen sein, im Vertrauen darauf, dass Alma Iseult retten würde.

Corlant weiß offensichtlich, was Alma und ich geplant haben. Das hatte Gretchya gesagt … Ein Plan. Ein Plan gegen Corlant, der Iseult offensichtlich tot sehen wollte, auch wenn Iseult nicht begreifen konnte, warum.

Für einen kurzen Augenblick wünschte sich Iseult, sie hätte sich dem Blutmagis gestellt statt Corlant. Statt dem Stamm. Doch der Gedanke verblasste fast sofort wieder, denn immerhin lebte sie noch. Hätte der Blutmagis versucht, sie zu erschießen, hätte er sein Ziel wahrscheinlich nicht verfehlt.

Doch auch Corlant hatte fast Erfolg gehabt. Wenn dieser Pfeil nur knappe zehn Zentimeter weiter links eingeschlagen hätte, hätte er Iseults Brust durchbohrt. Ein kleines Stück nach rechts, und er hätte eine Arterie durchtrennt.

Also schickte Iseult ein stummes Dankgebet zum Mond, unter dem sie jetzt galoppierten, zusammen mit der Bitte, dass Safi immer noch dort draußen auf sie wartete …

Und der Blutmagis nicht.

11

Der Blutmagis namens Aeduan langweilte sich. Es gab nur eine begrenzte Anzahl kleiner Übungen, die er absolvieren konnte, um seine Muskeln fit für den Kampf zu halten … oder sein Temperament unter Kontrolle.

Vier Glockenschläge waren vergangen, seit er sich auf diesem Dachsparren im Dogenpalast ausgestreckt hatte, und er hatte schon vor langer Zeit seine Kapuze zurückgeschlagen. Inzwischen hatte er sogar die Verschlüsse seines Umhangs geöffnet. Nachdem die einzigen anderen Leute, die ihn hier oben sehen konnten, sechzehn andere angeheuerte Wachen in den Dachsparren waren – und eine Taubenfamilie, die kein einziges Mal aufgehört hatte zu gurren, seitdem sich Aeduan neben ihrem Nest niedergelassen hatte –, machte er sich keine großen Sorgen darum, dass dieser Verstoß gegen das Carawen-Protokoll im Kloster bekanntwerden könnte.

Und selbst wenn: Den alten Mönchen waren seine Söldneraufträge wichtiger als der Respekt gegenüber den Cahr Awen. Schließlich waren die Cahr Awen nur ein Mythos, aber bronzene Piestra sehr real.

Wenn auch immer ein kleines Stück außerhalb von Aeduans Reichweite. Yotiluzzi hatte ein Kopfgeld auf die beiden

Mädchen ausgesetzt, die seine Kutsche überfallen hatten, und Aeduan wollte dieses Kopfgeld. Dringend. Also hatte er die Wahrmagis ins südliche Hafenviertel verfolgt, nur um dort ihre Witterung zu verlieren.

Kurz darauf war er durch einen glücklichen Zufall an den Kanälen auf das Nomatsi-Mädchen gestoßen – nur dass auch sie ihm entkommen war. Und noch schlimmer, Aeduan hatte ihr nicht folgen können, weil sie keine Blutwitterung besaß.

Niemals in Aeduans zwanzigjährigem Leben war er jemandem begegnet, dessen Blut er nicht wittern konnte.

Niemals.

Diese Überraschung hatte ihn … beunruhigt. Hatte dafür gesorgt, dass er noch mehr mit den Zähnen geknirscht hatte als nach dem Verlust der kostbaren Wahrmagis. Und jetzt war Aeduan hier, hoch oben gefangen statt auf der Jagd nach diesen zwei Mädchen.

Aeduan drückte sich sein dünnes Fernrohr aus Bronze ans Auge und spähte durch das Guckloch in der Decke. Leute strömten über die marmornen Fliesen des Ballsaals. Samt in lebendigem Orange, Grün und Blau leuchtete, ergänzt von pastellfarbener Seide. Das hier war Zeitverschwendung. Auf diesem diplomatischen Ball würde nichts geschehen, denn wie Aeduans Vater immer sagte: Der Zwanzigjährige Waffenstillstand hatte die Leute faul gemacht und ihnen jeden Ehrgeiz genommen.

Als die ersten drängenden Takte eines nubrevnanischen Vierango an Aeduans Ohr drangen und er stampfende Schritte hörte, entschied er sich für einen Szenenwechsel. Nachdem er wie ein Krokodil durch den engen Raum gekrochen war, erreichte Aeduan eine Leiter. Er kam an zwei anderen Söldnern vorbei, die ihn nervös beäugten.

»Ein Dämon aus der Finsternis«, flüsterten sie. Aeduan gab

vor, sie nicht gehört zu haben. Er mochte solche Gerüchte. Schließlich hatte es Vorteile, wenn die Leute ihn fürchteten, wie zum Beispiel die freie Auswahl bei Aussichtsposten. Selbst die cartorrischen Höllebarden und die Nattern aus Marstok – Kaiserin Vaness' persönliche Leibwache – hatten Aeduan als Erstem Zugang zu den Wänden des Palasts gewährt.

Als Aeduan den Rand der Decke erreichte, öffnete sich ein Loch vor ihm. Ein weiteres Spionageversteck in den Wänden des Ballsaals. Eine Strickleiter von minderwertiger Qualität und mangelndem defensivem Nutzen hing die fünfzehn Meter bis zum Boden. Das war ein weiteres Beispiel dafür, wie nachlässig die Dalmotti (und alle anderen) geworden waren. Sollten die Wachen in der Decke tatsächlich gebraucht werden, würde sie der Abstieg viel zu viel Zeit kosten.

Gerade als der zweite Satz des Vierango begann, trafen Aeduans Stiefel auf den Boden. Der Violinenklang hallte in dem schmalen Raum zwischen den Wänden wider und ließ mit seinem Vibrato Staub aus dem Holz rieseln. Darunter hörte Aeduan das leise Klopfen, das er als die Schritte des wogenden Tanzes erkannte.

Aeduan kannte den nubrevnanischen Vierango. Nicht gut, und er hätte sich lieber auf einem Grill aufspießen lassen, als ihn wirklich zu tanzen, aber er kannte die Schritte. Seine Mentorin hatte ihn während seines mehrjährigen Aufenthalts im Kloster dazu gezwungen, den Tanz zu lernen.

Aeduan wollte gerade nach links abbiegen, als ihm eine vertraute Blutwitterung in die Nase stieg. *Giftgetränkte Geheimnisse und endlose Lügen.* Aeduan wusste nicht, ob die Gerüchte stimmten – ob das Blut der marstokischen Nattern tatsächlich aus Säure bestand. Aber er wusste, dass man den Giftmagi-Wachen am besten aus dem Weg ging, und sei es nur, weil ihre Witterung ihm in der Nase wehtat.

Also änderte Aeduan die Richtung und hielt sich stattdessen rechts. Als er endlich ein Guckloch fand, sogar noch kleiner als das in der Decke, hatte der dritte Satz des Vierango begonnen.

Aeduans Augenbrauen schossen nach oben.

Es gab nur zwei Tänzer. Ihre Fersen und Zehen bewegten sich in einer Geschwindigkeit über den Marmorboden, wie Aeduan es noch nie gesehen hatte. Und, noch eindrucksvoller, ein Wind wehte um sie herum. Einer der Tänzer besaß offensichtlich eine Form von Luftmagie.

Die Zuschauer zogen sich zurück wie die Ebbe, als die Tänzer herumwirbelten. Ihre Füße bewegten sich in einem Sturm aus Bewegung, während ihre Gesichter ruhig blieben, die Augen konzentriert zu Schlitzen verengt. Der Wind wirbelte um sie herum, im Takt der Musik. Im Takt ihrer Schritte. Die Luftströmungen rissen an den Röcken des Mädchens, an ihren Haaren, und zerrten auch an den atemlosen Zuschauern, als sie an ihnen vorbeirauschte.

Doch je länger Aeduan zusah, verhalten amüsiert von der Fähigkeit, die es erforderte, mit solcher Grazie und in dieser Geschwindigkeit zu tanzen, desto mehr kribbelte es in seiner Nase.

Instinktiv ließ er den Blick über die Umstehenden gleiten und schnüffelte. Er roch … ein scharfes Blut. Ein wildes Blut.

Eins, das ihn an Bergketten und Klippen erinnerte, an Wiesen voller Gänseblümchen und unter Schnee verborgener Wahrheit.

Erregung breitete sich in ihm aus. Die Wahrmagis war hier, auf dieser Party.

Die letzten Noten des Vierango erklangen, und Aeduan richtete den Blick wieder auf die Tänzer. Der Wind erstarb;

sie entfernten sich voneinander, um die letzte Pose des Tanzes einzunehmen. Der Nubrevnaner war offensichtlich eine wichtige Persönlichkeit, was Aeduan daraus schloss, dass die Umstehenden ihn wahlweise mit Respekt oder Angst betrachteten. Aber er interessierte Aeduan nicht, denn seine Blutwitterung war ihm unbekannt.

Es war das Mädchen, das Aeduans Blicke auf sich zog und seine Magie lockte. Aeduans Lächeln wurde breiter, und seine Finger glitten zu dem Stilett, das er über dem Herzen trug. Ein Herz, das sie erst gestern mit einer Klinge durchbohrt hatte.

Noch während er sich fragte, wer eine solche Frau sein konnte – Aeduan hätte doch sicherlich von einer Wahrmagis-Domna gehört –, hallte ein lautes Klatschen durch den Raum. Es stammte von einer einzelnen Person, und auch wenn die anderen Zuschauer sich dem Applaus anschlossen, blieb dieses Klatschen doch das lauteste.

Aeduans eingeschränkter Blick fing schließlich den hellhaarigen, kaiserlichen Erben Leopold ein. Er stand in der Nähe von Kaiserin Vaness und wartete darauf, dass die Leute ihm einen Weg freimachten, bevor er den ersten Fuß hob, um sich den Tänzern zu nähern.

»Gut gemacht«, rief Leopold schließlich, immer noch klatschend. Doch irgendwie wirkte sein Applaus übertrieben. »Welch herausragende Tänzer.«

Der Nubrevnaner drehte sein glänzendes, rötlich angelaufenes Gesicht in Richtung des kaiserlichen Prinzen und verbeugte sich tief. »Prinz Leopold.«

Leopold nickte ihm nur ein Mal zu. »Prinz Merik, Ihr habt uns Safiya gestohlen.« Der dunkle Ton in seiner Stimme war nicht zu überhören, genauso wenig, wie man übersehen konnte, wie er den anderen Prinzen ignorierte, um einen vielsagenden Blick zu seinem Onkel zu werfen, dem untersetzten cartorrischen Kaiser, der in der Nähe stand.

Safiyas Miene wechselte von tanztrunkener Intensität zu einfacher, tief empfundener Verlegenheit. »Polly«, murmelte sie, fast unhörbar vor dem Geräusch der Menge. »Es tut mir leid, ich habe dich im Gedränge verloren.«

»Eine Entschuldigung ist unnötig.« Leopold sprach viel lauter, als es für die geringe Distanz zwischen ihnen notwendig gewesen wäre, dann breitete er die Arme aus. »Ein weiterer Tanz! Diesmal soll es ein Pragarischer Walzer sein.« Damit verbeugte er sich tief vor der Wahrmagis, bevor er ihre Hände ergriff.

Aeduans Finger trommelten einen aufgeregten Rhythmus auf sein Stilett. Diese Nacht hatte gerade eine sehr interessante Wendung genommen. Die Wahrmagis, die versucht hatte, Gildemeister Yotiluzzi zu überfallen, tanzte inzwischen nicht nur mit einem, sondern mit zwei Prinzen.

Oh, dem Blutmagis namens Aeduan war nicht länger langweilig. Absolut nicht mehr langweilig.

Er hatte jetzt einiges zu tun.

Safi war es leid zu tanzen. Ihr war schwindelig von den ständigen Drehungen, und ihr Atem … Sie war nicht mehr zu Atem gekommen seit … Merik.

Prinz Merik.

Der Mann, der sich nicht einmal richtig anziehen konnte, hatte sich als von königlichem Geblüt entpuppt. Der Mann, der sich gegen einen Geborstenen geworfen hatte, war ein *Prinz*. Das war fast unmöglich zu glauben, doch gleichzeitig erklärte es seine hochmütige Haltung, seinen Mangel an Angst, als Safi ihn bedrängt hatte, und seine Bereitschaft, sich zu wehren.

Irgendwas war zwischen Safi und Merik während ihres Tanzes geschehen. Etwas so Mächtiges wie der Wind und die Musik, die um sie herumgewirbelt waren. Eine Veränderung in der Luft, wie kurz vor einem Sturm.

Höllenflammen, Safi brauchte Iseult. Sie brauchte ihre Strangschwester, um die wilden Gefühle in ihrer Brust zu ordnen.

Während sich Raum und Gesichter in einem weiteren schwindelerregenden Walzer um sie drehten, während Lügen und Wahrheiten von allen Seiten auf Safi eindrangen, wusste sie, dass sie anhalten musste. Dass sie hier verschwinden musste.

Und doch, genau wie sich etwas in Safi verschoben hatte, nachdem sie getanzt hatte – mit *Merik* –, hatte sich auch etwas im Raum verändert. Es herrschte gespannte Erwartung, die an eine Schlange erinnerte, die sich zum Zubeißen bereit machte.

Und das Tanzen – es hörte nicht auf. Sechsmal rauschte Safi in Leopolds Armen über die Tanzfläche, und sechs weitere Male bestand der Kaiser selbst darauf, ihr Partner zu sein. Seine Hände waren verschwitzt und hielten sie zu fest. Schweiß schien auf seiner pockennarbigen Haut zu stehen, und Safi wünschte sich, Leopold würde einschreiten.

Bis die Musik plötzlich abbrach und damit auch der Tanz.

Bis Henrick Schweigen einforderte und Safi mit einer Geste aufforderte, sich ihm auf einer kleinen Tribüne anzuschließen.

Bis die bedeutsamen, unmöglichen Worte aus Henricks Mund drangen: »Sehet Safiya fon Hasstrel. Meine Verlobte und die zukünftige Kaiserin von Cartorra.«

Safis Knie gaben nach. Sie sank gegen Leopold, der sich, den Göttern sei Dank, in der Nähe aufhielt. Irgendwie schaffte er es, sie wieder auf die Beine zu stellen und zu einem Raum herumzuwirbeln, der von gekünsteltem Applaus erfüllt war, so als wären alle von der Ankündigung genauso schockiert wie sie.

»Polly«, keuchte sie und richtete den Blick auf sein Gesicht. »Polly, bitte … sag mir … Polly …«

»Es ist wahr«, murmelte er und drückte ihre Hand.

Sie versuchte, sich ihm zu entziehen, während ihr Herz Anstalten machte, mit wilden Schlägen ihre Rippen zu brechen. Sie hatte Leopold vertraut. Sie hatte auch Onkel Eron vertraut. Doch das hier … Sie spielte hier keine Domna, sondern eine *Braut*.

Leopold gab ihre Hand allerdings nicht frei. Seine meergrünen Augen wirkten hart, und seine sonst weiche Kinnlinie sprach von unerwarteter Entschlossenheit.

Safi keuchte. »Du wusstest, dass das passieren würde. Warum hast du es mir nicht gesagt?«

Seine einzige Antwort bestand darin, sie entschlossen, aber nicht unfreundlich in Richtung seines Onkels zu ziehen.

Der Kaiser.

Safis zukünftiger Ehemann.

»Auf viele glückliche Jahre!«, schrie Leopold und schubste Safi vorwärts. Sie stolperte auf Henrick zu, und seine schwitzenden Hände schlossen sich um ihre.

Fast wäre Safi vor seiner Berührung und seinem schiefzahnigen Lächeln zurückgeschreckt, hätte fast gekreischt, dass dies nicht die Freiheit war, die man ihr versprochen hatte. Einen Kaiser zu heiraten, war in Safis Augen so ziemlich das Gegenteil von Freiheit, also was für *Pferdedreck* hatte ihr Onkel ihr verkauft?

Soweit Safi erkennen konnte, war es das gewesen. Dies war das Ende von allem.

Sie musterte jedes Gesicht in der Menge, während Henrick ihren zitternden Arm hielt. Sie suchte nach Onkel Erons blauen Augen. Nach Mathews roten Haaren. Nach irgendwem, beim liebestollen Frettchen. Sie brauchte jemanden, der ihren Blick erwiderte und bestätigte, dass sie das Recht hatte, wütend zu sein. Das Recht hatte, bis ins Mark verängstigt zu sein.

Aber sie kannte niemanden in der Menge. Sie hielt sogar nach Prinz Merik Ausschau, nach seinem silbergrauen Gehrock, aber er und der Rest der Nubrevnaner waren ebenfalls vom Ball verschwunden.

Safi war allein mit ihren zitternden Knien. Mit der Übelkeit, die ihr die Kehle zuschnürte. Mit Henricks klammer Hand, die ihre Finger zu zerquetschen drohte.

Dann fand Safis verzweifelter Blick ein runzeliges Gesicht und einen untersetzten Körper, an den sie sich vage aus ihrer Kindheit erinnerte: Domna fon Brusk. Das haarige Kinn der Frau bewegte sich wie bei einer wiederkäuenden Kuh, und sie schenkte Safi ein kurzes, aufmunterndes Nicken.

Als die Glocken die vierundzwanzigste Stunde schlugen und der Applaus verklang, kam Domna fon Brusk auf Safi zu. Ihre Augen blieben unverwandt auf Safis Gesicht gerichtet, und sie näherte sich mit stetigen Schritten. Vier Schritte bei jedem Glockenschlag.

Dann erklang der letzte Schlag und hallte durch den Raum.

Und jede Flamme im Ballsaal, in den Gärten und am Hafen verlosch. Die Party versank in Schwärze.

Aeduan befand sich immer noch in der Wand, als die Lichter ausgingen.

Er war von Guckloch zu Guckloch geeilt, ohne die Wahrmagis je aus den Augen zu verlieren – was auch für ihre Witterung galt –, seit sie dem Ruf von Kaiser Henrick gefolgt war.

Das Mädchen hatte offensichtlich nicht gewusst, was sie erwartete. Noch nie hatte Aeduan gesehen, wie ein Gesicht so schnell so bleich wurde, und für einen kurzen Moment hatte er Mitleid empfunden.

Doch als Aeduan beobachtete, wie das Mädchen auf Kaiser Henrick zustolperte, richteten sich die kleinen Härchen auf seinen Armen auf, dann auch seine Nackenhaare.

Ihm blieb gerade genug Zeit, um zu denken: *Magie* – seine Magie präzisierte sofort *Feuermagis* –, bevor jede Flamme verlosch.

Nach zwei schnellen Atemzügen toste Aeduans Blutmagie zu voller Stärke auf, und er erstellte ein Blutprofil für jede kreischende Person im Ballsaal … und jede Wache in den Wänden und an der Decke. Es war nur ein kurzes Erkennen der verschiedenen Witterungen, damit er sich auch in der Dunkelheit bewegen konnte.

Damit er den *anderen* folgen konnte, die sich ebenfalls in der Dunkelheit bewegten.

Denn jemand hatte diesen Einbruch von Dunkelheit organisiert, und Aeduan erkannte sofort, dass es etwas mit dem Mädchen Safiya zu tun hatte, weil sich ihre Witterung entfernte.

Genauso wie eine zweite Person, die nach Schlachtfeldern und brennenden Leichen roch. Und ein Dritter, dessen Geruch an Berggipfel denken ließ … und an Rache.

Aeduan folgte gerade der Wand zum nächstgelegenen Ausgang, als die Lampen in einem zweiten Aufwallen von Magie wieder zum Leben erwachten. Erleichtertes Wimmern und Seufzen drang durch die Wände und dünne gelbe Lichtstrahlen durch die Gucklöcher.

Aeduan sprang auf das nächste Loch zu, und sein Blick

schoss in die Richtung, in der sich das Mädchen seiner Blutmagie nach aufhielt …

Die Stelle war leer. Vollkommen leer. Aber wo das Mädchen gerade gestanden hatte, stand sie immer noch. Auf irgendeine Art hatte sie sich nicht von Henricks Seite gelöst. Aeduan konzentrierte sich auf ihre Witterung.

Und das war nicht die Witterung des Mädchens namens Safiya. Dort stand jemand vollkommen anderes. Jemand mit älterem Blut … viel älter sogar.

Aethermagis, dachte er. Dann präzisierte er *Illusionsmagis*.

Aeduan musterte alle Leute in seinem eingeschränkten Blickfeld … die wenigen, die er wittern konnte. Aber er entdeckte kein Anzeichen für jemanden, der mächtige Magie wirkte. Und doch zweifelte Aeduan keinen Moment daran, dass sich ein Illusionsmagis im Raum aufhielt und manipulierte, was die Leute sahen.

Aeduan zweifelte auch nicht daran, dass er der Einzige in diesem Gebäude war – vielleicht sogar in den gesamten Magislanden –, der durchschauen konnte, was hier geschah. Diese Überzeugung entsprang nicht Arroganz, sondern war die schlichte Wahrheit.

Eine Wahrheit, die dafür sorgte, dass er gut bezahlt wurde, und die ihm nach dem heutigen Abend vielleicht Arbeitgeber sichern konnte, die reicher waren als Gildemeister Yotiluzzi. Dieses Mädchen war eine Wahrmagis und die zukünftige Braut des Kaisers von Cartorra. Jemand würde wissen wollen, wer sie entführt hatte, und dieser Jemand würde zweifellos sehr gut dafür bezahlen.

Aeduan eilte mit schnellen Schritten weiter. Das Mädchen näherte sich den Grenzen seiner Reichweite. Zwar konnte er sie auch über weite Entfernungen verfolgen, aber es war einfacher, sie in einem Umkreis von hundert Schritten zu halten.

Doch noch während er lief, trat ihm die Person mit der brennenden Schlachtfeld-Witterung in den Weg, und mit dem Mann kam der Rauch echter Flammen.

Der Feuermagis verbrannte die Zugänge zu den Wänden.

Aeduan erlaubte sich ein kurzes Aufwallen von Furcht. Flammen beunruhigten ihn.

Aber dann drängte er das instinktive Bedürfnis zurück anzuhalten, sich in *diesen Ort* zu versenken, und zwang sich, wieder klar zu denken und seine Macht in die Lunge zu rufen.

Außerdem zog er sich die Feuerklappe an seinem Mantel über die Nase. Das Sprichwort, dass ein Carawen-Mönch auf alles vorbereitet war, war keine Untertreibung, und Aeduan hob diese Aussage auf eine ganz neue Ebene. Sein weißer Carawen-Mantel bestand aus Salamanderstoff, also konnte kein Feuer ihn verbrennen. Der Mundschutz beeinträchtigte zwar seine Fähigkeit, Blutwitterungen aufzunehmen, aber er musste ihn ja nur lange genug tragen, um die Flammen zu durchschreiten.

Aeduan erreichte den Ausgang, stürzte sich direkt ins Feuer und warf sein erstes Messer. Dann, als er durch die Flammen rollte und auf der anderen Seite wieder auf die Beine kam, schleuderte er das zweite.

Der Feuermagis sprang zur Seite und duckte sich in der langen Eingangshalle des Palasts hinter eine große Topfpflanze. Das zweite Messer traf den Tontopf und brachte den Azaleenbusch darin zum Zittern.

Aeduan riss die Feuerklappe von der Nase, und die Witterung von Blut überschwemmte seine Nase. Sein erstes Messer musste den Feuermagis getroffen haben. *Gut*. Aeduan warf einen Blick durch den langgestreckten Raum. Er konnte nichts erkennen, und doch spürte er, dass das Mädchen fast die großen Türen am Ende erreicht hatte.

Der Feuermagis wirbelte auf der anderen Seite hinter der Pflanze heraus. Flammen schossen ihm aus Mund und Augen, während Blut aus der Wunde drang, die das Messer an seinem Knie geschlagen hatte.

Aeduan hatte noch nie etwas Derartiges gesehen. Er hatte nicht gewusst, dass ein Feuermagis solche Macht besitzen konnte.

Doch darüber konnte er später nachdenken. Er sprang zur Seite und trieb sich zu einem Sprint an, dem niemand folgen konnte. Aeduan konnte sein eigenes Blut kontrollieren, was bedeutete, dass er seinen Körper zu einem extremen Maß an Geschwindigkeit antreiben konnte, angetrieben von der Energie seiner Macht und auf Kosten vollkommener Erschöpfung später.

Doch als er über den Marmorboden rannte, erschienen weitere Gestalten vor ihm, traten hinter Töpfen hervor und ließen sich sogar an Seilen von der Decke fallen.

Aeduan zuckte zusammen; er verlangsamte seine Schritte, wobei er instinktiv nach weiteren Messern griff.

Aber nein. Als die schattenartigen Gestalten auf Aeduan zuliefen, wurde ihm klar, dass er nichts roch. Keine Witterung, kein Blut.

Der Illusionsmagis war immer noch aktiv, also warf sich Aeduan wieder in seinen blutgetriebenen Sprint. Seine Zehen berührten kaum den Marmor; die Schatten näherten sich; Flammen flackerten heiß und verzweifelt hinter ihm.

Dann war Aeduan dem Ausgang nah genug gekommen, um seine Geschwindigkeit zu verlangsamen. Nach Luft ringend konzentrierte er seine gesamte Blutmagie wieder darauf, der Wahrmagis zu folgen. Dabei vergaß er fast, Ausschau nach *echten* Menschen zu halten.

Für jeden außer einem Blutmagis wäre dies ein tödlicher

Fehler gewesen. Als ein Messer mit goldenem Griff in Aeduans Schulter drang, stieg ein Jähzorn in ihm auf, dem er nur selten freien Lauf ließ, doch jetzt explodierte das Gefühl.

Mit einem lauten Schlachtruf riss Aeduan sein Schwert aus der Scheide und griff die Person vor sich an. Die Person, deren Messer im Moment an seinem Schultergelenk kratzte. Ein Mann mit hellen Haaren.

Der Seiden-Gildemeister Alix. Der winzige, weibische, unbewaffnete Mann. Er wartete darauf zu sterben. War bereit zu sterben.

Aber Aeduan kämpfte nie gegen Leute, die sich nicht verteidigten. Ihm blieb kaum genug Zeit, seinen Schlag umzulenken; sein Schwert schoss an der Schulter des Mannes vorbei, so knapp, dass seine Seidenrobe raschelte.

Der Gildemeister öffnete nur weit die Arme, als wolle er sagen, *Töte mich*, ohne dass seine Augen sich dabei ein einziges Mal öffneten, und die angestrengte Falte auf der Stirn des Mannes verriet Aufmerksamkeit. Verriet, dass er seine Magie an einen anderen Ort konzentrierte.

Und Aeduan nahm eine Blutwitterung von Tornados und Seide auf, von Tarnzaubern und vielschichtig gewobenen Illusionen.

Dieser Mann war der Illusionsmagis. Ein Mann, mit dem Aeduans eigener Arbeitgeber, Yotiluzzi, schon Tausende Male gespeist hatte. Der Mann, der die Seidengilde führte, war magisch überhaupt nicht an Seide gebunden.

Als diese Erkenntnis in Aeduan aufstieg, bemerkte er gleichzeitig, dass er Safiyas Witterung verloren hatte. Sie hatte seine Reichweite von hundert Schritten verlassen, und er würde ihre Spur verfolgen müssen wie ein Bluthund auf der Jagd. Aeduan trieb sich wieder zu seiner Höchstgeschwindigkeit, diesmal auf natürliche Art. Er stürmte durch die Tür, wo zwanzig Stadtwachen unter dem glänzenden weißen Mond auf ihn warteten.

Damit konnte Aeduan umgehen. Tatsächlich war die Zahl der Gegner eher lächerlich. Zwanzig Männer konnten ihn nicht aufhalten. Sie konnte ihn höchstens verlangsamen. Doch als sich Aeduans Schwert hob und seine Magie nach dem nächststehenden Soldaten griff, als vier Armbrustbolzen in seine Brust schlugen, wurde ihm klar, dass diese Männer mit der Präzision einer Armee kämpften. Es konnte passieren, dass Aeduan zu erschöpft war, um weiter dem Mädchen Safiya zu folgen, wenn er es geschafft hatte, all diese Schwerter und Bögen und Messer hinter sich zu lassen.

Also tat er etwas, das er sonst nur selten machte, wenn auch nur, weil er es hasste, Lebensschuld auf sich zu laden. Er drückte den blauen Opal an seinem Ohrring im rechten Ohr und flüsterte: »Kommt.«

Blaues Licht flackerte in seinem Augenwinkel; Magie glitt über seinen Körper. Der Strangstein war nun aktiviert.

Was bedeutete, dass jeder Carawen-Mönch im Umkreis Aeduan zu Hilfe eilen würde.

12

Safi rannte durch die marmorne Eingangshalle des Dogenpalasts, da Onkel Eron sie in einer Geschwindigkeit hinter sich herzog, in der sie ihn noch nie hatte laufen sehen. Und dabei hatte sie absolut keine Ahnung, was eigentlich geschah.

Die Lichter waren erloschen, und dann hatte sich Habims Hand um Safis geschlossen. Sie wusste nicht, wie sie ihn erkannt hatte – sie konnte nur vermuten, dass es etwas damit zu tun hatte, dass sie diese vom Schwertknauf aufgeraute Haut über die Jahre schon unzählige Male berührt hatte. Aber sie *hatte* es gewusst und war ihm widerstandslos gefolgt.

Dann waren die Lichter wieder aufgeflackert, bevor sie oder Habim oder Onkel Eron den Ballsaal verlassen hatten. Die meisten Blicke blieben allerdings auf die Stelle gerichtet, an der Safi gerade noch gestanden hatte, und die wenigen Blicke, die in ihre Richtung gingen, huschten einfach über sie hinweg.

Sie riskierte einen Blick zurück – und sah sich selbst. Wie sie genau dort stand, wo sie tatsächlich gerade noch gestanden hatte. *Falsch!* Ihre Magie schickte ein brennendes Kribbeln über ihre Wirbelsäule.

Dann zerrte Habim Safi in einen dunklen Flur, und sie konnte nichts anderes mehr tun, als ihre silbernen Röcke hochzuhalten, während sie und Eron weiterliefen. Habim dagegen blieb zurück.

»Schneller«, zischte Eron, ohne seine Nichte dabei anzusehen. Er lieferte ihr keine Erklärung, was zur verranzten Hölle eigentlich vor sich ging. Onkel Eron hatte vieles versteckt und die Wahrheit gebeugt, aber er hatte keine direkte Lüge ausgesprochen. Es *war* Mitternacht; Safi verschwand *tatsächlich*.

Safi und Erons Absätze klapperten über den Boden wie die Trommeln der Stadtwache, bis ein Knall erklang und Flammen aufloderten.

Aber Safi hielt den Blick auf Erons ergrautes Haar gerichtet und konzentrierte sich vollkommen drauf, ihre gesamte Kraft in ihre Beine zu schicken. Sie konnte nicht zurückschauen. Falls sie das tat, würde sie fallen.

Sie hatten fast die Türen erreicht, als Safi Gildemeister Alix entdeckte, der konzentriert und schwitzend dastand. Doch ihr blieb keine Zeit, darüber nachzudenken, was er tat oder warum. Sie sprang einfach über die Türschwelle und in eine Armee.

Ein Schrei stieg in ihrer Kehle auf, aber Eron rannte direkt zwischen den Männern hindurch, die einer nach dem anderen vor ihm salutierten.

Safi hatte noch nie gesehen, wie Leute ihren Onkel mit Respekt behandelten. Fast hätte sie die Kontrolle über ihre Beine verloren, über ihre Atmung. Aber dann warf Eron einen Blick nach hinten, und die Schärfe seines Blickes – Vorbote einer Wut, die sie erkannte und verstand – sorgte dafür, dass sie sich wieder ganz aufs Laufen konzentrierte.

Über die gepflasterten Wege, unter dem hängenden Jasmin hindurch. Safis Schritte wurden nicht langsamer. Sie hatte endlich diesen seltsamen Zustand der Losgelöstheit erreicht, zu dem Iseult so mühelos Zugang fand – und den Safi nie wirklich für sich erschlossen hatte, obwohl Habim versucht hatte, es sie zu lehren.

So wie er sie gelehrt hatte, sich selbst zu verteidigen.

So wie er sie gelehrt hatte, zu kämpfen und ihre Gegner zu verstümmeln.

Und zu rennen, als wäre die Finsternis selbst auf ihren Fersen.

Als Eron sie auf einen schmaleren Gartenpfad lenkte, auf ein unauffälliges Tor für Arbeiter zu, das in den eisernen Zaun um den Palast eingelassen war, wurde Safi klar, dass Onkel Eron niemals geplant hatte, sie zur Domna zu machen. Ihre gesamte Ausbildung, jede Lektion, die Mathew und Habim ihr ins Hirn gehämmert hatten, war eine Vorbereitung auf diesen Moment gewesen.

Den Moment, in dem sie zur zukünftigen Kaiserin von Cartorra erklärt wurde und in halsbrecherischem Tempo vor diesem Schicksal floh.

Eron erreichte das Tor; es öffnete sich, und Mathew erschien. Aber Eron wurde nicht langsamer. Tatsächlich legte er hier draußen auf der Straße sogar noch an Geschwindigkeit zu. Und Safi und Mathew folgten seinem Beispiel.

Die schweren Atemzüge dreier Personen drangen in Safis Ohren, lauter als der Nachtwind oder das Stahlgitter des Kampfes innerhalb der Palastmauern.

Sie erreichten eine Kreuzung, und Eron sprang in den Schatten eines breiten Vordachs. Safi folgte ihm und blinzelte in die Dunkelheit, die mit dem Verlust des Mondlichts einherging. Dann passten sich ihre Augen an, und die Umrisse eines von einem Esel gezogenen Karrens wurden sichtbar. Ein drahtiger Bauer saß desinteressiert auf der Bank des Karrens, seine Fracht bestand aus Sonnenblumen.

Eron packte ein Bündel der langen Stängel und warf sie zur Seite. Sie waren an einer Decke aus Salamanderstoff befestigt.

»Kriech da drunter«, befahl Eron, seine Stimme heiser vor Anstrengung. »Wir werden uns um den Blutmagis kümmern. Aber bis das geschehen ist, musst du dich verstecken.«

Safi kroch nicht unter die Decke. Stattdessen packte sie den Arm ihres Onkels. »Was ist los?« Sie stieß die Worte zwischen keuchenden Atemzügen hervor. »Wo soll ich hin?«

»Du musst entkommen«, sagte er. »Nicht nur aus der Stadt, sondern aus Dalmotti generell. Wenn wir erwischt werden, wird man uns als Verräter hängen.« Eron ließ die Ecke der Decke fallen und riss einen Flachmann aus seinem Gehrock. Ein tiefer Schluck, ein kurzes Mundspülen, dann spuckte er aufs Pflaster. Diesen Vorgang wiederholte er drei Mal, während Safi ihm fassungslos zusah.

Dann verwuschelte Eron seine Haare und bedachte Safi mit einem strengen Blick. »Lass uns nicht im Stich«, sagte er leise, bevor er sich stolpernd umdrehte und davonschlurfte.

Es war, als würde der Sommer von einem Augenblick auf den anderen in Winter umschlagen. Eron fon Hasstrel verwandelte sich vor Safis Augen. Der kalte, soldatische Onkel, mit dem sie sich noch vor Sekunden unterhalten hatte, wurde ein grinsender Trinker mit hängenden Gesichtszügen, und nichts in Safis Magie reagierte. Es war, als wären beide Versionen ihres Onkels wahr.

Oder falsch, da sie gar nichts fühlen konnte.

In diesem Moment durchfuhr Safi so tiefes Entsetzen, dass ihr übel wurde. Ihr Onkel war nie ein Trinker gewesen. So unbegreiflich das auch sein mochte und so schwer es ihr auch fallen mochte, diesen seltsamen Gedanken zu verarbeiten, sie konnte nicht leugnen, was direkt vor ihren Augen lag. Onkel

Eron hatte Safi, Safis Magie, und ganz Cartorra davon überzeugt, dass er nichts war als ein betrunkener alter Narr.

Und dann hatte er diese Lüge genutzt, um ihr heute Abend die Flucht zu ermöglichen.

Bevor Safi nach ihm rufen und um Antworten betteln konnte, schimmerte seine Gestalt einmal und verschwand dann. Wo er gerade noch gegangen war, sah Safi nur noch Pflastersteine im Mondlicht. Sie wirbelte zu Mathew herum. »Wo ist er hin? Hat der Illusionsmagis das getan?«

Mathew nickte. »Ich habe dir doch gesagt, dass der Plan deines Onkels groß ist. Wir fürchten … nein, wir *wissen*, dass der Waffenstillstand jeden Tag zerfallen kann, und dass es keine Chance auf eine Fortsetzung gibt.«

Auf Safis verwirrtes Kopfschütteln hin seufzte Mathew. »Ich weiß, dass du das im Moment unmöglich verstehen kannst, aber vertrau mir: Wir handeln für den Frieden, Safi. Aber eine Eheschließung mit Kaiser Henrick hätte alles ruiniert.«

»Aber *warum*«, stammelte Safi, »will Henrick mich überhaupt heiraten? Das Hasstrel-Land ist wertlos. *Ich* bin wertlos!«

Mathew zögerte, und sein Blick huschte kurz zur Seite, bevor er sagte: »Wir glauben, der Kaiser hat von deiner Magie erfahren.«

Safis Kehle war plötzlich wie zugeschnürt. *Wie?*, wollte sie krächzen. Achtzehn Jahre lang hatte sie ihre Magie versteckt, und bisher hatte kein Höllebarde sie erwischt.

»Eine Ehe mit Henrick«, fuhr Mathew fort, »bedeutete für dich quasi Sklaverei, Safi. Es hätte kein Entkommen gegeben. Doch nachdem weder du noch Eron offen gegen eine solche Verbindung protestieren können, inszenieren wir diese Entführung. Deswegen hat Eron dich vorher nicht gewarnt. Hättest du gewusst, was kommt, hättest du bei Weitem nicht überrascht genug gewirkt. Henrick und seine Höllebarden hätten sofort Verdacht geschöpft.«

Safi schluckte schwer, oder versuchte es zumindest. Ihre Kehle war zu eng. Nicht nur dieser Blutmagis wusste, was sie war, sondern für den Kaiser von Cartorra galt dasselbe. Wer hatte es noch herausgefunden? Wer sonst würde sich auf die Jagd nach ihr machen?

»Mach dir keine Sorgen«, sagte Mathew, der ihre Panik offensichtlich bemerkte. »Alles ist vorbereitet, und wir werden dich in Sicherheit bringen.« Er schob sie auf die schwarze Decke zu, doch sie grub die Fersen in den Boden.

»Was ist mit Iseult? Ohne sie gehe ich nicht.«

»Habim und ich werden sie finden …«

»Nein.« Safi entwand sich Mathews Griff, ohne sich darum zu kümmern, dass inzwischen Rauch über den Dächern aufstieg. »Ohne Iseult gehe ich nicht. Sag mir, wo ich hinsoll, und ich finde meinen Weg allein dorthin.«

»Selbst nach allem, was wir getan haben, vertraust du uns nicht?« Safi konnte Mathews Gesicht in der Dunkelheit nicht erkennen, aber der Schmerz in seiner Stimme war nicht zu überhören. »Wir haben alles riskiert, um dich von dieser Party zu entführen.«

»Ich vertraue Onkel Eron nicht«, sagte Safi. »Nicht nach dem, was ich heute Abend gesehen habe.«

»Du solltest ihm vertrauen. Er hat sein gesamtes Leben aus Schatten und Lügen gebaut, aber er hat dich nie mit hineingezogen. Weißt du, wie viel ihn das gekostet hat? Uns alle gekostet hat?« Mathew deutete mit einer vagen Bewegung auf den Karren. »Glaub mir, wenn ich sage, dass Dom Eron nichts dringender will, als deine Sicherheit zu garantieren. Das wollen wir alle. Und jetzt komm. Uns läuft die Zeit davon.«

Mathew packte Safis Ellbogen und sah ihr tief in die Augen. »Du wirst auf diesem Karren nach Norden reisen, Safi, um dann von einem Schiff aufgenommen zu werden. Du wirst dich nicht bewegen, bis du dort ankommst. Das Schiff wird dich über die See zu einer Stadt namens Lejna bei den Hundert Inseln bringen, wo du in einer Kaffeestube warten wirst – in einer meiner Kaffeestuben. In vier Tagen wird dich jemand abholen kommen und den Rest des Wegs bringen. In die Freiheit, Safi, damit du Henrick nicht heiraten musst. Und ich verspreche bei meinem Leben und bei Habims ... ich verspreche, dass ich Iseult zu dir bringen werde.«

Die Worte rollten über Safi hinweg. Kribbelnd glitten sie an ihrem Arm nach oben, wo Mathew sie immer noch festhielt. Er verzauberte sie. Sie wusste, dass er es tat – ihre eigene Wahrmagie kreischte ihr zu, dass dies eine Täuschung war. Doch Mathews Magie war stärker als Safis. Sie konnte sich genauso wenig dagegen wehren, wie sie eine Sturmflut aufhalten konnte.

Ihre Füße trugen sie zum Karren, ihr Körper kroch unter die Decke, und ihr Mund sagte: »Wir sehen uns auf der anderen Seite der See, Mathew.«

Ihr Lehrer verzog das Gesicht. Ob es ein Ausdruck von Schmerz oder Reue war, konnte Safi nicht sagen. Sie versank unter der Macht seiner Magie.

Aber als er sich vorlehnte, um ihr einen Kuss auf die Stirn zu drücken, zweifelte sie keinen Moment an dem Gefühl von Liebe. Von Familie.

Dann ließ er die Decke über ihren Kopf fallen, die Welt wurde schwarz, und der Karren setzte sich ruckelnd unter ihr in Bewegung.

Es fühlte sich an, als wäre Safi vor Jahren unter diese schreckliche Salamanderdecke gekrochen, durch die Sonnenblumenblätter sie stachen. Sie hörte kaum etwas außer dem Hufschlag des Esels und dem Knirschen der Räder, roch nichts außer ihrem eigenen heißen Atem und sah nur Schwärze.

Mathews Wortmagie hielt sie in ihrem Bann. Die Worte waren so tief in ihr Hirn eingedrungen, dass sie gehorchen musste – hier liegen musste, schweigend und unbeweglich, während der Karren nach Norden rollte.

Nie hatte Mathew ihr bisher so etwas angetan. Vielleicht ein drängender Satz hier und dort, aber ihre Wahrmagie hatte den Effekt immer aufgehoben. Diesmal hatte er so viel Macht verwendet, dass sie sogar noch einen Glockenschlag später gebunden war.

Ein stummer Schrei stieg in Safis Brust auf. Eron hatte sie benutzt. Er hatte dieses gewaltige Geheimnis angeblich bewahrt, damit sie auf dem Ball »ehrlich überrascht« wirkte, und das war *Ziegenscheiße*. Safi war keine Marionette, die man auf einer Bühne herumzerren konnte, oder eine Taro-Karte, die nach dem Wunsch ihres Onkels auf den Tisch geworfen wurde.

Und woher sollte Safi überhaupt wissen, dass Onkel Eron sie tatsächlich in die Freiheit schickte? Offensichtlich hatte ihre Magie sie vollkommen im Stich gelassen, wenn es um seine Lügen und Versprechungen ging. So mühelos, wie Eron die Wahrheit über den heutigen Abend verborgen hatte, konnte er das auch jederzeit wieder tun.

Safi wurde übel, ihr Mund heiß, ihre Zunge brannte. Iseult war die einzige Person, der Safi vertrauen konnte, und die Mädchen hatten sich ein Leben in Veñaza aufgebaut. Vielleicht nur ein einfaches Leben, aber es gehörte ihnen. Das konnte sie nicht einfach aufgeben.

Doch wie lange würde Iseult am Leuchtturm warten? Und was das anging: Wenn Iseult jetzt am Leuchtturm war, bedeutete das nicht, dass Mathew und Habim gar nicht wussten, wie sie sie finden sollten? Wie sollten sie Iseult mitbringen, wenn sie sich nicht dort aufhielt, wo sie sein sollte?

Das konnten sie nicht. Und das bedeutete, dass es für Safi Zeit wurde, ihre eigenen Marionettenfäden zu kontrollieren. Wieder ihre eigenen Karten auszuspielen.

Zeit verging; Safis Entschlossenheit wuchs, und schließlich gab Mathews Magie sie frei. Mit hektischen, zittrigen Bewegungen glitt Safi an den Rand des Karrens und hob die Decke …

Eine frische Brise traf auf ihre Haut – und Mondlicht. Sie sog die Luft tief in die Lunge, blinzelte und genoss es, sich endlich wieder zu bewegen. Strohgedeckte Gasthäuser und Tavernen holperten vorbei. Und Ställe.

Sie befanden sich in den Randgebieten von Veñaza, wo sich Gasthäuser sammelten und die Überlandstraßen ihren Anfang nahmen. Wenn Safi noch viel länger auf dem Karren blieb, riskierte sie damit die Chance, ein Pferd zu finden – die Chance, weiter nördlich zum Leuchtturm zu gelangen. Außerdem brauchte Safi eine Waffe. Ein allein reisendes Mädchen in einem feinen Seidenkleid forderte Ärger nur so heraus.

Safi ließ den Blick über einen Stall gleiten und entdeckte dabei einen müden Stalljungen, der einen grauen Wallach am Zügel führte. Der Kopf des Pferds war hoch erhoben. Es war wach und bereit für einen Ritt. Neben der Tür zum Stall stand eine Mistgabel. Es war kein Schwert, und als Waffe sicherlich schwerer als alles, was Safi normalerweise schwang, aber sie zweifelte nicht daran, dass sie die Mistgabel gegen jeden einsetzen konnte, der ihr in die Quere kam.

Sie schob die Decke noch ein Stück zurück und spähte zu dem Bauern, der den Karren fuhr. Er sah nicht nach hinten, also rollte sie sich mit einer schnellen Bewegung und schwingenden Beinen vom Karren. Sie erstarrte auf dem trockenen

Schlamm, während sie sich orientierte. Sie konnte das Meer nicht hören, aber das Sausen des Winds ließ vermuten, dass es bis zur See nicht mehr weit war, worauf auch der leichte Fischgeruch hinwies.

Obwohl sie den Vorort nicht erkannte, vermutete Safi, dass der Leuchtturm nicht mehr weit entfernt lag, höchstens ein paar Meilen nach Norden.

Sie rannte auf den Stall zu. Ein schneller Blick zum Karren verriet, dass er weiterrollte, und einer zu dem Wallach zeigte, dass er schon fast das Stalltor erreicht hatte.

Safi stoppte im Torbogen der Stallung, um die Mistgabel zu packen. Definitiv schwerer als ihr Schwert, aber das Eisen war nicht verrostet, und die vier Zinken wirkten scharf.

Sie hob ihre Waffe und nahm erfreut zur Kenntnis, dass der dürre Stalljunge sie bemerkte, als sie auf ihn zurannte. Er wurde bleich, ließ die Zügel des Pferds fallen und drückte sich mit dem Rücken gegen die Stalltür.

»Danke, dass du es mir so leicht machst«, verkündete Safi, als sie bereits nach den Zügeln griff. Das Pferd beäugte sie neugierig, machte aber keine Anstalten, vor ihr zu fliehen.

Doch bevor Safi den Fuß in den Steigbügel schieben konnte, fiel ihr Blick auf eine kleine Lederscheide am Gürtel des Jungen. Sie zog den Fuß zurück und hob erneut die Mistgabel. »Gib mir dein Messer.«

»A-Aber das war ein Geschenk«, setzte er Junge an.

»Sehe ich aus, als würde mich das interessieren? Wenn du mir dieses Messer gibst, gebe ich dir genug Seide, um fünfundzwanzig Messer zu kaufen.«

Er zögerte, während er offensichtlich darüber nachdachte, wie dieser Handel funktionieren sollte. Safi fletschte die Zähne, und er griff eilig nach dem Messer an seiner Hüfte.

Sie nahm es, rammte die Mistgabel in den Schlamm und

hob ihre Röcke. Aber das Messer war stumpf und die Seide stark. Es kostete sie zu viel Zeit, die Klinge durch den Stoff zu ziehen …

Ein Warnruf erschallte am Gasthaus. Der Besitzer des Wallachs hatte offensichtlich beschlossen, dass er sein Pferd behalten wollte.

Safi warf dem Jungen die Seide ins Gesicht. Dann kletterte sie auf den Rücken des Wallachs – um einiges weniger elegant, als es sonst ihre Art war. Sie packte ihr neues Messer, legte die Mistgabel über den Sattelknauf und trieb das Pferd in den Trab.

Der Besitzer des Wallachs erreicht gerade noch rechtzeitig die Stalltür, um zu sehen, wie Safi zum Abschied winkte, und um das »Danke« zu hören, das sie rief. Sie schenkte dem Mann ein strahlendes Lächeln. Dann lenkte sie ihr Ross nach Süden und weg von dem nach Norden fahrenden Karren. Sie würde sich eine andere Straße suchen, die in dieselbe Richtung führte.

Aber sie kam nicht weit. Tatsächlich hatte sie kaum das nächste Gasthaus erreicht, als ihr klar wurde, dass irgendetwas nicht stimmte.

Vor ihr auf der Straße befanden sich fünf Männer. Sie liefen mit klappernden Schwertscheiden und Waffen in einer perfekten Reihe, wobei ihre weißen Umhänge hinter ihnen herflatterten.

Carawen-Mönche. Und der Mann in der Mitte war mit Blut überzogen. Es standen sogar Pfeilschäfte aus seiner Brust, den Beinen und Armen.

Blutmagis.

Safis Magen hob sich. Eron hatte versucht, den Mönch aufzuhalten, aber es war ihm nicht gelungen. Mit Bewegungen, die ihr unglaublich langsam erschienen, riss Safi den Wallach herum und richtete seinen Kopf nach Norden aus. Den Göttern sei gedankt, dass das Pferd gut trainiert war. Seine Hufe warfen getrockneten Schlamm auf, und es galoppierte fraglos in die neue Richtung.

Safi sah nicht zurück; sie wusste, dass die Mönche ihr folgen würden. Das letzte Gasthaus sauste vorbei, und vor ihr öffnete sich die sumpfige Küstenlinie. Weit in der Ferne zog sich die Straße an Klippen aus Sandstein entlang.

Augenblicke später kam der Karren in Sicht, aus dem sie gerade erst entkommen war, und es war unmöglich, das Magismal des Fahrers zu übersehen. Die Form war vertraut genug, um sie selbst bei dieser Geschwindigkeit zu erkennen. Der Mann war überhaupt kein Bauer, sondern ein Sprachmagis.

Safi blieb gerade genug Zeit, um ihm zuzurufen: »Der Blutmagis jagt mich! Sag es meinem Onkel!«, bevor sie auch schon an ihm vorbei die leere, mondbeschienene Straße entlangraste.

13

Iseult und Alma holten Gretchya nur Momente später ein.

Für eine Weile folgten ihnen Rufe und die sich windenden grauen Stränge der gewalttätigen Menge, aber nur zwei weitere Pfeile trafen Almas Schild. Und irgendwie schaffte es die Stute, sicher voranzukommen, obwohl Alma nicht den Nomatsi-Pfaden folgte.

Nach einer gefühlten Stunde lenkte Alma das Pferd unter eine hohe Weide an einem träge dahinplätschernden Bach. Gretchya sprang zuerst vom Pferd, einen Feuertopf in der Hand und Schlupp an ihrer Seite. Sie umrundete den Baum ein Mal, bevor sie ihnen bedeutete, dass die Stelle sicher war.

Iseult glitt vom Pferd und wäre fast gegen ihre Mutter gefallen. Ihre Beine wollten sie nicht tragen, und ihr Arm …

»Du hast zu viel Blut verloren«, sagte Gretchya. »Komm.« Sie nahm Iseults Hand und führte sie in eine Welt aus hängenden Ästen und flüsternden Blättern. Die kastanienbraune Stute folgte ihr willig, als kenne sie diesen Ort bereits. Die gestohlene Schecke dagegen musste erst von Alma überzeugt werden.

»Du hast das geplant«, krächzte Iseult, als sie ihrer Mutter zu einem Baumstamm folgte, der in fleckigem Mondlicht lag.

»Ja, aber nicht für heute Abend.« Gretchya griff nach einem langen Stock, der am Stamm lehnte, und hob ihn zu zwei Bündeln, die gerade außer Reichweite auf Ästen ruhten, sodass man sie kaum bemerkte.

Plock, Plock! Die vollen Bündel knallten auf den Boden, und Staub stieg auf. Ein grüner Apfel rollte heraus.

Iseult schleppte sich zu einer Wurzel, auf die sie sich setzen konnte, den Rücken an den Stamm gelehnt. Schlupp legte sich neben sie. Mit der linken Hand kraulte sie ihm die Ohren, während Alma sich bemühte, das Pony unter die hängenden Äste zu locken, den inzwischen mit Pfeilen gespickten Nomatsi-Schild noch auf dem Rücken.

Obwohl Iseult das Blut an ihrem rechten Ärmel nicht sah, nicht in dieser Dunkelheit, konnte sie den Schmerz nicht ignorieren. *Zumindest,* dachte sie vage, *tut die Verletzung an meiner rechten Hand nicht mehr weh.*

Nachdem sie eine Weile in einem der Bündel herumgegraben hatte, eilte Gretchya an Iseults Seite, in den Händen einen staubigen Apfel und eine ledernde Medizintasche. Sie rieb den Apfel an ihrem Kleid sauber. »Iss.«

Iseult nahm den Apfel entgegen. Doch sie hatte ihn kaum an den Mund gehoben, als ihre Mutter ihr eine Kette entgegenstreckte, an der ein kleiner Rosenquarz an einer geflochtenen Schnur hing. »Trag das«, befahl Gretchya, als sie neben Iseult in die Hocke ging.

Aber Iseult machte keine Anstalten, die Kette entgegenzunehmen. Ein Apfel war eine Sache, aber Schmerzsteine waren selten und kosteten Hunderte von Piestra.

Ungeduldig warf Gretchya den Stein in ihre Richtung; er landete auf Iseults Schoß. Der Quarz leuchtete in dumpfem Pink. Sofort zog sich der Schmerz zurück. Iseults Atemzüge vertieften sich, sie konnte wieder klarer denken.

Kein Wunder, dass man von diesen Dingern abhängig wurde.

Iseults Blick suchte erneut Alma, die inzwischen mit dem Rücken zu Iseult und Gretchya innerhalb der hängenden Äste stand. Sie hielt Wache, während sich die Pferde am saftigen Gras gütlich taten.

»Corlant«, setzte Iseult an, als Gretchya sich neben sie schob, ein zweischneidiges Skalpell in der einen und Leinenverbände in der anderen Hand, »will mich töten. Warum?«

»Ich weiß es nicht.« Gretchya zögerte. »Ich ... kann nur vermuten, dass er deine Ankunft als Zeichen gedeutet hat, dass Alma und ich fliehen wollen. Er hat unseren Plan durchschaut, glaube ich, und hatte gehofft, uns in der Siedlung zu halten, in dem er dich hän...« Sie brach ab, leckte sich über die Lippen und ließ den Satz unvollendet.

Bevor Iseult darauf hinweisen konnte, dass Corlants Maßnahmen etwas extrem wirkten, wenn er damit nur Gretchya im Stamm halten wollte, schnitt Gretchya den Pfeilschaft ab, der aus Iseults Oberarm stand. Dann packte sie die herausstehende Pfeilspitze und riss den Pfeil durch den Muskel.

Blut floss. Es spritzte im Rhythmus von Iseults Herzschlag – nicht, dass sie es gespürt hätte. Tatsächlich mampfte sie einfach ihren Apfel, tätschelte hin und wieder Schlupp den Kopf und beobachtete ihre Mutter bei der Arbeit.

Als Nächstes kam die Heilmagis-Salbe, die Infektionen abwenden sollte, und Cremes, die den Heilungsprozess beschleunigten. All das war kostbar, doch bevor Iseult protestieren konnte, fing Gretchya an zu reden, und Iseult ertappte sich dabei, wie sie sich von der vertrauten, ausdruckslosen Stimme ihrer Kindheit einlullen ließ.

»Alma und ich haben angefangen, Vorbereitungen für unsere Flucht zu treffen, kurz nachdem du vor sechseinhalb Jahren gegangen bist«, erklärte Gretchya. »Wir haben nach und nach Piestra und Edelsteine gesammelt. Dann haben wir all das Stück für Stück in unsere Kleidung eingenäht. Es ging nur langsam voran. Corlant war oft da und erzwang sich Zutritt zum Haus. Gleichzeitig verschwand er auch oft, verließ die Siedlung für mehrere Tage am Stück.

Wann immer das geschah, ritt Alma mit der Stute hierher, um Vorräte einzulagern. Erst gestern hat sie die letzten unserer Sachen hergebracht. Unserem Plan zufolge sollten wir in vier Tagen fliehen. Ich schulde der Mondmutter tausend Dank dafür, dass wir nicht geflohen sind, bevor du gekommen bist.«

Irgendwie hörte Iseult zwischen all diesen Worten am deutlichsten die, die nicht gesprochen wurden. »Du hast das schon geplant, bevor ich den Stamm überhaupt verlassen hatte? Wieso hast du mich dann weggeschickt? Wieso bist du nicht einfach mit mir gegangen? Oder hast mir zumindest davon erzählt, als ich dich b-besucht h-habe?«

»Kontrolliere deine Zunge, Iseult.« Gretchya warf ihr einen ungeduldigen Blick zu. »Dir mag das nicht bewusst sein, aber es hat mich Jahre der Planung gekostet, um dich aus dem Stamm zu bringen. Ich musste eine Unterkunft für dich in Veñaza finden. Musste dir eine Arbeit suchen. Und das alles musste ich tun, ohne dass Corlant es bemerkte. Als Alma und ich beschlossen hatten, den Stamm ebenfalls zu verlassen, kostete uns das weitere Jahre der Planung. Wir hätten dich geholt, Iseult. Aus Veñaza. Wieso bist du dort weggegangen?«, wollte sie wissen.

»Ich … bin in Schwierigkeiten geraten.« Iseult spürte das Stottern aufsteigen, bereit, ihre Zunge zu überwältigen, also biss sie in den Apfel, um es zu verbergen. »Die Siedlung war das einzige Versteck, das mir einfiel …«

»Du hättest in der Stadt bleiben sollen, wie ich es dir gesagt hatte. Ich habe dir befohlen, niemals zurückzukehren.«

»Das hast du mir vor drei Jahren befohlen«, hielt Iseult dagegen. »V-V-*Vergib* mir, wenn ich dein sorgfältiges Gewebe verknotet habe.«

Die Bewegungen, mit denen ihre Mutter sie verband, wurden rauer und angespannter. Sie fühlte keinen Schmerz … und glücklicherweise folgte auch kein Kommentar mehr zu ihrem Stottern.

»Wir werden jetzt nach Saldonica gehen«, erklärte Gretchya schließlich. »Du kannst mit uns kommen.«

Iseults Augenbrauen schossen nach oben. Sadonica lag am anderen Ende der Jadansi-See, ein wilder Stadtstaat, ein Hort von illegalem Handel und Verbrechen jeder Art. »Aber wieso dorthin?«

Alma räusperte sich und drehte leicht den Kopf, ließ ihre Wache für einen Moment Wache sein. »Ich habe Tanten und Cousinen, die in den Sirmaya-Bergen leben. Ihr Stamm reist jedes Jahr nach Saldonica.«

»In der Zwischenzeit«, fügte Gretchya hinzu, »werden wir Strangsteine verkaufen. Anscheinend gibt es in Saldonica eine wachsende Nachfrage dafür.«

»Auch Piraten brauchen Liebe.« Alma verzog ihre Lippen zu diesem strahlenden Lächeln und warf einen Blick zu Gretchya, als wäre das ein wiederkehrender Witz zwischen ihnen.

Iseults Kehle wurde so eng, dass sie kaum noch den Bissen schlucken konnte.

Gretchya schloss ihre Heilertasche. »Wir haben genug Geld gespart, um auch eine dritte Überfahrt nach Saldonica zu zahlen, Iseult. Wir hatten vor, dich einzuladen.«

Iseult fand das schwer zu glauben, doch gleichzeitig hatte

sie keine Ahnung, was ihre Mutter – oder Alma – im Moment fühlten. Hatte keine Vorstellung davon, welche Farben in ihren Strängen schimmerten und welche Emotionen sie erfüllten. Aber das spielte sowieso keine Rolle, denn Iseult hatte eigene Pläne. Ein eigenes *Leben*, das sie mit Safi aufbauen wollte.

»Ich kann nicht mit euch gehen«, sagte sie.

»Wenn nicht mit uns, wo willst du dann hin?« Gretchya stand auf. Sie wirkte sachlich und fast … erleichtert. Das war es, was sie sich immer gewünscht hatte: eine Tochter wie Alma. Eine echte Strangmagis.

»Safi wartet in der Nähe auf mich.«

»Aber das tut sie nicht«, stieß Alma hervor und eilte mit ausgestreckter Hand auf Iseult zu. Auf ihrer Handfläche lag ein glühender Rubin. Der zweite Strangstein.

Iseult keuchte und ließ den Apfel fallen. Sie riss ihren eigenen Strangstein heraus, und auch er leuchtete in rotem Licht. Safi steckte in Schwierigkeiten.

Iseult sprang auf die Füße. Der Schmerzstein fiel aus ihrem Schoß. Qual überwältigte sie.

Zuerst waren es Schmerzen, die sich ausbreiteten. Dann Erschöpfung, die ihren Körper so schlaff werden ließ wie nasses Stroh. Sie stolperte nach vorne, direkt in Gretchyas Arme. Doch bevor sie tiefer sinken konnte, bevor sie an der Schulter ihrer Mutter in Ohnmacht fiel, riss Alma die Kette vom Boden und legte sie um Iseults Hals.

Sofortige, schockierende, furchterregende Erleichterung.

Und als Iseult sich von ihrer Mutter löste, drehte sich Gretchya zu Alma um. »Kannst du Safis Aufenthaltsort spüren?«

Alma nickte, wobei sie den Stein fester packte, bis ihre Knöchel weiß hervortraten. Dann deutete sie nach Südosten. »In dieser Richtung. Aber sie bewegt sich schnell nordwärts. Sie muss in großer Gefahr sein.«

»Wir werden gehen«, verkündete Gretchya, bereits auf dem Weg zu der braunen Stute. »Wir haben zwei Entermesser und den Bogen …«

»*Nein.*« Iseult richtete sich zu voller Größe auf. Ein Windstoß fuhr in die Weide, ließ Äste schwanken und zerrte an ihren kurzgeschnittenen Haaren. Irgendwie sorgte diese frische Brise dafür, dass Iseult endlich die Kontrolle über ihre Zunge wiedergewann. »Bitte, folgt eurem Plan und reist nach Saldonica.« Iseults Finger schlossen sich um den Schmerzstein, bereit, ihn zurückzugeben.

»Behalte ihn.« Gretchya legte eine Hand auf Iseults Handgelenk. »Sonst schaffst du es nie zu Safiya.«

»Und nimm Alichi«, sagte Alma mit einer Geste zu der grauen Stute. »Sie kennt das Gelände.«

»Die Kastanienbraune ist in Ordnung.«

»Die Kastanienbraune ist nicht in Ordnung«, blaffte Gretchya, und Iseult zuckte zusammen. In der Stimme ihrer Mutter schwangen tatsächlich Gefühle mit. »Alichi ist ausgeruht und kennt das Gelände. Also wirst du sie nehmen, den Schmerzstein und ein wenig Geld. Außerdem ein Entermesser.« Gretchya zog Iseult auf die Stute zu. »Oder hättest du lieber einen Bogen? Du kannst auch den Schild haben.«

»Ich komme schon klar.«

»Woher soll ich das wissen?« Gretchya wirbelte mit hartem Blick zu Iseult herum. »Ich wusste nie, ob ich dich wiedersehen werde. Glaubst du, es war einfach für mich, dich gehen zu lassen? Glaubst du, es fällt mir jetzt leicht? Ich habe dich zu sehr geliebt, um dich innerhalb dieser Mauern zu behalten.« Ihre Mutter zog sie näher, ihre Worte drängend und schnell. »Du wirst Alichi nehmen, und du wirst zu Safiyas Rettung eilen, wie du es immer tust. Du wirst mich wieder verlassen, weil du für Größeres geboren wurdest als das, was ich dir geben kann. Und wie immer werde ich zur Mondmutter für deine Sicherheit beten.«

Sie drückte Iseult die Zügel in die linke Hand, aber Iseult musste feststellen, dass ihre Finger den Dienst versagten. Genauso wie ihre Stimme. Denn dort, wo gerade noch ihr Herz gewesen war, klaffte jetzt ein tiefes, offenes Loch.

»Hier.« Alma erschien neben Iseult und bot ihr ein Entermesser an – die Art von Säbel, wie man sie verwendete, um sich durch Gras und Unterholz zu hacken. Die Waffe steckte in einer einfachen Scheide an einem abgetragenen Gürtel.

Aber Iseult konnte nicht antworten. Sie war immer noch vollkommen überwältigt von den Worten ihrer Mutter. Alma schlang den Gürtel um Iseults Hüften und hängte ihr den zweiten Strangstein um den Hals. Zwei rote Lichter leuchteten über dumpfem Pink. Dann packte sie Iseults linken Oberarm. »Der Stamm meiner Familie heißt Korelli«, sagte Alma. »Sie besuchen Saldonica immer im Spätherbst. Frag nach ihnen, wenn du jemals kommst. Ich hoffe, du wirst es tun.«

Iseult antwortete nicht, und ihr blieb auch keine Zeit, sich ihrer Verwirrung hinzugeben, denn innerhalb von Sekunden lag sie quasi auf dem Hals der Stute, das Entermesser halb hinter sich geschoben, wo es nicht störte.

»Finde mich«, sagte Gretchya. »Bitte, Iseult. Es gibt so vieles, was ich dir nicht gesagt habe, über … alles. Finde mich einen Tages wieder.«

»Das werde ich«, murmelte Iseult. Dann, ohne ein weiteres Wort oder einen Blick zurück, grub sie Alichi die Fersen in die Seite und machte sich auf den Weg, Safi zu suchen.

Iseult und Alichi fanden die Straße mühelos. Wie Alma versprochen hatte, kannte Alichi die Gegend. Ihr Trab war sicher. Schlupp verfolgte sie mehrere Minuten, gab aber bald auf.

Iseults Herz verkrampfte sich mit jedem Schritt, den der Hund zurückblieb, und sie konnte sich nicht davon abhalten, ihm zuzuwinken, als er schließlich anhielt.

Nach einer Viertelstunde gingen die silbrigen Grasflure über in Sandbänke und mondbeschienene Sumpflandschaft. Der Wind roch nach Salz und Schwefel, dann erschien eine breite Schotterstraße vor ihr. Doch statt die Stute in einen Galopp zu treiben, zügelte Iseult das Pferd. Sie befand sich nur ein kleines Stück nördlich von der Kreuzung, auf der sie den weiblichen Mönch mit den silbernen Haaren getroffen hatte – eine Frau, die sich von dem Blutmagis so sehr unterschied wie der Aether von der Finsternis.

Dann spitzte die Stute die Ohren in Richtung Süden. Alichi spürte Gesellschaft. Iseult ließ ihren Blick die Straße entlangwandern, zu der Stelle, von der sich ein Pferd mit Reiter in vollem Galopp näherte. Iseult konnte den unverwechselbaren Heiligenschein von Safis blonden Haaren erkennen. Außerdem erkannte sie deutlich die unverwechselbaren weißen Umhänge von vier Söldnermönchen aus dem Carawen-Kloster eine Viertelmeile hinter ihr.

In was bei den Höllenflammen war Safi da hineingeraten? Und wie bei allen Höllenflammen sollte Iseult sie wieder aus diesen Schwierigkeiten herausholen?

Iseult schloss die Augen und atmete dreimal tief durch, um den ruhigen Ort tief in sich aufzurufen, den sie nie fand, wenn ihre Mutter oder Alma in der Nähe waren. Alichi bewegte sich unruhig, offensichtlich bereit, vor dem zu fliehen, was da auf sie zukam, und Iseult neigte dazu, ihr zuzustimmen. Die Pferde konnten nicht ewig galoppieren, und Iseult war sich ziemlich sicher, dass es ihnen ohne defensive Position ziemlich schwerfallen dürfte, vier Carawen-Mönche aufzuhalten.

Eine defensive Position wie den Leuchtturm.

Iseult trieb die Stute in den Trab. Sie musste die perfekte Geschwindigkeit erreichen, um sich neben Safi einzureihen …

»*Weg*!«, kreischte Safis Stimme. »*Runter von der Straße, du Idiot!*«

Iseult sah nur einmal zurück, um zu schreien: »*Ich bin es, Safi!*« Dann drängte sie ihre Stute in einen Galopp, genau in dem Moment, als Safi neben ihr erschien.

Sie galoppierten Seite an Seite.

»Tut mir leid, dass ich dich habe warten lassen!«, brüllte Safi über das Donnern der Hufe hinweg. Ihre Beine waren nackt, ihr Seidenkleid zerrissen, und sie drückte sich eine Mistgabel an den Bauch. »Und der Ärger hinter mir tut mir auch leid!«

»Dann ist es ja gut, dass ich einen Plan habe«, schrie Iseult zurück. Sie konnte die Mönche auf ihren Fersen nicht hören, aber sie spürte ihre Stränge, ruhig und bereit. »Der Leuchtturm ist nah genug, dass wir uns dort zum Kampf stellen können.«

»Ist gerade Ebbe?«

»Sollte eigentlich sein!«

Safis weiße Stränge flackerten im Eisblau der Erleichterung. Sie sah für einen kurzen Moment zu Iseult und dann wieder auf die Straße. »Wo sind deine Haare?«, schrie sie. »Und was ist mit deinem Arm passiert?«

»Sie wurden mir abgeschnitten, und am Arm hat mich ein Pfeil getroffen!«

»Götter in der Tiefe, Iseult! Ein paar Stunden getrennt, und schon fällt dein gesamtes Leben durch die Höllentore!«

»Dasselbe könnte ich zu dir sagen«, schrie Iseult zurück, obwohl es langsam immer schwerer fiel, zu schreien und zu reiten. »Vier Gegner auf deinen Fersen und ein total zerstörtes Kleid!«

Safis Stränge wechselten kurz zu fast trunkenem Pink, um dann in panischem Orange zu *brennen*. »Moment – da sind nur vier Caraweni?«

»Ja!«

»Da sollte noch ein fünfter sein.« Safis Stränge leuchteten noch heller. »Und das ist *er*. Der Blutmagis.«

Iseult fluchte, und eisige Kälte verdrängte ihre Ruhe. Wenn es einem Kämpfer wie Habim nicht gelungen war, den Blutmagis aufzuhalten, dann hatten sie und Safi keine Chance.

Aber zumindest erschien langsam der Leuchtturm vor ihnen, seine stabilen Mauern von der Straße getrennt durch einen langen Strand und die ablaufende Flut. Die Pferde rasten von der Küste ins Wasser. Salzwasser spritzte auf. Der alte Turm mit seinen Seepocken und dem Möwendreck war noch dreißig Schritte entfernt … zwanzig … fünf …

»Absteigen!«, schrie Iseult und riss mit viel mehr Kraft an den Zügeln, als dem Pferd gegenüber fair war. Sie sprang von der Stute und zog mit fast zitternden Händen ihr Entermesser. Neben ihr landete Safi in den knöcheltiefen Wellen, ihre Mistgabel fest im Griff.

Dann nahmen die Mädchen mit dem Rücken zum Turm Verteidigungshaltung ein und warteten darauf, dass die vier Mönche über den Strand auf sie zuliefen.

14

Die *Jana* glitt durch die Küstengewässer, ohne dass ihr normalerweise stöhnender Holzrumpf auch nur ein Geräusch von sich gab. Merik stand am verwitterten Ruder, das Holz fest im Griff, um das Kriegsschiff zu steuern, während neben ihm auf dem Achterdeck Kullen und drei Gezeitenmagis-Offiziere standen.

Im Einklang intonierten Kullen und die Offiziere leise einen Sprechgesang, die Augen hinter ihren Windbrillen weit aufgerissen. Die Brillen schützten sie gegen die verzauberte Luft, während das Seemannslied auf ihren Lippen ihre Konzentration verstärkte. Normalerweise hätte Ryber die Windtrommel geschlagen – mit dem nicht magischen Schlegel –, um den Takt für ihr Lied vorzugeben. Und normalerweise hätte auch die gesamte Mannschaft das Lied mitgegrölt.

Aber heute Abend waren Stille und Heimlichkeit gefordert, also sangen die vier Männer allein, während der Wind und die Strömungen, die sie heraufbeschworen, das Schiff vorwärtstrieben. Der Rest von Meriks Mannschaft saß auf dem Hauptdeck verteilt, ohne etwas zu tun, weil die Magie ihnen die gesamte Arbeit abnahm.

Merik sah alle paar Sekunden zu Kullen, obwohl er wusste,

wie sehr sein Strangbruder das hasste. Doch Merik verabscheute es zu sehen, wie Kullens Lunge sich verkrampfte und sein Mund sich öffnete und schloss wie bei einem Fisch auf Land. Und die Atmungsanfälle schienen immer einzutreten, wenn Kullen mehr Magie beschwor, als er sollte.

Im Moment, so wie die *Jana* über die Wellen sprang, zweifelte Merik keinen Moment daran, dass Kullen jede Menge Magie beschwor.

Merik und seine Männer waren früher aus dem Dogenpalast verschwunden als geplant. Nach dem furchtbaren nubrevnanischen Vierango hatte Merik den Ball nur noch hinter sich lassen wollen. Seine Magie war außer Kontrolle gewesen, der Jähzorn kochte in seinen Adern – und das alles nur wegen dieser Cartorrerin mit den stürmischen Augen.

Nicht dass er das jemals zugegeben hätte. Stattdessen hatte er den frühen Aufbruch auf den Auftrag geschoben, den er für Dom Eron fon Hasstrel zu erfüllen hatte.

Dieser Mann war im perfekten Moment aufgetaucht, und das anschließende Gespräch hatte bessere Früchte getragen, als Merik sich je erhofft hätte. Dom Eron war ein Soldat, alles an seiner Haltung und seiner barschen Stimme hatte darauf hingewiesen. Und Merik hatte ihn vom ersten Moment an gemocht.

Was Eron allerdings nicht war, war ein geschickter Geschäftsmann. Aber egal, wie sympathisch Merik den Mann auch finden mochte, man konnte kaum von ihm erwarten, dass er darauf hinwies, dass Dom Erons Vorschlag überwiegend zu Meriks Gunsten ausfiel.

Alles, was Merik tun musste, war, einen einzelnen Passagier zu befördern – Dom Erons Nichte oder Tochter oder so –, und zwar zu einer nicht mehr bewohnten Hafenstadt auf dem Festland am nördlichsten Ende der Hundert Inseln. Solange die Frau Lejna unverletzt erreichte (Dom Eron hatte sehr eindrücklich auf »unverletzt« bestanden), würde der verzauberte Vertrag, der im Moment auf Meriks Tisch lag, als erfüllt betrachtet werden, und die Verhandlungen über Handel mit den Farmern des Hasstrel-Landes konnten beginnen.

Es war ein Wunder. Handelsbeziehungen würden für sein Land alles ändern, von der Menge der Leute, die an Hungersnöten starben, bis hin zu den Verhandlungen auf dem Waffenstillstandskongress. Merik störte es nicht einmal, dass er direkt nachdem er dieses Hasstrel-Mädchen am Pier von Lejna abgesetzt hatte, sofort wieder nach Veñaza fahren musste. Wofür gab es Gezeiten- und Windmagi, wenn nicht dafür, die Jadansi-See innerhalb von Tagen zu durchqueren?

Also hatte Merik den Vertrag zusammen mit Dom Eron unterschrieben. Und sobald der Mann verschwunden war, hatte Merik Hermin wieder in seine Kabine gerufen. »Informiere Vivia darüber, dass sich ihr Piratenplan in Luft aufgelöst hat, und erwähne auch, dass das Dalmotti-Handelsschiff gerade erst den Hafen von Veñaza verlässt. Nur für den Fall, dass sie beschließt, ihren Teil der Abmachung nicht einzuhalten.«

Wie Merik erwartet hatte, war Vivia nicht bereit, ihren Plan aufzugeben, aber das war in Ordnung. Merik konnte weiterhin lügen. Bald schon würde er mit irgendjemandem Handel treiben, und das war alles, was zählte.

»Admiral!« Rybers hohe Stimme durchschnitt Meriks Gedanken.

Kullen und die anderen Magi zuckten zusammen, und Merik fluchte. Er hatte Schweigen befohlen, und seine Mannschaft wusste, dass er Ungehorsam streng bestrafte.

»Hör nicht auf«, murmelte Merik Kullen zu. Seine Finger spielten nervös an seinem Hemd herum, als er um das Ruder herumging und das Achterdeck verließ. Matrosen beobachteten mit weit aufgerissen Augen, wie er an ihnen vorbeistiefelte. Mehrere Männer sahen zum Krähennest auf, wo Ryber verzweifelt mit den Armen wedelte – als wüsste Merik nicht genau, wo das Schiffsmädchen stationiert war.

Oh, Merik würde Ryber morgen auf jeden Fall in Fußeisen legen. Es war ihm egal, ob sie und Kullen Herzstränge waren, solange Ryber eine zuverlässige Matrosin blieb. Dies hier allerdings war offener Ungehorsam und würde ihr sechs Stunden in den Eisen bescheren, ohne Wasser, Essen oder Schatten.

»Admiral!« Eine neue Stimme hallte über das Deck, rau vom Meersalz. Hermin. »Admiral!«, brüllte er wieder.

Merik verlor die Kontrolle über seine eigene Stimme. Zwei seiner besten Matrosen brachen die Regeln? Zehn Stunden in den Fußeisen. Für beide.

Rybers nackte Füße fanden das Deck. »Ein Kampf tobt, Sir! Beim alten Leuchtturm ganz in der Nähe.«

Der alte Leuchtturm ging Merik nichts an. Welchen Kampf Ryber auch gesehen hatte, er war nicht sein Problem.

»Sir«, grollte Hermin, als er auf Merik zuhumpelte. Der lahme Fuß des Sprachmagis konnte kaum mit seinem guten Bein mithalten, doch er trieb sich zur größtmöglichen Geschwindigkeit an. »Sir, ich habe eine Nachricht vom Sprachmagis von Eron fon Hasstrel erhalten.« Er schnappte nach Luft. »Unser Passagier ist auf der Flucht. Zuletzt gesehen wurde sie nördlich der Stadt auf einem Pferd. Ihr Ziel scheint ein alter Leuchtturm zu sein. Die Hasstrel-Männer können die Domna nicht rechtzeitig erreichen, also liegt es an uns.«

»Carawen-Mönche?«, fragte Ryber Hermin. Dann wandte sie sich wieder an Merik. »Denn das habe ich durch das Fernglas gesehen, Admiral. Zwei Leute, die sich vier Mönchen zum Kampf stellen.«

»Aye, es sind die Caraweni«, gestand Hermin mit einem Nicken ein. »Und wenn wir diesen Passagier nicht retten, dann wird der geschlossene Vertrag als nichtig betrachtet.«

Für einen halben Atemzug starrte Merik Hermin nur an. Dann Ryber. Dann überwältigte ihn der Jähzorn der Nihars. Er warf den Kopf in den Nacken und stieß ein *Brüllen* aus.

Anscheinend ging der Kampf am alten Leuchtturm Merik sehr wohl etwas an, und es gab keinen Grund mehr für Heimlichkeit. Er brauchte dieses Hasstrel-Dokument. Es war von einem Wortmagis verzaubert. Wenn Merik also die im Vertrag festgeschriebenen Bedingungen nicht erfüllte, würde seine Unterschrift einfach von der Seite verschwinden.

Und eine nicht unterschriebene Handelsvereinbarung war nutzlos.

Merik befahl seinen Ruderern brüllend, auf ihre Positionen zu gehen, dann wirbelte er auf dem Absatz herum und stiefelte zurück zu seinem ersten Offizier und den anderen. Sie hatten ihre konzentrierte Magie keinen Moment lang unterbrochen, aber den Kurs geändert. Jetzt segelte die *Jana* nach Westen, auf die Küste zu. Auf den Leuchtturm zu.

»Stopp«, befahl Merik.

Vier Männer verstummten mitten im Gesang. Eine letzte Böe brauste, dann verklang der Wind. Die *Jana* trieb weiter, aber ihre Geschwindigkeit ließ sofort nach.

Merik beäugte Kullen. Dem Ersten Offizier stand Schweiß auf der Oberlippe, aber sonst zeigte er keine Anzeichen von Erschöpfung. »Ich gehe an Land«, sagte Merik. »Das Schiff steht unter deinem Kommando. Ich will, dass du die *Jana* so nah an den Leuchtturm bringst, wie es die Untiefen erlauben.«

Kullen beugte den Kopf und schlug die Faust übers Herz. »Ryber soll weiterhin mit dem Fernrohr Ausschau halten«, fuhr Merik fort. »Sobald ich den Passagier von den Mönchen getrennt habe, schicke ich einen Windstoß. Dann möchte ich, dass du unseren Gast hierher trägst. Sobald ihre Füße das Deck berühren, wirst du den Ruderern und den Gezeitenmagis befehlen loszusegeln.«

Merik wartete nicht auf Bestätigung, bevor er zur Reling stiefelte. Hinter ihm setzte das Seemannslied wieder ein. Der Wind und die Strömungen bildeten sich erneut.

Merik lehnte sich gegen die hüfthohe Reling und atmete tief ein, dann folgte ein schnelles Ausatmen, gefolgt von einem weiteren tiefen Atemzug.

Luft wirbelte um seine Beine, und seine Magie konzentrierte sich. Die Luftströme gewannen an Geschwindigkeit und Kraft.

Merik hob ab.

Seine Augen tränten. Salziger Wind drang in seine Nase und durch seine Kehle. Sein Herz schien in seinem Kopf zu schlagen.

Für diese kurze Sekunde, wenn seine gesamte Windmagie auf eine einzelnen Wirbel unter sich konzentriert war – wenn er so mühelos durch die Luft schoss wie ein Sturmvogel über die Wellen –, fühlte er sich unbesiegbar. Wie eine Kreatur aus Freude und Stärke und Macht.

Und dann glitt er tiefer. Er ließ sich nah über das Wasser sinken und sparte Energie, in dem er die natürlichen Aufwinde über den Wellen nutzte, denn er war nicht übermäßig mächtig und seine Magie schnell erschöpft. Er konnte nicht lange fliegen.

Der Leuchtturm kam schnell näher. Und näher. Das Wasser wurde flacher, die Wellen entwickelten weiße Kämme.

Dann hatte er sich dem Turm weit genug genähert, um zwei Mädchen um das Gebäude laufen zu sehen. Sie sprangen Stufen nach oben, die Merik bisher gar nicht wahrgenommen hatte.

Ein Mädchen war ganz schwarz gekleidet und trug eine kurze Klinge, das andere Mädchen trug silbriges Weiß ...

Sie erkannte Merik sofort, selbst aus dieser Entfernung. Selbst mit dem halbzerschnittenen Kleid. Ihm blieb gerade genug Zeit, um Noden zu verfluchen – und auch seinen Korallenthron –, bevor er seine gesamte Aufmerksamkeit darauf richten musste, seinen Sinkflug zu verlangsamen und jeden verdammten Mönch zu zerquetschen, der es *wagte*, sich seiner Passagierin zu nähern.

15

Wie die Herrin des Schicksals es wollte, war Aeduan der einzige Carawen-Mönch, dem es nicht gelang, ein Pferd zu finden. Seine Magie hatte ihn und die anderen Mönche in die Vororte von Veñaza geführt. Dann, vor einer Ansammlung von Gasthäusern, war die Wahrmagis auf einem Pferd vor ihnen auf der Straße erschienen. Ein einfaches Zeigen mit dem Finger hatte dafür gesorgt, dass die Caraweni Formation annahmen und die wahre Jagd begann – zumindest für die anderen Mönchen, denen es mühelos gelungen war, sich bei den ersten zwei Gasthäusern Pferde zu »leihen«.

Bis Aeduan endlich eine gescheckte Stute vor einer Taverne fand, hatten die anderen mindestens fünf Minuten Vorsprung. Glücklicherweise war Aeduan ein guter Reiter, und die Schecke vertraute ihm. Pferde taten das immer.

Bald schon galoppierte er die lange Küstenstraße entlang, wobei die Pfeile in seiner Brust unangenehm wippten. Sie waren mit Widerhaken besetzt, und wenn er sie jetzt entfernte, musste er sich das Fleisch noch weiter aufreißen – und dann würde sein Körper automatisch heilen. Das wäre eine Verschwendung von Energie, die er besser auf diese Jagd verwendete.

Aeduan überholte einen Karren, der im Höchsttempo nach

Norden raste. Er roch entfernt nach der Wahrmagis, und Aeduan entdeckte eine Decke unter den Sonnenblumen.

Ein befriedigtes Lächeln umspielte seine Lippen. Das war eine Decke aus Salamanderstoff. Wäre das Mädchen nur unter der Decke geblieben, hätte Aeduan ihre Witterung vielleicht nie wiedergefunden.

Ihr Fehler.

Bald schon hatte Aeduan den Karren und seinen panischen Fahrer hinter sich gelassen. Mehrere Minuten lang gab es nur ihn und die gescheckte Stute in atemberaubendem Galopp.

Dann erschien ein Leuchtturm vor ihm, ein dunkler Umriss vor dem Nachthimmel. Aeduan hätte ihn übersehen, wären da nicht die vier weißen Gestalten vor der Ruine gewesen oder die reiterlosen Pferde, die auf ihn zutrabten.

Gerade als Aeduan die Schecke in die Wellen lenkte, beschloss die Stute, dass sie sich lieber den anderen Pferden anschließen wollte. Aeduan gab auf. Mit einem nassen Klatschen trafen seine Stiefel das Wasser, und er rannte los.

Doch er hatte erst die Hälfte der Strecke zum Leuchtturm hinter sich gebracht, als die vier Carawen-Mönche die Basis umrundeten und aus dem Sichtfeld verschwanden. Momente später fiel eine Gestalt aus dem Himmel. *Windmagis.*

Aeduan lief um den Turm, und eine Böe traf ihn in die Brust. Er schaffte es gerade noch, sich an den Steinen des Leuchtturms festzuklammern, bevor auch schon zwei Mönche in einem Tornado aus Luft und Wasser an ihm vorbeigewirbelt wurden. Zwanzig Schritte, fünfzig … Schlaff knallten sie auf den Strand und würden sich wahrscheinlich lange Zeit nicht mehr erheben.

Sobald der Wind nachließ und nur noch schwach über die flachen Wellen wehte, kämpfte sich Aeduan wieder auf die Beine und rannte weiter, auf eine Reihe von Stufen zu.

Doch er hatte kaum die erste Treppe erklommen, als zwei weitere Mönche in seinen Weg stolperten. Aeduan packte den ersten Mann am Umhang. »Was ist los?«

Der Mönch zuckte zusammen, als hätte ihn Aeduan aus einer tiefen Benommenheit gerissen. »Cahr Awen«, keuchte er. »Ich habe sie gesehen. Wir müssen uns zurückziehen.«

»Was?« Aeduan wich einen Schritt zurück. »Das ist unmöglich …«

»Cahr Awen«, beharrte der Mönch. Dann rief er so laut, dass Aeduan seine Stimme als Druck zu spüren schien, so laut, dass er Wind und Wellen übertönte: *»Zieht euch zurück, Männer!«* Der Mönch riss seinen Umhang aus Aeduans Griff und eilte die restlichen Stufen hinunter.

Entsetzt beobachtete Aeduan, wie der zweite Mönch ihm folgte.

»Narren«, knurrte er. *»Narren!«* Er sprang die letzten paar Stufen nach oben, erreichte den Sockel … und kam schlitternd zum Stehen.

Das Nomatsi-Mädchen war dort, gekleidet ganz in Schwarz. Sie stand tief geduckt und wirbelte ein Entermesser in einem silbrigen Bogen aus Stahl über sich, während ihr schwarzes Strangmagis-Kleid in dieselbe Richtung flatterte. Neben ihr, hoch aufgerichtet, stand die weiß gekleidete Safiya mit einer Mistgabel, die sich in einem Bogen aus Dunkelheit nach unten bewegte, in dieselbe Richtung wie ihre weißen, abgeschnittenen Röcke.

Es war der Kreis der perfekten Bewegung. Aus dem Lichtbringer und dem Träger der Finsternis, dem Weltenanfang und dem Schattenende. Aus Anfang und Vollendung.

Es war das Symbol der Cahr Awen.

Cahr Awen.

In diesem Zehntel eines erstarrten Herzschlags, als all die

Bilder um Raum in Aeduans Hirn kämpften, erlaubte er sich die kurze Frage, ob es möglich war – ob diese zwei Mädchen aus Mondlicht und Sonnenschein tatsächlich das mystische Paar sein konnten, das sein Kloster einst beschützt hatte.

Aber dann trennten sich die Mädchen, und ein Windmagis kam hinter ihnen in Sicht. Der Mann, der eine nubrevnanische Marineuniform trug, stand vornübergebeugt, als wäre er zu erschöpft, um zu kämpfen. Sein Gesicht lag im Schatten verborgen, seine Finger bewegten sich, und langsam sammelte sich Wind um ihn.

Aeduan verfluchte sich selbst. Natürlich sahen diese Mädchen aus wie die Cahr Awen, während Luftströmungen um sie herumwirbelten.

»Zurück!«, schrie die Wahrmagis. »Keine Bewegung!«

»Oder was?«, murmelte Aeduan. Er hob den Fuß, aber das Nomatsi-Mädchen antwortete tatsächlich. »Oder wir werden dich köpfen, Blutmagis.«

»Viel Glück dabei.« Er trat vor, und Safiya sprang mit erhobener Mistgabel auf ihn zu. »Weg von uns …

Ihre Stimme brach, als Aeduan die Kontrolle über ihr Blut an sich riss.

Das war seine Geheimwaffe. Die Blutmanipulation, die er nur in den *ernstesten* Situationen einsetzte. Er musste die Komponenten von Safiyas Blut isolieren – die Bergketten und Gänseblümchen, die Klippen und Schneeverwehungen –, und dann musste er sie festhalten. Das war anstrengend und kostete ihn sogar noch mehr Energie und Konzentration als der Lauf in blutgetriebener Geschwindigkeit. Aeduan konnte diese Kontrolle nicht lange aufrechterhalten.

Safiyas Körper versteifte sich, ihre Mistgabel hoch erhoben wie eine Glefe. Sie wirkte wie in der Zeit gefangen. Nicht einmal ihre Augen bewegten sich.

Eilig sprang Aeduan auf Safiya zu. Doch als er sie erreichte und sich gerade vorbeugte, um sie über seine Schulter zu werfen, wurde der Windmagis aktiv.

Der Mann riss die Arme nach oben, und sowohl er als auch Safiya schnellten in einem brüllenden Windstoß in die Höhe. Die Böe warf Aeduan nach hinten und katapultierte ihn auf den Rand des Sockels zu, auf dem der Turm stand.

Aeduan verlor die Kontrolle über Safiyas Blut.

Er warf sich in einen Sprint. Safiya schwebte vielleicht drei Meter über dem Boden und flog rückwärts, ihr Körper ein verzweifeltes Zappeln aus Gliedmaßen und Röcken. Sie schrie über den Wind: »Iseult! Iseult!«

Wenn Aeduan noch ein wenig schneller lief, konnte er sich in den Windtrichter des Magis werfen ...

Ein Körper knallte gegen ihn. Er wurde zur Seite geschleudert und schaffte es gerade noch, sich abzurollen, bevor das Nomatsi-Mädchen ihn auf den Boden presste.

Doch Aeduan wirbelte bereits herum, die Finger auf der Suche nach Handgelenken oder Ellbogen, die er brechen konnte, seine Blutmagie auf der Suche nach jeglichem Körpersaft, den er festhalten konnte.

Doch genau wie Aeduans Finger nur leere Luft fanden, fand seine Blutmagie gar nichts, und das Mädchen sprang bereits von ihm herunter und rannte zum Rand des Leuchtturmsockels.

Sie würde springen. Aeduan wusste, dass sie springen würde.

Also katapultierte auch er sich auf die Beine und rannte hinter dem Mädchen namens Iseult her.

Sie erreichte den Rand des Sockels. Sie sprang.

Aeduan fand ebenfalls die Kante, und auch er warf sich in die leere Luft.

Und sie fielen. So nah nebeneinander, dass Aeduan sie hätte packen können, wenn er das gewollt hätte.

Aber es war, als wüsste sie das. Als hätte sie es genau so geplant.

Mitten in einem Sturz, der kaum länger dauern konnte als eine Sekunde, drehte sie sich. Ihre Beine verknoteten sich mit seinen, und sie drehte ihren Körper …

Sein Rücken knallte auf den Sand. So hart, dass die Welt für einen Moment schwarz wurde. Weit entfernt spürte er, wie das Mädchen mit Wucht auf ihn fiel. Pfeilspitzen gruben sich noch tiefer in seinen Körper. Sie durchstachen seine Rippen, seine Lunge. Überall war Schmerz. Seine Organe waren alle zerstört.

Und er war sich ziemlich sicher, dass auch seine Wirbelsäule gebrochen war. Das passierte ihm zum ersten Mal.

Dann wuschen Wellen über seine Haut. Ein Atemzug verging. Aeduan dachte, er könnte es lebend schaffen … bis Schwärze in seiner Brust explodierte.

Sie durchschnitt alle anderen Schmerzen, und er riss die Augen weit auf. Das Heft seines Stiletts stand aus seinem Herzen hervor. Sein Umhang und seine Tunika waren bereits zu besudelt, um das Blut richtig zu erkennen, doch er wusste, dass es da war. Dass es schneller aus seinem Körper gepumpt wurde, als seine Macht es verhindern konnte.

Und er konnte das Messer nicht entfernen. Er konnte überhaupt nichts tun, weil er sich nicht bewegen konnte. Seine Wirbelsäule war gebrochen.

Aeduan hob den Blick, die Welt verschwamm und bog sich vor seinen Augen … Und dann bildete sich ein Gesicht vor ihm.

Ein Gesicht aus Schatten und Mondlicht, nur dreißig Zentimeter von seinem entfernt. Die Lippen des Mädchens zitterten bei jedem keuchenden Atemzug. Ihre Haare wehten im Wind – einem natürlichen Wind, wurde Aeduan klar –, und ihre Oberschenkel zitterten an seinen gebrochenen Rippen.

Er sah niemand anderen, hörte niemand anderen. Soweit er wusste, waren sie die einzigen Personen, die diesen Kampf überlebt hatten.

Die auf der gesamten Welt noch existierten.

Dann fiel sein Blick auf den Schmerzstein, der von ihrer Brust hing. Sein rosiger Schein verblasste, war bereits fast erloschen, und er konnte an ihrer verspannten Miene erkennen, dass sie verletzt war. Schlimm verletzt.

Und doch schaffte sie es, ein Beil aus seinem Wehrgehänge zu ziehen. Schaffte es trotzdem, es an seinen Hals zu ziehen und dort zu halten.

Die Klinge zitterte an seiner Haut.

Sie hatte ihn mit seinem eigenen Stilett ins Herz gestochen, und jetzt würde sie ihn köpfen.

Aber das Beil hielt inne; das Mädchen namens Iseult zitterte, ihr Schmerzstein flackerte in fahlem Pink … und erlosch dann ganz.

Ein Stöhnen drang über ihre Lippen. Fast wäre sie nach vorne gefallen, und Aeduan erhaschte einen Blick auf eine Wunde an ihrem rechten Oberarm. Einen blutbesudelten Verband. Blut, dass er eigentlich wittern können sollte.

»Du … hast keinen … Geruch«, stieß er hervor. Er konnte fühlen, wie sein eigenes heißes Blut seine Zähne verklebte, ihm aus den Mundwinkeln tropfte. »Ich kann dein … Blut nicht wittern.«

Sie antwortete nicht. Ihre ganze Konzentration war darauf ausgerichtet, das Beil in Position zu halten.

»Warum … kann ich dich nicht wittern? Sag es … mir.« Aeduan war sich nicht einmal sicher, warum er das wissen wollte. Wenn sie ihm den Kopf abschnitt, würde er sterben. Es war die einzige Wunde, von der sich ein Blutmagis nicht erholen konnte, und trotzdem konnte er die Fragen nicht unterdrücken. »Warum …« Blut spritzte mit dem Wort nach oben, befleckte den flachen Stahl des Beils. Ein Tropfen traf seine Wange. »Warum kann … ich …«

Sie zog die Klinge von seiner Kehle zurück. Nicht sanft – sie glitt über seine Haut und hinterließ einen langen Schnitt, als wäre das Mädchen sogar zu erschöpft, um das Beil zu heben.

Aeduans durchstoßenes Herz machte einen Sprung. Es war ein seltsames Gefühl aus Erleichterung und Verwirrung, das sich zusammen mit dem Blut in seinem Mund sammelte. Sie würde ihn nicht umbringen. Und er hatte keine Ahnung, warum.

»Tu es«, keuchte er.

»Nein.« Sie schüttelte den Kopf, eine abgehackte Bewegung. Dann erhob sich Wind, aufgeladenen, unnatürlich. Die Böen rissen ihr die Haare aus dem Gesicht, und Aeduan zwang sich, jedes Detail zu registrieren.

Er mochte ihr Blut nicht wittern können, aber er würde sich an sie erinnern. Er würde sich an die weichen Wangen erinnern, die nicht ganz zu ihrem spitzen Kinn passten. Er würde sich an die lange Nase und die fahlen Sommersprossen erinnern. An ihre leicht schräg stehenden, katzenartigen Augen, ihre kurzen Wimpern. Und an ihren schmalen Mund.

»Ich werde dich jagen«, krächzte er.

»Ich weiß.« Das Mädchen ließ das Beil in den Sand fallen und stemmte sich auf Aeduans Brust ab, um auf die Füße zu kommen. Seine Rippen knirschten, und sein Magen hob sich. Sie war nicht leicht, und seine Organe waren nur noch Brei.

»Ich werde dich töten«, fuhr er fort.

»Nein.« Das Mädchen kniff die Augen zusammen, dann schob sie sich höher, und das Mondlicht traf sie. »Das g-g-g…« Sie hustete. Dann wischte sie sich den Mund ab. »Das glaube ich eher nicht.«

Es schien sie ihre gesamte Konzentration zu kosten, diese Worte hervorzupressen, und es wirkte wie ein Ausdruck ihrer Frustration, dass sie die Finger erneut um das Stilett schloss. Sie stach die Klinge tiefer in Aeduans Herz.

Gegen sein verzweifeltes, panisches Verlangen – gegen jeden Instinkt, der ihm zuschrie, dass er wachsam bleiben musste – schlossen sich seine Lider für einen halben, qualvollen Atemzug. Ein Stöhnen verließ seine Lippen.

In diesem Moment verschwand das Gewicht auf seiner Brust. Schritte entfernten sich platschend durch das Wasser, und als er die Augen schließlich wieder öffnete, entdeckte er keinen Hinweis auf das Mädchen … er hätte den Kopf nicht drehen können.

Dann überrollte ihn eine Welle, und Aeduan versank in Gischt.

16

Wind dröhnte in Safis Ohren, als sie flog. Ihre Augen tränten, ihre Röcke flatterten, und schnell gab sie es auf, Prinz Merik anzuschreien, dass er umkehren sollte. Er konnte sie nicht hören.

Das Meer verschwamm unter Safi, glänzend und zitternd, und Safi schoss der Gedanke durch den Kopf, dass sie das Gefühl eigentlich genießen sollte. Schließlich *flog* sie.

Aber sie genoss es nicht. Sie dachte nur an Iseult, zurückgelassen hinter ihr. Allein mit dem Blutmagis.

Weiter hinten meldeten sich andere Gedanken zu Wort, wie zum Beispiel die Frage, warum Prinz Merik Safi vom Leuchtturm davontrug. Wie er es geschafft hatte, genau zum richtigen Zeitpunkt aufzutauchen.

Dann sauste Safi viel zu schnell auf ein nubrevnanisches Kriegsschiff mit schmalem Rumpf zu, und das verdrängte all ihre anderen Sorgen.

Ruder bewegten sich, blau gekleidete Matrosen wuselten über das Deck, und ein schwerer Trommelschlag drang an Safis Ohren. In dem Moment, als sie dachte, sie würde einfach aufs Deck knallen und sich dabei alle Knochen brechen, verlor sie an Geschwindigkeit. Sanft sank sie nach unten.

Zwei Atemzüge später hatte Safi ihr Gleichgewicht gefunden und stand sicher auf den Beinen. Einen Atemzug später hatte sie Prinz Merik erwischt. Er hatte schon fast das Achterdeck erreicht, als sie sein Hemd packte und ihn herumwirbelte. »Bringt mich zurück!«

Er widersetzte sich ihr nicht, sondern zeigte nur auf die Küste. »Mein Erster Offizier hat Eure Freundin.«

Safi sah in die angegebene Richtung. Und tatsächlich entdeckte sie den großen, blonden Mann, dessen gesamte Aufmerksamkeit auf eine Figur gerichtet war, die in seine Richtung flog.

Iseult.

Aber der Körper von Safis Strangschwester war schlaff. Safi rannte auf den Ersten Offizier zu und brüllte dabei nach einem Heiler, einem Chirurgen oder irgendwem, der helfen konnte.

Der Erste Offizier legte Iseult mit seiner Magie sanft auf dem Achterdeck ab, und sofort war Safi neben ihr. Sie zog Iseults Kopf auf ihren Schoss und drückte die Finger an ihren Hals, betete dabei um einen Pulsschlag ... Ja, ja. Schwach, aber da.

Doch im hellen Mondschein war der wachsende rote Fleck auf Iseults Arm genauso wenig zu übersehen wie der erloschene Schmerzstein auf ihrer Brust.

Irgendetwas bewegte sich in Safis Augenwinkeln. Der Prinz, der Erste Offizier, andere Matrosen, die näher traten. Dann ein Aufblitzen von Weiß und die Stimme einer Frau: »Holt meine Tasche!«

Safi riss den Kopf herum und musste feststellen, dass ein weiblicher Carawen-Mönch über eine Leiter dem Schiffsrumpf entstieg und auf sie zukam.

»Weg von dem Mädchen«, befahl die Frau.

Aber Safi bewegte sich nicht. Nachdem sie gerade erst von Caraweni gejagt worden war, hatte sie nicht vor, eine weitere in ihrer Nähe zu lassen. Wenn diese vier Mönche mit dem Blutmagis zusammengearbeitet hatten, dann tat diese Carawen hier es wahrscheinlich auch.

Die Frau hatte silbrig weiße Haare, doch so, wie das Mondlicht über ihre Haut glitt, konnte sie kaum älter sein als Mathew oder Habim. Und sie zog ihre Klinge mit der Grazie einer erfahrenen Schwertfrau. »Tritt zurück, Mädchen.«

»Damit Ihr beenden könnt, was die anderen Mönche angefangen haben? Nein danke.« In einer schnellen Bewegung riss Safi das Entermesser aus der Scheide des Ersten Offiziers und wirbelte zu der Carawen herum … die sich mühelos unter Safis Angriff hinwegduckte, um ihr anschließend die flache Seite ihrer Klinge gegen das Knie zu schlagen.

»Jemand soll sie aufhalten«, schrie die Carawen.

Und plötzlich bekam Safi keine Luft mehr.

Sie versuchte, ihre Lunge zu füllen, ihren Bauch zu heben, irgendetwas zu tun, um ihre Atmung in Gang zu halten, aber sie schaffte es nicht.

Mit einer mühelosen Bewegung schlug die Carawen Safis Klinge zur Seite. Das Entermesser rutschte klappernd über das Holz des Decks, und Safi schlug die Hände an ihre Kehle. Sterne tanzten vor ihren Augen. Der Erste Offizier war ein voll ausgebildeter Luftmagis und brachte Safis Lunge zum kollabieren.

In diesem Moment, als Safis Knie nachgaben und die Welt langsam in Dunkelheit versank, trat Merik über sie, seine Miene hart, aber nicht grausam. »Evrane meint es gut mit deiner Freundin. Sie ist ein Heilermönch, Domna. Eine Wassermagis-Heilerin.«

Safi umklammerte ihre Kehle, unfähig zu sprechen. Zu *atmen*.

»Wenn Ihr versprecht, Euch zu benehmen«, fuhr er fort,

»wird Kullen Euch die Luft zurückgeben. Könnt Ihr das versprechen?«

Safi nickte verzweifelt, doch es war zu spät. Dunkelheit umfing sie.

Safi erwachte mit angeschwollener, klebriger Zunge. Schritte donnerten über ihr, Wasser klatschte gegen knarrendes Holz, und ihre Nase war erfüllt von dem Geruch von Wasser und Teer. Mehrere Augenblicke lang sah sie nur einen dunklen Raum, in dem links von ihr ein schwacher Lichtstrahl durch ein Fenster fiel. Dann wurde das Bild klarer, und Safi entdeckte Iseult auf einem einfachen, festgeschraubten Feldbett in der gegenüberliegenden Ecke. Iseults Augen waren geschlossen, ihr Atem kam keuchend.

Safi kämpfte sich torkelnd auf die Beine, erhob sich stolpernd von dem zweiten Bett und wäre fast gefallen, als Blut in ihren Ohren rauschte und ihr für einen Moment schwarz vor Augen wurde.

»Iseult?« Sie ließ sich neben dem Lager ihrer Strangschwester auf die Knie fallen. Schweiß lief über Iseults Gesicht, und ihre Haut war noch fahler als gewöhnlich. Als Safi eine Hand sanft auf Iseults Stirn legte, schien ihre Haut zu brennen.

Erst ein einziges Mal hatte Safi Iseult so schlimm verletzt gesehen, nämlich nachdem sie sich das Schienbein gebrochen hatte. Aber diese Verletzung hier war schlimmer. Es gab keinen Habim oder Mathew, der ihnen helfen konnte. Safi und Iseult waren allein. Vollkommen allein auf einem fremden Schiff, mit niemandem, der auf ihrer Seite stand.

Und nichts ergab einen Sinn. Iseult hatte erwähnt, dass sie angeschossen worden war, aber das Wie, das Wo, das Warum – darüber wusste Safi nichts.

Der eiserne Riegel an der Tür hob sich. Safi erstarrte, und

die gesamte Welt schien zu erstarren. Dann glitt eine weiß gekleidete Carawen in den Raum. Langsam, als nähere sie sich einem wilden Tier, wedelte sie mit ihrer Hand in Safis Richtung. Die sonnengebräunte Haut war mit einem auf dem Kopf stehenden Dreieck markiert – für Wassermagie – und einem Kreis, der ihre Spezialisierung auf die Flüssigkeiten des Körpers anzeigte. Safi richtete den Blick und ihre Magie auf die Frau, und je länger sie starrte, desto deutlicher erkannte sie, dass das Herz der Heilerin wahrhaftig war.

Trotzdem konnte Safi sich nicht dazu bringen – wie hatte der Prinz sie genannt? *Evrane* – wirklich zu trauen. Safi war in letzter Zeit zu oft getäuscht worden. Aber für den Moment würde sie die Carawen bei der Arbeit beobachten und die Chance nutzen, so viele Informationen zu sammeln wie möglich.

Safi erhob sich und wich langsam von Iseult zurück, die Hände erhoben. »Ich werde mich nicht einmischen. Sorgt nur dafür, dass Ihr sie heilt.«

»Sie wird ihr Bestes geben«, erklang eine neue Stimme. Merik erschien im Türrahmen, als die Carawen leichtfüßig zu Iseult eilte.

Safi lächelte den Prinzen an, ein gelangweiltes, *nicht bedrohliches* Aufblitzen von Zähnen. »Ich hatte mich schon gefragt, wann Ihr auftauchen würdet, Prinz. Hättet Ihr die Freundlichkeit, mir zu verraten, wo wir uns befinden?«

»Westliche Jadansi-See. Ihr seid seit vier Stunden an Bord.« Er trat vorsichtig in die Mitte des Raums, als wäre er nicht dumm genug, sich auf Safis Wohlverhalten zu verlassen. Er trug eine einfache Uniformjacke über einem frischen Hemd und Hosen, und plötzlich fiel Safi auf, wie dreckig sie selbst war. Ihr Kleid war zerrissen und fleckig, und man sah viel zu viel von ihren dreckverkrusteten Schenkeln.

Dann, schneller und lautloser, als Safi je erwartet hatte, schoss Merik heran, drehte Safi die Arme auf den Rücken und presste ihr etwas Kühles gegen die Kehle. Der Duft von Sandelholz und Zitronen stieg ihr in die Nase.

Safi wich nicht zurück. Sie legte nur den Kopf schräg und sagte gedehnt: »Ihr seid Euch bewusst, dass die Klinge noch in der Scheide steckt?«

»Und Ihr seid Euch bewusst, dass ich Euch damit trotzdem töten kann?« Meriks Atem glitt über ihr Ohr. »Und jetzt erzählt mir, Domna: Werdet Ihr von der Obrigkeit gesucht? Von irgendwelchen Autoritäten irgendwelcher Länder?«

Sie kniff die Augen zusammen. Merik war auf dem Ball gewesen. Er hatte die Ankündigung der Verlobung gehört … oder? Safi hatte ihn in der Menge nicht mehr entdeckt, also war er vielleicht schon vor Henricks Verlautbarung verschwunden.

Safi konzentrierte sich auf ihre Magie, um einen Hinweis auf Meriks wahre Natur zu erhalten. Sofort durchfuhr sie Macht, gleichzeitig kratzend *und* warm. Ein Widerspruch aus Falschheit und Wahrheit, als würde Merik Safi an Kaiser Henrick zurückbringen, wenn er die Chance dazu bekam … oder auch nicht.

Safi konnte das nicht riskieren. Doch bevor sie etwas sagen konnte, drückte Merik den Dolch fester gegen ihre Haut. »Ich habe eine Mannschaft zu schützen, genauso wie ein ganzes Volk. Im Vergleich dazu ist Euer Leben nichts. Also lügt mich nicht an. Werdet Ihr gesucht?«

Safi zögerte, um zu überlegen, ob sie Meriks Flotte in Gefahr brachte. Onkel Eron hatte ihre Flucht als Entführung inszeniert, so viel hatte Mathew ihr verraten. Doch soweit sie wusste, gab es für Kaiser Henrick keine Möglichkeit herauszufinden, wohin Safi gebracht worden war.

Also hob sie das Kinn und gab damit ihre Kehle noch mehr preis. »Eure Strategie lässt zu wünschen übrig, Prinz, denn wenn es Leute gäbe, die mich verfolgten, hätte ich keinerlei Ansporn, Euch davon zu erzählen.«

»Dann werde ich Euch wohl umbringen müssen.«

»Macht es«, höhnte sie. »Durchtrennt mir die Kehle mit Eurem immer noch in der Scheide steckenden Dolch. Ich würde gern sehen, wie Ihr das schafft.«

Meriks Miene blieb so unbeweglich wie der Dolch. »Erzählt mir erst, warum die Caraweni hinter Euch her waren.«

Die Schultern der Carawen versteiften sich, was Safis Blick auf ihren Rücken in dem weißen Umhang lenkte. »Ich habe keine Ahnung. Aber Ihr könntet die Carawen dort drüben fragen. Sie scheint es zu wissen.«

»Sie weiß es nicht.« Meriks Stimme klang scharf vor Ungeduld. »Und Ihr solltet darauf achten, sie anständig anzusprechen. Sie ist Mönch Evrane, Schwester von König Serafin von Nubrevna.«

Also, wenn das keine nützliche Information war. »Wenn Mönch Evrane also die Schwester des Königs ist«, überlegte Safi laut, »und der König Euer Vater ist ... Nun, dann muss Mönch Evrane Eure Tante sein! Wie nett.«

»Ich bin überrascht«, sagte Merik, »dass es Euch so viel Zeit gekostet hat, das herauszufinden. Selbst eine Domna von Cartorra sollte gebildeter sein.«

»Meine Studien waren mir nie besonders wichtig«, schoss sie zurück, und Merik schnaubte.

Es war ein lachendes Schnauben, das ihn selbst zu überraschen und gleichzeitig zu stören schien, denn sofort wurde seine Miene wieder ausdruckslos. Allerdings zog er die Klinge in ihrer Scheide zurück.

Safi bewegte das Kinn und dehnte ihre Schultern. »Nun,

das war eine wirklich unterhaltsame Auseinandersetzung. Sollen wir das morgen gleich noch mal wiederholen?«

Merik ignorierte sie. Mit der freien Hand zog er einen Lappen aus seinem Mantel und wischte die gravierte Messerscheide ab. »Auf diesem Schiff ist mein Wort Gesetz, Domna. Habt Ihr das verstanden? Euer Titel bedeutet hier gar nichts.«

Safi nickte, während sie gleichzeitig gegen den fast übermächtigen Drang kämpfte, die Augen zu verdrehen.

»Aber ich bin bereit, Euch einen Handel anzubieten. Ich werde Euch nicht in Eisen legen, wenn Ihr aufhört, Euch wie ein verwilderter Hund aufzuführen und Euch stattdessen benehmt wie die Domna, die Ihr angeblich seid.«

»Aber Prinz« – sie senkte die Wimpern in einem trägen Blinzeln – »mein Titel bedeutet hier doch nichts.«

»Das deute ich dann als ›Nein‹.« Merik wandte sich ab, als wolle er gehen.

»Abgemacht«, fauchte Safi, weil ihr klar wurde, dass die Zeit zu passen gekommen war. »Wir haben eine Abmachung, Prinz. Aber nur, damit Ihr informiert seid: Es ist eine Katze.«

Der Prinz runzelte die Stirn. »Was ist eine Katze?«

»Wenn ich schon ein verwildertes Tier sein soll, dann bitte eine Katze.« Safi fletschte die Zähne. »Ein Berglöwe, von der nubrevnanischen, fischfressenden Art.«

»Hmmm.« Merik tippte sich nachdenklich ans Kinn. »Ich kann nicht behaupten, dass ich von so einem Tier schon mal gehört hätte.«

»Dann bin ich wohl die Erste ihrer Art.« Safi wedelte wegwerfend, bevor sie sich wieder neben Iseult auf die Knie sinken ließ.

Aber Evrane hob abwehrend eine Hand. »Ihr seid zu dreckig, um Euch hier aufzuhalten, Domna.« Ihre Stimme war heiser, aber nicht unfreundlich. »Wenn Ihr Eurer Freundin wirklich helfen wollt, dann säubert Euch. Merik, könntest du dafür sorgen, dass man sich um sie kümmert?« Sie warf einen Blick zu ihrem Neffen, der bereits auf dem Weg zur Tür war.

»Es heißt Admiral Nihar«, korrigierte der Prinz sie. »Zumindest, solange wir auf See sind, Tante Evrane.«

»Ach wirklich?«, fragte der weibliche Mönch ruhig. »In diesem Fall heißt es Mönch Evrane. Zumindest, solange wir auf See sind.«

Safi blieb gerade noch genug Zeit, um zu sehen, wie Meriks Miene sich verfinsterte, bevor der Prinz durch die Tür verschwand und Safi sich beeilen musste, ihm zu folgen.

Die Leiter auf Deck hinaufzusteigen fiel Safi schwerer als erwartet. Es lag an ihrer Erschöpfung und auch an der unbarmherzigen Sonne, die vom Himmel brannte. Zischend rieb sie sich die Augen, bevor sie über das mit Steinen gescheuerte Deck stolperte. Ihre Beine waren von der mangelnden Benutzung taub, und sobald sie glaubte, sicheren Stand gefunden zu haben, stöhnte das Schiff und neigte sich in die andere Richtung.

Der Prinz ging direkt vor ihr, in eine Unterhaltung mit seinem Ersten Offizier Kullen vertieft, also legte Safi eine Hand über die Augen. *Analysier das Terrain*. Es gab wenig zu sehen außer wogenden Wellen. Nur am östlichen Horizont erhob sich eine Landzunge, die das Meer vom wolkenlosen Himmel trennte.

Safi ging um Matrosen herum. Sie schrubbten das Holz, wuselten in die Wanten, wuchteten Lasten und zogen an Seilen, alles zu den heiseren Schreien eines humpelnden alten Mannes. Auch wenn einige innehielten, um ihrem Prinzen zu salutieren, unterbrachen nicht alle ihre Arbeit. Besonders ein Mann erregte Safis Aufmerksamkeit. Ihre Magie schien vor ihm zurückweichen zu wollen, als wolle sie Safi sagen, dass dieser Mann nicht vertrauenswürdig war. Korrupt.

»Matsi-liebendes Dreckstück«, knurrte der Mann, als Safi vorbeiging.

Zur Antwort grinste sie ihn an, wobei sie sich sein Gesicht mit dem breiten Kinn einprägte.

Bald hatte sie stolpernd das Heck des Schiffs erreicht (sie zählte dreißig Schritte) und trat in den willkommenen Schatten des Achterdecks. Merik öffnete eine Tür und murmelte Kullen etwas zu. Der Erste Offizier salutierte und stiefelte den Weg zurück, den er gekommen war, wobei er seine Stimme mit erstaunlicher Stärke erklingen ließ. »Habe ich gesagt, dass du eine Pause machen kannst, Leeri? Keine Nickerchen vor deinem Tod!«

Safi klingelten die Ohren von Kullens Gebrüll, und sie blinzelte gegen die Schatten an, als sie in der Tür stehen blieb, bis der Raum vor ihr Gestalt annahm.

Es war eine elegante Kabine und gar nicht die Art Zimmer, die sie sich für einen bodenständigen Mann wie Merik vorgestellt hatte. Tatsächlich wirkte er auch, als wäre ihm unbehaglich zumute, als er angespannt neben einem aufwändig geschnitzten Tisch anhielt, um den Stühle mit hohen Lehnen standen.

»Schließt die Tür«, befahl er.

Safi tat es, spannte sich aber gleichzeitig an. Sie mochte mit diesem Mann getanzt und gekämpft haben, aber das bedeutete noch lange nicht, dass sie ihm traute, wenn sie allein mit ihm in einem Raum war.

Falsch, hielt ihre Macht dagegen, und ein Gefühl der Ruhe breitete sich in ihrer Brust aus. *Merik ist sicher*.

Safi entspannte sich … aber nur ein wenig. Vielleicht wollte dieser Mann ihr keinen körperlichen Schaden zufügen, aber sie wusste immer noch nicht, ob er nun Verbündeter oder Gegner war.

Vage deutete Merik in den hinteren Teil des Raums. »Es gibt Wasser zum Waschen und eine Uniform für Euch.«

Safis Blick folgte dem Finger, traf aber zuerst auf eine Sammlung glänzender Schwerter an der hinteren Wand. Unter den Schwertern stand ein kleines Fass auf einem niedrigen Bett, ergänzt durch ein paar weiße Handtücher.

Das Wasser und die Handtücher waren ihr egal. Es waren die Schwerter, die sie faszinierten. Sie waren an der Wand befestigt, doch gleichzeitig war klar erkenntlich, dass sie sich lösen ließen. Natürlich nur, falls sie feststellen sollte, dass sie ein Schwert brauchte.

Merik schien Safis Starren falsch zu interpretieren, denn seine Miene wurde weicher. »Meine Tante ist eine gute Heilerin. Sie wird Eurer Strangschwester helfen.«

Wahr. »Aber was ist mit Euch, Prinz? Werdet Ihr Iseult dafür töten, dass sie eine Nomatsi ist?«

Vor Schreck und Abscheu öffnete Merik den Mund. »Würde ich Nomatsi hassen, Domna, dann hätte ich sie schon getötet, als ich sie zum ersten Mal gesehen habe.«

»Was ist mit Euren Männern?«, hakte Safi nach. »Werden die Iseult verletzen?«

»Sie folgen meinen Befehlen«, antwortete er.

Aber Safi gefiel nicht, wie ihre Magie bei dieser Aussage zusammenzuckte. Als wäre sie nicht *ganz* wahr. Sie fing an, mit dem Fuß auf den Boden zu trommeln. Mit ihrem nackten Fuß. »Bekomme ich neue Schuhe?«

»Ich habe keine gefunden, die Euch passen würden.« Merik strich sein Hemd glatt, sodass die Baumwolle eng an seiner

Brust anlag. »Für den Moment müsst Ihr barfuß laufen. Werdet Ihr das überleben?«

»Ja.« Habim hatte darauf bestanden, dass Safi ihre Füße gegen die Elemente abhärtete. *Du weißt nie, in welcher Situation du dich wiederfindest*, sagte er immer. *Schuhe sollten Luxus sein, keine Grundvoraussetzung*. Mindestens einmal im Monat hatte er darauf bestanden, dass Safi und Iseult einen ganzen Tag über barfuß liefen, und beide Mädchen hatten genug Hornhaut, um über heiße Kohlen zu laufen. Oder zumindest über sehr heißen Sand.

Merik stieß ein fast dankbares Brummen aus, dann bedeutete er Safi, sich ihm am Tisch anzuschließen. Das tat sie, allerdings achtete sie sorgfältig darauf, auf der gegenüberliegenden Seite der Platte zu stehen, in Sprungreichweite zu den Schwertern. Nur für den Fall, dass Safi sich den Weg über das gesamte Schiff freikämpfen musste.

»Die *Jana* ist hier.« Merik ließ eine münzgroße Miniatur der *Jana* auf die Karte fallen. Wie ein Magnet auf Eisen glitt das Schiff über das Papier und kam schließlich in der Nähe der Ostküste der schmalen Jadansi-See zum Stehen.

»Wir wollen hierhin.« Merik wackelte mit den Fingern – langen, eleganten Fingern, trotz ihrer Rauheit –, und ein sanfter Windstrom füllte die Segel der winzigen *Jana*. Das Schiff glitt über die Karte und passierte ein weiteres, winziges Modell, bevor es neben einer Reihe von Inseln anhielt. »Bei den Hundert Inseln gibt es eine Stadt namens Lejna, und mein Auftrag lautet, Euch dort zurückzulassen. Wir sollten morgen dort ankommen.«

»Hundert Inseln«, wiederholte Safi leise. »Und was erwartet Ihr von mir, sobald ich dort bin?«

»Mir wurde nur gesagt, ich solle Euch dort absetzen. Ich habe keine Ahnung, warum, nachdem es eine Geisterstadt ist.

Aber die Vergütung ist zu gut, um sie zu ignorieren: ein Handelsabkommen mit den Hasstrels.«

Safis Augenbrauen schossen nach oben. »Euch ist bewusst, dass unsere Ländereien quasi der Krone gehören, unsere Farmer halb verhungert sind und wir kein Geld haben?«

»Jedes Abkommen«, sagte Merik mit zusammengebissenen Zähnen, »ist besser als das, was Nubrevna im Moment hat. Wenn ich auch nur mit einem cartorrischen Anwesen Handel treiben kann, dann freut mich das.«

Safi nickte abwesend. Eigentlich hörte sie gar nicht mehr zu. Als Merik das Wort »Abkommen« ausgesprochen hatte, war sein Blick zu einer Schriftrolle am Rand des Tischs geglitten. Doch bevor Safi sich danach erkundigen konnte, knurrte ihr Magen. »Was ist mit Essen, Prinz?«

»Habt Ihr auf dem Ball nicht genug gegessen?« Merik grinste.

Aber Safi erwiderte das Lächeln nicht. Der Ball und der nubrevnanische Vierango schienen Jahre zurückzuliegen.

Meriks Lächeln verblasste, als hätte er ihre Gedanken gelesen. Er fummelte an seinem Kragen herum. »Mir war nicht klar, dass Ihr es seid, Domna. Hätte ich auf dem Ball gewusst, dass Ihr mein Passagier sein solltet ...« Er zuckte mit den Achseln, tief in Gedanken versunken. Dann schien er sie laut auszusprechen. »Ich nehme an, ich hätte Euch gleich zur *Jana* gebracht und uns damit beiden viel Zeit und Ärger erspart. Aber Euer Namen erschien erst nach der Party auf meinem Wortmagis-verzauberten Vertrag. Und selbst da war mir noch nicht klar, dass Ihr die Domna fon Hasstrel seid.«

Safi nickte, kaum überrascht. Eron hatte sie auf dem Ball als seine ablenkende rechte Hand benötigt, und sein Plan hätte niemals funktioniert, wenn Merik sie zu früh mitgenommen hätte.

Und noch wichtiger, Merik hätte niemals zugestimmt, Safi überhaupt zu befördern, hätte er gewusst, als wessen Verlobte sie enden würde.

Schweigen breitete sich aus, gebrochen nur vom Knarren des Schiffs und den Schreien der Matrosen. Merik richtete seine Aufmerksamkeit auf die Karten, und Safi konnte der Versuchung, ihn genau zu studieren, einfach nicht widerstehen.

Obwohl sie wusste, dass Merik ungefähr im selben Alter sein musste wie Leopold, wirkte er viel älter. Seine Schultern waren breit, seine Muskeln gut trainiert und seine Haut von der Sonne gedunkelt und rau. Im Moment stand eine dreieckige Falte zwischen seinen Brauen, als würde er oft die Stirn runzeln.

Merik nahm seine Pflichten als Prinz und Admiral ernst. Safi brauchte ihre Magie nicht, um das zu wissen. Unerwartete Angst verkrampfte ihre Brust. Sie wollte nicht, dass Merik von den Intrigen ihres Onkels geschädigt wurde. Sowohl sie als auch Merik waren nur Marionetten. Sie waren beide nur Karten, die gegen ihren eigenen Willen ausgespielt wurden.

Die Königin der Fledermäuse und der König der Füchse, dachte sie vage, und dann wilder: *Oder vielleicht gehören wir zu gar keiner Farbe und sind beide nur Narren*.

Merik rückte seinen Kragen zurecht und warf einen Blick zur Tür. »Essen ist unterwegs, Domna, also macht Euch sauber. Und um unser beider Willen, schrubbt Euch ordentlich.« Wieder schenkte er ihr ein kurzes Lächeln, bevor er mit schnellen Schritten die Kabine verließ. Safi beobachtete, wie er verschwand, wartete, bis er aus der Kabine trat …

Die Tür schloss sich mit einem Klicken, und in weniger als einem Herzschlag war sie auch schon zu der Schriftrolle gesprungen und hatte sie aufgerollt.

In vertrauter Schrift stand dort genau das, was Merik beschrieben hatte.

Dieser Vertrag besteht zwischen Eron fon Hasstrel und Merik Nihar von Nubrevna. Merik Nihar wird die Überfahrt von Safiya fon Hasstrel garantieren, von Veñaza im Dalmottischen Reich nach Lejna in Nubrevna. Nach dem sicheren Absetzen des Passagiers auf dem siebten Pier in Lejna werden die Verhandlungen über ein Handelsabkommen beginnen.
Alle Abmachungen auf Seite zwei dieses Vertrags verlieren ihre Gültigkeit, sollte Merik Nihar es versäumen, den Passagier nach Lejna zu bringen, sollte der Passagier Blut vergießen oder sollte der Passagier sterben.

Safi blätterte auf die zweite Seite, die gefüllt war mit langweiligen Auflistungen, die Worte wie »Importe« und »Marktwert« enthielten. Sie rieb die Seiten zwischen ihren Fingern. Sie waren leicht und hauchdünn.

Wortmagie. Und nachdem die Handschrift deutlich als Mathews zu erkennen war, wusste Safi auch, um *wessen* Magie es sich handelte.

Dieses Dokument war von derselben Art wie der Zwanzigjährige Waffenstillstand. Sobald Merik den Vertrag erfüllt hatte, konnten Merik und Onkel Eron die Formulierungen des Vertrags auch über große Entfernungen hinweg ändern.

Safi ließ ihren Blick zum Ende des Dokuments gleiten. Dort standen die üblichen Floskeln, tatsächlich identisch mit der letzten Seite des Waffenstillstands.

Wenn alle Parteien zustimmen, müssen sie hier unterschreiben. Sollte eine Partei es versäumen, die vereinbarten Abmachungen zu erfüllen, wird sein oder ihr Name von dem Dokument verschwinden.

Ein Klopfen erklang an der Tür.

Safi zuckte zusammen und rollte den Vertrag eilig wieder ein. »Noch einen Moment!«

»Ich habe Essen für Euch«, antwortete eine gedämpfte Stimme.

Kullen. Der gefühllose Erste Offizier.

Safi warf den Vertrag zurück auf den Tisch, bevor sie in den hinteren Teil des Raums eilte. Sie tunkte einen Lappen in das Fass, dann rief sie: »Kommt rein!«

Safis Miene wurde hart. Sie würde mit ihren neuen Verbündeten kooperieren. Aber beim ersten Anzeichen von Ärger – beim ersten Hinweis darauf, dass Kullen ihr wieder die Luft nehmen könnte – musste Safi die Kontrolle übernehmen. Es gab Schwerter in ihrer Reichweite, und einen Vertrag, in dem stand, dass sie keinerlei Blut vergießen durfte.

17

Merik stiefelte über das Hauptdeck der *Jana* und blinzelte missmutig in die heiße Sonne. Safiya fon Hasstrel ohne Zwischenfälle nach Lejna zu bringen würde sich vielleicht als schwieriger entpuppen, als er erwartet hatte. Sie benahm sich, wie sie kämpfte und tanzte – sie trieb Leute an den Rand ihrer Selbstbeherrschung und lotete ihre Grenzen aus.

Es hatte auch nicht geholfen, dass Safiyas Beine deutlich zu sehen gewesen waren, seitdem er sie gerettet hatte. Beine, die um einiges blasser waren als ihr Gesicht oder ihre Arme. Gerade diese helle Haut traf Merik schwer. Die unbestreitbare Tatsache, dass er Haut sah, deren Anblick eigentlich einem Liebhaber vorbehalten sein sollte, machte ihm zu schaffen.

Merik stieß die Luft aus. Es war nicht weise, auf so intime Art an Safiya fon Hasstrel zu denken. Wann immer er über sie nachgrübelte oder in ihrer Nähe war, machte sich der Jähzorn der Nihars bemerkbar. Heiß und drängend stieg seine Wut an die Oberfläche.

Seitdem Merik im Speisesaal des Dogen die Geduld verloren hatte, spürte er eine Veränderung in den Adern, die seine Atmung beeinträchtigte. Die in ihm das Verlangen weckte, starke, wütende Winde zu beschwören. Es war dieselbe wilde Wut, der er als Kind viel zu oft freien Lauf gelassen hatte. Er durfte ihr jetzt nicht nachgeben, und sei es nur aus dem Grund, dass er damit zu sehr handeln würde wie Vivia. Unkontrolliert und gewalttätig.

Merik mochte Gewalttätigkeit nicht. Er mochte keine raue See. Er mochte Ordnung und Kontrolle und perfekt eingesteckte Hemdschöße. Er mochte ruhige Wellen, klaren Himmel und das Wissen, dass seine Wut weit entfernt war.

Damit war klar, dass Merik Safiya so weit wie möglich aus dem Weg gehen musste – egal, wie mühelos es ihr gelang, ihn zum Lachen oder Lächeln zu bringen. Und egal, wie ablenkend ihre nackten Beine auch sein mochten.

Einer von Meriks Matrosen – Männer von seinem früheren Schiff – hielt in seinem Deckschrubben inne, um zu salutieren. Schnelle, ernsthafte Bewegungen von Seemännern, denen Merik bis in ihre wässrigen Gräber vertrauen konnte.

Merik nickte ihm zu, bevor sein Blick zum Gezeitenmagis am Ruder glitt. Dieser Mann war ein Überbleibsel aus der Mannschaft von König Serafin, und wie die meisten der ehemaligen Matrosen des Königs war er absolut nicht beeindruckt von Merik. Trotzdem, zumindest steuerte er die *Jana* sicher.

Im Moment.

Merik ließ den Blick an jedem Mast nach oben gleiten, über die Takelage, über die Segel. Alles wirkte ordentlich, also stieg er über die Leiter unter Deck.

In der Gästekabine fand er seine Tante, die an ihrem Opalohrring herumspielte. »Ich habe gerade mit Sprachmagis Hermin gesprochen«, sagte sie leise. »Es ist ihm gelungen, den Sprachmagis des Carawen-Klosters zu erreichen. Es hat sich herausgestellt, dass der Befehl der Mönche am Leuchtturm lautete, die Domna lebend zu fangen. Doch sobald die

Mönche sie gesehen haben, haben sich die meisten von ihnen zurückgezogen.«

»Warum?«, fragte Merik mit einem Blick auf die schlafende Iseult. Es ging einfach über seinen Verstand, wie irgendwer sie fürchten konnte. Allerdings hatte er als Junge auch unzählige Nomatsi-Karawanen gesehen, also war er an ihre todesbleiche Haut und das mitternachtsschwarze Haar gewöhnt.

Als seine Tante die Frage nicht beantwortete, wandte sich Merik ihr wieder zu.

Sie schüttelte den Kopf. »Ich weiß nur sicher, dass es einen Carawen-Mönch gibt, der die Domna nach wie vor jagt. Sein Name ist Aeduan, und er stellt seine Fähigkeiten in den Dienst des höchsten Bieters.« Evrane atmete einmal tief durch, trat ans Fenster und blinzelte in die Sonne. »Solange er lebt, sind diese Mädchen in Gefahr, denn Aeduan ist ein Blutmagis, Merik.«

Merik riss den Kopf hoch. »So etwas gibt es?« Auf das grimmige Nicken seiner Tante hin dachte er an den Kampf am Leuchtturm zurück. In diesem hektischen Moment hatte er sich eingebildet, Rot in den Augen des jungen Mönchs wirbeln zu sehen. Und dann war da noch die Art, wie der Mönch Safiya unbeweglich gehalten hatte.

Aber nein. Das alles war real gewesen. Der Blutmagis war real.

»Aber es ist doch sicherlich so«, meinte Merik langsam, »dass dieser Blutmagis uns nicht vor Lejna erreichen kann. Und sobald wir die Domna abgesetzt haben, ist der Mönch nicht länger unser Problem.«

Evrane zog die Augenbrauen hoch. »Du würdest diese Mädchen so einfach dem Wolf zum Fraß vorwerfen?«

»Um meine Mannschaft zu schützen, um Nubrevna zu schützen, würde ich das tun.«

»Aber eine ganze Mannschaft könnte sich einem einzelnen Mann stellen. Sogar einem Blutmagis.«

»Nicht ohne Verluste. Ich kann meine Matrosen nicht für zwei Mädchen riskieren – egal, wie dringend wir diesen Vertrag auch brauchen. Sobald wir die Domna abgesetzt haben, sind sie und ihre Freundin nicht länger mein Problem.«

»Ist so viel Zeit vergangen, seit ich dich das letzte Mal gesehen habe?« Farbe stieg in Evranes Wangen. »Wenn du glaubst, dass dein Vater dich mehr respektieren wird, weil du dich benimmst wie Vivia – weil du hilflose Mädchen im Stich lässt –, dann solltest du dir den Respekt deines Vaters vielleicht gar nicht wünschen.«

Für einen langen Moment hörte man nur das Knarren der Schiffsplanken und das Rauschen der Wellen. »Du hast kein Recht«, stieß Merik schließlich hervor, »mich mit Vivia zu vergleichen. Sie betrachtet ihre Mannschaft als Fischfutter; ich sehe sie als Familie. *Sie* verfällt auf Piraterie, um Nubrevna zu ernähren; ich suche nach dauerhaften Lösungen.« Meriks Stimme wurde mit jedem Wort lauter, und seine Wut brannte heller. Heißer. »Domna fon Hasstrel bietet eine solche Lösung, und sie ist alles andere als hilflos. Also werde ich meine Männer schützen, mit Zähnen und Klauen, und die Domna ihrem eigenen Kampf überlassen.«

Auf der Matratze rührte sich Iseult im Schlaf, und Merik stieß die Luft aus. Er zwang seinen Jähzorn zurück. Seine Tante meinte es gut, und sie hatte jeden Grund, Merik davon abzuhalten, sich zu benehmen wie seine Schwester.

»Bitte«, endete er schroff, »denk daran, dass die nubrevnanische Flotte normalerweise keine Mönche oder ausgestoßene Adligen über den Ozean befördert. Und sollte Vater herausfinden, dass ich dich an Bord genommen habe … nun, du kannst dir seine Reaktion vorstellen. Sorg nicht dafür, dass ich die

Entscheidung bereue, dich mitzunehmen. Ich werde Domna Safiya so lange beschützen, wie der Vertrag noch nicht erfüllt ist, und ich werde sie nach Lejna bringen, auf welche Weise es mir auch möglich ist. Aber beim ersten Hinweis auf den Blutmagis müssen meine Männer an erster Stelle stehen.«

Mehrere lange Augenblicke stand Evrane schweigend und still vor ihm und hielt seinen Blick fest. Dann atmete sie scharf aus und wandte sich ab. »Ja, Admiral Nihar. Wie Ihr wünscht.«

Merik musterte ihren silbernen Hinterkopf, als sie zum Bett schlurfte und sich wieder neben Iseult kniete. Er spürte den Drang, sich zu entschuldigen – den Drang, Evrane genau zu erklären, warum er diese Entscheidungen traf, damit sie verstand.

Aber Evrane hatte schon vor langer Zeit ihr Urteil über die Nihar-Familie gefällt. Ihr Verhältnis zu König Serafin war keinen Deut besser als sein Verhältnis zu Vivia. Wahrscheinlich sogar noch schlechter.

Als Merik die Kabine verließ und nach oben ging, dachte er darüber nach, wie man mit dem Blutmagis umgehen sollte, falls der Mann tatsächlich noch lebte. Die einzige Strategie, die ihm einfiel, war, Lejna so schnell wie möglich zu erreichen. Also würde er erneut seine Gezeitenmagi einsetzen müssen, auch wenn Merik das nur sehr ungern tat. Und natürlich bliebe damit seinen Matrosen kaum noch etwas zu tun.

Glücklicherweise wusste Merik genau, wie man mit leerer Zeit umgehen musste. »Drillpositionen!«, brüllte er über das Deck. »Ich will alle Matrosen in Drillposition sehen. *Sofort!*«

Iseult trieb im Schlaf dahin. Sie hing an diesem schrecklichen Ort zwischen Träumen und Wachen fest – in dieser Schwärze, in der man genau wusste, dass man leben würde, wenn man nur die Augen öffnen könnte. Dieser halb träumende Zustand überwältigte sie immer, wenn sie krank war. Wenn sie sich nichts anderes wünschte, als aufzuwachen und um eine Medizin für ihren zugeschwollenen Hals oder ihren juckenden Ausschlag zu betteln.

Am schlimmsten allerdings war es, wenn dieser halb träumende Zustand sie während eines Albtraums traf. Wenn sie genau wusste, dass sie dem Griff der Schatten entkäme, wenn sie nur … *aufwachen könnte.*

Ein lautes Knarren erklang über ihr, und mit übermenschlicher Anstrengung hob sie die Lider. Die Schatten zogen sich zurück, nur um von Schmerzen ersetzt zu werden. Jeder Zentimeter ihres Körpers ertrank in Qualen.

Eine Frau erschien vor ihr, ihr Haar silbern und ihr Gesicht vertraut. *Ich träume noch,* dachte Iseult verschwommen.

Aber dann berührte die Frau Iseults Oberarm, und es war, als wäre ein Feuertopf explodiert. Das Hier und Jetzt ergriff Besitz von Iseults Körper.

»Ihr«, krächzte Iseult. »Wieso … seid Ihr hier?«

»Ich heile dich«, sagte der weibliche Mönch ruhig. Ihre Stränge zeigten ein glitzerndes, konzentriertes Grün. »Du hast eine Pfeilwunde am Arm …«

»Nein.« Iseult bemühte sich, den wunderschönen, weißen Umhang der Carawen zu packen. »Ich meine … Ihr.« Die Worte schienen ihr zu entgleiten … nein, der Raum drehte sich, und ihre Worte drehten sich mit ihm. Sie war sich nicht einmal sicher, ob sie Dalmotti sprach. Vielleicht glitt auch Nomatsi über ihre Zunge.

»Ihr«, versuchte sie es wieder, fast sicher, dass sie in der Tat das Dalmotti-Wort für *Ihr* verwendete, »habt mich gerettet.« Als sie die Worte an den Schmerzen und dem Schwindel vorbeidrängte, bemerkte sie, dass der Umhang der Carawen jetzt

Flecken aufwies. Beschämt ließ sie den Stoff los, dann atmete sie vorsichtig ein, und die Luft schien zu brennen wie heißer Teer. *Ruhe. Ruhe in Fingerspitzen und Zehen.*

»Vor sechseinhalb Jahren habt Ihr mich an einer Kreuzung gefunden. Nördlich von Veñaza. Ich war ein kleines Mädchen, und ich hatte mich verlaufen. Ich hatte eine Stoffpuppe dabei.«

Die Frau stieß zischend die Luft durch die Zähne. Sie richtete sich auf, und ihre Stränge glänzten in verwirrtem Hellbraun. Dann schüttelte sie den Kopf, während ihre Stränge ein ungläubiges Türkis annahmen …

Bis sie sich plötzlich wieder vorlehnte, unablässig blinzelnd. »Du heißt Iseult?«

Iseult nickte, kurzzeitig abgelenkt von ihren Schmerzen. Der Blick der Carawen zeigte ein seltsames Glänzen, so als stünden Tränen in ihren Augen. Aber vielleicht lag das auch an der Dunkelheit im Raum. Am Winkel der Sonne. Die Stränge der Carawen zeigten keine blaue Trauer, nur pflaumenfarbenen Eifer und fröhliches Pink.

»Das warst du«, fuhr die Carawen fort, »vor sechseinhalb Jahren an der Küste?«

»Ich war zwölf«, sagte Iseult. »Meine Puppe hieß … Eridysi.«

Wieder schnappte die Carawen nach Luft und wich ein Stück zurück, als hätten die Worte sie getroffen. »Und hast du je meinen Namen erfahren? Habe ich ihn dir genannt?«

»Ich glaube nicht.« Iseults Stimme war schwach und schien von weit weg zu kommen, aber sie konnte nicht sagen, ob es daran lag, dass ihre Ohren den Dienst quittiert hatten oder ihre Kehle. Das Feuer in ihrem Arm stieg höher, wie die einlaufende Flut.

Die Carawen zog sich zurück und verwandelte sich wieder

in eine fähige Heilerin. Sie legte eine warme Hand auf Iseults Schulter, ein kleines Stück über der Pfeilwunde. Iseult zuckte zusammen, dann entspannte sie sich, als der Schlaf näher glitt.

Aber Iseult wollte nicht schlafen. Sie konnte sich diesen Träumen einfach nicht mehr stellen. War es nicht schon schlimm genug, dass sie im Leben ständig geschlagen und verfolgt worden war? All das im Schlaf noch einmal durchleben zu müssen ...

»Bitte«, sagte sie heiser und griff erneut nach dem Mantel der Carawen, ohne sich Gedanken um den Dreck zu machen. »Keine weiteren Träume.«

»Es wird keine Träume geben«, murmelte die Frau. »Das verspreche ich, Iseult.«

»Und Safi?« Der Schlaf schien sich in Iseult festzusetzen. »Ist sie hier?«

»Sie ist hier«, bestätigte die Carawen. »Sie sollte jeden Moment zurückkehren. Jetzt schlaf, Iseult, und heile.«

Also tat Iseult, was man ihr befahl. Nicht dass sie sich hätte dagegen wehren können, selbst wenn sie es gewollt hätte. Sie versank unter der Oberfläche des heilenden Schlafs.

18

Weit nördlich der *Jana* und doch in denselben Gewässern wurde Aeduan der Blutmagis von dem unangenehmen Gefühl von Fingern geweckt, die in seine Rippen stachen.

Die Benommenheit zog sich zurück, und Aeduans Sinne nahmen die Arbeit wieder auf. Sonnenlicht wärmte sein Gesicht, und weiche Flüssigkeit streichelte seine Arme. Er roch Salzwasser.

»Ist er tot?«, fragte eine hohe Stimme. Ein Kind.

»Natürlich ist er tot«, sagte ein zweites Kind. Ein Junge, von dem Aeduan vermutete, dass er derjenige war, der sich an seinem Wehrgehänge zu schaffen machte. »Er ist letzte Nacht angespült worden und hat sich seitdem nicht bewegt. Was glaubst du, wie viel man für diese Messer bekommt?«

Ein Klicken erklang, als hätte jemand Aeduans Wehrgehänge gelöst.

Die letzte Schläfrigkeit verklang. Aeduan riss die Augen auf und packte das Handgelenk des Kinds. Der dürre Junge, der gerade seine Taschen ausräumte, jaulte auf. Ein paar Schritte entfernt stand ein zweiter Junge und beobachtete das Geschehen mit großen Augen. Dann fingen beide an zu kreischen, so laut, dass Aeduan fast die Trommelfelle geplatzt wären.

Er ließ den ersten Jungen los, der in einer Wolke aus aufgewirbelten Sand zurückwich. Die feinen Körner trafen Aeduan, und ein Stöhnen entrang sich seiner Brust. Er rammte seine Fäuste in den Boden – sie versanken im weichen, matschigen Sand – und richtete sich mühsam auf.

Die Welt tanzte verschwommen vor seinen Augen: beiger Strand, blauer Himmel, braune Sümpfe, fliehende Jungen und ein hüpfender Wasserläufer ein paar Schritte entfernt. Aeduan versuchte gar nicht herauszufinden, wo er sich befand. Diese Landschaft konnte überall in der Nähe von Veñaza sein. Stattdessen richtete er seine Aufmerksamkeit auf seinen Körper.

Es strengte seine Muskeln an, aber trotzdem beugte er sich vor, um an seinen Zehen zu beginnen. Seine Stiefel waren intakt, wenn auch vollkommen durchnässt. Das Leder würde schrumpfen, sobald es trocknete. Aber seine Füße waren nicht gebrochen.

Auch seine Beine waren vollkommen geheilt, auch wenn sein rechtes Hosenbein bis zum Knie aufgerissen war und sich lange Fäden aus Sumpfgras um seinen Schenkel gewickelt hatten.

Als Nächstes untersuchte Aeduan seine Oberschenkel, Hüfte und Taille, seine Rippen (immer noch ein wenig wund), seine Arme … Ah, die Narben auf seiner Brust bluteten, was bedeutete, dass auch die Narben auf dem Rücken bluten würden. Aber diese winzigen Wunden waren alt. Sogar uralt. Die verfluchten Dinger öffneten sich und nässten, wann immer Aeduan eine Verletzung davontrug, die ihn an die Schwelle des Todes führte.

Zumindest blutete keine neue Verletzung, es war nichts gebrochen, und es fehlte auch nichts, was er nicht ersetzen konnte. Er hatte immer noch seinen Salamanderumhang und seinen Carawen-Opal. Was die Dinge anging, die das Nomatsi-

Mädchen genommen hatte – sein Stilett und sein Beil –, die konnte er sich mühelos neu besorgen.

Doch der Gedanke an das Nomatsi-Mädchen ohne Blutwitterung sorgte dafür, dass Aeduan jemanden aufschlitzen wollte. Seine Hand glitt zu seinem Wehrgehänge, und als der Sandläufer näher sprang, schlossen sich seine Finger um ein Wurfmesser.

Aber nein. Den Vogel zu verängstigen, würde seine Wut nicht befriedigen. Das ließ sich nur bewerkstelligen, indem er die Strangmagis fand.

Nicht dass er eine Ahnung hätte, was er mit der Strangmagis anfangen sollte, sobald er sie gefunden hatte. Auf keinen Fall konnte er sie umbringen. Er schuldete ihr jetzt eine Lebensschuld. Sie hatte ihn verschont (irgendwie), und das würde er ihr zurückzahlen müssen.

Wenn es etwas gab, das Aeduan hasste, dann war es, Leben zu retten, die ihm eigentlich vollkommen egal sein sollten. Es gab nur noch eine andere Person auf der Welt, bei der er auf diese Art in Schuld stand, und sie zumindest hatte es wirklich verdient.

Aeduan löste die Finger von dem Messer. Mit einem letzten Knurren in Richtung der östlich stehenden Sonne stemmte er sich auf die Beine. Sein Blick verschwamm noch mehr, und seine Muskeln zitterten, was ihm verriet, dass er Wasser und Nahrung brauchte.

In der Ferne hörte er eine Glocke. Neun Schläge, der Tag war also noch jung.

Aeduan drehte den Kopf in die Richtung des Geräuschs. Weit im Süden konnte er ein Dorf erkennen. Wahrscheinlich lebten dort die Jungen. Vermutlich lag die Siedlung nicht allzu weit von Veñaza entfernt. Also machte sich Aeduan auf den Weg durch die Wellen der einlaufenden Flut, gleichzeitig damit beschäftigt, Arme und Finger zu lockern und die Handgelenke kreisen zu lassen.

Die Glocken schlugen Viertel vor zwölf, als Aeduan endlich Gildemeister Yotiluzzis Haus erreichte. Der Wachmann musterte ihn einmal, zuckte zusammen und schob dann das Tor auf.

Zu erklären Aeduan sähe aus, als hätte man ihn durch die Höllentore und zurück geschleift, wäre eine Untertreibung gewesen. Er hatte auf dem Weg durch die Stadt in einem Fenster einen Blick auf sein Spiegelbild erhascht, und er sah sogar noch schlimmer aus, als er sich fühlte. Seine kurzen Haare waren blutverkrustet, seine Haut und Kleider mit Sand überzogen, und obwohl er drei Stunden lang unterwegs gewesen war, waren seine Stiefel und sein Umhang immer noch feucht.

Und auch Brust und Rücken hatten nicht aufgehört zu bluten.

Auf jeder Straße und Brücke, an jedem Garten und jeder Allee waren die Leute ihm ausgewichen und zurückgeschreckt, genau wie Yotiluzzis Wachmann es gerade tat. Aber zumindest hatten die Leute in Veñaza nicht »Finstermagis« gemurmelt oder sich zwei Finger über die Augen gezogen, um den Aether um Schutz zu bitten, so wie dieser Wachmann jetzt.

Aeduan zischte den Mann an, als er vorbeistiefelte. Der Mann zuckte zusammen und wich hinter das Tor zurück, bis er nicht mehr zu sehen war. Als Aeduan in den Garten rauschte, fiel ihm ein altes Sprichwort ein: *Kraul nicht die Katze, die gerade gebadet wurde.* Das hatte seine Mutter immer gesagt, als er noch jung gewesen war. Aeduan hatte seit Jahren nicht mehr daran gedacht.

Was nur dafür sorgte, dass seine finstere Miene noch finsterer wurde. Es kostete ihn seine gesamte Selbstbeherrschung, nicht nach den Blumen und Hängepflanzen zu schlagen, die über den Wegen hingen. Er hasste diese dalmottischen Gärten mit ihrer dschungelartigen Vegetation und dem unkontrollierten Wachstum. Diese Art von Garten ließ sich nicht verteidigen, sondern war einfach nur eine Stolperfalle für alte Gildemeister; ein weiteres Beispiel für die Dekadenz des Dalmottischen Reichs.

Als Aeduan endlich die lange Terrasse am westlichen Ende von Yotiluzzis Haus erreichte, stellte er fest, dass Diener gerade den Tisch wegräumten, an dem Yotiluzzi gewöhnlich seinen Morgen verbrachte.

Eine Magd sah Aeduan über den Weg auf sie zustampfen. Sie schrie; das Glas in ihrer Hand fiel und zerbrach in tausend Stücke.

Aeduan wäre einfach weitergegangen, wenn die Frau nicht noch gekreischt hätte: »*Dämon*!«

»Ja«, knurrte er. Seine Stiefel klatschten nass über die Terrasse. Er suchte ihren Blick, sie zitterte. »Ich bin ein Dämon, und wenn du noch mal schreist, werde ich dafür sorgen, dass die Finsternis deine Seele verschlingt.«

Zitternd schlug sie sich die Hände vor den Mund, und Aeduan lächelte. Sollte sie *diese* Geschichte doch jedem erzählen, den sie traf.

»Wo warst du?« Yotiluzzis grelle Stimme drang durch die offenen Bibliothekstüren. Er hob seine Robe und stampfte mit zitternden Wangen nach draußen. Im hellen Sonnenlicht war es unmöglich, die Wut in den Augen des Gildemeisters zu übersehen. »Und was ist mit dir *geschehen*?«

»Ich war weg«, antwortete Aeduan.

»Ich weiß verdammt gut, dass du weg warst.« Yotiluzzi wedelte mit einem Finger vor Aeduans Gesicht herum.

Aeduan hasste es, wenn der alte Mann das tat. Es weckte in ihm das Bedürfnis, den Finger in zwei Teile zu zerbrechen.

»Was ich wissen will, ist, wo du warst und warum?« Yotiluzzis Finger wedelte weiter. »Hast du getrunken? Denn du siehst aus wie ein Schwein, und seit gestern Abend hat dich niemand gesehen. Wenn du so weitermachst, werde ich deinen Vertrag auflösen müssen.«

Aeduan antwortete nicht. Er presste die Lippen aufeinander, bis sie eine dünne Linie bildeten, und wartete darauf, dass der Gildemeister zum Punkt kam. Im Hintergrund räumten die Diener weiterhin die Frühstücksteller weg, aber sie bewegten sich langsam, die Teller klapperten in ihren Händen, und ihre Blicke waren unverwandt auf Aeduan gerichtet.

»Ich brauche dich dringend«, erklärte Yotiluzzi schließlich. »Es gibt Geld zu verdienen, und jede Sekunde, die du verschwendest, bedeutet weniger Geld in meiner Tasche. Die Verlobte von Henrick fon Cartorra wurde entführt, und der Kaiser möchte, dass du sie findest.«

»Oh?« Das brachte Aeduan dazu, den Kopf ein wenig zu heben. »Und der Kaiser ist bereit, dafür zu bezahlen?«

»Sehr gut sogar.« Yotiluzzis Finger stach erneut vor Aeduans Gesicht in die Luft. »Und ich werde dich gut bezahlen, wenn du sie aufspüren kannst ...«

Blitzschnell packte Aeduan Yotiluzzis Finger und riss ihn zu sich. »Ich gehe direkt zum Kaiser, vielen Dank.«

Yotiluzzis Wut verpuffte. Ihm blieb der Mund offen stehen. »Du arbeitest für mich.«

»Nicht mehr.« Aeduan ließ den Finger des alten Mannes sinken, denn daran klebte immer noch Fett vom Frühstück. Aeduan war im Moment selbst kaum als sauber zu bezeichnen, aber erst dieses schleimige Stück Butter sorgte dafür, dass er sich wahrhaft dreckig fühlte.

»Das kannst du nicht machen!«, rief Yotiluzzi. »Ich besitze dich!«

Aeduan ging ins Haus. Yotiluzzi schrie hinter ihm her, doch bald schon war Aeduan außer Hörweite. Er joggte durch die opulenten Flure, zwei Treppen nach oben, und erreichte schließlich sein winziges Dienerzimmer.

Seine gesamten Besitztümer befanden sich in einer einzelnen Tasche, denn er war ein Carawen-Mönch, auf alles vorbereitet und immer reisefertig.

Er grub sich durch die Tasche, auf der Suche nach zwei Dingen: einem zusätzlichen Stilett und einem Papier mit einer langen Liste von Namen darauf. Nachdem er das Stilett in seinem quietschenden, immer noch feuchten Wehrgehänge verstaut hatte, musterte Aeduan die Liste. Darauf standen nur noch wenige Zeilen, die nicht durchgestrichen waren.

Ganz unten stand: *Ridensa-Straße 14.*

Obwohl Aeduan bereits wusste, was sein Vater wünschen würde – dass sich Aeduan dem Kaiser anschloss, die Wahrmagis fand und das Mädchen dann für die wachsende Armee seines Vaters behielt –, war es doch mehrere Wochen her, seit Aeduan seinen Vater zuletzt über den Stand der Dinge informiert hatte. In letzter Zeit war viel geschehen, also würde Aeduan den Sprachmagis in der Ridensa-Straße 14 besuchen, sobald sich eine Gelegenheit dazu ergab.

Das Nomatsi-Mädchen würde Aeduan allerdings nicht erwähnen. Er hatte sorgfältig darauf geachtet, seine erste Lebensschuld vor seinem Vater zu verbergen, und er war sogar noch entschlossener, auch diese zweite Schuld zu verheimlichen. Ein Mädchen ohne Blutwitterung würde nur unzählige Fragen aufwerfen.

Und Aeduan mochte keine Fragen.

Er ignorierte das Scheuern seines nassen Salamandermantels, hob sich die Tasche auf die Schulter und verließ ohne einen Blick zurück den Raum, den er in den letzten zwei Jahren sein Zuhause genannt hatte. Dann wanderte er wieder durch Yotiluzzis Herrenhaus. Diener sprangen ihm aus dem Weg, als er über die Treppen nach unten stieg, und Yotiluzzi schrie immer noch in seiner Bibliothek herum.

Aeduan ging weiter und stellte mit Genugtuung fest, dass er eine Spur von schlammigen Stiefelabdrücken im gesamten Haus hinterlassen hatte.

Manchmal ging es bei Gerechtigkeit um die kleinen Siege.

Als Aeduan den Dogenpalast erreichte – einen halben Glockenschlag, nachdem er Yotiluzzis Heim verlassen und sich in einem öffentlichen Badehaus gereinigt hatte (den Ursprungsquellen sollte gedankt sein, dass seine Narben inzwischen aufgehört hatten zu bluten) –, stellte er überrascht fest, dass der Garten, in dem er sich gestern dem unerwarteten Bataillon aus Kämpfern gestellt hatte, heute nur noch aus verkohlten Pflanzen bestand. Und aus im Wind treibender Asche.

Er hätte nicht überrascht sein sollen; schließlich *hatte* ein Feuer gewütet, als er verschwunden war.

Dalmotti-Wachen und Soldaten krochen überall herum, aber keiner der Männer achtete auf Aeduan. Als der Mönch die Eingangshalle erreichte, durch die er sich gestern Nacht gekämpft hatte und die nur noch aus offen liegenden Stützbalken und schwelender Asche bestand, trat allerdings ein Wachmann in seinen Weg.

»Stopp«, befahl der Mann. Er fletschte Zähne, die von Asche geschwärzt waren. »Niemand rein oder raus, Finstermagis.«

Dieser Mann hatte Aeduan offensichtlich erkannt. Gut. Damit konnte er ihn um einiges leichter verängstigen.

Aeduan schnüffelte. Er wusste, dass rote Wirbel in seinen Augen tanzten, als er die Blutwitterung des Mannes aufnahm. *Salzige Küchen und der Atem eines Babys*. Ein Familienmensch – zu dumm. Damit war Gewalt gegen ihn tabu.

»Du wirst mich reinlassen.« Aeduan zog eine Augenbraue nach oben. »Und dann wirst du mich zum Büro des Dogen eskortieren.«

»Oh, werde ich das?«, höhnte der Mann, doch es lag ein unüberhörbares Zittern in seiner Stimme.

»Ja, denn ich bin die einzige Person auf diesem Kontinent, die das Mädchen namens Safiya finden kann. Und außerdem weiß ich, wer sie entführt hat. Jetzt setz dich in Bewegung.« Aeduan deutete mit dem Kinn die Halle entlang. »Richte deinen Vorgesetzten aus, dass ich hier bin.«

Wie Aeduan erwartet hatte, eilte der Wachmann davon. Nach mehrere Minuten des Wartens (in denen er sich beschäftigt hielt, indem er die Männer um sich herum zählte), kehrte der Wachmann mit der Botschaft zurück, dass Aeduan in der Tat sofort in den Palast eskortiert werden solle.

Aeduan folgte dem Familienmenschen/Wachmann, seine Aufmerksamkeit auf die Schäden des gestrigen Abends gerichtet. Mindestens die Hälfte des Palasts war vollkommen ausgebrannt. Die Gärten hatte es sogar noch härter getroffen. Alle Pflanzen, die das Inferno überlebt hatten, waren mit Asche überzogen.

Als Aeduan endlich die Privatzimmer des Dogen erreichte, nachdem er zwölfmal von Wachen inspiziert worden war – offenbar ein Kontrollposten für jede Nation, die sich im Raum versammelt hatte –, fand er einen sonst sicheren Aufenthaltsort in Aufruhr. Der Raum, der mit üppigen roten Teppichen, hohen Regalen und glitzernden Kristalllampen eingerichtet war, war offensichtlich das private Arbeitszimmer des Dogen.

Doch jetzt waren Leute aller Hautfarben, Klassen und Altersstufen hier eingedrungen, während Soldaten in den verschiedensten Uniformen überall herumliefen.

Die Illryaner mit ihrer nussfarbenen Haut drängten sich ängstlich neben der Tür, offensichtlich nur von dem Wunsch getrieben, wieder in ihre Berge im Süden zurückzukehren. Die zartgliedrigen Svoden hatten sich in der Nähe des Fensters versammelt, die Blicke gen Norden gerichtet, und die Balmaner schienen einen Weinkrug herumgehen zu lassen. Lusquaner, Kritianer, Portollaner. Jede Nation bildete ihre eigene Gruppe.

Durch Abwesenheit glänzten die Marstoker. Aeduans schneller Blick konnte weder Kaiserin Vaness noch ihre Sultane entdecken. Und auch die Nubrevnaner waren nirgendwo zu sehen.

Bald schon hatte Aeduan den Kaiser von Cartorra ausfindig gemacht. Er tigerte neben einem langen Schreibtisch auf und ab, wedelte mit den Armen und brüllte so laut, dass die Kristalllüster klimperten. Der Doge von Dalmotti, Ziel der Schreie, saß steif und zuckend hinter seinem Schreibtisch.

»Aha!«, rief eine Tenorstimme zu Aeduans Rechter. »Da seid Ihr ja.« Leopold fon Cartorra sprang elegant aus einem Schattenfleck, was in Aeduan die Frage aufwarf, wie er den blonden, grün gekleideten Prinz neben dem Bücherregal hatte übersehen können.

Oder, wenn er schon dabei war, wieso er den Prinzen nicht *gerochen* hatte. Aeduan hatte die Blutwitterung des kaiserlichen Erben auf dem Ball abgespeichert: *neues Leder und rauchende Kamine*. Aeduan hätte diesen Geruch auch hier wahrnehmen müssen.

Seine Verwirrung wurde von einer zweiten Stimme und einer zweiten Gestalt vertieft, die sich ebenfalls aus den Schatten materialisierte. Irgendwie hatte Aeduan auch diesen Mann übersehen, was ihn nur noch mehr irritierte. Besonders, weil dieser zweite Mann mindestens eine Handspanne größer war als jeder andere im Raum.

»Ihr wisst von meiner Nichte«, lallte der Mann. Er sah aus, als hätte er seit Tagen nicht geschlafen. Seine Augen waren rot wie glühende Kohlen, und sein Atem …

Aeduan rümpfte die Nase. Der Mann roch stärker nach Wein als der Wein selbst. Der Alkohol dominierte sogar seine Blutwitterung.

»Kommt, Mönch«, drängte Leopold und deutete in Richtung seines immer noch brüllenden Onkels. »Uns wurde mitgeteilt, dass Ihr Informationen über die Verlobte meines Onkels habt. Ihr müsst uns alles erzählen, und … oh, hey.« Leopold hatte Asche an seinem Ärmel bemerkt. Mit einem niedergeschlagenen Seufzen versuchte er halbherzig, den Fleck abzuwischen. »Das ist wahrscheinlich eine angemessene Strafe dafür, dass ich in einer Welt aus Asche hellen Samt trage. Ich nehme an, mein Haar sieht genauso schlimm aus.«

So war es. Das Rotblond war fast vollkommen grau eingefärbt. doch Aeduan verlor kein Wort darüber. »Der Kaiser«, erinnerte er angespannt.

»Richtig. Natürlich.« Unbeeindruckt drängte sich Leopold an Soldaten und Dienern vorbei. Aeduan folgte ihm, und der Trinker, von dem Aeduan annahm, dass es sich dabei um Dom Eron fon Hasstrel handelte, schlurfte hinter ihnen her.

»Ihr wisst, wer meine Nichte hat«, sagte der Mann. »Erzählt es mir. Erzählt mir alles, was Ihr wisst.« Er versuchte, Aeduans Umhang zu packen.

Aeduan wich ihm mühelos aus, was dafür sorgte, dass Dom Eron auf den Kaiser zustolperte und dann *gegen* den Kaiser stolperte. Henrick stieß Eron mit einem Knurren von sich, bevor sein Blick auf Aeduan landete. Seine Mundwinkel hoben sich.

Dies ist also der Kaiser von Cartorra, dachte Aeduan. Er hatte den Mann letzte Nacht aus der Ferne gesehen, doch er war ihm noch nie nah genug gekommen, um die Pockennarben auf Henricks Wangen zu erkennen. Oder um den einen Zahn wahrzunehmen, der viel weiter hervorragte als alle anderen. Selbst bei geschlossenem Mund stand er über die Unterlippe, wie bei einem Hund.

Einem ziemlich wütenden Hund.

»Wer hat die Domna?«, fragte Henrick. Obwohl er mindestens fünfzehn Zentimeter kleiner war als Aeduan, besaß der Kaiser eine volle, tiefe Stimme. Es war die Art Stimme, mit der man sich auch über dem Dröhnen von Kanonen verständlich machen konnte, und Aeduan witterte einen Anflug von Schlachtfeldern im Blut des Kaisers. »Erzählt uns, was Ihr wisst«, fuhr Henrick fort. »Waren es die dreimal verdammten Marstoker?«

»Nein«, antwortete Aeduan vorsichtig. Langsam. Er musste sichergehen, dass niemand erfuhr, dass Safiya eine Wahrmagis war. Der Onkel wusste es wahrscheinlich. Aber vielleicht auch nicht. Aeduan vermutete, dass ein Mann wie Eron eine Wahrmagis skrupellos zu seinen Zwecken eingesetzt hätte, hätte sich die Chance dazu ergeben.

»Seht Ihr?«, hauchte der Doge. »Ich habe Euch doch gesagt, dass es nicht Vaness war!« Aufgeregt tippte er auf etwas, das auf seinem Schreibtisch lag. »Hätte die Kaiserin dieses Verbrechen begangen, wäre ihre Unterschrift verschwunden!«

Aeduans Lippen wurden schmal, als ihm klar wurde, dass er gerade auf den Zwanzigjährigen Waffenstillstand starrte. Oder zumindest auf die letzte Seite des Dokuments, auf der alle Herrscher des Kontinents unterschrieben hatten. Er stellte fest, dass Vaness' ungeschickte Unterschrift – sie war noch ein Kind gewesen – immer noch deutlich am unteren Rand des Papiers zu erkennen war. Entweder war die Magie des Waffenstillstands nicht gebrochen worden, oder die Nubrevnaner hatten diese Domna nicht gegen ihren Willen entführt.

Aeduan wandte sich wieder Kaiser Henrick zu. »Die Nubrevnaner haben die Domna. Ich habe gesehen, wie sie sie auf See gebracht haben.«

Überall im Raum starrten ihn Männer ungläubig an. Selbst Henrick wirkte, als hätte er einen schlechten Geschmack im Mund.

»Aber«, setzte Prinz Leopold ein und rieb sich dabei mit dem Daumen die Unterlippen, »es war ein marstokischer Feuermagis, der den Palast in Schutt und Asche gelegt hat. Und« – er warf einen um Unterstützung heischenden Blick zu Henrick – »die Marstoker haben Veñaza verlassen. Die Kaiserin und all ihre Sultane sind kurz nach dem Ball verschwunden. Für mich spricht das von Schuld.«

»Ja«, meinte der Doge, wobei er nervös die Finger aneinanderlegte, »aber dasselbe gilt für die Nubrevnaner. Sie sind direkt nach dem ersten Tanz von …«

»Vom Prinz und meiner Nichte verschwunden«, beendete Eron den Satz und richtete sich ein wenig höher auf als bisher. »Diese kranken Nubrevnaner! Ich werde sie zermalmen …«

»Es wird kein Zermalmen geben«, grummelte Henrick mit einem angewiderten Blick. Dann wandte er sich Aeduan zu. »Erzählt uns, was Ihr gesehen habt, Mönch. Alles.«

Aeduan tat nichts in der Art. Tatsächlich ließ er so gut wie alle Details aus und sprach sofort über das Einzige, was zählte: den Kampf zwischen einem nubrevnanischen Windmagis und den Carawen-Mönchen am Leuchtturm. »Er hat die Domna mit Hilfe seiner Winde auf See getragen«, beendete Aeduan seine Erzählung. »Ich konnte ihnen nicht folgen.«

Henrick nickte nachdenklich, der Doge blinzelte hinter seinen Brillengläsern wie wild, Dom Eron schien keinerlei Ahnung zu haben, wovon Aeduan eigentlich sprach, und Leopold beäugte Aeduan mit schläfrigem Desinteresse.

»Wie seid Ihr dem Mädchen bis zum Leuchtturm gefolgt?«, fragte Henrick. »Mit Eurer Magie?«

»Ja.«

Henrick grunzte, und ein kleines Lächeln ließ seinen Reißzahn noch deutlicher hervortreten. »Und könnt Ihr Eure Macht auch jetzt einsetzen? Selbst über die Jadansi-See hinweg?«

»Ja.« Aeduan trommelte mit den Fingern auf seinen Schwertknauf. »Für einen Preis werde ich ihr folgen.«

Henrick blähte die Nüstern. »Welche Art von Preis?«

»Wen interessiert das?«, schrie Dom Eron und trat auf Aeduan zu. »Ich werde zahlen, was auch immer Ihr wollt, Blutmagis. Nennt Euren Preis, und ich werde ihn zahlen …«

»Mit welchem Geld?«, schaltete sich Henrick ein. Er lachte, und es war ein vernichtendes Geräusch. »Du musstest dir sogar Geld von der Krone leihen, um an diesem Kongress teilzunehmen, Eron. Wenn du also noch Geld in deiner Börse versteckt hast, dann bin ich dein erster Gläubiger.« Mit einem weiteren Lachen wirbelte Henrick wieder zu Aeduan herum. »Wir werden Euer Honorar bezahlen, Finstermagis, aber es wird aus den Truhen desjenigen kommen, der Domna Safiya entführt hat. Falls es die Nubrevnaner waren, die sie entführt haben, dann sind es auch die Nubrevnaner, die zahlen werden.«

»Nein.« Aeduans Finger beschleunigten ihr Klopfen. »Ich verlange fünftausend Piestra Vorschuss.«

»Fünftausend?« Henrick wich einen Schritt zurück, dann warf er sich wieder nach vorne und kam Aeduan nah genug, um die meisten Männer zurückweichen zu lassen.

Aeduan aber zuckte nicht mal zusammen.

»Ist Euch bewusst, mit wem Ihr sprecht, Finstermagis? Ich bin der Kaiser von Cartorra. Ihr werdet bezahlt, wenn ich sage, dass Ihr bezahlt werdet.«

Aeduans Finger stoppten ihre Bewegung. »Und ich bin ein Blutmagis. Ich kenne die Blutwitterung des Mädchens, und ich kann sie verfolgen. Aber ohne fünftausend Piestra werde ich es nicht tun.«

Henricks Brust hob sich, offensichtlich in Vorbereitung zu einem Schrei, aber Leopold schaltete sich ein. »Ihr sollt das Geld bekommen, Mönch.« Der Prinz hob unterwürfig seine Hände in Richtung seines Onkels. »Sie ist Eure Verlobte, Onkel Henrick, also müssen wir jeden Preis bezahlen, um sie zurückzubekommen. Oder nicht?« Er sah vom Kaiser zum Dogen und dann zu Dom Eron, und irgendwie gelang es ihm, ein Nicken von jedem der Männer zu bekommen.

Aeduan war beeindruckt, und das Gefühl vertiefte sich, als sich Prinz Leopold fon Cartorra ihm zuwandte, ihm direkt in die Augen sah und sagte: »Ihr dürft in meine Gemächer kommen. Ich sollte mindestens die Hälfte des Geldes haben. Wird das ausreichen?«

»Ja.«

»Gut.« Leopold schenkte ihm ein affektiertes Lächeln. »Nun, dann denke ich, wir dürften uns alle darin einig sein« – er sah erneut zu seinem Onkel – »dass wir hier genügend Zeit verschwendet haben. Mit Eurer Erlaubnis, Eure Majestät, werde ich mich dem Mönch auf seiner Suche nach Eurer Verlobten anschließen. Ich kenne Safiya gut, und ich glaube, meine Einsichten könnten für den Mönch hilfreich sein.«

Jede Achtung, die Aeduan empfunden hatte, löste sich bei diesen Worten in Luft auf. Der Prinz würde ihn aufhalten. Ihn ablenken. Doch bevor er widersprechen konnte, nickte Henrick kurz. »Ja, schließ dich dem Finstermagis an. Und halte ihn an der kurzen Leine.« Der Kaiser schenkte Aeduan ein spöttisches Grinsen, offensichtlich in der Hoffnung, eine Reaktion zu provozieren.

Also reagierte Aeduan gar nicht.

Momente später bedeutete Leopold Aeduan, ihm zu folgen, und machte sich auf den Weg durch den Raum. Aeduan folgte ihm mit abgehackten Schritten und kreisenden Handgelenken, während sein Blut vor Frust kochte.

Zumindest hatte niemand erwähnt, dass Safiya eine Wahrmagis war. Sobald Aeduan gut für den Ärger entschädigt worden war, das Mädchen zu jagen, konnte er sie immer noch an seinen Vater übergeben.

Denn auch wenn diese Cartorrer Aeduan dafür bezahlten, Safiya fon Hasstrel zu *finden*, hatte doch niemand etwas davon gesagt, dass er sie *zurückbringen* musste.

19

In den zwei Stunden, seit Merik Safi wieder in ihre Kabine geführt und ihr befohlen hatte, aus Sicherheitsgründen unter Deck zu bleiben, hatten in Safis Kopf wieder und wieder dieselben Gedanken gekreist.

Und die Fragen. So viele Fragen. Die Pläne ihres Onkels, ihre Verlobung mit Henrick, all das beschäftigte sie neben der ständigen panischen Angst um Iseult.

Und da waren die Schritte auf Deck, hämmernd und unablässig. Das Geräusch bohrte sich in Safis Schädel, bis sie laut schreien wollte. Bis sie in der winzigen Kabine auf und ab stiefelte, während Evrane Iseults Wunde versorgte.

»Hört auf«, blaffte Evrane schließlich. »Oder verlasst den Raum. Ihr lenkt mich ab.«

Safi beschloss, den Raum zu verlassen, besonders, nachdem sie jetzt die Erlaubnis hatte, genau das zu tun. Dies war ihre Chance, den Frachtraum zu inspizieren. Zu klären, wie sie Iseult und sich die hart verdiente *Freiheit* erkämpfen konnte. Sie konnte Habims Stimme so deutlich hören, als stünde er neben ihr, seine ständige Litanei über Strategien und Terrain.

Der Frachtraum entpuppte sich als dunkler Ort voll von Truhen und Netzen, Säcken und Fässern. Jeder Winkel, den sie erkundete, war mit irgendetwas vollgestopft (unter anderem mit Matrosen), und es gab keine Lichtquelle außer der kleinen quadratischen Luke über der Leiter zum Deck.

Es stank nach Schweiß und ungewaschenen Körpern, während vom Viehdeck darunter der beißende Gestank von Hühnerdreck aufstieg. Safi war einfach nur dankbar, dass sie die Hühner oder irgendwelche anderen Tiere nicht hören konnte. Sie konnte schon den jetzt herrschenden Lärm kaum ertragen.

Auch wenn sich die meisten Matrosen auf Deck zu befinden schienen, zählte Safi siebenundzwanzig Männer, die es sich neben Kisten oder an Fässer gelehnt gemütlich gemacht hatten. Es schien keine Matrosenkabinen zu geben, was Safi sofort für später abspeicherte.

Von den siebenundzwanzig Matrosen, an denen Safi vorbeikam, bissen neunzehn in ihre Daumen oder zischten »Matsi-liebendes Drecksstück«, in ihre Richtung. Sie gab vor, sie nicht zu verstehen und ging sogar so weit, den Männern freundlich zuzunicken. Doch sie prägte sich die sonnengebräunten Gesichter ebenso ein wie ihre bösartigen Stimmen.

Als ein schlaksiger schwarzhäutiger Junge mit schulterlangen Zöpfen über die Leiter nach unten sprang, schnurrte Safis Magie ihr zu, dass *er* sicher war. Also packte Safi ihn an der Schulter, als er vorbeistolperte. »Würde die Mannschaft auf eine Nomatsi losgehen?«

Der Junge blinzelte, und seine Zöpfe zitterten, bevor er mit deutlich weiblicher Stimme antwortete: »Nicht, wenn der Admiral es nicht gutheißt, und ich glaube nicht, dass er das tun würde. Ihn stören die Matsi nicht so wie den Rest von uns.«

»Uns?«

»Mich nicht!« Das Mädchen riss die Hände in die Luft.

»Ich schwöre es. Ich habe kein Problem mit den Matsi. Ich meinte einfach die Mannschaft.«

Wahr. Safi rieb sich mit den Knöcheln die Augen. Über ihr schlurften Füße über das Deck, Schwerter klirrten und bellende Stimmen dröhnten. Welcher Kampfdrill auch immer gerade abgehalten wurde, Safi wünschte sich, er fände endlich ein Ende.

Sie fing wieder an zu tigern. Zwei Schritte zu jedem Schlag der Trommel. Dann drei. Wieso fiel ihr kein Plan ein? Bei Iseult wirkte es so einfach. Doch jedes Mal, wenn Safi versuchte, ihre Gedanken zu ordnen, wirbelte sie in verschiedenen Richtungen davon wie Schlamm in einem Bach.

»Ihr solltet nicht so viel herumlaufen«, sagte das Mädchen, das Safi immer noch folgte. »Die Mannschaft wird sich beschweren, und dann könnte es passieren, dass der Admiral Euch einsperrt.«

Das ließ Safi innehalten. Eingesperrt zu werden würde im Fall der Fälle ihre Chancen auf Flucht oder Verteidigung schwer einschränken.

»Ich kenne eine gute Stelle auf dem Wetterdeck«, bot das Mädchen an und deutete auf die Leiter. »Dort könnt Ihr nicht tigern, aber Ihr könnt den Drill beobachten.«

Safis Nase zuckte. Sie ging zur untersten Sprosse und spähte in das gleißende Licht. Merik war dort oben. Und auch Kullen, der Safi schon beim geringsten Zeichen von Ungehorsam außer Gefecht setzen konnte.

Aber das Wetterdeck hätte den Vorteil, dass Safi einen besseren Überblick über das Schiff, die Mannschaft und die Umgebung bekam. Vielleicht konnte sie eine Strategie entwerfen, wenn sie mehr wusste. »Niemand wird uns sehen?«, fragte sie das Mädchen, weil sie an Meriks Befehl denken musste, unter Deck zu bleiben.

»Das schwöre ich.«

»Dann zeig mir den Weg.«

Das Mädchen grinste und kletterte die Leiter nach oben. Safi folgte ihr und fand sich bald umgeben von Matrosen wieder, die ihre Entermesser hoch erhoben hielten und sich mit geschmeidigen Schritten über das schwankende Deck bewegten. Auch wenn viele Männer Safi beäugten, als sie sich an ihnen vorbeischlich, hörte sie keinen Spott, fühlte keine Aggression. Es schien, als hielten sich die vorurteilsbelasteten Männer überwiegend unter Deck auf.

Was bedeutete, dass sie nicht lange hier oben bleiben durfte. Sie würde sich die Informationen beschaffen, die sie brauchte, und dann an Iseults Seite zurückkehren.

Safi folgte dem Mädchen. Sie zählte fünfzehn Schritte von der Leiter in den Schatten des Vorderdecks. Das Mädchen schob sich an vier Fässern vorbei, die nach totem Fisch stanken, und kauerte sich dahinter. Safi ging neben ihr in die Hocke und stellte erfreut fest, dass sie tatsächlich gut versteckt waren. Außerdem hatte sie von dieser Stelle aus einen guten Blick über die trainierenden Matrosen – von denen es, wie sie mit einem ängstlichen Heben des Magens feststellte, eine *Menge* gab.

Jetzt, da die Mannschaft in ordentlichen Reihen stand, statt in den Wanten herumzuklettern oder das Deck zu schrubben, schätzte Safi die Anzahl der Männer auf mindestens fünfzig. Vielleicht sogar doppelt so viele, nachdem sie einen Möwendreck wert war, wenn es um Mathematik ging.

Safi reckte den Hals, bis sie Merik, Kullen und drei andere Männer neben dem Ruder sehen konnte. Sie alle trugen Windbrillen, und ihre Münder bewegten sich im Gleichklang.

Hinter ihnen entdeckte Safi die Quelle des endlosen Donnerhalls. Ein junger Mann – er trug Zöpfe wie das Mädchen neben ihr – schlug auf eine riesige, horizontale Trommel ein.

Safi wünschte sich, sie könnte seinen Schlegel zerbrechen.

Doch noch mehr wünschte sie sich, wieder saubere Luft zu atmen. »Götter in der Tiefe«, fluchte sie, als sie sich an das Mädchen wandte. »Woher kommt dieser Gestank?«

»Das ist Chum. Wir lagern unsere Abfälle.« Das Mädchen schnippte eine glitzernde Fischschuppe von dem nächststehenden Fass, und jetzt, da Safi die Planken um sich herum musterte, entdeckte sie viele Schuppen. Sie leckten aus den Fässern, klebten am Holz. »Das ist für die Seefüchse«, fügte das Mädchen zurück. »Wir müssen sie füttern, wenn wir ihnen begegnen oder sie uns angreifen.«

»Die … Seefüchse«, wiederholte Safi ausdruckslos. »Du meinst die mythologischen Seeschlagen, die sich von menschlichem Fleisch ernähren?«

»Aye.« Wieder ließ das Mädchen ihr Lächeln aufblitzen.

»Aber sicherlich glaubst du nicht an sie. Das sind nur Geschichten, mit denen man Kindern Angst einjagt, so wie Bergfledermäuse. Oder die Zwölf Paladine.«

»Die ebenfalls real sind«, hielt das Mädchen dagegen. Als wolle sie ihr Argument untermauern, zog sie ein Pack Taro-Karten mit goldenen Rücken aus einer Hosentasche und deckte die oberste Karte auf.

Es war der Paladin der Füchse, und das Bild zeigte eine blaugrüne Seeschlange mit Fell, die sich um ein Schwert wand. Ihr fuchsähnliches Gesicht starrte zu Safi auf.

»Netter Trick«, murmelte Safi. Es juckte sie in den Fingern, nach dem Kartenspiel zu greifen. Sie hatte in ihrem Leben so viele Karten gesehen, aber noch nie hatte sie ein Deck gesehen, auf dem Seefüchse statt der normalen *roten* Füchse abgebildet waren. Sie fragte sich, was wohl auf den anderen fünf Farben abgebildet war.

»Kein Trick«, meinte das Mädchen. »Ich zeige dir nur, wie Seefüchse aussehen. Es sind riesige Schlangen im Wasser, aber alle paar Jahrzehnte werfen sie ihre Haut ab und kommen als wunderschöne Frauen ans Ufer, um Männer zu verführen …«

»Und sie in ein nasses Grab zu zerren«, beendete Safi den Satz. »Die Legende von der Bergfledermaus ist ähnlich. Aber ich will eigentlich wissen, ob du je wirklich einen Seefuchs *gesehen* hast.«

»Nein. Allerdings«, beeilte sich das Mädchen hinzuzufügen, »behaupten einige der älteren Matrosen, sie hätten in Kriegszeiten gegen Seefüchse gekämpft.«

»Ich verstehe«, sagte Safi langsam, und sie verstand wirklich. Merik und seine Offiziere mussten den Abfall an Bord behalten, um den Aberglauben der Mannschaft zu beruhigen, genau wie Onkel Eron jedes Jahr Schafe für die »Bergfledermäuse« in die Hasstrel-Höhlen treiben ließ.

Ihre gesamte Kindheit über hatte Safi die Bergwälder um die Hasstrel-Ländereien durchstreift, auf der Suche nach einem Hinweis auf den fledermausähnlichen Drachen. Sie hatte alle nahegelegenen Höhlen durchsucht, wo die Bergfledermäuse angeblich lebten, und sie hatte Stunden neben der toten Ursprungsquelle verbracht, um darauf zu warten, dass plötzlich eine wunderschöne Frau erschien.

Doch nach Jahren ohne eine einzige Sichtung hatte Safi endlich akzeptiert, dass die Bergfledermäuse – falls sie überhaupt je existiert hatten – so tot waren wie die Quelle, neben der sie angeblich lebten.

Für Seefüchse, entschied Safi, galt dasselbe.

»Ich heiße übrigens Ryber.« Das Mädchen nickte ihr zu. »Ryber Fortsa.«

»Safiya fon Hasstrel.«

Ryber biss sich auf die Lippen, als müsste sie ein Grinsen unterdrücken, aber dann gab sie auf. »Ihr seid eine Domna, richtig?« Sie deckte eine weitere Taro-Karte auf.

Die Magis. Die Karte zeigte eine Frau, deren Gesicht verborgen war und die auf eine Ursprungsquelle starrte … die Erd-Ursprungsquelle, um genau zu sein. Doch anders als die Quelle, die Safi in ihrer Kindheit erkundet hatte, war diese Ursprungsquelle noch lebendig. Die sechs Buchen um das Becken blühten, der gepflasterte Weg war intakt, und das Wasser sprudelte.

Wie schon beim Paladin der Füchse ähnelte dieses Bild in nichts den Magiskarten, die Safi bisher gesehen hatte.

Ryber schob die Karte zurück in den Stapel, und Safi richtete den Blick wieder auf die Matrosen. Ein junger Mann erregte ihre Aufmerksamkeit. Sein Gesicht war verschwitzt und rot angelaufen, und seine Fähigkeiten mit dem Entermesser waren quasi nicht vorhanden.

In der Zeit, die es Safi gekostet hätte, all ihre Fingerknöchel einmal knacken zu lassen, wurde er zweimal von seinem Gegner entwaffnet. Das Schlimmste daran war, dass sein Gegner nicht nur kurz vor dem Rentenalter stand, sondern zusätzlich noch ein verkrüppeltes Bein hatte.

Falls Safi in nächster Zeit ein Entermesser brauchen sollte, wäre dieser Junge derjenige, dem sie es abnehmen konnte. »Die Mannschaft«, meinte Safi und legte den Kopf in den Nacken, um wenigstens kurz die frische Brise über den Fässern zu atmen, »scheint zweigeteilt. Manche können kämpfen, aber die meisten nicht.«

Ryber seufzte, ein bestätigendes Geräusch. »Wir haben nicht viel Erfahrung. Die Guten« – sie deutete auf den humpelnden alten Mann – »haben im Krieg gekämpft.«

»Ist es nicht die Pflicht eures Ersten Offiziers, dafür zu sorgen, dass ihr euch verbessert?«

Mit zusammengekniffenen Augen sah Safi zum Ruder. Der Wind brachte Kullens helle Haare zum Fliegen, und er murmelte immer noch zusammen mit den anderen Magi. Merik allerdings war verschwunden. »Er beobachtet den Drill nicht mal.«

»Weil er uns segelt. Normalerweise treibt er uns ganz schön an.«

Etwas an dem verteidigenden Ton in Rybers Stimme sorgte dafür, dass Safi sich das Mädchen ein wenig genauer ansah. Trotz ihrer jungenhaften Figur und den wenig vorteilhaften Zöpfen war Ryber keine hässliche Frau. Als Safi genauer hinschaute, bemerkte sie, dass Rybers Augen ein strahlendes Silber zeigten. Kein Grau, sondern ein echtes, schimmerndes Silber.

Der Erste Offizier hätte schon blind sein müssen, um sich nicht in diese Augen zu verlieben.

»Also seid ihr zusammen«, hakte Safi nach.

»Nein«, antwortete Ryber schnell. Viel zu schnell. »Er ist einfach nur ein guter Erster Offizier. Fair und klug.«

Die Lüge krabbelte über Safis Haut, und sie musste ein Lächeln unterdrücken, als sie ihre Aufmerksamkeit auf Kullen richtete. Sie sah nur einen riesigen Mann mit mächtiger Magie. Einen Mann, der Safi nur zu leicht außer Gefecht setzen konnte. Doch vielleicht gab es da hinter der eisigen Fassade mehr zu entdecken.

Ryber stieß ein tiefes Seufzen aus und zog eine weitere Karte aus ihrem Spiel. *Der Paladin der Hunde*. Sie starrte auf die bluthundähnliche Schlange, die ebenfalls um ein Schwert gewickelt war, und in ihren Augen herrschte eine Leere, die von Dingen sprach, die man besser vergaß. Aber dann suchte ihr Blick Kullen, und ihre Miene entspannte sich.

Ryber und der Erste Offizier waren zusammen, und es war mehr als nur eine Affäre. Die Gefühle waren ernst und tief.

Wahr.

Safi schürzte die Lippen. Sie und Ryber schienen ungefähr im selben Alter zu sein, doch hier war etwas, von dem Safi nur wenig verstand. Sie hatte in Veñaza durchaus geflirtet. Zum Beispiel mit Männern wie dem charmanten Schwindler. Aber diese Begegnungen hatten immer mit eiligen Küssen und noch eiligeren Verabschiedungen geendet.

»Hat der Prinz«, fragte sie abwesend, »eine Beziehung mit irgendwem?« Safi zuckte zusammen und wünschte sich, sie könnte die Worte zurückholen. Sie hatte keine Ahnung, woher sie gekommen waren. »Ich meine, ist es Prinz Meriks Mannschaft erlaubt, Beziehungen zu führen?«

»Nicht untereinander«, antwortete Ryber. »Außerdem befinden wir uns momentan nicht auf nubrevnanischem Gebiet, Domna. Das macht den Prinzen zu Admiral Nihar.«

Das erregte Safis Aufmerksamkeit, und sie begrüßte die Ablenkung. »Der Titel des Prinzen ändert sich, je nachdem, wo er sich aufhält?«

»Aber sicher. Eurer nicht?«

»Nein.« Safi biss sich auf die Lippen, während eine weitere salzige Brise hinter die Fässer drang. Doch statt Safi abzukühlen, schien dieser Wind sie zu verbrennen und noch mehr Schweiß auf ihre Stirn zu treiben. Aber dies war eine andere Hitze als bisher, eine wütende Hitze. Eine verängstigte Hitze.

Und ihr wurde nur noch heißer, während Ryber sich daranmachte zu beschreiben, wie Meriks Essensrationierung eine Menge Männer wütend gemacht hatte und die Kluft zwischen den Matrosen, die Merik unterstützten und denen, die auf Prinzessin Vivias Seite standen, nur noch vertieft hatte. Wie dreckig und überfüllt die Hauptstadt seit dem großen Krieg geworden war.

Die mächtige Wahrheit dieser Geschichten sorgte dafür, dass Safis Beine zuckten und ihre Hände sich zu Fäusten ballten. Die Welt, die Ryber beschrieb, war ganz anders als die, die Safi hinter sich gelassen hatte. Es gab Armut im Dalmottischen Reich, natürlich, aber es gab keinen Hungertod.

Vielleicht … vielleicht brauchte Merik wirklich eine Handelsbeziehung, selbst mit verfluchten Ländereien wie denen der Hasstrels.

Gerade als Safi ein Bein anzog, um aufzustehen, in die Kabine zurückzukehren und nach Iseult zu sehen, drang Evranes Stimme an ihre Ohren.

»Also willst du das Mädchen sterben lassen?« Evranes Schrei drang durch die Luke mit der Leiter. Sie übertönte den Lärm der exerzierenden Matrosen. Übertönte die Schläge der Trommel. »Du musst uns an die Küste bringen!«

Eisige Kälte glitt über Safis Wirbelsäule nach unten und breitete sich in scharfkantigen Splittern in ihrem Körper aus. Sie rollte sich auf die Knie, dann sprang sie auf, ohne auf Rybers geflüsterte Anweisung zu achten, in ihrem Versteck zu bleiben. Gerade als sie ihren Kopf über den Rand der Fässer schob, tauchte Meriks Kopf über der Leiter auf. Mit geübten Bewegungen kletterte er aufs Deck, gefolgt von seiner Tante in ihrem weißen Umhang.

Merik stiefelte mehrere Schritte vorwärts. Er drehte suchend den Kopf, und die Matrosen wichen ihm aus.

Evrane stampfte an seine Seite. »Dieses Mädchen braucht einen Feuermagis-Heiler, Merik! Sonst wird sie sterben!«

Merik antwortete nicht – nicht einmal, als Evranes Stimme vor Wut noch lauter wurde und sie erneut verlangte, dass das Schiff die Küste anlaufen musste.

Safi bewegte die Finger. Ihre Zehen, ihre Schenkel, ihr Bauch, alles spannte sich an, bereit für den Kampf.

Wenn Merik nicht bereit war, Iseults Leben zu retten, dann bestätigte das, dass er nicht Safis Verbündeter war. Also war – Vertrag hin oder her, feindliche Matrosen hin oder her – Admiral Nihar jetzt Safis *Gegner* und dieses Schiff ihr Schlachtfeld.

20

Merik war unter Deck gegangen, um nach der Domna zu sehen. Ihm gefiel nicht, dass er sie einfach in der Kabine zurückgelassen hatte. Ihre Strangschwester war krank, und Merik verstand, dass dies ein paar Falten im Gemüt einer Person aufwerfen konnte.

Wann immer er Falten entdeckte, versuchte Merik sie zu glätten.

Außerdem war dies mehr oder minder im Moment die einzige Falte im Gewebe der Welt, gegen die er etwas unternehmen konnte. Vivias Sprachmagis verfolgte Hermin, denn Vivia verlangte von Merik, ihr zu sagen, wo sich das dalmottische Handelsschiff aufhielt. Seine Schwester weigerte sich, ihren Piratenplan aufzugeben, bevor sie diesen neuen Hasstrel-Vertrag selbst gesehen hatte.

Merik hatte gelogen, wieder einmal, und behauptet, das Handelsschiff wäre erst auf halber Strecke zu dem Punkt, an dem es sich wirklich befand. Aber er konnte sich des Gefühls nicht erwehren, dass Vivia ihm langsam auf die Schliche kam.

Bevor er die Passagierkabine erreicht hatte, fing seine Tante ihn am Fuß der Leiter ab. »Wir müssen stoppen«, verkündete sie. Ihr Gesicht lag in Schatten, aber ihre silbernen Haare glänzten. »Iseult ist zu krank, um noch lange zu überleben. Welche Häfen befinden sich in der Nähe?«

»Keine, die wir anlaufen könnten. Wir sind immer noch auf dalmottischem Territorium.« Merik versuchte weiterzugehen, doch Evrane trat ihm kampflustig in den Weg. »Was verstehst du nicht an der Formulierung ›zu krank, um zu überleben‹? Diese Forderung ist nicht verhandelbar, Merik.«

»Und dieses Schiff steht nicht unter deinem Kommando.« Merik fehlte im Moment einfach die Geduld für dieses Gespräch. »Wir stoppen, wenn ich sage, dass wir stoppen, Tante. Und jetzt tritt zur Seite, damit ich die Domna besuchen kann.«

»Sie ist nicht in der Kabine.«

Von einem Moment auf den anderen breitete sich dieser vertraute Druck unter Meriks Haut aus. »Wo«, fragte er sanft, »ist sie dann?«

»Irgendwo oben, nehme ich an.« Evrane machte eine wegwerfende Geste in Richtung Laderaum, als wolle sie sagen: *Hier siehst du sie ja wohl nirgendwo, oder?*

»Allerdings«, fuhr Merik fort, seine Stimme immer noch gefährlich leise, »sollte sie unter Deck bleiben. Warum hast du sie nicht in der Kabine behalten?«

»Weil das nicht in meine Zuständigkeit fällt.«

Diese Worte ließen Meriks Jähzorn aufflackern. Evrane wusste von dem Hasstrel-Vertrag. Sie wusste, dass Safiya aus Sicherheitsgründen unter Deck bleiben musste. Ein einziger Tropfen ihres Bluts konnte das Ende des gesamten Vertrags bedeuten. Und der Gedanke daran, dass Safi Blut vergoss … verletzt wurde …

Er sprang die Leiter hinauf, verfolgt von der Stimme seiner Tante. »Also willst du das Mädchen *sterben* lassen? Du *musst* uns an die Küste bringen!«

Merik ignorierte seine Tante. Er würde Safiya finden und ihr erklären – sanft natürlich, ohne dieses wütende Feuer, das in seinen Adern tobte –, dass sie ihre Kabine auf keinen Fall verlassen durfte. Sie würde ihm zuhören und gehorchen, und dann könnte sich Merik wieder entspannen. Keine weiteren Falten im Gewebe.

Merik bellte seinen Männern zu, aus dem Weg zu gehen, als er auf das Achterdeck zuhielt. Seine Magie wollte ein Ventil, und sosehr er sich auch anstrengte, er konnte sich nicht beruhigen.

»Admiral!«

Merik stoppte. Das war Safiyas Stimme. In seinem Rücken.

Er drehte sich langsam und schwer atmend um. Seine Winde pulsierten in ihm, schlimmer als vorher. Schlimmer, als sie es seit Jahren getan hatten. Seine Kontrolle versagte.

Als er die Domna mitten auf dem Deck entdeckte, ein Entermesser in der Hand, zerbrach sie.

»Ihr werdet uns an die Küste bringen.« Ihre Stimme war kalt, ihre Worte präzise formuliert. »Und Ihr werdet es *jetzt* tun.«

»Ihr habt Euch meinen Befehlen widersetzt«, sagte Merik, während er innerlich fluchte. Was war mit der sanften Erklärung passiert? »Ich habe Euch gesagt, dass mein Wort auf diesem Schiff Gesetz ist, und ich habe Euch befohlen, unter Deck zu bleiben.«

Ihre einzige Antwort bestand daraus, das Entermesser zu heben. »Wenn Iseult einen Feuermagis-Heiler braucht, dann werden wir anlanden.«

Geistesabwesend bemerkte Merik, dass die Windtrommel verstummt war und das Schiff ohne die Gezeitenmagi, die es ruhig hielten, anfing zu rollen.

Merik zog sein eigenes Entermesser. »Geht unter Deck, Domna. Jetzt.«

Das zauberte ein Lächeln auf Safiyas Gesicht, ein wilder Ausdruck. Gelassen trat sie an Meriks Klinge heran. Dann nahm sie die Schulter zurück und drängte ihre Brust gegen die Spitze, bis sich ihr Hemd eindellte. »Besorgt einen Feuermagis-Heiler, Admiral, oder ich werde dafür sorgen, dass Ihr Euren Vertrag vergessen könnt.«

Hitze schien hinter Meriks Augen zu brennen. Safi war bereit, sich selbst zu verletzen. Sie würde Blut vergießen, und Merik würde alles verlieren, wofür er gearbeitet hatte. Irgendwoher wusste sie, was im Vertrag stand, und sie forderte ihn heraus.

Also senkte Merik seine Klinge.

Dann gab er seiner Wut nach. Die Winde erhoben sich und peitschten gegen die Matrosen. »Kullen! Nimm ihr die Luft!«

Safiyas Gesicht wurde bleich. *»Feigling!«*, knurrte sie. »Selbstsüchtiger Feigling!« Damit griff sie an.

Merik blieb kaum genug Zeit, sich rückwärts Richtung Kabine zurückzuziehen, bevor ihre Klinge auch schon die Luft an der Stelle durchschnitt, wo sich gerade noch sein Kopf befunden hatte.

Er flog auf das Achterdeck zu, und das Wort »Feigling« drang aus allen Richtungen an seine Ohren, glitt von den Lippen der Matrosen. Als er das Deck erreichte, fand er Kullens Blick in der Menge. Der Erste Offizier schüttelte den Kopf – ein klares Zeichen, dass er ihm diesmal nicht helfen würde.

Und Merik verstand auch, warum: Die Matrosen seines Vaters sahen nur eine Frau, noch dazu eine cartorrische, die ihren neuen Admiral als »Feigling« beschimpft hatte. Hätten Vivia oder Serafin auf diesem Schiff den Befehl geführt, dann wäre schnell, gründlich und gewalttätig Gerechtigkeit geübt worden. Diese Männer rechneten damit. Verlangten danach.

Und es war ja nicht so, als wüssten sie von dem Hasstrel-Vertrag.

Was bedeutete, dass Merik mit Safiya fon Hasstrel kämpfen musste, und er musste sie besiegen, ohne ihr Blut zu vergießen. Merik richtete sich auf, und da war das Mädchen. Sie warf sich auf ihn, und ihr Zopf flatterte hinter ihr im Wind. Matrosen wichen zurück, in gespannter Erwartung, was als Nächstes geschehen würde.

Dann stand Safiya vor ihm, das Entermesser im Schwung. Merik parierte mit seiner eigenen Klinge. Funken blitzten auf – dieses Mädchen war stark. Er musste so bald wie möglich die Klingen aus diesem Kampf verbannen. Selbst der kleinste Kratzer auf ihrer Haut könnte den Vertrag außer Kraft setzen.

Der nächste hackende Schlag des Mädchens. Merik parierte auch diesen Angriff, aber er stand mit dem Rücken an seiner Kabinentür. Noch schlimmer: Die Welt kippte plötzlich scharf nach links, dann fand das Schiff dieses kurze Tal der Ruhe zwischen den Wellenbergen.

Das Mädchen nutzte diese Unbeweglichkeit, und bei den Ursprungsquellen, sie war schnell. Aus einem Schlag wurden zwei. Drei. Vier …

Aber jetzt. Das Schiff krängte in die andere Richtung, und ihre Knie zitterten. Sie musste ihren Stand verbreitern, bevor sie den nächsten Angriff starten konnte.

Merik war bereit. Als sie die Klinge hochriss, duckte er sich. Ihr Schwert traf die Wand, und Merik warf sich auf sie. Doch sobald sie über seiner Schulter lag, hämmerten ihre Fäuste gegen seine Nieren. Gegen seine Wirbelsäule.

Sein Griff lockerte sich, und das Schiff schien einen Sprung zu machen. Er fühlte, wie er das Gleichgewicht verlor. Sie würde mit dem Kopf zuerst aufs Deck knallen.

Also rief er seine Windmagie. Luft drängte sich unter das Mädchen, hob ihren Oberkörper und gab Merik sein Gleichgewicht zurück, bis sie sich auf seiner Schulter nach oben stemmte und ihm ein Knie in die Rippen rammte.

Er klappte zusammen, er konnte nichts dagegen tun. Planken schossen auf sein Gesicht zu.

Seine Magie explodierte. In einem Zyklon aus Macht wurden er und die Domna vom Deck gerissen. Sie wirbelten herum. Sie taumelten. Die Welt verschwamm, bis sie sich plötzlich über den Masten befanden. Der Wind pfiff um sie herum, unter ihnen hindurch. Safiya schien kaum zu bemerken, wie hoch sie sich in der Luft befanden.

Merik versuchte, die Macht unter seiner Haut, in seiner Lunge, zu kontrollieren. Doch er konnte einfach nicht leugnen, dass dieses Mädchen die Wut in ihm weckte. Seine Magie reagierte nicht länger auf seine Befehle, sondern auf *sie*.

Ihre Faust sauste auf Meriks Gesicht zu. Ihm blieb gerade genug Zeit, den Schlag abzuwehren, als sie schon einen Fuß hinter seinen Knöchel hakte. Sie wirbelte ihn nach hinten und drehte sich mit ihm, bis sie kopfüber hingen. Bis er nur noch Segeltuch und Takelage und Safiyas Fäuste sah.

Merik wehrte sich, doch er setzte zu viel Kraft ein. Vielleicht war es auch seine Magie. Safiya wirbelte davon, über die Segel hinaus. Dann verließ sie den Einzugsbereich von Meriks Winden und fiel kopfüber auf hundert starrende Matrosen zu.

Merik stieß eine magische Windböe unter sie, um sie wieder in seine Richtung zu schleudern. Er drehte die Domna und sich selbst wieder aufrecht. Das Meer und die Takelage sausten vor seinen Augen vorbei.

Dann trat Safiya ihn. Direkt in den Magen.

Alle Luft verließ seine Lunge. Seine Magie brach ab.

Er und die Domna fielen.

Merik blieb gerade genug Zeit, um seinen Körper unter ihr zu positionieren und zu denken, *Das wird wehtun*, bevor sein Rücken auch schon auf das Deck knallte.

Nein, das war nicht das Deck. Es war ein Luftwirbel. Kullen verlangsamte ihren Fall, bevor …

Mit einem hirnerschütternden *Krach!* knallte Merik auf das Holz. Das Mädchen fiel auf ihn und zerquetschte ihm dabei fast Rippen und Lunge.

Trotz der Schmerzen und des Schocks ergriff Merik die Chance, die sich ihm bot. Er verschränkte seine Beine mit ihren und rollte sich herum, sodass sie unter ihm lag. Dann stemmte er die Hände rechts und links neben ihren Kopf und sah böse auf sie herunter. »Seid Ihr fertig?«

Sie atmete schwer. Ihre Wangen waren so rot wie der Sonnenuntergang, aber ihre Augen glänzten scharf. »Niemals«, keuchte sie. »Nicht, bis Ihr anlandet.«

»Dann werde ich Euch in Eisen legen.« Merik machte Anstalten, sich zu erheben, aber sie packte sein Hemd und riss daran. Seine Ellbogen gaben nach; er fiel flach auf sie, sodass sich ihre Nasen fast berührten.

»Ihr kämpft … nicht fair.« Bei jedem keuchenden Atemzug stießen ihre Rippen gegen seine. »Kämpft noch mal … gegen mich. Ohne Magie.«

»Habe ich Euren Stolz verletzt?« Er lachte rau und schob seinen Mund näher an ihr Ohr. Seine Nasenspitze glitt über ihre Wange. »Selbst ohne meine Winde«, flüsterte er, »würdet Ihr verlieren.«

Bevor sie antworten konnte, rollte sich Merik von ihr herunter und auf die Füße. »Bringt sie nach unten und legt sie in Ketten!«

Safiya versuchte, auf die Beine zu kommen, aber zwei Matrosen – Männer aus Meriks ursprünglicher, loyaler Crew – standen schon bereit. Die Domna wand sich und brüllte, aber als Kullen ungerührt neben sie trat, gab sie den Kampf auf, auch wenn sie nicht aufhörte zu schreien. »Ich hoffe, Ihr brennt in der Hölle! Euer Erster Offizier und die gesamte Crew … ich hoffe, ihr brennt alle!«

Merik wandte sich ab und tat so, als würde er sie nicht hören und als wäre es ihm egal.

21

Es hatte Aeduan nur Minuten gekostet, Kaiser Henrick dazu zu bringen, ihn anzustellen, doch während er versuchte, seinen neuen Begleiter, den geckenhaften Prinzen Leopold und eine Eskorte aus acht Höllebarden aus dem Palast zu bringen, verlor er diese Zeit wieder.

Zwei Stunden, nachdem sie das persönliche Büro des Dogen verlassen hatte, joggte Aeduan endlich neben Leopolds Kutsche her, auf dem Weg zum südlichen Hafen. Der Verkehr war dicht. Leute aus allen Ecken von Veñaza waren gekommen, um den »abgebrannten Palast des Dogen« zu sehen. Oder vielmehr, um zu sehen, »was die dreimal verdammten, feuerfressenden Marstoker getan hatten«.

Aeduan hatte keine Ahnung, wo dieses Gerücht seinen Anfang genommen hatte, aber er vermutete stark, dass es *gestreut* worden war. Vielleicht hatte ein Wachmann sein Maul zu weit aufgerissen, oder irgendein kriegshungriger Diplomat hatte die Theorie absichtlich in die Welt gesetzt. Auf jeden Fall herrschte große Feindseligkeit gegen die Marstoker, als Aeduan durch die Straßen und über die Brücken von Veñaza lief – ein schlechtes Vorzeichen für die Verlängerung des Zwanzigjährigen Waffenstillstands. Alles an der Situation wirkte gelenkt, wie ein Teil einer Strategie. Irgendjemand wollte Marstok zum Feind aufbauen.

Aeduan speicherte die Information für seinen Vater ab, und auch, dass von den acht Höllebarden in Leopolds Diensten nur der Kommandant unter seinem Helm noch normal atmete, nachdem sie zwei Häuserblocks weit gelaufen waren.

So viel zur Kämpferelite.

Allerdings war auch Aeduan selbst fast peinlich erschöpft, als Leopolds Kutsche endlich ins südliche Hafenviertel einrollte, vor dem die cartorrischen Kriegsschiffe an den Pieren lagen. Es war inzwischen später Nachmittag, und Aeduans frisch geheilte Muskeln knirschten förmlich vor Erschöpfung. Seine neu gebildete Haut war nach dem Lauf durch die überfüllten Straßen überhitzt, und seine alten Narben nässten wieder, was bedeutete, dass sein einziges sauberes Hemd inzwischen ebenfalls mit Blut besudelt war.

Oh, Aeduan konnte es kaum erwarten, Rache zu üben … irgendwie … sobald er diese Strangmagis wiedersah.

Leopold stolperte aus seiner Kutsche in den heißen Sonnenuntergang. Er trug einen Samtanzug, viel zu fein für den Aufenthalt auf einem Schiff, und an seiner Hüfte hing ein Rapier mit einem goldenen Gefäß. Mehr Schein als Sein.

Aber Geld war Geld, und Aeduans neue Schließkassette voller Silbertaler in der Kutsche war es durchaus wert, hier in der Sonne zu braten und dem ständigen Strom von Beschwerden dieses nutzlosen Prinzen zu lauschen.

»Was«, rief der Prinz, eine Hand vors Gesicht geschlagen, »ist das für ein Gestank?«

Nachdem keiner der Höllebarden vortrat, um etwas zu sagen – tatsächlich entfernten sie sich alle ein Stück, als wollten sie jedes Gespräch mit ihrem Prinzen vermeiden –, blieb die Antwort Aeduan überlassen.

»Dieser Gestank«, sagte er ausdruckslos, »ist Fisch.«

»Und die Fäkalien von dreckigen Dalmotti«, brüllte ein bärtiger Mann, der über den Pier auf sie zukam. Er trug den smaragdgrünen Umhang der cartorrischen Flotte, und nach seiner aufrechten Haltung und den drei Männern geschlossen, die ihm auf den Fersen folgten, war er der Admiral, mit dem sich Leopold treffen sollte.

Die vier Offiziere stellten sich in einer Reihe vor Leopold auf und verbeugten sich, begleitet von »Eure kaiserliche Hoheit« aus vier Kehlen.

Leopold grinste wie ein kleiner Junge mit einem neuen Spielzeug. Er rückte sein Rapier zurecht, dann verkündete er auf Cartorrisch: »Auf die Schiffe, Männer. Die Flotte läuft mit der Flut aus. Laut diesem Mönch ist es ein Nubrevnaner, den wir jagen.«

Der Admiral verlagerte das Gewicht, die Kapitäne wechselten vielsagende Blicke, und irgendwie gelang es den Höllebarden, sich noch weiter in den Hintergrund zurückzuziehen. Mit einem einzelnen Schiff nach Nubrevna zu segeln, war schon riskant. Eine gesamte Flotte war gleichbedeutend mit einer Selbstmordmission. Jeder hier wusste das, abgesehen von dem einen Mann, der es wissen sollte: dem kaiserlichen Erben von Cartorra.

Und doch schien keiner der Offiziere bereit, sich zu Wort zu melden. Nicht mal der Admiral. Aeduan stöhnte innerlich. Diese Leute konnten diesen geistlosen Prinzen doch sicherlich nicht fürchten. Aeduan verstand die Furcht vor Kaiser Henrick, aber der Kaiser war nicht hier, um seine spitzzahnige Wut an den Offizieren auszulassen.

Aeduan drehte sich zu dem Prinzen um und sagte auf Dalmotti: »Ihr könnt keine Flotte nach Nubrevna führen.«

»Oh?« Leopold blinzelte. »Wieso nicht?«

»Weil sie nutzlos wäre.«

Leopold zuckte zusammen, seine Wangen liefen rot an – das erste Zeichen von Jähzorn. Obwohl es Aeduan beinahe umbrachte, hängte er ein schnelles »Eure kaiserliche Hoheit« an.

»Nutzlos, ja?« Leopold knetete seine Unterlippe. »Verpasse ich irgendetwas?« Er wandte sich an den Admiral und fragte in abgehacktem Cartorrisch: »Ist das nicht genau der Zweck einer Flotte? Dinge zurückzuholen, die kriegshetzerische Nubrevnaner einem abgenommen haben?« Leopolds Wangen zuckten, als er sprach, und Aeduan relativierte seine bisherige Einschätzung.

Leopold besaß offensichtlich ein beängstigendes Temperament – gefährlich besonders für diejenigen, deren Position als Admiral von seiner prinzlichen Laune abhing.

Also meldete sich Aeduan nach einem schweren Seufzen wieder zu Wort. Schließlich hatte er keinen Rang als Admiral zu verlieren. »Flotten sind für Seeschlachten, Eure kaiserliche Hoheit. Also auf See. Doch wir fahren nicht nach Nubrevna, um zu kämpfen – weil die Domna wahrscheinlich schon in Lovats sein wird, bevor Eure Kriegsschiffe auch nur die nubrevnanische Küste erreichen. Wäre ich dieser nubrevnanische Windmagis, wäre das der Ort, an den ich sie bringen würde.«

Wieder zuckten Leopolds Wangen, und als er sprach, sprach er Dalmotti mit Aeduan. »Wieso sollte die Anwesenheit des Mädchens in Lovats einen Unterschied machen? Ein Nubrevnaner hat die Verlobte meines Onkels entführt. Wir holen sie zurück.«

»Der Zwanzigjährige Waffenstillstand«, sagte Aeduan, »erlaubt Schiffen nicht, ohne Erlaubnis an fremden Küsten anzuladen …«

»Ich weiß, was in diesem verdammten Waffenstillstand

steht, aber ich wiederhole: Sie haben die Verlobte meines Onkels. Das ist bereits ein Verstoß gegen den Waffenstillstand.«

Nur dass es so nicht ist, dachte Aeduan. Ihm war allerdings nicht nach einer Diskussion zumute, also nickte er nur einmal schnell. »Der einzige Weg nach Lovats führt vorbei an Nodens Wachen, und diese Steinmonumente werden von nubrevnanischen Soldaten gesichert. Und selbst angenommen, die Flotte würde es schaffen, sie zu passieren – was unmöglich ist –, dann müsste sie sich immer noch mit den verzauberten Wasserbrücken von Stefin-Ekart auseinandersetzen.«

»Was also« – Leopolds Stimme war gefährlich ausdruckslos, »soll ich dann tun?«

Der Admiral, seine Kapitäne und die weit entfernt stehenden Höllebarden zuckten zusammen, und Aeduan nahm es ihnen nicht länger übel. Zumindest verstand Henrick Krieg und Kosten und Strategie und hatte eine grundlegende Ahnung von Geschichte.

Doch dies hier war für Aeduan auch eine Gelegenheit; eine gute Gelegenheit, wie sie sich ihm vielleicht nie wieder bieten würde. Dies war seine Chance, das Vertrauen eines Prinzen zu gewinnen.

»Ein einzelnes Schiff«, sagte Aeduan langsam und ließ seine Handgelenke kreisen, dreimal nach rechts, dreimal nach links. »Wir brauchen die schnellste Fregatte der Flotte sowie jeden zur Verfügung stehenden Gezeiten- und Windmagis. Wenn wir die Nubrevnaner abfangen können, bevor sie ihr Heimatland erreichen, können wir die Domna zurückholen, ohne den Waffenstillstand zu brechen … Eure kaiserliche Hoheit.«

Leopold beäugte Aeduan, während die Winde von Veñaza seine Locken in alle Richtungen trieben. Dann trommelte er kurz auf das Heft seines Rapiers und nickte Aeduan zu. »Sorgt dafür, Mönch. Sofort.«

Also tat Aeduan genau das, in selbstgefälliger Freude darüber, dass vier Offiziere und acht Höllebarden, die allesamt wachsam Aeduans blutige Brust beäugten, jetzt gezwungen waren, Befehle von ihm entgegenzunehmen.

Aber diese Erfahrung war auch … befremdlich. Die Leute sahen Aeduan selten direkt an, und noch weniger hielten sie sich in solcher körperlicher Nähe zu ihm auf. Als also die Planungen abgeschlossen waren und die Männer wieder dazu übergingen, ihn zu ignorieren, stellte Aeduan fest, dass er Erleichterung empfand.

Und gerade, als er zu Leopolds Kutsche zurückkehrte, nachdem er den Transport seiner Schließkassette auf ein cartorrisches Ruderboot überwacht hatte, stieg ihm ein vertrauter Geruch in die Nase. Er zögerte, zwei Schritte von der Kutsche entfernt, und witterte.

Klares Seewasser und gefrorene Winterlandschaften.

Aeduan kannte diese Witterung, doch er konnte sie nicht mit dem dazugehörigen Blut in Verbindung bringen. Leopold roch nach neuem Leder und rauchigen Kaminen; die Höllebarden stanken nach dem Henkersstrick und kalten Eisen; und die Offiziere besaßen alle mit Meeresdüften eingefärbte Blutwitterungen.

Wer auch immer vor Kurzem diesen Pier passiert hatte, Aeduan hatte ihn schon getroffen, sich aber nicht die Mühe gemacht, sich die Witterung einzuprägen.

Was bedeutete, dass die Person nicht wichtig war.

Also tat Aeduan die Witterung mit einem Achselzucken ab und zog sich seine Kapuze tief ins Gesicht. Der siebzehnte Glockenschlag erklang, was bedeutete, dass Aeduan gerade noch genug Zeit blieb, um die Ridensa-Straße 14 zu finden und seinen Vater endlich über seinen neuesten, hochlukrativen Arbeitgeber zu informieren.

22

Die Handfesseln rieben an Safis Handgelenken, während sie Iseults schlafendes Gesicht beobachtete.

Aus Iseults Mundwinkel floss ein wenig Spucke, aber Evrane war verschwunden und Safi zu weit entfernt von ihrer Strangschwester angekettet, um etwas dagegen zu unternehmen.

Offenbar konnte sie nichts Sinnvolles tun. Sie hatte sich wie ein Kind benommen, als sie ihrer Wut gegenüber Merik nachgegeben hatte, und es war ihr egal. Schlimm war nur, dass ihr Angriff keine Wirkung gezeigt hatte. Dass sie letztendlich alles nur noch schlimmer gemacht hatte.

Das Licht im Raum war schummrig, weil Wolken die Nachmittagssonne verdunkelten, und hinter ihr rauschte Wasser. Das Schiff nahm Geschwindigkeit auf, das Krängen des Rumpfs ließ nach, und die riesige Trommel schlug erneut. Auch das Stampfen der Füße über ihrem Kopf hatte wieder eingesetzt.

Safi zog die Knie an die Brust. Ihre Ketten rasselten fast höhnisch.

»Das war ein ziemlicher Auftritt.«

Safi richtete sich auf und entdeckte Evrane im Türrahmen. So leise wie eine Maus huschte die Carawen durch den Raum zu Iseult.

»Wie geht es ihr?«, fragte Safi. »Was kann ich tun?«

»Gefesselt, wie Ihr seid, könnt Ihr gar nichts tun.« Evrane ließ sich zu Boden sinken und legte eine Hand auf Iseults Arm. »Ihr Zustand ist stabil. Für den Moment.«

Safi keuchte auf.

Für den Moment war nicht lang genug. Was, wenn Safi etwas angefangen hatte, das sie nicht zu Ende bringen konnte? Was, wenn Iseult niemals mehr aufwachte. Nie mehr aufwachen konnte?

Evrane drehte sich zu Safi um. »Ich hätte Euch im Raum behalten müssen. Es tut mir leid.«

»Ich hätte Merik auch unter Deck angegriffen.«

Evrane schniefte missbilligend. »Seid Ihr bei Eurer … Auseinandersetzung verletzt worden?«

Safi überging die Frage. »Sagt mir, was mit Iseult ist. Warum braucht sie einen Feuermagis-Heiler?«

»Weil etwas mit Iseults Muskel nicht stimmt, und das fällt in die Domäne eines Feuermagis-Heilers.« Evrane zog ein Glasgefäß aus ihrem Umhang. »Ich bin eine Wassermagis-Heilerin, also sind die Flüssigkeiten des Körpers mein Metier. Meine Salben« – sie schwenkte den Topf in Safis Richtung – »kommen von Erdmagis-Heilern, also können sie nur Haut und Knochen heilen.« Evrane stellte die Salbe auf die Pritsche. »Da ist eine Entzündung in Iseults Muskel, die Magie entspringt. Entweder der Schnitt an ihrer Hand oder die Pfeilwunde in ihrem Oberarm war verflucht. Ich … kann nicht sagen, wer es war, aber das ist zweifellos die Arbeit eines Fluchmagis.«

»Ein Fluchmagis?«, wiederholte Safi. Dann wieder: »Ein *Fluchmagis*?«

»Ich habe solche Zauber schon früher gesehen«, fuhr Evrane fort. »Ich kann verhindern, dass der Fluch in ihr Blut übergeht, aber ich fürchte, in ihrem Muskel wird er sich ausbreiten. Und während wir uns hier unterhalten, wandert er zu ihrer Schulter. Wenn er noch höher steigt, dann werde ich amputieren müssen, aber das allein zu machen, ist sehr riskant. Diese Art von Eingriff erfolgt am besten mit der Hilfe eines Erdmagis- und eines Feuermagis-Heilers. Natürlich kommen die meisten Erdmagis-Heiler aus Cartorra, selbst wenn wir solche Magi zur Verfügung hätten. Und die meisten Feuermagis-Heiler sind Marstoker. Merik würde solche Feinde nie an Bord erlauben.«

»Im Moment sind sie keine Feinde«, murmelte Safi, immer noch erschüttert von der Vorstellung einer Amputation. Das Wort erschien ihr so seltsam. So unmöglich. »Der Krieg hat vor zwanzig Jahren ein Ende gefunden.«

»Erzählt das mal den Männern, die darin gekämpft haben.« Evrane deutete nach oben in Richtung Hauptdeck. »Erzählt das den Matrosen, die ihre Familien an die marstokischen Flammen verloren haben.«

»Aber Heiler dürfen nicht verletzen.« Safi presste ihre Finger gegen das Holz des Bodens, bis ihre Knöchel knackten. »Ist das nicht Teil Eurer Magie?«

»Oh, wir können Leute verletzen«, antwortete Evrane. »Nur eben nicht mit unserer Magie.«

Safi antwortete nicht. Es gab nichts zu sagen. Mit jedem Atemzug versank sie tiefer in der Hölle, und Iseults Überleben wurde unwahrscheinlicher.

Doch obwohl Safi in Ketten lag, wollte sie nicht aufgeben. Meriks Vertrag, der Plan ihres Onkels und selbst ihre eigenen Zukunft sollten verdammt und dreimal verdammt sein. Safi *würde* einen Weg finden, von diesem Schiff zu verschwinden, und sie *würde* Iseult zu einem Feuermagis-Heiler bringen.

»Also seid Ihr eine Adlige«, sagte Evrane, »und doch wisst

Ihr offensichtlich mit einer Klinge umzugehen. Ich frage mich, wie es dazu kam.« Vorsichtig griff sie nach ihrem Heilerbündel am Fußende der Pritsche, dann löste sie mit sorgfältigen Bewegungen den Verband an Iseults Arm. Die Trommel schlug und schlug und schlug.

»In Nubrevna«, fuhr Evrane fort, »nennen wir unsere Doms und Domnas ›Wesire‹, und das Land meiner Familie, die Nihar-Ländereien, lagen südöstlich der Hauptstadt. Furchtbare Ländereien, um Euch die Wahrheit zu sagen.« Evrane schenkte Safi ein trockenes Lächeln, während sie vorsichtig den Verband von Iseults Arm zurückschlug. »Aber furchtbare Ländereien haben die Tendenz, die machtgierigsten Wesire hervorzubringen, und mein Bruder bildete da keine Ausnahme. Letztendlich gewann der die Hand von Königin Jana, und die Nihars wurden in die königliche Schlangengrube aufgenommen.«

Der cartorrische Adel ist genauso, dachte Safi. Grausam, unbarmherzig, verlogen. Ein Mann wie Merik mochte sich seinem Land und seinen Leuten verpflichtet fühlen, aber Safi hatte diese Art von Loyalität nie empfunden. Die Bewohner der Hasstrel-Ländereien hatten sie nie gewollt, genauso wenig wie der Rest des Adels. Und wie Onkel Eron es so prägnant ausgedrückt hatte, war Safi nicht gerade für Herrschaft geschaffen.

Evrane legte die dreckigen Bandagen zur Seite und griff nach dem Salbentopf. »Politik ist eine Welt aus Lügen, und der nubrevnanische Hof ist da nicht anders. Doch als mein Bruder König wurde …« Stirnrunzelnd öffnete sie das Salbenglas. »Als Serafin König und Admiral der königlichen Flotte wurde, entwickelte er sich zur schlimmsten Schlange von allen. Er hetzt Wesir gegen Wesir, Sohn gegen Tochter – selbst seine eigenen Kinder.«

»Ich bin noch ein paar Jahre geblieben, nachdem die Familie nach Lovats gezogen war«, erzählte Evrane weiter, »aber irgendwann habe ich aufgegeben. Ich wollte Leuten helfen, und das konnte ich in der Hauptstadt nicht.« Evrane schob die Salbe wieder in ihr Bündel und wedelte dann mit ihrem Magismal in Safis Richtung. »Das ist Teil davon, mit der Heilmagie des Wassers gesegnet zu sein, nehme ich an. Ich will helfen. Und wenn ich nichts zu tun habe, werde ich unglücklich. Also gab ich Jahre, bevor der Waffenstillstand begann, meinen Titel auf und reiste in die Sirmaya-Berge, um meinen Eid als Carawen-Mönch abzulegen. Die Ursprungsquellen haben mich immer gerufen, und ich wusste, dass ich mit dem weißen Umhang auf meinem Rücken anderen helfen kann. Wo kommt Ihr her, Domna?«

Safi nahm einen tiefen, erschöpften Atemzug; ihre Ketten rasselten. »Ich stamme aus den Orhin-Bergen in Zentralcartorra. Es war kalt und nass, und ich habe es dort gehasst.«

»Und Iseult stammt aus der Midenzi-Siedlung?« Evrane legte frische Bandagen auf Iseults Haut und wickelte sie mit fast schmerzhafter Langsamkeit um ihren Oberarm. »Jetzt erinnere ich mich.«

Safi stockte der Atem. Silberne Haare. Mönch. »Ihr.« Safi atmete tief durch. »Ihr wart der weibliche Mönch, der sie gefunden hat.«

»Aye«, antwortete Evrane schlicht, »und das ist sehr bedeutsam.« Evrane warf ein grimmiges Lächeln in Safis Richtung. »Wisst Ihr, warum das bedeutsam ist?«

Safi schüttelte langsam den Kopf. »Es ist ein ... unglaublicher Zufall?«

»Kein Zufall, Domna, sondern das Werk der Herrin des Schicksals. Kennt Ihr ›Eridysis Wehklage‹?«

»Ihr meint das Lied, das betrunkene Matrosen gern singen?«

Evrane lachte leise. »Genau das, auch wenn es eigentlich Teil eines viel längeren Gedichts ist. Eines Epos, um genau zu sein, von dem die Carawen-Mönche glauben, dass es« – Sie zögerte, und ihr Blick wurde leer, als sie nach dem richtigen Wort suchte – »eine Vorhersage ist«, sagte sie schließlich mit einem Nicken. »Denn Eridysi war eine Hellsichtmagis, versteht Ihr, und viele ihrer Visionen haben sich schließlich bewahrheitet. Seit ich mich dem Kloster angeschlossen habe, Domna, hatte ich das Gefühl, dass ich Teil dieser Wehklage geworden bin.«

Safi betrachtete Evrane skeptisch. Soweit sie den Text des Lieds kannte, ging es darin nur um Betrug, Tod und ewigen Verlust. Kaum die Art von Geschichte, von der man wollte, dass sie wahr wurde, und noch weniger eine geeignete Prophezeiung für den eigenen Lebensweg.

Doch als Evrane weitersprach, ging es nicht um die Herrin des Schicksals oder Prophezeiungen, und ihre Aufmerksamkeit war wieder auf Iseults fein geschnittenes Gesicht gerichtet. »Iseult ist sehr krank«, murmelte sie, »aber ich schwöre bei den Ursprungsquellen, dass sie nicht sterben wird. Bevor ich das zulasse, sterbe ich selbst.«

Die Worte hallten durch Safi. Die Wahrheit darin brannte so intensiv, dass Safi nur nicken konnte. Denn sie hätte dasselbe für Iseult getan, und sie wusste genau, dass dies umgekehrt auch für Iseult galt.

Merik starrte auf den Tisch voller Karten vor sich und auf die aethermagische Miniatur, die Vivia gekauft hatte. Kullen lehnte ein Stück entfernt an der Wand, sein Körper steif, das Gesicht ausdruckslos. Nur die Kälte in der Luft verriet seine Sorge.

Sonnenlicht drang durch die Wolken, und die *Jana* hob und

senkte sich mit den Wellen. Auf der Karte glitt die kleine *Jana* geschmeidig vorwärts, aber nicht das dalmottische Handelsschiff. Es hatte seine Fahrt verlangsamt und würde schon bald genau die Stelle erreichen, die Merik Vivia als Aufenthaltsort des Schiffs genannt hatte, und es würde auch genau zu dem Zeitpunkt dort ankommen, den Merik ihr genannt hatte.

Meriks Lügen bewahrheiteten sich vor seinen Augen.

Wahrscheinlich könnte er versuchen, seiner Schwester eine neue Geschichte darüber zu verkaufen, dass das Handelsschiff abrupt den Kurs geändert hätte … Aber er bezweifelte, dass sie ihm glauben würde. Wahrscheinlich befand sie sich bereits in Position und wartete darauf, dass ihre ahnungslose Beute heransegelte.

»Ich habe uns ein tiefes Grab geschaufelt«, sagte Merik mit rauer Stimme.

»Aber du wirst uns auch wieder ausgraben.« Kullen spreizte die Finger. »Das tust du immer.«

Merik zerrte an seinem Kragen. »Ich war unvorsichtig. Verblendet von meiner Aufregung über diesen dreimal verdammten Vertrag, und jetzt …« Er atmete scharf aus und wandte sich Kullen zu. »Jetzt muss ich wissen, ob du tun kannst, was getan werden muss.«

»Willst du damit fragen«, meinte Kullen ungeduldig, »wie es meiner Lunge geht? Sie ist vollkommen in Ordnung.« Die Temperatur im Raum sank weiter; kleine Schneeflocken tanzten um Kullens Kopf. »Ich hatte seit Wochen keine Probleme. Also verspreche ich« – Kullen legte eine geballte Faust aufs Herz – »dass ich zu Vivias Schiff fliegen und sie davon abhalten kann, einen Akt der Piraterie zu begehen. Zumindest, bis du ankommst.«

»Danke.«

»Dank mir nicht.« Kullen schüttelte den Kopf. »Es ist reines

Glück, dass wir hier sind und nicht in Veñaza. Befänden wir uns immer noch auf der anderen Seite des Meeres, könnten wir überhaupt nichts unternehmen.« Er zögerte, und die Luft erwärmte sich deutlich. »Da ist noch etwas, worüber wir sprechen sollten, bevor ich aufbreche.«

Merik gefiel gar nicht, wie das klang.

»Das Matsi-Mädchen unter Deck«, sprach Kullen weiter. »Hast du einen Plan in Bezug auf sie?«

Merik nahm einen müden Atemzug und kontrollierte sein Hemd. Es steckte noch im Hosenbund. »Ich arbeite daran, Kullen. Ich werde sie nicht sterben lassen, in Ordnung? Aber die *Jana* und unsere Crew müssen an erster Stelle stehen.«

Kullen nickte, anscheinend befriedigt. »Dann werde ich tun, was getan werden muss.«

»Genauso wie ich«, meinte Merik. »Und jetzt versammle die Mannschaft und ruf die Gezeitenmagi. Es wird Zeit, Fahrt aufzunehmen.«

23

Der Sonnenuntergang rückte näher. Evrane hatte die Kabine verlassen, um etwas zu essen zu finden, sodass Safi ganz allein zurückblieb, um über Iseult und die Herrin des Schicksals nachzudenken. Sicherlich war die Wahrscheinlichkeit, dass Iseult zweimal dieselbe Carawen traf, durchaus hoch, denn wie viele Carawen-Mönche konnte es auf dem Kontinent denn schon geben? Und sicherlich hatte diese Wiederbegegnung mehr mit Zufall und Wahrscheinlichkeiten zu tun – wie bei Ryber, die den Paladin der Füchse aus ihrem Taro-Spiel gezogen hatte –, als mit irgendeinem uralten Gedicht, welches das Leben der Carawen lenkte.

Bei dem Klang von Schritten vergaß Safi diese Gedanken. Die Kabinentür öffnete sich quietschend und gab den Blick auf Merik frei, der eine hölzerne Schüssel in der Hand hielt.

Sie fletschte die Zähne. »Seid Ihr gekommen, um noch mal gegen mich zu kämpfen?« Das war ein flegelhafter Kommentar, aber Safi konnte sich einfach nicht bezähmen.

»Sollte ich?« Er stiefelte in die Kabine und schob mit dem Fuß die Tür hinter sich zu. »Ihr scheint Euch momentan nicht danebenzubenehmen.«

»Tue ich nicht«, grummelte sie, und das stimmte. Trotz des

Drangs, zu knurren und zu schreien und Merik bereuen zu lassen, dass er sie jemals in Eisen gelegt hatte, war sie doch nicht dumm genug, ihre Energie auf diese Art zu verschwenden. Jetzt, mehr als jemals zuvor, brauchte sie einen Plan.

»Gut.« Merik trat heran und stellte die Schüssel in ihrer Reichweite ab, wobei er klugerweise darauf achtete, sich selbst ein Stück entfernt zu halten.

Mit klirrenden Ketten spähte Safi in die Schüssel. Helle Suppe mit einem trockenen Brötchen darauf. »Was ist das?«

»Was wir immer bekommen.« Merik ließ sich in die Hocke sinken. Ihre Blicke trafen sich. Seine Augen zeigten ein tiefes, dunkles Braun, doch er wirkte abgelenkt, und die dreieckige Falte zwischen seine Augen war deutlich sichtbar. »Überwiegend ist es Knochensuppe, und was auch immer wir noch so finden konnten.«

»Klingt … köstlich.«

»Ist es nicht.« Er zuckte mit den Achseln. »Aber seht, ich breche sogar das Brot für Euch.« Er zog das Brötchen aus der Schüssel. Mit einem fast entschuldigenden Lächeln riss er es in Stücke und ließ die mundgerechten Stücke wieder in die Suppe fallen.

Safi beobachtete ihn unter halbgesenkten Lidern. »Ist das ein Trick? Wieso seid Ihr so nett zu mir?«

»Kein Trick.« Weitere Brotstücke fielen in die Schüssel. »Ich möchte Euch wissen lassen, dass ich verstehe, warum Ihr mich … angegriffen habt.« Langsam sah er wieder zu Safi auf. Sein Blick war ernst, fast düster. »Ich hätte an Eurer Stelle dasselbe getan.«

»Wieso stoppt Ihr dann nicht? Wenn Ihr versteht, warum bringt Ihr Iseult nicht an die Küste?«

Meriks einzige Antwort bestand in einem unbestimmten Brummen und darin, dass er das letzte Brotstück fallen ließ.

Safi starrte auf den Brocken, der auf der Suppe wippte, und Frustration stieg in ihr auf.

»Wenn«, sagte sie leise, »Ihr erwartet, dass ich dankbar für Suppe bin …«

»Das tue ich«, unterbrach er sie. »Wir haben auf diesem Schiff nicht viel zu essen, Domna, und Ihr bekommt meine Ration. Also ja, ein wenig Dankbarkeit wäre durchaus nett.«

Darauf hatte Safi keine Antwort. Tatsächlich fehlten ihr vollkommen die Worte, und ihre Erschöpfung schien plötzlich erdrückend zu sein. Was wollte Merik von ihr? Ihre Magie nahm keine Lüge wahr.

Merik schob die Schüssel ein Stück näher heran. »Esst, Domna … oh, wartet! Fast hätte ich es vergessen.« Er zog einen Löffel aus seiner Tasche. »Wie findet Ihr den Service? Wisst Ihr, wie viele meiner Männer für einen Löffel töten würden?«

»Und wisst Ihr«, gab sie zurück, »wie viele Männer ich *mit* einem Löffel töten kann?«

Das brachte ihr ein träges Lächeln ein, doch als sie nach dem Löffel griff, gab Merik ihn nicht frei. Ihre Finger berührten sich …

Und Hitze schoss über Safis Arm nach oben. Sie zuckte zusammen und riss Hand und Löffel zurück.

»Wir werden bald stoppen«, erklärte Merik, scheinbar ohne ihre Reaktion bemerkt zu haben. »Es könnte Kämpfe geben, und … ich wollte Euch warnen.«

»Wer wird kämpfen?« Safis Stimme klang seltsam hoch, und ihre Finger um den Löffel schienen immer noch zu vibrieren. »Sind Iseult und ich in Gefahr?«

»Nein.« Merik schüttelte einmal den Kopf, doch das Wort und die Bewegung erzeugten ein Kribbeln auf Safis Magie. *Falsch.* »Ich werde für Eure Sicherheit sorgen«, fügte er fast geistesabwesend hinzu. Safis Magie schnurrte. *Wahr.*

Mit einem Stirnrunzeln nahm sie den ersten Löffel Suppe. Sie war widerlich, und das trotz ihres Hungers. Fade bis zur Geschmacklosigkeit, und so kalt, dass sie fast schon gerann.

»Beobachtet mich nicht beim Essen«, schnaubte sie. »Ich werde nicht *wirklich* jemanden mit diesem Löffel töten.«

»Noden sei Dank.« Seine Mundwinkel hoben sich. »Ich hatte schon Angst um die gesamte Mannschaft.« Eine Pause, dann eine schnelle Bewegung seines Kopfs, als müsse er eine dunkle Wolke aus seinen Gedanken vertreiben.

Als Merik Safi wieder ansah, war sein Blick scharf – schärfer, als sie ihn je gesehen hatte –, und sie konnte sich des unangenehmen Gefühls nicht erwehren, dass er sie wirklich *sah*. Nicht nur die Oberfläche, sondern auch all ihre Geheimnisse.

»Um ehrlich zu sein«, sagte er schließlich, »Ihr *seid* eine Bedrohung, Domna. Deswegen werde ich Euch weiter in Ketten halten müssen. Ihr würdet alles für Eure Strangschwester tun, und ich würde dasselbe für Kullen tun.«

Wahr.

Als Safi nur weiter schweigend von ihrer Suppe aß, fuhr Merik fort: »Kullen und ich kennen einander, seitdem wir Kinder sind, seit ich zu den Nihar-Ländereien gereist bin, wo seine Mutter arbeitet. Wann habt Ihr Iseult getroffen?«

Safi schluckte den Bissen in ihrem Mund, hätte sich fast am Brot verschluckt und krächzte dann: »Warum wollt Ihr das wissen?«

Merik seufzte. »Arglose Neugier.«

Wahr.

Safi verzog den Mund. Merik war seltsam offen mit ihr, was er sicherlich nicht sein musste, und Safi ging davon aus, dass es ihm keinen taktischen Vorteil verschaffte, wenn er erfuhr, wie sie und Iseult Freundinnen geworden waren.

»Wir haben uns vor sechs Jahren getroffen«, antwortete sie

schließlich. »Sie arbeitet … oder, ich nehme an, hat gearbeitet … für meinen Lehrer in Veñaza. Wann immer ich ihn besucht habe, um unterrichtet zu werden, war Iseult da. Zu Beginn mochte ich sie nicht mal.«

Merik nickte. »Ich mochte Kullen auch nicht. Er war so verkrampft und riesig.«

»Ist er immer noch.«

Merik lachte – ein volltönendes, sonores Geräusch, das Wärme in Safis Magengegend erzeugte. Wenn die kleinen Fältchen in Meriks Augenwinkeln erschienen und sein Gesicht sich entspannte, sah er gut aus. Sogar entwaffnend gut. Gegen ihre bessere Überzeugung und ihre *tiefsten* Wünsche ertappte sich Safi dabei, wie sie sich entspannte.

»Ich fand Iseult auch verkrampft«, sagte sie langsam. »Ich habe damals Strangmagi einfach nicht verstanden, genauso wenig wie Nomatsi. Ich fand Iseult einfach seltsam. Und kalt.«

Merik kratzte sich am Kinn, auf dem ein deutlicher Bartschatten stand. »Was hat sich geändert?«

»Sie hat mein Leben vor einer Geborstenen gerettet.« Safi sah Iseult an, die steif auf ihrer Pritsche lag und viel zu blass wirkte. »Wir waren erst zwölf, und Iseult hat mich gerettet, ohne einen Gedanken an ihre eigene Sicherheit zu verschwenden.«

In der Nähe von Mathews Kaffeestube hatte sich eine Erdmagis aufgehalten. Sie hatte angefangen zu bersten, als Safi nur Schritte entfernt stand, und als die Erdmagis sich auf sie geworfen hatte, hatte Safi erwartet, dass dies ihr Ende war. Ob Höllenflammen oder Hexenfische, hatte sie nicht gewusst, aber sie war sich sicher gewesen, dass böse Mächte auf ihr Leben aus waren.

Bis plötzlich Iseult aufgetaucht war. Sie war der Frau auf den

Rücken gesprungen und hatte gekämpft, als wäre es ihr Leben, das auf dem Spiel stand.

Natürlich war Iseult nicht stark genug gewesen, um die Erdmagis aufzuhalten, und den Göttern sei gedankt, dass Habim Augenblicke später erschienen war.

Das war der erste Tag gewesen, an dem Habim begonnen hatte, Iseult zusammen mit Safi zu unterrichten. Und noch wichtiger, dies war der erste Tag, an dem Safi Iseult als Freundin betrachtet hatte. Und so hatte Safi ihr ihre Mühen vergolten – indem sie ihre Leben in Rauch aufgehen ließ.

Safi rührte in ihrer Suppe und beobachtete die Brotstücke in dem Wirbel. »Wie seid Ihr und Kullen Freunde geworden?«

»Eine ähnliche Geschichte.« Merik leckte sich die Lippen und sagte fast ein wenig zu beiläufig: »Kullen hat Lungenprobleme. Ich … ich weiß nicht, ob Ihr es bemerkt habt. Es ist eigentlich ziemlich ironisch. Er ist ein Luftmagis und kann die Lungen anderer kontrollieren, aber nicht seine eigene.« Merik lachte trocken. »Den ersten wirklich schlimmen Atmungsanfall erlitt Kullen, als er erst acht war, und ich habe meine Winde eingesetzt, um ihn wiederzubeleben. Eigentlich recht unkompliziert.« Merik nickte in Richtung der Suppe. »Wie schmeckt das Abendessen?«

»Ich hatte schon Schlimmeres.«

Er senkte den Kopf. »Ich nehme das als Kompliment. Wir tun, was wir können, mit dem wenigen, was wir haben.« Er zog die Augenbrauen hoch, als läge in seinen Worten eine tiefere Bedeutung versteckt.

Doch Safi verstand sie nicht. »Was wollt Ihr damit sagen?«

»Dass ich glaube, dass Ihr dasselbe tut: mit dem auskommen, was Ihr eben habt. Ich werde Iseult helfen, wenn ich kann.«

»So lange kann ich nicht warten. Iseult kann nicht so lange warten.«

Merik zuckte mit einer Achsel. »Ihr habt allerdings keine andere Wahl. Ihr liegt in Ketten.«

Safi zuckte zusammen, als hätte er sie geschlagen. Sie ließ den Löffel fallen und schob die Schüssel von sich. Brühe schwappte über den Schalenrand.

Sollte Merik sich doch über ihre Hilflosigkeit lustig machen. Sollte er doch darüber lachen, dass sie in Ketten lag. Sie hatte diesen Scheiterhaufen entzündet; sie würde ihn auch löschen – und dafür brauchte sie weder seine Erlaubnis noch die von irgendwem anderen.

»Die Suppe schmeckt wie Dreck«, sagte sie.

»Das tut sie.« Merik schenkte ihr ein wissendes Nicken, was sie nur noch wütender machte. »Aber zumindest bekomme ich jetzt auch ein Abendessen.« Er griff nach der Schüssel und verließ den Raum so leise, wie er ihn betreten hatte.

Iseult steckte wieder in diesem Zustand zwischen Träumen und Wachen fest. Stimmen erklangen gerade außerhalb ihres Bewusstseins, und dahinter schwebten Träume. Jemand war *hier*.

Es waren nicht die Leute in der Schiffskabine, die Iseult weit entfernt wahrnahm. Diese Gegenwart war ein Schatten, jemand, der es sich in den hintersten Winkeln ihrer Gedanken gemütlich gemacht hatte.

Wach auf, befahl sich Iseult.

»Schlaf weiter«, murmelte der Schatten. Er sprach mit einer Stimme, die Iseult kannte; es war ihre eigene. »Schlaf weiter, aber öffne die Augen.«

Die Stimme war stärker als Iseult. Sie überzog ihren Geist mit einem klebrigen, unentrinnbaren Sirup, und obwohl Iseult sich selbst anschrie aufzuwachen, gelang es ihr doch nur, genau das zu tun, was die Stimme wollte.

»Ein Schiff«, murmelte der Schatten. »Jetzt sag mir, Strangmagis, wie lautet dein Name?« Der Schatten sprach immer noch mit Iseults Stimme, doch es lag ein freudiger Ton darin, so als würde sie ständig lächeln. »Und reist du mit einem anderen Mädchen? Einer Wahrmagis? Das musst du, denn es sind momentan nur wenige Strangmagis auf dem Meer unterwegs. Drei, um genau zu sein. Und nur eine von ihnen hat das richtige Alter.«

»Wer«, setzte Iseult an, obwohl sie darum kämpfen musste, auch nur dieses eine Wort über ihre Lippen zu zwingen. Ihre Stimme klang, als käme sie aus unendlich weiter Ferne, und sie fragte sich, ob sie wohl in der realen Welt sprach, ob ihre Kehle deswegen vor Anstrengung brannte. »Wer bist du?«

Die Freude des Schattens vertiefte sich, und eisige Kälte glitt über Iseults Rücken. »Du bist die erste Person, die mich spürt! Niemand hat je gehört, was ich sage oder befehle. Sie folgen einfach nur den Anweisungen. Wie kommt es, dass *du* weißt, dass ich hier bin?«

Iseult antwortete nicht. Allein diese eine Frage zu formulieren, hatte weiß glühende Schmerzen in ihrem Körper erzeugt.

»Sieh an, sieh an«, verkündete der Schatten, »du bist sehr krank, und wenn du stirbst, werde ich gar nichts erfahren.« Der Schatten drängte näher, und seine Finger gruben sich durch Iseults Gedanken. »Es ist sowieso ziemlich schwer, dich zu lesen, denn du bist sehr verschlossen. Hat dir das schon einmal jemand gesagt?« Der Schatten wartete nicht auf eine Antwort. Stattdessen donnerte eine Frage durch Iseults Kopf: »REIST DU MIT EINER WAHRMAGIS NAMENS SAFIYA?«

Iseult Magen verkrampfte sich. Das Eis auf ihrem Rücken

breitete sich aus. Iseult setzte jedes bisschen Stärke und ihr gesamtes Training ein, um ihre Gefühle, ihre Gedanken und jedes noch so kleine Wissensfragment, das drohte, an die Oberfläche zu dringen, *gewaltsam* zu unterdrücken.

Aber sie war zu langsam. Der Schatten fühlte ihre Furcht und stürzte sich darauf.

»Das tust du! Das tust du! So muss es sein, wenn du so wild reagierst. Oh, heute ist mir die Herrin des Schicksals gewogen. Das ist alles viel einfacher, als ich erwartet hatte.« Glück strahlte in Wellen von dem Schatten aus. Iseult stellte sich vor, wie die dazugehörige Person vor Freude in die Hände klatschte. »Nun musst du am Leben bleiben, kleine Strangmagis. Ja? Schaffst du das? Ich werde dich wieder brauchen, wenn die Zeit gekommen ist.«

Zeit?, dachte Iseult, unfähig zu sprechen.

»Bis zum nächsten Mal!«, flötete der Schatten. Und dann verschwand die dunkle Gegenwart.

Und Iseult erwachte in der realen Welt.

Die nächsten Minuten vergingen wie unter einem Schleier. Die Carawen half Iseult, sich aufzusetzen; Safis Stränge leuchteten auf der anderen Seite des Raums; die Welt schwankte und drehte sich.

»Safi?«

»Ich bin hier, Iz.«

Iseult entspannte sich ein wenig, bis die Carawen ihren Verband untersuchte. Es kostete Iseult ihre gesamte Selbstkontrolle, sie nicht anzuschreien, *zur Hölle noch mal zu verschwinden*! Oh, die Mondmutter möge sie retten, konnte es solche Schmerzen überhaupt geben?

Du bist sehr krank – das hatte die Schattenstimme gesagt, und in Anbetracht der ängstlich grauen Stränge, die sowohl um den weiblichen Mönch als auch um Safi tanzten, zweifelte

Iseult keine Sekunde daran, dass die Stimme die Wahrheit gesagt hatte.

Was sie allerdings nicht wusste, war, ob diese Stimme real war.

Iseult packte das Handgelenk der Carawen. »Werde ich sterben?«

Die Frau mit den silbernen Haaren erstarrte. »Du … könntest sterben. Der Muskel ist verflucht, aber ich tue, was ich kann, um dein Blut sauber zu halten.«

Darüber hätte Iseult fast gelacht. Corlant musste seinen Pfeil verflucht haben. *Kein Wunder, dass er so selbstgefällig aussah, nachdem er mich getroffen hat.* Er hatte gewusst, dass die Wunde sie über kurz oder lang umbringen würde.

Aber … warum? Iseult verstand immer noch nicht, warum Corlant sie tot sehen wollte. Wenn er wirklich nur Rache an Gretchya und Alma üben wollte, dann hätte er seinen Pfeil nicht so gezielt auf Iseult abgeschossen.

Doch das war mehr, als Iseult momentan verarbeiten konnte. Es waren zu viele Gedanken, verwirrend und widersprüchlich. Ihr fehlte die mentale Stärke, damit umzugehen.

»Wasser wird helfen.« Die Carawen nickte in Richtung eines Wasserschlauchs. »Bitte trink etwas, während ich etwas zu essen suche.« Geschmeidig stand sie auf und verließ den Raum.

Iseult drehte den Kopf zu Safi. Für einen kurzen Augenblick wünschte sie sich fast, sie könnte weinen, könnte so mühelos ein paar Tränen herauspressen wie der Rest der Welt. Nur damit Safi erkannte, wie erleichtert Iseult war, sie hier zu sehen. »Du bist angekettet.«

Safi verzog das Gesicht. »Ich habe den Admiral gegen mich aufgebracht.«

»Natürlich hast du das.«

»Das ist nicht witzig.« Safi ließ sich gegen die Wand sinken, und ihre Stränge pulsierten abwechselnd Grau und in einem besorgten Grün. »Es steht übel, Iz. Aber ich werde alles in Ordnung bringen, okay? Ich schwöre, ich bringe das in Ordnung. Evrane hat versprochen, uns zu helfen.«

Evrane. So also hieß die Carawen. *Evrane*. Ein so einfacher, unaufdringlicher Name.

»Was ist dir zugestoßen, Iz? Wie wurdest du verletzt?«

Iseult holte zitternd Luft. »Später«, murmelte sie. »Das erkläre ich dir ... später. Sag mir, wie wir hierhergekommen sind.«

Safi warf einen wachsamen Blick zur Tür, dann senkte sie die Stimme. »Es hat alles in Veñaza angefangen, nachdem Habim dich weggeschickt hat.«

Während Safi beschrieb, was alles geschehen war, fiel es Iseult schwerer und schwerer, in der realen Welt zu verweilen und die wichtigen Details zu verarbeiten.

Schokoladenerdbeeren ... *Nicht wichtig*, entschied sie vage. Aber der Tanz mit Prinz Merik von Nubrevna? *Wichtig*. Und zur Verlobten von Henrick von Cartorra erklärt zu werden, wahrscheinlich, weil der Kaiser von Safis Magie wusste ...

»Moment«, schaltete sich Iseult ein und blinzelte gegen die Schmerzen in ihrem Arm an. »Du bist die Verlobte des Kaisers? Bist du damit die Kaiserin von Cartorra ...«

»Nein!«, stieß Safi hervor. Dann ruhiger: »Onkel Eron hat gesagt, ich müsste Henrick nicht heiraten.«

»Aber wenn Henrick von deiner Magie weiß, was bedeutet das? Wer weiß es noch?«

»Keine Ahnung.« Safi runzelte die Stirn, dann erzählte sie so schnell wie möglich ihre Geschichte zu Ende.

Doch die zweite Hälfte der Erzählung war noch verwirrender als die erste, und Iseult schien nicht über die Verlobung hinwegkommen zu können. Wenn Safi Kaiserin wurde, dann konnte Iseult nirgendwo hin.

Die Tür öffnete sich mit einem Klicken. Evrane glitt mit einer Schüssel in der Hand in den Raum.

»Warum?«, zischte Evrane Safi an, »ist meine Patientin noch bleicher als vor meinem Aufbruch? Ihr habt sie erschöpft, Domna!«

»Ich bin immer fahl wie der Tod«, sagte Iseult, was ihr ein angespanntes Lächeln von Safi einbrachte.

Als Evrane Iseult schließlich für angemessen genährt erklärte, half sie ihrer Patientin, sich wieder auf den Rücken zu legen. Dann hob Safi die Stimme. Ihre Ketten rasselten. »Ich werde einen Feuermagis-Heiler finden, Iz, in Ordnung? Das schwöre ich dir. Und ich schwöre dir, dass du dich erholen wirst.«

»Eid akzeptiert«, hauchte Iseult. Ihre Lider waren zu schwer, um die Augen offen zu halten, also schloss sie sie. »Wenn du keinen Heiler findest, Saf, und ich sterbe, dann verspreche ich dir, dass ich dich für den Rest deines … jämmerlichen … Lebens heimsuchen werde.«

Safis Lachen klang übermäßig laut, und Iseult riss für einen Moment die Augen auf. Safis Stränge zeigten ein hysterisches Weiß.

Aber, ah, Evrane lächelte. Das war nett. Das wärmte Iseult ein wenig das Herz.

Iseult fühlte, wie die Frau die Hand auf ihre Stirn legte. Ein Herzschlag verging, und trotz des Knarrens der Schiffsplanken um sie herum versenkte Evranes Magie Iseult schnell im Meer des Schlafs.

24

Als Merik aufs Hauptdeck trat, um Kullen zu Vivia zu schicken – und ihm mit der *Jana* eilig zu folgen –, stellte er fest, dass purpurne Wolken den Abendhimmel verdunkelten.

Irgendwann würde es regnen, doch im Moment war die Luft drückend und still. Die Art von windloser Flaute, gegen die magislose Schiffe machtlos waren.

Wie schon am Abend vorher hatten sich die Matrosen der *Jana* in ordentlichen Reihen auf Deck aufstellt. Alle außer Ryber, die hinter der Windtrommel stand, den Blick unverwandt auf Kullen am Bug des Schiffs gerichtet.

Merik unterdrückte ein Seufzen, als er Ryber so sah. Er würde sie daran erinnern müssen, dass sie ihre Bewunderung verstecken musste. Er wusste, was sie und Kullen teilten, aber der Rest der Männer nicht – und durfte es auch nicht erfahren. Nicht, wenn Ryber auf diesem Schiff und in Meriks Mannschaft bleiben wollte.

Merik marschierte zum Achterdeck, um seine Männer zu mustern. Anders als am Abend vorher gab es keine Notwendigkeit für Stille. Also zwang sich Merik zu einem Grinsen – zu dem, das er auch gezeigt hatte, als nur er und seine winzige Mannschaft die Küstengewässer von Nubrevna befahren hatten. »Gebt uns ein Lied, zu dem wir segeln können«, brüllte er. »Wie wäre es für den Anfang mit ›Die alte Ailen‹?«

›Die alte Ailen‹ war beliebt, und mehrere Männer erwiderten Meriks Lächeln, als er zur Windtrommel schritt und von Ryber den nicht magischen Schlegel entgegennahm. Weder sie noch irgendwer sonst von der Crew wusste, auf was sie zusegelten, und so gern Merik sich auch eingebildet hätte, dass seine Männer Vivias Piraterie ablehnten, war er sich doch in diesem Punkt nicht vollkommen sicher.

Merik schlug die Trommel vier Mal, und beim fünften Schlag begannen die Männer der *Jana* zu singen.

Vierzehn Tage bekämpften sie den Stu-urm,
Vierzehn Tage trotzten sie dem Wind!
Vierzehn Tage ohne ruhiges Meer,
für die Männer der alten Ailen.
Hey!
Dreizehn Tage stampfen und gieren,
dreizehn Tage ohne ein Ende in Sicht!
Dreizehn Tage immer weitersegeln,
mussten die Männer der alten Ailen.

Sobald die vom Salz rauen Stimmen zum dritten Vers übergingen, übergab Merik den Schlegel an Ryber und nahm seine Position neben den drei Gezeitenmagis ein. Kullen wählte diesen Moment, um sich vom Deck zu werfen, getragen von einem dröhnenden Wind. Bald schon war er nichts mehr als ein kleiner Punkt am Horizont.

Der jüngste der Gezeitenmagi bot Merik eine Windbrille an. Sobald Merik sie aufgesetzt hatte und die Welt verschwommen und undeutlich geworden war, bellte er: »Sammelt euer Wasser, Männer!«

Gleichzeitig atmeten die Gezeitenmagi tief ein. Merik folgte ihrem Beispiel, und mit dem Heben seiner Brust kam die vertraute Macht. Keine Wut kochte darunter. Merik fühlte sich so ruhig wie ein Gezeitenbecken. Dann atmeten Merik und die Gezeitenmagi aus. Wind wirbelte um Meriks Beine. Gekräuselte Wellen liefen auf das Schiff zu.

»Bereit für die Flut!«, bellte Merik, und die elementare Macht in ihm floss nach außen, brachte die Luft um ihn herum zum Brennen.

»Bahn frei!«

In einem Aufwallen verließ die Magie Meriks Körper. Ein kochend heißer, trockener Wind schoss über das Schiff. Füllte die Segel.

Im selben Moment drängte das Wasser der Gezeitenmagi gegen das Heck der *Jana*, und das Schiff machte einen Sprung nach vorne. Meriks Knie wurden weich, und ihm fiel auf, wie viel glatter dieses Manöver lief, wenn Kullen es steuerte.

Neun Tage gejagt von Seefuchs,
Neun Tage voller Flosse und Zahn!
Neun Tage mit schnappenden Kiefern,
sahen die Männer der alten Ailen.
Hey!

Merik versank im Rhythmus des Seemannslieds und dem Schlag der Windtrommel. Die Macht pulsierte in ihm, seltsam geschmeidig und ungewöhnlich stark. Zum ersten Mal in seinem Leben fühlte er sich, als besäße er mehr Magie, als er einsetzen konnte, und während die Gezeitenmagi leise sangen, füllten Meriks Winde die Segel der *Jana*. Bald schon hob auch er die Stimme zum Lied.

Vier Tage ohne frisches Wasser,
vier Tage ohne ein Getränk!
Vier Tage voller Salz und Hitze,
sahen die Männer der alten Ailen.

Bald schon endete das Lied, aber Ryber schlug weiter die Trommel und schrie: »›Die Maid aus dem Norden von Lovats‹!« Merik wusste, dass dies ihr Lieblingslied war, nachdem *sie* eine Maid aus dem Norden von Lovats war.

Vier Trommelschläge später setzte der Gesang der Matrosen wieder ein, und die *Jana* flog weiter, durchstach die Wellen wie eine Nadel das Segeltuch und verlor nie auch nur für einen Moment Kullens kleine Gestalt aus dem Blick.

Bis Kullen nicht mehr klein war und so schnell auf sie zusauste, dass Merik schon fürchtete, er würde mit dem Schiff kollidieren.

Kullen wurde langsamer, langsamer, dann *fiel* er aufs Deck, wobei Matrosen aus seinem Weg sprangen.

»Es ist kein dalmottisches Schiff!«, schrie er, als er sich auf die Beine kämpfte. Dann rannte er zu Merik am Ruder, das Gesicht tiefrot. »Vivia hat bereits angegriffen, und es ist überhaupt kein Handelsschiff.«

Merik blinzelte bei diesen Worten nur stumpf. Sie waren ihm vollkommen unverständlich – Kauderwelsch, das er über dem Dröhnen des Bluts in seinen Ohren nicht verstand. »Kein Handelsschiff?«

»Nein«, keuchte Kullen. »Es ist eine marstokische Kriegsgaleone, und sie trägt Waffen und Feuermagi.«

Safi starrte aus dem Fenster auf lavendelfarbenen Himmel und friedliche See. Seitdem Evrane in die Kabine gestürmt war und etwas über »Vivia, dieses Miststück« geknurrte hatte, hatte Safi den Radius ihrer Ketten ausgenutzt und sich ans Glas herangeschoben. Das Terrain nahm vor ihren Augen Gestalt an, und vielleicht auch ihre Gegner. Merik hatte einen Kampf erwähnt, und Safi konnte nur annehmen, dass sie direkt darauf zusegelten.

Und die ganze Zeit über tigerte Evrane im Raum auf und ab, gab auf diese Art ihrer Sorge unbestimmt Ausdruck, doch immer im Takt der Trommel. Iseult schlief einfach weiter.

Endlich wurde Safis Wachsamkeit belohnt: Dunkle Flecken verdichteten sich am Horizont. Nach und nach wurde die Form eines nubrevnanischen Kriegsschiffs deutlich, wie auch Merik es befehligte, und dann erschien noch ein zweites Schiff, dass fast schwarz wirkte.

Safi zerrte an ihren Ketten und bog die Arme weit nach hinten, damit sie sich dem Fenster so weit nähern konnte, um das schwarze Schiff genauer zu betrachten. Drei Masten zerbrochen. Eine Flagge, die schlaff über der Reling hing.

Ihr stockte der Atem. Der goldene Halbmond auf der Flagge war nicht zu verkennen. Es war das Symbol des Marstokischen Reichs, und mit dem grünen Hintergrund wurde es zur Flagge der *Kriegsflotte* von Marstok.

»Oh, Fledermausdreck«, flüsterte Safi.

»Glaubt Vivia«, fragte Evrane in die Runde, »dass Dalmotti keine Vergeltung üben wird? Piraterie wird nicht ignoriert, besonders nicht von einer Seemacht.«

»Ich glaube nicht, dass die Dalmotti Vergeltung üben werden«, sagte Safi. Evrane hielt an, und Safi deutete mit klappernden Ketten auf das Fenster. »Das Schiff, das sie angegriffen hat, gehört zur Kriegsflotte von Marstok.«

»Die Ursprungsquellen mögen uns retten«, hauchte die Carawen, dann stürzte sie zum Fenster und wurde bleich. »Was hast du getan, Vivia?«

Safi drückte ihr Gesicht neben dem von Evrane ans Glas. Nubrevnanische Matrosen trieben Männer in Marstok-Grün über einen Laufsteg. Die Marstoker waren an den Handgelenken gefesselt und klar genug zu sehen, dass Safi die ausgefüllten Dreiecke auf mehr als nur ein paar Handrücken erkennen konnte.

Magismale. *Feuermagis*male. »Wieso wehren sich die Feuermagi nicht?« Safi würde niemals auf Magie verzichten, um sich selbst oder ihre Freunde zu verteidigen. Ein Bein zuckte, während hundert weitere Fragen durch ihren Kopf schossen. »Und wieso werden die Marstoker vom Schiff geführt?«

»Ich nehme an«, meinte Evrane, als sie ihr nervöses Tigern wieder aufnahm, »dass Vivia vorhat, das marstokische Schiff mit seiner gesamten Fracht zu übernehmen und dann ihr eigenes Schiff aufzugeben. Aufgrund des Waffenstillstands kann sie die Marstoker nicht einfach töten.«

Safi nickte langsam und dachte an Onkel Eron und seinen groß angelegten Plan, das Wiederaufflammen des Großen Kriegs zu verhindern. War *dies* die Art von Handlung, die den Waffenstillstand vorzeitig beenden würde? War *dies* etwas, das er zu verhindern gehofft hatte?

Safi hatte keine Ahnung und konnte es im Moment auch nicht herausfinden, also richtete sie ihre Aufmerksamkeit wieder auf die Marstoker, die auf Vivias Schiff schlurften. Es gab nicht viele Feuermagi, aber doch genug, um sich mühelos gegen die Crew der Prinzessin zu wehren.

Tatsächlich schien ein einzelner, bärtiger Mann wild genug zu sein, um sein gesamtes Schiff zu retten. Knurrend schnappte er nach jedem Nubrevnaner, der versuchte, ihn über die Laufplanke zu treiben. Dann erhaschte Safi einen Blick auf sein dreieckiges Magismal, das unter anderem einen unausgefüllten Kreis zeigte.

»Sie haben einen Feuermagis-Heiler«, sagte sie, heiser vor Überraschung.

»Vielleicht«, murmelte Evrane.

»Nicht vielleicht«, beharrte Safi. »Ich sehe das Mal auf seiner Hand. Er hat gerade den Laufsteg zum anderen Schiff überquert.«

Evrane wirbelte mit weit aufgerissenen Augen zu Safi herum. »Seid Ihr Euch sicher?«

»Aye.« Safi zog sich vom Fenster zurück, und die Spannung ihrer Ketten ließ nach. Plötzlich war ihr klar, was sie tun musste. Der Plan stand ihr deutlich vor Augen. Sie wusste, wie sie sich durchs Unterdeck und nach oben schleichen konnte, und auch, welchen Matrosen sie ausweichen musste. »Wir können den Feuermagis erreichen«, sagte sie. »Wir können ihn herbringen, während alle abgelenkt sind.«

»Nein.« Evrane presste die Lippen zu einer grimmigen Linie zusammen. »Wir können keinen feindlichen Matrosen auf dieses Schiff bringen. Das geht zu weit, selbst für mich. Aber wir können Euren Plan umdrehen und Iseult zu dem Heiler bringen.« Die Carawen zog einen Schlüssel aus ihrem Umhang und hielt ihn hoch.

Safi keuchte. »Wo habt ihr den her?«

»Ich habe ihn Merik gestohlen.« Sie schenkte Safi ein humorloses Grinsen. »Befreit Euch selbst, und dann weckt Iseult. Während ich dafür sorge, dass die Luft rein ist, müsst Ihr sie auf die Beine bringen. Wir werden nur eine Chance bekommen.«

Safi nickte, und vor Erleichterung entspannten sich ihre Schultern. Ihre Beine. Endlich bekam sie etwas zu tun. Und noch besser, sie durfte *rennen*. Darin war sie wirklich gut.

In ihrem Hinterkopf allerdings gab ein Gedanke keine Ruhe: Merik würde deswegen vor Wut kochen. Schließlich gefährdete sie damit seinen Vertrag, und deswegen hatte er sie schon in Eisen gelegt.

Aber die Konsequenzen waren es wert. Iseult war es wert.

Also atmete Safi tief durch und nahm Evrane den Schlüssel ab. Dann, als die Carawen aus der Kabine eilte, schob Safi den Schlüssel in ihre erste Handfessel. Sie öffnete sich mit einem befriedigenden *Klick*.

Merik flog zu der marstokischen Kriegsgaleere, so schnell, dass es sich anfühlte, als hätte er seinen Magen auf dem Deck zurückgelassen. Kullen schwebte neben ihm, fast unsichtbar hinter der Wildheit ihrer verbundenen Winde. Doch trotzdem gelang es Merik, Vivia auszumachen.

Dunkelhaarig wie Merik und stämmig gebaut brüllte sie Befehle neben dem Laufsteg, der von der marstokischen Galeone auf ihr Schiff führte. Nubrevnanische Matrosen führten unterwürfige Marstoker hinüber und reihten sie in sitzenden Reihen auf dem Hauptdeck auf.

Meriks Füße berührten den Boden, doch er rief seine Magie nicht zurück. Stattdessen wirbelte er herum und warf sie über das Deck.

Der Wind wirbelte um seine Schwester und riss sie zu Merik heran. Doch sie grinste nur und landete elegant neben ihrem Bruder.

»Du hast mich angelogen«, knurrte er, als er seine Windbrille von den Augen riss. »Darüber, wofür diese Schiffminiatur stand.«

»Und du hast mich in Bezug auf das *Wo* angelogen.«

Weit entfernt bemerkte Merik, dass Matrosen um ihn herum flohen, als würde eine riesige Welle auf ihn zurasen. Aber Vivias Magie war langsam und Meriks Wut allumfassend. Er zog seine Pistole und drückte sie ihr an den Kopf.

»Das würdest du nicht wagen«, knurrte sie. Wasser spritzte auf, als sie ihre Welle freigab. »Ich bin deine Schwester und deine zukünftige Königin.«

»Noch bist du nicht Königin. Bring diese Männer zurück auf ihr Schiff.«

»Nein.« Das Wort wurde fast vom Wind übertönt, von den Stimmen der Matrosen. »Nubrevna braucht Waffen, Merry.«

»Nubrevna braucht Nahrung.«

Vivia lachte nur – ein krähendes Geräusch, das Merik schon sein gesamtes Leben über verhöhnt hatte. »Ein Krieg zieht auf. Verabschiede dich endlich von deiner Naivität und fang an, dich um deine Landsleute zu kümmern …« Ihre Worte brachen ab, als Merik seine Pistole entsicherte und damit den Feuermagis-Zauber darin bereit machte.

»Behaupte niemals«, zischte er, »dass mir meine Landsleute egal wären. Ich kämpfe darum, sie am Leben zu erhalten. Aber du, du rufst die Feuer von Marstok auf ihre Häupter herab. Was du hier getan hast, verstößt gegen den Zwanzigjährigen Waffenstillstand. Ich werde dich den Wesiren und König Serafin ausliefern, damit du deine Strafe bekommst …«

»Ich habe den Waffenstillstand nicht gebrochen«, blaffte Vivia. »Also komm mir nicht so hochoffiziell, Merry. Niemand ist verletzt. Meine Mannschaft hat die Marstoker friedlich auf mein Schiff eskortiert, das ich aufgeben werde, um sicherzustellen, dass der Waffenstillstand unbeeinflusst bleibt.«

»Deine Crew wird die Marstoker gleich wieder zurückführen. Wir lassen dieses Schiff in Frieden, Vivia, und dasselbe gilt für seine Fracht.« Mit einem letzten Aufwallen von Muskelkraft und Wind wirbelte Merik auf dem Absatz herum, bereit, diese »friedliche Eskorte« zu beenden.

»Also wirst du es Vater sagen?«, schrie Vivia. »Wirst du ihm erklären, dass du das Schiff verloren hast, das er wollte?«

Merik erstarrte, dann wandte er sich wieder seiner Schwester zu. Ihre Augen – dunkel und denen von Merik so ähnlich – brannten.

»Was hast du gesagt?«

Sie entblößte all ihre Zähne in einem wilden Lächeln. »Was glaubst du, wer diese Schiffsminiatur in Auftrag gegeben hat, Merry? Das war Vaters Idee, und Vaters Befehle …«

»Lügen.« Merik warf sich nach vorne, hob die Pistole …

Und eine Wand aus Wind traf ihn. Er stolperte, wäre fast gefallen, und dachte verwirrt: *Kullen*.

Ein zweiter Windstoß brachte ihm sein Gleichgewicht zurück, und auch seine Selbstkontrolle. Sein Strangbruder – wo zur Hölle er sich auch aufhielt – setzte einer Sache ein Ende, die Merik nie hätte anfangen dürfen. Niemals angefangen *hätte*, wenn nicht so viel auf dem Spiel stände. Vivia war seine Schwester, in Nodens Namen.

Kullen tauchte taumelnd vor Merik auf, die Augen weit aufgerissen und das Gesicht gerötet. »Wir haben ein Problem«, keuchte Kullen. »Und es ist übel.« Mit der Hand wedelte er vage in Richtung des Kreuzmasts der Galeone, dann joggte er davon.

Merik rannte hinter ihm her, jeder Gedanke an Vivia oder seinen Vater vergessen, erfüllt von einer neuen Welle der Angst.

»Ich fand es … seltsam«, schrie Kullen zwischen verzweifelten Atemzügen, »dass das Schiff nur mit einer Minimalbesatzung gesegelt ist. Auf keinen Fall … hätte dieses Schiff die Jadansi-See … mit so wenigen Männer queren können. Also habe ich unter Deck nachgesehen.« Er lief an der Leiter vorbei, wobei er kurz nach unten zeigte. »Es gab mehr Männer.«

»Ich verstehe nicht«, schrie Merik über das Geräusch seiner

Schritte hinweg. »Was glaubst du? Dass einige aus der Mannschaft das Schiff verlassen haben?«

»Genau.« Kullen stoppte neben dem zerstörten Kreuzmast. Seine Brust hob und senkte sich viel zu schnell, als er hinzufügte: »Ich glaube ... ein Großteil der Crew ... ist auf andere Schiffe übergewechselt. Und dann haben die verbliebenen Männer ... Nun, sieh es dir selbst an.« Er deutete auf den Mast, der ungefähr auf Höhe von Meriks Brust gebrochen war. Dann deutete Kullen auf noch etwas anderes. Etwas, das nur ein paar Schritte entfernt an der Reling lehnte.

Zwei Äxte.

Meriks Magen sank wie Eisen im Meer. »Sie haben die Masten selbst gekappt. Scheiße. Scheiße. Vivia wurde in einen Hinterhalt gelockt, Kull...«

»Admiral!« Rybers Stimme hallte durch die unbewegliche Luft. »Admiral!« schrie sie wieder, und Merik stellte fest, dass er diesen Titel langsam leid war. Die Last der Verantwortung leid war, die sich jedes Mal auf seine Schultern senkte, wenn jemand den Titel aussprach. »Wir haben vier Kriegsschiffe am Horizont! Sie kommen in unsere Richtung!«

Merik wechselte einen kurzen, entsetzten Blick mit Kullen. Dann rannte er zurück aufs Hauptdeck, zurück zu seiner Schwester, die weiterhin Marstoker auf ihr Schiff eskortieren ließ.

Aber Merik blieb keine Zeit für Wut oder neue Befehle, denn in diesem Moment humpelte Hermin an die Reling der *Jana* und brüllte durch die zusammengelegten Hände: »Es sind die Marstoker, Admiral! Sie verlangen die sofortige Übergabe von Kaiser Henricks Verlobter. Sonst werden sie uns versenken!«

Merik rannte zur Reling. »*Wen* wollen sie?«

»Sie fordern die Verlobte des Kaisers!« Hermin zögerte,

und in seinen Augen brannte das Pink seiner Magie. Dann fügte er hinzu: »Safiya fon Hasstrel!«

Es war, als wäre die ganze Welt plötzlich erstarrt. Als hielte sie den Atem an. Die Wellen rollten so zäh wie Schlamm, das Schiff schaukelte nur mit halber Geschwindigkeit.

Safiya fon Hasstrel. Kaiser Henricks Verlobte.

Plötzlich ergab alles einen Sinn: warum sie aus Veñaza geflohen und ihre Sicherheit einen Vertrag mit den Hasstrels wert war. Und warum ein Blutmagis sie verfolgte.

Und doch konnte Merik diese Information einfach nicht verarbeiten. Wenn Safiya mit Henrick verlobt war, dann machte sie das zu der zukünftigen Kaiserin von Cartorra. Und zu Henricks Eigentum. Warum trieb dieser Gedanke alle Luft aus Meriks Lunge?

Schritte hämmerten auf dem Holz. Kullen erschien, das Gesicht so sehr gerötet, dass ein Atmungsanfall kurz bevorstehen musste. Mit dieser schrecklichen Erkenntnis drehte sich die Welt wieder in normaler Geschwindigkeit. Merik packte Kullens Arm. »Geht es dir gut?«

»Bestens«, blaffte Kullen. »Was brauchst du?«

»Ich brauche dich auf der *Jana*, damit wir …« Merik zögerte, und die Worte seines nächsten Befehls gingen plötzlich in einer Welle aufsteigender Zweifel unter.

»Damit wir …« drängte Kullen.

»Die Domna übergeben können«, sagte Merik schließlich. Es gefiel ihm nicht, aber hier ging es um ein Leben gegen viele. »Eskortiere Safiya auf Deck und übergib sie an die Marstoker.«

Kullen biss die Zähne zusammen, und sein Blick verdunkelte sich, doch er protestierte nicht. Er mochte Meriks Meinung nicht teilen, aber trotzdem salutierte er und folgte dem Befehl, indem er vom Deck des marstokischen Schiffs abhob.

Merik wirbelte herum, Befehle für Vivia und ihre Mannschaft bereits auf der Zunge. Doch die Worte erstarben im Nichts. Nubrevnanische Matrosen ergossen sich auf die marstokische Galeone, und sechs Magi standen in einer Reihe neben dem Ruder, die Blicke auf Vivia gerichtet.

Und in dieser Reihe befanden sich auch Meriks Gezeitenmagi.

»Sammelt Wind und Wasser!«, brüllte Vivia.

Merik sprang und setzte seine Winde ein, um das Schiff in einem Atemzug zu überqueren. Er landete hart neben seiner Schwester. »Was zur Hölle tust du? Als dein Admiral befehle ich dir, die Marstoker freizugeben und auf dein Schiff zurückzukehren!«

Vivia verzog höhnisch das Gesicht. »Wir wissen doch alle, dass ich zum Admiral hätte ernannt werden müssen. Schau dich um, Merry.« Sie wedelte mit der Hand in Richtung der Gezeitenmagi. »Du hast Vaters Männer verloren, und ich habe ein Arsenal gewonnen.«

Merik stockte der Atem, als ihm bewusst wurde, was hier geschah. Sein Schiff, seine Befehlsgewalt und alles, wofür er gearbeitet hatte, löste sich vor seinen Augen in nichts auf. Wurde ihm von derselben Schwester genommen, die ihn schon immer unter ihrem Absatz zerquetscht hatte. »Das wird Konsequenzen haben«, sagte er leise, aber verzweifelt. Fast schon flehend. »Irgendwann, irgendwo wird jemand Blut für das verlangen, was du tust.«

»Vielleicht.« Sie zuckte mit den Achseln, und die Bewegung war so beiläufig, dass sie ihre wahren Gefühle deutlicher verriet, als ihre Worte es je konnten. »Zumindest werde ich unser Volk beschützt haben, genauso wie ich diejenige sein werde, die die Reiche in die Knie zwingt.« Vivia wandte Merik den Rücken zu. »Die Strömungen bereit, Männer! Wir segeln zu Nodens Wachen, um unsere neuen Waffen abzuliefern!«

In der Ferne ertönte ein Knall. Merik wirbelte zum Horizont herum, wo inzwischen vier marstokische Kriegsgaleonen segelten und von wo aus Kanonenkugeln auf die *Jana* zuschossen. Merik blieb gerade genug Zeit, um ihnen verzweifelt seine Winde entgegenzuschicken.

Die Kanonenkugeln fielen ins Meer.

Merik sprang von dem marstokischen Schiff und flog aufs Hauptdeck der *Jana*. Seine Knie knirschten; er rollte sich ab, kam wieder auf die Beine und schrie nach Hermin. »Sag den Marstokern, dass wir kapitulieren! Sag ihnen, sie sollen das Feuer einstellen, dann liefern wir die Domna aus!«

Der Sprachmagis humpelte über das Deck. Seine Augen glühten pink, und seine Lippen bewegten sich schnell.

Merik ließ seinen Blick über sein Schiff und die Mannschaft gleiten, und sein Herz hob sich, als er die Lücken zählte. Nicht alle Matrosen seines Vaters hatten ihn im Stich gelassen. Und Meriks ursprüngliche Crew war geblieben.

Ein zweiter Knall erklang. Merik wirbelte herum und versuchte ungeschickt, genug Magie aufzubringen, um auch diesen Angriff abzuwehren.

Ein Wirbelwind erhob sich, doch nicht von Merik, sondern von Kullen. Der Erste Offizier schleppte sich an Meriks Seite und warf seine Magie.

Merik blieb keine Zeit, Kullen zu danken oder sich Sorgen um seine Lunge zu machen. »Warum stoppen die Marstoker nicht?«, brüllte er Hermin an. »Sag ihnen, dass sie das Mädchen haben können.«

Hermin schüttelte den Kopf. »Sie sagen, das Mädchen reicht nicht mehr. Sie wollen ihr Schiff zurück, Admiral.« Zitternd deutete Hermin auf die marstokische Galeone.

Trotz ihrer gebrochenen Masten segelte das Schiff auf von Gezeitenmagi erzeugten Wellen in Richtung Nubrevna, und ohne eigene Magi blieb Merik zurück, um den Preis zu bezahlen.

25

Iseult kam langsam zu Bewusstsein, erfüllt von der Frage, warum die Welt nach totem Fisch stank, warum die Decke sich in einen Himmel voller dunkler, purpurner Wolken verwandelt hatte und warum ihr Arm brannte.

Ein Wimmern stieg in ihrer Kehle auf. Sie öffnete die Augen und schrie.

Ein Mann beugte sich über sie. Sein lockiger Bart war so lang, dass er auf ihrem Bauch ruhte. Seine Hand befühlte ihren verwundeten Arm, und was er auch tat, es schmerzte wie die Hölle.

Iseult wimmerte wieder und versuchte, sich zurückzuziehen.

»Ruhig«, flüsterte Safi, deren Hände Iseults Schultern umklammerten. »Er heilt dich.«

»Der Muskel repariert sich«, murmelte Evrane auf Iseults anderer Seite. »Und es wird schlimmer, bevor es besser wird.«

Iseult schluckte angestrengt, denn ihre Kehle war so unglaublich trocken. Dann richtete sie ihren Blick wieder auf den bärtigen Heiler. Seine Stränge zeigten ein konzentriertes Grün, doch darunter glitzerte genervtes Rot.

Er heilte sie tatsächlich, aber er tat es nicht gern.

Erst in diesem Moment bemerkte Iseult die Seile, die sich um seine Handgelenke schlangen. Sie waren fast unter seinen tief fallenden Ärmeln verborgen. Er war ein Gefangener. Und ja, jetzt, da sie sich nicht mehr nur auf den Heiler konzentrierte, entdeckte sie noch andere Stränge hinter ihm, die in verärgerten und teilweise sogar wütendem Scharlachrot leuchteten. Unter den Strängen befanden sich Männer in Reihen, in Uniformen, die der des Heilers bis aufs Haar glichen.

Sie sah wieder zu Safi. »Ist dies das Schiff des Prinzen?«

»Nein, eigentlich ist es das Schiff seiner Schwester …«

In der Ferne erklang ein Knall.

»Was war das?«, krächzte Iseult.

Safis Stränge zeigten ein schuldbewusstes Rostrot. »Wir, ähm, werden von einer marstokischen Kriegsflotte angegriffen.«

»Anscheinend«, erklärte Evrane mit harter Stimme, »ist deine Freundin mit dem Kaiser von Cartorra verlobt, weswegen jetzt die Marstoker hinter ihr her sind.«

Ein weiterer donnernder Knall dröhnte in Iseults Ohren. Safi warf einen verzweifelten Blick auf das Meer. »Sie kommen schnell näher.« Sie wechselte zu Marstokisch und wandte sich an den Heiler. »Beeilt Euch, oder Ihr werdet ein Carawen-Schwert schmecken …«

»Das wird er sicherlich nicht«, warf Evrane ein.

»… und ein Carawen-Stilett.«

»Auch das wird er nicht fühlen, aber …« – Evrane wechselte ebenfalls ins Marstokische – »wir werden all ertrinken, wenn du das nicht schnell zu Ende bringst.«

Der Mann verzog höhnisch das Gesicht. »Ich kann nicht schneller arbeiten. Diese erbärmliche Matsi hat das Fleisch einer Dämonenbrut.«

Mit einer Bewegung, die so schnell war, dass Evrane sie

nicht verhindern konnte, riss Safi ein Messer aus Evranes Wehrgehänge und presste es dem Mann gegen den Hals. »Sag das noch mal, und du stirbst.«

Die schlecht gelaunte Miene des Mannes vertiefte sich, aber gleichzeitig machte er sich mit frischem Eifer an die Arbeit. Weitere Kanonenschüsse erklangen, aber sie schienen Tausende Meilen entfernt, genauso wie der Gestank nach totem Fisch und der kitzelnde Bart des Heilers.

Endlich durchschnitt Safis Stimme Iseults Schmerz: »Du bist fertig? Die Wunde ist geheilt?«

»Ja, aber sie wird Zeit brauchen, sich zu erholen.«

»Aber sie wird nicht sterben?«

»Nein. Unglücklicherweise. Matsi-Dreck …« Seine Worte brachen abrupt in einem Schrei ab, und das Gefühl seines Barts verschwand von Iseults Bauch.

Gerade als sich Iseults Sicht klärte, schubste Safi den Heiler in Richtung der anderen Matrosen. »Verdammt sollst du sein«, fluchte sie. »Sohn einer Finstermagis. Mögest du für immer durch die Höllentore fallen …«

»Das reicht«, sagte Iseult. Sie versuchte aufzustehen. Evrane ging in die Hocke und bot ihr etwas in ihrer Hand an. Eine kurze Kordel mit einem winzigen Schmerzstein daran.

»Das wird die Schmerzen betäuben, bis die Magie des Heilers ihren Dienst getan hat.« Sie schob die Kordel über Iseults rechtes Handgelenk. Der Stein erwachte zum Leben, und die Schmerzen zogen sich zurück. Frische Energie erfüllte ihren Körper, und als sie aufstand, schaffte sie es sogar, Evrane anzulächeln.

Sobald Iseult allerdings auf den Beinen stand, drang ein scharfes Licht in ihre Augen. Gegen das strahlende, wirbelnde Licht konnte sie kaum etwas sehen. Darin blitzten Spuren von purpurnem Hunger und schwarzem Tod …

Stränge, wurde Iseult klar, während eine Mischung aus Angst und Erstaunen sie erfüllte. Die größten Stränge, die sie je gesehen hatte, mindestens halb so lang wie das Schiff. Und was am seltsamsten war: Sie schienen ihren Ursprung unter dem Rumpf der Galeone zu haben. Unter Wasser.

»Etwas kommt«, flüsterte sie. »Etwas Riesiges und ... Hungriges.«

Evrane versteifte sich. Dann packte sie Iseults Schultern. »Kannst du die Stränge der Tiere sehen?«

»Nein.« Das Silber und Schwarz bewegte sich so schnell. »Aber was sonst sollte sich unter dem Schiff aufhalten?«

»Noden rette uns«, hauchte Evrane. »Die Seefüchse sind hi...«

Der Rest von Evranes Worten ging in einer Explosion aus Wasser und Lärm unter. Das Kriegsschiff neigte sich, als etwas Monströses aus der See nach oben explodierte.

Wasser pladderte aufs Deck, und die gefesselten Marstoker schrien ihr Entsetzen hinaus. Aber Iseult beachtete die Matrosen kaum, sie sah nur die Kreatur vor sich. Eine Schlange, so breit wie der Mast des Schiffs, erhob sich aus den Wellen über der Steuerbordseite. Sie hatte keine Schuppen, sondern ein dichtes, silbernes Fell, und ihr Kopf war der eines Fuchses, wenn auch zehn Mal ... *zwanzig Mal* größer als der eines normalen Fuchses.

Als sich die Kreatur mit schnappenden Kiefern dem Kriegsschiff zuwandte, sah Iseult mehr Zähne, als ein normales Wesen besitzen durfte. Und Reißzähne. Dieses Ding besaß definitiv auch riesige Reißzähne.

Doch was Iseult am meisten Angst einjagte, war das blutrünstige Leuchten der Stränge ... und die Art, wie die Kreatur ihr Maul aufriss.

Das Monster schrie.

So etwas hatte Safi sich nicht vorgestellt, als Ryber einen Seefuchs beschrieben hatte. Und sie hatte definitiv nicht damit gerechnet, dass das Monster schreien würde wie die Seelen der Verdammten. Tausende Stimmebenen schienen aus dem Maul der Kreatur zu dringen und dann auch aus der Kehle des zweiten Monsters, das inzwischen in der Nähe der *Jana* aufragte.

Safi war sich sicher, dass ihre Trommelfelle geplatzt waren. Wie aus weiter Ferne nahm sie wahr, dass sich ihr Pulsschlag beschleunigte. Sie warf einen Blick zur *Jana*, suchte über die kochende See hinweg nach Merik. Aber ihre Suche war nur von kurzer Dauer, denn der Schrei des ersten Seefuchses brach ab.

Er hatte ein Angriffsziel gefunden: einen der Marstoker in der Nähe der Schiffsreling. Von den Händen des Mannes stiegen stotternde Funken auf, als er nach seiner Magie griff, doch mit gefesselten Handgelenken konnte er sich nicht ordentlich wehren.

Safi kämpfte sich auf die Beine, hob ihr Messer und schrie: »Lass ihn in Ruhe!«

Der lange Hals des Seefuchses drehte sich abrupt in Safis Richtung.

Dreck. Safi blieb gerade genug Zeit, um die eisigen blauen Augen des Monsters zu bewundern, die schnell näher kamen, bevor sie ihr Wurfmesser durch die Luft sausen ließ. Es traf eine dunkle Pupille, und der Seefuchs warf sich schreiend herum, um unter der Wasseroberfläche zu verschwinden. Das Schiff kippte gefährlich, aber der Seefuchs tauchte nicht wieder auf.

Safi warf einen verzweifelten Blick zur *Jana* und stellte fest, dass auch der zweite Seefuchs verschwunden war.

»Guter Wurf«, rief Iseult. Vorsichtig bahnte sie sich ihren Weg über das Deck, offensichtlich noch nicht an das Schwanken des Schiffs gewöhnt. In ihrer linken Hand glänzte ein Beil.

Safi fühlte sich, als würde sie schweben. Iseult aufrecht zu sehen – egal, ob sie ihre Energie aus dem Schmerzstein zog oder nicht – sorgte dafür, dass Safi vor Erleichterung lachen wollte. Oder weinen. Wahrscheinlich beides.

Aber es waren Iseults Augen, die sie am meisten begeisterten. Sie waren klar und *offen*.

»Neue Waffe?«, fragte Safi, die Stimme peinlich belegt.

Iseults Mundwinkel hoben sich. »Carawen-Stahl ist der beste, das weißt du doch.«

»Das ist er in der Tat«, knurrte Evrane. Sie stiefelte auf die Mädchen zu, trotz des schwankenden Schiffs mühelos. »Und Ihr, Domna« – sie warf Safi einen bösen Blick zu – »habt diesen Stahl gerade darauf verschwendet, das Monster noch wütender zu machen.«

»Ich habe es vertrieben.« Safi wedelte mit der Hand in Richtung der jetzt monsterfreien Wellen.

»Nein! So jagen sie.« Evrane zog ein zweites Wurfmesser aus ihrem Wehrgehänge. »Sie testen das Schiff, machen sich damit vertraut, wie wir kämpfen. Dann tauchen sie. Während wir hier reden, halten beide Seefüchse auf die Oberfläche zu, nehmen Schwung auf. Sie werden versuchen, die Schiffe aus dem Gleichgewicht zu bringen und alle Männer zu packen, die fallen.«

Safi klappte die Kinnlade nach unten; salzige Luft drang ein. »Ihr meint, das Monster kommt zurück?«

»Ja.« Evrane drückte Safi das Messer in die Hand. »Also nehmt dieses Messer und stellt euch breitbeiniger hin, ihr Narren!«

Safi packte das Messer in dem Moment, in dem Iseult schrie: »Hier kommt er!«

Holz explodierte mit einem ohrenbetäubenden Knirschen. Das Schiff neigte sich scharf nach links, und Safi beugte den Körper in Richtung Deck, gegen die Neigung des Schiffs.

Hinter ihr erklangen Schreie. Marstokische Matrosen rutschten auf das Wasser zu, und mit ihren gefesselten Händen würden sie hineinfallen.

Safi und Iseult sahen sich an, und Safi wusste, dass ihre Strangschwester vom selben Gedanken getrieben wurde wie sie. Gleichzeitig hörten sie auf, gegen das Heben des Schiffs anzukämpfen und ließen sich stattdessen in die Schräge fallen.

Safis nackte Fußsohlen hafteten am Holz, hielten sie fest und zwangen sie dazu, Iseult in kleinen Sprüngen zu folgen, deren Stiefel leichter über die nassen Planken rutschten.

Iseult erreichte die andere Seite zuerst. Mit einem Schrei packte sie eine grüne Tunika, bevor ihr Besitzer über Bord fallen konnte. Es war der bärtige Feuermagis-Heiler.

»Jetzt ist sie nicht mehr so dreckig, hm?«, schrie Safi.

Dann erklang ein Schrei. Ein zweiter Marstoker – nur ein Junge – rollte Richtung Reling, und er wurde darübergeschleudert. Safi sprang hinterher. Sie packte seinen Knöchel, und Iseult packte ihren.

»Ich … habe dich«, stöhnte Iseult, als sie sich mit ihrem verletzten Arm an der Reling festklammerte. »Allerdings nicht für lange … o Scheiße.«

Die Schwerkraft setzte ein, und das Schiff kippte mit einem Heulen aus Wasser und widerstrebendem Holz in die andere Richtung.

Safi und der Junge wurden aufs Deck geschleudert. Iseult schrie, weil es so wehtat, Safi zu sichern … bis Evrane auftauchte, die sich irgendwie auf den Beinen gehalten hatte, und Safi auf die Füße riss.

Der Seefuchs katapultierte sich aus den Wellen – viel zu nah bei Iseult, die panisch zurückwich. Safi warf ihr Messer, und es traf das Auge des Seefuchses, nur Zentimeter vom ersten entfernt.

Das Monster kreischte auf und tauchte erneut. Salzwasser regnete aufs Deck, und das Schiff rollte noch heftiger.

Safi zog ihre Strangschwester auf die Füße. Iseults rechter Arm hing schlaff herab, ihr Gesicht war vor Schmerz verzogen, aber irgendwie schaffte sie es trotzdem zu rufen: »Gut gezielt.«

»Nur, dass ich es auf das andere Auge abgesehen hatte.«

»Hört damit auf!«, schrie Evrane, mehrere Schritte entfernt und mit dem jungen Marstoker neben sich. »Ihr verschwendet meine Messer!« Sie riss ihr Schwert heraus und durchtrennte die Fesseln den Jungen. »Und hört auf, einfach nur herumzustehen! Wir müssen diese Männer befreien, solange wir es noch können.«

Iseult nickte müde und stolperte zu dem nächststehenden Matrosen. Aber Safi stand wieder einmal ohne Waffe da.

Evrane löste ein weiteres Wurfmesser. »Verliert das nicht auch noch, Domna.«

»Ja, ja.« Safi packte die Klinge und eilte zu einem Matrosen. Mit drei schnellen Bewegungen durchtrennte sie seine Fesseln, dann ging sie zum nächsten Mann. Und zum nächsten. Einen nach dem anderen befreite sie so von ihren Seilfesseln. Feuermagi bauten sich in einer defensiven Quaderformation in der Mitte des Decks auf. Safi wagte einen kurzen Blick aufs Wasser – immer noch leer – und in Richtung der *Jana*.

Der Seefuchs, der das andere Schiff terrorisiert hatte, war ebenfalls nirgendwo zu entdecken.

Für einen halben Augenblick dachte Safi, die Monster

hätten ihre Jagd aufgegeben, aber dann schrie Iseult: »Hier kommt er! Süden!«

Süden. Genau die Seite, auf der Safi gerade die Seile um die Handgelenke der Matrosen durchtrennte. Verdammt, verdammt, verdammt … Sie durchtrennte die letzten Fasern, und der Mann eilte davon.

Der Seefuchs brach aus den Wellen hervor und warf den Kopf über die Reling. Zähne schossen heran, Zähne und Augen und ein Schrei, der ihren Kopf zu sprengen drohte.

Das Monster würde sie fressen. Es würde ihren Körper in zwei Teile beißen und sie schlucken …

Wind traf Safis Brust und drängte gegen ihre Beine. Sie wurden nach hinten gerissen, weg vom Schlund des Monsters. Als Himmel und Meer und Schiff hinter den Flammen der Feuermagie verschwammen, entdeckte sie Merik, der auf sie zuflog.

Dankbarkeit und Erleichterung explodierten in ihr.

Safi traf das Deck, genauso wie er, und das auf ihr. Dann, als das Schiff in die andere Richtung kippte, rollte er von ihr herunter und brüllte: »Was zur Hölle treibt Ihr hier?«

Safi blinzelte, für einen Moment wie gelähmt. Dann kämpfte sie sich auf die Beine und schrie: »Ihr wollt mich an die Marstoker ausliefern!«

»Nein, nicht mehr!« Er zog sein Entermesser, durchtrennte schnell die Fesseln weiterer Marstoker und befreite einen nach dem anderen. Während er sich bewegte, schrie er: »Noden hat mir seine Gunst geschenkt, Domna, und nur ein Narr ignoriert solche Geschenke.«

»Geschenke?«, quietschte sie, während sie sich an den Fesseln eines alten Mannes zu schaffen machte und gleichzeitig den Blick auf die Wellen gerichtet hielt. »Wieso sollte ein dreimal verdammter Seefuchs ein Geschenk sein?«

»Hört auf zu reden!« Merik deutete auf die Schiffsleiter. »Geht unter Deck und haltet euch versteckt.«

»Tut das nicht!«, schrie Iseult, die mit Evrane auf den Fersen auf Safi zustolperte. Sie atmete schwer, ihr Gesicht wirkte angespannt. »Der Fuchs hält auf den Bug zu. Wir müssen die Männer dort erreichen.«

Ohne ein weiteres Wort rannten sie alle nach vorne. Safi und Iseult rissen einen Mann nach dem anderen von der Reling zurück und schubsten sie auf Evrane und Merik zu, die alle Fesseln durchtrennten. Die Feuermagi hielten ihre enge Formation, bereit zum Kampf.

Aber der Fuchs war viel zu schnell für die Feuermagi ... und auch für jeden anderen. Er rammte den Bug des Schiffs. Holz knirschte, und als sich das Schiff plötzlich hob, musste Safi darum kämpfen, nicht ins Meer zu stürzen.

Wasser explodierte vor dem Schiff. Der zweite Seefuchs bäumte sich kreischend direkt vor dem Bug auf, bereit, einen Mann nach dem anderen vom Deck zu zerren, brennendes Fleisch hin oder her.

Safi sah Iseult an. Ihre Strangschwester nickte. Wie beim ersten Mal hörten die Mädchen auf, gegen das Heben des Schiffs anzukämpfen, und ließen sich zusammen über Deck rutschen – direkt auf das Maul des Seefuchses zu.

Safi traf die Reling, die sich inzwischen fast parallel zu den Wellen befand, und richtete sich auf. Ihr Messer traf einen pelzbewachsenen Kiefer. Blut regnete auf sie herab.

Dann war Iseult da und wirbelte an der Reling entlang. Ihr Beil vergrub sich tief im Hals des Monsters. Der Seefuchs zuckte und senkte den Kopf.

Noch mehr Blut spritzte durch die Luft, als Iseult ihr Beil nach oben riss, während Safi von unten angriff und ihre gesamte Kraft auf ihr Messer konzentrierte.

Die Kreatur riss das Maul weit auf. Safi ließ ihr Messer fliegen. Es sauste in perfektem Bogen durch die Luft, direkt in die Kehle des Seefuchses. Im selben Moment senkte sich Iseults Beil und traf die Stirn des Monsters.

Der Seefuchs schrie – ein rohes, endgültiges Geräusch –, bevor er in den Wellen versank. Der erste Seefuchs gab das Schiff frei. Safi und Iseult blieb gerade genug Zeit, sich an der Reling festzuklammern, um nicht ins Meer geworfen zu werden, als das Kriegsschiff fiel. Wellen spritzten, Männer rollten über Deck, aber Safi und Iseult klammerten sich fest.

Bis das Schiff schließlich wieder gerade auf dem Meer lag. Bis Safi endlich zu Iseult kriechen und ihre Strangschwester auf die Beine ziehen konnte. »Wie geht es dir? Wo tut es weh?«

»Überall.« Iseult wagte ein Lächeln. »Es ist kein besonders starker Schmerzstein.«

Noch bevor Safi nach Evranes Hilfe schreien konnte, brüllte Merik: »Feiert noch nicht!« Seine eiligen Schritte hallten über das Deck, und der Wind wirbelte immer schneller um ihn herum. Hinter ihm rannte Evrane.

»Das Ding ist immer noch nicht tot.« Merik erreichte Safi. Sein Wind zerrte an ihrer Kleidung und ihren Haaren. »Es wird zurückkommen.«

»Und«, schaltete sich Evrane mit einer Geste zum Horizont ein, »es hält immer noch eine marstokische Flotte auf uns zu.«

»Ganz zu schweigen von dem zweiten Seefuchs.« Iseult packte Safis Ärmel und zog sie von der Reling zurück. »Er kommt. Schnell. Und diesmal zielt er auf das Heck.«

»Wappnet euch«, brüllte Merik. »Ich werde meine Magie einsetzen, um uns zu tragen …«

Der Seefuchs kollidierte mit dem Schiff. Das Heck schoss

gen Himmel. Als Safis Füße den Kontakt zum Deck verloren, wurde alles zu glühenden Wolken und purpurnen Schleiern, und dann umhüllte sie Merik mit seinem Wind. In einem Luftwirbel flog Merik die vier zur *Jana*. Schmerzhaft und unelegant knallten sie aufs Vorderdeck, aber Safi hatte keine Zeit, ihren Körper nach Verletzungen abzusuchen. Als sie sich nach Iseult umsah und sie mehrere Schritte entfernt entdeckte, wo sie ihren Arm umklammerte, entdeckte sie auch das Feuer.

Nein, vier Feuer. Die Fässer voller Chum flogen brennend durch die Luft. Hitze strahlte von ihnen aus, wie der Gestank von verbranntem Fisch. Und in der Nähe stand Kullen. Sein Atem kam in angestrengten Stößen, und seine Augen schienen ihm aus dem Kopf quellen zu wollen. Aber er hielt die Hände ausgestreckt, die Fässer in der Luft und seine Magie unter Kontrolle.

»Kullen«, schrie Merik, bereits auf den Beinen und unterwegs zur Windtrommel. »Bring das erste Fass in Position!« Er riss einen Schlegel nach oben und wartete, bis das erste brennende Fass direkt vor der Trommel schwebte.

Merik ließ den Schlegel mit aller Kraft niedersausen. Ein Luftstoß schoss nach vorne und packte die Tonne. Sie raste über die Wellen hinweg, immer noch lichterloh brennend. Dann versank sie im Meer, ein Stück vor der ersten marstokischen Galeone.

»Nächstes Fass!«, rief Merik, und Augenblicke später schoss das zweite Fass davon. Dann das dritte und vierte. Jedes davon versank vor den Marstokern im Meer.

»Er verschwindet«, sagte Iseult. Ihr Blick folgte etwas unter dem Schiff und dann weiter auf die sinkenden Fässer voller Chum. »Er jagt die Tonnen.«

»Seefüchse sind Kreaturen des Gemetzels«, sagte Evrane, und Safi zuckte zusammen. Sie hatte die Carawen, die erschöpft in der Nähe kauerte, vollkommen vergessen. »Sie mögen den Geschmack von verbranntem Fleisch.«

Safi hielt den Blick auf das Wasser gerichtet und beobachtete, wie sich zwei dunkle Schatten vom Schiff entfernten, um dann in der Ferne über die Oberfläche zu schießen. Sie griffen die brennenden Fässer an, umschlangen einander, während sie um den Chum kämpften.

Und die ganze Zeit über segelten die marstokischen Galeonen näher heran, direkt auf die Seefüchse zu. Für einen kurzen Moment hatte Safi fast Mitleid mit den Marstokern, denn sie bezweifelte, dass diese auch Fässer voller Chum besaßen, die sie zur Ablenkung über Bord schießen konnten.

Doch die Regung verging, als sie Iseult ansah, die mit verzogenem Gesicht und schwitzend neben ihr stand. Als Safi sich darauf konzentrierte, Iseult zu helfen, schoss ein Windstoß – magischer Wind – über die *Jana* und füllte ihre Segel.

Mit einem fast widerstrebenden Stöhnen setzte sich das Kriegsschiff ostwärts in Bewegung.

26

Trotz des winzigen Schmerzsteins und der Arbeit des Feuermagis-Heilers pulsierte dumpfe, hartnäckige Pein in Iseults Arm, und als die graue Jadansi-See und die entfernte Küste vorbeiglitten, fiel es ihr schwer, stoisch zu bleiben. Ein magischer Wind, erzeugt vom Admiral und seinem ersten Offizier, hob die *Jana* fast aus dem Meer vor Eile, sich von den Marstokern zu entfernen.

Iseult und Safi saßen nach Luft ringend auf dem Vorderdeck, und Iseult sah immer wieder zu Evrane hinüber. Sie konnte einfach nicht anders. Diese Frau hatte sie vor sechseinhalb Jahren geleitet und eigentlich gerettet. Sie war genau so wie in Iseults Erinnerung, und gleichzeitig doch ganz anders.

Die Evrane ihrer Erinnerung hatte etwas Engelhaftes an sich gehabt, und sie war größer gewesen. Aber die echte Evrane war vernarbt und zäh und faltig, ganz zu schweigen davon, dass sie einen guten halben Kopf kleiner war als Iseult.

Aber die Haare der Carawen … sie waren so strahlend und glänzend wie in Iseults Erinnerung und bildeten einen silbernen Heiligenschein um ihren Kopf, der der Mondmutter würdig war.

Iseult wandte ihren neugierigen Blick ab, denn es fiel ihr

schwer, so lange zu starren. Evrane und Safi und alle anderen auf dem Schiff trugen Stränge in Tausenden strahlenden Schattierungen. Sie bedrängten Iseult, egal, wohin ihr Blick auch fiel. Auf verängstigte oder triumphierende Matrosen, die noch erfüllt waren von der Bereitschaft zur Gewalt oder kurz davorstanden, vor Erschöpfung zusammenzubrechen.

Und dann breitete sich Abscheu in nahe liegenden Strängen aus. Ihre Besitzer hatten Iseults Haut und Augen bemerkt. Allerdings wirkte keiner dieser Stränge feindselig, also ignorierte Iseult sie.

Nach einer Zeitspanne, die Stunden oder Minuten gedauert haben mochte, wurde die *Jana* langsamer. Der magische Wind verklang und hinterließ eine Leere in Iseults Ohren, wo bisher ein Dröhnen geherrscht hatte. Ihre Haut fühlte sich wund an, wo die Luft gegen sie geschlagen hatte. Jetzt wurde das Schiff nur noch von einer natürlichen Brise getrieben, und über ihnen leuchtete der Vollmond.

»Willkommen in Nubrevna«, murmelte Evrane.

Iseult hievte sich auf die Beine, wobei der Schmerzstein hell aufleuchtete, dann schlurfte sie an die Reling. Safi und Evrane folgten ihr.

Das Land unterschied sich nicht so sehr von der Küste nördlich von Veñaza: felsig, zerklüftet, von wilden Wellen gebeutelt. Doch statt Wäldern zogen sich weiße Findlinge über die Hänge.

»Wo sind all die Bäume?«, fragte Iseult.

»Die Bäume sind da«, antwortete Evrane müde. »Aber sie sehen nicht mehr aus wie Bäume.« Mit einem Klicken löste sie die Scheide ihres Beils, um dann einen eingeölten Lappen aus ihrem Umhang zu ziehen.

Safis Atem stockte. »Das sind gar keine Findlinge, oder?« Sie wandte sich an Evrane. »Das sind Baumstümpfe.«

»Aye«, antwortete die Carawen. »Tote Bäume bleiben nicht lange stehen, wenn ein Sturm über sie hinwegfegt.«

»Warum ... warum sind sie tot?«, fragte Iseult.

Evrane schien für einen Moment überrascht und sah von Safi zu Iseult, als wolle sie sichergehen, dass die Frage ernst gemeint war. Als ihr klar wurde, dass dem so war, runzelte Evrane die Stirn. »Diese gesamte Küste wurde im Großen Krieg vernichtet. Cartorrische Erdmagi haben die Erde von der westlichen Grenze bis zur Mündung des Flusses Timetz vergiftet.«

Kälte breitete sich in Iseult aus. Sie warf einen Blick zu Safi, deren entsetzte Stränge nach innen zurückwichen.

»Warum«, fragte Safi Evrane, »haben wir das noch nie gehört? Wir haben Nubrevna studiert, aber unsere Geschichtsbücher haben dieses Land immer als lebendig und grün beschrieben.«

»Weil«, antwortete Evrane, »diejenigen, die Geschichte schreiben, den Krieg gewonnen haben.«

»Trotzdem«, meinte Safi lauter, und ihre Stränge drängten nach außen, »wenn das alles eine Lüge war, hätte ich es spüren müssen.« Sie packte Iseults Hand und hielt sie so fest, dass Iseult den Druck sogar durch ihren Schmerzstein spürte. Ihre Wunde pulsierte.

Aber der Schmerz war erfrischend. Iseult hieß ihn willkommen, froh, dass die Qual dafür sorgte, dass sie wieder atmen konnte. Ihr Blick landete auf Evranes ruhigem, konzentriertem Gesicht, als die Carawen ihr Beil reinigte – das, das Iseult benutzt hatte. Der gefältelte Stahl war immer noch mit dem Blut des Seefuchses überzogen.

Während Evrane mit sicheren Bewegungen die Klinge reinigte, schoss Iseult plötzlich der Gedanke durch den Kopf, wie viele Messer Evrane in ihrem Leben schon sauber gewischt haben musste. Sie war ein Heilermönch, gleichzeitig aber auch eine Kämpferin, und die Hälfte ihres Lebens hatte sie in den Zeiten des Großen Kriegs gelebt.

Wenn Iseult und Safi ihre Klingen ölten, dann wischten sie Fingerabdrücke und Schweiß ab und schützten den Stahl gegen die Belastung des täglichen Gebrauchs. Aber wenn Evrane oder Habim oder Mathew und sogar Gretchya ihre Schwerter polierten, schrubbten sie gegen Blut und Tod und eine Vergangenheit an, die sich Iseult nicht einmal vorstellen konnte.

»Erzählt uns«, sagte sie, »was mit Nubrevna geschehen ist.«

»Angefangen hat es mit den Cartorrern«, sagte Evrane einfach, und ihre Worte schienen von einer Brise mitgerissen zu werden. »Ihre Erdmagi haben die Erde vergiftet. Eine Woche später schickte das Dalmottische Reich Wassermagi, um das Meer an der Küste und die Flüsse zu verderben. Zu guter Letzt brannten marstokische Feuermagi unsere gesamte östliche Grenze nieder.

Es war offensichtlich eine konzertierte Aktion, denn eines müsst ihr verstehen: Lovats ist nie gefallen. In all den Jahrhunderten des Kriegs haben Nodens Wächter und die Wasserbrücken von Stefin-Ekart uns Sicherheit geschenkt. Wahrscheinlich waren die Reiche davon ausgegangen, dass sie uns ein für alle Mal vernichten könnten, wenn sie sich für eine Weile verbündeten.«

»Aber es hat nicht funktioniert«, sagte Iseult.

»Nicht gleich, nein.« Evrane zögerte bei ihrer Säuberung und starrte vor sich hin. »Die Reiche haben ihre letzten Angriffe während der Monate geführt, bevor der Waffenstillstand verhandelt wurde. Dann, als ihre Armeen und Flotten gezwungen waren, sich zurückzuziehen, blieb ihre Magie zurück, um uns den Rest zu geben. Das Gift breitete sich durch die Erde aus, wanderte flussaufwärts, während die marstokischen Flammen ganze Wälder vernichteten.

Bauern waren gezwungen, sich tiefer ins Land zurückzuziehen, so nah an Lovats heran, wie sie nur konnten. Aber die Stadt war bereits überfüllt. Viele starben, und seitdem sind noch mehr gestorben. Unser Volk verhungert, Mädchen, und die Reiche stehen sehr kurz davor, uns ein für alle Mal zu vernichten.«

Iseult blinzelte. In Evranes Stimme lag Endgültigkeit, und rosenfarbene Akzeptanz färbte ihre Stränge.

Neben Iseult stieß Safi den Atem aus. »Merik braucht diesen Vertrag wirklich«, flüsterte sie mit ausdrucksloser Stimme. Ihr Stränge waren gedämpft und erstarrt, so als wäre sie zu entsetzt, um etwas zu empfinden. »Und doch hat mein Onkel es ihm unmöglich gemacht, die Bedingungen zu erfüllen. Der Vertrag ist zu konkret – kein vergossenes Blut ...«

Sie hielt inne. Der Wind und die Rufe der Matrosen schienen zu verklingen. Dann, plötzlich, schien die Welt wieder Fahrt aufzunehmen. Zu schnell. Zu hell.

Safi wich von der Reling zurück, und ihre Stränge ergossen sich wie eine Lawine nach außen, erfüllt von zu vielen Farben, als dass Iseult sie hätte alle aufnehmen können. Rostrote Schuldgefühle, orangefarbene Panik, graue Angst und blaues Bedauern. Und es waren nicht die ausgefransten Stränge, die brachen, sondern die robusten, suchenden Stränge, die sich bildeten. Jedes Gefühl, egal, welche Farbe es auch hatte, schoss aus Safi heraus und tastete sich über das Deck, als versuche es, sich mit jemandem – irgendwem – zu verbinden, der genauso tief empfand wie sie.

Dann wandte sich Safi an Iseult und sagte mit einer Stimme, die aus Stein und Winter zu bestehen schien: »Es tut mir so leid, Iseult.« Ihr Blick glitt zu Merik, und sie sagte wieder: »Es tut mir so leid, dass ich dich in all das hineingezogen habe.«

Aber bevor Iseult sie beruhigen und argumentieren konnte,

dass nichts von alledem Safis Fehler war, flackerte ein weißer Strang in ihrem Augenwinkel auf. *Terror*. Sie wirbelte gerade in dem Moment herum, als Kullen, der auf dem Hauptdeck stand, anfing zu husten. Sich krümmte.

Und fiel.

Iseult rannte auf ihn zu, Safi und Evrane auf den Fersen. Sie erreichten Kullen im selben Moment wie ein Mädchen mit Zöpfen, deren dunkle Haut einen heftigen Kontrast zu Kullens tödlicher Blässe bildete. Doch Merik war bereits da, zerrte Kullen bereits in eine sitzende Position und massierte ihm den Rücken.

Massierte seine Lunge, wurde Iseult klar, als sie mehrere Schritte entfernt anhielt. Safi hielt neben ihr an. Evrane allerdings drängte sich bis zu Kullen vor und ließ sich auf die Knie fallen.

»Ich bin da, Kullen«, sagte Merik mit rauer Stimme. In seinen Strängen brannte derselbe weiße Terror wie in denen von Kullen. »Ich bin hier. Entspann deine Lunge, und die Luft wird kommen.«

Der Mund des Ersten Offiziers öffnete und schloss sich wie bei einem Fisch an Land, schnappte nutzlos nach Luft. Es schien, als könne er ausatmen, aber nicht wieder einatmen. Und jedes Keuchen, das seinen Körper erschütterte, war schwächer als das letzte.

Dann, mit weit aufgerissenen Augen und bleichen Wangen, drehte sich Kullen zu Merik um und schüttelte den Kopf.

Safi ließ sich neben ihnen aufs Deck sinken. »Wie kann ich helfen?« Sie sah erst Merik an, dann das Mädchen und schließlich Kullen, der ihren Blick erwiderte.

Aber der Erste Offizier konnte nur einmal den Kopf in ihre Richtung schütteln, bevor seine Augen sich verdrehten und er nach vorne in Meriks Arme fiel.

Sofort drehten Merik und das andere Mädchen ihn auf den Rücken, und Merik öffnete Kullens Mund weit. Er senkte seine Lippen auf Kullens und drängte Stöße mit Magie aufgeladener Luft durch die Kehle seines Strangbruders, wieder und wieder. Eine gefühlte Ewigkeit aus Keuchen und Drängen, aus dringlichen, verängstigten Strängen. Matrosen sammelten sich um die Gruppe, auch wenn sie klug genug waren, sich im Hintergrund zu halten. Safi warf Iseult einen panikerfüllten Blick zu, doch Iseult hatte keine Lösungen anzubieten. So etwas hatte sie noch nie in ihrem Leben gesehen.

Dann breitete sich ein Zittern über Kullens Brust aus. Er atmete.

Mehrere Sekunden lang starrte Merik auf Kullens Brustkorb, bevor er vor Erleichterung in sich zusammensank. Seine Stränge leuchteten im pinken Licht von Strangbrüdern, rein und strahlend.

»Danke, Noden«, murmelte er an Kullens Brust. »Oh, Noden, *danke.*«

Dasselbe Gefühl schimmerte in den Strängen jedes Matrosen, und auch in denen von Safi und Evrane. Doch am hellsten leuchteten Merik und das Mädchen, und in den Strängen des Mädchens erkannte Iseult das unverfälschte Rot eines Herzstrangs.

»Lass mich ihn untersuchen«, sagte Evrane und legte eine sanfte Hand auf Meriks Rücken. »Um sicherzugehen, dass er keine Schäden davongetragen hat.«

Merik riss den Kopf hoch, sein Gesicht eine Grimasse des Zorns. Und seine Stränge …

Iseult zuckte vor ihrem Brennen zurück. »Du hast meine Befehle missachtet!«, schrie er seine Tante an. »Du hast mein Schiff und meine Männer gefährdet! *Die Domna war meine einzige Trumpfkarte!*«

Evrane hielt still, und ihre Stränge blieben ruhig. »Wir brauchten einen Feuermagis-Heiler für Iseult. Ohne wäre sie gestorben.«

»Wir wären fast alle gestorben!« Merik schubste Evrane. Sie widersetzte sich nicht. »Du hast deinen Posten aufgegeben, ohne einen Gedanken an andere zu verschwenden!«

Safis Stränge brannten in defensiver Wut. Sie sprang auf die Füße. »Es war nicht ihre Schuld. Sie hat nur getan, was ich befohlen habe.«

Merik drehte sich zu Safi. »Ist das so, Domna? Also flieht Ihr nicht etwa vor Eurem Verlobten? Ihr wolltet nicht der Gefangennahme entkommen, *Wahrmagis*?«

Kälte breitete sich in Iseults Bauch aus, in ihren Muskeln. Woher wusste er das?

Spielt keine Rolle, erklärte Iseult sich selbst, wobei sie bereits in die Knie ging, um auf Safi zuzuspringen. Um sie zu beschützen ... bis Safis Stränge in beiger Unsicherheit flackerten, als wolle sie versuchen, diese Wahrheit vor Merik zu verbergen. Also zeigte Iseult die vollkommen ruhige Miene einer Strangmagis. Sie würde Safis Geheimnis nicht verraten.

»Wo habt Ihr denn dieses Gerücht gehört?«, fragte Safi schließlich ruhig.

»Die Marstoker wissen es.« Merik lehnte sich zu ihr. »Ihr Sprachmagis hat es freundlicherweise meinem mitgeteilt. Wollt Ihr es leugnen?«

Die Zeit zog sich schleppend dahin, als hätte Safis innere Debatte Besitz von der Welt ergriffen. Die Brise schien plötzlich weit entfernt. *Gib es nicht zu. Bitte, gib es nicht zu.* Es war eine Sache, dass Kaiser Henrick vielleicht über Safis Magie informiert war, doch es gab keinen Grund, die ganze Welt davon wissen zu lassen. Was, wenn sich Merik entschloss, sie zu benutzen ... oder sie zu heiraten, wie Henrick es getan hatte?

Oder was, wenn Merik stattdessen beschloss, Safi zu töten, bevor ein Feind sie für sich beanspruchen konnte?

Doch als Safis Stränge von grauer Angst zu einem lebendigen, entschlossenen Grün wechselten, stieß Iseult niedergeschlagen den Atem aus.

»Und wenn?« Safi richtete sich höher auf. »Und wenn ich eine Wahrmagis bin, Admiral? Welchen Unterschied macht das?«

Mit einer schnellen Bewegung packte Merik Safis Handgelenke, wirbelte das Mädchen herum und zog ihr die Arme hinter den Körper. »Es macht einen großen Unterschied«, knurrte er. »Ihr habt uns gesagt, niemand würde Euch verfolgten. Ihr habt mir erklärt, Ihr wärt nicht wichtig. Und doch seid Ihr eine Wahrmagis, die mit Kaiser Henrick verlobt ist.« Er schob ihr die Arme höher auf den Rücken.

Safis Gesicht spannte sich an, doch als sich Iseult vorlehnte, um sie zu verteidigen und für ihre Strangschwester zu *kämpfen*, schüttelte Safi warnend den Kopf.

Als Safi wieder sprach, waren ihr Tonfall und ihre Stränge fast erschreckend beherrscht. »Ich dachte, wenn Ihr wüsstet, wer ich bin, würdet Ihr mich an die Cartorrer ausliefern.«

»Lüge.« Merik lehnte sich vor, bis sein Gesicht nur Zentimeter neben Safis schwebte. »Eure Magie weiß, wann ich die Wahrheit sage, Domna. Und ich habe Euch versichert, dass ich nichts Böses plane. Ich will nur Nahrung für mein Volk. Wieso das so schwierig …« Seine Stimme brach. Er zögerte, und seine Stränge wechselten von scharlachroter Wut zu tiefblauer Trauer. »Ich habe meine Gezeitenmagi verloren, Domna, und die Marstoker jagen mich. Ich besitze nur noch mein Schiff, meine mir treu ergebenen Matrosen und meinen Ersten Offizier. Aber fast hättet Ihr mir auch das genommen.« Safi öffnete den Mund, als wolle sie widersprechen, aber Merik war noch nicht fertig. »Wir hätten entkommen können, sobald die Seefüchse aufgetaucht sind. Stattdessen wären wir fast gestorben, weil Ihr nicht in Eurer Kabine wart, wo Ihr hättet sein sollen. Ich musste Euch suchen, und damit blieben wir als Köder für die Füchse zurück. Euer Leichtsinn hat meine Mannschaft fast das Leben gekostet.«

»Aber Iseult …«

»Hätte es überlebt.« Merik zog sie nach hinten, und Safi sackte in sich zusammen. »Ich hatte vor, Eurer Freundin einen Feuermagis-Heiler zu besorgen, sobald wir nubrevnanischen Boden erreicht hatten. Ihr wisst, dass es stimmt, nicht wahr? Eure Magie muss es Euch sagen.«

Safi suchte Meriks Blick. Dann, mit Strängen, die in strahlend blauem Bedauern und schuldbewusstem Rostrot glänzten, nickte sie. »Ich sehe es.«

Meriks Jähzorn brandete ein weiteres Mal auf. Er packte Safi fester und befahl: »Bewegt euch.«

Zu Iseults Entsetzen bewegte Safi sich tatsächlich. Ihre Stränge verbanden sich mit Meriks, und darin leuchtete ein Anflug von hellerem Rot.

Iseults Lippen öffneten sich, ihr Fuß hob sich, um Safi zu folgen und um Merik von dem abzuhalten, was auch immer er geplant hatte.

Finger schlossen sich um ihr Handgelenk. »Tu das nicht.«

Sie riss den Kopf herum und entdeckte das Mädchen mit den Zöpfen, das den Kopf schüttelte. »Misch dich nicht ein«, sagte sie dumpf. »Ein paar Stunden in den Eisen werden sie nicht umbringen.«

»In den was?« Iseult wirbelte herum. Übelkeit stieg in ihr auf, als sie sah, wie Merik Safi nach unten drückte, ihre Beine nach vorne zog und eiserne Fußfesseln um ihre Knöchel schloss.

Die riesigen Schellen schlossen sich stöhnend, Schlösser klickten, und Safi konnte nichts tun, als quer über das Schiff zu Iseult zu starren.

Wieder warf sich Iseult nach vorne, doch diesmal trat ihr ein älterer Matrose in den Weg. »Lass sie da, Mädchen, oder sie werden dich auch in Ketten legen.«

Als wolle sie diesen Punkt bestätigen, stürzte Evrane vor und schrie: »Das kannst du nicht mit ihr machen, Merik! Sie ist eine Domna von Cartorra! Keine Nubrevnanerin.«

Merik richtete sich hoch auf und machte eine unbestimmte Geste in Richtung seiner Matrosen, auch wenn sein Blick unverwandt auf seine Tante gerichtet blieb. »Du allerdings bist eine Nubrevnanerin, und auch dein Ungehorsam wird nicht ungestraft bleiben.«

Evranes Stränge nahmen ein überraschtes Türkis an, als zwei Matrosen sie zu einem zweiten Satz Fußfesseln drängten. Während die Matrosen Evrane zu Boden drückten und die Eisen schlossen, wandte sich Merik ab, als wolle er gehen.

»Du würdest so tief sinken, eine Domna zu foltern?«, schrie Evrane. »Du wirst sie verletzen, Merik! Du wirst deinen eigenen Vertrag in Gefahr bringen.«

Merik hielt inne und sah zu seiner Tante zurück. »Ich foltere nicht, ich bestrafe. Sie kannte die Konsequenzen ihres Ungehorsams. Und«, fügte er hinzu, inzwischen erfüllt von eiskalter Ruhe, »welche Art von Admiral – welche Art von *Prinz* – wäre ich, wenn ich meine eigenen Gesetze nicht hochhalte? Die Domna hat einen Angriff von Seefüchsen unbeschadet überstanden, also werden ihr auch ein paar Stunden in den Eisen nicht schaden. Aber das *wird* ihr die Zeit schenken, darüber nachzudenken, welche Art Hölle sie auf uns herabgerufen hat.«

»Ich wollte das nicht«, sagte Safi, den Blick auf Merik gerichtet. »Ich hatte nie vor, Euch oder Kullen oder … oder Nubrevna zu schaden. Ich wusste nichts von den Marstokern, ich schwöre es, Admiral. Mein Onkel hatte mir versichert, niemand würde mich verfolgen!«

Iseult blieb der Mund offen stehen. Die Stränge über Safis und Meriks Kopf pulsierten in einem harschen, drängenden Verlangen. Safis Stränge griffen nach Meriks, und seine wanden sich um ihre.

Direkt vor Iseults Augen verwandelten sich Safis Stränge von denen, die sich bilden, zu denen, die binden.

Mit zwei großen Schritten kehrte Merik an Safis Seite zurück, um dann in die Hocke zu gehen. Er sah ihr tief in die Augen, und sie erwiderte seinen Blick.

»Ohne Kullens Magie wären wir jetzt alle tot, und es war Euer impulsiver Ungehorsam, der uns fast umgebracht hat. Das darf nicht ungestraft bleiben. Es gibt immer noch einen Vertrag mit Eurer Familie. So oder so werde ich Euch nach Lejna bringen. Und dann werde ich mein Land ernähren.«

Für die Länge eines Herzschlags … und dann zwei … brannte der Abstand zwischen Merik und Safi, die Stränge zwischen ihnen, in leuchtendem Scharlachrot.

Aber Iseult blieb keine Zeit, um die genaue Farbschattierung zu deuten und herauszufinden, ob es der wachsende Strang von Liebe war oder von unversöhnlichem Hass. Dann war die Farbe auch schon verschwunden, und sie blieb zurück, erfüllt von der Frage, ob sie sich das alles nur eingebildet hatte.

Fast war es lustig, wie Safi, die gerade noch aufrecht gestanden hatte, plötzlich in Eisen lag wie ein geschlagener Hund. Gefangen. Unbeweglich.

Und sie hatte sich überhaupt nicht gewehrt. Sie hatte einfach nachgegeben, während sie sich selbst fragte, warum sie diese Fußfesseln so einfach akzeptierte. Sich fragte, ob sie die Fähigkeit zum Angriff verloren hatte. Die Fähigkeit zu rennen. Wenn sie nicht mehr rennen konnte, was war ihr dann von ihrem alten Leben geblieben? Ihrem glücklichen Leben voller Taro-Spiele und Kaffee und Tagträumen?

All ihre Hoffnungen auf Freiheit waren vergangen. Es würde keine gemeinsame Wohnung mit Iseult geben, und sie konnte weder Kaiser Henricks Hof entkommen noch den Plänen ihres Onkels Eron oder dem Leben als Wahrmagis auf der Flucht.

Aber Iseult würde überleben. Ihre Wunde war geheilt, und sie würde leben. Das war es doch wert, oder?

Safi beobachtete ihre Strangschwester, die eilig Merik über das Deck folgte und ihn anflehte, ihre Miene unbeweglich trotz der Matrosen, die angewidert vor ihr zurückwichen. Merik ignorierte sie und stieg aufs Achterdeck. Er nahm seinen Platz neben dem Ruder ein und befahl, erneut die Windtrommel zu schlagen.

Iseult gab auf. Sie stoppte ihre Verfolgung an der Treppe zum Achterdeck und drehte sich, um Safi in die Augen zu sehen. Sie wirkte noch hilfloser als zu dem Zeitpunkt, als sie im Sterben gelegen hatte.

Es fing an zu regnen. Das sanfte Flüstern auf Safis Haut, das hätte beruhigend wirken sollen, sich aber stattdessen anfühlte wie Säure. Safi versank immer tiefer in sich selbst. Die Welt schien zu pulsieren. Sie konnte ihre Beine nicht bewegen. Sie war hier gefangen, in sich selbst. Sie würde für immer diese Person sein. Gefangen in *diesem* Körper und mit *diesem* Geist. Gefesselt durch ihre eigenen Fehler und gebrochenen Versprechen.

Deswegen verlassen dich alle. Deine Eltern. Dein Onkel. Habim und Mathew. Merik.

Der Name des Prinzen hallte in Safis Ohren wider und floss im Takt des Regens durch ihre Adern. Im Takt der Trommel.

Er wollte nur sein Heimatland retten, doch das hatte Safi nicht interessiert – weder Merik noch die Leben, die von ihm abhingen.

Iseult stolperte über das Deck auf Safi zu, das Gesicht angespannt und bleich. Sie war die einzige Person, die Safi noch hatte, das einzige Stück aus ihrem alten Leben. Aber wie lange würde es dauern, bis auch Iseult aufgab?

Iseult erreichte Safi und ließ sich auf die Knie sinken. »Er will nicht auf mich hören.«

»Du brauchst Ruhe«, erklärte Evrane. »Geh in die Kabine.«

Safi zuckte zusammen, ihre Ketten rasselten. Sie hatte vergessen, dass die Carawen neben ihr angekettet war, so gefangen war sie in ihrer eigenen Haut.

Wie so oft. Es war Safis selbstsüchtige Gier gewesen, die dafür gesorgt hatte, dass nun ein Preis auf Iseults Kopf ausgesetzt war. Das hatte Iseult gezwungen, Veñaza zu verlassen, und ihr irgendwie auch noch einen verfluchten Pfeil im Arm eingebracht. Und als Safi dann für Iseult gekämpft und alles getan hatte, um Ausgleich zu leisten und ihre andere Hälfte vor dem Schaden zu bewahren, den sie selbst angerichtet hatte, hatte es damit geendet, dass Safi andere verletzte. Eine Menge andere. Ihr Tunnelblick hatte sie auf einen geborstenen Weg geführt, und jetzt mussten Merik, Kullen und seine gesamte Crew dafür zahlen.

Bei diesem Gedanken erfüllten Onkel Erons Worte in Veñaza Safis Herz.

Wenn die Glocken Mitternacht schlagen, kannst du tun, was immer du willst, und dieselbe anspruchslose Existenz führen, die du immer genossen hast.

Und genau das hatte sie getan, nicht wahr? Um Mitternacht

hatte sie aufgehört, sich wie eine Domna zu benehmen. Sie war zurückgekehrt in ihre alte, impulsive, gedankenlose Existenz.

Aber … Safi weigerte sich, das zu akzeptieren. Sie weigerte sich, das zu sein, was Eron – oder alle anderen – von ihr erwarteten. Sie steckte in diesem Körper fest, hatte nur diesen Geist … Aber das bedeutete nicht, dass sie nicht streben konnte. Dass sie sich nicht verändern konnte.

Sie suchte Iseults Blick. Im Zwielicht wirkten die Augen ihrer Strangschwester unnatürlich hell und müde. »Geh in die Kabine«, befahl sie. »Du musst aus dem Regen raus.«

»Aber du …« Iseult schob sich näher an sie heran, und die Gänsehaut auf ihren nassen Armen wurde sichtbar. »Ich kann dich nicht einfach so zurücklassen.«

»Bitte, Iz. Wenn du dich nicht erholst, wird all das umsonst gewesen sein.« Safi zwang sich zu einem Lachen. »Ich komme schon klar. Das hier ist nichts im Vergleich zu Habims Kampftraining.«

Iseult lächelte nicht, wie Safi gehofft hatte, aber immerhin nickte sie und stemmte sich mühsam auf die Beine. »Ich werde beim nächsten Glockenschlag wieder nach dir sehen.« Sie schaute Evrane an und hob ihr Handgelenk. »Wollt ihr den Schmerzstein zurück?«

Evrane schüttelte leicht den Kopf. »Du wirst ihn brauchen, um einzuschlafen.«

»Danke.« Wieder sah Iseult Safi an und starrte ihr tief in die Augen. »Es wird alles gut«, sagte sie einfach. »Dafür werden wir sorgen. Ich verspreche es.« Dann schlang sie die Arme um den Körper und ging, ließ Safi mit dem Aufsteigen ihrer Wahrmagie allein zurück.

Denn irgendwie *würden* sie dafür sorgen, dass alles wieder gut wurde.

27

In den sieben Stunden, seit der cartorrische Kutter aus dem Hafen von Veñaza ausgelaufen war, war die Sonne versunken und der Mond aufgegangen, und Aeduan hatte nicht eine Minute lang aufgehört, sich zu übergeben. Sein einziger Trost war, dass sein Leiden unter den finsternisfürchtigen Matrosen an Bord den Beginn einer Legende entfacht hatte: *Blutmagi können kein Wasser überqueren.*

Ja, *dieses* Gerücht sollten sie ruhig in jedem Hafen verbreiten, den sie anliefen.

Gerade als sich Aeduan freute, nur noch trocken zu würgen, entdeckte der Kutter vier angeschlagene Militärschiffe, drei von ihnen marstokisch und eines aus Nubrevna. Trotz Aeduans knurrendem Widerspruch, dass sich Safiya fon Hasstrel auf keinem dieser Schiffe befand, bestand Prinz Leopold trotzdem auf einem Halt.

Denn es schien, als wäre die Kaiserin von Marstok an Bord, und Leopold wollte, dass sich Aeduan ihm bei dem Besuch anschloss. Nachdem keiner der Höllebarden gegen diesen Wahnsinn protestierte – nicht einmal der Kommandant, ein fauler, respektloser junger Mann namens Fitz Grieg –, fand sich Aeduan bald in der Situation wieder, von einem Windmagis auf die Galeone der Kaiserin geflogen zu werden. Dort musterten zehn Nattern ihn und Leopold von oben bis unten. Allerdings machten die Nattern keine Anstalten, ihnen die Waffen abzunehmen, bevor sie die Besucher in die Kabine der Kaiserin führten. Offensichtlich waren sie davon überzeugt, dass weder Leopold noch Aeduan irgendeine Chance gegen ihre giftmagischen Pfeile hatten.

Aeduan erkannte einige der Nattern allein an ihrer Blutwitterung, nachdem er unter ihren um den Kopf gewickelten Kopftüchern keine Gesichter identifizieren konnte. Ihre gezackten Schwerter, die aussahen wie Flammen aus Stahl, flackerten im Licht der Feuermagi-Lampen auf dem Deck.

Dämliche Waffen. Sie waren unhandlich und unnötig – besonders, wenn der größte Vorteil einer Natter doch in seiner oder ihrer Giftmagie lag.

Ihre Macht über Gifte war eine dunkle Abwandlung von Wassermagie, eine Korruption der Magie von Wassermagis-Heilern, wie Aeduan einmal gehört hatte, und doch war es Aeduans Macht, die als Finstermagie angesehen wurde. Aeduan war derjenige, der Dämon genannt wurde.

Das war ihm immer irgendwie … unfair erschienen.

Allerdings gereichte ihm das auch oft zum Vorteil.

Sobald sie die Kabine der Kaiserin erreicht hatten, verteilten sich die Nattern gleichmäßig um die Wände des Raums. Ein niedriger, einfacher Tisch und zwei Bänke bildeten das robuste Mittelstück der Kabine, und neben einer der Bänke stand die Kaiserin von Marstok.

Sie war kleiner, als Aeduan erwartet hatte, nachdem er sie bis jetzt nur aus der Ferne gesehen hatte. Doch trotz ihres zierlichen Körperbaus war ihre Blutwitterung unnachgiebig. *Wüstensalbei und Wände aus Sandstein. Der Amboss eines Schmieds und Eisentinte.* Das war die Witterung einer mächtigen Eisenmagis, ebenso wie der einer gebildeten Frau. Und obwohl Vaness' Flotte in Trümmern lag, trug sie ein frisches weißes Kleid, und ihre Miene wirkte kühl, aber freundlich.

Aeduan stellte sich breitbeinig hinter die zweite Bank, wobei er gleichzeitig die besten Fluchtmöglichkeiten aus dem Raum abschätzte. Und die Kaiserin lächelte. Der Ausdruck huschte über ihre Lippen, als würden sie und Leopold sich lediglich auf der Tanzfläche begegnen.

Die Kaiserin musste wissen, wer und was Aeduan war, doch sie kommentierte seine Gegenwart nicht. Ließ sich nicht anmerken, ob sie es vielleicht seltsam fand, dass Leopold ohne eine Eskorte von Höllebarden auftrat.

Offensichtlich war sie gut darin, den Schein zu wahren. Jedes Mienenspiel war sorgfältig darauf ausgerichtet, die Macht im Raum in ihren schlanken Händen zu behalten.

Aber warum sich die Mühe machen?, fragte sich Aeduan. Wenn sie eine so mächtige Eisenmagis war, wie es immer hieß, dann brauchte die Kaiserin keine Tricks, um ihren Willen durchzusetzen. Die älteren Carawen-Mönche sprachen immer noch von dem Tag, an dem sie den Kendura-Pass zerstört und dabei magische Kräfte angezapft hatte, die so groß gewesen waren, dass sie damit einen ganzen Berg vernichtet hatte.

Und damals war sie erst sieben Jahre alt gewesen.

Aeduan deutete ihr Lächeln also als Zeichen, dass dieses Treffen unter friedlichen Vorzeichen stattfinden sollte.

»Ich hätte gern ein paar marstokische Datteln, wenn es möglich wäre«, sagte Prinz Leopold. Er stand in der Nähe des Tischs herum und schien mehr an seinen Ärmelaufschlägen interessiert zu sein als daran, sich mit Vaness zu unterhalten.

Doch die Maske, die Leopold zeigte, war unbeholfen – als spiele der Prinz nur, dass er von Herrschern abstammte, während die Kaiserin der Inbegriff der Herrschaft *war*.

Vaness deutete auf die Bank, und ihre eisernen Armbänder klapperten. »Setzt Euch, Prinz Leopold. Ich werde Naschereien bringen lassen.«

»Seid gedankt, Heiligste der Heiligen.« Leopold schenkte ihr ein breites Grinsen, dann ließ er sich mit dem Seufzen eines Mannes, der einen langen, harten Tag hinter sich hatte, auf die Bank sinken. Das schwarze Holz knirschte.

Vaness glitt zu der gegenüberliegenden Bank und setzte sich. Hoch aufgerichtet legte sie den Kopf schräg und wartete. Ihre Geduld wurde schnell belohnt, als ein junger Diener mit einem Tablett voller kandierter Früchte in den Raum eilte. Leopold schnappte sich eine der Köstlichkeiten, stöhnte vor Vergnügen und griff sich noch zwei mehr. Sekunden zogen sich zu Minuten, und obwohl Aeduan nicht daran zweifelte, dass der Prinz dies als eine Art Beleidigung geplant hatte, zeigte die Kaiserin nichts als Geduld. Was mehr war, als Aeduan von sich behaupten konnte.

Wenn das Ziel von Leopolds Besuch darin lag, kleinliche Kränkungen auszuteilen, dann war dieser kleine Abstecher sogar eine noch größere Zeitverschwendung, als Aeduan befürchtet hatte. Wenn es so weiterging, würde Safiya fon Hasstrel Nodens Wächter erreichen, bevor Leopold auch nur damit fertig war, sich mit Süßigkeiten vollzustopfen.

Nach der vierten Frucht runzelte Vaness langsam die Stirn. »Als ich sagte, dass meine Flotte angeschlagen ist«, erklärte sie höflich, »hatte ich auf Eure Unterstützung gehofft. Vielleicht hatte ich mich nicht deutlich genug ausgedrückt.«

Leopold schenkte ihr sein übliches Grinsen und wischte sich langsam mit einem Daumen über die Lippen. »Aber sicherlich ist Eurer majestätischsten Majestät bewusst, dass Zucker selbst die furchtbarsten Situationen besser machen kann.« Er bot ihr eine Dattel an.

»Ich habe keinen Hunger.«

»Man muss nicht hungrig sein, um diese Früchte zu genießen.« Wieder streckte Leopold ihr die Köstlichkeit entgegen. »Kostet. Sie sind fast so himmlisch wie Eure Schönheit.«

Vaness beugte respektvoll den Kopf und nahm zu Aeduans Erstaunen die kandierte Frucht entgegen. Sie ging sogar so weit, eine kleine Ecke abzubeißen.

Aeduan fuhr sich mit der Zunge über die Zähne, weil er einfach nicht wusste, wie er dieses Verhalten deuten sollte. Leopold hatte es offensichtlich darauf abgesehen, Vaness wütend zu machen, doch sie vermied es geschickt, seinen Köder zu schlucken. Was bedeutete, dass das, was sie wollte, sehr wichtig war. Und sie bekam gewöhnlich, was sie wollte. Warum zog sie diese Begegnung also so in die Länge? Warum diese gelassene Fassade, wenn sie doch solche Macht in Händen hielt? Aeduan machte sich diese Mühe nie.

Leopold schien ähnliche Gedanken zu hegen, denn nach der sechsten Dattel gab er sein Spielchen auf. Mit schlecht verborgenem Verdruss sackte er in sich zusammen und überschlug die Beine.

»Was ist mit Eurer Flotte geschehen, Eure verehrteste Hoheit?«

»Seefüchse«, sagte sie einfach, was ihr ein Lachen vom Prinzen einbrachte.

»Seefüchse«, wiederholte er mit hochgezogenen Augenbrauen. »Ihr erwartet von mir, dass ich das glaube? Haben Euch auch Schattenwyrmer und Flammenfalken erwischt? Oder lasst mich raten: Die Zwölf sind mit ihren Schwertern aufgetaucht und haben ein Loch in Euren Rumpf geschlagen.«

Vaness zeigte keine Reaktion, doch die Luft im Raum schien sich plötzlich zu verdichten. Die Nattern versteiften sich, und Aeduans Hand glitt zum Heft seines Schwerts.

»Es gibt noch Flammenfalken in Marstok«, erklärte Vaness, ihr Tonfall so glatt wie bisher, ihre höfliche Maske nach wie vor unerschütterlich. »Und es scheint, als wären die Seefüchse zurückgekehrt.«

Aeduans Blick huschte zu Leopold, um die Reaktion des Prinzen abzuschätzen. Aeduan hatte von Seefüchsen gehört, doch soweit er wusste, hatte es seit Jahrzehnten keine Sichtungen mehr gegeben.

Aber zur Abwechslung schwieg Leopold, seine Miene undurchdringlich.

Also fuhr Vaness fort: »Ich werde in Azmir erwartet, Eure Hoheit, aber ich fürchte, es wird meine Männer zu viel Zeit kosten, die Schäden an den Schiffen zu reparieren. Daher möchte ich Euch bitten, uns Gezeitenmagi aus Eurer Mannschaft zur Verfügung zu stellen. Uns sind keine geblieben.«

Warum, dachte Aeduan trocken, *wittere ich dann mindestens drei Gezeitenmagi unter Deck?* Sie waren nicht zu verwechseln, denn sie rochen nach Sturmfluten und Stromschnellen.

Während Aeduan darüber nachdachte, wie er Leopold am besten über Vaness' Lüge informieren sollte, öffnete Leopold die Hände. »Eure kaiserliche Perfektion«, murmelte er. »Ich konnte nicht umhin, ein unbeschädigtes Schiff in Eurer Flotte zu bemerken. Tatsächlich sah es – was hatten wir gesagt?« Leopold warf einen vielsagenden Blick zu Aeduan – bei dem klar war, dass er keine Antwort erwartete. Dann schnippte der Prinz mit den Fingern. »Es sah nubrevnanisch aus. Das war es. Ich frage mich, Eure kaiserliche Perfektion, wie es in Euren Besitz gekommen ist?«

»Wir haben das Kriegsschiff zufällig gefunden«, antwortete Vaness glatt. »Es muss ebenfalls von Seefüchsen angegriffen worden sein.«

»Dann wird es« – Leopold stemmte die Ellbogen auf die

Knie – »die tote Mannschaft sicherlich nicht stören, wenn Ihr damit zur Küste segelt.«

Für einen winzigen Augenblick schien Vaness zu erstarren. Sie sprach nicht, blinzelte nicht, ja, atmete nicht einmal. Dann schoss sie mit klappernden Armreifen auf die Beine, und eine neue Maske erschien auf ihrem Gesicht: Wut. Oder vielleicht war das auch gar keine Maske, denn als Aeduan tief einatmete, spürte er, dass ihr Puls schneller schlug. Ihr Blut heißer kochte.

»Ihr würdet mir Eure Hilfe versagen?«, fragte sie sanft. »Mir, die ich die Kaiserin der Flammenkinder bin, die auserwählte Tochter der Feuerquelle, die Verehrte des marstokischen Volks?« Sie streckte beide Hände so langsam über den Tisch, dass nicht ein einziges ihrer eisernen Armbänder klapperte. »Mir, der Zerstörerin des Kendura-Passes? Mir Hilfe zu verweigern bedeutet, Euren eigenen Scheiterhaufen zu entzünden, Prinz Leopold. Ihr wollt mich nicht zur Feindin haben.«

»Ich war mir nicht bewusst, dass wir Verbündete sind.«

Vaness' Körper spannte sich an wie der einer lauernden Schlange, und Aeduan rief instinktiv seine Magie. Nur ein Rinnsal, damit sich kein Rot in seinen Augen zeigte. Falls diese Situation eskalierte, musste Aeduan sofort das Blut der Kaiserin packen.

Leopold hob einen Finger. »Hier ist die Situation, wie ich sie sehe, Eure hoheitlichste Hoheit. Zum Ersten, ich glaube, dass Ihr der Verlobten meines Onkels folgt, denn warum sonst hättet Ihr die Waffenstillstandskonferenz verlassen, auf der Ihr Euch eigentlich befinden solltet? Zum Zweiten« – er hob einen weiteren Finger – »glaube ich, dass Ihr Safiyas Entführer hier getroffen und einen Kampf geführt habt, der irgendwie zwischen den Zeilen des Waffenstillstands verloren ging.«

Leopold hob einen dritten Finger, jetzt mit einem Stirnrunzeln. »Doch dieser dritte Finger ist mir nicht klar, nämlich der Grund für das alles. Safiya kann für Euch keinerlei Wert haben, Verehrteste.«

Die Luft im Raum verdichtete sich noch mehr. Vaness' Brust hob sich … aber dann fühlte Aeduan, wie sich ihr Blut abkühlte, sie ihre Wut wieder kontrollierte. »Ich«, murmelte sie, »will die Verlobte Eures Onkels nicht, Prinz Leopold.«

»Und ich«, Leopold erhob sich in einer geschmeidigen Bewegung, womit er gute eineinhalb Köpfe über der Kaiserin aufragte, »glaube Euch nicht, Kaiserin Vaness.«

Magie schoss nach vorne, schneller, als Aeduan je erwartet hätte. Die Macht riss drei Messer aus seinem Wehrgehänge, schleuderte sie über die Bank und zielte damit auf Leopolds Hals, Herz und Bauch.

Aeduans Magie erwachte in einem Aufbäumen zum Leben. Sein Blut griff nach dem von Vaness. Sein Körper spannte sich.

Doch mit einem leisen Flüstern zogen zehn Nattern ihre Blasrohre und zielten damit auf Aeduan und Leopold.

Aeduan's Blick huschte durch den Raum auf der Suche nach einem Fluchtweg. Er konnte Vaness kontrollieren, würde aber trotzdem mit einer Brust voller Gift oder Stahl enden – und auch wenn Aeduan überleben würde, galt dasselbe doch nicht für Leopold.

Der Prinz hob kühl eine Hand. In seiner Stimme lag kein Anflug von Furcht, und zu Aeduans Überraschung auch nicht in seinem Blut. »Wenn Ihr Safiya fon Hasstrel vor mir findet, Kaiserin, werdet Ihr sie mir sofort zurückerstatten, oder Ihr werdet Euch den Konsequenzen stellen müssen.«

»Liebt Ihr das Spielzeug Eures Onkels so sehr?« Vaness hob eine Handfläche, und das Messer an Leopolds Hals zog sich mehrere Zentimeter zurück. »Schätzt Ihr das Leben dieses Mädchens so hoch ein, dass ihr dafür mein Missfallen riskiert?«

Auch wenn die Mundwinkel des Prinzen sich hoben, lag doch keine Erheiterung in seinem Lächeln. »Ich kenne Safiya fon Hasstrel bereits mein gesamtes Leben lang, Eure kaiserliche Perfektion. Wenn die Zeit kommt, wird sie eine unglaubliche Herrscherin abgeben. Die Art von Herrscherin, welche die Bedürfnisse ihres Volkes über sich selbst stellt.« Sein Blick huschte vielsagend zu Vaness' Armbändern. »Also lasst Euch gesagt sein, auserwählte Tochter der Feuerquelle, wenn Ihr mir die zukünftige Kaiserin nicht ausliefert, werde ich nach Marstok kommen und sie selbst holen. Und nun senkt Eure Klingen, bevor ich aus Versehen in eine hineinlaufe. Denn das würde Euren Namen vom Zwanzigjährigen Waffenstillstand tilgen, das kann ich Euch versichern.«

Angespanntes Schweigen breitete sich im Raum aus, und Aeduan hielt seine Magie bereit. Bereit … Bereit …

Die Klingen zogen sich langsam zurück. Dann fielen sie zu Boden.

Aeduan fing ein Messer aus der Luft, doch die anderen beiden trafen den Tisch, die Bank. Als er sie holte, beugte Leopold sich vor und griff sich eine weitere kandierte Frucht. »Danke für die Süßigkeiten, Große Zerstörerin.« Er lächelte vage. »Es ist immer ein herausragendes Vergnügen, Euch zu treffen.«

Ohne ein weiteres Wort und hoch aufgerichtet wie ein Anführer stiefelte Leopold der Vierte zur Tür. »Kommt, Mönch«, rief er. »Wir haben Zeit verloren, und die müssen wir nun wettmachen.«

Aeduan folgte Leopold, ohne den Blick oder seine Magie von der Kaiserin oder den Nattern zu lösen. Doch niemand machte Anstalten, Leopold oder Aeduan aufzuhalten, und schon Momente später hoben sie vom Deck der angeschlagenen marstokischen Galeone ab.

Sobald sie wieder auf ihrem Schiff standen und Leopold Kommandant Fitz Grieg zurief, ihm eine frische Hose zu bringen, beobachtete Aeduan den Prinzen aus zusammengekniffenen, misstrauischen Augen.

»Die Kaiserin«, sagte Aeduan, sobald der Kommandant der Höllebarden unter Deck verschwunden war, »hat in Bezug auf die Anwesenheit von Gezeitenmagi auf ihrem Schiff gelogen.«

»Davon war ich ausgegangen.« Leopold musterte kritisch einen unsichtbaren Fleck an seinem Ärmel. »Außerdem hat sie auch gelogen, als sie behauptet hat, Safiya fon Hasstrel nicht zu wollen. Aber« – Leopold sah auf – »ich habe einen Pluspunkt gegenüber der Kaiserin.«

Aeduan zog die Augenbrauen hoch.

»Ich habe Euch, Mönch Aeduan. Und vertraut mir, wenn ich Euch sage, dass dieser Punkt die Kaiserin von Marstok gerade durchaus beängstigt.«

28

»**Haltet das Licht** gleichmäßig!«, schrie Merik vom Ruder. Zwei Matrosen richteten die Strahler der *Jana* auf die Wellen. Der Mond schenkte ein wenig Helligkeit, wenn er denn durch die Wolken drang, aber das reichte nicht aus, besonders nicht bei dem herrschenden Nieselregen.

Ohne Kullen, um die Segel der *Jana* zu füllen, oder Meriks Magi, um ihren Rumpf anzutreiben, musste Merik seine restliche Mannschaft hart rannehmen und auch sich selbst.

Aber ihm blieb keine andere Wahl, denn die Zeit drängte.

Er musste diese eine einsame Felsspitze finden – den einsamen Bastard, wie er und Kullen sie immer genannt hatten –, bevor der Felsen in der Flut versank. Dahinter lag eine versteckte Bucht. Ein Familiengeheimnis, das es Meriks Crew erlauben würde, in Sicherheit auszuruhen.

Wenn die *Jana* die Flut verpasste, wäre Merik gezwungen, bis zum morgigen Nachmittag zu warten, was den Marstokern oder den Seefüchsen erlauben würde, sie einzuholen.

Meriks Blick schoss zu der Domna und Evrane, die immer noch angekettet waren. Safiyas blonde Haare hingen schlaff herunter, und der weiße Umhang seiner Tante war grau vor Feuchtigkeit. Ausnahmsweise war Iseult nirgendwo zu entdecken. Sie hatte in den ersten vier Stunden der Strafe hundert Mal nach Safiya und Evrane gesehen. Für die letzten zwei Glockenschläge war das Mädchen allerdings unter Deck geblieben. Wahrscheinlich schlief sie.

Merik war glücklich darüber. Jedes Mal, wenn Iseult zu ihm gekommen war, um Safis Freilassung zu erbitten, hatten sich seine Nackenmuskeln verhärtet. Er hatte die Schultern bis fast an die Ohren hochgezogen und seine Rocktasche betastet, um sicherzugehen, dass das Hasstrel-Dokument noch gut verstaut war. Diese Schriftrolle war zu seiner letzten Hoffnung auf Rettung geworden, also behielt er sie immer bei sich.

Jetzt kontrollierte er zum tausendsten Mal den Vertrag. Das Pergament rollte sich kaum noch und war voller Regenflecken …

Die Unterschriften waren vorhanden, also konnte Merik Safiya noch ein wenig länger in den Eisen belassen. Er mochte in Bezug auf Disziplin nicht Vivia sein, aber Ungehorsam hatte Konsequenzen. Meriks Mannschaft wusste das und erwartete es sogar, also konnte Merik sich nicht plötzlich nachgiebig zeigen. Selbst wenn es auf lange Sicht gesehen Folgen haben könnte, eine Frau in Eisen zu legen, die eines Tages Kaiserin von Cartorra sein würde … Selbst wenn Safiya und ihr Verlobter Henrick dafür sorgen konnten, dass Merik dafür bezahlte, war das Merik egal. Er wollte lieber den Respekt seiner Mannschaft behalten, als sich Sorgen darum zu machen, was irgendein idiotischer Kaiser einem bereits verkrüppelten Land antun konnte.

Henrick. Merik hatte den widerlichen alten Mann noch nie gemocht. Die Vorstellung, dass Safiya seine Verlobte war … dass sie einen Mann, der dreimal so alt war wie sie, *heiraten* würde … mit ihm ins *Bett* gehen musste …

Merik konnte sich das einfach nicht vorstellen. Er war überzeugt gewesen, dass Safiya anders war als der Rest des Adels. Impulsiv, sicherlich, aber auch loyal. Und in einer Welt von verschlagenen Politikern vielleicht sogar genauso einsam wie Merik selbst.

Aber es hatte sich herausgestellt, dass Safiya genauso war wie der Rest der cartorrischen Doms und Domnas. Sie führte ein Leben mit Scheuklappen, achtete nur auf diejenigen, die sie ihrer Aufmerksamkeit für wert erachtete.

Doch obwohl Merik sein Bestes tat, seine Wut aufrechtzuerhalten, indem er sich selbst immer wieder erklärte, dass er Safiya verabscheute, lagen ihm die »aber« doch schwer im Magen.

Aber du hättest für Kullen dasselbe getan. Du hättest Leben riskiert, um ihn zu retten.

Aber vielleicht will sie Henrick gar nicht heiraten und auch nicht Kaiserin werden. Vielleicht ist sie auf der Flucht, um genau diesem Schicksal zu entkommen.

Merik verdrängte diese Argumente, denn letztendlich blieb die einfache Tatsache, dass er Safiya, hätte sie ihm von Anfang an von ihrer Verlobung erzählt, nach Dalmotti hätte zurückbringen und sich ihrer so entledigen können. Dann hätte er sich niemals auf dieser Seite der Jadansi-See aufgehalten, wo er gezwungen gewesen war, gegen einen Seefuchs zu kämpfen, sich gegen Marstoker zur Wehr zu setzen und letztendlich Kullen zu überlasten.

»Admiral?« Hermin humpelte mit finsterer Miene auf das Achterdeck. »Ich kann immer noch keine Verbindung zu den Sprachmagi in Lovats aufnehmen.«

»Oh.« Mit einer mechanischen Bewegung wischte Merik Regentropfen von seinem Mantel. Hermin war seit Stunden mit den Strängen der Sprachmagi verbunden, in dem Versuch, nach Lovats durchzudringen. Um König Serafin zu erreichen.

»Könnte sein«, bot Hermin an, seine Stimme darauf ausgerichtet, das Geräusch von Wellen und Regen zu durchdringen, das Knirschen der Seile und das Stöhnen der Matrosen zu übertönen, »dass alle Sprachmagi gerade beschäftigt sind.«

»Mitten in der Nacht?« Merik runzelte die Stirn.

»Oder vielleicht«, sprach Hermin weiter, »ist ja meine Magie das Problem. Vielleicht bin ich zu alt.«

Meriks Stirnrunzeln vertiefte sich zu einer mürrischen Miene. Magie ließ im Alter nicht nach, das wusste Hermin so gut wie Merik. Wenn der alte Mann also versuchte, das Offensichtliche abzumildern – dass die Sprachmagi in Lovats Meriks Rufe ignorierten –, dann war das eine sinnlose Anstrengung.

Wenn sich Vivias Worte als wahr entpuppen sollten und Meriks Vater wirklich die luftmagische Miniatur des Schiffs in Auftrag gegeben hatte, dann würde sich Merik später damit beschäftigen. Für den Moment musste er seine Männer an Land bringen, um sie vor marstokischen Flammen zu schützen.

Er warf einen Blick zu den Eisenfesseln – zu Safiya –, nur um festzustellen, dass Ryber neben der Domna kauerte.

»Übernimm das Ruder«, knurrte Merik, der bereits in Richtung Leiter unterwegs war. Dann erhob er seine Stimme zu einem Brüllen. »*Ryber! Weg da!*«

Das Schiffsmädchen nahm Haltung an, aber Safiya hielt den Kopf gebeugt, als Merik auf das Hauptdeck sprang und auf Ryber zustiefelte. »Du«, brummte er, »solltest das Deck säubern.« Er deutete mit dem Finger auf den neuen Rekruten, der in der Nähe Wasser vom Deck schrubbte. »Das ist deine Aufgabe, Ryber. Wenn ich dich also noch mal dabei erwische, wie du dich davor drückst, wirst du ausgepeitscht. Verstanden?«

Die Domna hob das Kinn. »Ich habe Ryber gerufen«, krächzte sie.

»Jemand muss nach Iseult sehen«, schaltete sich Evrane mit heiserer Stimme ein. »Das Mädchen ist noch im Heilungsprozess.«

Merik ignorierte Safiya und Evrane und zog stattdessen seinen Kragen zurecht. »Wisch das Deck«, befahl er Ryber. »Jetzt.«

Ryber salutierte. Sobald sie verschwunden war, wirbelte Merik zu der Domna herum, bereit, sie anzuschreien, dass sie seine Matrosen in Ruhe lassen solle.

Doch sie hatte den Kopf in den Nacken gelegt. Die Augen waren geschlossen, und der Mund stand weit offen. Selbst im schwachen Licht der Laterne konnte Merik die Bewegungen ihrer Kehle nicht übersehen. Das Zucken ihrer Zunge.

Sie trank den Regen.

Meriks Wut verpuffte. Das Gefühl ertrank in Angst. Eilig riss er den Hasstrel-Vertrag heraus. Die Unterschriften waren noch vorhanden.

Natürlich sind sie das, dachte er, genervt von sich selbst. *Safiya blutet nicht*. Und doch zitterten seine Finger, und er fragte sich vage, warum das so sein mochte. Vielleicht hatte seine Angst überhaupt nichts mit dem Vertrag zu tun.

Dieser Gedanke stieg tief aus seinem Hirn auf, und er verdrängte ihn schnell wieder, vergrub ihn ganz weit hinten, während er den Vertrag zurück in seine Tasche steckte. Dann zog er den Schlüssel zu den Fußeisen heraus. Was auch immer der Grund für seine dumpfe Angst sein mochte, Merik würde später darüber nachdenken, wenn er sich auch mit seinen anderen Sorgen beschäftigte, mit König Serafin, Vivia und Kullen.

Im Moment zählte nur, dass diese Bestrafung ein Ende fand.

Merik ging neben Safiya in die Hocke und löste die erste Schelle. Unter ihrer Erschöpfung machte sich ihre Überraschung kaum bemerkbar. »Ich bin frei?«

»Frei, in Eurer Kabine eingesperrt zu bleiben.« Merik öffnete die zweite Fußfessel und erhob sich. »Steht auf.«

Sie zog ihre durchnässten Beine an und bemühte sich, sich aufzurichten. Das Schiff schwankte. Sie fiel nach vorne um.

Merik sprang vor.

Ihre Haut war glatt und kalt, ihr Körper zitterte. Mit einem Grunzen hob er Safiya in die Arme und drückte sie an sich. Seine Männer beobachteten ihn, und Merik bemerkte Hermins zustimmendes Nicken, als er auf die Leiter unter Deck zuging.

Die Domna hatte ihre Strafe verbüßt; das respektierten die Männer.

Safiyas Gesicht war seinem ganz nah, ihre Wimpern feucht und dicht. Ihre durchnässte Kleidung rieb an Meriks Haut, und sie atmete flach. Merik ignorierte das alles und konzentrierte sich nur darauf, einen Fuß vor den anderen zu setzen, bis er schließlich die dunkle Passagierkabine erreichte. Iseult schlief zitternd auf ihrer Pritsche.

»Iz«, murmelte Safiya, drehte sich in Meriks Armen und streckte sich nach ihrer Strangschwester. Merik trug sie zu dem Klappbett, beugte sich leicht vor und ließ sie fallen. Sie landete neben Iseult, die mit einem Zucken erwachte.

Als sich Iseult aufrichtete, um Safiya zu helfen, wirbelte Merik herum und verließ den Raum, wobei er sich selbst erklärte, dass Safiya versorgt war. Jetzt musste er nicht mehr an sie denken.

Doch als er schließlich das Ruder auf dem Schiff seines Vaters erreichte und den einsamen Bastard vor sich am Horizont entdeckte, der den Himmel zu durchbohren schien, war ihm immer noch warm, und er meinte, Safiyas Arme noch um seinen Hals zu spüren.

Bevor Safi zurückgekehrt war, war Iseult erneut in ihren Albträumen gefangen gewesen …

Trennen, trennen, verdrehen und trennen.
Finger zerrten an Iseult. Rissen an ihren Haaren, ihrem Kleid, ihrer Haut.
Stränge, die brechen, Stränge, die sterben!
Ein Pfeil bohrte sich durch ihren Arm; Schmerz explodierte in ihrem gesamten Sein. Und Magie, Magie – schwarze, schwärende Magie …

»Scheußliche Träume hast du da.« Die Stimme des Schattens riss Iseult aus ihrem Albtraum.

»Du zitterst und bebst heute so sehr«, fuhr die süßliche Stimme übermäßig fröhlich fort. »Was hat dich so mitgenommen? Es war nicht nur der Traum – den träumst du ständig.«

Iseult versuchte, sich abzuwenden, doch egal, in welche Richtung sie sich drehte, der Schatten folgte ihr und wich jedem Schlag oder mentalen Stoß aus. Mit jedem verzweifelten Rückzug schien dieses Schattenwesen seine Klauen tiefer in sie zu graben.

Und immer weiter plapperte der Schatten … oder eher *sie* plapperte, denn dieser Schatten gehörte einer Frau. Einer anderen Strangmagis, die davon überzeugt war, dass sie und Iseult sich irgendwie ähnelten.

Und *das* war es, was Iseult mehr Angst einjagte als alles andere. Die Möglichkeit, dass die Besitzerin dieser seltsamen Stimme so war wie sie. Dass dieser Schatten Iseults privaten Schmerz besser verstand als jeder andere.

Was natürlich dafür sorgte, dass Iseult sich fragte, ob sie

sich das alles vielleicht nur einbildete. Ob sie verrückt wurde, während all ihre Hoffnungen für die Zukunft ihr zwischen den Fingern zerrannen.

Oder vielleicht zerbrach Iseult nun doch unter den Strängen der Welt, die ihr gewöhnliches Herz zu Staub zermalmten.

»Du machst dir Sorgen wegen deines Stamms«, verkündete der Schatten sachlich, als er über Iseults neueste Erinnerungen stolperte. »Mein Stamm hat mich ebenfalls ausgestoßen, weißt du, weil ich nicht so war wie die anderen Strangmagi. Ich konnte keine Strangsteine anfertigen und meine Gefühle nicht kontrollieren, also wollte der Stamm mich nicht. Deswegen hast du auch deinen Stamm verlassen, nicht wahr?«

Die Neugier in der Stimme der Schattenfrau erschien wie ein zweischneidiges Schwert. Iseult wusste, dass sie nicht antworten sollte, doch sie konnte einfach nicht anders, als die Stimme wieder fragte: »Deswegen bist du gegangen, *nicht wahr?*«

Der Drang, die Wahrheit zu sagen – von ihrer Scham vor Gretchya zu erzählen, ihrer Eifersucht auf Alma –, baute sich in Iseults Kehle auf. Warum konnte sie diesen Schatten nicht bekämpfen? *Nutz deinen Frust*, befahl sie sich fast panisch. *Setz ihn ein, um gegen sie zu kämpfen.*

Iseult warf ihren Traumkörper zur Seite und konzentrierte sich auf die erste sinnlose Erinnerung, die sie finden konnte: das Einmaleins. *Neun mal eins ist neun. Neun mal zwei ist achtzehn.*

Aber der Schatten lachte nur.

»Es ist dumm, von uns zu erwarten, dass wir nichts fühlen«, fuhr die schattenhafte Existenz fort, jetzt wieder freundlich. »Ich glaube die Geschichten nicht. Diejenigen, die behaupten, wir hätten keine Herzstränge und keine Strangfamilien. Natürlich haben wir das! Wir können sie nur nicht sehen, das ist alles. Warum sollte die Mondmutter all ihren Kindern solch mächtige Verbindungen schenken und dann ausgerechnet uns davon ausschließen?«

»Ich weiß es nicht.« Iseult war dankbar für diese einfache Frage. Wenn sie die beantwortete – wenn sie so tat, als würde sie mitspielen –, würde die Schattenfrau vielleicht verschwinden.

Aber das tat sie nicht. Stattdessen lachte die Schattenfrau fröhlich und rief dann: »Sieh an! Das Thema Strangfamilie regt dich auf, Iseult. Warum? *Warum?*«

Neun mal vier ist sechsunddreißig. Neun mal fünf ist ...

»Oh, es ist deine Mutter! Und ihr Lehrling. Sie haben dich verletzt und zerstört zurückgelassen. Gute Güte, Iseult, du bist so leicht zu lesen. All deine Ängste sammeln sich an der Oberfläche, und ich kann sie abschöpfen wie Fett aus einem Borgsha-Topf. Ich sehe, dass du keine Strangsteine anfertigen konntest, also hat deine Mutter dich weggeschickt. Und oh, was ist das?«, frohlockte die Schattenfrau, und egal, wie heftig Iseults sich auch wehrte, sie konnte ihre Gedanken einfach nicht verbergen.

»Gretchya und Alma hatten ihre Flucht schon geplant, bevor du überhaupt verschwunden warst! Und Iseult, schau mal hier. Sie hat versucht zu behaupten, dass sie dich liebt. Nun, offensichtlich hat sie dich nicht genug geliebt, um dich mitzunehmen. Sie hat dich ziemlich geschickt manipuliert, Iseult, so wie es ihrer Aufgabe entspricht. So wie es *unserer* Aufgabe entspricht. Wir müssen Stränge weben, wann immer wir können – und sie *brechen*, wenn wir müssen. Das ist der einzige Weg, das Gewebe der Welt zu entwirren.«

Die Stimme der Schattenfrau senkte sich zu einem Flüstern, das klang wie Wind über einem Friedhof. »Merk dir meine Worte, Iseult: Deine Mutter wird dich niemals lieben. Und diese Carawen, die du so bewunderst? Sie wird dich nie verstehen. Und Safiya, oh, Safiya! *Sie* wird dich eines Tages verlassen. Schon bald, glaube ich. Aber das kannst du ändern.« Die Schattenfrau hielt inne, und Iseult konnte sich ihr Lächeln vorstellen. »Du kannst das Gewebe der Welt verändern. Greif nach Safis Strängen, Iseult. *Brich* sie, bevor sie dich verletzen ...«

»*Nein*«, zischte Iseult. »Ich habe genug von dir. Ich habe ... genug.« Mit jedem Quäntchen Macht in Muskeln und Geist öffnete Iseult in der realen Welt ihren Mund und sagte: »Neun mal acht ist zweiundsiebzig.«

Die Welt traf sie wie ein Schlag, erfüllt vom Schmerz in ihrem Arm und dem Klang von Schritten und von Safis Stimme.

Iseult öffnete die Augen, und Safi fiel gegen sie.

Safi zitterte nach den Stunden im Regen, und egal, wie sehr sie sich auch anstrengte, es gelang ihr nicht, die Umgebung zu analysieren, ihre Gegner abzuschätzen. Und da war noch irgendetwas mit Strategie, was sie auch bedenken sollte.

»Du bis eiskalt«, sagte Iseult. »Kriech unter die Decke.«

»Es geht mir gut.« Safi zwang sich zu einem Lächeln. »Wirklich. Es war nur ein wenig Regen und ein angeschlagenes Ego. Bist du in Ordnung? Wie geht es deinem Arm?«

»Besser.« Iseults Miene blieb unbeweglich – ein gutes Zeichen. »Jetzt, wo der Schmerzstein erschöpft ist, tut es allerdings weh.« Sie wedelte mit dem Handgelenk, um Safi den dunklen Quarz zu zeigen. »Aber nicht so schlimm wie vorher.«

Nickend sank Safi auf die Matratze. Heu drang an den Ecken aus der Stoffhülle. »Und wie fühlst du dich hier?« Sie schlug sich auf die Brust. »Du hast im Schlaf geredet. War es ... war es der Fluch?«

»Nicht so Schreckliches.« Iseult legte sich neben sie. »Es war nur ein Albtraum, Saf.«

Behutsam berührte Safi den Verband an Iseults rechtem Arm. »Erzähl mir, was passiert ist.«

Die Falten in Iseults Gesicht glätteten sich. Mit dem Blick irgendwo ins Nichts gerichtet, erklärte sie, wie sie gezwungen gewesen war, nach Hause zu reisen, um dem Blutmagis zu entkommen. Ihre Stimme blieb leise und ausdruckslos, als sie die Siedlung beschrieb, den Fluchmagis, den Mob.

Safis Magen verkrampfte sich. Und dann noch mehr. Schuldgefühle schnürten ihr die Kehle zu.

Denn das war *ihr* Fehler. Wie alles andere, was in den letzten zwei Tagen schiefgelaufen war, war auch Iseults Beinahetod *Safis* Schuld.

Und irgendwie machte der Mangel an Betonung in Iseults Stimme – die Tatsache, dass Safi genau wusste, dass Iseult ihr nichts vorwarf – alles nur noch schlimmer.

Bevor Safi den Mund öffnen und Entschuldigungen hervorstoßen konnte, glitt ein Lächeln über Iseults Gesicht. Es stand vollkommen im Widerspruch zu der Geschichte, die sie gerade erzählt hatte, und war daher unglaublich überraschend.

»Fast hätte ich es vergessen – ich habe ein Geschenk für dich.« Iseult griff nach einem Lederband um ihren Hals und zog es sich über den Kopf.

Safi runzelte die Stirn, und all die schuldbewussten Gedanken verpufften. »Ist das ein Strangstein?«

»Ja.« Iseult stieß sie mit dem linken Ellbogen an. »Es ist ein Rubin.«

»Aber sind Strangsteine nicht dafür da, Herzstränge zu finden?«

»Nicht notwendigerweise. Man kann sie einsetzen, um jede Person einer Strangfamilie zu finden.« Iseult zog einen zweiten Stein aus dem Kragen ihrer dreckigen Bluse. »Ich habe das Gegenstück, siehst du? Von nun an werden die Steine aufleuchten, wann immer sich einer von uns in Gefahr befindet. Je näher wir einander kommen, desto mehr lässt das Leuchten nach.«

»Bei den Ursprungsquellen«, hauchte Safi. Plötzlich lag der Stein doppelt so schwer auf ihrer Handfläche. Wirkte doppelt so überwältigend unter den pinken Fäden und tausend Mal wertvoller. Die Macht, Iseult zu finden, wo auch immer sie sich aufhielt – die Fähigkeit, Iseult vor einer solchen Hölle, wie sie sie gestern erlebt hatte, zu schützen –, das war in der Tat ein Geschenk. »Wo hast du die her?«

Iseult ignorierte die Frage. »Dieser Stein«, sagte sie, »hat dir das Leben gerettet. So habe ich dich nördlich von Veñaza gefunden.«

Nördlich von Veñaza. Nachdem ihre eigenen Leute Iseult einen Pfeil in den Arm geschossen hatten. Kein Wunder, dass sie nicht darüber reden wollte.

Safi hängte sich den Stein um den Hals. »Es tut mir leid«, sagte sie leise. »Du wirst nie zu den Midenzis zurückkehren müssen. Niemals.«

Iseult kratzte sich am Schlüsselbein. »Ich weiß, aber … wo *werden* wir hingehen, Safi? Ich glaube nicht, dass wir jetzt n-noch nach Veñaza zurückkönnen.«

»Wir werden den Prinzen begleiten. Nach Lejna, damit er seinen Vertrag erfüllen kann.«

»Den Prinzen begleiten«, wiederholte Iseult. Auch wenn ihre Miene unbeweglich blieb, fing ihre Nase doch an, leicht zu zucken. »Und danach?«

Safi trommelte mit den Fingern auf ihr Knie. Was konnte sie sagen, um Iseult zum Lächeln zu bringen? Wo würde sich ihre Strangschwester eventuell wieder sicher fühlen?

»Wie wäre es mit Saldonica?« Sie grinste ihr dämlichstes Grinsen. »Wir würden tolle Piraten abgeben.«

Iseults Gesicht zeigte nicht einmal den Anflug eines Lächelns. Stattdessen zuckte ihre Nase noch mehr, und sie sah auf ihre Hände. »Meine Mutter ist dort. I-Ich … will sie nicht sehen.«

Dreimal *verdammte* Götter. Natürlich musste Safi den Ort wählen, an dem sich Gretchya aufhielt. Bevor sie andere Vorschläge machen konnte, die Iseult *garantiert* zum Lächeln bringen würden, flog die Kabinentür auf.

Evrane stolperte in den Raum. Hinter ihr ragten zwei Matrosen auf. Die Carawen schlug ihnen die Tür ins Gesicht, bevor sie auf die Mädchen zustolperte, und Safi entging nicht, wie sich Iseult höher aufrichtete. Wie sie die Schultern zurücknahm.

»Lass mich dich untersuchen«, krächzte Evrane, als sie neben Safi zu Boden sank. »Ihr seid angeschlagen, Domna.«

»Es ist nichts.« Safi zog die Beine an.

»Die Prellungen mögen nicht wehtun, aber hier geht es nicht länger um Euch.« Evrane warf einen Blick durchs Fenster, vor dem eine mondbeschienene Küste vorbeiglitt. »Eine Prellung ist nur Blut, das unter der Haut vergossen wurde. Wir sollten die Bedingungen des Vertrags nicht verhöhnen.«

Safi stieß den Atem aus, und ihre Gedanken schossen erneut zu Merik. Dem Prinzen. Dem Admiral. Sie dachte immer wieder an ihn, und während all dieser Stunden in den Eisen hatte sie sich mit kaum etwas anderem beschäftigt. Sie hatte kaum etwas anderes *angesehen* als Meriks regennasses Haar und seinen harten Blick, während er die *Jana* auf sein Zuhause zusteuerte.

Nachdem Evrane sich von Safis Gesundheit überzeugt hatte, untersuchte sie Iseults Arm. Safi trat ans Fenster, um die näher rückende Küste zu betrachten. Ihre Muskeln brannten, als sie sich bewegte, und selbst einfaches Stehen bedeutete Anstrengung. Aber sie hieß den Schmerz willkommen. Er vertrieb die Kälte, die Gedanken an Merik, die Gräueltaten von Iseults Stamm und all die anderen Dinge, die man am besten ignorierte.

Allerdings gab es draußen für Safi wenig zu sehen. Felswände und Gischt, die das Fenster vernebelte. Wenn sie den Hals reckte, konnte sie gerade so den in fahles Pink getauchten Morgenhimmel sehen.

»Wo sind wir?«, fragte sie Evrane.

»In einer Bucht, die der Nihar-Familie gehört«, antwortete die Carawen. »Sie war seit Jahrhunderten ein Geheimnis. Bis heute.« Ihr Tonfall war eisig, und als Safi über die Schulter zurücksah, entdeckte sie, dass die Carawen finster dreinschaute, während sie einen frischen Verband um Iseults Arm wickelte.

»Die Bucht ist vom Land aus unzugänglich«, fuhr Evrane fort, »nachdem sie von Klippen umgeben ist und gerade genug Platz für ein einzelnes Schiff bietet. Aber« – sie befestigte den frischen Verband mit einem befriedigten Nicken – »ich glaube, das werdet ihr schon bald selbst sehen können. Der Admiral hat vor, uns an Land zu bringen. Von hier aus reisen wir über Land nach Lejna weiter.«

29

Merik stand in Kullens Kabine und starrte auf seinen Strangbruder hinunter. Kullens Gesicht war grau, und er rieb sich die Brust, während er Merik von seiner niedrigen Pritsche aus beobachtete. Ryber hatte einen Sack Mehl hinter Kullens Rücken gestopft, um seinen Kopf und seine Lunge zu stützen, also klebte jetzt weißer Puder in seinen Haaren und auf seinen Wangen. Im fahlen Morgenlicht sah er aus wie eine Leiche.

Die Kabine allerdings wirkte sehr lebendig.

Kullens einzige Kiste neben dem Fenster quoll in seinem üblichen, organsierten Chaos über, und man konnte die Spur aus Hemden und Hosen nicht übersehen, die von dort aus zum Bett führte.

»Zu sehr mit Lesen beschäftigt, um deine Uniform zusammenzulegen?«, fragte Merik, als er sich auf den Rand der Pritsche setzte.

»Ah, du hast mich erwischt.« Mit einem Knall schloss Kullen das in rotes Leder gebundene Buch. *Die wahre Geschichte der Zwölf Paladine.* »Ich kann der Versuchung einfach nicht widerstehen, immer wieder die großen Epen zu lesen. Wenn ich schon gezwungen bin, im Bett zu liegen, sollte ich mich beschäftigen.« Er warf einen Blick zu der Kleidung auf dem

Boden, dann verzog er das Gesicht. »Anscheinend habe ich ein ziemliches Chaos angerichtet.«

Merik nickte abwesend und stützte die Ellbogen auf die Knie. Ihm war die Uniform völlig egal, und Kullen wusste das.

»Ich sollte nicht länger als eine halbe Woche weg sein«, meinte Merik.

»Meinetwegen musst du dich nicht beeilen.« Kullen versuchte sich angestrengt an einem Lächeln, doch es ging sofort in einem Hustenanfall unter.

Sobald der Anfall vorbei war, fuhr Merik fort. »Ich werde nach Norden zu den Nihar-Ländereien reisen und Yoris finden. Ich glaube nicht, dass er etwas gegen Safiya haben wird, aber es könnte sein, dass er wegen Iseult Ärger macht. Er mochte die Matsis nie.«

»Und er mochte auch deine Tante nie.« Kullen atmete langsam ein und lehnte sich gegen den Mehlsack. »Ich nehme an, sie wird sich eurer kleinen Gruppe anschließen?«

»Ich bezweifle, dass ich sie davon abhalten kann.«

»Nun, wenn Yoriș dir Ärger macht, sag ihm« – Kullen machte eine schnelle, kreisende Bewegung mit der Hand, und ein leichter Luftstrom glitt über Merik – »dass ich ihn mit einem Hurrikan zerquetschen werde.«

Merik zog bei Kullens Einsatz von Magie eine finstere Miene, sagte aber erneut nichts. Sie hatten jahrelang darüber diskutiert, wie oft und wie stark Kullen seine Magie einsetzen sollte; Merik wollte seinen Aufbruch nicht von diesem Thema überschatten lassen.

»Soll ich deine Mutter besuchen, wenn ich im Binnenland bin?«

Kullen schüttelte den Kopf. »Ich werde sie besuchen, wenn es mir besser geht. Wenn das für dich in Ordnung ist.«

»Natürlich. Nimm Ryber mit. Nur für alle Fälle.«

Kullens Augenbrauen schossen nach oben.

»Ich werde Hermin sagen, dass ich es befohlen habe«, fügte Merik eilig hinzu. »Ryber weiß, wie man dir bei einem Anfall hilft, und die Mannschaft ist sich dieser Tatsache bewusst. Es ist nur logisch, dass sie sich dir anschließt. Außerdem« – Merik sah stirnrunzelnd auf seine Fingernägel; darunter hing Dreck und Mehl – »glaube ich nicht mehr, dass es noch eine Rolle spielt, ob die Mannschaft von euch erfährt. Meine Admiralität hat ein Ende gefunden, Kullen. Lovats antwortet nicht, und es sieht immer mehr danach aus, als hätte Vivia die Wahrheit über meinen Vater gesagt.«

»Das überrascht mich nicht«, meinte Kullen leise.

Merik brummte und begann, seinen Daumennagel zu reinigen. Das war eine weitere, oft geführte Diskussion zwischen ihnen. Kullen glaubte, dass Vivia von Serafin noch ermutigt wurde. Dass der König *wollte*, dass sich seine Kinder ständig stritten.

Aber Merik hielt diese Theorie für Unsinn. Bei allen Fehlern, die König Serafin hatte, würde er trotzdem nicht seine Energie darauf verschwenden, Zwietracht zu säen – besonders, nachdem Vivia das sehr gut auch allein hinbekam.

»Was ich aber *weiß*, Kullen, ist, dass dieses Grab tief ist und ich uns immer noch nicht daraus befreit habe.«

»Aber das kannst du.« Kullen beugte sich vor, und Mehl stob aus dem oberen Ende des Sacks. In einer anderen Situation hätte das Merik – und Kullen – zum Lachen gebracht. »Wenn du Lejna erreichst und deinen Handelsvertrag bekommst, dann wird alles anders. Du bist zu Großem bestimmt, Merik. Das glaube ich immer noch.«

»Nicht allzu groß. Der Handelsvertrag gilt nur für ein cartorrisches Anwesen unter Hunderten. Und das Land hier …« Merik deutete auf das Fenster, und selbstkritisches Lachen blieb ihm in der Kehle stecken. »Es sieht nicht besser aus als vor einem Jahr. Ich habe keine Ahnung, warum ich die Hoffnung nicht aufgebe, aber so ist es. Jedes verfluchte Mal, wenn ich zurückkehre, hoffe ich, dass es wieder zum Leben erwacht ist.«

Kullen atmete tief durch, und das Rasseln in seiner Brust sorgte dafür, dass Merik sich aufsetzte. »Du bist müde. Ich werde gehen.«

»Warte.« Kullen packte Meriks Ärmel, und die Wärme in der Luft verschwand. »Versprich mir etwas.«

»Alles.«

»Versprich mir, dass du mal über ein Bettabenteuer nachdenkst, während du weg bist. Du bist so angespannt« – er schnappte nach Luft – »dass ich dich nicht mal ansehen kann, ohne dass sich meine Lunge verkrampft.«

Merik stieß ein bellendes Lachen aus. »Und ich hatte mit einer ernsthaften Bitte gerechnet. Ich habe jede Menge Gründe, angespannt zu sein, das weißt du.«

»Trotzdem.« Kullen wedelte müde mit der Hand.

»Und mit wem genau sollte ich dieses Abenteuer wagen? Ich sehe nicht viele Frauen, die sich um die Position beworben.«

»Die Domna.«

Jetzt lachte Merik *wirklich*. »Ich werde nicht mit einer Domna ins Bett springen. Besonders nicht mit einer, die mit dem Kaiser von Cartorra verlobt ist. Außerdem sorgt sie dafür, dass ich die Kontrolle über meinen Jähzorn verliere. Jedes Mal, wenn ich glaube, alles läuft glatt, sagt sie etwas Beleidigendes, und der Sturm kehrt zurück.«

Kullen keuchte, doch als Merik ihn besorgt ansah, stellte er fest, dass Kullen einfach nur lachte, wenn auch gepresst. »Das ist nicht dein Jähzorn, du großer Trottel. Es ist deine Magie, die wie von Noden gewünscht auf eine Frau reagiert. Was glaubst du, was zur Hölle mit meiner Magie passiert, wenn Ryber und ich …«

»Ich will es nicht wissen!« Merik riss die Hände in die Luft. »Ich will es wirklich nicht wissen!«

»Schön, schön.« Kullens Lachen verklang, aber auf seinen Lippen blieb ein schiefes Grinsen zurück.

Und Merik musste das Verlangen unterdrücken, seinen Strangbruder zu erwürgen. Das war nicht das Gespräch, das er hatte führen wollen. Aber er wollte Kullen auch nicht verlassen, wenn sie als Letztes über das vollkommen sinnlose Thema von Bettabenteuern gesprochen hatten.

Also zwang sich Merik zu einem Nicken und lächelte. »Richte deiner Mutter schöne Grüße aus, und falls du mich brauchst, schlag die Windtrommel. Wir werden uns den Großteil des Wegs nach Lejna an der Küste halten.«

»Aye.« Kullens Faust kehrte zu seiner Brust zurück, er nickte müde. »Sichere Häfen, Merik.«

»Sichere Häfen«, antwortete der Prinz, bevor er den Raum verließ. Sobald er das Deck erreicht hatte, befahl er Ryber, die Gefangenen zu holen, und achtete darauf, sie Gefangene zu nennen. Nicht Begleiter, nicht Passagiere. Einfach *Gefangene*. Das machte es leichter, Kullens Vorschlag zu ignorieren. Er würde Safiya nicht ansehen, er würde nicht mit ihr sprechen, und er würde auf keinen Fall auf *diese* Art an sie denken. Und wenn Merik Lejna erreicht hatte, würde er sie zurücklassen und sie nie, niemals wiedersehen.

Iseult folgte Safi – die Evrane folgte, die wiederum Ryber folgte – durch den dunklen Frachtraum zur Leiter. Zwei Matrosen starrten Iseult böse an, als sie auf die erste Sprosse stieg. Sie tuschelten miteinander, und ihre Stränge zitterten vor Abneigung.

Safi starrte die Matrosen böse an und zog langsam einen Daumen über ihre Kehle.

Graue Angst erfüllte die Stränge der Männer.

Iseult biss die Zähne zusammen und warf einen kurzen Blick zu Evrane, um festzustellen, ob sie etwas bemerkt hatte. Die Carawen schien ahnungslos, aber trotzdem: Iseult würde Safi (zum tausendsten Mal) daran erinnern müssen, dass sie solche Gewaltandrohungen unterlassen sollte. Safi meinte es gut, aber ihre Drohungen lenkten nur noch mehr Aufmerksamkeit auf Iseults Andersartigkeit und sorgten nur dafür, dass Iseult sich des Starrens und der Flüche und der grauen, grauen Stränge bewusster wurde.

Gewöhnlich war Safi klug genug, nicht so plump vorzugehen, aber jetzt lagen die Dinge anders. Seit ihrer Zeit in den Fußfesseln hatten Safis Stränge nicht aufgehört, im Rostrot von Schuldgefühlen zu pulsieren. Im Goldton der Scham. Im Blau des Bedauerns.

Iseult hatte so etwas bei ihrer Strangschwester noch nie beobachtet. Hatte nicht einmal geahnt, dass es Safi so tief treffen konnte, jemand anderem Schwierigkeiten bereitet zu haben – zumindest jemandem, der nicht Iseult war.

Iseult und Safi erreichten das leere Achterdeck der *Jana*. Plötzlich brannten neue Farben in Safis Strängen. Graubraunes Entsetzen. Blaue Trauer. Und all das verband sich mit den Schuldgefühlen, der Scham und dem Bedauern.

Am Fuße der Klippen, die hoch über die *Jana* aufragten, lag ein stiller, grauer Kiesstrand. Nur die Schritte der Matrosen störten die rhythmische Klangkulisse aus Wellen und Wind. Es gab keine zwitschernden Schwalben oder schreiende Möwen. Keine Pelikane saßen elegant auf den Felsen, keine Sturmtaucher schossen über das Wasser.

Die Vögel waren da, aber sie waren nicht mehr fähig, zu

singen oder zu fliegen. Verbogene Kadaver und verfärbte Skelette bedeckten den Strand oder trieben in den sanften, niedrigen Wellen. Zusätzlich schwammen dort Hunderte von toten Fischen, die an den Strand getrieben und in der Sonne vertrocknet waren.

Wie viele Tausende Kadaver hatten sich hier über die Jahre angesammelt, wurden jeden Tag angetrieben?

Iseult sah zu Evrane, getrieben von der Frage, wie die Carawen sich dabei fühlte, ihr Zuhause wiederzusehen. Aber Evranes Stränge blieben ruhig, und nur ein Hauch von Trauer huschte darüber hinweg.

Iseult räusperte sich und kämpfte gegen das Stottern an. »Ich dachte, es wäre das Wasser, das vergiftet ist, Mönch Evrane. Nicht die Fische.«

»Aber die Fische«, antwortete Evrane und umrundete Iseult, »schwimmen durch das vergiftete Wasser und sterben. Dann werden sie von den Vögeln gefressen, und die sterben ebenfalls.«

Safi sank gegen die Reling, ihre Miene und ihre Stränge erfüllt von Entsetzen.

Iseult allerdings hielt sich vollkommen unbeweglich, wobei sie sich gleichzeitig wünschte, sie könnte das Gesicht so verziehen wie Safi. Wünschte, sie könnte Evrane zu verstehen geben, dass ihre Lunge beim Anblick dieses zerstörten Landes schmerzte; dass ihre Rippen sich anfühlten, als bestünden sie aus vereistem Granit. Doch Iseult stand ein solches Mienenspiel nicht zur Verfügung, und auch die Worte fehlten ihr, also blieb sie unbeweglich.

Stränge brannten am Rand ihres Sichtfeldes, und sie musste sich nicht umschauen, um zu wissen, wer gerade über die Leiter zu ihnen hinaufstieg. Wer neben Evrane trat und sein Fernrohr aus der Jacke zog.

Die Stränge zwischen Merik und Safi waren jetzt stärker und bildeten einen widersprüchlichen Kontrast. Die äußeren Stränge, die Iseult ein wenig an die Arme eines Seesterns erinnerten, bewegten sich gierig, angetrieben von purpurnem Hunger, burgunderfarbener Leidenschaft und einem Anflug von blauem Bedauern.

Und mehr als ein wenig scharlachroter Wut.

Diese Bindung könnte explosiv werden, dachte Iseult, während sie sich angestrengt den Nasenrücken rieb.

»Was ist?«, fragte Safi.

Iseult zuckte zusammen. Sie war so tief in den Strängen versunken gewesen, dass sie nicht bemerkt hatte, dass Safi sich ihr zugewandt hatte. »Nichts«, murmelte Iseult, obwohl sie wusste, dass Safi die Lüge erkennen würde.

»Sie hat keine Schuhe!«, rief Evrane und zog damit Safis Aufmerksamkeit auf sich.

Merik blähte die Nasenflügel, und obwohl Safi den Mund öffnete – wahrscheinlich, um zu erklären, dass sie auch ohne Schuhe klarkam –, brüllte Merik: »Ryber! Besorg der Domna ein Paar Schuhe!«

Das Schiffsmädchen tauchte auf der Leiter auf. Sie kaute nachdenklich auf der Unterlippe. »Ich kann ihr Stiefel besorgen, Admiral, aber dafür muss sie mit mir unter Deck kommen. Es ist einfacher, sie zu den Schuhen zu bringen, als andersherum.«

»Tu es.« Merik wedelte wegwerfend mit der Hand, den Blick bereits wieder durch das Fernglas auf die Küste gerichtet.

Safi warf einen schnellen Blick zu Iseult. »Willst du mitkommen?«

»Ich werde bleiben.« Wenn sie sich Safi anschloss, würde Safi sie mit Fragen bombardieren. Fragen, die auf die Bindestränge hinauslaufen könnten, oder schlimmer noch, auf die Schattenstimme in Iseults Albträumen.

»Ich will draußen sein«, fügte Iseult hinzu, »an der frischen Luft.«

Safi kaufte ihr die Antwort nicht ab. Sie warf einen Blick zu den nächststehenden Matrosen, die gerade auf die Masten kletterten. Dann richtete sie ihren skeptischen Blick wieder auf Iseult. »Bist du dir sicher?«

»Mir wird nichts passieren, Safi. Du vergisst, dass *ich* dir die Kunst des Ausweidens beigebracht habe.«

Safi schnaubte, aber ein amüsiertes Pink schlich sich in ihre Stränge. »Ist das so, geschätzte Strangschwester? Hast du bereits vergessen, dass man mich in Veñaza ›Die große Ausweiderin‹ genannt hat?« Mit einer dramatischen Geste wirbelte Safi zu Ryber herum.

Diesmal war Iseults Lächeln echt. »Das dachtest du immer?«, rief sie. »In Wirklichkeit wurdest du ›die große Ausweinerin‹ genannt, Safi, weil du eine so große Klappe hast.«

Safi zögerte auf der Leiter, gerade lang genug, um sich gut erkennbar auf den Daumen zu beißen.

Iseult erwiderte die Geste.

Als sie sich wieder zur Reling umdrehte, stellte sie fest, dass Merik sie mit hochgezogenen Augenbrauen musterte und Evrane ein Lachen unterdrückte. Es gefiel Iseult sehr, die Carawen amüsiert zu haben, und Wärme erfüllte sie.

»Es ist schön zu sehen, dass du dich besser fühlst«, meinte Evrane.

»Es ist schön, sich besser zu fühlen«, antwortete Iseult, wobei sie sich das Hirn zermarterte, um noch etwas Cleveres zu ergänzen. Oder *überhaupt* noch etwas zu finden, das sie sagen konnte.

Aber ihr fiel nichts ein, und ein unangenehmes Schweigen

drang mit dem Wind zwischen sie. Iseult fing an, sich den rechten Ellbogen zu massieren, einfach, um etwas zu tun zu haben.

Das sorgte dafür, dass Evranes Stränge in grüner Sorge aufleuchteten. »Dein Arm tut weh, und ich Dummerchen habe meine Salben unter Deck gelassen.« Sie eilte davon, sodass Iseult mit Merik zurückblieb.

Allein mit Merik zurückblieb.

Einem Prinzen, der Teil von Safis Strangfamilie werden würde – oder sich genauso leicht zu ihrem Feind entwickeln konnte. Einem Prinzen, der jetzt bestimmte, wohin und auf welche Art Iseult und Safi reisten.

Ohne es bewusst geplant zu haben, drang eine Frage aus Iseults Mund: »Seid Ihr verheiratet?« Das war die erste Frage, die Strangmagi stellten, wenn sie die Strangsteine einer Person fertigten. Iseult hatte Gretchya diese Frage in ihrer Kindheit Tausende Male stellen hören.

Merik packte das Fernrohr fester, seine Stränge leuchteten überrascht auf. »Ähm … nein.«

»Habt Ihr eine Geliebte?«

Merik senkte das Fernrohr, und seine Stränge pulsierten vor Abneigung. »Ich habe keine Geliebte. Wieso fragt Ihr das?«

Iseult seufzte innerlich. »Ich bin nicht an Euch interessiert, Eure Hoheit, also besteht kein Grund für Eure Verachtung. Ich versuche nur zu entscheiden, ob wir Euch nach Lejna folgen sollen oder nicht.«

»*Ob* ihr mir folgen sollt?« Meriks Stränge und Haltung entspannten sich. »Euch bleibt kaum eine andere Wahl.«

»Wenn Ihr das wirklich glaubt, dann unterschätzt Ihr Safi und mich sehr.«

Meriks Wangen und Stränge leuchteten in wütendem Rot auf, also beschloss Iseult, die Strangmagis-Befragung abzubrechen. Aber als Merik auf dem Absatz herumwirbelte, um zu gehen, trat Iseult ihm trotzdem in den Weg. »Ihr mögt mich nicht«, sagte sie. »Und das müsst Ihr auch nicht. Denkt nur immer daran: wenn Ihr Safiya fon Hasstrel jemals verletzt, werde ich Euch in Stücke schneiden und die Reste an die Ratten verfüttern.«

Merik antwortete nicht, aber er wirkte wirklich wütend, als er um Iseult herum zur Leiter stampfte.

Doch das Aufblitzen von Verständnis in seinen Strängen verriet Iseult, dass er nicht nur zugehört, sondern sich ihre Warnung auch zu Herzen genommen hatte.

Was gut war, weil sie jedes Wort ernst gemeint hatte.

Safi kauerte tief im Beiboot. Wasser schwappte über die Seiten, während Ryber Safi, Iseult, Evrane und Merik an die Küste ruderte.

Als Ryber Safi in den Frachtraum geführt hatte, hatte sich Safi dafür entschuldigt, dass sie das Mädchen in Schwierigkeiten gebracht hatte. Aber Ryber hatte das Problem mit einem Achselzucken abgetan. »Der Admiral bellt, aber er beißt nicht. Außerdem bin es ja nicht ich, auf die er wütend ist.«

Das war nur zu wahr. Merik hatte Safi kaum angesehen, seit sie die Bucht erreicht hatten, und wann immer sie versucht hatte, eine Frage zu stellen – *Reisen wir zu Fuß? Haben wir Vorräte?* – hatte er sich einfach abgewandt.

Was natürlich in Safi nur das Bedürfnis verstärkte, irgendeine Reaktion zu provozieren. Sie wollte sich lieber von ihm anknurren oder beißen lassen, als zuzulassen, dass er sie behandelte, als wäre sie Luft.

Nach wenigen Minuten erreichte das Beiboot die Küste, und Ryber sprang in das knietiefe Wasser, um das Boot an den

Strand zu ziehen. Merik und Evrane folgten ihrem Beispiel. Safi und Iseult allerdings waren um einiges weniger anmutig.

»Das ist etwas, das Habim und Mathew in unserer Ausbildung übersehen haben«, sagte Iseult, als sie sich von Safi und Ryber aus dem Boot helfen ließ. »Wir sollten sie wissen lassen, dass das Aussteigen aus einem Beiboot eine wichtige Fähigkeit ist.«

»So wichtig ist es nicht«, befand Ryber. »Man steigt einfach ein und aus.«

Safi hustete betont. »Das war Iseults Versuch, einen Witz zu machen.«

»Oh.« Ryber kicherte. »Tut mir leid. Ich habe bisher nur eine Strangmagis getroffen, und die war uralt. Ich nehme an, du kannst jetzt im Moment meine Stränge sehen?«

»Aye«, antwortete Iseult. »Sie leuchten gerade grün vor Neugier.«

Ein erfreutes Lächeln verzog Rybers Gesicht. »Dann … kannst du auch meinen Herzstrang sehen?«

Iseults Nase zuckte, und sie warf einen schnellen, fast nervösen Blick zu Safi, bevor sie sagte: »Aye. Ich kann ihn sehen. Er ist auf dem Schiff.«

Rybers Grinsen wurde breiter, doch gleichzeitig war der ruhelose, leere Ausdruck in ihren Augen nicht zu übersehen.

»Ryber«, bellte Merik. Das Mädchen zuckte zusammen und marschierte dann ernst auf ihren Admiral zu.

Safi beugte sich zu Iseult. »Warum hast du mich angesehen, als Ryber nach ihrem Herzstrang gefragt hat?«

»Weil er Blau enthält«, erklärte sie einfach. »Das bedeutet, ein Teil ihrer Liebe ist von Kummer erfüllt.«

»Oh«, hauchte Safi. Die Vorstellung eines geteilten Leids zwischen Ryber und Kullen schnürte ihr die Kehle zu.

Während Iseult über den Strand schlich, um sich Evrane

anzuschließen, die ein paar Schritte entfernt damit beschäftigt war, einen toten Sturmvogel zu betrachten, wartete Safi auf Merik.

»Als Zweiter Offizier«, erklärte er Ryber, deren Zöpfe im Wind schlackerten, »kommandiert Hermin das Schiff, bis Kullen sich erholt hat. Und denk daran: Esst keinen Fisch und trinkt nicht das Wasser. Hier ist es nicht wie am Timetz. Unsere Wassermagi sind hier noch nicht angekommen. Ihr werdet sterben, bevor ihr auch nur geschluckt habt. Geh außerdem sicher, dass Hermin seine Magie nicht überanstrengt. Wenn Lovats nicht antwortet, gibt es nichts, was wir dagegen tun können.«

Ryber salutierte mit der Faust über dem Herzen, dann richtete Merik seinen Blick auf das Schiff. Für mehrere lange Augenblicke schwappte Seewasser gegen Safis Füße und gegen Rybers Stiefel, aber sie wich nicht zurück. Sie wartete einfach darauf, dass der Prinz seinen schweigenden Abschied beendete.

Sobald er fertig war – was sich daran bemerkbar machte, dass er sich höher aufrichtete und an seinem Kragen herumspielte –, wirbelte er herum und stampfte an Safi vorbei.

»Sichere Häfen!«, rief Ryber ihnen hinterher.

»Sichere Häfen«, rief Safi zurück, Merik bereits auf den Fersen.

Iseult holte zu ihr auf, und Evrane folgte ihnen mit gleichmäßigen Schritten, wobei sie sich geschickter bewegte als Iseult oder Safi. Um Veñaza herum gab es hauptsächlich Sandstrände, und Safis Knöchel schienen etwas gegen diese winzigen Kiesel zu haben. Außerdem stellte sie schnell fest, dass es nicht besonders einfach war, über tote Vögel hinwegzuspringen.

Als sie sich allerdings zu Iseult umdrehte, um sich zu beschweren, musste sie feststellen, dass ihre Strangschwester bereits keuchte. »Geht es dir gut? Sollen wir langsamer gehen?«

Iseult bestand darauf, dass alles in Ordnung war. Dann hob sie die Stimme: »Wo gehen wir hin, Eure Hoheit? Es sieht aus, als würden wir auf eine Mauer zulaufen.«

Und tatsächlich *wirkte* es, als würden sie direkt auf die zwei hohen Klippen zuwandern, die sich an einem niedrigen Überhang trafen, in dem Stalaktiten tropften.

»Dort hinten ist eine versteckte Höhle«, antwortete Evrane, sobald klar wurde, dass Merik nicht vorhatte zu antworten, auch wenn Safi Iseults Versuch durchaus bewunderte. »Es soll eigentlich eine *geheime* Höhle sein, so wie diese Bucht eigentlich ein Geheimnis sein sollte.«

»Niemand wird uns sehen«, murmelte Merik, als er auf die rechte Seite des Überhangs zusteuerte. Er duckte sich unter einem Stalaktiten hindurch.

Safi folgte ihm. Durch winzige Löcher in der zerklüfteten Decke drang ein wenig Morgenlicht. Der Pfad vor Safi, offensichtlich von Menschenhand angelegt, war so schmal, dass sie sich seitwärts vorwärtsschieben musste.

Mehrere Schritte später richtete sich Merik auf, also riskierte Safi es ebenfalls, den Kopf wieder zu heben. Keine scharfen Felsen stachen sie in den Kopf, aber Wasser tropfte auf ihre Haare.

»Ist dieses Wasser giftig?«, fragte sie, als sie sich den Kopf rieb.

»Nicht bei Berührung«, antwortete Evrane gedämpft hinter Iseult. »Ein Großteil des Frischwassers in dieser Gegend gefährdet einen Trinkenden in der Tat, aber es gibt auch Wasser, das rein bleibt, ganz gleich, was passiert.«

Merik stieß ein unterdrücktes Stöhnen aus. »Niemand will von den Ursprungsquellen hören.«

»Ich will von den Ursprungsquellen hören«, hielt Safi dagegen.

»Ich auch«, sagte Iseult, wobei Safi bemerkte, wie flach sie atmete. »Ich habe so viel über sie gelesen. Stimmt es, dass die Quelle des Wassers Leute heilen kann?«

»Früher einmal. Alle Ursprungsquellen konnten heilen, als sie noch lebendig waren. *Merik*«, blaffte Evrane, »geh langsamer. Nicht alle von uns sind mit diesem Pfad vertraut, und nicht alle von uns sind vollkommen gesund.«

Merik wurde langsamer, aber nicht viel. Also entschied Safi, einfach kürzere Schritte zu machen. Sobald Merik verstand, dass alle zurückblieben, würde ihm keine andere Wahl bleiben, als langsamer zu gehen.

Bald schon brannten Safis Oberschenkel, und ihre Sehnen dehnten sich, weil der Pfad jetzt nach oben führte. »Es gab eine Ursprungsquelle auf dem Land meiner Familie«, bot sie an, sobald sie sich vergewissert hatte, dass der Aufstieg Iseult keine Probleme bereitete. »Allerdings war sie nicht mehr von Leben erfüllt.«

»Nein«, meinte Evrane. »Es gibt nur noch zwei intakte Quellen. Von den fünfen sind nur noch die Aether-Quelle am Carawen-Kloster und die Feuer-Quelle in Azmir lebendig. Ihre Wasser fließen, die Bäume blühen das ganze Jahr über, und die Quelle kann heilen. Aber man sagt …«

»Stufen voraus«, bellte Merik.

»… wenn die Cahr Awen zurückkehren, würden auch die anderen Ursprungsquellen ihre Macht zurückgewinnen und die Wasser erneut fließen.«

Während Safi die glatten Stufen anblinzelte, die Merik bereits nach oben sprang, versuchte sie sich an die Geschichten aus ihrer Kindheit zu erinnern. »Wie viele Cahr Awen gab es, bevor das letzte Paar gestorben ist?«

»Wir schätzen mindestens neunzig«, sagte Evrane, »aber Erinnerungsprotokolle besitzen wir nur über ungefähr vierzig.«

»Protokolle«, schaltete sich Merik wegwerfend ein, »lassen sie noch nicht real werden.«

»Erinnerungsprotokolle«, hielt Evrane dagegen, »beweisen unbestreitbar, dass sie real waren. Eine Sichtmagis-Schwester hat die Erinnerungen direkt aus den Leichen der Cahr Awen übertragen.«

»Außer diese Erinnerungsprotokolle wurden gefälscht, Tante Evrane. Falls du jetzt fertig bist mit deinem Vortrag, ab hier müssten wir leise sein.«

»Aber wir können nirgendwohin«, befand Safi. Dreißig Stufen über ihnen, erleuchtet von einem schwachen Sonnenstrahl, zeigte sich nichts als eine glatte Wand. »Gut gemacht, Prinz.«

Er reagierte nicht auf ihren spitzen Tonfall, also folgte ihm Safi, bis sie und Merik beide die Wand erreicht hatten und der Prinz endlich mit ihr sprach. »Wir müssen gemeinsam drücken«, flüsterte er, lehnte eine Schulter an die Wand und presste die flache Hand dagegen.

Safi ahmte seine Pose mit ihrer anderen Schulter nach.

»Eins«, formte Merik mit den Lippen. »Zwei ... *Drei.*«

Safi drückte. Merik drückte. Dann drückten sie fester, und dann noch fester, bis Safi zischte: »Nichts passiert!« Und natürlich bewegte sich die Wand genau in dem Moment, als ihre nicht besonders leise gesprochenen Worte ihren Mund verließen. Ruckartig glitt sie in einem Wirbel aus Luft und Geräuschen nach vorne, und Safi kippte in eine Welt aus toten Bäumen und fahler Erde. Merik fiel ebenfalls, aber der Idiot versuchte, sich zu fangen – versuchte, sich an der schwingenden Felsentür festzuklammern, die ihn einfach nur herumwarf, sodass er auf dem Rücken landete.

Safi fiel auf ihn, Brust auf Brust. Merik keuchte, genau wie sie, und stöhnte dann schmerzerfüllt.

»Was?«, verlangte sie, bereits damit beschäftigt, sich von ihm zu lösen. Ihr Arm war unter seinem Körper eingeklemmt, und jedes Ziehen drückte ihren Körper gegen seinen.

Hitze breitete sich in ihr aus. Sie war Merik schon gestern während ihres Kampfs nah gewesen, aber das hier war irgendwie ... anders. Sie spürte Meriks Körper viel zu deutlich. Bemerkte die Form seiner Hüftknochen und der Muskeln auf seinem Rücken, Muskeln, in denen sich ihre Finger vergruben. Aus Versehen. Vollkommen aus Versehen.

Safi war sich nur zu bewusst, dass Evrane lachte und Iseult auf eine Weise starrte, die einer Strangmagis nicht angemessen war. Doch bevor Safi den beiden befehlen konnte, ihr zu helfen, hob Merik den Kopf, und seine Bauchmuskeln unter ihr spannten sich an. »Runter. Von. Mir.«

Sein Knurren vibrierte an Safis Rippen, doch ihr blieb keine Zeit, ihn als Antwort anzublaffen, denn Evranes Lachen brach ab, und das Geräusch von knarrendem Holz hallte über die Lichtung.

Zwanzig Pfeilspitzen tauchten hinter den sonnengebleichten Kiefernstümpfen auf, und Iseult murmelte: »Oh, Safi. Er *hatte* uns ermahnt, leise zu sein.«

30

Merik hatte Soldaten mit Bögen erwartet – hatte er wirklich. Allerdings hatte er nicht damit gerechnet, dass es ihren Anführer, Jagdmeister Yoris, so viel Zeit kosten würde, sie abzurufen.

Oder dass Safiya fon Hasstrel auf ihm liegen würde, während er darauf wartete.

Iseult und Evrane, seine Tante mit ins Gesicht gezogener Kapuze, standen mit dem Rücken zur Höhle und erhobenen Händen da. Merik tat sein Möglichstes, um vorzugeben, er läge nicht unter Safiya begraben. Seine Beine wären nicht mit ihren verschlungen, seine Rippen höben sich nicht gegen ihre weiche Brust. Er versuchte sich einzureden, dass es nicht ihre Nägel wären, die ihm den Rücken verkratzten, und nicht ihre sturmblauen Augen, nur Zentimeter von seinem Gesicht entfernt.

Ihre Augen waren es, die jedes Mal diese Wirkung auf ihn hatten und seine Wut an die Oberfläche zogen. Aber er würde seine Magie nicht freigeben, egal, wie sehr sie auch nach Befreiung drängte. Egal, wie dringend er Safiya auch auf den Rücken rollen wollte und …

Noden rette ihn.

Ein Stöhnen stieg in Meriks Kehle auf, und er betete, die Erde möge ihn verschlingen.

Safiya deutete seine Qualen als Lachen. »Findet Ihr das witzig? Denn ich lache nicht, Prinz.«

»Genauso wenig wie ich«, antwortete er. »Und ich hatte Euch gesagt, Ihr sollt ruhig sein.«

»*Nein*, Ihr habt mir befohlen zu drücken. Was ich getan habe – nur dass Ihr *gefallen* seid. Wo war denn Eure wunderbare Windmagie in diesem Moment?«

»Ich muss sie auf der *Jana* zurückgelassen haben.« Er spannte die Bauchmuskeln an und schob sein Gesicht direkt vor ihres. »Zusammen mit meiner Geduld für Euer ständiges Gejammer.« Solange er wütend blieb, würde er nicht über die Form ihres Mundes nachdenken müssen. Oder das Gewicht ihrer Hüften an seinen.

Sie verengte die Augen zu Schlitzen. »Wenn Ihr glaubt, *das* wäre Jammern, dann könnt Ihr Euch auf etwas gefasst machen …«

»Eure Hoheit?«, erklang eine Stimme. »Ist das der königliche Sohn von Nubrevna, der sich da bei einer Dame einschmeichelt? Senkt eure Waffen, Jungs.« Gleichzeitig senkten sich alle Pfeile. Sofort schubste Merik Safiya von sich herunter und kämpfte sich auf die Beine.

Sobald auch Safiya wieder stand, traten Iseult und Evrane vorsichtig näher, während Yoris' »Jungs« langsam hinter ihrem Anführer aus dem Wald traten.

Yoris war ein schlanker Mann mit nur drei Fingern an der linken Hand. Angeblich hatte er den Rest an einen Seefuchs verloren.

»Matsi-Dreck.« Yoris zog Luft durch die Zähne, dann spuckte er Iseult vor die Füße. »Kehr zurück in die Finsternis.«

Iseult schaffte es gerade noch, Safi zu packen, bevor sie sich auf den Mann werfen konnte. »Ich werde Euch die Finsternis zeigen«, knurrte Safiya, »Ihr höllenbrünstiger …«

Sechs von Yoris' Soldaten richteten ihre Bögen auf Safiya, und noch mehr Pfeilspitzen erschienen zwischen den toten Kiefern.

Merik riss die Hände in die Höhe. »Ruf sie ab, Yoris.« Das war nicht das frohe Wiedersehen, dass er sich mit einem seiner großen Vorbilder aus der Kindheit erhofft hatte.

»Pfeile werden Eure Haut nicht retten«, murmelte Safiya. »Ich werde sie mit meinen Messern in Fetzen …«

»Es reicht«, blaffte Iseult mit mehr Gefühl, als Merik je in ihrer Stimme gehört hatte. »Seine Stränge sind harmlos.«

Das brachte Safiya zum Schweigen, aber trotzdem schob sie sich vor Iseult.

»Senkt Eure Bögen«, befahl Merik, jetzt ein gutes Stück lauter. Wütender. »Ich bin der Prinz von Nubrevna, Yoris – nicht irgendein Räuber.«

»Aber wer ist dann das?« Yoris deutete mit dem Kopf auf Evrane, die immer noch ihre Kapuze tief ins Gesicht gezogen hatte, den Körper angespannt und bereit zum Kampf. Auf Yoris' Nicken hin streckte einer der Soldaten seinen Bogen aus und schob den Stoff nach hinten.

»Hallo, Jagdmeister«, sagte Evrane gedehnt.

»Ihr«, knurrte Yoris und schob sich an Merik vorbei. »Die Nihar-Verräterin. Ihr seid hier nicht willkommen.«

Evranes Schwert glitt in genau dem Moment zischend aus der Scheide, als Merik sein Entermesser herausriss und es dem alten Mann gegen den Rücken drückte.

»Wenn du noch eine weitere Person in meiner Gruppe beleidigst, Yoris, werde ich dich aufspießen.« Merik schob seine Waffe vor, bis eine Falte in Yoris' Hemd entstand. Er hatte genug, und Yoris wusste verdammt gut, wie schnell der Nihar-Jähzorn ausbrechen konnte. »Evrane ist ein Wesir von Nubrevna und die Schwester des Königs, also wirst du ihr die Achtung erweisen, die sie verdient.«

»Sie hat ihren Titel aufgegeben, als sie eine Cara…«

Meriks Stiefel traf Yoris' Knie. Der Mann fiel zu Boden, und überall um sie herum wurden Bögen gespannt.

Aber Yoris fing einfach an zu lachen – ein Geräusch wie knirschende Steine. Er riss den Kopf hoch. »Also, das ist der Prinz, den ich kenne. Ich musste nur sichergehen, dass Ihr nicht von dem Matsi-Mädchen verzaubert seid. Das ist alles. Das ist alles.« Er stieß noch ein Lachen aus, dann rollte sich der Jagdmeister mühelos wieder auf die Beine.

Bögen und Pfeile senkten sich, begleitet vom Rascheln der Kleidung. Yoris vollführte eine elegante Verbeugung. »Erlaubt Eurem demütigen Diener, Euch zu Eurem neuen Heim zu geleiten.«

»Neu?« Stirnrunzelnd schob Merik sein Entermesser in die Scheide.

Ein hinterlistiges Grinsen erschien auf Yoris' Gesicht. »Noden hat uns dieses Jahr sein Lächeln gezeigt, Hoheit, und nur ein Narr ignoriert Seine Gaben.«

* * *

Die Morgensonne brannte auf Merik herunter und erzeugte einen langen Schatten, der hinter ihm über den Weg oder über die sonnengebleichten Baumstümpfe und die gelbe Erde glitt. Safiya hielt sich zehn Schritte hinter ihm, neben Iseult, während Evrane die Nachhut bildete.

Merik stellte erleichtert fest, dass es ihm leichtfiel, die Domna zu ignorieren, solange sie außer Hörweite blieb und sich nicht in seinem Blickfeld aufhielt.

Solange sie nicht auf ihm lag.

Trotzdem sah er alle paar Minuten zurück, um sich zu vergewissern, dass die Frauen Schritt hielten. Obwohl sich Iseult nicht beschwerte und auch nicht langsamer wurde, war sie noch nicht ganz geheilt. Obwohl ihre Miene so ausdruckslos blieb wie frisch gefallener Schnee, konnte man doch die Anspannung in ihren Kiefern nicht übersehen.

Allerdings hatte sie schon auf der *Jana* recht bitter gewirkt, als sie ihn mit diesen seltsamen Fragen beschossen hatte. Es war schwer zu erkennen, was sie fühlte – oder ob sie überhaupt etwas empfand.

Zum Glück für Iseult und Evrane waren Yoris' vorurteilsbelastete Wachen schon bald wieder in den Wäldern verschwunden. Und zu Meriks Glück wimmelte es im Geisterwald in einem Umkreis von tausend Morgen von diesen Soldaten.

Falls sich Safiya zur Flucht entschloss, konnten Yoris' Männer sie innerhalb von Minuten einfangen.

Merik rechnete allerdings nicht damit, dass Safiya floh. Nicht, solange Iseult sich noch im Heilungsprozess befand.

Die Gruppe wanderte weiter, und die stille Landschaft blieb immer gleich. In alle Richtungen erstreckte sich ein endloser Friedhof aus zerborstenen Bäumen und sonnengebleichten Stümpfen, Vogelkadavern und Erde, so trocken wie Knochen. Wann immer Merik hier war, hielt er den Kopf gesenkt und die Stimme gedämpft.

Yoris war da anders. Laut erfreute er Merik mit neuen Geschichten über all die Männer und Frauen, mit denen Merik aufgewachsen war. Männer und Frauen, die einst auf den Nihar-Ländereien gelebt und gearbeitet hatten. Anscheinend waren sie alle inzwischen mit Yoris und seinen Soldaten in dieses neue Zuhause umgezogen.

Entgegen aller Hoffnung ertappte sich Merik dabei, wie er

hoffnungsvoll nach etwas Lebendem Ausschau hielt. Nach einer kleinen Flechte, einem Moosbüschel. Er hätte alles genommen, solange es nur grün war. Doch es war genau so, wie er zu Kullen gesagt hatte: Nichts hatte sich verändert. In einer Welt aus Tod und Gift machte es keinen Unterschied, ob man sich nach Westen oder Osten wandte.

Als Yoris eine Weggabel erreichte – der rechte Pfad führte in Richtung der Jadansi-See, während der linke ins Binnenland abbog – stieg ein besorgniserregender Gedanke in Merik auf. »Wenn alle umgezogen sind, ist Kullens Mutter dann auch gegangen? Er hatte vor, sie zu besuchen.«

»Carill ist auf dem Anwesen geblieben«, erklärte Yoris, »also wird Kull sie genau dort finden, wo er sie verlassen hat. Sie war die Einzige, die sich uns nicht angeschlossen hat. Allerdings war das hier auch nie ihr Zuhause. Im Herzen ist sie immer noch eine Arithuanierin.« Er löste eine Feldflasche von seinem Gürtel und trat mit einem Kopfschütteln auf den linken Weg.

Merik folgte ihm, wobei er für einen Moment langsam genug ging, um sicherzustellen, dass auch Safiya, Iseult und Evrane ihnen folgten. Das taten sie.

»Wasser?«, fragte Yoris.

»Bitte.« Meriks Lippen waren trocken wie Papier, und seine Zunge lag wie festgeklebt in seinem Mund. Es war, als söge die Trockenheit dieser Welt jede Feuchtigkeit aus seinen Poren.

Aber er achtete sorgfältig darauf, nicht zu viel zu trinken. Wer wusste schon, wie viel gereinigtes Wasser Yoris dieser Tage zur Verfügung stand?

»Dieses neue Zuhause«, setzte Merik an, als er dem Mann die Feldflasche zurückgab, »liegt offensichtlich nicht in der Nähe der Nihar-Ländereien. Ist es die weite Reise wert?«

»Aye«, antwortete Yoris mit einem kurzen Grinsen. »Aber mehr werde ich Euch nicht verraten. Ich möchte, dass Ihr Nodensgabe selbst seht. Das erste Mal, als ich den Ort gesehen habe, habe ich geweint wie ein Baby.«

»Geweint?«, wiederholte Merik skeptisch. Er konnte sich genauso wenig Tränen auf dem Gesicht des Jagdmeisters vorstellen wie Grün an diesen Eichen und Kiefern.

Yoris' linke Hand mit den drei Fingern schoss nach oben. »Ich schwöre bei Nodens Korallenthron, dass ich geweint und geweint habe, Eure Hoheit. Wartet nur ab, ob es Euch nicht genauso ergehen wird.« Yoris' Lächeln verblasste so schnell, wie es gekommen war. »Wie steht es um die Gesundheit des Königs? Wir hören in dieser Gegend nicht oft Neuigkeiten, und vor ein paar Wochen wurde mir berichtet, es ginge ihm schlechter.«

»Sein Zustand ist stabil«, war alles, was Merik darauf antwortete. *Sein Zustand ist stabil, und er ignoriert Hermins Kontaktversuche, und belohnt Vivia vielleicht für einen Akt der Piraterie.*

Mit einer schnellen Bewegung warf Merik seinen Mantel von den Schultern und wischte sich den Schweiß aus den Augen. Er kochte. Erstickte. Jedes Glitzern der Sonne auf seinen vergoldeten Knöpfen – Knöpfe, die er immer sorgfältig polierte und die seinen Rang als Kommandanten der königlichen Flotte anzeigten – erschien ihm wie ein Aufblitzen von Vivias Grinsen.

Yoris und Merik bogen um eine Kurve, und der tote Wald ging in einen öden Hügel über. Meriks Oberschenkel brannten schon nach zehn Schritten, und seine Stiefel rutschten auf dem Geröll immer wieder ab. Auf der Hälfte hielt er an, um sich den Schweiß aus den Augen zu blinzeln und nach den Frauen hinter sich zu schauen.

Safiya fing Meriks Blick ein. Ihr Mund öffnete sich leicht,

und sie hob eine Hand, um ihm mit schlanken Fingern zuzuwinken.

Merik gab vor, nichts bemerkt zu haben, und richtete den Blick auf Iseult, die mit zusammengebissenen Zähnen auf den Boden starrte. Schweiß rann über ihr Gesicht, und in ihrem schwarzen Strangmagis-Kleid wirkte sie, als stünde sie kurz vor dem Hitzschlag.

Als Letztes sah Merik zu Evrane. Wie er selbst hatte sie ihren Umhang ausgezogen und trug ihn über dem Arm. Er war sich ziemlich sicher, dass dies gegen die Vorschriften des Klosters verstieß, aber er konnte es ihr kaum übel nehmen.

Gerade als Merik den Mund öffnete, um eine kurze Pause auszurufen, verlangsamten sich Evranes Schritte. Sie sagte etwas Unverständliches und zeigte nach Osten. Safiya und Iseult hielten ebenfalls an und sahen in die angegebene Richtung. Dann lächelten beide.

Merik riss den Kopf nach links, nur um festzustellen, dass auch seine Miene sich entspannte. Er war so auf sein Fortkommen konzentriert gewesen, dass er sich nicht die Mühe gemacht hatte, nach Osten zu schauen und den Berggipfel in der Ferne zu betrachten, der sich als schwarze Silhouette gegen den Morgenhimmel abhob. Mit den zwei Graten rechts und links sah er ein wenig aus wie ein Fuchskopf.

Das war die Wasser-Quelle der Magislande, die Ursprungsquelle von Nubrevna. Vor Jahrhunderten war sie der Stolz seines Landes gewesen. Damals stammten die mächtigsten Wassermagi aus Nubrevna. Aber die Leute waren fortgezogen und die Quelle gestorben. Wenn es heute überhaupt noch universale Wassermagi auf dem Kontinent gab, stammten sie jedenfalls nicht mehr aus Nubrevna.

»Beeilt Euch, Eure Hoheit!«, rief Yoris, störte damit Meriks Gedanken und trieb ihn voran. Seine Absätze rutschten über

Steine, seine Knie knirschten ... Und dann war er da, auf dem Hügel. Seine Kinnlade klappte nach unten, die Knie wurden ihm weich. Er musste Yoris' Schulter packen, um sich auf den Beinen zu halten.

Grün, Grün und noch mehr Grün.

Der Wald lebte. Ein breiter Streifen grünte und blühte am Fuß des Hügels, zog sich durch eine Welt aus Weiß und Grau und am Fluss entlang, bis ...

Meriks Blick fand Wiesen mit grasenden Schafen.

Schafe.

Ein Lachen stieg in seiner Kehle auf. Er blinzelte einmal, dann noch einmal. Dies war das Land seiner Kindheit. Der Urwald und das Leben und die Bewegung. *Dies* war Zuhause.

»Der Fluss ist nicht verpestet.« Yoris deutete auf den glitzernden Strom zwischen den Bäumen, zwischen denen Vögel – echte Vögel – elegant ihre Kreise zogen. »Er läuft direkt an unserer Siedlung vorbei. Seht Ihr sie? Sie liegt in dieser Lücke zwischen den Bäumen.«

Merik kniff die Augen zusammen, bis er die Lichtung im Wald entdeckte, ein Stück südlich der weidenden Tiere. Er entdeckte flache Dächer und ... ein Schiff.

Ein auf dem Kopf stehendes Schiff.

Ungeschickt zog Merik sein Fernrohr heraus und drückte es sich ans Auge. Und tatsächlich, der gebogene, breite Rumpf eines sonnengebleichten Transportschiffs lag mit dem Kiel nach oben in der Mitte der Siedlung. »Woher kommt das Schiff?«, fragte er ungläubig.

Bevor Yoris antworten konnte, erklangen Schritte hinter Merik, schweres Atmen. Dann erschien Safiya neben ihm. Sie keuchte und rief Iseult zu, sie solle warten, weil sie ihr gleich helfen würde.

Merik packte das Fernrohr fester. Die Domna störte alles,

so wie sie es immer tat. Er drehte sich zu ihr um, bereit, Stille einzufordern.

Nur dass Safiya lächelte. »Das ist Euer *Zuhause*«, sagte sie leise und unglaublich sanft. »Euer Gott hat Euch erhört.«

Meriks Mund wurde trocken. Die Brise, das Knarren der Äste, das Knirschen von Evranes und Iseults Schritten – das alles war nur noch ein dumpfes, weit entferntes Brausen.

Safiya wandte das Gesicht ab und senkte ihre Stimme zu einem Flüstern, so als spräche sie mehr mit sich selbst als mit Merik. »Ich kann es kaum glauben, aber da ist es. Euer Gott hat euch *tatsächlich* erhört.«

»Das hat er getan«, sagte Yoris.

Merik zuckte zusammen. Er hatte vergessen, dass Yoris ebenfalls da war. Hatte vergessen, dass Evrane und Iseult den Hang hinaufstiegen. Alles war im Glanz von Safiyas Lächeln verschwunden. In der Wahrheit ihrer Worte. Noden *hatte* seine Gebete erhört.

»Dieses Schiff«, fuhr Yoris fort, »ist vor fast einem Jahr vom Himmel gefallen, irgendwie hierher getragen von einem Sturm. Es traf mit einem Donnern auf die Erde, das Ihr Euch nicht vorstellen könnt. Kiel nach oben, so wie Ihr seht, und mit Nahrung, die aus den Fenstern quoll.«

Merik schüttelte den Kopf und zwang seine Gedanken wieder in die Gegenwart. »Was war mit den Matrosen?«

»An Bord befand sich niemand«, antwortete Yoris. »Allerdings gab es Hinweise auf Bersten. Ein paar schwarze Flecken, die wir weggeschrubbt haben, und ein paar Schäden am Schiffskörper, der von Seefüchsen stammen könnte. Aber das war alles.«

Ein Schrei erklang hinter Merik, und er wirbelte herum. Evrane hatte die Kuppe des Hügels erreicht, hatte den Wald und das Leben gesehen.

Sie sank zu Boden, und ihre Hände vergruben sich im staubigen Erdreich, bevor Merik sie erreichen konnte. Sie wedelte abwehrend mit der Hand, während Gebete aus ihrem Mund drangen und sich Tränen in ihren Augen sammelten. Sie rannen über ihre staubigen Wangen nach unten.

Auch Meriks Augen fingen an zu brennen, denn dies war es, wofür er gearbeitet hatte – wofür er und Evrane und Kullen und Yoris und alle anderen aus Meriks Kindheit *gearbeitet* und *geschwitzt* und *gekämpft* hatten.

»Wie?«, murmelte Evrane. Sie drückte sich ihren verknitterten Umhang an die Brust und schüttelte den Kopf. »*Wie?*«

Trotz Yoris' langjährigem Misstrauen gegenüber Evrane wurde seine Miene weich. Selbst er konnte nicht leugnen, dass Evrane Nihar dieses Land liebte.

»Der Fluss ist sauber«, erklärte Yoris barsch, aber freundlich. »Wir wissen nicht, warum. Wir haben diese Tatsache und den wachsenden, frischen Wald um den Fluss herum erst entdeckt, als wir das Schiff gefunden haben. Danach hat es nicht lange gedauert, die neue Siedlung zu gründen, und jede Woche kommen mehr Familien.«

Familien. Für einen Moment war sich Merik nicht sicher, was dieses Wort bedeuten sollte … Familien. Frauen und Kinder. War so etwas überhaupt möglich?

In diesem Moment traf ihn eine neue Erkenntnis, die ihm für einen Moment die Luft zum Atmen nahm. Wenn Yoris dies hier in wenigen Monaten geschaffen hatte, was könnte dann mit einer zuverlässigen Nahrungszufuhr erreicht werden? Wie viel mehr könnte errichtet und angebaut werden?

Meriks Finger glitten zu seinem Mantel, zu dem Vertrag in der Tasche. Er sah zu Safiya. Sie fing seinen Blick ein und grinste.

Und Merik vergaß, wie man atmete.

Dann wandte sich Safiya ab, um Iseult das letzte Stück des Hügels nach oben zu helfen, und Meriks Lunge nahm ihre Arbeit wieder auf. Sein Kopf wurde wieder klar, und nach einem scharfen Ziehen an seinem Kragen streckte er Evrane eine Hand entgegen.

»Komm, Tante. Wir sind fast da.«

Evrane wischte sich über die Wange, womit sie den Schmutz und die Tränen eher verschmierte. Dann wagte sie ein vorsichtiges Grinsen, als hätte sie vergessen, wie man lächelte.

Tatsächlich konnte sich Merik kaum daran erinnern, wann er seine Tante das letzte Mal lächeln gesehen hatte.

»Wir sind nicht einfach nur ›fast da‹, Merik.« Sie nahm seine Hand und zog sich auf die Beine. »Mein lieber, lieber Neffe, wir sind fast *zu Hause.*«

31

Nodensgabe war das glücklichste Dorf, das Safi je gesehen hatte. Sie und Iseult folgten Yoris, Merik und Evrane über eine einfache Brücke, unter der der Fluss einen rauschenden Einschnitt in der gelben Erde bildete. Der Weg führte zu ein paar hölzernen Hütten mit runden Strohdächern und Wänden aus Planken, so ausgebleicht wie die Bäume, aus denen sie geschnitten worden waren. Die Häuser erschienen Safi unglaublich zerbrechlich, als könnte der erste echte Sturm alles in den schnell fließenden Fluss befördern.

Allerdings waren Nubrevnaner offensichtlich ein sehr widerstandsfähiges Volk. Sollte eine Sturmböe ihnen die Häuser rauben, würden sie einfach vorn vorne anfangen. Und dann wieder und wieder.

Ein Spatz flatterte über die Brücke, ein Rabe krächzte auf einem Dachfirst, und dichte Farne zitterten auf den steilen Flussböschungen.

Und jeder – wirklich jeder, an dem Safi vorbeikam – lächelte.

Die Leute lächelten nicht Safi an, sie zog nur neugierige Blicke auf sich. Und sie lächelten auch definitiv nicht Iseult an, die an Safis Arm hing und sich tief in Evranes Umhang verkrochen hatte. Aber Merik … solch ein strahlendes Lächeln wie in dem Moment, wenn die Leute ihren Prinzen erblickten, hatte Safi noch nie gesehen. Und noch nie hatte ihre Magie im Angesicht der Wahrheit von Empfindungen so gebrannt

Die Leute liebten ihn.

»Du bist beeindruckt«, sagte Iseult, die Kapuze tief ins Gesicht gezogen, damit niemand ihre bleiche Haut und ihre pechschwarzen Haare sehen konnte. Sie ging langsam und keuchte dabei, doch sie schien entschlossen, den gesamten Weg bis zu Yoris' Hauptquartier zurückzulegen, bevor sie sich zu ihrem Schmerz oder ihrer Erschöpfung bekannte.

»Deine Stränge leuchten hell genug, um einen Blinden zu blenden«, fuhr Iseult fort. »Könntest du dich vielleicht ein wenig zurücknehmen? Ich könnte auf falsche Gedanken kommen.«

»Auf falsche Gedanken?« Safi schnaubte. »In welcher Hinsicht? Bist du nicht beeindruckt?« Safi deutete mit dem Kinn auf eine verhutzelte Großmutter im Türrahmen eines fensterlosen Schuppens. »Diese Frau schluchzt tatsächlich beim Anblick ihres Prinzen.«

»Dieses Baby da weint auch.« Iseult deutete auf eine breit gebaute Frau, die ein Kleinkind auf der Hüfte trug. »Offensichtlich verehren auch die Kinder von Nubrevna ihren Prinzen.«

»Haha«, antwortete Safi trocken. »Ich meine es ernst, Iseult. Hast du je gesehen, dass die Leute in Dalmotti so auf die Gildemeister reagiert hätten? Ich nämlich nicht. Und die Leute in Praga haben ihre cartorrischen Doms und Domnas sicher nicht auf diese Weise geschätzt.« Sie schüttelte den Kopf, um die Gedanken an ihre eigenen Ländereien zu verdrängen, wo niemand ihren Onkel jemals so angesehen hatte.

Oder Safi. Ihr gesamtes Leben über hatte sie sich eingeredet, dass es ihr egal war. Dass sie gar nicht wollte, dass die Dorfbewohner oder Farmer sie mochten … oder auch nur bemerkten. Was machte es schon aus, dass sie Safi für ihren betrunkenen Onkel verantwortlich machten, als wäre es irgendwie *ihre* Aufgabe, seine Ausschweifungen zu unterbinden?

Doch zu sehen, wie die Leute auf den Nihar-Ländereien in Bezug auf Merik empfanden – diese Zuneigung zu sehen, die ihr selbst nie entgegengebracht worden war … vielleicht hatte es doch etwas für sich, sich für seine Leute einzusetzen.

Natürlich hatte Safi keine Leute mehr. Nach Cartorra zurückzukehren wäre Selbstmord – oder zumindest sichere Sklaverei als Henricks persönliche Wahrmagis.

Nachdem Merik an einem Garten stand, wo sich ein Knäuel von Bewunderern um ihn gesammelt hatte, hielt auch Safi an.

Iseult stoppte mit einem müden, dankbaren Seufzen neben ihr und sah Richtung Fluss. »Dort drüben bauen sie eine Mühle.«

Und tatsächlich, Männer riefen über die Stromschnellen hinweg, zogen an Seilen, hämmerten und zerrten am Rahmen des neuen Gebäudes. Sie waren genauso gekleidet wie die Soldaten vorhin, und hinter ihnen schwankten Kiefern – *lebende* Kiefern – in der Brise.

»Sie sehen aus wie Yoris' Männer«, sagte Safi, während ihre Fußspitze einen schnellen Rhythmus auf den Boden trommelte. »Scheint ziemlich viele davon zu geben, oder? Mindestens zwanzig haben uns heute Morgen in Empfang genommen, und das waren nur die Wachen, die in der Nähe der Bucht stationiert waren. Hier gibt es sogar noch mehr davon.« Sie deutete auf zwei Soldaten, die gerade über die Brücke stampften. »Das können nicht nur die normalen Wachen der Nihar-

Ländereien sein. Selbst als meine Eltern noch lebten und das Hasstrel-Land in voller Blüte stand, gab es laut Habim nie mehr als fünfzig Männer.«

»Wir befinden uns direkt an der Grenze zu Dalmotti.« Iseult kratzte sich nachdenklich am Kinn. »Was dies hier zur Kampfzone machen würde.«

Safi nickte langsam. »Und nachdem das Land bereits zerstört ist, wäre es das perfekte Schlachtfeld, wenn der Krieg wieder aufflammt.«

»Wieder aufflammt?« Iseult musterte Safi mit zusammengekniffenen Augen. »Bist du dir absolut sicher, dass der Waffenstillstand nicht verlängert werden wird?«

»Nein ... aber ziemlich sicher.« Geistesabwesend beobachtete Safi einen Hund dabei, wie er an der Baustelle vorbeitrottete. Er trug etwas Kleines, Pelziges im Maul und wirkte sehr angetan von seinem Fang. »Als ich in Veñaza war«, sagte sie, wobei sie ihre Worte sorgfältig wählte, »hat Onkel Eron gesagt, dass der Krieg komme, er aber hoffe, ihn aufhalten zu können. Und Mathew hat etwas davon gemunkelt, dass der Waffenstillstand vorzeitig zerbrechen wird.«

»Aber warum einen Waffenstillstandskongress ansetzen, wenn niemand vorhat, über Frieden zu verhandeln?«

»Ich bin mir nicht sicher, aber ich weiß, dass Henrick den Kongress als Bühne nutzen wollte, um meine ... *Verlobung* zu verkünden.« Safi schaffte es kaum, das Wort über die Lippen zu pressen. »Und diese Verlautbarung hat Onkel Erons Plan durcheinandergebracht.«

»Hmmm.« Iseults Mantel raschelte, als sie ihr Gewicht verlagerte. »Nun, nachdem die Marstoker wissen, dass du mit Prinz Merik unterwegs bist, weiß Kaiser Henrick es sicherlich auch. Das bedeutet, dass Vertreter beider Reiche jeden Moment hier auftauchen könnten.«

Die kleinen Härchen auf Safis Armen stellten sich auf. »Guter Punkt«, murmelte sie, und es war ihr unmöglich, den kalten Schauder der Angst zu ignorieren, der über ihren Rücken glitt. Ebenso wie ihre tiefe Überzeugung, dass Cartorra und Marstok hier auftauchen würden.

Und es wäre ihnen vollkommen egal, dass sie den Waffenstillstand brachen, wenn das bedeutete, eine Wahrmagis in die Finger zu bekommen.

»Wir müssen uns beeilen«, erklärte Safi Merik, als sie sich über eine Karte der Hundert Inseln beugte. Sie standen mehrere Schritte voneinander entfernt in einer Kabine, die an Meriks Kabine auf der *Jana* erinnerte, nur dass alles auf dem Kopf stand. Die Wände waren nach innen gebogen statt nach außen, und die Tür befand sich ein Stück über dem Boden, sodass man mit einem großen Schritt über die Schwelle treten musste.

Nachdem Safi Merik und Yoris angetrieben hatte, sich schneller durch Nodensgabe zu bewegen – Merik konnte seine Leute später begrüßen –, hatte Yoris alle zu der Galeone geführt, bei deren Anblick selbst Iseult ein Grinsen nicht hatte unterdrücken können.

Das Schiff lag auf dem Achterdeck. Auf der anderen Seite waren Stützen aufgebaut worden, damit die Galeone waagrecht lag. Ein offener Gang, dessen Decke vom Hauptdeck gebildet wurde, zog sich durch die Mitte des Schiffs. Herunterhängende Strickleitern ermöglichten den Zugang zum Frachtraum, und irgendwer hatte eine grobe Treppe zusammengezimmert, um die Benutzung dessen zu ermöglichen, was einst die Kapitänskabine gewesen war.

Yoris war widerwillig mit Evrane und Iseult losgezogen, um etwas zu essen zu besorgen, aber Safi war Merik in die

Kapitänskajüte und zu dem Tisch voller Karten in der Mitte des Raums gefolgt, der ebenfalls genauso aussah wie der auf der *Jana*. Die Fenster besaßen keine Glasscheiben mehr, und durch die Schlitze in den Läden drangen die Geräusche der Siedlung, zusammen mit einem angenehmen Windzug. Das Schiff hatte dicke Wände, die Hitze des Morgens war fast unerträglich, und Safi ertappte sich mehr als einmal dabei, wie sie hier drin mehr Schweiß von ihrer Stirn wischen musste als draußen. Selbst der penible Merik hatte seine Jacke ausgezogen und die Hemdsärmel aufgerollt.

»Die Cartorrer folgen mir wahrscheinlich«, sagte Safi, als Merik sich weigerte, von seiner genauen Betrachtung der Karten aufzusehen. Sie stemmte ihre Hände auf den Tisch. »Wir müssen so bald wie möglich nach Lejna aufbrechen, Prinz. Wie weit ist es?«

»Ein voller Tag, wenn wir über Nacht rasten.«

»Dann lasst uns nicht rasten.«

Merik biss die Zähne zusammen, und endlich richtete er den Blick auf Safi. »Wir haben keine andere Wahl, Domna. Yoris kann nur zwei Pferde entbehren, was, wenn Iseult sich uns anschließt …«

»Was sie tun wird.«

»… und auch Evrane uns begleitet – und in diesem Punkt bin ich mir sicher –, werden wir jeweils zu zweit auf einem Pferd sitzen. Und das wiederum bedeutet, dass wir nachts rasten müssen, um unseren Reittieren Ruhe zu gönnen. Außerdem kann niemand die Nihar-Bucht finden, also kann auch niemand in unserer Nähe anlanden.« Merik schnappte sich seine Jacke von einem Stuhl und grub in einer Tasche herum, bis er ein vertrautes Dokument hervorzog, inzwischen flachgedrückt und verknittert.

Nervenaufreibend langsam öffnete er das Dokument neben

der Karte. Dann schnappte er sich ein Stück trockenes Brot aus einer Schüssel in der Mitte des Tischs und nahm spöttisch einen großen Bissen.

Safi reagierte gereizt. »Ich nehme an, Ihr seid immer noch wütend auf mich.«

Meriks einzige Antwort bestand darin, schneller zu kauen und intensiver auf Karte und Vertrag zu starren.

»Ich habe es verdient«, fügte sie hinzu, schob sich einen Schritt näher an ihn heran und unterdrückte ihr Verlangen, in die Luft zu gehen. Das war ihre Chance, sich allein mit Merik zu unterhalten und sich zu entschuldigen für … für alles. Hier konnte er nicht fliehen, und es war auch niemand anwesend, der sie unterbrechen konnte. »Ich habe einen Fehler gemacht«, fügte sie hinzu, wobei sie hoffte, dass ihre Miene so ernsthaft wirkte, wie sie sich fühlte.

Merik trank ein ganzes Glas Wasser aus und wischte sich sehr un-Merik-artig den Mund mit dem Unterarm ab. Dann sah er endlich zu Safi. »Ein ›Fehler‹ klingt, als wäre es irgendwie ein Unfall gewesen, Domna. Was Ihr meiner Mannschaft und meinem Ersten Offizier angetan habt, entsprang kalt kalkulierter Böswilligkeit.«

»Kalkulierter *was*?« Empörung sorgte dafür, dass Safis Kinn nach vorne wanderte. »Das ist nicht wahr, Prinz. Ich hatte nie vor, Kullen oder Eure Männer in Gefahr zu bringen, und meine Macht verrät mir, dass nicht einmal Ihr selbst glaubt, was Ihr gerade gesagt habt.«

Das brachte ihn zum Schweigen, auch wenn seine Nasenflügel gebläht blieben und Safi schon fürchtete, er könnte ersticken, wenn er sein Wasser noch schneller trank.

Sie glitt um den Stuhl herum, auf dem Meriks Jacke hing.

Sofort trat er zwei Schritte zur Seite. Die Karte und der Vertrag rutschten raschelnd über das Holz des Tischs.

Safi schob ihr Kinn weiter vor, und diesmal machte sie drei Schritte, bis sie direkt neben ihm stand.

Mit einem scharfen Atemzug stampfte er einmal um den Tisch, bis er ihr gegenüberstand.

»Wirklich?«, rief sie. »Bin ich so schwer zu ertragen?«

»Das seid Ihr.«

»Ich wollte mir doch nur den Vertrag anschauen!« Sie riss die Hände in die Luft. »Sollte ich nicht wissen, was mein Onkel von Euch erwartet? Von *mir* erwartet?«

Meriks Haltung versteifte sich, aber nach einem Moment stieß er ein resigniertes Seufzen aus, und als Safi ihm diesmal um den Tisch folgte, blieb er stehen. Aber seine Schultern wanderten nach oben, bis sie direkt unter seinen Ohren hingen, und Safi ging nicht davon aus, dass sie sich seine schnelle Atmung nur einbildete.

»Entspannt Euch«, murmelte sie, als sie sich über den Vertrag beugte. »Ich werde Euch nicht beißen.«

»Wurde der wilde Löwe also gezähmt?«

»Sieh an«, schnurrte Safi und schenkte ihm ihr katzenähnlichstes, schiefes Lächeln. »Es besitzt einen Sinn für Humor.«

»Sieh an«, hielt er dagegen, »es versucht, das Thema zu wechseln.« Er tippte mit einem Finger auf das Dokument. »Lest den verfluchten Vertrag, Domna, und dann geht weg.«

Ihr Lächeln verwandelte sich in einen bösen Blick, bevor sie sich vorbeugte, die Ellbogen auf den Tisch stemmte und vorgab, es wäre das erste Mal, dass sie diesen Vertrag je sah.

Nur dass ihr das Dokument beim Lesen diesmal tatsächlich einen anderen Eindruck vermittelte. Die Sprache des Vertrags war dieselbe geblieben, aber die Art, wie Safi empfand, wie der Ton an ihren Eingeweiden nagte …

Alle Abmachungen auf Seite zwei dieses Vertrags verlieren ihre Gültigkeit, sollte Merik Nihar es versäumen, den Passagier nach Lejna zu bringen, sollte der Passagier Blut vergießen oder sollte der Passagier sterben.

Ihre Knie fingen an zu zittern. Sie hatte so kurz davorgestanden, Blut zu vergießen oder zu sterben, als sie gegen den Seefuchs gekämpft hatte. Und obwohl sie das alles für Iseult sofort wieder tun würde, hätte sie es doch anders anstellen können. Safi hätte zuerst die Risiken abwägen und auch an andere denken können.

Aber was Safi wirklich hasste – was dafür sorgte, dass sie ihre Messer ziehen und irgendwen ausweiden wollte –, war die Tatsache, dass Onkel Eron diese Bedingung überhaupt in den Vertrag geschrieben hatte.

Sie schluckte, und Wut brannte in ihrer Kehle. »Mein Onkel ist ein Pferdearsch. Die Passage mit dem Blutvergießen ist lächerlich. Das könnte schon bei einem Papierschnitt der Fall sein. Das weiß er, und ich bin mir sicher, er hat es absichtlich hineingeschrieben. Tut mir leid.«

Die bedrückende Hitze im Raum schien noch zuzunehmen. Safis Entschuldigung brannte förmlich in der Luft, und für mehrere lange Augenblicke musterte Merik sie wortlos.

Dann huschte ein Lächeln über seine Lippen. »Ich glaube nicht, dass Ihr Euch im Moment für Euren Onkel entschuldigt. Zumindest nicht nur.«

Sein Lächeln vertiefte sich, und mit einem Nicken, das man *fast* als Akzeptanz ihrer Entschuldigung interpretieren konnte, wandte er sich wieder dem Vertrag zu. »Euer Onkel will einfach sichergehen, dass ihr unverletzt bleibt. Diesen Punkt hat er sehr nachdrücklich betont, und ich finde es nur natürlich, dass er in Bezug auf die Gesundheit seiner Nichte eigen ist.«

»Mein Onkel«, antwortete Safi mit einer wegwerfenden Geste, »würde mich sogar bei bester Gesundheit ansehen, wenn jemand vier Mal mit dem Messer auf mich eingestochen und mir dann hundert Pfeile in den Körper gejagt hätte. Ihr könntet mich wahrscheinlich verstümmeln, Prinz, und mein Onkel würde nicht mit der Wimper zucken.«

Merik schnaubte. »Lasst uns das nicht ausprobieren, in Ordnung?« Mit einem Seufzen drehte er sich ein wenig, bis sein linker Arm *fast* Safis berührte und sein Duft ihr in die Nase stieg. *Salzwasser, Schweiß und Sandelholz.*

Es war kein unangenehmer Geruch, und dazu musste sie feststellen, dass sie die Augen nicht von seinen nackten Handgelenken abwenden konnte, die leicht doppelt so breit waren wie ihre. Und auch nicht von den feinen Haaren auf seinen Unterarmen.

»Was ist mit«, fragte Merik leise und vorsichtig, »Eurem Verlobten? Wie würde Kaiser Henrick sich fühlen, wenn man euch hundert Pfeile in den Körper jagen würde?«

Für einen Wimpernschlag kochte Safis Blut hoch, bis sie das Rauschen in den Ohren hörte. Warum fragte Merik nach Henrick? Und warum fühlte sie sich, als hinge das Schicksal der Welt von ihrer Antwort ab?

Als sie schließlich den Versuch wagte, etwas zu sagen, war ihre Stimme so angespannt wie eine Bogensehne. »Henrick ist nicht mein Verlobter. Das kann ich nicht akzeptieren. Ich *werde* das nicht akzeptieren. Im einen Moment tanzte ich noch mit Euch auf dem Ball, und im nächsten …« Sie stieß ein harsches Lachen aus. »Im nächsten Moment erklärte mich Kaiser Henrick zu seiner zukünftigen Braut.«

Merik stieß den Atem aus. »Ihr meint, Ihr wusstet vorher nichts davon?«

Safi schüttelte den Kopf und wich dabei Meriks Blick aus,

obwohl sie spürte, wie er sich förmlich in ihre Haut brannte. »Ich wusste auch nicht, dass mein Onkel diese wilde Flucht inszenieren würde. Er hatte große Pläne erwähnt, aber niemals in einer Million Jahre hätte ich damit gerechnet, dass ich aus Veñaza entführt, von einem Blutmagis gejagt und auf Euer Schiff gezwungen werden würde. Die letzten Tage waren eine riesige, endlose Kaskade von Überraschungen. Aber zumindest gerate ich so nicht Henrick in die Fänge.« Sie stieß ein weiteres angespanntes Lachen aus und versuchte, sich vorzulehnen und die Karte zu studieren. Doch die Sekunden vergingen, ohne dass sie auch nur einen einzigen Fluss oder Berg wahrnahm. Es war, als hätte sich die Macht im Raum verschoben, wäre ihr aus den Händen geglitten und in Meriks gefallen.

Dann streckte Merik den Arm aus, um auf eine gewundene blaue Linie zu tippen. Sein Arm glitt über ihren.

Es war eine scheinbar zufällige Berührung, aber Safi wusste durch die entschlossene Art, wie Merik sich bewegte, dass es kein Zufall war.

»Wir werden hier lagern«, sagte er. »Yoris sagt, dieser Bach wäre sauber.«

Safi nickte, oder versuchte es zumindest. Ihr Herz schien in ihre Kehle gekrochen zu sein, und das machte ihre Bewegungen ungeschickt, sogar ein wenig panisch. Und sie schien Merik einfach nicht in die Augen sehen zu können. Stattdessen starrte sie jeden anderen Teil seines Gesichts an.

Auf seinem Kinn und um seine Lippen herum lag ein Bartschatten. Die dreieckige Falte zwischen seinen Brauen war wieder zu sehen, doch diesmal kam es nicht von einem Stirnrunzeln, sondern von seiner Konzentration. Doch es war die Wölbung von Meriks Kehle, die ihre Aufmerksamkeit fesselte. Der Pulsschlag, den sie dort zu erkennen glaubte.

Schließlich riskierte sie es, den Blick zu heben, und entdeckte, dass Meriks Augen über ihr Gesicht glitten. Zu ihren Lippen. Zu ihrem Hals.

Die Tür flog auf. Safi und Merik sprangen auseinander.

Evrane marschierte mit großen Schritten in den Raum … und wich sofort wieder zurück. »Habe ich … habe ich etwas unterbrochen?«

»*Nein*«, verkündeten Safi und Merik und entfernten sich zwei weitere Schritte voneinander. Dann noch einen dritten, zur Sicherheit.

Iseult wankte hinter Evrane in den Raum, das Gesicht bleich und die Kapuze des Carawen-Mantels zurückgeschoben. Sie sah aus, als würde sie jeden Moment in Ohnmacht fallen oder sich übergeben. Oder beides.

Safi sprang auf Iseult zu, packte ihren Arm und führte sie zu einem Stuhl. Dann löste Safi den Mantel von Iseults Hals und schob ihn Evrane in die Hände. »Du schwitzt zu sehr. Bist du krank?«

»Ich brauche einfach nur Ruhe«, antwortete Iseult. Als Merik ihr ein Glas Wasser gab, nickte sie dankbar. »Danke.«

»Sie braucht mehr als nur Ruhe«, beharrte Evrane. »Sie braucht eine Heilung.«

Kaltes Entsetzen ließ Safis Atem stocken. »Eine Feuermagis-Heilung?«

»Keine Feuermagis-Heilung«, versicherte Evrane ihr eilig, »aber trotzdem mehr, als ich im Moment anzubieten habe. Nachdem ich meine Macht tagelang verwendet habe, bin ich ausgelaugt …« Ihre Stimme verklang, und ihr Blick huschte zu Merik. »Wenn wir zur Ursprungsquelle gehen könnten, dann könnte ich ihr helfen.«

Merik versteifte sich, und das Dreieck zwischen seinen Brauen wurde tiefer. »Die Quelle hat schon seit Jahrhunderten niemanden mehr geheilt.«

»Zumindest könnte sie meine Magie unterstützen«, hielt Evrane dagegen. »Und im schlechtesten Fall können wir dort, wo das Wasser vollkommen rein ist, Iseults Wunde säubern.«

»Es ist nicht weit«, sagte eine neue Stimme. Yoris. Er trat über die kniehohe Türschwelle und wischte sich mit dem Ärmel über die Stirn. »Es gibt einen Pfad, der am Fluss entlangführt. Sollte nicht länger dauern als zehn Minuten.«

»Was ist mit deinen Männern?«, fragte Merik, die Brauen immer noch zusammengezogen. »Patroullieren sie in der Gegend?«

»Natürlich. Überall bis zu den Grenzen der Nihar-Ländereien.«

Ein Zögern. Dann nickte Merik, und seine Miene wurde fast ruhig. »Tante«, sagte er und drehte sich zu Evrane um, »du kannst Iseult zur Ursprungsquelle bringen. Heile sie, wenn du dazu fähig bist, und ich werde euch beim nächsten Glockenschlag dort abholen.«

Evrane seufzte erleichtert. »Danke, Merik.« Sie schob eine Hand hinter Iseults Rücken. »Komm. Wir werden ganz langsam gehen.« Iseult erhob sich, und Safi machte Anstalten, den beiden zu folgen, um dann innezuhalten.

Sie drehte sich zu Merik um, der sie anstarrte. »Ich würde mich ihnen gern anschließen«, sagte sie. »Aber ich werde hierbleiben, wenn Ihr glaubt, dass es ein Risiko für den Vertrag bedeuten könnte.«

Er richtete sich ein wenig höher auf, so als wäre er überrascht, dass sie Rücksicht auf den Vertrag nahm. Rücksicht auf *ihn* nahm. »Dem Vertrag sollte es nicht schaden. Allerdings …« Er trat vor, hob den Arm und schloss seine Finger unendlich langsam um Safis linkes Handgelenk. Als sie sich ihm nicht widersetzte, hob er ihre Hand, mit der Handfläche nach oben.

»Falls Ihr flieht, Domna«, seine Stimme war ein leises Brummen, das direkt in Safis Brust einzudringen schien, »werde ich Euch zur Strecke bringen.«

»Oh?« Sie zog eine Augenbraue hoch und tat so, als würde Merik sie nicht berühren. Als würde seine Stimme nicht dafür sorgen, dass ihr warm wurde und ihr Unterleib sich verkrampfte. »Ist das ein Versprechen, Prinz?«

Er lachte leise, und seine Finger glitten tiefer. Sein Daumen zog eine brennende Spur über ihre Handfläche. Dann ließ er ihre Hand fallen, ohne zu verraten, warum er sie überhaupt ergriffen hatte.

»Das ist ein Versprechen, Domna Safiya.«

»Safi«, sagte sie, erfreut zu hören, dass ihre Stimme wieder fest war, und zu sehen, dass Merik tatsächlich lächelte. »Ihr könnt mich Safi nennen.«

Dann neigte sie einmal den Kopf und verließ den Raum, um Iseult und Evrane zur Ursprungsquelle von Nubrevna zu folgen.

Der Pfad zur Wasser-Quelle war kein einfacher Weg, und Iseult war schon vollkommen erschöpft, bevor Nodensgabe auch nur aus dem Blickfeld verschwand. Tatsächlich war sie nicht mal davon überzeugt, dass Evrane einem wirklichen Pfad folgte. Der Weg war steil und mit Brennnesseln überwuchert (in die Safi ständig trat und sich dann lautstark beschwerte), und die Insekten und Vögel sangen so laut, dass Iseult dachte, ihre Rippen müssten unter den Vibrationen zerspringen.

Der schwerste Teil des Wegs war allerdings der steile Anstieg zu dem zweiteiligen Gipfel, auf dem die Quelle lag. Mit Safis und Evranes Hilfe erreichte Iseult schließlich die Kuppe des Hügels aus schwarzem Stein, und sofort keuchte sie auf.

Denn sie war an einer Ursprungsquelle. Der Wasser-Quelle der Magislande. In ihrem Carawen-Buch hatte es eine Abbildung gegeben, doch dies, die Realität …

Die tatsächliche Quelle war so viel *mehr*. Keine Zeichnung konnte jemals all die Winkel und Schatten und die Bewegung an diesem Ort einfangen.

Das schmale Becken mit den sechs Zypressen (wenn auch blattlos und skelettähnlich), die sich gleichmäßig darum verteilten, enthielt Wasser, das klar genug war, damit man den unregelmäßigen Felsengrund erkennen konnte. Der gepflasterte Pfad, der sich um die Quelle zog, hatte im Buch immer grau gewirkt, doch jetzt erkannte Iseult, dass er in Wirklichkeit aus einer Million Schattierungen von uraltem Weiß bestand. Jenseits der Quelle lag die Jadansi-See, blau und endlos und seltsam ruhig. Nur eine leise Brise kräuselte sanft die Oberfläche der Quelle.

»Es sieht ganz anders aus als die Erd-Quelle«, sagte Safi, ihre Miene und Stränge ehrfurchtsvoll. Iseult vermutete, dass es bei ihr selbst ähnlich sein musste.

Evrane brummte zustimmend. »Jede Quelle ist anders. Die Ursprungsquelle am Carawen-Kloster liegt auf einem hohen Gipfel in den Sirmaya-Bergen und ist ständig von Schnee umgeben. Wir haben Kiefern, keine toten Zypressen.« Fragend sah sie Safi an. »Wie sah die Erd-Quelle aus?«

»Sie lag unter einem Überhang.« Safis Blick wirkte abwesend, während sie in die Vergangenheit zurückblickte. »Es gab sechs Birken und einen Wasserfall, der in das Becken fiel. Aber der floss nur noch bei Regen.«

Evrane nickte wissend. »Dasselbe geschieht hier.« Sie deutete auf einen Steindamm, der die östliche Abbruchkante teilte. »Früher floss dort Wasser in den Fluss, aber jetzt passiert das nur noch während eines Sturms.«

»Können wir schauen?«, fragte Iseult, neugierig zu sehen, wie der Canyon aussah. Das Buch hatte ihn nicht erwähnt.

»Willst du dich nicht erst ausruhen?«, fragte Safi mit gerunzelter Stirn und Besorgnis in den Strängen. »Oder einen Heilungsversuch angehen?«

»Genau«, schaltete sich Evrane ein. Sie schob einen Arm hinter Iseults Rücken und führte sie auf die Rampe, die zum Wasser führte. »Wir sollten dich ausziehen und in die Quelle bringen.«

»Ausziehen?« Iseult fühlte, wie ihr das Blut aus dem Gesicht wich, und stemmte die Fersen gegen die Pflastersteine.

»Du musst mehr säubern als nur deine Wunde«, beharrte Evrane, während sie Iseult weiterschob. »Und außerdem, wenn es in dieser Quelle noch Magie zu finden gibt, dann musst du mit so viel bloßer Haut wie möglich mit dem Wasser in Kontakt kommen.« Dann fügte sie hinzu, als wäre ihr das gerade erst eingefallen: »Deine Unterwäsche kannst du anbehalten, falls dir das hilft.«

»Ich werde mich zusammen mit dir ausziehen«, bot Safi an und griff bereits nach dem Saum ihres Hemds. »Wenn irgendwer auftaucht« – sie zog sich das Hemd über Kopf, sodass ihre Worte gedämpft wurden – »werde ich um ihn herumtanzen und ihn ablenken.«

Iseult entkam ein schrilles Kichern. »Schön. Du hast gewonnen. Wie immer.«

Iseult begann, ihre eigenen Knöpfe zu öffnen, als Safi bereits ihr Hemd auf den Boden warf. Bald schon trugen die Mädchen nur noch ihre Unterkleidung, und die Strangsteine glitzerten an ihren Hälsen. Als Safi Iseult half, sich auf die Rampe zu setzen – das Wasser war erschreckend kalt –, zog sich auch Evrane aus.

Die Carawen glitt in die Quelle, wobei sie kaum eine Wasserbewegung erzeugte. Die Kälte jagte Gänsehaut über ihren ganzen Körper. »Gib mir deinen Arm, Iseult. Ich werde deinen Schmerz dämpfen, damit du schwimmen kannst.«

»Schwimmen?«, quietschte Safi. »Warum muss Iseult schwimmen?«

»Die Heilkräfte sind in der Mitte der Quelle am stärksten. Wenn sie den Ursprung der Quelle berühren kann, könnte sie vollkommen geheilt werden.«

Safi nahm Iseults linke Hand. »Ich werde dir dabei helfen, auf den Grund zu tauchen. Ich habe nicht gegen Seefüchse gekämpft, um mich von einer einfachen Schwimmpartie aufhalten zu lassen.«

Obwohl Iseult von der Idee nicht allzu begeistert war, hob sie ihren Arm in Evranes Richtung. Bald schon glitt die vertraute Wärme durch Iseults Oberarm, Schultern und Finger, und sie fühlte, wie sich ihre Miene entspannte. Fühlte, wie sich ihre Lunge tiefer füllte als seit Stunden.

Iseult bewegte die Schultern und streckte den Arm. Dann stieß sie ein verlorenes Seufzen aus. »Wenn sie nur Steine anfertigen könnten, die den Schmerz so mühelos betäuben.«

Evrane runzelte die Stirn. »Das kann man. Du hast auf dem Schiff einen davon … oh. Oh. Das war ein Witz.«

Iseults Lippen zuckten – Evrane fing an, ihren trockenen Humor zu verstehen –, und Safi lachte. Dann stieß sie sich ab und schwamm zur Mitte der Quelle, wobei sie Iseult hinter sich herzog.

Zusammen paddelten sie ungeschickt in die Mitte des Beckens wie junge Hunde, begleitet von wilden Spritzern. »Halt dich einfach fest«, rief Safi, »und ich ziehe dich bis auf den Beckenboden.«

»Ich schaffe es auch allein.«

»Das ist mir egal. Dass du gerade keinen Schmerz spürst,

bedeutet noch lange nicht, dass er nicht da ist. Und jetzt halt die Luft an.«

Iseult atmete tief ein, ihre Brust hob sich, und Safi tauchte unter die Wasseroberfläche und zerrte Iseult in einem Aufwallen aus Atembläschen hinter sich her. Iseult riss die Augen auf. Dann bewegte sie ungeschickt die Beine, um tiefer ins Wasser vorzudringen.

Iseult war sich nicht sicher, woher sie und Safi wussten, wo sich das Zentrum der Quelle befand. Die Welt der Ursprungsquelle bestand aus Fels, Fels und noch mehr Fels. Doch irgendetwas in ihr rührte sich. Eine Feder, die sich fester und fester spannte, aber nur solange, wie sie in diese eine, perfekte Richtung schwamm.

Druck baute sich in Iseults Ohren auf, pulsierte hinter ihren Augen. Jede Bewegung drängte kälteres und kälteres Wasser gegen ihre Haut und machte es ihr schwerer, Safi weiter festzuhalten. Noch bevor sie die Hälfte der Strecke zurückgelegt hatten, brannte Iseult bereits die Lunge.

Dann erreichten sie den Grund, und Safi streckte die Hand nach dem Fels aus. Auch Iseult hob den Arm …

Ihre Finger berührten etwas. Etwas, das sie nicht sehen konnte, das aber ein Kribbeln der Macht über ihren Körper jagte.

Ein rotes Licht blitzte auf, dann erneut und heller. Safis und Iseults Strangsteine blinkten.

Und da geschah es. Ein *Bumm!*, das Iseult wie ein Schlag traf. Sie wurde zur Seite geschleudert und verlor alle Luft aus ihrer Lunge. Doch sie gab Safi nicht frei, und Safi gab sie nicht frei, als sie zur Oberfläche gewirbelt wurden, getrieben von Wasser. Von dem lauter werdenden Brüllen, das die Welt um sie zum Erzittern brachte.

Sie durchstießen die Oberfläche, und Wellen schwappten zum Ufer. Iseult drehte sich hustend, vollkommen desorientiert von den plötzlich rauen Wassern der Quelle und der Macht, die sich durch ihren Körper brannte.

Plötzlich tauchte ein grauer Kopf neben ihnen auf. »Komm!« Evrane schob ihren Arm unter Iseults und zog sie zur Rampe.

»Was ist los?«, rief Safi, die ihnen ungeschickt folgte.

»Erdbeben«, rief Evrane. Ihre Schwimmbewegungen waren sicher. Dann berührten Iseults Füße Felsboden, und sie stand auf. Evrane und Safi taten dasselbe, während um sie herum die Wasser der Ursprungsquelle schwappten und spritzten, wirbelten und zitterten.

»Ich hätte euch warnen sollen«, keuchte Evrane. »Hin und wieder gibt es hier Erdstöße.« Das Wasser beruhigte sich bereits wieder, und auch die Erde blieb unbeweglich. Aber das bemerkte Iseult kaum. Ihr Blick war auf Evranes Stränge gerichtet. Sie zeigten die falsche Farbe, um der Angst vor einem Erdbeben zu entspringen oder der Sorge um die Sicherheit der Mädchen.

Evranes Stränge brannten im grellen Pink tiefer Ehrfurcht.

Und jetzt, da Iseult neben der Carawen aus dem Wasser stolperte, glaubte sie Tränen über Evranes dunkle Wangen rinnen zu sehen.

»Geht es dir gut?«, fragte Safi, packte Iseults Schulter und lenkte sie damit von Evrane ab.

»Oh. Ähm …« Iseult streckte ihren Arm und konzentrierte sich auf das Gefühl der Muskeln, die Bewegungen der Gelenke. »Ja. Es fühlt sich besser an.« Tatsächlich fühlte sie sich körperlich besser. Als könnte sie meilenweit laufen oder den härtesten von Habims Drills durchstehen.

Und jetzt, da sie sich darauf konzentrierte, fühlte sie eine seltsame, maßlose Freude in sich aufsteigen, fast im Rhythmus der Wellen, die ihre Unterschenkel umspielten. Im Takt des Winds über der Quelle. Dem wirbelnden Glück in Evranes Strängen.

»Ich glaube«, sagte Iseult und suchte grinsend Safis leuchtende Augen, »jetzt ist alles besser.«

32

»**Sie ist an Land** gegangen«, sagte Aeduan. Er stand in der Tür zu Leopolds Kabine, die überraschenderweise nicht größer war als seine eigene. Durch die Reisekisten des Prinzen, die an den Wänden standen, und die Dutzende von den bunt gebundenen Epen-Büchern, die überall herumlagen, wirkte sie sogar noch kleiner.

Sonnenlicht beschien die einzelne Pritsche, auf der sich Leopold gerade verschlafen aufrichtete. »Wer hat was getan, Mönch?«

»Das Mädchen namens Safiya ist an Land gegangen, und jetzt segelt Euer Schiff zu weit nach Westen …«

Leopold sprang so schnell aus dem Bett, dass die Decke zur Seite flog. »Wieso erzählt Ihr *mir* das? Sagt es dem Kapitän! Nein … *ich* werde es dem Kapitän sagen.« Leopold hielt inne und senkte den Blick auf sein Nachthemd. »Natürlich werde ich mich erst anziehen und es dem Kapitän dann sagen.«

»Ich werde es ihm mitteilen«, knurrte Aeduan. Er verstand sowieso nicht, wieso der Prinz fast bis mittags schlief. Und noch weniger begriff er, wieso der Mann sich die Mühe machte, dafür spezielle Kleidung anzuziehen.

Bald schon fand sich Aeduan am Ruder wieder, wo er in gebrochenem Cartorrisch sprach, während die Matrosen langsam zurückwichen, wobei sie mit den Fingern das Zeichen gegen das Böse machten. Aeduan ignorierte sie. Die Witterung der Domna befand sich genau nördlich, und genau nördlich bedeutete Land.

Und Land bedeutete, dass ihm die Zeit davonlief.

»Ihr wollt, dass ich *wo* anlande?«, fragte der bärtige Kapitän so laut, als wäre Aeduan taub. Er drückte sich ein Fernrohr ans Auge und musterte die zerklüftete Küste. »Hier können wir nirgendwo Anker werfen.«

»Direkt vor uns.« Aeduan zeigte auf einen einzelnen spitzen Felsen, der aus den Wellen stand. »Die Nubrevnaner sind dahinter gesegelt, also müssen wir ihnen folgen.«

»Unmöglich.« Der Kapitän runzelte die Stirn. »Wir werden in Augenblicken auflaufen und sinken.«

Aeduan schnappte sich das Fernglas vom Kapitän und richtete es auf den einsamen Felsen inmitten der wilden Wellen. Ihr cartorrischer Kutter bewegte sich weiter und würde die Stelle schon bald hinter sich lassen. Doch der Kapitän schien recht damit zu haben, dass ein Anlanden hier unmöglich war.

Nur … dass das nicht stimmte.

Jetzt, da sich das Schiff langsam vorbeischob, konnte Aeduan hinter den einsamen Felsen sehen. Dort gab es eine Lücke in den Klippen. Eine Bucht.

Aeduan drückte dem Kapitän das Fernglas wieder in die Hand, der es aber nicht festhielt. Die Messingröhre fiel zu Boden, der Kapitän fluchte.

Aeduan ignorierte den dämlichen Mann, hielt die Nase in den Wind und atmete tief ein, bis seine Brust sich hob und seine Magie die schneeverhüllte Wahrheit von Safiyas Blut gefunden hatte. Sie war in diese Bucht gefahren und dann an

Land gegangen, Richtung Osten. Doch sie befand sich noch nicht weit entfernt. Ihre Witterung war stark.

Erregung stieg in Aeduan auf, wärmte sein Blut und seine Lunge. Wenn er schnell genug vorankam, könnte er die Wahrmagis heute fangen.

Und auch das Nomatsi-Mädchen.

»Ich brauche einen Windmagis«, sagte Aeduan, als er sich zum Kapitän umdrehte und dabei darauf achtete, dass seine Magie aktiv blieb. Er wollte, dass Rot in seinen Augen wirbelte, wenn er seine Forderungen stellte. »Einen Windmagis oder gleich mehrere. Wie viele es eben braucht, um mich zusammen mit meinen Sachen zu diesen Klippen zu fliegen.«

Zusammen mit meinem Geld.

Der Kapitän versteifte sich und senkte den Blick, doch dann erklang hinter ihm eine Stimme.

»Tut, was der Mönch befiehlt, Kapitän. Wir werden sofort zur Küste aufbrechen.«

Langsam drehte sich Aeduan zu Prinz Leopold um, der inzwischen einen vollkommen unpraktischen beigen Anzug trug.

»Wir?«, fragte Aeduan. »Ich kann keine acht Höllebarden mitnehmen …«

»Keine Höllebarden, Mönch.« Leopold fuhr sich mit einer Hand durch die Haare und starrte auf die Hügel von Nubrevna. »Safiya ist die Verlobte meines Onkels, also werde ich mich euch anschließen. Allein.«

Aeduans Nacken versteifte sich. »Ihr werdet mich nur aufhalten«, erklärte er schließlich, ohne sich die Mühe einer korrekten Anrede zu machen.

Aber Leopold warf ihm lediglich einen kurzen Blick zu, begleitet von einem Lächeln, das seine Augen nicht erreichte. »Aber vielleicht, Mönch Aeduan, werde ich euch auch überraschen.«

Aeduan verlor wegen des Prinzen mehrere kostbare Stunden. Zum Ersten kostete es Leopold unglaublich viel Zeit, ein einzelnes Bündel zu packen und sich sein nutzloses Rapier umzubinden. Als Nächstes traten Leopold und der Kommandant der Höllebarden ein Stück zur Seite, um mit gedämpften Stimmen ein Gespräch über ein Thema zu führen, das nur die Ursprungsquellen kannten.

Die ganze Zeit über stand Aeduan auf dem Achterdeck, ließ seine Handgelenke kreisen, dehnte seine Finger und kochte wegen der Langsamkeit des Prinzen vor sich hin.

Aeduan war sich sicher, dass alles schneller gehen musste, sobald die Windmagi sie endlich vom Schiff getragen hatten. Doch sobald sie vor der nächstgelegenen Klippe gelandet waren, verschwendete Leopold noch mehr Zeit darauf, den Windmagi noch einmal all die Befehle zu erläutern, die er bereits dem Kapitän gegeben hatte. Etwas über eine wortmagische Schriftrolle, die den Höllebarden verraten würde, wo und wann Leopold und die Braut seines Onkels abgeholt werden mussten.

Also ließ Aeduan den Prinzen ein paar Minuten lang im Stich und wanderte in eine Welt aus ausgebleichten Baumstümpfen. Die Silbertaler und die eiserne Schatulle, in der sie sich befanden, wogen zu viel, als dass Aeduan sie bei Höchstgeschwindigkeit hätte tragen könnte. Also konnte er seine verschwendete Zeit auch sinnvoll verwenden, indem er die Geldkassette versteckte.

In dieser Landschaft gab es weder Geräusche noch Gerüche. Es war, als befände man sich auf See, allein, mit nur salziger Luft, um die Nase zu füllen und einer Brise als Rauschen in den Ohren. Vereinzelt fand Aeduan eine Witterung, so als wären Menschen vorbeigekommen, aber im Moment befand sich niemand in der Nähe.

Diese Leere sorgte dafür, dass sich Aeduan … unbehaglich fühlte. Ungeschützt, wie ein Mann auf dem Richterblock. Selbst im Kloster, hoch oben auf dem Berg, gab es immer Vögel am Himmel. Gab es immer Zeichen von Leben.

Wie aus dem Nichts fiel Aeduan eine Geschichte ein, die seine alte Mentorin immer erzählt hatte. Eine Geschichte von Gift und Magie und Krieg. Dies hier war allerdings nicht das Bild, das vor Aeduans geistigem Auge gestanden hatte. Er hatte sich eine verbrannte Wüstenei vorgestellt, wie die Verheerungen seiner Kindheit. Diejenigen, die von marstokischen Flammen zurückgelassen worden waren.

Irgendwie war die Ödnis hier schlimmer als brennende Häuser. Zumindest gab es in verbrannter Erde und den Ruinen von Dörfern noch Zeichen von menschlichem Einfluss. Nubrevna dagegen sah aus, als hätten die Götter einfach aufgegeben. Als hätten sie beschlossen, dass dieses Land ihrer Zeit nicht wert war, und hätten es im Stich gelassen.

Zumindest gäbe es in einer gottlosen Welt niemanden, der dabei zuschaute, wie Aeduan seine Taler versteckte. Er fand einen hohlen Baumstumpf und verstaute die Kassette darin. Wenn nicht zufällig jemand nah genug an diesem Baum vorbeiging, um in den Stamm zu schauen, war die Geldkiste unsichtbar.

Aeduan drückte ein Messer gegen sein Handgelenk und fügte sich selbst einen Schnitt zu. Blut quoll hervor, lief über seine Finger und fiel schließlich auf das Eisen der Kassette.

Jetzt war das Geld markiert. Jetzt konnte Aeduan es wiederfinden, selbst wenn er vergessen sollte, wo er es versteckt hatte. Oder schlimmer: wenn jemand versuchte, es zu stehlen.

Windböen peitschten aus dem Nichts über das Land. Die Windmagi erhoben sich über die Bäume.

»Mönch Aeduan?«, rief Leopold über das Rauschen. »Wo seid Ihr?«

Einen halben Atemzug lang erhob sich chaotische Wut in Aeduan und brannte in seinen Adern. Es war Leopolds Reich gewesen, das dieses Land verwüstet hatte. Das nicht nur die Leben der Leute beendet hatte, sondern das der Erde selbst. Und jetzt stampfte der Prinz hier herum, ohne Respekt, ohne Bedauern.

Sekunden später stand Aeduan mit knirschenden Zähnen neben Leopold. »Schweigt!«, zischte er. »Kein Wort bis zum Ende der Reise.«

Der Prinz beugte den Kopf und sackte ein wenig in sich zusammen. Aeduan spürte einen Hauch von schwerfälliger Kälte in Leopolds Blut.

Leopold wusste, was sein Volk hier angerichtet hatte, und er schämte sich dafür. Noch wichtiger: Er verspürte nicht den Drang, dies vor Aeduan zu verbergen.

Aber Aeduan fehlte die Zeit, darüber nachzudenken. »Männer nähern sich«, knurrte er leise, als er Leopolds Tasche vom Boden riss. »Sie riechen wie Soldaten, also bleibt in meiner Nähe und schweigt.«

Eine Weile lang kamen sie gut voran. Je weiter sie reisten, desto mehr erwachte das Land zum Leben. Insekten summten, Vögel sangen, und kleine Flecken grüner Vegetation bewegten sich in dem Wind, der von der Jadansi-See heranwehte. Die Klippen an der Küste wurden höher, und irgendwann bewegte sich Safiyas Witterung ins Binnenland und auf eine Senke zu.

Soldaten patrouillierten überall um sie herum, doch Aeduan bereitete es keine Mühe, ihnen auszuweichen. Er konnte sie wittern, lange, bevor er und Leopold sie erreichten. Aber die Umwege verlangsamten ihr Vorankommen, und die Sonne sank bereits wieder dem Horizont entgegen, bevor sie regelmäßig Hinweise auf Zivilisation entdeckten.

Zuerst waren es Rauch in der Ferne und Trampelpfade.

Dann Stimmen, überwiegend Frauen und Kinder. Nachdem Aeduan und Leopold sich einem Fluss näherten und der Weg recht frequentiert zu sein schien, war die Zeit für Heimlichkeit gekommen. Aeduan würde die Gegend vor ihnen auskundschaften und den Prinzen zurücklassen.

Augenblicke später hatte Aeduan eine umgestürzte Eiche gefunden, die vom Weg aus kaum zu sehen war und auch keine Witterung einer Patrouille trug. Der Baum war erst vor Kurzem umgefallen, also war der Stamm noch stark und quasi kein Unterholz vorhanden. Trotzdem war sich Aeduan sicher, dass sich Leopold beschweren würde.

Doch als Aeduan dem jungen Mann befahl, sich in der so entstandenen Höhle zu verstecken, widersprach Leopold nicht und weigerte sich auch nicht. Tatsächlich kroch er unerwartet geschickt unter den Stamm der Eiche.

Aeduan lief ein kalter Schauder über den Rücken, als er den Prinzen beobachtete. Leopold hatte sich auf dem bisherigen Fußmarsch viel zu gefügig und überraschend vorsichtig gezeigt.

Doch sobald der Prinz nicht mehr zu sehen war, verdrängte Aeduan jeden Gedanken an Leopold. Jetzt zählte nur noch Safiya.

Seine Magie fand viele Witterungen, als sich Aeduan vorsichtig dem rauschenden Fluss näherte – zu viele. Dieser Ort war überfüllt, und es gab keinen Weg, auf dem er und Leopold sich daran vorbeischleichen konnten. Der reißende Fluss stellte ein weiteres Problem dar. Allein hätte Aeduan ihn mühelos überqueren können, doch er konnte nicht auch noch den Prinzen mit sich ziehen.

Sie würden einen anderen Weg finden müssen, um Safiyas Witterung später wieder aufzunehmen.

Aeduan stahl sich zurück zum Prinzen, während er bereits

darüber nachdachte, welche Richtung sie am besten einschlagen sollten und wie schnell er mit Leopold vorankommen konnte.

Er kniete sich neben den umgestürzten Stamm, bereit, dem Prinzen eine Hand zu reichen.

Leopold war nicht mehr da.

Sofort versuchte Aeduan, das Blut des Prinzen zu wittern, er suchte nach dem neuen Leder und den rauchenden Kaminen.

Doch auch der Geruch war fort. Er entdeckte nur noch eine leise Andeutung von Leopolds Witterung. Aeduan ließ sich auf alle viere fallen und krabbelte unter den umgestürzten Baum, nur für den Fall, dass ein Illusionsmagis ihn zu betrügen suchte oder es einen geheimen Ausgang gab.

Nichts davon war der Fall; Prinz Leopold war verschwunden.

Aeduan kroch wieder an die Luft und sprang auf die Beine. Sein Puls raste, und eine wilde Angst durchfuhr ihn. Sollte Aeduan nach dem Prinzen suchen oder ihn zurücklassen?

Ein Windstoß rauschte durch die Bäume und vertrieb Aeduans Gedanken, um sie dann vollkommen zu vernichten. Hier gab es eine zweite Blutwitterung. Eine, die er bereits einmal aufgenommen hatte.

Klares Seewasser und gefrorene Winterlandschaften.

Sofort senkte sich Aeduans Hand auf das Heft seines Schwerts. Er musterte den Wald, und seine Magie raste, um diesen Duft zu bestimmen, ihn zu identifizieren und sich einzuprägen.

Als die Erinnerung kam, hätte Aeduan fast einen Schritt nach hinten gemacht. Er hatte dieses Blut in Veñaza auf dem Pier gerochen. Also war ihm jemand nach Nubrevna gefolgt, und dieser Jemand hatte jetzt Prinz Leopold von Cartorra entführt.

33

Merik hatte nie geahnt, dass ein Pferd zu reiten eine so widersprüchliche Mischung aus Qual und Vergnügen bedeuten konnte.

Die Nachmittagssonne fiel durch die toten Eichenzweige und erzeugte ein Muster aus Licht und Schatten auf dem staubigen Pfad. Dreißig Ligen östlich von Nodensgabe war das Leben bereits wieder erloschen. Ein schweigender Friedhof erstreckte sich um sie herum, und das einzige Geräusch bestand aus dem Klappern der Hufe von Meriks kastanienbrauner Stute, dem Klimpern ihres Geschirrs und dem Stampfen von Evranes und Iseults Fuchs zwanzig Schritte hinter ihm.

Yoris hatte Merik die besten Pferde gegeben, die er entbehren konnte, und er hatte Meriks Gruppe mit Essen, Wasser, Bettrollen und einem Alarmstein ausgerüstet – einem aetherverzauberten Stück Kristall, das aufleuchten würde, wenn sich Gefahr dem Camp näherte. Damit konnten sie die Nacht über schlafen, ohne Wachen aufstellen zu müssen.

Merik hieß den Gedanken an Schlaf willkommen. Es war so lange her.

Ein Hauch von Salz stieg Merik in die Nase, herangetragen auf einer Windböe. Auch wenn die Jadansi-See hinter dem ausgebleichten Wald versteckt lag, verlief der Pfad doch meist im Einzugsbereich dieser Brise.

Nicht dass die Brise hätte helfen können, Merik abzukühlen. Nicht, während Safiya fon Hasstrel seinen Sattel teilte.

Obwohl Merik gute Gründe hatte, sich eng an die Kurven ihres Körpers zu schmiegen und die Arme um sie zu legen, um die Zügel zu halten, bedeutete das gleichzeitig leider auch, dass seine Knie wund gerieben wurden und seine Beine immer wieder einschliefen. Er konnte sich des Gefühls nicht erwehren, dass er bei der nächsten Rast humpeln würde wie Hermin.

Trotzdem spielten seine Muskeln so gut wie keine Rolle in seinen Gedanken, während die Stute mühelos den ausgedörrten Pfad entlanglief. Jeder Schritt des Pferds drückte Meriks Oberschenkel, seine Hüften, seinen Bauch gegen Safis Körper. Und obwohl er sich bemühte, an Nodensgabe zu denken – die Begrüßung in Erinnerung zu behalten, die man ihm bereitet hatte, und sich an diesem berauschenden Stolz festzuhalten –, wollte sich Meriks Hirn doch mit anderen Themen beschäftigen.

Der Form von Safis Oberschenkeln. Der Kurve, in der ihre Schultern auf ihren Hals trafen. Die Art, wie sie ihn in der Kapitänskajüte herausgefordert hatte – ein Vierango aus Blicken und Worten und scheinbar beiläufigen Berührungen.

Seitdem spürte Merik den Druck seiner Magie – diese Wut, die vielleicht gar keine Wut war – direkt unter seiner Haut. Zu heiß. Zu drängend.

Zumindest, dachte er, kamen er und Safi jetzt besser miteinander aus, und es war leichter, sich mit ihr zu unterhalten. Tausende Fragen quollen aus ihrem Mund. *Wie viele Leute leben in Lovats? Ist Noden der Gott von allem oder nur des Wassers? Wie viele Sprachen sprecht Ihr?*

Merik beantwortete jede Frage, wie sie kam. *In Lovats leben an die 150.000 Menschen, aber in Kriegszeiten vervierfacht sich diese Zahl. Er ist der Gott von allem. Ich spreche schlecht Cartorrisch, akzeptabel Marstokisch und herausragend Dalmotti.* Irgendwann allerdings hatte auch er eine Frage.

»Sind die Cartorrer oder Marstoker in der Nähe? Kann Eure Magie mir das verraten?«

Sie schüttelte leicht den Kopf. »Ich weiß, ob Leute die Wahrheit sagen oder lügen. Und wenn ich einen Mann ansehe, kann ich sein wahres Herz sehen ... seine Absichten. Aber ich kann keine Fakten oder Behauptungen verifizieren.«

»Hmm. Das wahre Herz eines Mannes?« Merik bot Safi eine Wasserflasche an. Als sie vorsichtig daran nippte, fügte er hinzu: »Was also erkennt Ihr, wenn Ihr mich anseht?«

Sie versteifte sich in seinen Armen, und ein leichtes Kribbeln erhob sich in seiner Brust. Dann entspannte sie sich lachend. »Ihr verwirrt meine Magie.« Sie gab ihm die Flasche zurück. »Im Moment erklärt sie mir, dass ich Euch vertrauen kann.«

Merik brummte leise und kippte die Flasche. Das Wasser war warm von der Sonne. Nach zwei Schlucken hielt er inne.

»Kann ich Euch vertrauen?« Sie spähte über die Schulter zu ihm zurück.

Er lächelte. »Solange Ihr meine Befehle befolgt.«

Es freute ihn fast schon über Gebühr, als ihm das einen hochnäsigen Blick einbrachte.

»Das ist eine gefährliche Macht, die Ihr da besitzt«, sagte er, sobald sie sich wieder nach vorne gedreht hatte. »Ich verstehe durchaus, warum Männer dafür töten.«

»Meine Magie ist mächtig«, gab sie zu. »Aber nicht so mächtig, wie die Leute denken. Und in letzter Zeit musste ich erfahren, dass meine Magie auch nicht so mächtig ist, wie *ich* dachte. Tiefer Glaube verwirrt mich. Wenn Leute glauben, was sie sagen, kann meine Magie den Unterschied nicht erkennen. Ich weiß, wenn jemand direkt lügt, aber wenn Leute *davon überzeugt sind*, sie würden die Wahrheit sagen, akzeptiert meine Magie das.« Ihre Stimme verklang, dann fügte sie fast widerwillig hinzu: »Deswegen habe ich Euch nicht geglaubt, als Ihr mir erklärt habt, Nubrevna brauche dieses Handelsabkommen. Meine Magie hat mir erklärt, dass es stimmt. Doch gleichzeitig habe ich die Lügen aus meinen Geschichtsbüchern geglaubt.«

»Ah«, hauchte Merik, unfähig, die Trauer in Safis Stimme zu ignorieren, oder die Art, wie sich seine Magie dabei gegen seine Brust drängte. Er packte die Zügel fester. Sein Magismal tanzte über die Sehnen seiner Hand.

Einen halben Herzschlag lang ertappte sich Merik dabei, wie er vorgab, Safi wäre keine Domna und er kein Prinz. Wie er sich einredete, sie wären einfach zwei Reisende auf einer einsamen Straße, auf der die einzigen Geräusche das Klappern der Hufe, das Rauschen der Brise und das Murmeln von Evrane und Iseult hinter ihnen waren.

Doch bald schon drängte sich die Ödnis des Landes in Meriks Gedanken, zusammen mit den ständigen Sorgen um Probleme, deren Lösung sich seiner Kontrolle entzog. Kullen. Vivia. König Serafin.

Als hätte sie die Richtung gespürt, die seine Gedanken eingeschlagen hatten, sagte Safi: »Ihr tragt zu viel Gewicht auf Euren Schultern, Prinz.« Sie lehnte sich zurück, bis ihr Rücken an seiner Brust ruhte. »Mehr als jeder andere, den ich je getroffen habe.«

»Ich wurde in meinen Titel hineingeboren«, erklärte er rau, wobei er Safi ein wenig näher an sich zog und die Ruhe akzeptierte, die das Gespräch ihm schenkte. Ihre Berührung ihm schenkte. »Ich nehme ihn ernst, selbst wenn das eigentlich niemand will.«

»Das ist es, nicht wahr?« Ihre Wirbelsäule versteifte sich herausfordernd. »Ihr liebt es, gebraucht zu werden. Das gibt Eurem Leben Sinn.«

»Vielleicht«, murmelte er, abgelenkt von ihrer Nähe. Davon, wie sein Atem und der Wind die wilden Locken ihres Haares bewegten. »Ihr sprecht Nubrevnanisch wie eine Einheimische«, sagte er schließlich, um seine Gedanken in eine andere Richtung zu zwingen. Um sich auf Safis Worte zu konzentrieren statt auf ihre körperliche Nähe. »Euer Akzent ist fast nicht vorhanden.«

»Jahre der Ausbildung«, gab sie zu. »Überwiegend habe ich es allerdings von meinem Mentor gelernt. Er ist ein Wortmagis, also beseitigt seine Magie den Akzent. Er hat Iz und mich dazu gezwungen, stundenang zu üben.«

»All diese Bildung.« Merik schüttelte den Kopf. »All dieses körperliche Training, gepaart mit einer Magie, für die Männer töten würden. Denkt darüber nach, was Ihr alles tun könntet, Safi. Denkt mal daran, was Ihr alles *sein* könntet.«

Ein leiser Schauder überlief ihren Körper, und ihre Beine fingen an, unruhig zu zucken. »Wahrscheinlich«, meinte sie irgendwann, »könnte ich mächtig sein, oder Veränderungen einleiten, oder tun, was auch immer es zu sein scheint, worin Ihr so gut seid, Prinz. Aber ich würde auf verlorenem Posten kämpfen. Mir fehlt, was es braucht, um Menschen zu führen. Sie anzuleiten. Ich bin zu … ruhelos. Ich hasse es stillzustehen, und bis auf Iseult gab es nie eine Konstante in meinem Leben.«

»Also werdet Ihr nie aufhören wegzulaufen? Selbst wenn jemand wollte, dass Ihr …« Er beendete den Satz nicht. Er konnte diese letzten Worte – *bei ihm bleibt* – einfach nicht über die Lippen zwingen.

Doch sie hingen in der Luft zwischen ihnen, und als sich Safi zu ihm umdrehte, war ihre Stirn gerunzelt. Dann fing er ihren Blick ein, ihre viel zu blauen Augen, die ein kleines Stück unter seinen eigenen schwebten.

Plötzlich war der Abstand zwischen ihnen zu klein. Dieser spezielle Fluss der Gefühle entzog sich Meriks Kontrolle und trat über die Ufer, bis er an nichts anderes mehr denken konnte, als die Stute zu zügeln, Safi aus dem Sattel zu ziehen, und …

Nein. Merik durfte sich diese Gedanken nicht erlauben. Er würde es nicht erlauben. Flirten war eine Sache, aber sie zu berühren … Er konnte das, was sich daraus ergeben würde, nicht riskieren. Womit es enden konnte. Nicht mit einer Domna von Cartorra. Nicht mit der Verlobten eines Kaisers.

Also schickte Merik ein verzweifeltes Gebet an Noden, dass dieser Tag bald enden würde, bevor er oder seine Magie vollkommen außer Kontrolle gerieten.

34

Als Iseult und der Rest der Gruppe ihren Lagerplatz erreichten, versank die Sonne bereits in der Jadansi-See, und Iseult war überzeugt, dass ihre Oberschenkel für immer verformt waren.

Wie Yoris versprochen hatte, war das Flüsschen sauber, daher hatte sich um ihn herum ein winziger Dschungel gebildet. Der Wasserlauf war relativ breit, und sollte es regnen, würde er über die Ufer treten. Also befahl Merik, nachdem sie die Pferde getränkt hatten, das Lager auf einem nahegelegenen Hügel zu errichten, auf dem sie durch Eichenstämme und Findlinge geschützt waren.

Natürlich kostete es Merik eine Weile, diesen Befehl tatsächlich zu geben. Er und Evrane verbrachten mindestens eine Viertelstunde nur damit, die Farnbäume anzustarren und den nächtlichen Rufen der Laubfrösche zu lauschen. Ihre Stränge waren so euphorisch, so triumphierend, dass Iseult Safi riet, die beiden einfach in Ruhe zu lassen.

Irgendwann allerdings hatte die kastanienbraune Stute genug. Sie knabberte an Meriks Schulter und riss ihn damit zurück in die Gegenwart. Während Iseult und Evrane Holz für ein Feuer sammelten, rieben Merik und Safi die Pferde ab.

Schwalben zwitscherten über ihnen, anscheinend so erfreut über die Gesellschaft wie Iseult über das Geräusch. Sie war für alles dankbar, was sie von den Strängen ablenkte, die über Safi und Merik pulsierten. Als sie zusammen auf einem Pferd gesessen hatten, hatten ihre Stränge so hell geleuchtet, dass es Iseult Kopfweh bereitet hatte.

Evranes Stränge waren ebenfalls gleißend hell, und sie hatten seit ihrem Aufbruch aus Nodensgabe nicht aufgehört, in freudetrunkenem Pink oder voll grüner Überzeugung zu leuchten.

Wie drei Leute gleichzeitig so viel empfinden konnten, erstaunte Iseult und erschöpfte sie.

Sie beugte sich vor, schnippte die leere Hülle einer Zikade von einem Ast und fügte ihn ihrem anwachsenden Haufen Feuerholz hinzu. Merik hatte darauf bestanden, das Feuer klein zu halten, und Iseult hatte bereits mehr als genug Holz gesammelt. Aber sie war noch nicht bereit, zur Gruppe zurückzukehren. Sie brauchte Zeit, um die Kontrolle über ihre Gedanken zurückzugewinnen. Um ihre Strangmagis-Ruhe wiederzufinden.

Irgendwann allerdings schleppte sie sich zurück und half Evrane dabei, die Schlafdecken neben einem großen, überhängenden Felsen auszurollen. Auf dem Felsen stand der Alarmstein und leuchtete in der Abendsonne magentarot.

Schließlich, nachdem alles seinen Platz gefunden hatte und sie ihren heißen Haferbrei gegessen hatte, schob sich Iseult unter ihre Decke und schloss die brennenden Augen, um nach diesem Gefühl von perfekter Zugehörigkeit zu suchen, das sie in den kühlen Wassern der Ursprungsquelle empfunden hatte. Doch auch wenn Iseult sich genau erinnern konnte, was sie empfunden hatte, konnte sie das Gefühl doch nicht wieder aufrufen.

Während sie so dort lag, denkend und analysierend und sehnsüchtig, schlief sie ein. Und die Schattenstimme wartete.

»Du bist da! Und du bist ganz geheilt!« Die Schattenfrau schien sich wirklich zu freuen, und Iseult konnte sich vorstellen, wie sie in der realen Welt in die Hände klatschte. Eine reale Welt, von der Iseult sicher war, dass sie irgendwo existierte. Die Stimme war nicht nur ein wahnsinniger Ausdruck ihrer tiefsten Ängste.

»Du hast recht«, flötete die Schattenstimme. »Ich bin so real wie du auch. Aber schau – ich lasse dich für einen Moment durch meine Augen sehen, nur, um dich zu überzeugen.«

Es war, als tauche sie aus großer Tiefe auf. Licht drang in Iseults Blickfeld, gefolgt von Farben – Grau und Grün – und verzerrten Formen. Dann schließlich ein Aufblitzen von Schwarz, als hätte die Schattenfrau langsam geblinzelt, und die Welt materialisierte sich. Graue Steine, verwittert und mit Rissen durchzogen, erschienen vor Iseults Augen. Nein, vor den Augen der Schattenfrau, durch die Iseult gerade sah.

Es erinnerte an den alten Leuchtturm in der Nähe von Veñaza, doch dieses Land war mit leuchtenden Schattierungen von Grün bedeckt. Efeu rankte sich an Wänden empor und spaltete die Steine. Gras wuchs aus Spalten am Fuß der Mauern.

»Folge mir, folge mir«, sang die Schattenfrau, obwohl es nicht so war, als könne Iseult ihr wirklich folgen oder sich auch nur bewegen. So wie sie durch die Augen der Schattenfrau sah, so bewegte sie sich auch in ihrem Körper.

»Wo sind wir?«, fragte Iseult. Sie wünschte sich, sie könnte den Kopf der Schattenfrau drehen und mehr sehen als nur einen Torbogen, der in einen runden Raum führte.

Abendsonne, heller als die in Nubrevna, drang durch Fenster mit zerbrochenen Scheiben, und die Schattenfrau hielt auf eine Treppe im hinteren Teil des Raums zu. Sie bewegte sich mit seltsamen, ungelenken Bewegungen, als belaste sie immer ihre Fersen. Als könne sie jeden Moment anfangen zu hüpfen.

Sobald sie die abgetretenen Stufen erreicht hatte, hüpfte sie *wirklich*. Hoch, hoch, hoch ging es, den Blick auf die Stufen gerichtet, die Gedanken stumm. Als sie den zweiten Stock erreicht hatte, schlich sie auf ein Fenster zu, in dem immer noch Scherben in einem eisernen Gitter hingen.

»Wir sind in Poznin«, antwortete die Schattenfrau schließlich. »Kennst du es? Das ist die Hauptstadt der einst so großen Republik von Arithuanien. Aber jede Nation erlebt Aufstieg und Fall, Iseult, und irgendwann folgt der nächste Aufstieg. Bald schon werden Städte aus diesen Ruinen erwachsen, und diesmal werden es die anderen Nationen sein, die sterben.« Die Schattenfrau lehnte sich auf das Fensterbrett, während sie sprach, und eine breite Straße schob sich ins Blickfeld, zusammen mit Hunderten, nein, Aberhunderten von Leuten.

Iseult keuchte. Die Männer und Frauen standen in Reihen, und selbst im bernsteinfarbenen Licht des Sonnenuntergangs konnte sie die verkohlte Farbe ihrer Haut nicht übersehen. Die reine Schwärze ihrer Augen.

Oder die drei durchtrennten Stränge, die über ihren Köpfen schwankten.

»Puppenspielerin«, hauchte Iseult.

Die Schattenfrau erstarrte, als hielte sie den Atem an. Dann nickte sie einmal kurz, sodass das Bild vor Iseults Augen zuckte. »Sie nennen mich die Puppenspielerin, das stimmt. Aber mir gefällt der Name nicht. Würde er dir gefallen, Iseult? Er klingt so … oh, ich weiß nicht. So frivol. Als wäre das, was ich tue, ein Spaß für Kinder. Aber das ist es nicht.« Sie zischte den letzten Satz förmlich. »Es ist eine Kunst. Ein Meisterstück der Webkunst. Aber niemand nennt mich Webermagis. Nicht mal der König! Er war in erster Linie derjenige, der mir gesagt hat, dass ich eine Webermagis bin, doch jetzt weigert er sich, mich mit meinem richtigen Titel anzusprechen.«

»Hmmm«, meinte Iseult, die dem Geplapper der Frau kaum zuhörte. Sie musste sich darauf konzentrieren, mit jedem Blick der Puppenspielerin zu den Geborstenen so viele Informationen wie möglich aufzunehmen. Außerdem hatte sie den Eindruck, dass die Frau Iseults Gedanken nicht lesen konnte, solange sie tief in ihre eigenen versunken war.

Jede Reihe bestand aus zehn Leuten. Männer, Frauen, hin und wieder eine kleine Gestalt, wie ein älteres Kind. Aber der Blick der Puppenspielerin verweilte nie auf einzelnen Personen, und Iseult war zu sehr damit beschäftigt, die Größe der Armee abzuschätzen, um sich auf die wenigen Details zu konzentrieren, die ihr ins Auge sprangen.

Iseult hatte fünfzig Reihen gezählt und damit noch nicht einmal die Hälfte der Straße abgedeckt, als die Worte der Puppenspielerin in ihr Bewusstsein drangen: »Auch du bist eine Webermagis, Iseult, und sobald du zu weben lernst, werden wir zusammen deinen Titel ändern.«

»Zu…sammen?«

»Du bist nicht wie die anderen Strangmagi«, führte die Puppenspielerin aus. »Du hast den Drang, Dinge zu ändern, und auch den Hass, das zu tun. Die Wut, die nötig ist, die Welt zu zerstören. Bald schon wirst du das erkennen. Du wirst akzeptieren, was du wirklich bist. Und wenn es so weit ist, wirst du mich aufsuchen. In Poznin.«

Heiße Übelkeit stieg in Iseult auf, widerwärtig und fast unmöglich zu verbergen. Also bot sie die beste Lüge an, die ihr einfiel. »Aber du s-scheinst müde. Es tut mir so leid. Ist Weben anstrengend?«

Die Puppenspielerin schien zu lächeln. »Weißt du«, sagte sie leise, »du bist die erste Person, die mich das fragt. Stränge zu brechen, laugt mich aus, aber am meisten erschöpft es mich, mit dir zu sprechen. Und doch …« Ihre Stimme verklang. Sie schloss die Augen, und ihre Müdigkeit wurde deutlich, als sie sich nach vorne fallen ließ, um ihre Stirn gegen eine Gitterstange im Fenster zu drücken. Sie seufzte, als wäre es angenehm, das kühle Metall auf der Haut zu spüren. »Mich mit dir zu unterhalten, ist die Erschöpfung wert. Der König war in letzter Zeit so wütend auf mich, obwohl ich alles tue, was er von mir verlangt. Mit dir zu sprechen, ist der einzige Lichtblick meines Tages. Ich hatte vorher noch nie eine Freundin.«

Iseult antwortete nicht. Jeder Gedanke und jede Bewegung hätte verraten, was tief in ihr brannte: Entsetzen.

Und noch schlimmer: ein wenig Mitleid.

Glücklicherweise schien die Schattenfrau Iseults Zurückhaltung nicht zu bemerken, denn sie sprach einfach weiter.

»Ich werde die nächsten paar Tage weg sein, Iseult. Der König hat mir eine Aufgabe übertragen, die meine Macht erschöpfen wird. Danach werde ich wahrscheinlich zu müde sein, um dich zu finden. Aber«, fügte sie verheißungsvoll hinzu, »sobald ich mich ganz erholt habe, werde ich wieder zu dir kommen.«

Sie hielt inne und gähnte heftig. »Bevor ich gehe, muss ich dir danken. All diese Pläne und Orte, die sich in deinem Kopf verstecken, haben den Räuberkönig sehr erfreut. Deswegen hat er mir den Auftrag für die große Mission morgen erteilt. Also danke, du hast all das erst möglich gemacht. Jetzt brauche ich meine Ruhe, wenn ich all diese Männer bersten lassen soll, wie mir befohlen wurde.«

Welche Männer? Und welche Pläne und Orte?, bemühte sich Iseult zu fragen. *Was hast du aus meinem Hirn gezogen?*

Aber die Worte wollten sich nicht bilden. Sie spürte nichts als ein verzweifeltes, flackerndes Feuer – das Gefühl von Blitzen in ihrem Hirn, auf ihrer Zunge, in ihrer Lunge.

Dann, so abrupt, wie es erschienen war, verschwand Poznin wieder, und Iseult blieb in ihrer eigenen Haut zurück. Sie kehrte zurück in ihre eigenen Träume, gefangen in ihrem eigenen Entsetzen.

* * *

Niemals zuvor in Aeduans Leben hatte er sich so sehr konzentrieren müssen, um jemanden zu verfolgen. Safiya war einfach gewesen – ihr Blut zu halten, hatte keinerlei Anstrengung gekostet –, aber das Blut dieser Person, mit dem klaren Seewasser und den gefrorenen Winterlandschaften, war schwer zu fassen. In einem Moment witterte Aeduan es, zwanzig Schritte weiter verlor er den Geruch wieder, nur um tiefer im Wald wieder darüberzustolpern.

Es ergab keinen Sinn. Und als Aeduan die Witterung zum hundertsten Mal verlor, hatte er den Prinzen quasi aufgegeben. Er sollte den Mann sowieso verraten und die Wahrmagis behalten, damit sein Vater sie benutzen konnte. Doch jedes Mal, wenn Aeduan erwog, den Prinzen dem unsichtbaren Feind zu überlassen, spürte er ein seltsames Ziehen in den Schultern und an seinem Nacken. Es war, als ob …

Als schulde er dem Prinzen eine Lebensschuld und fühle sich verpflichtet, sie zurückzuzahlen.

Die Sonne sank bereits dem Horizont entgegen, als er die Spur ganz verlor. Aeduan stand vor einer schwarzen, schattigen Klippe, zu deren Spitze steile Stufen führten. Der Fluss rauschte hier fast ohrenbetäubend laut, und große Fledermäuse schossen über seinen Kopf hinweg.

Die Wahrmagis war hier gewesen. Aeduan roch Andeutungen ihrer Witterung, aber sie war nicht geblieben. Was bedeutete, dass auch Aeduan nicht bleiben sollte. Prinz Leopold war nicht sein Problem; Safiya schon. Es wurde Zeit, den Prinzen zurückzulassen. Doch gerade als Aeduan sich umdrehte, um die einzige Jagd aufzunehmen, die tatsächlich zählte, wehte eine Brise über die Klippen und trieb einen Geruch in Aeduans Nase. In sein Blut.

Leopold.

Aeduan eilte die abgetretenen Stufen nach oben. Zwei Stufen, manchmal auch drei auf einmal, flog er hinauf, bis er endlich ein Plateau erreichte. Eine pinke Sonne hing über sich kräuselndem Wasser. Wind raschelte durch die grün bewachsenen Zweige von sechs Zypressen, und weit in der Ferne erklang Donner.

Aeduan befand sich an einer Ursprungsquelle. Der Wasser-Quelle der Magislande. Er hätte wissen müssen, dass sie hier war; hätte erahnen müssen, dass es sie gab. Seine alte Mentorin hatte in seiner Kindheit endlos davon geredet.

Doch dieser Ort sah ganz anders aus als in den Beschreibungen seiner Mentorin. Hier gab es Leben. Die Bäume erstrahlten in Grün, das Wasser bewegte sich. Es war fast, als wäre die Quelle lebendig – nur dass dies unmöglich war.

Aeduan gab es auf, darüber nachzudenken. Er hatte weder Zeit noch Lust sich umzusehen.

Mit in die Luft gereckter Nase stiefelte er auf die rechte Seite der Quelle. Er kam zwölf Schritte weit, bevor die Blutwitterung wieder in die seines Feinds umschlug – und jemand langsam applaudierte.

Leopold trat klatschend hinter einer nahen Zypresse hervor. »Ihr habt mich gefunden, Mönch.« Der Prinz schenkte ihm ein humorloses Lächeln. »Schneller, als ich gehofft hatte.«

Aeduans Nasenflügel zuckten. Er griff nach einem Wurfmesser. »Ihr habt das geplant.«

Leopold seufzte. »Das habe ich. Bevor Ihr mich aufspießt, würde ich Euch allerdings gern mitteilen, dass ich Euch eigentlich töten sollte und mich entschieden habe, es nicht zu tun.«

»Mich töten«, wiederholte Aeduan. Einen Wimpernschlag später hatte er das Messer gezogen und den Arm nach hinten gerissen. »Auf wessen Befehl?«

Leopold antwortete nur mit einem weiteren Lächeln. Diesem dümmlichen, leeren Lächeln, das Aeduan so hasste.

Also hob Aeduan die linke Hand und übernahm die Kontrolle über Leopolds Blut.

Er blockierte das neue Leder und die rauchenden Kamine. »Ich kann die Antwort aus Eurer Kehle zwingen«, erklärte er ausdruckslos. »Also erzählt mir, wer Euch befehligt.«

Eine salzige Brise glitt durch Leopolds Haare, während am Horizont ein Blitz aufleuchtete und aus diesem Winkel den Eindruck erweckte, der erstarrte Prinz trüge eine leuchtende Krone.

»Niemand befehligt mich«, antwortete Leopold schließlich, »und niemand begleitet mich.« Aeduan packte Leopolds Blut fester. Die Pupillen des Prinzen wurden größer, größer … nicht groß genug. Leopold war beunruhigt, aber er verspürte keine echte Angst.

Und in diesem Moment verstand Aeduan: *Er will das.* Leopold wollte, dass Aeduan die Wahrheit aus ihm herausfolterte …

Weil das Zeit kosten wird.

Der Prinz hatte absichtlich so viel vom Tag verschwendet wie möglich. Seit Veñaza hatte er sein Möglichstes getan, Aeduans Vorankommen zu verzögern.

»Ihr habt es verstanden«, sagte Leopold. »Ich kann es in Euren Augen sehen, Mönch.«

»Nennt mich Dämon, so wie alle anderen auch.« Aeduan quetschte Leopolds Blut noch fester – fest genug, dass es wehtun musste.

Aber Leopold starrte ihn nur ruhig an, bevor er heiser sagte: »Ich kann … nicht zulassen, dass Ihr Safiya findet, bevor sie Lejna erreicht. Inzwischen ist sie fast dort, und bald schon wird sie sich ganz außerhalb Eurer Reichweite befinden.«

»Woher wisst Ihr das? Wer gibt Euch Eure Befehle?« Sobald die Frage Aeduans Mund verlassen hatte, kannte er die Antwort. Und bei den Ursprungsquellen, was für ein *Idiot* er gewesen war, das nicht früher erkannt zu haben.

Leopold war Teil des Plans, Safiya zu kidnappen.

Wut – kochend heiß und allumfassend – schoss in Aeduans Kopf. Erhitzte Hals und Schultern. Er hasste Leopold dafür, dass er ihn hereingelegt hatte. Er hasste *sich selbst* dafür, dass er den Betrug nicht bemerkt hatte.

Obwohl das scheinbar keinen Sinn ergab, war jetzt deutlich, dass der Prinz mit den Nubrevnanern zusammenarbeitete, mit dem marstokischen Feuermagis, dem Illusionsmagis … und mit wem noch? Das Netz, das gesponnen worden war, um die Wahrmagis heimlich zu stehlen, war weitläufig, und Aeduan war halb in Versuchung, die Antworten aus Leopold herauszufoltern. Aber wenn Safiya Lejna tatsächlich fast erreicht hatte, und wenn das in der Tat, wie Leopold behauptete, dafür sorgen würde, dass sich die Wahrmagis seinem Zugriff ganz entzog, durfte Aeduan keine Zeit mehr verschwenden.

Er gab Leopolds Lunge und Kehle frei, aber nicht mehr. Aeduan würde den Prinzen festhalten, bis er sich weit genug entfernt hatte, damit der Prinz ihn nicht mehr einholen konnte.

Doch als Aeduan herumwirbelte, um sich in einen von Magie getriebenen Sprint zu werfen, flüsterte Leopold: »Ihr seid nicht der Dämon, den Euer Vater sich wünscht.«

Das ließ Aeduan erstarren, dann drehte er sich langsam wieder um. »Was habt Ihr gesagt?«

»Ihr seid nicht der Dämon …«

»Danach!« Aeduan stampfte auf Leopold zu und schob sein Gesicht vor das des Prinzen. »Ich habe keinen Vater.«

»Doch«, keuchte der Prinz. »Es ist derjenige, der sich selbst …«

In diesem Moment ergriff Aeduan Besitz von Leopolds gesamten Blut. Er unterband jede Körperfunktion des Prinzen: Atem, Puls, Sicht. Allerdings nicht das Gehör des Prinzen. Nicht seine Gedanken.

»Ich«, flüsterte Aeduan, »bin durchaus der Dämon, für den man mich hält. Und Ihr, Eure Hoheit, hättet mich umbringen sollen, als Ihr die Chance dazu hattet.«

Er griff fester zu, fester, bis er fühlte, wie das Blut in Leopolds Kopf zu schwach wurde, um Gedanken zu ermöglichen und das Bewusstsein aufrechtzuerhalten.

Aeduan gab den Prinzen frei. Leopold brach auf den Pflastersteinen zusammen, so unbeweglich wie ein Fels. Selbst der stürmische Wind konnte ihn jetzt nicht mehr erreichen.

Mehrere lange, salzgefüllte Atemzüge lang starrte Aeduan auf den Körper des Prinzen hinab. Er hatte Leopold gefunden, aber nicht diese zweite Witterung. Dieses Blut war verschwunden. Doch wer auch immer es gewesen sein mochte, derjenige hatte unzweifelhaft mit Leopold zusammengearbeitet und wusste vielleicht ebenfalls über Aeduans Vater Bescheid.

Aeduan hätte den Prinzen töten sollen. Sein Vater hätte ihn angewiesen, ihn zu töten. Doch wenn Aeduan das tat, würde er nie erfahren, wessen Blut nach klarem Seewasser und gefrorenen Winterlandschaften roch. Er würde nie erfahren, wer Leopold befohlen hatte, ihn zu töten – oder warum.

Aeduan ging davon aus, dass er seinen Vater immer noch anlügen und selbst Nachforschungen anstellen konnte.

Aeduan nickte, weil diese Lösung ihm machbar erschien. Er würde Leopold am Leben lassen und den Prinzen später wieder aufspüren.

Also ließ Aeduan den kaiserlichen Prinzen von Cartorra und die Ursprungsquelle des Wassers hinter sich. Während er lief, wärmte ihm die untergehende Sonne den Rücken, und der Wind hinter ihm gewann an Kraft.

35

Merik erwachte vom Grollen fernen Donners und der Berührung von Fingern an seinem Schlüsselbein. Hätte er nicht so tief geschlafen, wäre ihm bewusst geworden, dass sich ihm nur drei Leute auf diese Art nähern konnten.

Aber Merik wurde aus dem Schlaf gerissen, und sein Hirn schaltete sich erst ein, nachdem seine Instinkte schon längst gehandelt hatten.

Er presste die Finger an seine Brust, riss ein Bein hoch und wirbelte den Täter herum … Dann riss er die Augen auf, sein Atem ging stoßweise, und von einem Moment auf den anderen war er vollkommen wach.

Sein Blick fand blaue Augen, die im wolkenverhangenen Mondlicht fast schwarz wirkten. »Domna.« Eine seiner Hände traf den Staub neben ihrem Kopf, mit der anderen umklammerte er ihr Handgelenk.

Sie schloss die Finger, sodass ihr Handgelenk in Meriks Griff breiter wurde. Gleichzeitig meinte er, ihren Herzschlag an seiner Brust zu fühlen. Dass er das Pochen über die sturmgetriebene Brise und das endlose Lied des Walds hinweg hören konnte, auch wenn das vielleicht nur sein eigenes Herz war.

Safi leckte sich über die Lippen. »Was tut Ihr?« Ihr Flüstern kitzelte an Meriks Kinn und schickte ein Kribbeln über seinen Nacken.

»Was tut *Ihr?*«, flüsterte er zurück. »Wolltet Ihr mir die Taschen ausräumen?«

»Ihr habt geschnarcht.«

»Ihr habt gesabbert«, gab er zurück, ein wenig zu schnell. Es war bekannt, dass er schnarchte.

Merik schob seine freie Hand hinter Safiyas Kopf und senkte den eigenen, bis ihr Gesicht im Schatten lag. Bis er nur noch ihre glitzernden Augen sah.

»Sagt mir die Wahrheit, Domna. Warum hattet Ihr die Hand an meinem Hemd? Wolltet Ihr Euch im Schlaf an mir vergehen?«

»Nein«, knurrte sie und schob das Kinn vor. »Ich habe nur versucht, Euch zu wecken. Damit Ihr aufhört zu schnarchen.« Sie wand sich, und ihr Körper unter Merik spannte sich an – ein sicheres Zeichen, dass sie langsam wütend wurde. Wenn Merik sich nicht bald bewegte, würden sich ihre Beine zwischen seine schieben, ihre Finger würden sich zu Klauen formen, und ihre Augen würden auf eine Weise brennen, die es ihm unmöglich machen würde, seiner Wut – seiner Magie – zu widerstehen.

Merik gab Safis Handgelenk frei, zog seine Finger hinter ihrem Kopf heraus, drückte beide Hände neben ihr auf den Boden und stemmte sich nach oben, bis sich seine Brust von ihrer löste.

Sie drückte den Rücken durch.

Merik erstarrte.

Ungefähr auf Höhe seiner Ellbogen schien sich ein Loch in seinen Rippen aufzutun. Ein rohes Gefühl erfüllte ihn – und offensichtlich auch sie. Es war, als wäre ihre Brust durch eine

Schnur verbunden und jede Bewegung, die er ausführte, würde durch ihre Bewegungen gespiegelt.

Er ließ den Blick über ihren Körper gleiten. Sie unterschied sich vollkommen von den Frauen seines Heimatlands. Ihr Haar hatte die Farbe von Sand, ihre Augen die des Meeres. Merik atmete tief aus. Egal, wie sehr sich seine Finger und Lippen auch danach verzehrten, er durfte diesem Hunger nicht nachgeben.

Er schob sich von ihr herunter und rollte sich auf den Rücken, bevor er eine Hand über die Augen schlug, um den Himmel auszublenden. Um dieses heiße Bewusstsein von Safi neben sich auszublenden. Jeder Tropfen seiner Magie und jeder Zentimeter seines Körpers reagierte auf sie.

»Ich kann das nicht«, gab er schließlich zu. Ihr gegenüber. Sich selbst gegenüber. Dann war er auch schon auf die Beine gesprungen, hatte seine Jacke vom Boden gerissen und ging mit großen Schritten Richtung Wald und Richtung Küste.

Im Gehen zog er seine Jacke an. Irgendwie fühlte er sich ruhiger, wenn er sie trug. Bereit … Nur dass ihm Safi natürlich – *natürlich* – folgte.

»Warum seid Ihr hier?«, verlangte er zu wissen, sobald er einen Überhang umrundet und in den windigen, insektenbrummenden Wald eingedrungen war.

Sie tapste ein paar Schritte hinter ihm her. »Ich kann nicht wieder einschlafen.«

»Ihr habt es gar nicht versucht.«

»Das muss ich auch nicht.«

Merik seufzte. Wieso sollte er dem widersprechen? Im Gewebe seines Lebens gab es schon genug Falten, auch ohne Safi. Also stiefelte Merik weiter, wobei er seine Finger über Farnblätter gleiten ließ oder leicht Kiefernnadeln berührte. So kühl. So lebendig.

Als er das Meer erreichte und sein Blick auf den weit entfernten, glitzernden Sturm und die weiß gekrönten Wellen fiel, öffnete sich etwas in ihm. Entspannte sich. Safi bog nach links ab, in Richtung eines Sandsteinvorsprungs, und Merik folgte ihr, auch wenn er sich zwei große Schritte hinter ihr hielt. Dann lehnten sie sich beide gegen den Fels, und für eine Weile starrten sie schweigend auf das Meer, den Mond, die Blitze.

Es war unglaublich friedvoll, und Merik spürte, wie er sich weiter entspannte und eins wurde mit dem Rhythmus der Wellen und der summenden Insekten.

Bis es plötzlich nicht mehr friedvoll war. Irgendwann sammelte sich der Pulsschlag der Nacht in ihm, ein Druck, der nach Befreiung drängte. Eine gewalttätige Hitze, die an den Sturm am Horizont erinnerte. Safi bewegte sich und zog damit Meriks Blick auf sich. Das Licht, das vom Sandstein reflektierte, warf ein gedämpftes, mondähnliches Leuchten auf ihr Gesicht.

Sie verzog den Mund. »Hört auf, so zu starren, Prinz.«

»Wie … was?«

»Als wolltet Ihr mich angreifen.«

Merik lachte, ein warmes, ehrliches Geräusch. Doch immer noch konnte er den Blick nicht von Safi losreißen. Besonders nicht von ihrer Kehle. Die leise Kurve erschien als Silhouette vor dem Sandstein, und er konnte sich nicht erinnern, je einen so elegant geformten Hals gesehen zu haben. »Ich bitte um Entschuldigung«, sagte er schließlich. »Nichts könnte mir fernerliegen, als Euch anzugreifen.«

Sie errötete hübsch, aber dann schob sie das Kinn vor, als wäre sie wütend auf sich selbst. »Falls Ihr Euch einen … vertraulicheren Angriff vorstellt, Prinz, dann sollte ich Euch vielleicht darüber informieren, dass ich nicht diese Art von

Mädchen bin.« Sie sah aus und klang auch wie die perfekte Domna.

»Das hatte ich auch nie angenommen.« Jetzt war es an Merik, rot zu werden, aber nicht vor Verlegenheit, sondern vor Verärgerung. Einem Anflug von Zorn. »Und Ihr solltet nicht davon ausgehen, dass ich Euch überhaupt begehre, Domna. Falls ich nach einem zwanglosen Abenteuer Ausschau halten sollte, wärt Ihr die letzte Person, die ich wählen würde.«

»Gut«, gab sie zurück, »da Ihr auch die letzte Person seid, die ich wählen würde.«

»Euer Pech, das kann ich Euch versichern.«

»Als wärt Ihr so talentiert, Prinz.«

»Ihr wisst, dass ich das bin.«

Sie riss den Kopf zu Merik herum. Ihre Brust hob sich. Erstarrte.

Und Merik trat einen Schritt näher. Dann einen weiteren, bis er direkt neben ihr stand. »Aber wenn Ihr zu dieser Sorte Mädchen gehören würdet, dann …« Merik hob eine Hand an ihr Kinn, zuerst vorsichtig, dann selbstbewusster, weil sie nicht zurückwich. »Dann würde ich hier anfangen und Eurem Hals folgen.« Seine Finger glitten über ihre Haut zu ihrem Schlüsselbein, und Merik bemerkte erfreut, wie rau ihre Atmung wurde. Wie sehr ihre Lippen bebten.

»Dann«, fuhr er fort, seine Stimme nur ein Brummen irgendwo tief in seiner Kehle, »würde ich zurückkehren. Mich hinter euch schieben.« Er schob ihren Zopf zur Seite …

»Stopp«, hauchte sie.

Merik hielt inne, obwohl er das nicht tun wollte.

Doch dann drehte Safi ihren Körper, und plötzlich lagen ihre Lippen an seinen. Nein, sie schwebten über seinen. Zögernd. Abwartend, als hätte sie sich selbst überrascht und wüsste nun nicht, was sie tun sollte.

Die Luft in Meriks Brust stockte, zusammen mit seinen Gedanken. Und doch hätten die Zentimeter, die zwischen ihren Körpern lagen, ebenso gut Meilen sein können, und der Abstand zwischen ihren Lippen schien unüberwindlich.

Safis Atem glitt über sein Kinn, oder vielleicht war es auch der Wind. Oder sein eigener Atem. Er wusste es nicht mehr. Es fiel ihm schwer, überhaupt etwas anderes zu tun, als ihr in die Augen zu sehen, glänzend und so nah.

Sie senkte den Blick und runzelte die Stirn, als wolle sie mehr tun. Dann legte sie ihre Hände auf Meriks Hüften und vergrub ihre Finger in seiner Haut.

Meriks Magie erwachte zum Leben.

Wind erhob sich, peitschte Safis Haare aus ihrem Gesicht und hätte sie fast nach hinten gedrängt, nur dass Merik im selben Moment vortrat. Er drückte Safi gegen den Fels, und in einem Aufwallen von Wind und Hitze küsste er sie.

Der Hunger des Tages schien ihn zu verbrennen, und zu seiner großen Freude reagierte Safi. Sie schien die Gefühle mit gierigen Fingern von Merik entgegenzunehmen, und ihre Hüften bewegten sich in einem Rhythmus, der weit über jeden Vierango hinausging.

Sie war wild und ohne Scham, und Merik ertappte sich dabei, wie er knabberte, liebkoste und sich gegen sie drängte. Er schien nur noch aus Klauen und Zähnen und brutalen, aufgeladenen Winden zu bestehen.

Aber er konnte nicht nah genug an sie herankommen. Egal, wie heftig er seine Lippen auf ihre presste oder wie fest ihre Hände ihn unter seiner Jacke hielten – unter seinem Hemd …

Hölle, ihre Finger lagen auf seiner nackten Haut.

Frische Hitze durchfuhr ihn. Fast hätten seine Knie nachgegeben, und seine Winde schossen aus ihm heraus und nach oben. Er hob Safi auf einen kleinen Vorsprung im Felsen, seine

Finger am Saum ihres Hemds. Sein Mund kostete sie an verschiedenen Stellen, wie er versprochen hatte. Ihr Ohr – sie stöhnte auf. Ihr Hals – sie wand sich. Ihr Schlüsselbein …

Ihre Hände schoben sich zwischen sie. Drängten ihn nach hinten.

Merik stolperte keuchend rückwärts. Verloren. Safi keuchte, und ihre Augen waren riesig, aber Merik erkannte nicht, warum sie diesen Sturm zwischen ihnen aufgehalten hatte. Hatte er eine unsichtbare Linie übertreten?

»Hört Ihr das?«, keuchte sie schließlich.

Merik schüttelte den Kopf, immer noch verwirrt, und atmete mühsam ein. Dann hörte er es auch. Ein stetiger Schlag hallte über das Meer. *Eine Windtrommel.*

Merik wirbelte herum.

Die Windtrommel der Jana.

Einen Augenblick später rannte er schon den Weg zurück, den sie gekommen waren, Safi direkt hinter sich. Gestrüpp und Kies knirschte unter seinen Füßen, doch Merik bemerkte es kaum. Die Windtrommel wurde lauter. Die *Jana* würde jeden Moment sichtbar werden, und Merik musste wissen, warum – musste feststellen, wie weit sich das Schiff vor der Küste befand. Er konnte zu seinen Männern fliegen, aber nur, wenn er einen sichtbaren …

Safi packte Meriks Schulter und brachte ihn unsanft zum Stehen. »Dort.« Sie deutete nach Süden, wo Merik kaum graue Wellen von grauen Wolken unterscheiden konnte.

Er zog sein Fernrohr aus der Jackentasche, scannte das Wasser, bis er die Lichter entdeckte. Er hatte geglaubt, sie wären Teil des Sturms, aber nein. Das Bild eines nubrevnanischen Kriegsschiffs erschien. Die *Jana*, die mit ihren Laternen und Spiegeln das Wasser vor sich beleuchtete. Die weißen Segel waren gefüllt, von Kullen mit Wind gefüllt.

Die Windtrommel schlug weiter und weiter, viel zu laut für die Entfernung, was bedeutete, dass Ryber den magischen Schlegel verwendete und die Trommel auf die Küste ausgerichtet hatte. Auf Merik.

Kullen rief ihn.

Also atmete Merik tief durch und sammelte seine Winde. Sie glitten über seine Haut, brannten sich in seinen Körper. »Tritt zurück«, warnte er Safi. Er würde seinen Windstoß perfekt ausrichten müssen, um diesen winzigen Punkt am Horizont zu treffen und seine Mannschaft wissen zu lassen, wo er sich befand.

Merik riss beide Arme zurück, dann gab er seine Magie frei. Ein großer Windtrichter schoss über die Wellen davon, und Merik wartete. Wartete und beobachtete mit Safi an seiner Seite. Er war dankbar für ihre Anwesenheit. Ihre aufrechte Haltung und der furchtlose Blick hielten ihn davon ab, zu viel zu denken. Hielten ihn davon ab, einfach von der Klippe zu springen und direkt zu seinem Strangbruder zu fliegen …

Die Windtrommel verstummte, und Merik bereitete sich auf die Nachricht vor, die Kullen schicken würde. Als sie ihn endlich erreichte – als die Kombination aus Schlägen und Pausen Meriks Ohren erreichte –, stellte er fest, dass seine Wut hochkochte und er mit den Zähnen knirschte.

»Was ist?«, fragte Safi und umklammerte seinen Arm.

»Der Blutmagis folgt uns«, krächzte er.

Safi packte seinen Arm fester. »Wir werden zurückkehren nach Nodensgabe …«

»Nur dass er hinter uns ist. Und die Marstoker segeln nach Lejna – vor uns.« Bei diesen Worten loderte Meriks Wut auf. Echte Wut, die ihn dazu zwang, zwei große Schritte vorwärtszumachen.

Aber er musste seinen Zorn beherrschen, denn es war nicht

Safi, auf die er wütend war. Es waren die dreimal verdammten Umstände, die sich seiner dreimal verdammten Kontrolle entzogen. Woher wussten die Marstoker überhaupt, wohin Merik unterwegs war?

»Ich werde zur *Jana* fliegen«, sagte er schließlich, erfüllt von Hitze. »Du, Iseult und Evrane könnt nach Osten reiten. Nach Lejna. So schnell, wie die Pferde euch tragen können.«

»Warum fliegst du uns nicht alle auf die *Jana*, und wir segeln nach Lejna?«

»Weil die Marstoker Lejna zuerst erreichen werden, und Kullen nicht stark genug ist, um gegen sie zu kämpfen. Er sollte nicht einmal segeln.« Merik warf einen angsterfüllten Blick aufs Meer, Richtung *Jana*.

Verfluchter Narr von einem Strangbruder.

»Unsere beste Chance liegt darin, die Marstoker einzuholen«, fuhr er fort. »Wenn Kullen und ich sie zumindest ablenken können, sollte es euch möglich sein, Lejna auf dem Landweg zu erreichen. Geh zum siebten Pier, und dann verschwinde zur *Hölle* dort.«

»Wie willst du uns finden? Nachdem … danach?«

»Der Alarmstein. Evrane kann ihn zünden, und ich werde das Licht auf dem Meer sehen.« Mit zwei langen Schritten trat Merik neben Safi. »Reitet nach Osten, und ich werde euch finden. Bald.«

Safi schüttelte den Kopf, ein verzweifeltes Zucken. »Mir gefällt diese Idee nicht.«

»Bitte«, sagte Merik. »Bitte, diskutier nicht mit mir. Das ist der beste Plan …«

»Das ist es nicht«, unterbrach sie ihn. »Ich habe … ich habe so ein Gefühl, dass ich dich nie wiedersehen werde.«

Meriks Brust schien aufzubrechen, und eine halbe Sekunde

lang fehlten ihm die Worte. Dann umfasste er ihr Gesicht und küsste sie. Sanft. Kurz.

Safi unterbrach den Kuss zuerst, biss sich auf die Unterlippe und griff nach Meriks Hemdschößen. Sie steckte sie in die Hose und strich den Baumwollstoff glatt. »Ich habe dich angelogen, weißt du? Du bist nicht die *letzte* Person, die ich wählen würde.«

»Nein?«

»Nein.« Sie grinste, ein verschmitztes Aufblitzen weißer Zähne. »Du bist nur die vorletzte. Vielleicht sogar drittletzte.«

Ein Lachen hob sich in Merik, drang durch seine Kehle nach oben. Doch bevor er eine passende Antwort geben konnte, trat Safi zurück und sagte: »Sichere Häfen, Merik.«

Also antwortete er einfach: »Sichere Häfen«, bevor er an den Klippenrand trat. Dann sprang Merik Nihar über die Kante und *flog*.

Safi sah Merik nicht hinterher. Ein Bedürfnis nach Eile trieb sie an, genauso wie die nur zu frische Erinnerung an den Blutmagis. An die Art, wie er sie unbeweglich gehalten hatte … an die roten Wirbel, die dabei in seinen Augen zu erkennen gewesen waren.

Der Gedanke sorgte dafür, dass sich die Härchen an Safis Armen aufstellten. Dass ihr ein kalter Schauder über den Rücken lief.

Safi glitt durch den Wald, wurde schneller, immer schneller, bis sie rannte. Farnblätter peitschten gegen ihre Arme, Sporen rieselten zu Boden. Unglaublich, dass Merik und sie gerade durch denselben Dschungel gewandert waren.

Safi stolperte ins Camp, um festzustellen, dass das Lager bereits aufgelöst war und die Pferde schon gesattelt. Evrane befestigte die Bettrollen an den Satteltaschen, und Iseult war gerade damit beschäftigt, dem Fuchs das Halfter anzulegen.

Beim Geräusch von Safis Stiefeln wirbelte Iseult herum.

»Wolltet ihr … ohne mich aufbrechen?«, keuchte Safi.

»Wir haben die Trommel gehört«, erklärte Iseult. Das Halfter klimperte, als sie die Gurte enger zog. »Evrane hat mir erklärt, was die Botschaft bedeutet.«

»Aber wo ist Merik?«, fragte Evrane, als sie sich von den Satteltaschen der Stute entfernte. Sie hielt ihren Umhang in der Hand, und ihr Wehrgehänge war sicher befestigt.

»Er ist zur *Jana* geflogen«, erklärte Safi. »Er will versuchen, die Marstoker zu vertreiben.«

Iseult runzelte leicht die Stirn. »Wir reiten also nicht nach Norden? Wir werden nicht fliehen?«

Mit einem schnellen Kopfschütteln schlurfte Safi zum Feuer. »Wir können Lejna immer noch vor den Marstokern erreichen.« Sie trat Staub und Asche über die verbliebene Glut. »Dann können wir nach Norden fliehen.«

»Dann steigt auf«, befahl Evrane.

»Safi, du kannst mit mir reiten …«

»Nein. Jede von euch bekommt ein Pferd.« Evrane zog ihren Umhang an und schloss ihn mit geübten Bewegungen. »Ich werde hier warten und Aeduan aufhalten.«

Eine angespannte Pause folgte, dann sagte Iseult: »Bitte tut das nicht, Mönch Evrane.«

»Bitte«, stimmte Safi zu. »Wir können ihm davonlaufen …«

»Nur, dass ihr das eben nicht könnt«, unterbrach Evrane, laut genug, um Safis Stimme zu übertönen. »Aeduan ist so schnell wie jedes Pferd, und er wird euch einholen, egal, wohin ihr auch geht. Ich kann eine defensive Position auf dem Weg finden und werde mein Bestes tun, ihn eine Weile zu beschäftigen.«

»Eine Weile zu beschäftigen«, wiederholte Iseult. »Nicht aufhalten?«

»Aeduan kann nicht aufgehalten werden. Aber man kann mit ihm reden. Oder, falls nötig, sind die hier« – sie klopfte auf ihre zwei übrig gebliebenen Messer und die Schnallen am Wehrgehänge klapperten – »nicht nur zur Zierde da.«

»Ihr werdet Euch umbringen lassen«, hielt Safi dagegen. Der Drang zur Eile atmete ihr förmlich in den Nacken, aber sie konnte nicht zulassen, dass Evrane etwas so Dummes tat. »Bitte, tut einfach, was Merik befohlen hat, und kommt mit uns.«

Evranes Gesicht wurde hart, und als sie sprach, klang sie ungeduldig. Beleidigt. »Merik vergisst, dass ich eine Carawen bin, ausgebildet für den Kampf. Ich werde mich Aeduan stellen, und ihr beide werdet nach Lejna reiten. Und jetzt in die Sättel mit euch.« Sie bot Safi eine Hand, und obwohl Safi diese Hilfe kaum brauchte, nahm sie sie doch an.

Evrane half auch Iseult in den Sattel, dann trat sie an eine Satteltasche und zog den Alarmstein aus Quarz heraus. Er glänzte grau, wie der Himmel über ihnen, und als sie »*Alarm*« murmelte, flackerte ein helles Licht darin auf.

»Jetzt kann Merik euch finden.« Sie hielt Safi den Stein entgegen. »Zieht ihn heraus, wann immer Euer Pfad am Meer entlangführt.«

Safi starrte Evrane an, deren silberne Haare in der Morgenbrise flatterten und im Licht des Steins blau leuchteten. Dann öffnete sie die Hand, um den schweren Quarzstein entgegenzunehmen.

Evrane bedachte sie mit einem besänftigten Nicken, bevor sie ihren Schwertgurt löste. »Iseult, nimm Meriks Entermesser. Es hängt am Sattel des Fuchses. Und Safi, Ihr nehmt das.« Sie legte Safi die Klinge in ihrer Scheide über den Schoß. »Carawen-Stahl ist schließlich der beste.«

Safi schluckte. Dieser Versuch eines Witzes riss sie zurück in den Moment und führte ihr die schwer zu ertragende Wahrheit vor Augen, wie viele Leute ihr Leben riskierten, damit Safi Lejna erreichte und Merik sein Handelsabkommen bekam.

Safi würde sie *nicht* im Stich lassen.

»Iseult«, sagte sie, und die Worte schienen aus ihrem Innersten zu kommen, aus dem Zentrum ihrer Magie, »wir gehen jetzt nach Lejna. Wir werden nicht anhalten und nicht langsamer werden.«

Iseult fing Safis Blick ein, und ihre Augen schienen im Licht des Alarmsteins grünlich zu leuchten. Die Wildheit war da – dieses Gefühl, das immer dafür sorgte, dass Safi sich stärker fühlte –, als sie das Kinn vorschob und sagte: »Führe uns, Safi. Du weißt, dass ich dir immer folgen werde.«

Bei diesen Worten hoben sich Evranes Mundwinkel. »Ihr habt keine Ahnung, wie lange ich darauf gewartet habe, diese Worte zu hören. Euch beide zu sehen, im Sattel. Am Leben.« Ein seltsames Glänzen füllte ihre Augen. »Ich weiß, dass meine Worte im Moment keine Bedeutung für euch haben, aber das wird sich bald ändern. Nachdem ich mich Aeduan gestellt habe – nachdem ich ihm gezeigt habe, wofür er steht –, werde ich euch beide in Lejna finden. Danke …« Evrane schien das Wort in der Kehle stecken zu bleiben. »Danke, dass ihr mir Hoffnung gegeben habt, Mädchen. Nach all diesen Jahrhunderten wird Eridysis Wehklage endlich wahr. Ich habe die Cahr Awen gefunden, und ihr habt die Wasser-Quelle zum Leben erweckt. Also werde ich euch jetzt mit all meiner Kraft beschützen, so wie es mir mein Eid befiehlt.« Sie verbeugte sich, eine würdevolle Geste, die Safis Magie mit der Wahrheit dahinter zum Singen brachte.

Dann drehte sich Evrane Nihar um und ging davon.

»Die Mondmutter beschütze uns«, flüsterte Iseult. »W-Was … war das?«

Safi drehte den Kopf zu Iseult, die wieder die unbewegliche Miene einer Strangmagis aufgesetzt hatte, auch wenn ihre Zunge diesem Beispiel noch nicht folgte. »Ich weiß es nicht. Denkt sie, wir wären die …«

»Die Cahr Awen«, beendete Iseult den Satz. »Ich … ich glaube, das denkt sie.«

»Götter in der Tiefe, ich kann heute wirklich nicht noch mehr Überraschungen ertragen.« Safi lenkte ihr Pferd Richtung Sonnenaufgang und bemühte sich, ihre Verwirrung und ihre Zweifel zu unterdrücken und sie weit nach hinten zu schieben, außer Reichweite.

Erfreut bemerkte sie, dass die Stute an ihrem Mundstück kaute, als sie das Tier auf den Pfad lenkte. Die Pferde waren bereit für einen schnellen Ritt, Iseult ebenso, und Safi war bereit, diese Sache endlich zu beenden.

Sie grub der Stute ihre Fersen in die Seite, trieb sie zu einem rasenden Galopp und hielt auf Lejna bei den Hundert Inseln zu.

36

Als Merik schließlich auf dem Hauptdeck landete, befand sich die *Jana* in Aufruhr. Das Schiff segelte jetzt nach Westen, die aufgehende Sonne ein wütendes Monster hinter dem Heck.

Merik blinzelte zum Ruder, direkt in die Sonne, und entdeckte dort Kullen. Eine vornübergebeugte, keuchende Gestalt, die trotzdem irgendwie den Wind in den Segeln hielt. Kullen. Merik eilte über das Deck, und Donnergrollen verschluckte das Schlagen der Windtrommel.

Ein Gefolge bildete sich.

»Admiral«, rief Ryber.

Merik winkte ab. »Hermin«, keuchte er, als er gleichzeitig versuchte zu laufen, zu sprechen und wieder zu Atem zu kommen. Wenn er sich bereits erschöpft fühlte, konnte er sich nur ausmalen, wie ausgelaugt Kullen sein musste. »Was ist los?«

Hermin humpelte neben Merik. »Yoris hat Prinz Leopold bewusstlos neben der Ursprungsquelle gefunden. Anscheinend hat der Blutmagis ihn angegriffen und betrogen.«

Merik stolperte. Leopold war inzwischen auch hier? Was zur Hölle sollte er mit einem dämlichen Prinzen anfangen?

Sofort verschob er diese Frage auf einen späteren Zeitpunkt.

»Admiral!«, rief Ryber wieder. »Es ist wichtig, Sir!«

»Nicht *jetzt.*« Merik sprang die Stufen zum Achterdeck hinauf, wo der Wind lauter pfiff. Schärfer. Als er sich Kullen näherte, der zusammengesunken über dem Ruder stand, fragte er sich, wieso Ryber ihrem Herzstrang erlaubt hatte, sich selbst so zu überlasten.

»Stopp das Schiff!«, brüllte Merik. »Stopp deinen Wind!« Er packte Kullens Mantel und riss den Mann aufrecht.

Kullens Gesicht war grau, doch die Augen hinter der Windbrille waren scharf. »Kann nicht … anhalten«, keuchte er. »Wir müssen … die Marstoker … einholen.«

»Und das werden wir, aber wir brauchen nicht diese Geschwindigkeit …«

»Aber genau das ist es!«, schrie Ryber, als sie sich Merik näherte. »Wir brauchen die Geschwindigkeit, weil der Blutmagis hier ist.«

Einen halben Atemzug lang konnte Merik Ryber nur anstarren. Verzauberte Luft brannte in seinen Augen, schrie in seinen Ohren. Dann eilte er zur Reling und riss sein Fernrohr heraus. »Wo?«, hauchte er mit zugeschnürter Kehle.

»Weiter östlich.« Ryber schob sanft das Fernrohr seitwärts, bis Merik es sah: einen einsamen weißen Fleck, der die Küstenstraße entlangschoss.

Merik sah weiter nach Osten, bis … da. Zwei Gestalten, eine in Weiß und eine in Schwarz, beide auf Pferden. Sie ritten dieselbe Straße entlang, und der Blutmagis befand sich kaum mehr als eine Liga hinter ihnen. Er würde Safi und Iseult eingeholt haben, bevor Merik auch nur zurück an die Küste fliegen konnte.

Merik riss das Fernrohr herunter und zwang sich, tief durchzuatmen. Er roch den feuchten Duft drohenden Regens. Dann ein Ausatmen durch zusammengebissene Zähne.

Es half nicht. »Wie zur Hölle«, stieß er hervor, »ist dieses Monster so schnell hierhergekommen?«

»Bei allem, was heilig ist«, fluchte Hermin, als er durch sein eigenes Fernrohr sah. »Dieser weiße Fleck ist *er*?«

»Seine Kräfte entstammen direkt der Finsternis«, erklärte Ryber ernst. Dann rief sie: »Kullen!« und stieß sich von der Reling ab.

Merik folgte ihr eilig, und mit Rybers Hilfe löste er Kullens Hände vom Steuer. Sein Strangbruder umklammerte das Holz so fest, dass seine Knöchel weiß hervortraten. Dann schob er einen Arm unter Kullens Schulter.

Kullens Haut fühlte sich kalt an, und seine Kleidung war feucht vor Schweiß. »Du musst aufhören!«, schrie Merik. »Stopp deine Winde, Kullen!«

»Wenn ich aufhöre«, antwortete Kullen erstaunlich sicher, »verlieren wir dein Handelsabkommen.«

»Dein Leben ist mehr wert als dieser Vertrag«, sagte Merik. In diesem Moment begann Kullen zu lachen, abgehackt und keuchend, und hob einen schwachen Arm, um nach Süden zu zeigen.

»Ich habe eine Idee.«

Merik sah in die angegebene Richtung, erkannte dort allerdings nur dunklen Himmel und das Flackern ferner Blitze.

Aber dann hauchte Ryber »Nein«, und Meriks Magen verkrampfte sich.

»Nein.« Er zog Kullen herum, bis er ihm ins Gesicht sehen konnte. Die Haare des Ersten Offiziers waren so schweißverklebt, dass sie sich nicht einmal im Wind bewegten. »Nein, Kullen. Niemals.«

»Aber es ist die einzige Möglichkeit. Nubrevna braucht dieses … Handelsabkommen.«

»Du kannst kaum stehen.«

»Ich muss nicht stehen«, hielt Kullen dagegen, »wenn ich einen Sturm reite.«

Verzweifelt und panisch schüttelte Merik den Kopf, weil Ryber wieder und wieder flüsterte: »Bitte tu das nicht, bitte tu das nicht, bitte tu das nicht.«

»Hast du vergessen, was das letzte Mal geschehen ist, als du versucht hast, einen Sturm zu rufen?« Merik sah hilfesuchend zu Ryber, aber sie weinte inzwischen, und Merik wurde mit übelkeiterregender Sicherheit bewusst, dass sie bereits akzeptiert hatte, was geschehen würde.

Aber wie? Wie konnte sie so schnell und einfach aufgeben?

»Wir brauchen das Handelsabkommen nicht«, beharrte Merik. »Die Nihar-Ländereien erblühen wieder. Dort wachsen Pflanzen, Kullen. Also befehle ich dir als dein Admiral und Prinz, das nicht zu tun.«

Kullens Keuchen verklang, dann schnappte er auf eine Art nach Luft, die nach Messern und Feuer klang.

Danach lächelte er. Ein breites, beängstigendes Lächeln. »Und als dein Strangbruder entscheide ich mich, nicht auf dich zu hören.« In einem Aufwallen von Hitze und Macht erfüllte Magie die Luft. Kullens Augen glänzten und zuckten. Seine Pupillen wurden kleiner und verschwanden …

Ein Windstoß pfiff über das Deck, traf Merik und Ryber und warf sie fast zu Boden. Damit blieb Merik keine Wahl.

Er riss sich den Mantel von den Schultern, und Ryber trat vor, um ihn entgegenzunehmen. Der Wind schlug gegen sie, doch sie widersetzten sich ihm – sie, um mit seinem Mantel unter Deck zu verschwinden, und er auf dem Weg zum Ruder.

Als er sich hinter dem Steuerruder des Kriegsschiffs seines Vaters aufstellte, betete Merik wieder mal zu Noden, aber diesmal betete er darum, dass Kullen und alle anderen in seiner Mannschaft diesen Tag überlebten.

Denn der Sturm war jetzt unterwegs, und Merik konnte nichts mehr tun, um ihn aufzuhalten.

Safi hatte noch nie ein Pferd so angetrieben. Schweiß verklebte die Flanken ihrer Stute, tropfte in Flocken auf Iseults Fuchs. Jederzeit konnten die Tiere ein Hufeisen verlieren oder sich ein Bein brechen, doch bis das geschah – bis die Pferde vor Erschöpfung zusammenbrachen –, blieb Safi keine andere Wahl, als über die Straße an den Klippen zu galoppieren.

Die langen Schatten der Mädchen galoppierten neben ihnen, die Morgensonne eine fahle Flamme über der Jadansi-See, die eine Bucht erleuchtete, die so breit war, dass Safi ihr Ende nicht erkennen konnte. Unfruchtbare Felseninseln aller Größen und Formen lagen in dem glitzernden Wasser verteilt.

Die Hundert Inseln.

Die Straße verlief in einer Kurve nach unten und würde irgendwann wieder auf Meeresebene ankommen … und damit in Lejna. Nach einer halben Stunde im Grün galoppierten sie plötzlich zurück in eine Wüstenei. Die Landschaft war zu ruhig. Zu tot. Safi gefiel es nicht, wie das Licht ihres Alarmsteins aus ihrer Satteltasche in den Himmel leuchtete. Sie bettelten *buchstäblich* darum, entdeckt zu werden.

»Ist jemand hier?«, schrie Safi über das Donnern der Hufe.

Iseult schloss für einen Moment die Augen, dann riss sie die Lider wieder hoch. »Niemand. Noch nicht.«

Safi packte die Zügel fester, die andere Hand glitt zum Heft ihres Schwerts. Den Pier erreichen. Das war alles, was sie schaffen musste.

»Schild!«, bellte Iseult.

Safi kniff die Augen zusammen. Was einst ein aufwändig gestaltetes Schild gewesen war, hing nun schief von einer eisernen Säule. Es war das vierte, das sie entdeckten.

LEJNA: 1 LIGA

Eine Liga – das war nur Minuten entfernt. Obwohl Safis Augen vom Wind und dem Staub tränten, obwohl sie das Gefühl hatte, ihr Herz könnte ihr jeden Moment vor Angst explodieren, und trotz der Tatsache, dass sie und Iseult jeden Augenblick von einem Blutmagis niedergestreckt werden konnte, grinste Safi.

Ihre Strangschwester war neben ihr. Das war alles, was zählte, und alles, was je gezählt hatte.

Ihr Pferd schoss um eine Kurve. Der Geisterwald öffnete sich und gab den Blick frei auf eine Stadt. Lejna lag wie ein Halbmond an der Küste, und die Gebäude an den Straßen mochten einst farbenfroh und frisch gewirkt haben. Jetzt waren sie verfallen, die Dächer eingestürzt. Nur drei Piere existierten noch, die anderen bestanden nur noch aus Pfosten, die aus dem Wasser ragten.

Safi trieb ihre Stute ein weiteres Mal an. Sie würde Merik sein dreimal verdammtes Handelsabkommen sichern.

»Ist das Merik?«, fragte Iseult und störte Safis Gedanken.

Safi suchte das Meer ab. Hoffnung stieg in ihr auf, bis sie das nubrevnanische Kriegsschiff entdeckte, dass in die halbmondförmige Bucht von Lejna einfuhr. Es bewegte sich mit halsbrecherischer Geschwindigkeit und Segeln, die in der Sonne orange leuchteten. Grün gekleidete Matrosen füllten das Deck.

Safis Hoffnung zerplatzte. Sie schrie Iseult zu, langsamer zu werden, und zügelte auch ihre eigene Stute.

Iseults Fuchs stoppte in einer Staubwolke, und beide Mädchen drehten ihre Pferde zur Klippe, um in die Sonne zu blinzeln. Die Pferde keuchten vor Erschöpfung, doch ihre Ohren waren immer noch gespitzt.

»Ich glaube, das ist das Schiff, das wir den Marstokern überlassen haben«, meinte Safi schließlich. »Prinzessin Vivias Schiff.«

»Auf jeden Fall wirkt es wie ihre Uniformen. Was bedeutet, dass wir es mit Feuermagi zu tun bekommen könnten.«

Safi fluchte und rieb sich das heiße Gesicht. Staub klebte im Schweiß. Alles war staubig – ihre Kehle, ihre Augen, ihr Hirn –, und um sie herum wirbelte noch mehr Staub. »Warum sind da so viele Soldaten auf einem Schiff? Da geht es doch sicherlich nicht nur um mich.«

Ein Donnerhall erklang im Süden, kurz und gewaltig. Safi drehte den Kopf, und eine neue Welle von Flüchen kam über ihre Lippen.

Sturmwolken *rasten* heran, und am Rande der Bucht lagen noch mehr Schiffe. Marstokische Kriegsgaleonen, die in einer Reihe warteten, als wollten sie die Hundert Inseln bewachen.

Oder die *Jana* aussperren.

»Merik wird nicht nach Lejna segeln können.« Safi trieb ihre Stute in einen langsamen Trab. Die Straße bog ins Binnenland ab; vielleicht bot der Wald aus toten Kiefern ein wenig Schutz vor den heranpeitschenden Böen und den suchenden Blicken der marstokischen Seeleute.

»Das ist noch unser geringstes Problem«, sagte Iseult, als sie ihren Fuchs antrieb. »Dieses erste Schiff hat die Piere von Lejna fast erreicht. Das ist offensichtlich ein Hinterhalt …« Sie brach ab, als erneut ein Windstoß heranpfiff und sie und Safi traf. Die Luft riss an Safis Haar und Kleidung, ließ das

Geschirr der Pferde klappern und pfiff dann durch die knochentrockenen Äste vor ihnen. Das Einzige, was sich nicht dem Willen des Winds beugte, war das Licht des Alarmsteins – den sie, wie Safi in diesem Moment aufging, wohl besser verstecken sollten. Es gab keinen Grund, die Marstoker auch noch *anzulocken*.

Als sie den Stein von ihrer Satteltasche löste, rief Iseult: »Welchen Pier musst du erreichen?«

Gute Frage. Safi hatte keine Ahnung, welches Dock Pier sieben war. Es gab einfach zu viele herumstehende Pfosten, um Ordnung in das Chaos zu bringen. »Ich werde alle drei ausprobieren müssen.« Sie tätschelte ihre Stute, die immer noch schweißverklebt war, sich aber nach der kurzen Ruhepause offenbar besser fühlte. Dann lenkte sie das Pferd zwischen die toten Kiefern. »Irgendeine Idee für einen Plan?«

»Tatsächlich«, antwortete Iseult langsam, »könnte das sein. Erinnerst du dich an dieses eine Mal außerhalb von Veñaza? Als wir die Kleidung getauscht haben?«

»Du meinst, als uns diese Matsi-hassenden Mistkerle vor der Taverne fast umgebracht haben?«

»Genau das!« Iseult trieb ihren Fuchs näher zu Safi, um nicht so schreien zu müssen. Die Haare peitschten um ihr Gesicht. »Wir haben diesen Männern gegeben, was sie sehen wollten, erinnerst du dich? Aber dann stellte sich heraus, dass das Nomatsi-Mädchen, von dem sie *glaubten*, es in die Enge getrieben zu haben, in Wirklichkeit du warst.«

»Einer unserer besseren Tricks.« Safi lächelte angespannt, bevor sie sich ihre eigenen Haare aus dem Gesicht hielt.

»Wieso sollte derselbe Plan nicht auch jetzt funktionieren?«, fragte Iseult. »Wir können immer noch versuchen, Lejna vor diesem Schiff zu erreichen, aber wenn das nicht klappt …«

»Und danach sieht es nicht aus.«

»... dann können wir die Pferde aufgeben, den Alarmstein verstecken und uns trennen. Ich werde als Lockvogel dienen und sie in die Stadt locken. Du kannst zu den Docks gehen. Sobald du alle drei Piere betreten hast, kehrst du zum Alarmstein zurück. Lass ihn leuchten, und ich werde dich finden.«

»Absolut verranzt noch mal: *nein*.« Safi sah Iseult böse an. »Das ist die schlechteste Idee, die du jemals hattest. Wieso solltest du dich in Gefahr bringen ...«

»Aber das ist es ja gerade«, unterbrach Iseult sie. »Der Waffenstillstand erklärt, dass sie niemanden auf fremder Erde töten können, richtig?«

»Im Waffenstillstand steht auch, dass sie hier nicht anlanden können, aber das interessiert sie offensichtlich überhaupt nicht.«

»Tatsächlich steht im Waffenstillstand, kein fremdes *Schiff* dürfe hier anlanden«, hielt Iseult dagegen. »Ihr Schiff ist nicht fremd.«

»Und genau das meine ich, Iz! Sie manövrieren sich um diese Klausel herum, also wer sagt, dass sie nicht auch andere Vertragsklauseln austricksen werden? Soweit wir informiert sind, kann es sein, dass es ihnen vollkommen egal ist, ob sie den Waffenstillstand brechen.«

Das brachte Iseult zum Nachdenken, den Göttern sei gedankt, doch als Safi die Zügel hob, um ihr Pferd wieder anzutreiben, hob Iseult eine Hand.

»Strangsteine«, sagte sie ausdruckslos. »Du weißt durch deinen Strangstein, wann ich mich in Gefahr befinde. Wenn er aufleuchtet, kannst du zu meiner Rettung eilen.«

»Nein ...«

»Doch.« Ein Lächeln umspielte Iseults Lippen, als sie ihren Strangstein herauszog und umklammerte. »Du weißt, dass dieser Plan funktionieren kann, und es ist die einzige akzeptable Strategie, die mir einfällt. Nur gut, dass Lejna eine Geisterstadt ist. Hier ist niemand, der verletzt werden könnte.«

»Außer *uns*, meinst du wohl.«

»Hör auf, mit mir zu diskutieren, und fang an, dich auszuziehen.« Iseult glitt aus dem Sattel und schlang ihre Zügel um einen niedrigen Ast. »Ein Sturm zieht auf, Saf, und du befindest dich in seinem Auge. Ich kann die rechte Hand sein und du die linke.«

Die linke Hand vertraut der rechten, sagte Mathew immer. *Die linke Hand schaut nie zurück, bis die Geldbörse geleert ist.*

Iseult war immer die linke Hand gewesen. Sie hatte immer darauf vertraut, dass Safis Ablenkung funktionierte. Was bedeutete, dass es jetzt an Safi war, dieses Vertrauen zu erwidern.

Ein heftiger Windstoß pfiff durch den Wald. Er traf Safi, drängte um sie herum und sammelte sich dann hinter ihr. Durch tränende Augen warf sie einen Blick zurück. Sturmwolken, schwarz wie Teer, drängten sich über den Baumspitzen.

»Mir gefällt das nicht«, sagte Safi, und jetzt musste sie wirklich schreien. »In Wahrheit *hasse* ich es – den Sturm und den Plan. Warum muss es ein *Wir* geben? Warum nicht nur einfach *ich*?«

»Weil ›einfach ich‹ nicht das ist, was wir sind«, brüllte Iseult zurück. »Ich werde dir immer folgen, Safi, und du wirst mir immer folgen. Strangschwestern bis zum Ende.«

Wildes, heißes Verlangen erfüllte Safis Brust. Sie wollte Iseult alles sagen, was sie empfand, wollte ihre Dankbarkeit, ihre Liebe, ihre Angst, ihr Vertrauen ausdrücken. Stattdessen lächelte sie grimmig. »Strangschwestern bis zum Ende.«

Dann tat sie, wie Iseult ihr befohlen hatte: Sie stieg von ihrer Stute und begann, ihre Kleidung auszuziehen.

Aeduan witterte seine alte Mentorin schon auf eine Meile. Ihr Duft – frisches Quellwasser und salzverkrustete Klippen – war unverwechselbar und Aeduan so vertraut wie sein eigener Pulsschlag.

Und so unvermeidlich wie der Tod, es sei denn, Aeduan wäre bereit, den Pfad zu verlassen, oder sie zu töten, wo sie gerade stand.

Was er beides nicht war.

Die Meile bis zu ihr führte durch eine Mischung aus Wald und gelbem Stein, Dämmerlicht und dem Brausen eines Sturms über dem Meer. Als er den schmalsten Punkt des Pfads erreichte, eine Stelle, an der die Straße auf einer Seite von überhängenden Felsen und auf der anderen von wellengepeitschten Klippen begrenzt wurde, gab Aeduan die Kontrolle über sein Blut auf. Er übergab die Herrschaft über Puls und Muskeln wieder an seinen Körper und hielt an.

Still wie eine Statue stand Mönch Evrane vor ihm. Die einzigen Bewegungen entsprangen dem heißen Wind in ihren Haaren und ihrem flatternden Carawen-Umhang. Ihr Wehrgehänge enthielt keine Waffen bis auf zwei Dolche. Ihr Schwert war nirgendwo zu entdecken.

Die ältere Carawen hatte sich in den zwei Jahren, seitdem Aeduan das Kloster verlassen hatte, nicht verändert. Vielleicht war ihr Gesicht etwas brauner und müder. Sie sah aus, als hätte sie seit Tagen nicht geschlafen, vielleicht sogar Wochen. Doch ihr Haar glänzte so silbern wie immer, und ihre Miene wirkte so sanft und besorgt wie in Aeduans Erinnerung.

Das machte ihn wütend. Sie hatte nie das Recht gehabt, ihn zu mögen, und jetzt besaß sie dieses Recht bestimmt nicht mehr.

»Es ist zu lange her«, sagte sie mit ihrer heiseren Stimme. »Du bist gewachsen.«

Aeduan fühlte, wie er die Zähne zusammenbiss. Fühlte, wie sein Lid zuckte. »Tritt zur Seite.«

»Du weißt, dass ich das nicht tun kann, Aeduan.«

Er zog sein Schwert und hörte dabei nur ein leises Flüstern über dem Donnern der Wellen an der Küste. »Ich werde dich töten.«

»Nicht ohne Mühe.« Evrane vollführte eine schnelle Bewegung im Handgelenk. Eine der gefährlichen Klingen fiel in ihre Hand, dann stellte sie einen Fuß nach hinten und ging in Verteidigungsposition. »Du hast vergessen, wer dich ausgebildet hat.«

»Und du hast meine Magie vergessen, Mönch Evrane.« Mit der linken Hand zog er sein Pariermesser, bevor er Evranes gebückte Haltung spiegelte.

Sie wirbelte herum, sodass ihr weißer Umhang flatterte. Ablenkend, sicherlich, aber Aeduan hielt den Blick auf ihre Hand gerichtet. Schließlich war sie diejenige, die ihm beigebracht hatte, dass der Schlüssel jedes Messerkampfs darin lag, die Hand mit der Klinge zu kontrollieren.

Evrane wirbelte heran. Er duckte sich tiefer, um sich ihr zu stellen.

Aber es war nicht ihre Klinge, die ihn traf. Es war ihr Fuß – ein Stiefelabsatz gegen den Hals. Dann ein Dolch in seine Brust.

Er wich zurück, aber nicht schnell genug. In einem Aufwallen von Magie schoss er zehn Schritte zurück. Zu schnell und zu weit, um ihn mühelos zu erreichen. Dann sah er nach unten.

Ihre Klinge hatte ihn getroffen und ihm mehrere schmale Schnitte zugefügt, die seine Magie heilen würde, ob er wollte oder nicht. Er würde Kraft auf harmlose, oberflächliche Wunden verschwenden.

»Du weißt, wer sie sind«, rief Evrane, als sie sich Aeduan mit gleichmäßigen Schritten näherte. »Du hast geschworen, sie zu beschützen.«

Aeduan beobachtete sie mit gesenktem Kopf. »Du hast also die Gerüchte gehört? Ich kann dir versprechen, Mönch Evrane, diese beiden sind nicht die Cahr Awen. Beide sind Aethermagi.«

»Das spielt keine Rolle.« Sie lächelte, ein beängstigender Ausdruck, der Gewalttätigkeit und Verzückung in sich vereinte. »Wir müssen die Aufzeichnungen falsch gedeutet haben. Es braucht keine Finstermagis, denn ich habe es gesehen, Aeduan: Diese Mädchen haben die nubrevnanische Ursprungsquelle zum Leben erweckt …«

In diesem Moment griff Aeduan an, das Schwert erhoben. Doch aus irgendeinem Grund legte er nicht seine ganze Kraft in den Sprung. Er wechselte nicht im letzten Moment den Kurs oder stieß in schneller Folge mit beiden Klingen zu. Er ließ einfach nur sein Schwert vorschnellen, und wie erwartet wirbelte Evrane nach links und parierte seinen Schlag mühelos.

»Die Mädchen sind ins Zentrum der Quelle geschwommen«, sagte Evrane.

»Unmöglich.« Aeduan wirbelte nach links.

»Ich habe es gesehen. Ich habe gesehen, wie die Magie sich entzündet und die Erde gebebt hat.« Sie stach mit ihren Messern nach Aeduan, um ihm dann die Stiefelspitze gegen das Knie zu rammen.

Eine Stiefelspitze, in der eine Klinge versteckt war.

Schmerz explodierte in Aeduans Bein, Blut floss. Er unterdrückte ein Brüllen und wirbelte zur Seite, bevor ihn weitere Klingen treffen konnten.

Sie versuchte, ihn zu erschöpfen und ihm kleine Wunden zuzufügen, die ihn verlangsamen sollten.

Aber sie atmete inzwischen schwer – etwas, das vor zwei Jahren niemals vorgekommen wäre. Sie war müde, und es würde ihr nie gelingen, länger durchzuhalten als Aeduan, trotz ihrer schnellen, erbarmungslosen Angriffe und obwohl er sie schonte.

»Was du gesehen hast«, erklärte Aeduan, als er ein Stück zurückwich, »war das, was du sehen wolltest. Die Quelle hätte nie zugelassen, dass sie ihr Zentrum erreichen.«

»Aber das *hat* sie.« Evrane hielt inne, Hände und Klingen bereit, und richtete einen frohlockenden Blick auf Aeduan. »Diese Mädchen haben den Ursprung der Quelle berührt, und sie ist erwacht. Dann haben die Wasser Iseult geheilt.«

Iseult. Das Nomatsi-Mädchen ohne Blutwitterung.

Sie war nicht eine der heiligen Cahr Awen – Aeduan weigerte sich, das zu glauben. Sie war zu nichtssagend. Zu dunkel.

Und was die Wahrmagis anging … Wenn sie tatsächlich die andere Hälfte der Cahr Awen war, dann bedeutete es einen Bruch seines Carawen-Eids, wenn er sie an seinen Vater übergab. Allein der Gedanke daran ließ Wut durch Aeduans Adern branden. Er würde nicht sein gesamtes Geschick in Gefahr bringen, nur weil Mönch Evrane eine leichtgläubige, verzweifelte alte Närrin war. Also ließ er sein Wurfmesser fliegen.

Evrane schlug es aus der Luft und nutzte den Schwung ihrer Drehung, um ein eigenes Messer zu schleudern.

Aeduan wich nach links aus, fing das Messer und warf es zurück.

Aber Evrane tänzelte bereits eine Steigung hinauf, nutzte das Terrain zu ihrem Vorteil. Mühelos glitt sie über die Steine nach oben, wobei sie ihr Stilett zog – ihre letzte Waffe. Dann stürzte sie sich auf Aeduan.

Er sprang nach vorne und rollte sich unter ihr hindurch. Dann stand er wieder auf den Beinen und riss das Schwert durch die Luft …

Es traf auf Evranes Stilett, wo es an der Parierstange hängen blieb. Ihr Arm zitterte. Ihre schmale Klinge konnte niemals gegen das Schwert und Aeduans größere Stärke bestehen.

»Erinnere dich daran, wer du bist«, stieß sie hervor. Der Stahl von Aeduans Schwert glitt immer näher an sie heran. Jeden Moment würde ihr Ellbogen versagen, und Aeduans Klinge würde ihren Hals durchtrennen. »Die Cahr Awen sind gekommen, uns zu retten, Aeduan. Erinnere dich an deine Pflicht ihnen gegenüber.«

Ihr Stilett glitt ab.

Aeduans Klinge senkte sich und traf ihren Hals … aber er hielt inne und bremste die Klinge im letzten Moment. Blut rann auf den Stahl. Evrane keuchte mit weit aufgerissenen Augen.

»Wir sind hier fertig«, sagte Aeduan und riss sein Schwert zurück. Blutstropfen sprühten durch die Luft und trafen Evranes Gesicht und Aeduans Uniform.

Evrane sank in sich zusammen. Vor seinen Augen wurde sie zu einer müden, alten Frau.

Das war mehr, als er ertragen konnte, also stieß er ohne ein weiteres Wort sein Schwert zurück in die Scheide und katapultierte sich den Pfad entlang. Als er eine Kurve im Wald erreichte und der Donner über ihm viel lauter grollte, als es möglich sein sollte, traf scharfer Stahl dumpf seine Schulter und kratzte über seine Rippen. Er durchstieß seinen rechten Lungenflügel.

Er erkannte das Gefühl. Es war ein Carawen-Wurfmesser, genau die Klinge, die er eben selbst auf Evrane geworfen hatte.

Es tat weh, ganz zu schweigen von dem Blut, das sich in seiner Kehle sammelte und ihm das Atmen erschwerte. Doch trotzdem konnte Aeduan ein Lächeln nicht unterdrücken, denn Evrane war so erbarmungslos wie immer. Zumindest *daran* hatte sich nichts geändert.

37

Dies konnte sich als der dümmste Plan entpuppen, den Iseult jemals entworfen hatte. Und, bei der Mondmutter, Merik und sein Vertrag sollten es *besser mal* wert sein.

Achtzig Schritte, dachte Iseult, als sie die siebzehn Matrosen dabei beobachtete, wie sie in Höchstgeschwindigkeit über Lejnas Hauptstraße am Hafen auf sie zurannten. Zwölf weitere sprangen gerade auf den Pier, an dem ihr Schiff inzwischen vertäut lag, denn natürlich hatten die Marstoker die Stadt genau im selben Moment erreicht wie Iseult und Safi. Jetzt rannten Soldaten, von denen einige sicherlich Feuermagi waren … oder Schlimmeres … mit beängstigender Eleganz auf sie zu.

Iseult bewegte sich nicht einmal. Sie stand am äußersten Rand der Stadt. Wenn die Matrosen noch zwanzig Schritte entfernt waren, würde sie losrennen. Das gäbe ihr ausreichenden Vorsprung, um vor ihnen zu bleiben – oder zumindest lang genug nicht gefangen zu werden, damit Safi in die Stadt kommen konnte.

Iseult war es auf ihrem Ritt in die Stadt gelungen, das Terrain abzuschätzen, doch ein Großteil ihres Plans beruhte auf Vermutungen. Eine Menge von dem, was sie *glaubte*, über die gepflasterten Straßen und Gassen von Lejna zu wissen, konnte falsch sein. Und wenn diese Lücken zwischen den Dächern nicht den Verlauf einer Straße anzeigten und dieses große, viereckige Loch kein Platz war, dann steckte sie wirklich tief im Dreck.

Ihr Plan wies noch andere Löcher auf, zum Beispiel die Tatsache, dass das weiße Kopftuch, das sie aus Safis Hemd gefertigt hatten (um Iseults Haare zu verstecken) bei diesem Wind vielleicht nicht lang halten würde. Oder die, dass sich die Wahl der Gasse zwischen den Häusern als fatal herausstellen konnte, denn sie war schattig und steil. Oder vielleicht war ihre Position doch zu verletzlich, wie sie hier mit hoch erhobenen Armen und immer noch in der Scheide steckendem Entermesser stand.

Sechzig Schritte. Inzwischen sah sie die Augen der Matrosen, und sie konnte das Glänzen ihrer erhobenen Säbel einfach nicht ignorieren. Ebenso wenig wie das hungrige Purpur ihrer Stränge.

Sie werden dich nicht umbringen, rief sie sich zum hundertsten Mal in Erinnerung. *Ruhe. Ruhe in deinen Finger und deinen Zehenspitzen.*

Iseult spürte Safis Stränge hinter sich. Sie glühten in dunkelgrüner Bereitschaft, während sie durch die Schatten am Waldrand schlich. Wenn Safi bereit war, würde auch Iseult bereit sein. Vollkommen, vereint – nur diesmal in umgekehrten Rollen.

Dreißig Schritte.

Iseult grub die Fersen tiefer in den Boden, holte tief Luft …

Zwanzig Schritte.

Sie lief los. Schatten verschlangen sie, doch vor ihr erkannte sie gräuliches Licht. Pflastersteine und Ladenfenster.

Schritte folgten ihr. Trotz der Blitze, die mit jeder Sekunde näher rückten, und dem Geräusch ihrer weichen Stiefel auf dem Pflaster konnte Iseult das Trommeln marstokischer Füße hinter sich nicht überhören.

Iseult eilte ans Ende der Gasse, um dann scharf nach rechts abzubiegen. Eine breite Straße. Genau darauf hatte sie gehofft. Sie führte schräg einen Hügel hinauf auf einen entfernten Ort zu, der vielleicht ein großer Marktplatz war.

Es sollte besser ein Marktplatz sein.

Zerbrochene Türen und gesprungene Fenster sausten am Rande ihres Blickfelds vorbei. Nach wie vor hatte sie den Wind im Rücken, und er trieb sie voran. Inzwischen fiel Regen. Die Tropfen zerplatzten auf der Straße und ließen die Pflastersteine rutschig werden.

Iseult dachte kurz darüber nach, wie sie mit dem Regen umgehen sollte, wenn sie den Marktplatz erreichte. Er würde ihre Verteidigung beeinträchtigen …

Vor ihr stürmten noch mehr Männer aus einer Straße. Die Matrosen vom Pier mussten den Hügeln hinaufgeeilt sein, um ihr den Weg abzuschneiden.

Iseult hatte sich in eine ausweglose Situation manövriert, und ihr Plan war hinfällig, bevor er wirklich begonnen hatte.

Nein, nein. Sie *durfte* sich nicht von Panik überwältigen lassen. Sie brauchte nur einen Moment – einen kurzen Augenblick ohne den Atem der Marstoker im Nacken.

Iseult bog scharf nach links ab. Ihre Füße gerieten ins Rutschen, sie fiel nach vorne und fing sich an einem Pfosten ab. Sie verlor kostbare Augenblicke, aber ihr fehlte die Zeit, um es zu bedauern. Keuchend zwang sie ihre Füße dazu, sich so schnell wie möglich zu bewegen. Diese Gasse würde bestimmt auf eine andere Straße führen. Sie konnte doch sicherlich einen Moment finden, um innezuhalten und nachzudenken.

Iseult konzentrierte sich auf die einzelnen Pflastersteine. Darauf, ihre Beine nach vorne zu werfen und den nächsten Atemzug zu nehmen. Und dann den nächsten.

Ruhe. Ruhe. Sie konnte das schaffen.

Sie bog in eine weitere breite Straße ein, wo sie noch mehr Marstoker entdeckte. Sie quollen ihr aus einer weiteren Gasse vor ihr entgegen. Einer nach dem anderen rannte auf sie zu. Sie war gefangen.

Iseult sprang nach links, direkt durch eine schief hängende Tür. Beim Aufprall explodierten Schmerzen in ihrer Schulter. Sie biss sich in die Zunge, ihr Mund füllte sich mit Blut, ihre Gedanken mit Schmerz. Das war genau die Ablenkung, die sie brauchte. Für einen Moment empfand sie nichts als Ruhe, und das erlaubte ihr, ihre Umgebung zu mustern: ein Laden mit einem Tresen und einer Tür dahinter.

Iseult warf sich über den Tresen. Das Fenster explodierte, und der Sturm drang heulend in den Raum.

Dasselbe galt für Soldaten, aber Iseult hatte sich bereits wieder aufgerichtet und rannte aus der Hintertür in eine weitere Gasse. Schnell und scharf bog sie nach rechts ab. Über ihr zuckten Blitze, und der Wind heulte, doch die Gebäude schützten sie. Iseult kam an eine Ecke, bog ab, und Giftpfeile trafen klappernd die Wand hinter ihr. Was bedeutete, dass sich ihren Verfolgern jetzt auch Giftmagi angeschlossen hatten. Marstokische Nattern.

Plötzlich zogen sich die Gebäude zurück. Licht und Wind trafen Iseult, und sie fand sich auf einem Platz wieder. Dem Marktplatz, auf den sie gehofft hatte. In der Mitte erhob sich ein uralter, verwitterter Springbrunnen. Die Statue darauf zeigte den nubrevnanischen Gott Noden – starke Muskeln und gelockt Haare –, der auf seinem Korallenthron wartete.

Iseult sprang auf den kniehohen Brunnenrand, glitschig

durch Algen und Vogelkacke. Das machte es ihr leichter, zu den Marstokern herumzuwirbeln, bot ihr aber gleichzeitig keinen wirklich festen Stand.

Und die ganze Zeit über eilten die Matrosen auf Iseult zu, ein Schwarm aus regendurchnässten Uniformen und konzentrierten Strängen. Schmale und schlanke Gestalten ebenso wie Männer mit breiter Brust, offensichtlich weibliche Körper im Kontrast zu Könnte-eigentlich-alles sein.

Mit dem Wind und dem Regen, der aus schwarzen Wolken auf sie herunterprasselte, waren Iseults Ohren nutzlos. Ihre Haut wurde unter dem nassen Ansturm taub.

Dann erreichte der erste Soldat den Platz … und wurde langsamer. Sie hielten an, und eine weibliche Stimme brüllte über das Heulen des Sturms: »Sie ist es nicht!«

Iseults Magen hob sich. Ihre linke Hand schoss zu ihrem Kopf. Kein Tuch. Ihre schwarzen Haare waren vollkommen durchnässt und für alle sichtbar.

»Findet die echte Domna!«, befahl die Frau. »Zurück zur Küste!«

Die eisige Kälte in Iseults Magen breitete sich nach oben aus und nahm ihr die Luft zum Atmen. Sie würden verschwinden … einfach so?

»*Wartet!*«, kreischte sie und sprang vom Brunnenrand. Wenn sie ein paar von ihnen in einen Kampf verwickeln und so hier festhalten konnte, dann könnte Safi es vielleicht trotzdem schaffen.

Iseult eilte hinter den sich zurückziehenden Soldaten her. Mehrere hatten angehalten und drehten sich um. Langsam, ach so langsam, bewegte sich Iseults Hand zu ihrem Entermesser, bereit zum Angriff.

Hitze durchfuhr sie mit einem lauten Krachen, und sie fühlte eine Spannung in den Strängen, die sie fast auf die Knie zwang. In einem einzigen Atemzug waren unzählige Stränge gerissen. Gebrochen. Geborsten.

Der am nächsten stehende Soldat drehte sich zu Iseult um. Seine Augen waren schwarz. Seine Haut kochte. Dann fing er an, an seinen Ärmel zu zerren, an seiner Haut, während sich hinter ihm mehr und mehr Soldaten zu Iseult umdrehten.

Und alle barsten.

38

Aus der Deckung eines ausgebleichten Erlenstamms beobachtete Safi die heruntergekommene Hafenstraße. Ihr Fuß trommelte auf den Boden, ihre Fingernägel gruben sich in die raue Borke, und der Drang, Iseult zu helfen, zerriss sie förmlich von innen. Aber sie hielt sich an den Plan und wartete, bis noch der letzte Marstoker Iseult in die Gasse gefolgt war. Dann rannte sie auf Lejna zu.

Sie hielt den Blick auf das Schiff gerichtet, das wild schaukelnd am ersten Pier lag. Mehrere Soldaten eilten über das Dock, doch sie waren zu sehr mit dem herannahenden Sturm beschäftigt, um in Safis Richtung zu sehen. Trotzdem zog Safi für alle Fälle ihr Carawen-Schwert.

Ihre Augen huschten über die Straße und den nächstgelegenen Pier. Leer, leer – alles war vollkommen leer. Eins dieser Docks musste der Pier sieben sein, den Onkel Eron in seinem Vertrag angegeben hatte.

Doch inzwischen hätte es Safi nicht einmal mehr überrascht zu erfahren, dass es gar keinen Pier sieben gab. Dass Onkel Eron nie vorgehabt hatte, seine Seite des Vertrags einzuhalten.

Nun, dann würde er das Nachsehen haben, denn kämen

Höllenflammen oder Hexenfische, Safi würde Merik dieses Handelsabkommen sichern.

Ein dicker Regentropfen traf Safis Kopf, als sie zum ersten Mal auf Pflastersteine trat. Sie sah zum Himmel und fing an zu fluchen. Der Sturm hatte Lejna fast erreicht, und es war auf keinen Fall ein natürlicher Sturm – nicht, wenn man all diese schwarzen Wolken betrachtete.

Was tust du, Prinz?

Der Regen wurde heftiger. Eine plötzliche Welle schwappte über die Hochwassermarke, überrollte das erste Dock und überzog die Pflastersteine mit Schleim.

So viel zum Anschleichen. Safi lief los, und dann rannte sie, so schnell sie konnte. Wenn der Sturm weiterhin so heranraste, würden alle drei Piere in Minuten von den Wellen verschlungen werden.

Safi erreichte die erste hölzerne Fläche. Sie war mit Algen überwachsen und knirschte bedrohlich unter ihren Stiefeln. Sie machte vier Schritte auf den Pier, ohne das schwankende Kriegsschiff am Ende aus den Augen zu lassen, dann drehte sie um, bereit, auf den nächsten Pier zuzulaufen. Aber das Holz war glatt, die Wellen rau und der Wind zu stark. Safi konzentrierte sich so sehr darauf, wann sie über die nächste Welle springen musste, dass sie die dunkle Gestalt nicht bemerkte, die sich anschlich.

Erst als Safi wieder die Straße erreicht hatte, entdeckte sie endlich dreißig Meter entfernt die marstokische Natter, die sich genau zwischen ihr und dem nächsten Pier positioniert hatte.

»Wenn Ihr mit mir kommt«, schrie die Natter, ihre Stimme und Form eindeutig weiblich, »dann wird niemand verletzt!«

Nein danke, dachte Safi und zog ihr Schwert. Die Frau war unbewaffnet, Safi dagegen nicht. Sie hob die Klinge.

»Ich gebe Euch eine Chance, Wahrmagis! Entweder ihr schließt Euch Marstok als Verbündete an, oder Ihr könnt als Feind Marstoks sterben!«

Safi hätte fast gelacht. Ein finsteres, wütendes Lachen, denn *jetzt* war der Moment gekommen, auf den sie ihr gesamtes Leben gewartet hatte: der Moment, in dem ihre Magie eine Zielscheibe auf ihre Stirn malte und Soldaten kamen, um sie zu holen.

Zugegeben, sie hatte die ganzen Jahre über mit Höllebarden gerechnet, aber Nattern waren mehr als ausreichend.

Safi ging in Stellung, bereit zum Angriff. Ein Blitz zuckte über den Himmel. Sie blinzelte – sie konnte einfach nichts dagegen tun. Als sie die Augen wieder öffnete, peitschte Wind auf sie ein, der Regen stach wie Nadeln. Und natürlich war die Frau nicht mehr unbewaffnet. In ihren Händen, die vor wenigen Herzschlägen noch leer gewesen waren, hielt sie jetzt einen Kriegsflegel, der eiserne Ball am Ende so groß wie Safis Kopf.

»Wo zum liebestollen Frettchen kam der her?«, murmelte Safi. »Sind da Stacheln an der Kugel?« Sie wich zurück und dachte kurz darüber nach, ob Carawen-Stahl wohl stark genug war, um Eisen zu durchschlagen. Dann entschied sie, dass es nicht so war – genau in dem Moment, als die stachelbewehrte Todeskugel auf ihren Kopf zusauste.

Safi duckte sich zur Seite, und der Kriegsflegel sauste an ihrer Stirn vorbei. Ein einzelner Stachel kratzte über ihre Haut. Blut lief ihr in die Augen, und für einen winzigen Moment leuchtete die Formulierung im Vertrag vor ihren Augen auf: *Alle Abmachungen verlieren ihre Gültigkeit, sollte der Passagier Blut vergießen.*

Dann sauste der Stiefel der Natter auf Safis Gesicht zu, und ihr blieb keine Zeit mehr zum Denken.

Safi schlug den Fuß mit dem Ellbogen zur Seite, brachte die Natter damit erfolgreich aus dem Gleichgewicht und sorgte auch dafür, dass der Kriegsflegel nach unten sauste. Safi fing die eiserne Kette mit ihrer Klinge ab, doch der Schwung der Kugel wickelte die Kette nicht um ihr Schwert, wie sie es erwartet hatte. Das hätte ihr erlaubt, der Natter den Flegel aus den Händen zu reißen. Stattdessen schien das Eisen plötzlich zu schmelzen … über den Stahl zu gleiten … und sich auf der anderen Seite wieder zu verhärten.

Safi blinzelte Blut und Regen aus den Augen, davon überzeugt, dass sie sich geirrt haben *musste*. Aber nein. Die Frau sog ein Kettenglied nach dem anderen nach unten in die Eisenkugel, sodass der tödliche Ball noch größer wurde, die Stacheln noch länger.

Oh, Dreck. Safi stand einer Eisenmagis gegenüber. *Oh, Dreck, Dreck, Dreck*. Sie hatte ihre Gegnerin vollkommen falsch eingeschätzt. Gegen die konnte sie nicht allein kämpfen. Carawen-Stahl enthielt trotz allem Eisen, also bestand ihre einzige Chance darin, ihr Schwert wegzuwerfen, irgendwie an der Natter vorbeizukommen und dann zu rennen, als wäre ihr die Finsternis selbst auf den Fersen.

Also tat Safi genau das. Sie warf ihr Schwert zur Seite, wobei sie eine stumme Entschuldigung an Evrane schickte, und als die Natter mit ihrem Kriegsflegel zuschlug, sprang Safi so hoch, wie sie nur konnte. Aber es war nicht hoch genug. Der Flegel traf ihren Knöchel, und eiserne Stacheln bohrten sich in ihr Fußgelenk.

Ihre Instinkte schalteten sich ein. Mitten in der Luft wirbelte Safi herum und ließ ihren rechten Fuß vorschnellen. Mit der Ferse traf sie die Kehle der Natter.

Sie bekam keine Chance zu sehen, was als Nächstes passierte. Ein magisch aufgeladener Windstoß explodierte hinter ihr, und bevor sie wusste, wie ihr geschah, flog sie über die Natter hinweg, getragen von dem wirbelnden Sturm. Die Pflastersteine sausten auf ihr Gesicht zu – viel zu schnell –, dann knallte Safi auf den Boden. Schmerzen schossen durch ihren Körper. Regen ergoss sich vom Himmel. Blitze zuckten und zischten, getrieben von dem wütenden Wind.

Safi kämpfte sich auf die Füße, blinzelte gegen das Wasser in ihren Augen und die Schmerzen an. Dann machte sie sich entschlossen auf den Weg zum zweiten Pier. Wie beim ersten Mal trat sie ungefähr vier Schritte weit auf das Holz, bevor sie zum Kai zurückeilte, wo die Natter sie einholte.

Also tat Safi das Einzige, was ihr einfiel: Sie riss die Hände in die Luft und schrie: »Ihr könnt mich haben!«

Aber die Natter senkte ihren Kriegsflegel nicht. »Erlaubt mir, Euch Fußketten anzulegen, Wahrmagis, und ich werde Euch glauben!«

»Wahrmagis?«, rief Safi mit einem unschuldigen Achselzucken. »Ich glaube, Ihr habt das falsche Mädchen!« *Falsch*. Ein Kratzen ihrer Magie. »Ich bin nur eine einfache Domna und nicht einmal von einem der großen Adelssitze!«

»Ihr könnt mich nicht überlisten«, brüllte die Frau. Der Sturm zerrte an ihrer Uniform, und das schwarze Kopftuch, unter dem sich ihr Gesicht verbarg, flatterte im Wind.

Aus irgendeinem Grund konnte Safi nicht aufhören, dieses an eine Fahne erinnernde Stück Stoff anzustarren. Sie kam nicht gegen das Aufheulen ihrer Magie an. *Falsch, falsch, falsch*, kreischte sie wieder und wieder. *Böse, böse, böse!* Die Reaktion war viel zu heftig für eine einfache Lüge.

Dann verstand Safi und erkannte das Gefühl.

Bersten.

Sobald das Wort in ihren Gedanken aufgestiegen war, explodierte der Himmel.

Eine Druckwelle aus Hitze und Licht brach aus den Wolken hervor. Sie schluckte jedes Geräusch, verdrängte jedes Gefühl, machte Sehen unmöglich.

Safis Knie wurden weich. Sie fiel nach vorne, blinzelnd, die Arme ausgestreckt, verzweifelt bemüht herauszufinden, wo sie sich befand, wo sich die Natter aufhielt …

Und vor allem, wer gerade barst.

Ein verschwommenes Bild: die Natter auf den Knien. Sie starrte entsetzt auf ihre Arme – Arme, von denen, wie Safi vage bemerkte, die Ärmel abgerissen waren.

Barst *diese* Frau?

Safi setzte all ihre Kraft ein, um sich aufzusetzen, gegen den Wind und die statische Elektrizität anzukämpfen, um die Frau nach Zeichen von schwarzen Augen oder Öl auf der Haut abzusuchen …

Dann fiel ihr auf, dass das Kopftuch der Natter verschwunden war. Es hatte sich vollkommen gelöst. Jetzt peitschten die schwarzen Haare der Frau in alle Richtungen, umrahmten ein bronzefarbenes, scharfes, wunderschönes Gesicht.

Safi starrte die Kaiserin von Marstok an.

* * *

Der luftmagische Sturm hatte Aeduans Magie gestört und Safiyas Witterung aus seinem Blut getilgt. Oder vielleicht trug sie ja wieder einen Mantel aus Salamanderstoff. Egal, was es war, ihm blieb keine andere Wahl, als seine Magie freizugeben und einfach den Marstokern durch Lejna zu folgen, in der Hoffnung, dass sie ihn zu Safiya führten. Als ihm klar wurde, dass die Matrosen sich auf einem Platz sammelten, kletterte er auf die Dächer, um bessere Sicht zu haben und hoffentlich auch schneller voranzukomen.

Doch bis Aeduan endlich den Platz erreicht hatte, entdeckte er, dass die Matrosen Richtung Meer zurückliefen. Dann sah er das Nomatsi-Mädchen ohne Blutwitterung, das neben einer Statue des nubrevnanischen Gottes stand. Sie hatte sie alle getäuscht. Als Lockvogel.

Aeduan fluchte und schickte seine Magie aus, um nach der Wahrmagis zu suchen. Um das Nomatsi-Mädchen würde er sich später kümmern. Doch dann stieg Aeduan eine vertraute Witterung in die Nase: *schwarze Wunden und zerbrochener Tod. Schmerz und Unrat und endloser Hunger.*

Bersten.

Aeduans Magie brach in sich zusammen, verdrängt von Überraschung und von Ekel, als die Marstoker anfingen, an ihren Uniformen zu zerren, weil schwarzes Öl aus ihrer Haut drang, während sich das Nomatsi-Mädchen darauf vorbereitete, gegen sie zu kämpfen.

Aeduan wusste, dass er verschwinden sollte – *sofort*. Doch er tat es nicht. Er wartete. Er beobachtete. Dann traf er eine Entscheidung.

Ein Knurren drang über seine Lippen. Die Puppenspielerin war verantwortlich. Aeduan erkannte ihr Werk inzwischen. Sie musste herausgefunden haben, wo sich die Wahrmagis aufhielt, und jetzt versuchte sie, Aeduan auf ihre verdrehte, berstende Art zu helfen.

Was bedeutete, dass Aeduan verantwortlich wäre, sollte Iseult hier sterben – das genaue Gegenteil einer zurückgezahlten Lebensschuld.

Also rannte Aeduan zum Rand des Dachs und sprang. Er flog drei Stockwerke tief und auf den Springbrunnen zu. Luft rauschte in seinen Ohren. Laut, schnell. Sein rechter Fuß traf den Boden. Er konzentrierte seine Magie, um sich abzurollen, und kam ungeschickt auf die Beine, sodass er nur mit Mühe verhindern konnte, gegen die Strangmagis zu knallen.

Die schlug mit ihrem Entermesser nach Aeduans Kopf. Er duckte sich, und Stahl sauste über ihn hinweg.

»*Nein!*«, mehr konnte er nicht rufen, bevor er sein Schwert zog und zum nächsten Geborstenen herumwirbelte. Der Mann war eine Natter. Er hatte sein schwarzes Kopftuch heruntergerissen, seine Haut glänzte dunkel und ölig. Sein Mund bewegte sich gierig, auf der Suche nach jemandem, der es wert war, verschlungen zu werden.

Aeduan rammte seine Klinge in die Schulter der Natter, dann riss er sie zurück. Heiße Säure spritzte harmlos auf Aeduans Mantel, doch ein Tropfen traf sein ungeschütztes Gesicht und brannte sich in seine Wange.

Also ist ihr Blut tatsächlich *Gift*.

Ihm blieb keine Zeit, sich länger mit dieser Erkenntnis zu beschäftigen, denn der Geborstene schlurfte bereits vorwärts. Sein ätzendes Blut fraß sich durch seine Uniform und gab den Blick frei auf eine Brust und Arme, auf denen die Pusteln jeden Moment platzen konnten.

»Der Kopf!«, schrie das Mädchen, bevor sie ihre Klinge in weitem Bogen schwang.

Stahl traf auf Haut, durchtrennte Nerven und Knochen. Der Kopf der Natter flog davon, und der Körper des Mannes schwankte, während sich Säure wie aus einem Springbrunnen auf die Pflastersteine ergoss. Sie fraß sich durch die Kleidung des Mädchens. Sie stolperte rückwärts, dann trat sie gegen den kopflosen Körper. Er brach zusammen.

Das Mädchen starrte mit offenem Mund auf ihre Ärmel, als wäre sie entsetzt, dort Löcher zu entdecken. *Närrin*. Hatte sie nicht gesehen, wie die Säure wirkte? Es war ihr eigener Fehler, dass sie getroffen worden war. Trotzdem stellte Aeduan fest, dass sich sein Mund öffnete und ihm die Worte »Bleib hinter mir« über die Lippen kamen.

Dann wandte er sich vier weiteren Marstokern zu und machte sich an die Arbeit. Sie schlurften auf Aeduan zu, und natürlich blieb die dumme Strangmagis nicht hinter ihm, wie er es ihr befohlen hatte. Stattdessen warf sie sich nach vorne, und ihre Klinge sauste auf Höhe der Hälse durch die Luft.

Sie traf nicht. Der erste Geborstene sprang mit unnatürlicher Schnelligkeit zurück. *Windmagis*, wurde Aeduan klar, als er mit seiner eigenen Klinge zustieß. Wieder sprang der Mann nach hinten, Schwärze auf seiner Haut.

Luft drängte pfeifend gegen Aeduan, und er stolperte rückwärts auf den Springbrunnen zu. Auch die Strangmagis musste darum kämpfen, auf den Beinen zu bleiben, doch sie stand besser.

Hinter Aeduan erklang ein ohrenbetäubender Knall. Ihm blieb gerade genug Zeit, um herumzuwirbeln und zu sehen, wie sich ein Spalt im Brunnen auftat, bevor die Strangmagis seinen Mantel packte und daran *riss*.

Der Brunnen explodierte in einem Gewirr aus uraltem Stein und Wasser, aber Aeduan und das Mädchen namens Iseult rasten bereits auf eine Gasse zu. Offensichtlich war einer der Marstoker ein Gezeitenmagis, und jetzt, da er Wasser gefunden hatte, konnte Aeduan ihm nichts entgegensetzen.

Ein magischer Wind traf Aeduans Rücken, scharf wie ein Messer und dazu gedacht, ihm die Haut vom Körper zu reißen. Doch Aeduans Umhang schützte ihn, und sein Körper schützte das Mädchen.

Aeduan lief noch schneller, trieb Iseult vor sich her. »Nach rechts!«, brüllte er, und sie bog schlitternd ab.

Regen prasselte vom Himmel und verstärkte nur noch die Macht des berstenden Gezeitenmagis. Ein blutrünstiger Schrei hallte durch die Straßen. Verschiedene Schreie, unzählige sogar.

»Links!«, bellte Aeduan an der nächsten schattigen Kreuzung. Er hatte keine Ahnung, wo sie hinliefen. Er wusste nur, dass er mehr Abstand zwischen sich und die Geborstenen bringen musste. Er konnte das Nomatsi-Mädchen verstecken, bis alles vorbei war.

Ja, Aeduan würde seine Lebensschuld bei Iseult begleichen, und dann würde er nie wieder an sie denken. Sie war keine der Cahr Awen, sie war nicht sein Problem.

Aeduan entdeckte eine nach hinten versetzte Tür am Ende der Gasse. Die Tür hing schief in den Angeln. »Vor uns!«, schrie er. »Rein da!«

Die Strangmagis wurde langsamer. Sie warf einen schnellen Blick über die Schulter, die Augen weit aufgerissen.

»*Mach es.*« Er packte ihren Arm mit wilder Kraft und pumpte seine Magie in sein Blut. Seine Geschwindigkeit verdoppelte sich, die Gasse verschwamm, das Mädchen schrie auf. Sie rannte nicht so schnell wie er, und er konnte auch nicht ihr Blut packen. Aber dann hatten sie die Tür erreicht, und er schob sie in den Raum, zerrte sie in den hinteren Teil des Hauses, drängte sie durch eine Küche, wobei ihr Keuchen fast so laut war wie der heulende Wind und das Prasseln des Regens.

Speisekammer. Aeduan erkannte den hohen Schrank in der hintersten Ecke des Raums, gefährlich nah an einem zerbrochenen Fenster, aber gleichzeitig das einzige Versteck, das er entdecken konnte. Er schubste das Mädchen in diese Richtung. »Kriech rein.«

»Nein.« Sie wirbelte zu ihm herum. »Was willst du damit erreichen?«

»Ich begleiche eine Lebensschuld. Du hast mich verschont, und jetzt verschone ich dich.« Mit einer schnellen Bewegung seines Handgelenks öffnete er den Salamandermantel. »Versteck dich darunter. So werden sie dich nicht wittern.« Er streckte ihr den Stoff entgegen.

»Nein.«

»Bist du taub oder nur dämlich? Diese Geborstenen sind nur Sekunden hinter uns. Vertrau mir.«

»Nein.« Ihr Körper zitterte, aber nicht vor Angst. Der Blick in ihren grünbrauen Augen sprach von eigensinniger Verweigerungshaltung.

»Vertrau. Mir.« Aeduan sprach jetzt sanfter, während seine Ohren und Magie damit beschäftigt waren, auf Hinweise von Geborstenen zu lauschen. Sie würden jeden Moment hier sein, und das Nomatsi-Mädchen gab immer noch nicht nach. Und wenn sie nicht nachgab, würde Aeduans Lebensschuld unbeglichen bleiben.

Also sprach er die einzigen Worte, die ihm einfielen und mit denen er sie vielleicht überzeugen konnte: *»Mhe verujta«*, sagte er. *»Mhe verujta.«*

Ihre Augenbrauen schossen nach oben. »Woher … wieso kennst du diese Worte?«

»Aus derselben Quelle wie du auch. Und jetzt kriech da rein.« Aeduan schob sie in den Schrank, unsanft. Seine Geduld war am Ende, und er witterte die sich nähernden Geborstenen. *Blutverschmierte Geheimnisse und dreckverkrustete Lügen.*

Das Mädchen tat wie befohlen. Sie trat in den Schrank und starrte Aeduan mit ihrem seltsamen Gesicht an. Er warf ihr den Umhang zu, den sie mühelos fing.

»Wie lange soll ich warten?«, fragte sie. Dann glitt ihr Blick über seinen Körper. »Du blutest.«

Aeduan sah hinunter auf das Blut aus den alten Wunden, und dann auf die neuen Wunden, die Evrane ihm zugefügt hatte. »Das ist nichts«, murmelte er, bevor er vorsichtig begann, die Schranktür zu schließen. Ein Schatten fiel über das Gesicht des Mädchens, doch Aeduan hielt inne, bevor er den Schrank ganz schloss. »Meine Lebensschuld ist beglichen, Strangmagis. Täusch dich nicht: Sollten sich unsere Weg noch einmal kreuzen, werde ich dich töten.«

»Nein, wirst du nicht«, flüsterte sie gerade, als sich die Tür mit einem Klicken schloss.

Aeduan zwang sich zu schweigen. Sie verdiente keine Antwort. Es war ihr Fehler, wenn sie dachte, er würde sie verschonen.

Also hob Aeduan die Nase in die Luft, rief seine Blutmagie, wirbelte herum und trat in eine Welt aus Regen, Wind und Tod.

Merik flog in blindem Terror. Kullen hatte Lejna fast erreicht und raste auf den ersten Pier zu. Doch irgendetwas stimmte nicht. Sein Strangbruder war schneller davongesaust, als Merik fliegen konnte, und erfüllt von einer unkontrollierten Gewalttätigkeit, wie Merik sie noch nie erlebt hatte. Merik torkelte in der Luft hinter ihm her, verzweifelt um Kontrolle bemüht.

Als Merik endlich die Stadt erreichte, knallte er auf den zerbrochenen ersten Pier und landete dort, wo er auch Kullen hatte landen sehen. Doch er konnte nichts entdecken als peitschenden Sturm. Noch mehr Angst machte ihm, wie seine Magie in seinem Inneren pulsierte und sich gegen seine Haut drängte, als würden in der Nähe Leute bersten. Als würde Ihr Bersten schon bald auch Merik über die Kante treiben.

Mit großen Sprüngen rannte Merik über den Pier Richtung Land. Ein Blitz schlug neben einem Laden ein, und Merik entdeckte Kullen. Sein Strangbruder kniete vor dem Eingang zu einer Gasse, und grelle Elektrizität zuckte über seinen Körper. Dann verblasste der Blitz, und Kullen verschwand erneut hinter Luft und Seewasser, Algen und Sand.

Merik erreichte die Straße und rannte direkt auf die wirbelnde Wand aus Blitzen und Wind zu, hinter der sich Kullen verbarg.

Nein, inzwischen war da noch mehr. Glas und gesplittertes Holz. Kullen brachte ganze Gebäude zum Einsturz.

Merik rannte in das tosende Chaos aus Licht, Lärm und statischer Elektrizität. Dann wurde er in den Wirbel gezogen. Der Wind zerrte an ihm. Das Wasser schlug auf ihn ein. Magie umhüllte ihn. Und Merik konnte nicht dagegen ankämpfen. Er war als Magis nicht halb so stark wie Kullen, und nachdem seine eigene Macht ihm das Gefühl vermittelte, als müsste sie jede Sekunde bersten, konnte er nichts anderes tun, als den Kampf einzustellen.

Der magische Zyklon riss ihn in die Höhe, so schnell, dass sein Magen scheinbar irgendwo am Boden zurückblieb. Höher, höher, höher flog er. Er schloss die Augen. Schutt wurde gegen ihn geschleudert. Glas schnitt in seine Haut.

Doch dann, so schnell, wie er nach oben gesogen worden war, wurde Merik wieder freigegeben. Er hörte auf, sich zu drehen; der Wind gab ihn frei. Doch der Sturm tobte weiter. Merik hörte ihn, fühlte ihn …

Unter sich.

Er zwang sich, die Augen zu öffnen, zwang seine Magie, ihn gerade lange genug in der Luft zu halten, um abzuschätzen, was geschehen war.

Merik schwebte in den Wolken über Kullens Sturm. Doch der Zyklon wuchs stetig, saugte die Wolken um Merik herum ein und würde schon bald auch ihn verschlingen. Doch dort, hundert Meter unter ihm, sah er einen dunklen Punkt im Sturm. Kullen.

Ohne nachzudenken warf sich Merik nach vorn, getrieben von einem schmerzhaften Stoß seiner eigenen Magie. Dann gab er die Magie frei und fiel. Schneller, als er durch den Sturm nach oben geschossen war, sauste er jetzt der Straße entgegen. Und während er durch eine Welt aus Hölle und magischem Sturm fiel, erlaubte er seinen tränenden Augen nicht, den Blick von seinem Strangbruder abzuwenden.

Kullen entdeckte ihn. Er kauerte auf dem Pflaster neben einem zerbrochenen, nein, immer noch zerbrechenden Gebäude. Sein Strangbruder hatte die Hände an die Brust geschlagen und den Kopf in den Nacken geworfen, und Merik wusste einfach, dass Kullen ihn sah.

Kullen riss die Hände nach oben. Ein Windstoß traf Merik, fing seinen Sturz ab und senkte ihn langsam auf die Straße. Direkt ins Auge von Kullens Sturm.

Sobald Meriks Stiefel den Boden berührten, stürzte er zu seinem Strangbruder. Kullen kniete, den Kopf jetzt gesenkt.

»Kullen!«, schrie Merik. Er zerriss sich fast die Kehle bei dem Versuch, sich über das endlose Donnern des Sturms, das Knacken des Gebäudes und das Klirren der zerbrechenden Fenster Gehör zu verschaffen. Er ließ sich auf die Straße fallen. Scherben bohrten sich in seine Knie. »Kullen! Halt den Sturm auf! Du musst dich entspannen und *diesen Sturm stoppen*!«

Kullens einzige Reaktion bestand in einem Zittern seines Rückens. Ein Zittern, das Merik nur zu gut kannte. Er hatte es schon zu oft in seinem Leben gesehen.

Merik riss den Oberkörper seines Strangbruders nach oben. »Atme!«, brüllte er. »*Atme!*«

Kullen drehte den Kopf zu Merik. Seine Lippen bewegten sich nutzlos, sein Gesicht war grau und mit Pusteln übersät, und seine Augen so schwarz wie Nodens wässrige Hölle.

Atmen konnte Kullen nicht retten, nicht vor dieser Art Anfall. Meriks Strangbruder barst.

Für einen kurzen, schmerzhaften Moment starrte Merik seinen besten Freund an und suchte in Kullens Gesicht nach dem Mann, den er kannte.

Kullens Mund öffnete sich weit, der Zyklon schrie vor Wut, die korrumpierte Magie traf Merik und drohte auch ihn zum Bersten zu bringen. Aber Merik wich nicht zurück oder stieß Kullen von sich. Der Sturm dort draußen war nichts im Vergleich zu dem, der in seinem Inneren tobte.

Kullens Finger, auf denen schwarzes Blut aus aufgeplatzten Blasen drang, packten Meriks Hemd. »Töte mich«, krächzte er.

»Nein.« Das war das Einzige, was Merik sagen konnte. Das einzige Wort, das alles beinhalten konnte, was er gerade empfand.

Kullen gab ihn frei, und für einen winzigen Augenblick schien sich die Schwärze in seinen Augen zurückzuziehen. Er schenkte Merik ein trauriges, gebrochenes Lächeln. »Lebe wohl, mein König. Lebe wohl, mein Freund.«

Dann, in einem Chaos aus Geschwindigkeit und Macht, sprang Kullen nach oben und hob ab. Wind und Trümmerteile prasselten auf Merik ein, drückten ihn gegen die Straße und nahmen ihm jede Wahrnehmung. Für unglaublich lange Zeit fühlte Merik nur Kullens Zyklon, wurde zu einem *Teil* von Kullens Zyklon. Bis ein lauter Knall erklang, und Holz und Schmerz auf ihn niedergingen.

Meriks Welt versank in Schwärze.

39

Iseult saß in dem Schrank, die Augen geschlossen und alle Sinne nach außen gerichtet, auf der Suche nach einem Anzeichen von Leben. Einem Hinweis auf die Geborstenen.

Was den Blutmagis namens Aeduan anging, war sie für seine Stränge so blind, wie sie es immer gewesen war. Allein durch sein Mienenspiel hatte sie erahnen können, was er empfand, und das war *nichts*, soweit sie es deuten konnte. Und obwohl Iseult darauf vertraut hatte, dass Aeduan sie nicht töten und wahrscheinlich auch nicht an die Geborstenen verfüttern würde, hatte es doch bei ihm keine *verujta* gegeben.

Mhe verujta. Das war die heiligste aller Nomatsi-Wendungen – ein kurzer Satz, der so viel bedeutete wie: *Vertrau mir, als wäre meine Seele deine*.

Das hatte die Mondmutter zum Volk der Nomatsi gesagt, als sie es aus dem kriegszerrissenen Osten führte. Das sagten Eltern zu ihren Kindern, wenn sie ihnen einen Gutenachtkuss gaben. Diese Worte sprachen Herzstränge in ihrem Ehegelübde.

Dass Aeduan diese Worte verwendete, konnte nur bedeuten, dass er bei einem Nomatsi-Stamm gelebt hatte … oder dass er ein Nomatsi *war*.

Doch eigentlich spielte es keine Rolle, woher er sein Wissen hatte. Er hatte Iseult geholfen, jetzt war er verschwunden.

Iseults Magie rührte sich. Sie spürte einen geborstenen Marstoker vor dem zerbrochenen Fenster. Drei sich windende Stränge des Todes bewegten sich gleichzeitig, genau wie diejenigen, die sie auf der Leiche in Veñaza gesehen hatte. Genau wie die Stränge, die sie durch die Augen der Puppenspielerin gesehen hatte.

Diese Stränge allerdings waren größer. Dicker und seltsam lang. Sie verdünnten sich zu feinen Fäden, die in den Himmel verschwanden, wie die Fäden einer Marionette auf einer Bühne …

Iseult keuchte auf. Puppenspielerin. Sie sah im Moment das Werk der Puppenspielerin. Diese durchtrennten Stränge erstreckten sich bis nach Poznin, da war sich Iseult sicher, was bedeutete, dass die Puppenspielerin diese ganzen Männer irgendwie aus der Ferne geborsten hatte.

Nein, nicht irgendwie. Sie hatte es mit Iseults Hilfe getan.

All diese Pläne und Orte, die sich in deinem Kopf verstecken, haben den Räuberkönig sehr glücklich gemacht. Deswegen hat er mir den Auftrag für die große Mission morgen erteilt. Also danke. Du hast all das erst möglich gemacht.

Die Puppenspielerin hatte verstanden, dass Iseult und Safi nach Lejna wollten, und sie hatten jeden zum Bersten gebracht, den sie finden konnte.

Iseult wurde heiß unter dem Mantel. Sie erstickte fast in diesem Schrank, und ihr Kopf brannte. Sie hätte intensiver gegen die Puppenspielerin kämpfen müssen. Sie hätte nicht schlafen dürfen und sich von den schattigen Fingern dieser Frau *fernhalten* müssen.

Iseult wurde übel.

Nein, sie würgte bereits. Ein trockenes, schmerzhaftes Würgen. Denn diese Geborstenen lagen jetzt auf ihrer Seele. Sie hatte sie durch ihre Schwäche umgebracht.

Ein weiterer Satz Stränge flackerte in Iseults Bewusstsein auf. Ein heller, lebender Satz, der Iseults Übelkeit verdrängte. Sie kannte diese Stränge, dieses entschlossene Grün und das besorgte Beige.

Evrane. Die Carawen befand sich direkt vor dem Fenster.

Einen Augenblick später stand Iseult bereits vor dem Schrank. Sie konnte Evrane nicht ebenfalls sterben lassen. Sie sprang durch das zerstörte Fenster. Glas verfing sich in ihrem Mantel, doch die Schnalle hielt. Dann rannte sie die schmale Straße entlang, nach rechts, wo sie Evranes Stränge spürte.

Regen peitschte auf sie herab, brannte in der Wunde an ihrem Gesicht. Der Sturm wurde schlimmer, der Himmel war zum Leben erwacht. Alles wogte und wälzte sich in eine Richtung: auf den Hafen zu.

Durch den Regen hindurch sah Iseult etwas Weißes. Sie zwang ihre Beine, sich schneller zu bewegen, und schrie: »*Evrane!*«

Der weiße Punkt hielt an. Wurde zu Evranes Gestalt und ihrem silbernen Haupt. Sie warf einen Blick zurück, ihr Gesicht überrascht, die Stränge blau vor Erleichterung.

Schwarz glitt über einen Dachfirst. Schoss aus einem Laden.

Die Geborstenen.

»Hinter dir!«, kreischte Iseult und riss ihr Entermesser aus der Scheide.

Sie kam zu spät. Die Geborstenen umringten Evrane, und die Carawen versank unter einer Horde aus Tod.

Iseult rannte, so schnell sie nur konnte, schreiend und mit ihrem Entermesser. Ihre Klinge durchschlug Hälse und trennte Beine ab. Pusteln brachen auf, Säure spritzte zischend an Wände und auf Iseults Umhang.

Und doch schwang sie ihre Waffe, hakte und stach um sich, wobei sie die ganze Zeit Evranes Namen schrie. Bald schon gab es niemanden mehr, den sie töten konnte. Die Geborstenen flohen, und wo Evrane gefallen war, sah Iseult nichts als einen großen, roten Fleck.

Iseult wirbelte herum, suchte verzweifelt die Türrahmen und Schatten ab. Aber die Carawen war genauso verschwunden wie die Geborstenen. Also verschloss Iseult ihre Augen vor dem Sturm und suchte nach Strängen. *Dort.* Auf der anderen Seite der Häuser, in einer nahen Gasse, entdeckte sie verängstigte weiße Stränge, in denen grauer Schmerz pulsierte. Eine *Menge* grauer Schmerz.

Iseult stemmte sich gegen den Wind und zog Aeduans Umhang eng um sich. Er hatte ihr die Wahrheit gesagt: Die Geborstenen schienen sie nicht zu wittern.

Sie erreichte eine Kreuzung zwischen den eng stehenden Häusern. Eine Blutspur zog sich über den Boden und wurde bereits vom Regen weggewaschen.

Iseult beschleunigte ihre Schritte und folgte Evranes Spur, solange sie konnte, aber der starke Regen wusch das Blut vom Pflaster. Sie streckte sich nach den Strängen der Carawen, doch auch die verlor sie schnell aus den Augen. Sie bewegten sich so schnell. Viel schneller, als Iseult in diesem Sturm vorankommen konnte.

Als Iseult in eine vertraute schmale Straße abbog, entdeckte sie den sturmgepeitschten Hafen mehrere Straßenzüge vor sich. Sie befand sich am westlichen Ende der Siedlung, dort, wo sie die Stadt betreten hatte. Sand und Gischt prasselten um sie herum, und der Sturm gewann noch an Kraft. Holz knirschte, Gebäude stürzten ein.

Den Arm schützend vor das Gesicht gehoben, suchte Iseult verzweifelt nach Hinweisen auf Evrane. Nach einem weißen Aufblitzen im Sturm oder dem Flackern der Stränge der Carawen. Aber Iseult entdeckte nichts. Der Sturm verschlang alles. Iseult konnte selbst die Geborstenen kaum noch spüren – tatsächlich schienen sie aus der Stadt zu fliehen und nach Norden zu eilen.

Ein Blitz explodierte am Himmel. Iseult schloss die Augen gegen das Licht und die Hitze. Magie schlug über ihr zusammen, glitt vibrierend über ihre Haut und in ihre Lunge. Sie stolperte gegen eine Wand und kauerte sich unter dem Umhang zusammen.

Für einen scheinbar endlos langen Moment war Iseult durch ihre Schuldgefühle wie verkrüppelt. Davon, wie sehr sie sich selbst und ihre Magie und die Puppenspielerin hasste.

Aber dann zog sich der Sturm zurück. Der Lärm und der Druck und der schmerzhafte Regen ließen nach, und Stränge stiegen in Iseults Bewusstsein auf. Lebende Stränge in unmittelbarer Nähe. Sie kämpfte sich auf die Beine und tauchte aus dem Umhang auf, um festzustellen, dass der Sturm abzog. Er wirbelte über dem Meer wie eine sich windende schwarze Schlange.

Iseult humpelte in eine mit Schutt gefüllte Gasse, auf der Suche nach den lebenden Strängen. Glas knirschte unter ihren Stiefeln, bis sie schließlich den Prinzen von Nubrevna fand, angeschlagen, blutend und unter einem eingestürzten Gebäude gefangen.

Doch er lebte noch, und Iseult spürte genug Kraft in sich, um ihn zu retten.

Ein Lachen hob sich in Safis Kehle, als sie mit trüben Augen Vaness anstarrte. *Natürlich* musste es die Kaiserin von Marstok sein. Wer sonst hätte den Mumm, mit einem Kriegsflegel zu kämpfen, oder wäre verrückt genug, Safi persönlich zu verfolgen?

Regen prasselte herab. Windstöße peitschten über das Dock, jetzt schon so stark wie ein Ochse, und sie wurden immer heftiger. Die Wellen drohten, die gesamte Straße zu verschlingen. Ein Hurrikan tobte am anderen Ende der Stadt, aber Safi wandte den Blick keinen Moment von Kaiserin Vaness ab. Wenn diese Frau barst …

Aber Götter in der Tiefe, konnte sie eine Kaiserin töten?

Safis Augen huschten zu dem Kriegsflegel, der eine Armlänge von Vaness entfernt auf dem Boden lag, quasi vergessen. Wenn die Kaiserin barst, dann war diese Waffe Safis einzige Chance …

Vaness erstarrte. Sie hörte auf, an ihren Armen zu kratzen, wurde still wie eine Statue. Ihr Blick war auf etwas hinter Safi gerichtet.

»Die Zwölf mögen mich schützen«, sagte sie.

Wenn sie spricht, dann birst sie nicht, dachte Safi. Egal, welche verdorbene Magie Vaness erfüllt hatte, die Kaiserin war ihr nicht erlegen.

Aber dann beging Safi den Fehler, Vaness' Blick zu folgen. Der Sturm zog sich zurück, mit einer einzelnen Gestalt in seinem Zentrum. Blitze zuckten an dem schwarzen Trichter herab, der sich windend und verbogen und krafterfüllt auf das Meer hinauszog.

Kullen.

O Götter. Safi schwankte, doch sie hielt den Kopf erhoben, um weiter die Straßen absuchen zu können. Aber sie entdeckte keinen Hinweis auf Merik. Sicher war er nicht getötet worden, doch bevor Safi loslaufen konnte, schrie Vaness: »Gebt auf, Wahrmagis.«

Dreck. Langsam drehte sich Safi zu Vaness um, die ihren Kriegsflegel erneut gehoben hatte.

Safi leckte sich die Lippen. Sie schmeckten nach Blut und Salz. Vielleicht könnte sie Vaness ablenken und dann fliehen. »Warum Ihr?«, fragte sie. »Warum schickt Ihr nicht Eure Soldaten, um mich umzubringen? Wieso riskiert Ihr Euer eigenes Leben?«

»Weil ich eine Dienerin meines Volks bin. Wenn jemand sich die Hände schmutzig machen muss, dann ich.«

Safi blinzelte. Dann lachte sie, ein gebrochenes, entsetztes Geräusch. Anscheinend war Vaness in diesem Punkt Merik sehr ähnlich. Trotzdem ... »Das ist mehr, als sich nur ... die Hände *schmutzig zu machen*, Kaiserin. Ihr wurdet fast in einem Hurrikan getötet, und zusätzlich wärt Ihr fast geborsten.«

»Wenn meine Feinde Euch zuerst gefangen hätten, könntet Ihr mich stürzen. Doch wenn ich Euch besitze, könnt Ihr ein Reich retten. *Mein* Reich. In meinen Augen ist das den Tod wert.«

Ah. Safi seufzte bei diesen Worten, und ein uraltes, tief in ihr vergrabenes Gefühl erfüllte ihren Körper. *Das Wohl eines Einzelnen abgewogen gegen das Wohl von vielen.* Das verstand sie jetzt.

»Ergebt Euch.« Vaness bewegte ihren Arm, und die stachelbewehrte Kugel am Ende ihres Flegels schwang hin und her. »Es gibt nichts, was ihr tun könnt.«

Falsch, hauchte Safis Magie, und mit diesem Aufwallen von Macht schlug alles, was in den letzten Tagen geschehen war, über ihr zusammen. Eine Flut aus Worten und Lügen, mit denen Leute sie beschrieben hatten und die deutlich zeigten, was man von ihr hielt.

... kannst du dieselbe anspruchslose Existenz führen, die du immer genossen hast ... Es geht nicht länger um dich ... Nur du bist so leichtsinnig ... Es gibt nichts, was du tun kannst ...

Dann stieg ein einzelner heller Gedanke an die Oberfläche: *Wenn du wolltest, Safiya, könntest du die Welt beugen und formen.*

Onkel Eron hatte das gesagt, und Safi wurde fast lachend klar, dass er recht hatte. Sie war nicht in ihrer Haut oder durch ihre Fehler gefangen, und sie musste nicht ändern, wer sie war. Alles, was sie brauchte, besaß sie bereits: die Fähigkeiten, die Mathew und Habim und selbst Onkel Eron sie gelehrt hatten, und die unerschütterliche Liebe ihrer Strangschwester.

Safi *konnte* die Welt beugen und formen.

Und es wurde Zeit, genau das zu tun.

Schnell und geschmeidig hakte Safi ein Bein hinter Vaness' Knöchel und rammte der Kaiserin gleichzeitig ihre Faust gegen die Nase. Vaness fiel rückwärts auf die Straße.

Und Safi *rannte* direkt auf den dritten Pier zu. Ohne zurückzusehen, ohne zu denken. *Dies* war es, was Safi war und wer sie sein wollte. Sie dachte mit ihren Füßen, fühlte mit ihren Handflächen. Sie war ein Bündel aus Muskeln und Macht, dafür geschaffen, für die Leute zu kämpfen, die sie liebte und für die Ideen, an die sie glaubte. Ihr Leben hatte nicht in Veñaza seine Erfüllung gefunden und auch nicht in der Flucht vom Ball. Alles hatte auf dieses Rennen zum letzten Pier hingeführt.

Es war nicht Freiheit, die sie wollte. Es war der Glaube an etwas – eine Sache, die es wert war, dafür zu rennen und zu kämpfen und darauf *zuzustreben*, komme, was da wolle.

Und jetzt hatte sie diese Sache gefunden. Sie rannte für Nubrevna. Sie rannte für Merik. Sie rannte für Iseult. Sie rannte für Kullen und Ryber und Mathew und Habim, und vor allem rannte sie für sich *selbst*.

Soldaten erschienen am Rande ihres Blickfelds. Grüne Uniformen, die sich aus den Seitenstraßen ergossen. Aber sie waren zu langsam, um sie einzuholen. Zumindest konnten sie sie nicht aufhalten, bevor Safi den Ort erreicht hatte, an dem sie sein musste.

Sie fühlte es bis ins Innerste ihrer Magie, und mit diesem Aufschrei von *wahr-wahr-wahr* in ihrer Brust bewegten sich Safis Beine noch schneller.

Sie war nur noch zehn Schritte vom Pier entfernt.

Fünf.

Etwas Kleines, *Hartes* – wie der Griff eines Kriegsflegels – traf Safis Knie. Sie fiel, aber ihre Instinkte übernahmen die Kontrolle. Sie warf sich in eine elegante Rolle und kam wieder auf die Beine, um weiterzulaufen.

Dann berührten ihre Füße die erste Planke des Piers, und Schmerzen durchfuhren ihren Körper.

So wild, dass sie nichts mehr sehen konnte.

So explosiv, dass sie nichts mehr hören konnte.

Safi schrie und fiel nach vorne. Ihre Arme konnten sie nicht stützen. Ihr linker Fuß. Sie war von dem stachelbewehrten Kopf des Kriegsflegels getroffen worden. Ihre Knochen waren zerstört. Blut floss.

Aber sie lag auf dem Pier. Ob nun Blut geflossen war oder nicht, der Vertrag sollte erfüllt sein. Er *musste* erfüllt sein.

Schwarze Stiefel schoben sich aus allen Richtungen in Safis Blickfeld. Schon Sekunden später hatten zwei Nattern Safi auf die Beine gerissen und in Ketten geschlagen.

Als sich die Kaiserin näherte und dabei Befehle auf Marstokisch schrie, die Safi viel zu kompliziert fand, um sie zu verstehen, bemerkte sie mit Genugtuung, dass sich ein blaues Auge im Gesicht der Kaiserin bildete. Und oh, da floss eine Menge Blut aus ihrer Nase.

Die zwei Nattern packten Safis Schultern, und das trotz der Tatsache, dass sie nicht hätte fliehen können – oder auch nur *gehen*. Egal, wie sehr sie sich auch bemüht hätte. Tatsächlich hätte sie ohne diese Hände auf ihren Schultern nicht einmal auf den Beinen bleiben können, als Vaness sich zu ihr beugte.

Und obwohl sich Safi nichts mehr wünschte, als zu blinzeln, zu weinen, darum zu betteln, dass jemand ihren Fuß heilte, hielt sie Vaness' Blick, ohne die Augen abzuwenden.

Schließlich lächelte Vaness. Es war ein beängstigendes Lächeln, mit all dem Blut, das auf ihren Zähnen klebte. »Jetzt könnt Ihr mir nicht mehr entkommen.«

»Ich … Das wollte ich gar nicht«, krächzte Safi, obwohl sie am liebsten geschrien hätte. Sie zwang sich zu einem heiseren Lachen. »Wenn es meine Magie ist, die Ihr wollt, Kaiserin, wenn Ihr glaubt, ich wäre so mächtig, dann irrt Ihr Euch. Ich kann Wahrheit von Lüge unterscheiden, aber mehr ist es nicht. Und selbst wenn ich die Wahrheit kenne, bedeutet das noch lange nicht, dass ich sie immer *sage*.«

Vaness' Kiefer verspannten sich. Sie beugte sich noch näher an Safi heran, als versuche sie, die Geheimnisse in Safis Augen zu ergründen. »Was wäre dann nötig, um Eure Loyalität zu gewinnen? Sicherzugehen, dass Ihr mir die Wahrheiten sagt, die ich brauche, und mir dabei helft, mein Reich zu retten? Nennt Euren Preis.«

Safi starrte in das verfärbte, langsam anschwellende Gesicht der Kaiserin und suchte in ihrer Wahrmagie nach einem Hinweis darauf, wie ernst die Frau ihre Worte meinte. Es schien unmöglich, dass Vaness ein so weitreichendes Angebot machte, doch unter Safis brennendem Schmerz spürte sie ein bestätigendes Aufwallen ihrer Magie.

Ein triumphierendes Lächeln umspielte ihre Lippen, aber *vielleicht* war es auch eine schmerzverzerrte Grimasse. Das war im Moment schwer zu sagen.

»Ich will Handel mit Nubrevna«, sagte sie. »Ich möchte,

dass Ihr Gesandte nach Lovats schickt, und ich möchte, dass Ihr Nahrung nach Nubrevna exportiert, im Austausch für … was immer Nubrevna eben anzubieten hat.«

Vaness zog eine blutige Augenbraue hoch, und eine Windböe peitschte ihr die nassen Haare ins Gesicht. »Wieso solltet Ihr das wollen?«

»Für mich gilt dasselbe wie für Euch.« Safi deutete mit dem Kinn in Richtung der Stadt, um sich sofort zu wünschen, sie hätte es gelassen. Sie verlor zu viel Blut für schnelle Bewegungen. Eigentlich für jegliche Bewegung. »Ich mache mir die Hände schmutzig für die Leute, die mir etwas bedeuten. Ich werde so weit laufen, wie ich muss, und so wild kämpfen, wie ich nur kann. Wenn es das ist, was es braucht, um ihnen zu helfen, dann werde ich es tun.«

Zu Safis Überraschung schenkte Vaness ihr als Antwort ein kleines *ehrliches* Grinsen. »Dann habt Ihr eine Abmachung, Wahrmagis.«

»Und Ihr die Verfügung über meine Magie.« Erleichterung breitete sich in Safi aus, oder vielleicht wurde ihr auch nur schwindlig vom Blutverlust.

Safi richtete den verschwommenen Blick in Richtung Straße, durch die Merik ihrer Ansicht nach verschwunden war. Für einen langen Moment hörte Safi nur das Klatschen der Wellen am Dock. Sie fühlte nur den sanften, sauberen Regen auf ihren Wangen und dachte an ihre Familie. Sie nickte in Richtung ihrer Freunde und verabschiedete sich stumm von ihnen. Betete darum, dass es ihnen gut ging, in dem festen Wissen, dass sie kommen würden, um sie zu holen.

Dann riss das Poltern von weiteren Stiefeln Safi aus ihren Gedanken, und unerträgliche Schmerzen überschwemmten ihren Körper.

»Wir werden jetzt fliegen«, sagte Vaness und winkte den

kleinsten Matrosen aus der Menge heran. Er trug die Tätowierung eines Windmagis. »Unsere Flotte liegt nicht weit entfernt. Schafft Ihr das, Wahrmagis?«

»Ja«, hauchte Safi und sank gleichzeitig gegen einen der Männer, die sie hielten. Sie grinste ihn an und sagte: »Ich bin Safiya fon Hasstrel, und ich kann *alles* bewerkstelligen.«

Als diese Worte über ihre Lippen drangen, merkte ihre Magie auf, um dann zu schnurren wie ein Löwe in einem Sonnenfleck.

Wahr, flüsterte die Magie. *Für immer und ewig wahr.*

40

Als Aeduan gesehen hatte, wie die Geborstenen seine Mentorin angriffen, hatte er, ohne nachzudenken, gehandelt und sich ins Getümmel gestürzt, um ihren blutigen Körper zu bergen. Hatte auf alles vor sich eingeschlagen, seine Angreifer aufgeschlitzt.

Sobald er sie erreicht hatte und ihren schlaffen Körper im Arm hielt, hatte Aeduan Evranes Blut gepackt, um zu verhindern, dass sie durch die Wunde an ihrem Hals ausblutete.

Dann war Aeduan so schnell er konnte aus Lejna gerannt, getrieben von seiner Magie. Er würde Evrane zur Ursprungsquelle bringen, denn das war das Einzige, was ihm einfiel. Wenn ihre Wasser tatsächlich wieder flossen, dann könnten sie das Loch in Evranes Hals vielleicht heilen.

Als er nicht mehr rennen konnte, trabte Aeduan.

Als er nicht mehr traben konnte, ging er, ohne je Evranes Blut freizugeben. Eine leise Stimme sagte ihm, dass er seine Chance vergeben hatte, die Wahrmagis für sich zu beanspruchen, aber das interessierte ihn nicht. Nicht im Moment.

Aeduan trug Evrane Liga um Liga, an einer Klippe nach der nächsten vorbei, einen Schritt nach dem anderen. Und zum ersten Mal seit Jahren hatte er Angst.

Es kostete ihn einen halben Tag, um herauszufinden, was er empfand. Die Leere in seiner Brust, der immer gleiche Gedanke in seinem Kopf: *Stirb nicht. Stirb nicht.*

Er wusste, dass dies weit über eine Lebensschuld hinausging. Im Widerspruch zu allem, was Aeduan sein wollte und wofür er sich hielt, hatte er Angst.

Noch bevor er den Fluss entdeckte, hörte er schon das Rauschen über dem Summen der Insekten und den Nachmittagsrufen der Vögel. Er fühlte den Nebel der Stromschnellen auf seiner Haut, der die Schwüle des Tages noch verstärkte. Außerdem witterte er die acht Soldaten, die vor den Stufen zur Ursprungsquelle warteten. Jemand musste Prinz Leopold gefunden haben und glaubte nun, Aeduan könnte zurückkehren.

Also setzte Aeduan die Reste seiner Macht ein, um den Soldaten die Luft abzuschneiden. Es dauerte ewig. Aeduan war geschwächt, die acht Männer dagegen nicht. Aeduan schwankte im Wind, neigte sich genauso wie die Bäume.

Schließlich fielen die Soldaten zu Boden, und Aeduan stolperte an ihnen vorbei. Dann stieg er langsam, aber entschlossen die abgetretenen Stufen zur Ursprungsquelle hinauf. Ging über das Pflaster zu der Rampe. Stieg ins Wasser, um Evrane auf dem Rücken treiben zu lassen.

Sie begann zu heilen.

Aeduan spürte es mehr, als dass er es sah. Welche Macht auch immer hier am Werk sein mochte, sie wirkte so langsam, dass es Tage dauern würde, bis sich Evranes Körper vollkommen erholt hatte. Doch Aeduan fühlte, wie ihr Blut von allein wieder floss. Er fühlte, wie sich an der aufgeschlitzten Kehle neues Fleisch bildete. Trotzdem hielt er Evranes Blut fest, bis ihre Kehle ausreichend geheilt war, damit sie atmen konnte. Damit ihr Blut ungehindert fließen konnte.

Dann zog Aeduan Evrane sanft auf die Rampe an der Quelle und halb auf die Steine. Er achtete darauf, dass ihre Beine im Wasser blieben, damit die Heilung nicht stoppte, bevor er aus der Quelle stieg und damit Wassertropfen auf den Pflastersteinen verteilte. Trotz des zusätzlichen Gewichts seiner durchnässten Kleidung stellte er überrascht fest, dass er sich aufrecht hielt. Seine Magie war vollkommen wiederhergestellt … und er konnte nicht länger ignorieren, was offen vor seinen Augen lag: Die Ursprungsquelle war wieder zum Leben erwacht. Selbst wenn er die Magie der Erweckung nicht selbst bezeugt hatte, hatte er es im Wasser doch gespürt.

Vollkommenheit.

Erfüllung.

Diese Quelle hatte bereits ein verschlafenes Auge geöffnet, und es würde nicht lange dauern, bis sie zu voller Macht erwachte. Und so schwer es Aeduan auch fallen mochte, das zu akzeptieren – es hieß, dass die Wahrmagis eine Hälfte der Cahr Awen war und Iseult …

Diese Nomatsi-Strangmagis ohne Blutwitterung, und noch dazu eine zweite Aethermagis …

Sie bildete die andere Hälfte. Zusammen waren sie das Paar, das mit seinem Leben zu verteidigen Aeduan geschworen hatte. Der Eid, den er mit dreizehn geleistet hatte – bevor sein Vater wieder in sein Leben getreten war –, wurde jetzt angesprochen, doch Aeduan konnte sich nicht entscheiden, ob er dem Ruf folgen sollte.

Er hatte nie geglaubt, dass dieser Tag wirklich kommen würde. Ein Tag, an dem er sein gesamtes Training und seine Zukunft in den Dienst der mythischen, uralten Cahr Awen stellen sollte.

Für Evrane war es leicht. Sie hatte ihr gesamtes Leben als Gläubige verbracht. Sie fand *Vollkommenheit* in der Rückkehr der Cahr Awen. Aber für Aeduan stellte es nur ein Hemmnis da. Er war von den Umständen ins Kloster gezwungen worden, und er war geblieben, weil er nirgendwo anders hinkonnte. Weil es keinen anderen Ort gab, an dem ein Blutmagis nicht sofort getötet wurde. Jetzt allerdings hatte er Pläne. Pläne für sich selbst. Die Pläne seines Vaters.

Aeduan wusste nicht, wem er Loyalität schuldete, seinem Eid oder seiner Familie, aber einer Sache zumindest war er sich sicher: Er war dankbar dafür, dass die Ursprungsquelle Mönch Evrane gerettet hatte.

Vielleicht ertappte sich Aeduan deswegen dabei, wie er zu einer der Zypressen ging. Der Stamm glühte rot in der strahlenden Abendsonne, und die leuchtend grünen Blätter raschelten in der schwülen Brise.

Seit gestern waren noch mehr Blätter gewachsen.

Aeduan kniete sich auf die Pflastersteine. Wasser tropfte, tropfte, tropfte aus seiner Kleidung, aus seinen Haaren und sogar aus dem Wehrgehänge. Allerdings bemerkte er es kaum und beugte sich einfach vor, um die Hände an den Stamm der Zypresse zu legen. Dann rezitierte er das Gebet der Cahr Awen, wie Evrane es ihm beigebracht hatte.

Ich wache über den Lichtbringer
und schütze den Träger der Finsternis.
Ich lebe für den Weltenbeginner
und sterbe für den Schattenzerstörer.
Mein Blut gebe ich freimütig,
meine Stränge biete ich vollständig.
Meine unsterbliche Seele gehört niemand anderem.
Erhebt Anspruch auf meinen Aether.
Führt meine Klinge.
Von Jetzt bis zum Ende.

Als Aeduan die Worte rezitiert hatte, stellte er erleichtert fest, dass er sie so nichtssagend fand wie immer. Außerdem bemerkte er freudig, dass sich sein Hirn bereits mit den anstehenden Aufgaben beschäftigte. *Meine Klingen sind feucht, ich muss sie ölen. Ich brauche einen neuen Salamanderumhang und auch ein Pferd. Ein schnelles.*

Es war ein befreiendes Gefühl, dass er seinen Carawen-Eid so mühelos ignorieren konnte, selbst direkt neben der Ursprungsquelle. Für den Augenblick gab es eine Kiste voller Taler, die er seinem Vater übergeben musste, und nur das zählte.

Aeduan warf einen letzten Blick auf seine alte Mentorin, die Carawen namens Evrane. Inzwischen zeigte sich Farbe in ihren Wangen.

Gut. Aeduan hatte *eine* Lebensschuld bei ihr zurückgezahlt.

Also brach der Blutmagis namens Aeduan mit kreisenden Handgelenken auf, um sich seinem Vater anzuschließen, dem Räuberkönig von Arithuanien.

Mit großer Mühe und unter Einsatz all ihrer verbliebenen Stärke zerrte und zog und hob Iseult hölzerne Balken von Merik Nihar. Morgenlicht brach durch die grauen Wolken. Der erste Pier und ein gesamter Häuserblock waren dem Erdboden gleichgemacht worden. Zu Schutt zerschlagen von Kullens Sturm – einem Sturm, der auch den Ersten Offizier verschlungen haben musste. Keine Seelen oder Stränge bewegten sich in den jetzt sanften Wellen. Keine Vögel flogen, keine Insekten brummten, kein Leben existierte,

Bis auf einen grünen Schwarm, weit entfernt am Horizont. Und in seiner Mitte spürte Iseult einen leisen Hinweis auf leuchtende Stränge.

Safi.

Sie war weg. Verschwunden. Iseult hatte sie verloren und musste sich einen weiteren Fehler auf die Seele schreiben.

Doch sie verdrängte diese Gedanken und fuhr mit ihrem anstrengenden Kampf gegen die Balken fort. Der Lärm und die Bewegung rissen Merik aus der Bewusstlosigkeit. Abrupt erwachten seine Stränge zum Leben. Stahlgrauer Schmerz und blaue Trauer.

Er lag auf dem Rücken. Teile seiner Haut fehlten, Glasscherben steckten tief in seinem Fleisch.

»Was tut weh?«, fragte Iseult, als sie neben ihm in die Hocke sank. Kein Stottern behinderte ihre Zunge, keine Gefühle beherrschten sie.

»Alles«, krächzte Merik und öffnete ein Auge.

»Ich werde nach gebrochenen Knochen suchen«, erklärte Iseult. *Oder nach Schlimmerem.* Als Merik nicht widersprach, machte sie sich daran, sanft seinen Körper abzutasten, von seinem Kopf bis zu den Spitzen seiner Zehen in den Stiefeln. Sie hatte das über die Jahre Hunderte Male bei Safi getan, denn Habim hatte es ihnen beigebracht, und jetzt versank sie in den ruhigen, methodischen Bewegungen.

Ruhe. Die Brise wehte über die Kleidung von jemand anderem und küsste auch die Haut einer anderen Person. Meriks Wunden – sie bluteten auf jemand anderen. Iseult würde nicht an die Puppenspielerin denken. An die Geborstenen. An Evrane oder Kullen oder Safi. *Ruhe.*

Während der ganzen Untersuchung behielt Iseult Meriks Stränge im Auge, hielt nach dem Aufflackern von hellerem Schmerz Ausschau. Jede aus seinem Körper gezogene Glasscherbe verursachte ein helleres Brennen, aber erst als Iseult seine Rippen berührte, brannten seine Stränge vor Qual. Ein Stöhnen drang aus Meriks Mund. Seine Rippen waren gebrochen; es hätte schlimmer sein können.

Als Nächstes richtete Iseult ihre Aufmerksamkeit auf Meriks Haut, um sicherzugehen, dass keine der entfernten Glasscherben und Holzsplitter gefährliche Wunden gerissen hatte. Blut klebte auf der Straße, und als sie sein zerrissenes Hemd um einen Schnitt an seinem Unterarm schlang, fragte Merik: »Wo ist Safi?«

»Die Marstoker haben sie mitgenommen.«

»Wirst du ... sie zurückholen?«

Iseult atmete angespannt durch und war überrascht festzustellen, wie sehr die Bewegung schmerzte. *Würde* sie Safi zurückholen?

In einem Aufwallen von Panik band sie den improvisierten Verband ab und zog ihren Strangstein heraus. Er brannte nicht, was bedeutete, dass Safi in Sicherheit war. Unverletzt.

Es bedeutete allerdings auch, dass Iseult ihrer Strangschwester nicht folgen konnte. Aber was hatte Safi ihr erzählt? Einer von Erons Männern würde hierherkommen, in eine Kaffeestube. Iseult konnte auf diese Person warten und würde warten *müssen*. Und wer es auch war, er würde Iseult helfen, Safi zu finden.

Sie ließ den Strangstein fallen, und er knallte auf ihr Brustbein. Dann richtete sie den Blick wieder auf Merik und sagte: »Ihr braucht einen Heiler.« Sobald die Worte ihren Mund verlassen hatte, wünschte sie sich, sie könnte sie zurückholen, denn natürlich fragte Merik jetzt: »Meine ... Tante?«

Der Drang zu lügen, war fast übermächtig, und es ging nicht nur darum, Merik eine Lüge zu erzählen, sondern auch eine Geschichte zu finden, an der sich Iseult festklammern konnte.

Es war nicht meine Schuld, wollte sie sagen. *Die Geborstenen haben sie erwischt, und auch das war nicht meine Schuld.*

Aber es war Iseults Schuld, und sie wusste es.

»Evrane wurden von den Geborstenen angegriffen.« Iseults Ton war ausdruckslos und bedächtig. Als käme ihre Stimme aus einer Entfernung von tausend Ligen und dem Mund einer anderen Person. »Ich weiß nicht, ob sie überlebt hat. Ich bin ihrer Spur gefolgt, aber sie hat die Stadt verlassen.«

In diesem Moment gaben Meriks Stränge nach. Die blaue Trauer überwältigte alles andere, und er blinzelte gegen Tränen an, mit keuchenden Atemzügen, die seine gebrochenen Rippen zum Brennen bringen mussten.

In diesem Moment öffneten sich Risse im Gletscher ihrer Gefühle, und Iseult gab ihre Selbstkontrolle auf. Sie rollte sich neben Merik zusammen, und zum zweiten Mal in ihrem Leben weinte Iseult det Midenzi.

Sie hatte heute so viele Leute getötet. Nicht absichtlich, und nicht direkt, und doch wurde die Bürde dadurch nicht leichter. Fast wünschte sie sich, Corlants Fluch hätte sie getötet. Zumindest wären dann all diese verlorenen Seelen vielleicht noch am Leben.

Irgendwann wurde ihr bewusst, dass sie Meriks Schwäche nicht länger ignorieren konnte. Er war bleich und zitterte, und seine Stränge verblassten zu schnell.

Also verdrängte Iseult ihre Gefühle und jeden Strang, der sie nicht beherrschen durfte, und schob sich näher an Merik heran. »Wo ist die *Jana*?«, fragte sie, weil sie dachte, die Mannschaft könnte ihn vielleicht zu einem Heiler bringen. Sie und Safi hatten die Pferde zurückgelassen, und Iseult hatte keine Ahnung, wo die nächste Stadt lag. »Hoheit, ich muss wissen, wo die *Jana* ist.« Sie umfasste sein Gesicht. »Wie kann ich das Schiff erreichen?«

Merik zitterte am ganzen Körper, die Arme um den Körper geschlungen, doch gleichzeitig brannte sein Körper vor Hitze. Seine Stränge wurde bleicher und bleicher …

Aber Iseult wollte verdammt sein, wenn sie ihn sterben ließ. Sie beugte sich über ihn. Suchte seinen Blick. »Wie kann ich die *Jana* kontaktieren, Hoheit?«

»Lejnas Wind...trommel«, krächzte er. »Schlag sie.«

Iseult gab sein Gesicht frei, ihr Blick huschte über die Straße ...

Dort. Am östlichen Ende der Stadt, nur ein paar Häuserblocks entfernt, stand eine Trommel, die genauso aussah wie die auf der *Jana*.

Iseult kämpfe sich auf die Beine. Der nach Salz riechende Morgen drehte sich um sie, und ihre Muskeln fühlten sich an wie zerbrochenes Glas. Aber sie setzte einen Fuß vor den anderen, bis sie schließlich die Trommel erreichte.

Sie hob den Schlegel an. Es gab nur einen, und sie betete, dass es ein verzauberter Schlegel war, fähig, einen Windstoß weit und stark zu treiben. Dann schlug Iseult die Trommel. Wieder und wieder und wieder.

Während sie zuschlug – während sie ihre Seele und ihre Fehler gegen das Fell der Trommel *hämmerte* –, entwarf sie Pläne. Denn das war ihr geblieben. Sie besaß immer noch die Fähigkeit, das Terrain zu analysieren und ihre Gegner abzuschätzen. Ihr blieb immer noch der Instinkt, ihr Schlachtfeld selbst zu wählen.

Safi hatte diesmal etwas Großes ins Rollen gebracht. Von Marstokern entführt zu werden, war definitiv ein neuer Höhepunkt. Aber egal, was es auch kosten sollte, Iseult würde einen Weg finden. Sie würde Merik zu einem Heiler bringen. Sie würde einen Weg finden, die Puppenspielerin aufzuhalten – dieses Schattenmädchen davon abzuhalten, jemals wieder jemanden zum Bersten zu zwingen.

Sie würde Antworten in Bezug auf Corlants Fluch suchen und vielleicht auch Gretchya und Alma wiederfinden.

Und vor allem würde Iseult Safi folgen. So wie sie jetzt diese Windtrommel schlug, so wie sie die Schmerzen in ihren Armen und die Erschöpfung in ihren Beinen ignorierte, würde sie Safi folgen und sie zurückholen.

Strangschwestern bis zum Ende.

Mhe Verujta.

Merik war bewusstlos, als die *Jana* am Dock anlegte. Bis sie Nodensgabe und die Ursprungsquelle erreichten, war er fast tot. Salzwasser war in seine Wunden eingedrungen, seine Magie war überlastet worden, und seine drei gebrochenen Rippen wollten einfach nicht heilen.

Als er schließlich auf einem niedrigen Bett in einer auf dem Kopf stehenden Kabine in Nodensgabe erwachte, entdeckte er seine Tante neben sich, ihr silbernes Haar so strahlend wie immer. Ihr zärtliches Lächeln zitternd vor Erleichterung.

»Ich habe gute Nachrichten«, erklärte sie ihm. Ihr Grinsen verwandelte sich schnell in ein konzentriertes Stirnrunzeln, als sie Salbe auf Meriks Armen verteilte, auf seinem Gesicht und seinen Händen. »Die Sprachmagi in Lovats haben den ganzen Tag über Kontakt zu Hermin gesucht. Es scheint, dass die Marstoker, trotz des Angriffs auf Lejna, Handelsbeziehungen aufbauen wollen. Doch sie wollen nur mit dir verhandeln, Merik. Ich könnte mir vorstellen, dass Vivia vor Wut schäumt.«

»Ah.« Merik seufzte. Er wusste, er sollte glücklich sein. Er hatte nie etwas anderes gewollt als Handelsbeziehungen für Nubrevna, und nun hatte er bewiesen, dass es möglich war.

Doch der Triumph schmeckte nach Asche, und er konnte sich selbst einfach nicht davon überzeugen, dass es den Preis wert gewesen war.

»Wo ist … Iseult?«, fragte er mit dünner Stimme.

Evranes Miene verfinsterte sich. »Deine Mannschaft hat sie in Lejna zurückgelassen. Anscheinend ist es ihr gelungen, Hermin davon zu überzeugen, dass sie allein zurechtkommen kann. Dass jemand kommen wird, um sich mit ihr in einer Kaffeestube zu treffen.«

Während Merik herauszufinden versuchte, mit wem sich Iseult treffen wollte, erzählte Evrane ihm, wie Prinz Leopold aus Nodensgabe verschwunden war. »Im einen Moment saß er schwer bewacht im Gefängnis, und im nächsten war seine Zelle einfach leer. Ich kann nur vermuten, dass ein Illusionsmagis ihm bei der Flucht geholfen hat.«

Das war zu viel für Meriks von Trauer vernebeltes, panikerfülltes Gehirn. Er schüttelte den Kopf, murmelte etwas davon, dass er sich später damit auseinandersetzen würde, und sank in einen magisch erzeugten, heilenden Schlaf.

Zwei Tage später und drei Tage, nachdem er Kullen verloren hatte, wanderte Merik schließlich von Nodensgabe in die Nihar-Bucht. Evrane trennte sich von ihm mit der Erklärung, sie müsste sofort zum Carawen-Kloster reisen. Merik gelang es nicht, seinen Stolz zu überwinden, um sie um ihr Bleiben zu bitten.

Seit er ein Kind war, war sie ständig gekommen und gegangen, wieso sollte sich daran jetzt etwas ändern?

Also wanderte Merik mit Hermin, der an seiner Seite humpelte, an Stämmen und Ästen vorbei. Sie alle zeigten Anzeichen von neuem Leben. Flechten, Insekten, Grün, Grün, Grün – Merik konnte es sich nicht erklären, und er konnte den Wunsch nicht unterdrücken, Kullen wäre hier, um das zu sehen.

Tatsächlich schien Merik einfach nicht über den Gedanken an Kullen hinwegzukommen. Erinnerungen brannten hinter seinen Augen, und ein Gefühl des allumfassenden Verlusts erfüllte ihn. Selbst als er die Vögel im Wind über der Bucht beobachtete, als Hermin ihn auf das Schiff ruderte und unerklärlicherweise Fische aus dem Wasser sprangen, schmeckte am Ende jedes Gefühl nach Asche.

Meriks Mannschaft hatte sich auf dem Hauptdeck aufgestellt, als er sich schließlich auf die *Jana* zog. Jeder Mann trug ein lilienblaues Band um den Oberarm, um die gefallenen Kameraden zu betrauern, und sie salutierten forsch, als Merik an ihnen vorbeischritt.

Doch er bemerkte es kaum. Es gab nur eine Person, die er sehen wollte – die eine Person, die verstehen würde, wie sich Merik fühlte.

Er sah Hermin an. »Bring bitte Ryber zu mir.«

Hermin wand sich. »Sie ist … weg, Sir.«

»Weg?« Merik runzelte die Stirn, weil er das Wort nicht verarbeiten konnte. »Wohin?«

»Wir wissen es nicht, Sir. Sie war auf dem Schiff, als wir Euch aus Lejna geholt haben, und wir dachten, sie wäre auch dort, als wir wieder in der Nihar-Bucht ankamen. Aber wir sind uns nicht sicher. Wir wissen nur, dass sie sich jetzt nicht mehr auf dem Schiff befindet.«

Meriks Stirn glättete sich nicht, denn wo sollte Ryber hin? Wieso sollte Ryber verschwinden?

»Sie hat eine Nachricht hinterlassen, Sir, auch wenn darin nichts darüber steht, wohin sie gegangen ist. Sie liegt auf Eurem Bett, Sir.«

Also eilte Merik in die Kapitänskajüte, auch wenn seine Rippen gegen diese schnelle Bewegung protestierten. Er durchquerte den Raum mit schnellen Schritten, um dort seinen zerknitterten Mantel auf der Matratze zu finden. Darauf lag ein Stück Papier. Merik riss es hoch und ließ seine Augen über Rybers fast unleserliches Gekritzel gleiten.

Mein Admiral, mein Prinz,
es tut mir leid, einfach so zu verschwinden, aber eines Tages werde ich Euch wiederfinden. Während ich fort bin, müsst Ihr der König werden, für den Kullen Euch immer gehalten hat.
Bitte. Nubrevna braucht Euch.
Ryber
(Und schaut in Eure Manteltasche.)

Meriks Augenbrauen schossen bei den letzten Worten in die Höhe. Seine Manteltasche? *Der Handelsvertrag.*

Mit zitternden Händen packte Merik seinen Mantel und zog vorsichtig den Vertrag heraus. Auf der letzten Seite entdeckte er überall rußige Fingerabdrücke, zusammen mit einem in Asche geschriebenen Zusatz.

Onkel:
Benimm dich in Bezug auf diesen Handelsvertrag nicht wie ein Pferdearsch. Prinz Merik Nihar hat alles in seiner Macht Stehende getan, um mich unverletzt nach Lejna zu bringen, wenn ich …

Merik drehte das Dokument.

… also auf dem Weg verletzt werde oder diesen Pier nicht erreiche, den du so wahllos bestimmt hast, dann kannst du nicht ihn dafür verantwortlich machen. Prinz Merik und Nubrevna haben ein Handelsabkommen mit den Hasstrels verdient. Eines verspreche ich dir, Onkel: Wenn du diesen Vertrag nicht erfüllst und keine Handelsbeziehungen mit Nubrevna aufnimmst, werde ich einfach selbst einen Vertrag aufsetzen. Und es wird ein schrecklicher Vertrag sein, bei dem alle Vorteile und alles Geld Nubrevna zugute kommen.
Denk immer daran: Mein Name ist mächtig, und entgegen deiner Überzeugungen mangelt es mir nicht vollkommen an Ehrgeiz.

Dann folgte eine schrecklich gekrakelte Unterschrift:

Safiya fon Hasstrel
Domna von Cartorra

Meriks Kehle wurde eng. Er drehte den Vertrag wieder um und entdeckte, dass seine Unterschrift und die von Dom Eron immer noch auf dem Dokument prangten, während jeder Hinweis auf »vergossenes Blut« verschwunden war.

Merik konnte es nicht glauben. Sein Geist war wie betäubt; sein Herz hatte aufgehört zu schlagen. In dieser Nacht, als er mit Safis Hand an seiner Brust aufgewacht war … dies war der Grund dafür. Sie hatte das Dokument gestohlen und mit Asche aus dem Feuer den Zusatz geschrieben.

Und jetzt gab es Handel mit den Ländereien der Hasstrels und zusätzlich noch mit Marstok.

Ein leises, hysterisches Lachen stieg in seiner Kehle auf. Er hatte mehr verloren, als er je geglaubt hatte, verlieren zu können, doch gleichzeitig spürte er eine schmerzhafte Überzeugung in sich aufsteigen.

Langsam, fast benommen, setzte sich Merik auf die Bettkante. Er glättete die Schriftrolle, wobei seine Finger schwarz wurden, bevor er sie zur Seite legte. Dann legte Merik Nihar, Prinz von Nubrevna, den Kopf in den Nacken und betete.

Für alle, die er geliebt, für alle, die er verloren hatte, und für alles, was er und sein Land wiedergewinnen konnten.

Safiya fon Hasstrel lehnte auf der persönlichen Galeone der Kaiserin von Marstok an der Reling, eine Krücke unterm Arm. Die grüne Küstenlinie, die Dalmotti noch für sich beanspruchte, glitt an ihr vorbei, und Safi bemühte sich, nicht zu zeigen, dass sie in der Mittagshitze förmlich kochte.

Dies war ein Land der Palmen und des Dschungels, voller Fischerdörfer und mit einer Luftfeuchtigkeit, durch die man förmlich schwimmen konnte. Sie wünschte sich, sie könnte einfach die Schönheit des Landes genießen, statt in der schrecklichen Hitze dahinzuschmelzen.

Vor Hunderten von Jahren hatte dieses Land einer Nation gehört, die sich Biljana nannte. Zumindest hatte Safi das in ihren Geschichtsstunden gelernt. Inzwischen wusste sie, dass sie Geschichtsbüchern nicht trauen durfte.

Zumindest war ihr Kleid aus weißer Baumwolle in der Hitze relativ kühl, auch wenn dasselbe nicht für den unangenehmen Eisengürtel galt, der um ihre Taille lag. Eisen war in Azmir sehr in Mode. Zweifellos, weil Vaness dafür gesorgt hatte. Schließlich konnte sie jeden kontrollieren, der das Metall trug.

Und trotzdem hatte Vaness darauf bestanden, dass Safi zusätzlich zu dem Gürtel auch noch ein stählernes Halsband trug. Es bestand aus einer dünnen, fein gearbeiteten Kette, die allerdings weder Anfang noch Ende besaß. Die Kaiserin selbst hatte es um Safis Hals geschweißt, und trotz aller Anstrengungen war es Safi bisher nicht gelungen, sie abzureißen.

Den Göttern sollte gedankt sein, dass Vaness Safis Strangstein für harmlos erachtet hatte. Mit einem schiefen Lächeln in Richtung Küste verlagerte Safi ihr Gewicht auf die Krücke. Ihr linker Fuß trug einen Verband und heilte gut, dank der gemeinschaftlichen Anstrengung von sechs Heilermagi aus Vaness' Flotte. Anscheinend hatte sie nicht vorgehabt, Safi so schwer zu verletzen, wie sie es getan hatte. Darauf hatte die Kaiserin immer wieder hingewiesen. Safi war einfach zu wertvoll (so hatte Vaness es ausgedrückt), um sie »grob anzupacken«, und Safis Leben war in Lejna keine Minute in Gefahr gewesen.

Safis Wahrmagie hatte ihr verraten, dass das so nicht stimmte, aber sie hatte die Lüge durchgehen lassen.

Hinter Safi erklangen Schritte, und die Kaiserin von Marstok glitt an ihre Seite. Ihr schwarzes Baumwollkleid flatterte im Wind – ein Tribut an die achtzehn Nattern und Matrosen, die in Lejna geborsten waren. Vaness würde ein großes Gedenken abhalten lassen, sobald sie ihren Palast in Azmir erreicht hatten.

»Ich habe Nachrichten für Euch«, sagte die Kaiserin auf Marstokisch. »Der Zwanzigjährige Waffenstillstand gehört der Vergangenheit an.« Vaness wirkte vollkommen ungerührt, als sie hinzufügte: »Cartorra bereitet bereits den ersten Angriff vor, um Euch zurückzuholen. Lasst uns also hoffen«, kühl wanderte eine Augenbraue nach oben, »dass Ihr es wert wart, Wahrmagis.«

Sie schenkte Safi ein emotionsloses, unergründliches Lächeln. Dann, ohne ein weiteres Wort, ging die Kaiserin den Weg zurück, den sie gekommen war.

Safi stützte sich benommen auf ihre Krücke. Sie wusste nicht, ob sie laut lachen oder hysterisch weinen sollte, denn das war genau das, was Onkel Eron und alle anderen, die an seinem raffinierten Plan beteiligt waren, zu verhindern versucht hatten, oder? Der Waffenstillstand hatte sich vorzeitig aufgelöst; jetzt konnte es keinen Frieden mehr geben.

Und indem sich Safi mit Vaness und damit mit dem gesamten Reich Marstok verbündet hatte, unterstützte sie sicherlich nicht Onkel Erons Pläne. Und doch weigerte sie sich, Schuldgefühle oder Bedauern über die Entscheidungen der letzten Zeit zu empfinden. Zum ersten Mal im Leben hatte Safi ihren eigenen Weg bestimmt. Sie hatte ihre eigenen Karten gezogen, und niemand außer ihr selbst hatte das Blatt gespielt.

Ein Blatt, das die Kaiserin und den Magis beinhaltet, dachte sie verschmitzt, auch wenn der Gedanke an Taro dafür sorgte, dass sie auch an den charmanten Schwindler denken musste, und das machte sie wütend. Eines Tages würde sie sich ihr Geld von ihm zurückholen.

Mit gerunzelter Stirn zog Safi ihren Strangstein heraus. Der Rubin glitzerte in der Sonne, und die korallenfarbenen Fäden zu sehen, die sich um den Edelstein schlangen, sorgte dafür, dass sie sich weniger allein fühlte. Sie tat gern so, als hielte Iseult ihren Strangstein im selben Augenblick fest, ganz egal, wo sie auch sein mochte.

Safi mochte nicht bei ihrer Strangschwester und streng genommen eine Gefangene sein, sie mochten sich keine Wohnung in Veñaza kaufen, und doch fürchtete sie sich trotzdem nicht vor dem, was vor ihr lag.

All dieses körperliche Training, hatte Merik gesagt, *gepaart mit einer Magie, für die Männer töten würden. Denkt darüber nach, was Ihr alles tun könntet, Safi. Denkt mal daran, was Ihr alles* sein *könntet.*

Safi seufzte, ein tiefes Ausatmen, das dafür sorgte, dass sich ein Knoten in ihrer Brust löste und sich ihr Herz auf eine Art öffnete, wie sie es noch nie zuvor gespürt hatte – auf eine Art, die ihre unruhigen Beine beruhigte und das nervöse Zucken vollkommen zum Erliegen brachte.

Denn jetzt wusste sie, was sie tun und was sie sein konnte. Sie hatte Meriks Vertrag gesichert und Handel mit den Marstokern angestoßen. Sie hatte die Welt etwas besser gemacht.

Safis Magie brummte, erfüllt von der glücklichen Wärme dieser Wahrheit. Safi ließ ihren Strangstein wieder in ihr Kleid fallen und öffnete die Arme weit. Dann ließ sie den Kopf in den Nacken sinken.

Und so ergötzte sich Safiya fon Hasstrel an der Sonne auf ihren Wangen. Der Brise auf ihrer Haut. Und der Zukunft, die sie in Marstok erwartete.

Danksagung

Zuallererst möchte ich meiner Strangschwester Sarah J. Maas danken. *Mhe Verujta,* braj. Du bist die Seelenverwandte, ohne die ich nicht leben kann; die beste Freundin, die einen Entwurf nach dem anderen liest; die Cheerleaderin, die mich immer wieder aus meinen Orgien aus Süßigkeiten und Videospielen reißt und grundsätzlich die Inspiration dieser gesamten Serie. Freundschaft kann genauso monumental sein wie Liebe – vielleicht sogar noch mehr. Und ich wollte, dass die Welt das erkennt. Außerdem, wenn wir in den Magislanden leben würden, wären wir die Cahr Awen, richtig? Allermindestens wären wir Seefüchse, die jeden fressen, der es wagt, sich uns zu widersetzen. (»Aus dem Weg!«)

An Amity Thompson: Du hast dieses Buch unendlich oft in verschiedenen Versionen gelesen, und das hast du getan, obwohl du Babys und eigene Bücher hattest, um die du dich kümmern musstest. Du warst immer da, wenn ich auf eine Schwierigkeit im Plot gestoßen bin, ein Ventil für meinen Frust brauchte oder von Dragon Age schwärmen wollte. Also: Danke dir.

Ein riesiger Dank geht an Erin Bowman, meine Hero-Squad-Schwester fürs Leben, dafür, dass sie mir zuhört, wenn ich ein offenes Ohr nötig habe, mich kritisiert, wenn Kritik nötig ist, und dafür, dass sie einfach da ist. Immer.

An Ashley Hubert: Du bist unglaublich. Du hast *Schwestern der Wahrheit* gelesen und mir Feedback (und Selbstbestätigung) gegeben, als ich es gerade dringend brauchte. Ich bin glücklich, dass wir Freunde geworden sind.

An Nicola Wilkinson, das Hirn hinter dem Magislande-Straßenteam: Merik gehört dir. Oder Special Baby K. Oder jede andere der Figuren, nachdem du für dieses Buch und diese Serie all meine Erwartungen übertroffen hast. Mir fehlen die Worte, um auszudrücken, wie dankbar ich dir für alles bin, was du tust und getan hast.

An Maddie Meylor: Du hast von Anfang an an meiner Seite gestanden, und aus irgendeinem Grund hast du mich noch nicht satt. Danke für all die Lesearbeit, das Schwärmen und die einfache Tatsache, dass du du bist.

An meine Mitkämpferin beim Metzeln der Dunklen Brut, Rosanna Silverlight: Mit deinen aufmunternden Worten hast du allein meine Muse am Leben erhalten. Außerdem war dein Feedback genau das, was ich gebraucht habe, genau in dem *Moment*, in dem ich es gebraucht habe.

An den Rest meiner Strangfamilie – Dan Krokos, Derek Molata, Biljana Likic, Alexandra Bracken, Vanessa Campell, Sarah Jae-Jones, Jodi Meadows und Ami Kaufman: Ich danke euch. Für die Unterstützung, die Schultern, an denen ich mich ausheulen durfte, das dringend notwenige Korrekturlesen und das viele, viele Gelächter.

Ein Dank geht an Lori Tincher dafür, dass sie meine Fragen über Pferde beantwortet hat, und an Cindy Vallar für ihre Hilfe beim nautischen Wortschatz.

Ein riesiges Dankeschön an Jacqueline Carey, weil sie mein naives, von Starallüren befallenes Selbst ertragen hat. *Danke dir.*

An die Teams von Tor und New Leaf, die unermüdlich daran gearbeitet haben, meine Bücher zu verkaufen, mein Gefasel in etwas zu verwandeln, das es wert ist, gelesen zu werden, und die zusätzlich auch noch die gesamte Welt von *Schwestern der Wahrheit* mitgeschaffen haben: Ohne euch wäre ich verloren. Ich danke euch aus dem tiefsten Herzen meiner drei Link-Herzen (das ist für dich, Jo). Und Whitney, du hast »eine Beziehung zu Milchprodukten, die ich nicht verstehe«.

An alle Außenseiter und Tagträumer (und an jeden anderen Leser, Blogger und aufstrebenden Autor dort draußen): Mir fehlen die Worte, um meine Dankbarkeit auszudrücken. Ihr hört zu, unterstützt mich und erinnert mich jeden Tag wieder daran, warum ich das hier mache.

An meine Familie, Mom, Dad, David und Jen: Danke, dass ihr meine geistesabwesenden Tagträumereien all diese Jahre ertragen (und manchmal sogar unterstützt) habt. Und auch danke dafür, dass ihr im Supermarkt mit mir angebt. Das sorgt dafür, dass ich mich wirklich als etwas Besonderes fühle.

Und zu guter Letzt möchte ich meinem Ehemann Sébastien danken. Ich hätte dieses Buch (und alle anderen) nicht schreiben können, hätte es dich und deine endlose, bedingungslose Unterstützung nicht gegeben. Ich liebe dich für immer und darüber hinaus.